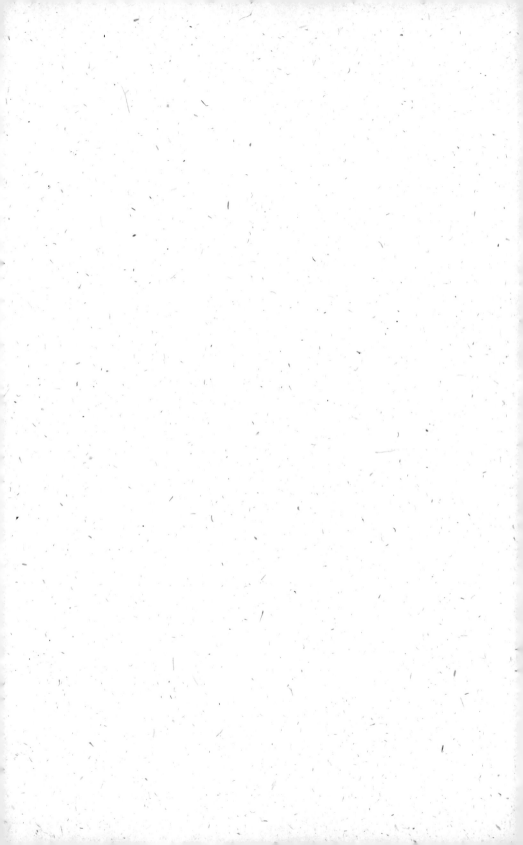

숙영낭자전의 작품세계 2

숙영낭자전의 작품세계 2

김선현 · 최혜진 · 이문성 · 이유경 · 서유석

보고사

이 저서는 2012년 정부(교육과학기술부)의 재원으로 한국연구재단의 지원을 받아 수행된 연구임(NRF-2012-S1A5A2A03-034080)

머리말

〈숙영낭자전〉은 적강한 두 남녀의 애절한 사랑과 결연, 정절 모해로 인한 낭자의 죽음과 재생의 서사를 담고 있는 조선 후기 고소설로서, 19세기 초중반에는 판소리로 불리기도 했다. 소설 〈숙영낭자전〉의 정확한 창작 연대를 알 수는 없으나, 경판28장본의 간기가 함풍경신(咸豐庚申, 1860년)인 것으로 보아 대략 18세기 후반에서 19세기 초반 무렵에 창작되었을 것으로 추정된다. 현재 한글로 필사된 다수의 이본이 남겨져 있는데 이본의 표기 형태로 볼 때 주된 독자는 평민가 여성이나 양반가의 부녀자들로 추정되며, 〈숙영낭자전〉이 구활자본으로 유통되던 20세기 초반까지 작품을 필사하며 소설을 향유했던 것으로 보인다.

이러한 소설의 인기에 힘입어 소설 〈숙영낭자전〉은 판소리화 되어 불려졌다. 판소리 〈숙영낭자전〉은 송만재의 『관우희』(1843년)에서는 열두 마당에 포함되지 않았지만, 정노식의 『조선창극사』(1940년)에는 열두 마당의 하나로 거론되고 있다. 정노식은 헌종에서 고종 연간에 활동했던 전해종 명창이 〈숙영낭자전〉을 잘 불렀다고 기록하고 있는데, 이로 보아 19세기 초중반 무렵에 〈숙영낭자전〉이 판소리로 불렸을 것으로 추정된다. 이후 20세기에 들어 정정렬 명창에 의해 불렸으며, 그의 소리는 박녹주 명창을 거쳐 박송희 명창에게 이어졌다. 박녹주 명창의 말에 따르면, 정정렬 명창은 〈숙영낭자전〉을 스승으로부터 배우지 않고 스스로 재편곡해서 불렀다고 한다. 현재 정정렬 명창이 부른 〈숙영낭자전〉은 토막소리만이 CD로 남아 있어 창본의 전모를 확인할 수 없고, 그 역시 스승에게 배운 것이 아니기에 전해종 명창이 부른 판소리 〈숙영낭자전〉의 실체는 파악하기가 어렵다.

현재 〈숙영낭자전〉의 이본은 소설본의 경우, 필사본 150여종과 경판본 3종, 활자본 4종(면수에 따른 분류)이 확인되며, 창본은 사설이 온전하게 남겨져 있는 것만 포함할 경우 4종이 이본을 찾아볼 수 있다. 정정렬의 창본은 구약여행 대목만이 토막소리로 남겨져 있기 때문에 창본의 전모를 확인할 수 없어 이본 수에 포함하지 않았다. 이 가운데 이 책에서는 필사본 24편, 경판본 3편, 활자본 4편, 창본 3편 등 총 34편의 이본을 정리하였다. 필사본의 경우, 이본의 범위가 방대할 뿐만 아니라 개인 소장본이 40여 편이고 기관에 소속되어 확인이 어려운 경우가 많았다. 따라서 영인으로 출간되거나 도서관에서 공개하여 수합이 가능한 자료 가운데 필사기가 적혀있거나 결말의 차이가 분명이 드러나는 이본들을 중심으로 선본(善本)을 모아 엮었다. 이본에 따라 작품의 제목이 '수경낭자전', '낭자전', '옥낭자전', '숙영낭자전' 등으로 다양한데, '숙영낭자전'이 소설본과 창본을 두루 포괄할 수 있는 제목이라고 판단하여 이 자료집에서는 '숙영낭자전'을 대표 제목으로 삼았으며, 이본의 명칭을 '소장자 이름과 장수' 혹은 '소장처와 장수'를 기준으로 병기하였다.

〈숙영낭자전〉은 두 남녀의 꿈을 통한 소통과 만남, 낭자의 비극적인 죽음과 재생을 그린 조선 시대 판타지이다. 이 작품 속에 담긴, 사랑을 향한 열정과 욕망 그리고 이를 가로막는 규범과 이념의 문제는 당대 사회뿐 아니라 오늘날에도 여전히 유효한 의미를 지닌다. 이에 〈숙영낭자전〉은 1928년과 1956년에는 영화로 상영되었고, 1936년에는 창극으로 공연되었을 뿐 아니라 최근에는 연극과 창극으로 공연되어 다양한 방식으로 현대인들과 소통하고 있다. 또한 〈숙영낭자전〉은 이념적 억압 상황 속에서 19~20세기 부녀자들에게 위안의 문학이 되었을 것이다. 필사 행위를 적극적인 독서 행위라고 파악할 때, 이본별 다양한 결말은 숙영낭자를 통해 세계와 공명(共鳴)하고자 했던 여성 독자들의 의식이 반영된 것이라 짐작해 볼 수 있기 때문이다. 그리고 이러한 의미에서 〈숙영낭자전〉은 위안과 해원의 문학으로서 현대에도 의미 있게 읽힐 수 있을 것이다.

그동안 자료를 찾아 함께 공부하며 든든한 버팀목이 되어 주신 덕산 고전연구회 선생님들께 사랑과 감사의 마음을 전한다. 그리고 책을 엮을 수 있도록 애써 주신 보고사에도 감사 인사를 드린다.

2014년 새해를 맞이하며
수락산 아래에서,
필자들을 대표하여 김선현 씀.

차례

숙영낭자전의 작품세계 2

▌소설본

[필사본]

숙영낭자전의 작품세계 1

[필사본]

슈경낭ᄌᆞ전(김광순 46장본)

슈경낭ᄌᆞ전 권지단(단국대 44장본)

숙영낭자전의 작품세계 3

[경판본]

슉영낭ᄌᆞ전 단(대영박물관 28장본)

슉영낭ᄌᆞ전 단(연세대 20장본)

슉영낭ᄌᆞ전 단(국립중앙도서관 16장본)

[활자본]

(특별)숙영낭ᄌᆞ뎐(신구서림본)

슉영낭ᄌᆞ전 권단(한성서관 32장본)

(특별)숙영낭ᄌᆞ전(대동서원본)

(특별)숙영낭ᄌᆞ전(대동서원 15장본)

창본

박녹주 창본 <숙영낭자전>

박송희 창본 <숙영낭자가>

박동진 창본 <숙영낭자전>

작품일람표

작품명	필사(발간)년도	장수(면수)	출처
낭ᄌᆞ젼 단	연대미상	58장(116면)	박종수편, 『(나손본)필사본고소설자료총서』26, 보경문화사, 1991, 216~334쪽.
낭자전이라	연대미상	42장(81면)	단국대 율곡기념도서관, 『漢籍目錄』, 1994. (古853.5/숙2478ㄱ)
수겡옥낭좌전 권지단이라	연대미상	48장(96면)	『加羅文化』9, 경남대 가라문화연구소, 1992. 7, 영인 1~97쪽.
수경낭ᄌᆞ젼이라	연대미상	28장(56면)	조동일편, 『조동일소장 국문학 연구자료』10, 박이정, 1999, 103~158쪽.
수경낭ᄌᆞ젼이라	임신년	30장(59면)	월촌문헌연구소편, 『한글필사본고소설자료총서』70, 오성사, 1986, 73~131쪽.
수경낭자전이라	단기四一九一年	33장(66면)	월촌문헌연구소편, 『한글필사본고소설자료총서』69, 오성사, 1986. 349~414쪽.
수경낭자전	연대미상	66장(132면)	박종수편, 『(나손본)필사본고소설자료총서』26, 보경문화사, 1991, 337~468쪽.
수경옥낭ᄌᆞ젼니라	계묘년	47장(94면)	조동일편, 『조동일소장 국문학 연구자료』10, 박이정, 1999, 1~96쪽.
숙항낭자전권지일이라	갑인년	40장(79면)	단국대 율곡기념도서관, 『漢籍目錄』, 1994. (古853.5/숙2477거)
슈경낭ᄌᆞ젼	갑진년	24장(48면)	김광순편, 『(필사본) 한국고소설전집』19권, 경인문화사, 1993, 385~432쪽.

작품명	필사(발간) 년도	장수 (면수)	출처
슈경낭ᄌ젼	연대미상	46장 (91면)	김광순편, 『(필사본)한국고소설전집』48, 경인문화사, 1993, 161~ 251쪽.
슈경낭ᄌ젼 권지단	을사년	44장 (88면)	단국대 율곡기념도서관, 『漢籍目錄』, 1994.(古853.5/숙2478가)
슈경낭ᄌ젼 단	연대미상	22장 (44면)	박종수편, 『(나손본)필사본고소설자료총서』27, 보경문화사, 1991, 3~46쪽.
슈경낭ᄌ젼 이라	무신년	33장 (66면)	김광순편, 『(필사본)한국고소설전집』44, 경인문화사, 1993. 1~70쪽.
슈경낭자젼 이라	연대미상	43장 (85면)	월촌문헌연구소편, 『한글필사본고소설자료총서』70, 오성사, 1986, 671~757쪽.
슈경낭젼이라	연대미상	28장 (56면)	김광순편, 『(필사본)한국고소설전집』19, 경인문화사, 1993. 154~210쪽.
슈경옥낭자전 니라	연대미상	55장 (109면)	단국대 율곡기념도서관, 『漢籍目錄』, 1994.(古853.5/숙2477구)
슉영낭ᄌ젼	계사년	44장 (87면)	김광순편, 『(필사본)한국고소설전집』19, 경인문화사, 1993. 67~153쪽.
슉영낭자전 이라	갑신년	34장 (67면)	단국대 율곡기념도서관, 『漢籍目錄』, 1994.(古853.5/숙2477교)
옹낭ᄌ전 상이라	연대미상	46장 (92면)	월촌문헌연구소편, 『한글필사본고소설자료총서』79, 오성사, 1986, 132~223쪽.
옥낭ᄌ젼이라	연대미상	31장 (62면)	단국대 율곡기념도서관 (율곡 고853.5 옥953)
옥낭자전	기묘년	40장 (80면)	월촌문헌연구소편, 『한글필사본고소설자료총서』75, 오성사, 1986. 652~731쪽.
옥낭자전이라	연대미상	32장 (63면)	월촌문헌연구소편, 『한글필사본고소설자료총서』75, 오성사, 1986, 732~793쪽.
특별 숙영낭ᄌ젼	병진년	16장 (32면)	충남대학교 학산문고 (고서학산 集 小說類 1988.)

작품명	필사(발간) 년도	장수 (면수)	출처
슉영낭즈젼 단	1860년	28장 (57면)	김동욱 W. E. Skillend · D. Bouchez 공편, 『古小說 板刻本 全集』4, 羅孫書屋, 1975, 445~459쪽
슉영낭즈젼 단	연대미상	20장 (39면)	김동욱, 연세대학교, 『영인 고소설 판각본 전집』2, 연세대학교인문과학연구소, 1973, 9~18쪽.
슉영낭즈젼 단	1920년	16장 (32면)	국립중앙도서관, 『고서목록』1, 1970. (古朝 48-59)
(특별) 슉영낭즈뎐	1915년	22장 (43면)	국립중앙도서관(3634-2-82(1)
슉영낭즈젼 권단	1916년	32장 (63면)	국립중앙도서관(3634-2-82(7)
(특별) 슉영낭즈젼	1917년	19장 (37면)	국립중앙도서관(3634-2-82(6)
(특별) 슉영낭즈젼	1918년	15장 (30면)	국립중앙도서관(3634-2-82(10)
박녹주 창본	1971년		문화재관리국편, 『무형문화재조사보고서』12집, 한국인문과학원, 1998, 423~430쪽.
박송희 창본	2004년		채수정 엮음, 『박록주 박송희 창본집』, 민속원, 2010, 233~250쪽.
박동진 창본	1980년대		이국자, 『판소리연구』, 정음사, 1987.

일러두기

- 영인본의 글자는 원문대로 옮기는 것을 원칙으로 하였다.
- 띄어쓰기는 현대 맞춤법을 기준으로 하여 의미 파악이 가능한 정도로 다시 정리했다.
- 소설본의 장(면)수 표시는 〈1-앞〉과 같이 표기하였고, 작품 원문에 장(면)수가 적혀 있는 경우에는 원문에 따라 표기하였다. 창본은 장(면)수로 하지 않고 장단으로 표기하였다.
- 판독 불가 글자는 □로 표시하였다.
- 원문의 줄 밖에 가필이 되어 있는 경우, 글자 옆에 (　) 표시를 하고 그 내용을 적었다.
- 한문이 병기되어 있는 경우 모두 (　)에 표기하였다.
- 표제와 내제가 다른 경우, 내제를 작품 제목으로 삼고 표제는 해제에 밝혔다.

슈뎍냥ᄌᆞ뎐 만

됴션 고려국 시졀 경상도 안동 ᄯᅡ의 ᄒᆞᆫ 션비 이라 ᄒᆞ난

송도이 잇시되 ᄒᆞᆫ셜 ᄒᆞᆫᄇᆡᆨ젼의 후예라 쇼셜 동과 ᄒᆞ여 배

살시 ᄇᆡᆨ죠판에 일ᄉᆞ져 일ᄒᆞᆫ 아실 ᄒᆞᆫ의 진동 ᄒᆞ여 나다

ᄒᆞ니 쇼신의 ᄎᆡᆨ쇼을 당ᄒᆞ여 ᄉᆞᆯᄯᅡᆫ 판주 ᄒᆞ고 ᄒᆞᆫ의 고려와

혀 울ᄉᆞ 시니 안동부의 가부되여 ᄉᆞ나 실 ᄒᆞ여 실ᄒᆞᆷ 녀 류

엄슈 울미 일 ᄎᆞᆫ딘 ᄒᆞ더니 ᄒᆞ로난 ᄒᆞᆫ이 디ᄯᆡ 세로 더부

러 ᄇᆡᆫ 쇨 ᄀᆞ의 울니 쇌 식 울기 ᄃᆞ 나 삼곡 시 쉴 쇌우

리 ᄂᆡᆫ 쾌 이 ᄇᆡᆫ 시 너 어 슈 ᄒᆞ 울 ᄎᆞᆷ 셥 슈 ᄒᆞ

슈경낭즈젼 단(김동욱 22장본)

〈슈경낭즈젼〉은 22장(44면)의 필사본이다. 영인 상태가 좋지 않고, 낙장과 훼손된 문면이 적지 않다. 글씨체는 반흘림보다는 정자에 가까우나 대체로 투박한 편이다. 시간적 배경은 '됴션 고려국 시절'이고 상공의 이름은 '빅션죠'이며 '츙열후 빅젼의 후예'로 소개된다. 작품 전반부의 서사는 필사본 계열의 서사와 대동소이하나, 자결한 낭자가 옥황상제에게 허락을 받아 재생하여 죽림도원에 거처한다. 이후 선군은 임소저와 결혼하여 두 남매를 두고, 상공 부부의 죽음 이후에 낭자를 여러 번 찾았으나 만나지 못하다가 어려움 끝에 재회한다. 선군은 돌아와 자녀와 임소저에게 낭자 만난 사연을 전하고 수경낭자는 오색채운과 함께 선군의 집으로 찾아온다. 수경낭자는 선군과 춘양, 동춘을 데리고 승천하고 지상에 남겨진 임소저는 두 남매를 길러서 명문에 출가시키고 부귀공명을 누린다. 이어서 홍길동전의 전반부가 필사되어 있다.

출처: 박종수편, 『(나손본)필사본고소설자료총서』 27, 보경문화사, 1991, 3~46쪽.

〈1-앞〉

슈경낭ᄌ젼 단

됴션 고려국 시졀의 경상도 안동 ᄯᅡᆼ의 빅션죠이라 ᄒᆞ난 ᄉᆞᄅᆞᆷ이 잇시되 츙열 후 빅전의 후예라 쇼연 등과ᄒᆞ여 볘살이 병죠판셔 일으려 일홈이 일국의 진동ᄒᆞ더니라 참ᄂᆡ 쇼인의 참쇼을 당ᄒᆞ여 삭탈관즉ᄒᆞ고 고향의 도러와 농업을 심씨니 안동부의 갑부되여스나 실ᄒᆞ의 일점 혈륙이 업스믈 ᄆᆡ일 한탄ᄒᆞ더니 ᄒᆞ로날 부인 뎡씨로 더부러 반월누의 올너 월ᄉᆡᆨ을 귀경하더니 상공이 위선 탄 왈 우리 연광이 반이 너머스되 후ᄉᆞ을 젼할 ᄌᆞ식 업스니 연염하니

〈1-뒤〉

화 엇지ᄒᆞ며 쥭어도 뫼인이 되어스니 엇지 실푸지 안이할리요 뎡씨 왈 슴천 지뫼여 무ᄌᆞᄒᆞᆫ 뫼 크다 ᄒᆞᆫ나다 당이 ᄂᆡ침직ᄒᆞ되 군ᄌᆞ의 너부신 덕으로 ᄒᆡ로 ᄒᆞ오니 후에여 엇지 됴상게 뵈올닛가 듯ᄉᆞ오니 ᄐᆡ백산 즁영봉의 지셩으로 발원ᄒᆞ오면 혹 ᄌᆞ식을 본다 ᄒᆞ오니 우이도 졍셩으로 발원ᄒᆞᄉᆞ이다 ᄒᆞᆫᄃᆡ 상공이 왈 비러 ᄌᆞ식을 어들진ᄃᆡᄃᆡ 셰상 무ᄌᆞᄒᆞᆫ ᄉᆞᄅᆞᆷ □□ 그러□□ 부인 소원ᄃᆡ로 ᄒᆞ옵소서 ᄒᆞᆫ더 부인이 그날부터 □□□고 ᄐᆡ빅산의 드러가 지셩으로 쳔졔을 지ᄂᆡ어더니 과연 그 달

〈2-앞〉

부터 ᄐᆡ기 잇서 십삭이 되ᄆᆡ 집안의 안ᄀᆡ ᄌᆞ옥ᄒᆞ여 나알ᄀᆡ 옥동ᄌᆞ을 탄ᄉᆡᆼᄒᆞ오니 하늘노서 한 □□ 나려와 옥병의 항슈을 지우려 ᄋᆡ기을 식기우이고 부닌을 향ᄒᆞ여 갈오되 이 ᄋᆡ기난 천상 션관으로 요지예 가 슉낭ᄌᆞ로 더부러 흐롱ᄒᆞᆫ 뫼료 상졔 노ᄒᆞᄉᆞ 인간의 젹거ᄒᆞ며 옥낭ᄌᆞ와 슴ᄉᆡᆼ연을 ᄆᆡ져ᄉᆞ온니 부듸 귀이 길너 천졍을 어긔지 마옵쇼셔 ᄒᆞ고 문득 간듸업거날 부닌이 정신을 진졍ᄒᆞ여 상공을 쳥ᄒᆞ니 상공이 드러와 ᄋᆡ긔을 본이 얼골이 관옥 갓고

우난 쇼릐 웅장ᄒᆞ여 현연ᄒᆞᆫ 션관얼 너와 부모 ᄉᆞ랑ᄒᆞ신미 장듕 보옥 갓치 역계 일홈을 션군이라 ᄒᆞ다 션군이 졈졈 잘라나믜 븨오지 안이ᄒᆞ여도 □□□□□□ 무불통□ᄒᆞ니 층찬 안이ᄒᆞ나 니 업더라 션군 □□□□□□□ 준슈ᄒᆞᆫ 풍치와 문필이 과인ᄒᆞ니 보모 듕이 역계 □혼슈을 금심ᄒᆞ더라 각셜 슈

〈2-뒤〉

경낭ᄌᆞ 천상의 득뫼ᄒᆞ고 옥연동의 젹거ᄒᆞᆫ 후로 션군과 연분지듕ᄒᆞᆫ난 션군이 천상일을 알지 못ᄒᆞ여 타문의 구혼ᄒᆞ니 낭ᄌᆞ 싱각ᄒᆞ되 우리 인연이 인간의 젹거ᄒᆞ여 빅연 언약을 미져더□ □□ 낭군이 타문의 구혼ᄒᆞ이 ᄉᆞᆷᄉᆡᆼ 연분이 속졀업시 ᄒᆞᄉᆞ오다 이날 밤의 션군 침소에 가셔 일으되 낭군은 쳡을 몰으시난잇가 쳡은 천상 션예로 요지연 가셔 그ᄃᆡ와 호롱ᄒᆞᆫ 뫼로 상졔계뫼을 지여 인간의 나려와 연분을 믯져거날 낭군은 엇지 타문의 구혼ᄒᆞ시난잇가 일러 연졍지ᄒᆞ와 지달□□ᄒᆞ며 ᄌᆡ삼 당부ᄒᆞ엿던이 션군이 잠을 ᄭᆡ여 본즉 □□□□이라 낭ᄌᆞ의 곳다온 얼골이 눈의 암암ᄒᆞ고 말소리 귀예 ᄌᆡᆼᄌᆡᆼᄒᆞ미 □□호치난 웃듯 셩 그리 듯 호탕ᄒᆞᆫ 마음의 ᄌᆞ연 병이 되ᄃᆡ 부모 보시고 네 병셰을 본이 괴이ᄒᆞ

〈3-앞〉

도다 긔이 말고 소회을 일으아 ᄒᆞ시이 션군이 긔이 못ᄒᆞ여 왈 모연 모일의 천상 션여 옥픠을 타고 날여와 일래일래ᄒᆞ옵더이 그날부텀 병이 되어 십입골슈 병여난이다 ᄒᆞ거날 부모 왈 너을 나흘 ᄯᅢ여 ᄒᆞᆫ날노셔 션여 나려와 엿ᄎᆞ엿ᄎᆞᄒᆞ고 갓스나 그려나 이제 낭ᄌᆞ 어ᄃᆡ가 찻일이요 ᄭᅮᆷ은 다 허ᄉᆞ라 심에 말고 음식이나 잘 먹으라 ᄒᆞ시ᄃᆡ 션군이 고왈 아모리 ᄭᅮᆷ이 허ᄉᆞ온들 경영이 언역을 듕이 믜져ᄉᆞ온이 엇지 허ᄉᆞ라 ᄒᆞ올잇가 음식을 젼폐ᄒᆞ고 병이 졈졈 듕ᄒᆞ거라 부모 민망ᄒᆞ여 빅약으로 치회ᄒᆞ되 됴금도 차호 업난지

라 각셜 낭ᄌᆞ 비록 옥년동의 잇스나 낭군의 병이 듕ᄒᆞᆫ 쥴 알고 밤마도 공듕의 왕ᄂᆡᄒᆞ며 일로디 엇지 낭군은 안여ᄌᆞ을 잇지 못ᄒᆞ여 병이 몸의 갓득ᄒᆞ엿습난잇가 □□□□□ᄒᆞ며 유리병 솃을 ᄂᆡ여 놋고 일으릐 이 약은 불노초요져 병은 환ᄉᆡᆼ쥬오니 이 약을

〈3-뒤〉

씨옵소셔 ᄒᆞ고 간듸업거날 선군이 꿈의 낭ᄌᆞ 보고 더옥 병세 즁ᄒᆞ여 ᄉᆞ경의 당ᄒᆞ여난지라 낭ᄌᆞ 이날밤 꿈의 와서 낭군을 어로만지며 일으되 병이 잇갓치 듕ᄒᆞ온이 쳡의 화상을 병듕의 걸러두고 날 갓치 시시로 보시계 ᄒᆞ며 쏘ᄒᆞᆫ 옥동ᄌᆞ ᄒᆞᆫ 쌍을 쥬며 왈 이것슬 벽상의 거러두오면 ᄌᆞ연 부귀ᄒᆞ올이다ᄒᆞ거날 ᄭᆡ달은이 낭ᄌᆞ 츰오의 누어난 듯ᄒᆞ더라 션군이 병세난 졈졈 ᄎᆞ효업고 쏘ᄒᆞᆫ 옥동ᄌᆞ ᄒᆞᆫ 쌍 그인 화상 벽상의 거러슨이 근쳐 ᄉᆞ름이 ᄌᆞ연 ᄎᆡ단을 가지고 귀경ᄒᆞ난 ᄉᆞ름이 구름 뫼 듯ᄒᆞ니 ᄀᆞ세 졈졈 요부ᄒᆞ더라 선군은 일편단심이 다만 낭ᄌᆞ뿐이라 잇튼날 낭ᄌᆞ 낭군 병셰을 ᄉᆡᆼ각 두로 ᄒᆞ여 꿈의 와 이르되 낭군이 쳡을 잇지 못ᄒᆞ여 병이 낫지 못ᄒᆞ오니 엇지 염예 되지

〈4-앞〉

안이할이요 낭군 ᄃᆡᆨ의 시비 ᄆᆡ월노 잠간 폅을 숨어 적막ᄒᆞᆫ 심회을 디유소셔ᄒᆞ거날 ᄭᆡ달은이 남기일몽이라 잇든날 ᄆᆡ월노 쳡을 숨어 이 울울ᄒᆞᆫ 심회을 □□더라 그러나 낭ᄌᆞ을 ᄉᆡᆼ각ᄒᆞ면 무듀공산의 잔나비 쉬파람 불고 두견이 슬피 울고 만슈 천□의 각ᄉᆡᆨ소ᄅᆡ에 반□□□□□적언 간□ 굽이굽이 다 독난다 일러□ 심회을 밤낫이로 ᄉᆞ모ᄒᆞ니 낭ᄌᆞ 심상□을 엇지 현할리요 잇ᄯᅢ 낭ᄌᆞ ᄉᆡᆼ각ᄒᆞ되 낭군ᄋᆡ 병세가 ᄇᆡᆨ약 뮤효ᄒᆞ어 허ᄉᆞ로다 ᄒᆞ고 쏘 꿈의 가셔 일으되 낭군이 쳡을 볼야 ᄒᆞ거든 옥연동을 차져오라 ᄒᆞ거날 ᄉᆡᆼ각ᄒᆞ이 마음이 황홀ᄒᆞ어 붓친 젼 엿자오되 간밤의 몽즁의 낭ᄌᆞ 와셔 일러일러ᄒᆞ고

갓사온나 아몰이 싱각ᄒᆞ와도 그곳슬 차ᄌᆞ 갈려ᄒᆞ난이다 상공이 소왈 너난 실셩

〈4-뒤〉

ᄒᆞ엿도다 ᄒᆞ고 듯지 안이ᄒᆞ시거날 선군이 부모을 어기지 못하여 숨사일 간청ᄒᆞᆫᄃᆡ 부모 하락ᄒᆞ시거날 션군이 깃거 부모계 ᄒᆞ즉ᄒᆞ고 옥연동 차져갈 ᄉᆡ 동적을 몰나 울울ᄒᆞᆫ 심회을 이기지 못ᄒᆞ여 듀마급편으로 지쳐 업시 가던이 석양은 ᄉᆡ산ᄒᆞ고 갈 길은 쳘이으다 쳔봉만학은 기림갓치 평풍치고 슈려ᄒᆞᆫ 폭포셩은 골골이 간슈로다 두견 쳡동은 자오 사람을 됴롱ᄒᆞ고 탐화봉첩은 츰ᄉᆡᆨ으로 희롱ᄒᆞ이 별유천지 비인간인시라 힝장일□ 차려 가셔 ᄒᆞᆫ고ᄃᆡ 다다은이 듀각 화각이 반공의 소셔난ᄃᆡ 션판의 ᄉᆡᆨ엿스되 옥연동 관음젼이라 ᄉᆡᆨ엿더라 션군이 바로 당상의 올너간이 낭ᄌᆞ 션군을 보고 퇴셕의 왈 엇드헌 □□□ 선경을 □□임으로 츌입ᄒᆞ는야 ᄎᆡᆨ망ᄒᆞ이 쳔군 나난 유산ᄀᆡᆨ 일너이 션경을 모로고 더러와ᄉᆞ오니 되ᄉᆞ무셕이로소이다 낭ᄌᆞ 왈 그ᄃᆡ 목심을 ᄋᆡᆨ기거든

〈5-앞〉

속기나가라 ᄒᆞ며 다시 말이 업거날 심ᄉᆞ 낙막ᄒᆞ여 아몰이 싱각ᄒᆞ여도 잇ᄯᆡ을 타지 못ᄒᆞ면 다시 만나지 못할이라 ᄒᆞ고 졈졈 들어가 안지며 왈 낭ᄌᆞ난 나을 몰오시난잇가 낭ᄌᆞ 동시 몰오난 쳐ᄒᆞ고 쳥이불문ᄒᆞ니 션군이 할리 업셔 무유□ 날여션니 낭ᄌᆞ 그져야 옥빈홍안의 울음을 며음고 평풍의 비계 셔셔 단슌호치 반기ᄒᆞ며 갈오ᄃᆡ 낭군은 가지 말으시고 ᄂᆡ의 말을 들어소셔 그ᄃᆡ는 동시 지감이 업도다 아모리 천상 연분인들 헛도이 허낙ᄒᆞᆯ올잇가 션군이 그져야 완완이 거러 드러가니 낭ᄌᆞ 옥슈을 드러 셔로 잡고 좌졍 후의 금침의 비게 안져 담화할ᄉᆡ 낭ᄌᆞ을 자셔이 보이 아미산의 반만 웃난

알빗치다 션군 갈오딕 낭즈을 이러 되면ᄒᆞ옵고 쥭ᄉᆞ온들 무삼 여한이 잇ᄉᆞ올잇가 낭즈 염용 딕왈 쳡 갓튼 안여즈을 ᄉᆡᆼ각ᄒᆞ여 일신의 병이 되이 엇지 댱부야 ᄒᆞ올잇가 우리

〈5-뒤〉

양인니 쳔상의 득되ᄒᆞ고 인간외 나려와 만날 날리 ᄉᆞᆷ연을 젹ᄒᆞ엿ᄉᆞ온니 삼연 후외 예을 □□ 빅연을 긔약ᄒᆞᄉᆞ이다 만닐 □□ 몸을 허ᄒᆞ오면 쳔의을 거살이미요 ᄯᅩᄒᆞᆫ 무려 막심ᄒᆞ온이 후긔을 발ᄋᆡ난이다 션군 왈 일긱이 여삼추온이 엇지 지ᄂᆡ리요 낭즈 피셕 딕왈 아모리 그려ᄒᆞ오나 쳔명을 엇지 어긔올잇가 션군니 왈 그려 도려갈야 ᄒᆞ시면 목심이 비됴득□이라 황쳔의 도러가오면 낭즈□□ 엇지 편ᄒᆞ올잇가 낭즈 집희 ᄉᆡᆼ각ᄒᆞ와 불의든 나비을 살여듀옵소셔 ᄒᆞ며 ᄉᆡᆨᄉᆡᆼ을 졀단ᄒᆞ□ 낭즈 ᄉᆡᆼ각ᄒᆞ되 셩셰가 □난쳬ᄒᆞᆫ지라 빅이 사지ᄒᆞ여도 무간ᄂᆞ라 이ᄯᆡ 명월이 만졍ᄒᆞ고 야심 삼경이라 사광 홍촉ᄒᆞ의 난여봉착ᄒᆞ니 엇지 무심홀이요 심사 즈연 여광여취ᄒᆞ여 졈졈 □□□□□ 낭즈 할길

〈6-앞〉

업어 빙셜 갓튼 졍졀을 굽펴 몸을 허ᄒᆞᆫ니 션군이 그져야 길을뎐 졍회을 풀어 □□□□□원낭이 녹슈의 깃드림 갓들라 ᄉᆞ랑도 거지 업고 연분도 집플시고 청운의 공명도 나난실고 만ᄉᆞ 다□심이라 낭즈 왈 쳡의 몸이 부졍ᄒᆞ와 공부도 부질 업고 낭군과 ᄒᆞᆫ 가지로 옥교의 올어안져 집의 도러오난지라 잇ᄯᆡ 낭즈의 얼골을 자셔이 보니 셜부화용은 쳔ᄒᆞ의 졀ᄉᆡᆨ이요 원앙지락을 일으게 ᄒᆞ니 양인졀이 비할 딕 업더라 션군이 낭즈게 츰혹ᄒᆞ여 학업을 젼페ᄒᆞ이 상공 부부 심예되 즈식 남ᄆᆡ을 나어스되 ᄯᆞᆯ 일흠은 츈향이요 아들 일

〈6-뒤〉

홈은 동츈이라 연ᄒᆞ여 ᄀᆞ세 요부ᄒᆞ니 □후의 무졍이란 졍ᄌᆞ을 짓고 □ᄒᆞ의 빅회ᄒᆞ더니 부모 보시고 심오ᄃᆡ 네의 양인 짓□ᄒᆞ의 빅□ᄒᆞ던니 부모 보시고 일울되 네의 양인은 천상연분이 젹실하다 하시고 션군을 부르너 왈 과거을 뵈이다 ᄒᆞ이 가셔 입신양명ᄒᆞ라 ᄒᆞ고 길을 ᄌᆡ촉ᄒᆞ신이 션군 왈 울이 가셰 요부ᄒᆞ옵고 노비 쳔여 귀 여ᄒᆞ온니 무엇시 부족다ᄒᆞ와 펴살ᄒᆞ올잇가 ᄒᆞ고 바로 낭ᄌᆞ 방의 드러가 부형ᄒᆞ시던 말삼을 ᄒᆞ며 과거을 안이 보기로 작졍ᄒᆞ이 낭ᄌᆞ 염용 ᄃᆡ왈 당부가 세상의 쳐ᄒᆞ야 용문의 솟다온 일홈을 올여 됴싱을 영화로 빗남미 장부의 썻썻ᄒᆞᆫ 일이연날 낭군은 쳡을 잇지 못ᄒᆞ여 과거을 안이 보려 ᄒᆞ니 부모

〈7-앞〉

쒸둉과 외인의 우음이 쳡의계 밋칠거신이 낭군은 ᄉᆞ정을 ᄉᆡᆼ각ᄒᆞ와 과거의 가옵소셔 ᄒᆞ며 힝중을 찰여 쥬며 왈 만일 안이 ᄀᆞ오면 쳡이 살지 안이ᄒᆞ올이다 ᄒᆞ고 금은 수천 양과 노ᄌᆞ 오륙 인을 틱츌ᄒᆞ여 길을 ᄌᆡ촉ᄒᆞ니 션군이 마지 못ᄒᆞ여 □□□□의 발힝할 ᄉᆡ 부모게 ᄒᆞ직ᄒᆞ고 낭ᄌᆞ을 도러보와 왈 부모님 모시고 어인 ᄌᆞ식을 덥니고 ᄂᆡᄂᆡ 무광ᄒᆞ옵소셔 ᄒᆞ고 써날ᄉᆡ 한 거름의 도러보고 두 거름의 돌오보니 낭ᄌᆞ 화용의 우음을 머금고 즁문의 비겨셔셔 여여 당부 왈 쳡이 원경의 편안이 ᄃᆞᆫ여오옵쇼셔 ᄒᆞ고 비횡을 금치 못ᄒᆞ니 션군의 일촌간

〈7-뒤〉

간장이 녹난 듯ᄒᆞ더라 둉일토록 ᄀᆞ되 계요 슴시십 이을 가난지라 슉소ᄒᆞ고 셕반을 밧드이 낭ᄌᆞ의 말소ᄅᆡ 귀예 징징ᄒᆞ고 얼골이 눈의 암암ᄒᆞ여 ᄒᆞᆫ 숄도 먹지 못ᄒᆞ고 긱창ᄒᆞᆫ 등의 홀로 안져스니 낭ᄌᆞ 형용 안젼의 안저난 듯ᄒᆞ여

ᄌᆞ셔이 보면 헌것시와 마음을 진정치 못ᄒᆞ여 이경초 ᄉᆞᆷ경말의 도어와 첩첩ᄒᆞᆫ 담ᄌᆞᆼ을 넘어 낭ᄌᆞ 방의 드러가이 낭ᄌᆞ 뇌ᄂᆡ여 왈 이 깁푼 밤의 엇지 오신잇가 션군이 ᄃᆡ왈 동일 삼십 이 가셔 슉소를 정ᄒᆞ옵고 낭ᄌᆞ을 상각ᄒᆞ여 심신이 살난ᄒᆞ여 음식도 먹지 못ᄒᆞ옵고 병이 날가 염여되여 완난이다 ᄒᆞ고 금침의 의지ᄒᆞ며 밤이 집도록 심회을 록난지라 잇ᄯᆡ 상공이 션군을 경셩의 보ᄂᆡ고 □□□□□□ 도적을 살피라

〈8-앞〉

ᄒᆞ고 두로 단이던이 만참 동별당의 일은이 남ᄌᆞ의 소리나거ᄂᆞᆯ 상공이 ᄉᆡᆼ각ᄒᆞ되 ᄂᆡ 집이 담ᄎᆞ이 놉고 노복이 만ᄒᆞ되 외인이 임으로 출입지 못ᄒᆞ난ᄃᆡ 괴이ᄒᆞ다 하고 창하ᄋᆡ 귀을 기울려 드르이 달은 곳ᄃᆡ셔 나난 소ᄅᆡ 안이여날 □□만단ᄒᆞ여 쳐소로 도려온□라 상공이 부인 정씨로 더부러 아모리 ᄉᆡᆼ각ᄒᆞ여도 슈상ᄒᆞ여 다시 가본이 낭ᄌᆞ 이윽키 말ᄒᆞ□ 부친이 문박긔 오심을 알고 낭군을 금침의 감초고 ᄋᆡ회을 달ᄂᆡ 왈 너의 부친이 장원급제ᄒᆞ여 영화로 나려온다 ᄒᆞ고 ᄋᆡ긔을 달ᄂᆡ난 쳐ᄒᆞ거날 상공이 침소의 도러온이라 잇ᄯᆡ 낭군을 ᄀᆡ유ᄒᆞ여 왈 부모임게서 문바긔 계시다가 갓사온이 낭군은 첩을 잇지 못ᄒᆞ여 ᄆᆡ양 왕ᄂᆡ ᄒᆞ나 다시 그리 마옵고 경셩의 올너가 급졔ᄒᆞ여 영화로 나려와 부모계 뵈오면 그 안

〈8-뒤〉

이 장ᄒᆞ온잇가 다시난 오지 마옵소서 한ᄃᆡ 션군이 올흐 역어 그 밤의 쥬졈의 가이 하인이 잠을 □□ ᄭᆡ엿거날 잇든날 길을 졔오 오십 이 가 쥬막의 드려스니 독슈공방의 홀로 주어슨이 낭ᄌᆞ 잇지 못ᄒᆞ난 마음이 즁심의 가득ᄒᆞᄃᆡ 쳔만 가지로 ᄉᆡᆼ각ᄒᆞ여도 안이 보든 못할지라 ᄯᅩ 밤의 낭ᄌᆞ 방의 간이 낭ᄌᆞ ᄃᆡ경 왈 낭군이 밤이면 오악가락 ᄒᆞ시다가 즁노의 병이 들연 엇지ᄒᆞ니 ᄒᆞ신

난이가 만일 쳡을 잇지 못ᄒᆞ면 쳡의 □□□ □□ 가볼이다 ᄒᆞᄃᆡ 션군이 ᄃᆡ왈 낭ᄌᆞ난 규중 여ᄌᆞ라 엇지 □□□할리오 ᄒᆞᄃᆡ 낭ᄌᆞ 화상을 ᄂᆡ여 쥬며 왈 이 화상은 쳡의 용모오니 □듕의 두엇다가 혹 보시고 변ᄒᆞ거든 쳡이 편치 못ᄒᆞᆫ 쥴 아르소셔 ᄒᆞ고 ᄉᆡ벽의 이별ᄒᆞ□□ 상공이 마음의 ᄋᆡ통ᄒᆞ여 동별당ᄒᆞ외 귀을 긔울

〈9-앞〉

여 ᄌᆞ셔이 드르이 ᄯᅩ 남ᄌᆞ의 소ᄅᆡ 나거날 상공이 ᄌᆞ탄ᄒᆞ되 □□ 낭ᄌᆞ 방의셔 남ᄌᆞ의 소ᄅᆡ 드러□ 반다시 흉악ᄒᆞᆫ 놈이 낭ᄌᆞ와 통간ᄒᆞᆫ난도다 ᄒᆞ고 쳐소로 도러와 호의만단ᄒᆞ더라 상공 부쳐 낭ᄌᆞ을 불너 왈 일오ᄃᆡ 요ᄉᆞ이 집안이 부여스ᄆᆡ ᄂᆡ 도젹을 살피야고 두로 단임다가 너의 쳐소ᄋᆡ 일으이 남ᄌᆞ의 소ᄅᆡ 나거날 괴이 역던이 ᄯᅩ 닛튼날 밤의 가셔 드른직 남ᄌᆞ의 소ᄅᆡ 됴시 난이 괴이ᄒᆞ야 긔이지 말고 발로 일으라 □□날 염□ᄃᆡ왈 밤이면 심심ᄒᆞ여 츈양 동츈 ᄆᆡ월노 더부러 말삼ᄒᆞ엿난이다 ᄒᆞᆫᄃᆡ 상공이 더옥 슈상이 역여 왈 요ᄉᆡ이 낭ᄌᆞ 방의서 남ᄌᆞ의 소리 나거날 불너 □은직 너로 더부러 탐화ᄒᆞ 엿노라 ᄒᆞ더니 너가 분명 가지 안의ᄒᆞ엿스면 엇더한 놈을 통간ᄒᆞ난가 □□ □□□

〈9-뒤〉

□□□□그 놈을 자부야 ᄒᆞᆫᄃᆡ ᄆᆡ월이 분부을 듯고 듀야 직긔되 죵젹을 알지 못ᄒᆞ난지라 ᄆᆡ월이 ᄉᆡᆼ각ᄒᆞ되 셔방임이 낭ᄌᆞ을 취ᄒᆞ신 후난 나을 도려보난 ᄇᆡ 업스이 엇지 ᄂᆡ 마음이 온젼ᄒᆞ리요 잇ᄯᅢ을 타 낭ᄌᆞ을 음히ᄒᆞ면 그 안이 상착이야 ᄒᆞ고 금은 슈쳔 양을 도젹ᄒᆞ여다 가듀고 졔의 동간과 의논ᄒᆞ되 금은 슈쳔 양을 쥴거신니 뉘 능희 낭ᄌᆞ을 함홀고 ᄒᆞᆫᄃᆡ 그 듕의 돌귀라 ᄒᆞ난 놈이 탐ᄌᆡ호ᄉᆡᆨᄒᆞ난 놈이라 ᄆᆡ월이 돌귀을 달이고 일너 왈 셔방임이 날을

슈뎍으로 알오시던이 낭즈을 취한 후로 장츠 팔 연 되오되 한번도 보시들 안이ᄒᆞ시이니 ᄂᆡ 맘음이 온젼홀이요 음히ᄒᆞ여 셜분코즈 ᄒᆞ노라 ᄒᆞ여 오날 밤의 낭즈 방문 밧기 잇다가 엿츠엿츠ᄒᆞ면 상공이 보시고 분노ᄒᆞ어 그듸을 잡부리야 할 거신이 그듸난 방문을 열치고 나오 쳬ᄒᆞ라 ᄒᆞ고 ᄆᆡ월이 거동 보소 상공 침소의 더으가 엿츠엿츠 엿즈오ᄃᆡ 소여 듯이 밤마다 별당외 슈직 ᄒᆞ되

〈10-앏〉

외인을 보지 못ᄒᆞ옵던이 오날밤의 엇더 놈이 낭즈 방으로 더어가옵거날 즈셔이 드르직 그 놈과 희롱ᄒᆞ온이 가셔 보사이다 ᄒᆞᆫᄃᆡ 상공이 ᄃᆡ노ᄒᆞ야 큰 칼을 들고 밧비 들어간이 엇더 놈이 낭즈 방으로 도여나와 도망ᄒᆞ거날 상공이 ᄃᆡ로ᄒᆞ여 노즈으로 잡어ᄂᆡ여 엄형 궁문 왈 ᄂᆡ 집이 담당이 놉고 비복이 □ᄒᆞ되 외인이 임으로 출입지 못ᄒᆞ거□ □□의 엇더ᄒᆞᆫ 놈이 낭즈 방이 드어가 통간ᄒᆞ난다 발로 알이라 ᄒᆞ신듸 ᄆᆡ월이ᄂᆞᆫ 밋져 낭즈 방의 문을 두달이며 소ᄅᆡ을 그계ᄒᆞ여 왈 낭즈난 무슨 잠으로 집피 자ᄂᆞᆫ고 □□ 기금 ᄃᆡ감계옵셔 낭즈을 급피 잡어오라 ᄒᆞ난이다 ᄒᆞᄃᆡ 낭즈 정신이 업셔 문왈 무삼일이 잇너야 ᄒᆞ니 ᄆᆡ월이 ᄃᆡ왈 낭즈난 엇더한 놈을 통간ᄒᆞ엿

〈10-뒤〉

관ᄃᆡ 무죄ᄒᆞᆫ 소인 등을 □□□난잇가 급피 더러가 무듸ᄒᆞᆫ □□을 살여 듀옵 소셔 ᄒᆞ고 구박이 즈심ᄒᆞ거날 낭즈 이 말을 듯고 아몰이 할 쥴을 모르더라 지촉이 셩화 갓든이 □□못ᄒᆞ여 드러가 엿즈오ᄃᆡ 무슴 되로 이 갓치 집품 밤의 잡어오라 ᄒᆞ난잇가 상공이 분노ᄒᆞ여 갈오ᄃᆡ 거번의 네 침소의 가 드른 직 외인으로 더불러 말□□□ 물은직 요ᄉᆞ이 심심ᄒᆞ여 츈양 동츈 ᄆᆡᆼ월노 더부러 말ᄒᆞ다 홈여 ᄆᆡ월을 불너 물은즉 너 방의 간 일리 업노라 ᄒᆞ□□□ᄒᆞ

여 슈즉ᄒᆞ라 ᄒᆞ엿던이 과연 오날밤의 엇더ᄒᆞᆫ 놈이 네 방으로셔 나옴물 분명이 가 보와온이 엇지 발명ᄒᆞᆫ이 낭ᄌᆞ ᄃᆡ경 질ᄉᆡᆨᄒᆞ여 왈 발명 모로오이 셰셰통촉ᄒᆞ옵소셔 쳡의 몸이 비록 인간의 잇ᄉᆞᆫ나 빙셜 갓튼 졀ᄀᆡ을 굽피오면 후싱 되을 면ᄒᆞ올잇가

〈11-앞〉

상공 더욱 분노ᄒᆞ여 종으로 호영ᄒᆞ여 낭ᄌᆞ을 결박ᄒᆞ여 안치 치이 ᄃᆡ질 왈 너 되난 □□부셕이라 ᄒᆞ고 □□ 그 놈의 셩명을 일으라 ᄒᆞ고 ᄆᆡᆼ장ᄒᆞ니 낭ᄌᆞ□□□ 뒤 귀밋ᄐᆡ 흘은난니 눈물이요 박셜 갓튼 몸외 흘은난이 유혈이라 낭ᄌᆞ 졍신을 진졍ᄒᆞ여 엿ᄌᆞ오ᄃᆡ 낭군이 가던 날 계오 ᄉᆞ오십 이을 가슉소ᄒᆞ고 야간의 단여가옵고 ᄯᅩ 잇튼날 밤외 와슙기예 쳡이 죽도록쎠 가유ᄒᆞ여 보ᄂᆡ옵고 어린 소견의 ᄉᆞ동이 날가 ᄒᆞ와 녓잡지 못ᄒᆞ엿슙던이 조물의 시긔ᄒᆞ고 귀신이 작희ᄒᆞᆫ지 일언 누명을 입ᄉᆞ와 ᄉᆞ경일으십읍이 무삼 말삼ᄒᆞ올잇가 ᄒᆞ고 하날을 우러려 통곡 왈 천지 일월 ᄒᆞ감ᄒᆞ와 무되ᄒᆞᆫ 목슘을 발계쥬옵소셔 ᄒᆞ시이 시모 뎡씨 ᄎᆞ목ᄒᆞᆫ 거동을 보고 상공계 고왈

〈11-뒤〉

엿 말슴의 물은 시회 다시 담지 못ᄒᆞᆫ다 ᄒᆞ온이 발계 보시지 안이ᄒᆞ시고 낭ᄌᆞ의 빙옥 졀ᄀᆡ을 한탄ᄒᆞ온이 엇지 후회 업시이요 ᄒᆞ고 결박ᄒᆞᆫ 것슬 풀어 놋고 낭ᄌᆞ을 붓들고 탄왈 상공 망영되여 너희 졍졀을 모로고 이ᄃᆡ지 박ᄃᆡᄒᆞ엿슨이 다시 너을 볼낫지 업다 ᄒᆞ시고 별당으로 드러가라 ᄒᆞ신ᄃᆡ 낭ᄌᆞ 말슴ᄒᆞ되 음양 ᄌᆞ는 살지 못ᄒᆞᆫ다 ᄒᆞ온이 엇지 살기을 발ᄅᆡ잇가 ᄒᆞ고 죽어 맛당ᄒᆞ다 ᄒᆞ고 옥잠도 ᄲᆡ여 들고 명천ᄒᆞᆫ 일월는 하감ᄒᆞ옵소셔 쳡이 말일 외인을 통간ᄒᆞ여거든 이 칼리 쳡의 가삼의 박키옵고 만일 ᄋᆡᄆᆡᄒᆞ옵거든 셤슨 박키여 흑빅을 갈리여 쥬옵소셔 당도을 던진이 셤듯 박키거날 상공과 노복이

보고 딕경ᄒᆞ여 낭ᄌᆞ을 위로 왈 이딕지 박ᄒᆞᆫ는다 닉의 허물인이 너무 셜어 말고 방으로 덜어갈라 ᄒᆞ신딕 낭ᄌᆞ 통곡ᄒᆞ며 죽키로 졀단ᄒᆞ이 뎡씨 그 차목ᄒᆞ물 보고 왈 낭

〈12-앞〉

ᄌᆞ 죽어면 션군도 졀단코 죽을□ ᄒᆞ 거신이 이 이을 장ᄎᆞ 엇지ᄒᆞᆯ이요 ᄌᆞ탄ᄒᆞ더라 츈양 동츈이 울며 어머임아 죽지 말으소서 아버임 오시거든 원통ᄒᆞᆫ 말삼이나 ᄒᆞ옵소셔 어멈임 죽어시면 동츈을 엇지 ᄒᆞ신난잇가 뉘을 밋고 살리잇가 손을 잡고 방으로 드러가사이다 ᄒᆞ니 낭ᄌᆞ 마지 못ᄒᆞ여 별당의 드러가 츈양을 겻틱 안치고 동츈을 겻틱□며 ᄒᆞᆫ탄ᄒᆞ다 ᄎᆡ단을 닉여녹고 머리을 어로 만지며 왈 닉 죽을 거신이 너의 부친은 쳘이 원정의 날 죽언 줄 몰오고 잇스이 닉 심ᄉᆞ 더옥 슬푸도다 츈양아 이 빅션은 치은 씩 부치면 더운 바람이 ᄂᆞ고 더운 씩 분치면 찬 발람이 나난 석스니 잘 간슈ᄒᆞ여ᄃᆞ가 동츈이 ᄌᆞᆼ셩ᄒᆞ거든 쥬계ᄒᆞ며 져 칠모단의 든 ᄎᆡ단은 쳔상 비단인이 잘 간슈허여 네ᄀᆞ씨게 ᄒᆞ여라 어인 동싱을 ᄌᆞᆯ 길으게 ᄒᆞ여라 □□□□ 황천

〈12-뒤〉

길을 뉘을 보ᄌᆞ고 갈양ᄒᆞ며 눈물니 비오듯ᄒᆞ니 춘양니 울며 모친을 만단 ᄀᆡ유ᄒᆞᄃᆞ가 밤이 집푸믹 잠을 드어던이 츈양 동츈이 잠을 ᄭᆡ면 죽지 못ᄒᆞ게 ᄒᆞᆯ 것스니 닉 몸의 이 갓치 더로온 허물을 이고 엇지 살이요 효금의을 닉여 나고 금침을 도도 벼고 옥장도을 드러 ᄀᆞ슴을 지름에 헤쳔ᄒᆞ며 큰비 날이며 천동소릭 진동ᄒᆞ이 츈양이 천동소익에 놀닉여 ᄭᆡ나 모친 ᄀᆞ슴익 장도가 박키거날 놀닉여 □지 안이ᄒᆞ난지라 동츈을 ᄭᆡ여 달닉고 신체을 븟들고 낫칠 한딕 딕시고 방셩통곡ᄒᆞ나 동춘은 설인 것시라 모친 쥬은 쥴 몰로고 졋만 먹으려 ᄒᆞ니 그 참혹ᄒᆞᆫ 정식을 참아 보지 못할네라 곡셩이 진동ᄒᆞ니

상고부쳐 놀닉여 급피 드러ᄀ 보니 가슴의 칼을 옷고 쥭거난지라 망극ᄒ여 칼을

〈13-앞〉

쎄려ᄒ니 아니 쎅지며 할길업더라 동츈은 밥을 쥬어도 먹지 안이ᄒ고 물을 쥬어도 먹지 안이ᄒ고 졋만 먹으여 ᄒ며 우니 츈양이 거동을 보고 어린 것실 안고 경계ᄒ여 왈 인간이 별만ᄉ 즁의 우리 신세 갈연ᄒᄃ 보고지고 보고지고 어만님을 다시 보고지고 명츈 삼월 되거들 봄을 ᄯᅩᆯ어 올아난ᄀ 이번□ 오시거든 잠 씨어 ᄃ시 보아난ᄀ ᄒ며 방셩통곡ᄒ니 ᄇᆡᆨ일니 무광ᄒ고 비금쥬슈 ᄃ 우난 듯ᄒ더라 ᄉ오닐 지닉 후의 염심홀여 ᄒᆞᆫ 즉 붓고 쎨러지지 안이ᄒ니 상공 붓쳐 아모리 할 쥴을 모로더라 각셜 션군이 경셩의 올너가 이슴일 유ᄒ니 과거날겨 당ᄒ거날 ᄌ즁의 드러가 글제을 살펴보니 강

〈13-뒤〉

구의 문독요라 시지을 편쳐 놋코 요지의 먹을 갈려 일필취지ᄒ여 션장의 밧치고 나와더니 천ᄌ 보시고 충찬 왈 이 글시은 슴암은 천의인ᄌ라 ᄒ시고 봉닉을 쎄여 보니 경ᄉ도 안동 ᄯᅡ의 ᄇᆡᆨ션군이라 ᄒ여거날 직시 불너 열어번 진퇴ᄒ신 후의 할님학ᄉ을 졔슈ᄒ시니 션군이 쳔은을 축슈ᄒ시고 한원의 입직ᄒ신 후이 노ᄌ로 ᄒ여금 부모계 상□ᄒ고 낭ᄌ계 셔간ᄒ여더이 노ᄌ 쥬야로 도□ᄒ여 상공 젼의 올인ᄃ ᄀ탁ᄒ신이 그 글의 왈 쇼ᄌ 션군은 붓친 좌ᄒ의 올이난이다 쳔은이 망극ᄒ와 급저ᄒ와 할임학ᄉ의 입즉ᄒ여 싸오며 도문은 금월 망일이온이 그리 아옵소셔 ᄒ여더라 도한 낭ᄌ계 붓친 편지난 뎡씨가 츈양을 쥬어 왈 이 편지난 너의 어머□계 ᄒᆞᆫ 편지라 잘 간슈ᄒ여라 ᄒ며 실셩통곡ᄒ시이 츈양이 동츈을

〈14-앞〉

안고 편지을 들고 빈소 방의 들려가 어멈임을 흔들며 편지을 펴여 들고 낫칠ᄒᆞᆫ듸 듸고 울며 왈 어멈임아 일어나소 아범임 장원 급졔ᄒᆞ여 할임학ᄉᆞ ᄒᆞ엿다네 아범임 소식이나 듯고ᄌᆞ ᄒᆞ신던이 오날날 편지 왓슨이 아물이 고혼인들 반갑지 아이할올잇가 ᄒᆞ며 됴모님은 편지 일거쥬면 어멈임 혼이라 엇지 감동치 안이ᄒᆞ올잇가 ᄒᆞᆫ이 뎡씨 마지 못ᄒᆞ여 눈물을 머음고 일글이 ᄒᆞ엿스되 가부난 일봉 셔간을 낭ᄌᆞ계 올이놀라 부모님 모시고 연ᄒᆞ여 무량ᄒᆞ신잇가 나난 낭ᄌᆞ을 이별ᄒᆞ고 쳘이여상의 갈이여슨이 심회 엇덧다 할이요 쳔은이 망극ᄒᆞ와 할임학ᄉᆞ의 영귀ᄒᆞ엿사온이 낭ᄌᆞ의 얼인□□□침병의 안져난 듯 그ᄃᆡ을 ᄉᆡᆼ각하여 즁문을 발나본이 운산만이 □□□□ᄒᆞᆯ 셰류황잉은 한우셩을 일슴을 졔 ᄉᆡ벽 바암 찬 이실이 기럭키 실피 울고 힝여 임의 소식이나 드을가 발ᄅᆡ던이 참망ᄒᆞᆫ 구홈속의 비소ᄅᆡ 썟

〈14-뒤〉

이오다 ᄀᆡᆨ창 한등의 실솔셩 들인난듸 운우양ᄃᆡ여 츈몽도 뭇 일으이 실푸다 낭ᄌᆞ 화상이 날노 변ᄒᆞ니 무삼 변고 잇삽넌지 식불감미ᄒᆞ고 침불안셕ᄒᆞ이 이 안이 간절한가 독슈공방 셜어 말소 슈일만 기달이면 나려가셔 상ᄉᆞᄒᆞ던 졍회을 쥬야 풀 것신이 부ᄃᆡ부ᄃᆡ 심여 말고 지달이계 ᄒᆞ옵소셔 할 말슴음 다ᄒᆞᆫ나 일피노 난기로셰 ᄒᆞ엿더라 일긔을 다ᄒᆞ믹 츈양 엄미 신체을 붓들고 통곡 왈 붓치의 편지 본이 반갑지 안이ᄒᆞ온잇가 ᄒᆞ며 궁글며 통곡ᄒᆞ더라 상공 부쳐 이르되 션군이 ᄂᆡ려오면 반다시 쥭을려 할 컷스이 엇지 할고 하고 의논할 ᄉᆡ 한 시비 엿ᄌᆞ오ᄃᆡ 임진ᄉᆞ ᄯᆡᆨ의 쳥혼ᄒᆞ옵소셔 상공이 ᄃᆡ희ᄒᆞ여 왈 그 말이 올타 ᄒᆞ시고 그 ᄃᆡᆨ은 날과 친ᄒᆞᆫ지라 쳥혼할지라 ᄒᆞ고 쥭시 발힝ᄒᆞᆯ 리라 ᄒᆞ고 직시 발힝ᄒᆞ여 진ᄉᆞ ᄯᆡᆨ이 가이 진ᄉᆞ ᄃᆡ경 연졉ᄒᆞ여 왈 웃지 누지여 오시신잇가 상공이 왈 션군이 상체ᄒᆞ여슨나 이번 과거의 할임학ᄉᆞ로 나

〈15-앞〉

러 오면 집안이 붓여슨이 심화되여 병이 될 듯ᄒᆞ와 귀슈을 방구ᄒᆞ옵던이 귀ᄃᆡᆨ의 어진 낭ᄌᆞ잇다 ᄒᆞ옵기로 부로염치ᄒᆞ고 청혼코ᄌᆞ ᄒᆞ와ᄉᆞ온이 허혼ᄒᆞ시물 발ᄅᆡ난이다 진ᄉᆞ ᄃᆡ왈 경일의 션군을 잠관 보온이 션풍도골이라 ᄂᆡ의 여ᄎᆞ의 여공 ᄌᆡ질이 변변치 못ᄒᆞ오이 허낙ᄒᆞ여다가 션군의 화합지 못ᄒᆞ오면 그 안이 갈연ᄒᆞ살잇가 ᄌᆡ삼 ᄉᆞ양ᄒᆞ다가 허낙ᄒᆞ거날 상공이 ᄃᆡ희ᄒᆞ여 왈 금월 망일의 귀ᄃᆡᆨ 문젼으로 지ᄂᆡ테온이 그날노 힝외ᄒᆞᄉᆞ이다 ᄒᆞ고 집의 도러와 납ᄎᆞ을 보ᄂᆡ고 션군 오기을 지달이던이 할임이 청ᄉᆞ관ᄃᆡ예 어ᄉᆞ화을 ᄭᅩᆺ고 청용ᄀᆡ을 밧치고 화동을 쌍쌍 셰우고 쥬마로 날여오이 남녀노소 업시 질을 막어 귀경하난지라 션군이 영화로 나려온들 엇지 무심ᄒᆞᆯ이요 몸이 곤ᄒᆞ여 잠간 됴으던이 비몽 간의 낭ᄌᆞ 문을 열고 할임 겻ᄐᆡ 안지며 왈 쳡은 신운이 불힝ᄒᆞ와 셰상

〈15-뒤〉

을 발이고 구천의 돌오가스나 일젼 편지을 듯사온이 장원 급졔ᄒᆞ와 할임학ᄉᆞ로 나려온다 ᄒᆞ온이 쥭은 고혼인들 엇지 길겁지 안이ᄒᆞ리요 갈연타 낭군은 청츈의 벼살ᄒᆞ여스나 어린 ᄌᆞ식을 엇지할고 쳡이 디경되와ᄉᆞ온이 가삼을 만져보옵소셔 ᄒᆞ고 울거날 놀ᄂᆡ여 만져본이 일신의 피빗치요 칼리 박커거날 놀ᄂᆡ여 ᄭᆡ여본이 낭ᄌᆞ의 형용을 ᄉᆡᆼ각ᄒᆞ직 정신이 아득ᄒᆞ며 급피나러오던이 ᄯᅩ 밤의 ᄭᅮᆷ을 ᄭᅱ니 낭ᄌᆞ 말숨ᄒᆞᄃᆡ 이 몸은 쥭어건이와 듯ᄉᆞ온이 착ᄒᆞᆫ 가문의 어진 슉여 맛난다 ᄒᆞ오이 ᄌᆞ여을 엇지ᄒᆞ며 얼인 것슬 ᄋᆡ지즁지ᄒᆞ소셔 ᄒᆞ고 우는 솔ᄋᆡ ᄋᆡ원ᄒᆞ더라 놀ᄂᆡ여 ᄭᆡ여 길을 ᄌᆡ촉ᄒᆞ여 오던니 잇ᄯᆡ 상공이 진ᄉᆞ ᄃᆡᆨ의 가 지달이더 할임이 우의을 갓초고 나러오거날 상공이 할임을 불어 님진ᄉᆞ ᄃᆡᆨ의 들리가 열어□ 진퇴ᄒᆞ신 후의 가로되 너와 벼살의 할님학ᄉᆞ의 영귀ᄒᆞ이 엇지 진겁지 안이할이 이곳 님진ᄉᆞ ᄃᆡᆨ 소예 덕됨이

〈16-앞〉

과인ᄒᆞ고 예공 직질리 쒸여난다 ᄒᆞᆫ이 ᄂᆡ 먼져 납치ᄒᆞ엿슨이 셩예ᄒᆞ여 늘은 부모을 위로ᄒᆞᆯ 이신이 션군이 고왈 간밤의 ᄭᅮᆷ을 ᄭᅮ이 낭ᄌᆞ의 몸이 유혈이 낭ᄌᆞᄒᆞ고 견ᄐᆡ 안져보온이 무삼 연고 입삼ᄂᆞᆫ지 집의 도러가 낭ᄌᆞ 말을 듯고 할리다 ᄒᆞ고 길을 ᄌᆡ촉ᄒᆞ여 나러온이 상공 왈 혼인은 일운ᄃᆡᄉᆞ라 부모 구혼 ᄒᆞ여 육여을 갓초와 부모 안젼의 뵈□□ 거시 ᄌᆞ식의 돌이여날 너ᄂᆞᆫ 고집ᄒᆞ 여 임소졔 둉신ᄃᆡᄉᆞ을 ᄉᆞᆫ케되이 군ᄌᆞ의 ᄯᅳᆺ시 안□□□□ 션군이 묵묵 불언 ᄒᆞ고 길을 ᄌᆡ촉ᄒᆞ여 가거날 상공이 할의업셔 뒤을 됴쳐오며 갈오ᄃᆡ 네 경셩 의 간 후의 도젹을 직거라고 순향ᄒᆞ더니 낭ᄌᆞ 방의 셔남ᄌᆞ의 쇼ᄅᆡ 나기예 여간 문쵸ᄒᆞ여더니 누명을 님난다 ᄒᆞ고 쥭어스니 일언 졀통ᄒᆞᆫ 일니 어ᄃᆡ 잇슬야 ᄒᆞ신ᄃᆡ 션군이 ᄃᆡ셩질ᄉᆡᆨᄒᆞ여 문젼의 ᄃᆞ달으니 ᄋᆡ연ᄒᆞᆫ 우음 소ᄅᆡ 나거날 들어가니 츈양이 동츈을 업고 에미 신체을 붓들

〈16-뒤〉

고 업더져 울거날 할임이 그 거동을 보고 긔졀ᄒᆞ여다 회싱ᄒᆞ여 신체을 어로 만지니 가슴의 칼을 ᄲᅦ여 ᄲᅦ지난지라 그 궁긔셔 청조 셰 말리 날어ᄂᆞ더이 할님 억기예 안고 츈양 동츈 억기예 안져 우ᄂᆞᆫ 솔ᄋᆡ 엇지 다 긔록할이요 할임이 신체을 붓덜고 ᄃᆡ셩통곡ᄒᆞ이 보ᄂᆞᆫ ᄉᆞ름이 뉘 안이 울이 업더라 할임 이 우다가 긔졀ᄒᆞ여 츈양이 붓들고 울며 갈오ᄃᆡ 아버임이 ᄯᅩ 쥭어신며 뉘을 밋고 살이잇가 ᄒᆞᄃᆡ 할임이 동츈을 안고 왈 원통ᄒᆞ다 상ᄉᆞᄒᆞ던 우리 낭ᄌᆞ 회포□ 쓰인 경□ 뉘을 보고 말을 할가 원슈 원슈로다 과거가 원슈로다 급졔ᄒᆞ면 무엇ᄒᆞ며 금의 옥식인들 길거올가 낭ᄌᆞ을 곳ᄉᆡᆨ □□□□□□□□ □□□□□인 갓치 지ᄂᆡ더라 할임이 상각ᄒᆞᆫ즉 당초의 ᄆᆡ월로 쳡을 삼어□□ 낭ᄌᆞ의 연분을 밋진

〈17-앞〉

후로 미월을 박티ᄒᆞ엿던이 □□ 필연 낭ᄌᆞ을 음히ᄒᆞ여도다 ᄒᆞ고 노속□□□□□□□□□□□□□□□□□□□이 울며 무되ᄒᆞ다 ᄒᆞ거날 더욱 □□□□□□ 미월이 견듸지 못ᄒᆞ여 젼후 되ᄉᆞ을 낫낫치 고ᄒᆞ거날 돌귀을 잡어드러 결박ᄒᆞ고 문초ᄒᆞᆫ 후의 미월과 돌귀을 육시쳐참ᄒᆞ고 왈 일어 졀통ᄒᆞᆫ 일리 어ᄃᆡ 쏘 잇슬이요 ᄒᆞ고 장ᄉᆞ지닉랴고 구산할ᄉᆡ 이날 밤의 ᄭᅮᆷ을 ᄭᅮ이 낭ᄌᆞ와셔 겻히 안ᄌᆡ□□ 쳡의 이ᄆᆡᄒᆞᆫ 누명을 변졔쥬옵신이 죽은 고혼이나□□□□□□□□□□□□□ 부ᄃᆡ 불상이 역여 고이 질으옵소서ᄒᆞ □□□□□□□□□□ 옥연동 못 가온ᄃᆡ 너허 쥬옵소셔 만일 □□□□□□□□□ ᄃᆡ화을 □칠거신이 쳡의 원ᄃᆡ로 ᄒᆞ옵소셔 무슈이 경담ᄒᆞ다가 ᄭᆡ달으이 ᄒᆞᆫ ᄭᅮᆷ이라 붓친 젼의 엿잡고 상부 긔구을 찰난이 찰여 운구ᄒᆞᆯ라ᄒᆞᆫ이

〈17-뒤〉

상여가 붓고 셧어 지지 안이ᄒᆞ의 션군이 별노이 긔유ᄒᆞ되 ᄶᅥ러지들 안이ᄒᆞ던이 츈양 동츈을 말틔이여 압셰운이 그졔야 ᄶᅥ러져 슈이 가난지라 옥연동 못가의 가이 □□□□□□□장ᄉᆞ할□ 입난지라 ᄌᆞ탄 불타ᄒᆞ던이 하날의셔 흑운□□□□ᄒᆞᄃᆡ 뇌셩벽력ᄒᆞ던이 못 물이 말으거날 ᄌᆞ셔이 본이 그 가온ᄃᆡ 셕곽이 □□□□ 신쳬을 넌나온이 못 물리 찰임ᄒᆞ난지라 할임이 망극ᄒᆞ여 축문 지여 일글ᄉᆡ 축문의 왈 유셰차 모연 모월□□□부 할임은 감소고우 망실 부인 젼의 □옵난이 실푸다 숨ᄉᆡᆨ 연분으로 그ᄃᆡ을 만나 원앙비취낙으로 ᄇᆡᆨ연동낙할가 하엿던이 됴물이 시긔ᄒᆞ고 귀신이 작히ᄒᆞᆫ지 월궁의셔 상ᄉᆞᄒᆞ던 졍화을 피차간 일우지 못ᄒᆞ고 쳔만의예의 □□□로 황쳔□□□□ 엇지 졀통치 안이할이요 갈연타 낭ᄌᆞ야 셰상만ᄉᆞ을 다□□도 □갓스이

〈18-앞〉

츈양 동츈을 달러가옵소셔 □□□□□이요 □□다 낭ᄌᆞ야 신체을 동산의 무더 두□□□□□□□□□□신체을 못속의 영장ᄒᆞ엿스니 엇지 졀통치 □□□리요 유명 달오나 졍이야 변□□요 ᄋᆡ달□□ 낭ᄌᆞ□□□□□□□□ 엇지 □□□□□□□□□□□□□□□□□□□□□□□□ᄒᆞᆫ이 영혼이 잇거던 □□□□ᄒᆞ옵소셔 □□□□□□□ᄃᆡ셩통곡ᄒᆞ이 그리 창ᄒᆞᆫ 말을 다 엇지 셩은 홀리요 츈양 동츈을 압셰우고 집의 올여온이 젹막 심규의 엇지 마홈이 원졍□□ 어린 ᄌᆞ여을 달리고 ᄌᆞ탄만 ᄒᆞ던이 비몽 간의 낭ᄌᆞ 드러와 겻ᄐᆡ 안져며 왈 영별ᄒᆞᆫ 쳡을 ᄉᆡᆼ각지 말고 부모님이 구혼ᄒᆞ신 임소졔□□□□ᄇᆡᆨ 연동낙ᄒᆞ옵소셔 불ᄉᆡᆼᄒᆞ다 츈양 동츈은 □□□원 엇지 살고 ᄒᆞ며 우난소ᄅᆡ □□ 낭ᄌᆞ 옥안이 눈의 암암

〈18-뒤〉

ᄒᆞ고 말소ᄅᆡ 귀여 징징하여 밤ᄉᆞ도록 ᄉᆡᆼ각ᄒᆞ되 잇질 길리 업난지라 각셔 잇ᄊᆡ 님소졔 퇴혼ᄒᆞᆫ 후로 결단고 쥭어라 ᄒᆞ더니 보모 ᄀᆡ유ᄒᆞ여 쥭든 안이 ᄒᆞ엿스나 ᄒᆞᆫ심으로 셰월을 보ᄂᆡ니 소졔의 불상ᄒᆞᆫ 소문 원근의 낭ᄌᆞᄒᆞ이 상공이 듯고 션군을 불르어 ᄂᆡ의 연관이 육십이 되엿스되 □□□□ 불ᄒᆡᆼᄒᆞ여 □□낭ᄌᆞ을 이별□□ 불상ᄒᆞᆫ 임소졔□ 취ᄒᆞ여 느근 부모□□ 위로ᄒᆞ며□□□□□ 부ᄃᆡ 왈 ᄌᆞ식 남미 잇ᄉᆞ오□□□□□□□□□□□□□□□□고 낭군은 무정 셰월을 □□□□□□□□□□□□□□□□□□□□□□낭ᄌᆞ을 잇고 신연을어들잇가□□□□□□□□□□□□□□□□□듕임동원 ᄎᆞ져오소셔□□□□□□□□□□□□□□□□□□□어

〈19-앞〉

딘지 □□□□□□□□□□□□□□□□□□□□□□□□□□일낙셔산ᄒᆞ고 월츌동

영이라 무심훈 □□□□□□□□□□□□□□불여귀 울 일삼으이 실푸다 져시 그라□□ 갓치□□□□□훙고 슈운은 젹막훈딕 길을 몰나 □□□□□□□□□□□솔릭 들이거날 즈셰이 본이 일엽편쥬의 동즈□□□□□오거날 할임이 빅을 딕이라 훙신딕 동즈왈 귀직은 보온이 안동 박할림 안이 잇가 할임 왈 엇지 날을 아언잇가 동즈□□□□□□□□□□□□□기달인졔 올릭 잇다 훙며 순식의 빅을 딕이거날 동즈□□□□□ 쥭임도원을 물은 즉 저 길노 슈십 이을 가오면 도원이 잇스오이 졍셩이 부족훙면 낭즈을 만나지 못훙올잇가 훙고 작별훈 후의 츳져간이 창송녹쥭이 울밀훈 곳□ 졔근 길리 이거날 드러가이 고연 못시되 연못 위의 셕훙산을 삼스층을 모으고 초당 숨간을 □□훙□ 지엿스되 젼후로

〈19-뒤〉

금즈로 삭긴 쥬□을 드러거날 즈서이 본이 □□션경이라 이읍고 □□즈나 왈 □□□□□□□□□□□□□□□□ 임으로 츌입훙난야 훙거날□□□□□□□□□□ 천상연분을 차져 이곳딕 왓노라훙며 □□□□□물은즉 답왈 낭즈난 옥황상졔계 슈유훙고 할임을 지달이더이 쏘한 천상으로 올어갈 졔 우릭계 분부훙되 낭군이 오시거든 못 본다훙고 그날 상천훙라 훙던이다 훙딕 할임이 낙담훙여 간담이 끈어지난 듯훙더라 다시 비러 왈 선여난 가긍훈 몸을 싱각훙와 훈번 보계 훙옵소셔훙이 답왈 낭즈난 옵스나 잠간 유훙면 보게훙옵소셔 훙고 인도훙어 쏼어들어갈 식 낭즈 싱각훙되 날을 보지 못훙고 가면 병이 될이다 훙고 문을 열고 할임의 손을 잡고 연졉 좌졍 후의 부모의 긔체후 알영훙물 뭇고 츈양 동츈을 뉘계 맛고 왓나잇가 무러 할임이 낭즈 보믹 졍신이 업으나 감심훙여 왈 낭즈난 아모리 원통훙온들 날을 발의고 엇지 이곳딕

〈20-앞〉

잇난잇가 ᄒᆞ이 낭ᄌᆞ ᄃᆡ왈 낭군과 ᄌᆞ여 등을 일싱□□□□음으로 원졍지디 상졔계 밧ᄅᆡ러던이 쳡의 경숭을 ᄉᆡᆼ각ᄒᆞ시고 보ᄂᆡ시기여 이곳실 졍ᄒᆞ옵고 잇ᄉᆞ오이 낭군 쓰시 엇디 ᄒᆞ온잇가 할임이 ᄃᆡ왈 그러ᄒᆞ오면 부모을 엇디 할이요 ᄒᆞᆫᄃᆡ 낭ᄌᆞ ᄃᆡ왈 나도 부모 ᄌᆞ식을 몰으잇가만은 셰상 ᄉᆞ롬과 ᄒᆞᆫ 가지도 잇지 못ᄒᆞ기로 난쳐ᄒᆞ여이다 그리ᄒᆞ오나 낭군은 부모 위ᄒᆞ여 이곳 실로 오시지 못ᄒᆞ오면 젼의 말삼ᄒᆞ던 님소졔을 취ᄒᆞ여ᄉᆞ옵다가 부모님 도라갓신 후의 우리가 쳔상으로 올너갈 ᄉᆡ 비은이 집피 ᄉᆡᆼ각ᄒᆞ되 임소제 취ᄒᆞ의 ᄇᆡᆨ연동락ᄒᆞ옵소셔 ᄒᆞ고 혼인을 젼ᄒᆞ거날 할리업셔 집의 도러와 낭ᄌᆞ ᄒᆞ던 말삼을 부모 젼의 셜화하ᄃᆡ 부모 길거ᄒᆞ여 님소제 혼인을 다시 청ᄒᆞᆫᄃᆡ 진ᄉᆞ 허락ᄒᆞ거날 ᄐᆡᆨ일ᄒᆞ여 임진ᄉᆞ ᄃᆡᆨ의 본ᄂᆡ이 ᄐᆡᆨ일을 보고 다 길기더라 길일을 당ᄒᆞᄆᆡ 상공니 할임을 달리고 □□할시 교ᄇᆡ셕ᄋᆡ 드러셔셔 예필후의 신방을 동방으로 인도ᄒᆞ며 이날을 지ᄂᆡᄉᆡ ᄉᆞ창 홍촉의 양인인 상ᄃᆡ

〈20-뒤〉

ᄒᆞ오며 위의 거동이 늠늠ᄒᆞ며 치ᄎᆞ을 ᄎᆞ 듯이 업더라 은근ᄒᆞᆫ 정으로 밤을 지ᄂᆡ고 잇튼날 빙 부모계 뵈온ᄃᆡ 그 길거음이 충양업더라 삼일만의 젼거ᄒᆞ여 본가로 도러올 ᄉᆡ 귀경ᄒᆞᆫ난 ᄉᆞ롬이 구름 뫼듯ᄒᆞ더라 임소졔 부모 젼의 효도ᄒᆞ며 일가 화락ᄒᆞ며 노복의게 은의을 병션ᄒᆞ이 그 착ᄒᆞᆫ 소문이 원근ᄋᆡ 가득ᄒᆞ더라 일어구러 육연을 지ᄂᆡᄆᆡ 일남일여을 나으ᄆᆡ 부모 ᄉᆞ양ᄒᆞ시고 츈양 동츈도 못ᄂᆡ ᄉᆞ랑ᄒᆞ더라 잇ᄯᆡ 시운이 불힝ᄒᆞ여 보모양위 위연 득병ᄒᆞ여 ᄇᆡᆨ약이 무효ᄒᆞ여 별세ᄒᆞ야 할임과 임소졔 호천고지ᄒᆞ며 호곡ᄒᆞ다가 예로써 초둉병졀을 잘난 후의 션산 ᄒᆞ의 안당ᄒᆞ고 숨듸상을 회셩으로 지ᄂᆞ이 보난 ᄉᆞ롬이 증츤안이할 리 업더라 잇ᄯᆡ 할임이 가상이 요부ᄒᆞ고 노복시 만ᄒᆞᄃᆡ 셰상의 구ᄎᆞ한계 업더라 후원 동산의 화초을 만이 시무고 망월누란 졍ᄌᆞ을 셰

〈21-앞〉

우고 임소졔로 더부려 일난□□한 씩 □월식을 귀경ᄒᆞ이 진실노 지상션일 너라 홀임이 츈양 동츈이 잘어나믈 ᄉᆞ앙이 여기나 슉낭ᄌᆞ은 ᄉᆡᆼ각ᄒᆞ면 가슴이 문어지는 듯ᄒᆞ여 화가 나면 노마을 갓츄고 ᄎᆡ지가되 ᄒᆞᆫ 번도 만나 보지 못ᄒᆞ더이 ᄒᆞ로난 슉낭ᄌᆞ을 차져 죽임도원을 가이 오ᄉᆡᆨᄎᆞ운이 어런 곳듸 옥져소ᄅᆡ 들이거날 자ᄉᆡ이보니 창송녹쥭은 좌우의 울밀ᄒᆞ고 긔화요초난 젼후의 무셩ᄒᆞ며 별건곤을 일우여는듸 그 중의 쳥학 ᄇᆡᆨ학은 옥져 소ᄅᆡ을 울웅ᄒᆞ여 춥츄며 날어드이 진실노 젼경일이라 할임이 각가이 들어간이 낭ᄌᆞ 옥빈옥안의 희ᄉᆡᆨ을 머금고 열어 시비을 명ᄒᆞ여 셤돌의 일으ᄉᆡ 낭ᄌᆞ□□ 운빈옥안의 희ᄉᆡᆨ을 머금고 열어 시비을 명ᄒᆞ여 셤돌ᄋᆡ 일으ᄉᆡ 낭자□□ᄒᆞ여 옥슈로 낭군의 손을 잡고 방으로 드러가 좌졍 후의 부모구 말슴이며 츈양 동츈이 잘엇는 말슴이며 시인 만나 길기난 말슴을 셜화ᄒᆞ니 할임이 다 ᄃᆡ답ᄒᆞᆫ 후의 낭ᄌᆞ달여 왈 낭ᄌᆞ는 이곳셔 홀노 길이니나 나난 열어번 찻져 와시되 ᄒᆞᆫ 번도 보지 못ᄒᆞ여 마음이

〈21-뒤〉

셔여지난 듯ᄒᆞ더라 이번은 낭ᄌᆞᄋᆡ 덕을 업어 셩경을 귀경ᄒᆞ고 이 엇지 길겁지 안이ᄒᆞ올잇가 그러나 부인은 이곳듸 홀노 늘글잇가 낭ᄌᆞ 염용ᄃᆡ왈 우리 양인인 불과 ᄉᆞ연을 지난면 쳔상으로 올너갈 터이은이 그리 아옵소셔 임소졔도 그 ᄉᆡ이셔 화합ᄒᆞ게 ᄒᆞ와 ᄒᆞᆫ 번도 보지 못ᄒᆞ며 이 그리 아옵고 가도범빅과 어린 ᄌᆞ식을 잘 쥬션ᄒᆞ와 낭군이 안이 계ᄉᆡ도 가도가 젼ᄃᆡ로 갓치 지ᄂᆡ게 ᄒᆞ옵소셔 밤낫시로 여겨 ᄒᆡ길 옵던 회포을 독이 심신이 황홀ᄒᆞ여 집의 도러갈 쓧시 읍더라 낭ᄌᆞ 슴ᄉᆞ일 후의 낭군을 권ᄒᆞ여 집으로 도러가 츈양 동츈이 □□이지 안계 ᄒᆞ옵소셔 ᄒᆞᆫᄃᆡ 할임이 써날 마음언 업즈나 ᄉᆞ셰 글러 할 듯ᄒᆞ여 여여 이별홀 ᄉᆡ 그 ᄋᆡ연ᄒᆞᆫ 마음이 피ᄎᆞ 분별치 못할너라

할님 집의 도로오이 임소졔 흔연이 밧져드러 좌정 후의 낭ᄌᆞ 만난 말슴을 물은ᄃᆡ 할임이 젼후ᄉᆞ 말삼을 다 ᄒᆞ시고 춘양 동츈을

〈22-앞〉

불너 왈 네의 모친은 잘 잇스이 그리 알어라 ᄒᆞᄃᆡ 츈양 동츈이 왈 아범임은 어머님을 달리고 안이 오시고 엇지 혼ᄌᆞ 오신잇가 ᄒᆞᆫᄃᆡ 할님이 왈 너의 모친이 슈이 온다ᄒᆞ더라 가셰을 다 살피며며 ᄂᆡ외 화합ᄒᆞ게 지ᄂᆡ이 셰상화ᄒᆞᆫ니 □□□ᄉᆞ너라 잇ᄶᅴ 할임이 혹 ᄒᆞᆫ 달의 ᄒᆞᆫ 번 식 죽임도원 ᄂᆡ왕ᄒᆞ다가 할노난 쳔지 희명ᄒᆞ며 뇌셩벽역이 진동ᄒᆞ더이 오ᄉᆡᆨ ᄎᆡ운 할임의 집의 둘어 싸고 외인인 등ᄂᆡᄒᆞ게ᄒᆞ고 낭ᄌᆞ 공즁으로 나로와 낭군의 손을 잡고 일르ᄃᆡ 우리 양인 천상으로 올너갈 ᄃᆡ 되얐스이 가시계옵소서 ᄒᆞ며 츈양 동츈 불너 좌우의 안치고 머리을 만지며 열어히날 길우어 엇지 지ᄂᆡ여난양 ᄒᆞ이 츈양 동츈이 모친을 보고 울며 키가 막계 말을 못ᄒᆞ니 낭ᄌᆞ 자여 어루만지며 울지 못ᄒᆞ더라 할임이 임소졔 ᄃᆡ

〈22-뒤〉

ᄒᆞ여 왈 우리난 천상으로 올너가온니 부ᄃᆡ 얼인 자예을 달리고 ᄂᆡᄂᆡ 무량ᄒᆞ 오시소셔 ᄒᆞᆫᄃᆡ 임소졔 할길업ᄉᆡ 이별ᄒᆞᆫ이 그ᄋᆡ 연ᄒᆞᆫ 말을 엇지 다 길록할리요 낭ᄌᆞ낭 츈양 동츈을 좌우의 셰고 할임과 오ᄉᆡᆨ ᄎᆡ운의 공듕으로 올너가던이 풍악술야나며 천상으로 올너간이 그 당ᄒᆞᆫ 치당을 다 말할리요 님소졔난 어린 ᄌᆞ식을 달리고 쥬야 심여ᄒᆞ다가 열어히 되ᄆᆡ ᄌᆞ녀을 다 고문거족에 셩예ᄒᆞ여 부귀공명으로 지ᄂᆡ이 셰승ᄉᆞ름의 다 일이 이 갓들진ᄃᆡ 엇지 심여 된다고 말 할리요 ᄒᆞ엿더라

初卷 유현남녈뎐이라 初卷이라

가졍연간의 이졋의 조션국 경상도 안동땅의 츈리산 이시니
성은 박씨오 명은 취란 션생 사는 집의 원졍 하오니 이
부인 졍시 이셔 뉴씨 부인 ᄯᆡ예 ᄒᆞᆫ 졍이 잇셔 부인 사ᄅᆞᆷ이

太 부녀 ᄲᆞᆫ 숑ᄒᆞ되 우리도 타ᄇᆡᆨ산의 부ᄉᆞ 공 이나 ᄒᆡ여
사이다 ᄒᆞ니 산골 이 위셔 왈 그러ᄒᆞᆯ 자 ᄒᆞ는 셔 ᄒᆞ사 이다
자식 ᄒᆞᆫ 퇴 뒤에 이 셜의 요만 운부인 의 소원 이 구ᄒᆞᆫ 진
불공 이 나 ᄒᆞ여 보옵소셔 ᄒᆞ니 그 ᄲᆞᆯ ᄒᆞᆫ 듯ᄒᆞ고
만ᄇᆡᆯ ᄒᆞᆫ 신 ᄇᆡᆨ 모 ᄒᆞ여 도 그러 ᄒᆞ 비 ᄒᆞ오리

슈경낭ᄌ젼이라(김광순 33장본)

〈슈경낭ᄌ젼이라〉는 33장(66면)으로 이루어져 있는 이본으로, 글씨가 정갈한 편이며 무신년에 필사했다는 기록이 남아 있으나 정확한 필사연도를 확인할 수는 없다. 작품 서두에 제시된 시대적 배경은 '조션국'이며, 상공의 이름은 '빅취'이다. 이 이본의 서두에서는 필사본 계열에 보이는 상공이 참소를 입고 낙향하여 농업에 힘썼다는 등 상공에 대한 소개가 제시되지 않고 바로 기자치성하는 부분으로 이어진다. 작품 가운데 장수가 적혀 있으며, 작품 마지막 장에 "이 칙을 모와 셰승의 유젼ᄒᆞ노라 이 칙 보난 ᄉᆞ람니 모도 다 눌너보옵소셔 오셔 낙ᄌᆡ을 갈리 보옵소셔 무신연 정월이십사일의 필셔라"라는 필사기가 남겨져 있다. 이 작품의 후반부에서 수장 이후 재생한 수경낭자가 부모님께 하직을 하고 선군과 자식을 데리고 승천하는데, 자식의 승천을 본 상공 부부가 기가 막혀 갑자기 별세한다. 또한 임소저는 선군과 혼사를 이루지 못하고, 선군이 낭자와 함께 신선이 되어 올나갔다는 말을 들은 후 목에 피를 흘리고 원혼이 되어 이생에도 저생에도 가지 못하고 '북금ᄉᆡ'가 되어 운다는 것으로 끝을 맺고 있다.

출처: 김광순편, 『(필사본)한국고소설전집』44, 경인문화사, 1993. 1~70쪽.

〈一丈-앞〉

각셜이라 이적의 조선국 경상도 안동짱외 ᄒᆞᆫ ᄌᆡ상이시되 셩은 빅이요 면은 취라 연쟝 사십의 일졈 혀륙이 업시면 뷰인 졍시을 더뷰려 믜일 셔려ᄒᆞᆫ던이 잇ᄯᅵ 뷰인이 상공을 뷸너 말ᄉᆞᆷᄒᆞ되 우리도 ᄐᆡ빅산의 올나가 뷸공이나 ᄒᆡ여 보사이다 ᄒᆞ니 상공이 위셔 왈 그려ᄒᆞᆯ진ᄃᆡ는 쳔ᄒᆞᆫ 사람이 모자식ᄒᆞ리 뉘가 이시리요만은 부인의 소원이 그리할진ᄃᆡ 뷸공이나 ᄒᆞ여 보옵소셔 ᄒᆞᆫ되 뷰인이 그 말ᄉᆞᆷ을 듯고 쳔ᄌᆞ단발ᄒᆞ고 신영빅모ᄒᆞ여 모욕ᄌᆡ기ᄒᆞ고 □□ 졍키ᄒᆞ고 ᄐᆡ빅

〈一丈-뒤〉

산을 올나가 칠일 뷸공ᄒᆞᆫ신 후의 집으로 도라외 일일을 지ᄂᆡ이 그달뷰틈 ᄐᆡ겟이셔 십석을 당ᄒᆞ면 집안ᄂᆡ 운뮤 좌우ᄒᆞ면 뷰인이 의기을 ᄐᆞᆫᄉᆡᆼ할 ᄯᅵ ᄒᆞ날노셔 션여 구렴 ᄐᆞ고 나리와셔 옥병의 뮬을 기울너 의기을 시쳐 뉘피고 쳔ᄉᆞᆼ으로 올나가거날 잇ᄯᅵ 뷰인이 졍신을 슈십지 못ᄒᆞ야 직시의 ᄉᆞᆼ공을 쳥ᄒᆞᆫ이 잇ᄯᅵ ᄉᆞᆼ공이 급피 드려와 그 의기울 살피본이 할달ᄒᆞᆫ 기남자라 그 의기 일홈은 션군이라 ᄒᆞ고 자은 운셔라 그 아히 졈졈 자라나믜 오시의 일로믜 시셔 빅가을

〈二丈-앞〉

무뷸통지ᄒᆞ이 상공이 ᄌᆞᆼ즁보옥갓치 의긔던이 아히 졈졈 ᄌᆞ라낫셔 십오시을 당ᄒᆞ믜 구혼ᄒᆞ려ᄒᆞᆫ이 ᄒᆞ날밤의 션군이 잠관 조우던니 비몽간의 ᄒᆞᆫ 옥갓튼 낭ᄌᆞ 졋ᄐᆡ 와 안지면 이로되 그ᄃᆡ와 나와 쳔ᄉᆞᆼ 션관 션열넌니 ᄉᆞᆼᄌᆡ긔 득지 짓고 그ᄃᆡ은 인간외 환ᄉᆡᆼᄒᆞ고 나난 옥연동외 졍기ᄒᆞ야 삼연의 작비ᄒᆞᄌᆞᄒᆞ여삽던이 그ᄃᆡ을 타문의 구혼ᄒᆞ온니 그ᄃᆡ은 ᄉᆡᆼ연분을 어긔지 말고 ᄉᆞᆷ연을 기다리옵소셔 ᄒᆞ고 간ᄃᆡ업거날 션군니 ᄭᆡ달르니 남가일몽니라 낭ᄌᆞ

외 얼골리 눈외 삼삼ᄒᆞ고 말소ᄅᆡ 귀외 징징ᄒᆞ거날 션군이 고니 의기 부모

〈二丈-뒤〉

기 들려ᄀᆞ 몽ᄉᆞ을 셜화ᄒᆞ니 뷰묘 왈 몽ᄉᆞ난 다 헌ᄉᆞᄅᆞ □지 못ᄒᆞᆯ거신니 뮬너ᄀᆞ라 ᄒᆞᄃᆡ 션군니 ᄯᅩ 엿ᄌᆞ오되 몽즁ᄉᆞᄂᆞᆫ 다 헌ᄉᆞ아 ᄒᆞ올들 낭ᄌᆞ외 말ᄉᆞᆷ니 ᄉᆞᆷ연 휴외 작ᄇᆡᄒᆞᄌᆞ ᄒᆞ오니 그겻시 고니ᄒᆞ온지라 그곳질 ᄎᆞᄌᆞ가오리다 ᄒᆞ고 나와 낭ᄌᆞ을 ᄉᆡᆼ각하니 옥 갓튼 얼골니 눈의 삼삼ᄒᆞ고 말소ᄅᆡ의 귀의 징징ᄒᆞ야 일염외 병니 되여 잘리외 늅고 잇지 못ᄒᆞᆫ니 뷰모 미망ᄒᆞ여 약으로 구왓ᄒᆞ되 ᄇᆡᆨ약니 뮤호라 일일은 낭ᄌᆞ ᄯᅩ ᄭᅮᆷ의 와 니르되 낭군니 날을 갓튼 안여ᄌᆞ을 ᄉᆡᆼ각ᄒᆞ여 병니 되어씨니 엇지 ᄃᆡ장부라 ᄒᆞ리요 부ᄃᆡ 삼연을 ᄎᆞᆷ무소셔 ᄒᆞ고 간ᄃᆡ업거날 ᄭᆡ다르니 남가

〈三丈-앞〉

일몽이라 더옥 고니ᄒᆞ여 졈졈 병니 더ᄒᆞ난지라 부모 민망ᄒᆞ여 그 연고을 무른ᄃᆡ 션군니 ᄃᆡ왈 옥 갓틋 낭ᄌᆞ 밤마당 ᄭᅮᆷ의 와셔 몽ᄒᆞ고 가옵니 엇지 삼연을 차무리라 ᄒᆞ니 부모 왈 ᄭᅮᆷ은 다 헌ᄉᆡ라 마지 말고 음식을 므르라 ᄒᆞᄃᆡ 션군니 ᄃᆡ왈 몽즁은 약니지즁ᄒᆞ□ 음식 먹을 ᄉᆡᆼ각니 업난이다 ᄒᆞ고 병셕의 누벼 이지 못하더라 이젹의 슈경낭ᄌᆞ 비옥 옥연동의 잇씨나 션군의 병셔 즁ᄒᆞ뮬 알고 아음의 혀오되 만일 종시 이지 못ᄒᆞ여 병니 더ᄒᆞ면 천ᄉᆞᆼ연분을 어가ᄒᆞ야 낭ᄌᆞ 져 화ᄉᆞᆼ을 기려가지고 ᄭᅮᆷ의 가 일로되 그ᄃᆡ 종신을 잇지 못ᄒᆞ와 병시 졈졈 즁ᄒᆞ온니 엇지 한심치 안니ᄒᆞ리

〈三丈-뒤〉

그ᄃᆡ의 병시을 위ᄒᆞ야 ᄂᆡ의 화ᄉᆞᆼ을 가져왓싸오니 벽의 거려두옵고 시시로 날 본다시 보옵고 ᄉᆞᆷ연만 참오소셔 ᄒᆞ고 인ᄒᆡ야 간ᄃᆡ업거날 션군니 ᄭᆡ다른

이 일장춘몽리라 경신니 황할ᄒᆞ야 이려나 안지이 낭ᄌᆞ의 화ᄉᆡᆼ이 왓연니 졋틔 노여거날 션군니 고이 너겨 자시 보니 ᄭᅮᆷ의 보듯 낭ᄌᆞ의 얼골니 왓연ᄒᆞᆫ 지라 나지면 벽ᄉᆡᆼ의 거려듀고 밤이면 뎝고자이 더옥 심신이 살난ᄒᆞ야 ᄆᆡ일 낭ᄌᆞ의 말슴과 몽즁 언약을 ᄉᆡᆼ각ᄒᆞ니 삼연을 엇지 참으리요 병ᄉᆡ 졈졈 즁ᄒᆞ 여 눕고 이지 못ᄒᆞ니 낭ᄌᆞ 민망ᄒᆞ여 ᄯᅩ ᄭᅮᆷ의 와 이로ᄃᆡ 그ᄃᆡ 종시 쳡으 말을 밋지 못ᄒᆞ니 시비 ᄆᆡ월노 ᄒᆞ여곰 �

〈四丈-앞〉

고 삼연만 긔달리소셔 ᄒᆞ고 인ᄒᆞ여 간ᄃᆡ업거날 ᄯᅩ ᄭᆡ다른니 □ᄂᆡ 진동ᄒᆞᆫ지 라 직시 ᄆᆡ월노 ᄆᆡᆼ비을 셰와 율율ᄒᆞᆫ 심회을 더□라 이젹의 부모와 일가 친쳑니 민망 여긔나 낭ᄌᆞ의 화ᄉᆡᆼ을 보□ 다 긔이ᄒᆞᆫ 이라 ᄒᆞ여더라 이려구로 여려날 지ᄂᆡᄆᆡ 안동ᄭᆡᆼ 사람들□ 슈경낭ᄌᆞ 화ᄉᆡᆼ 낫다 말을 듯고 젼ᄌᆡ와 보화 을 만이 드려 귀경ᄒᆞ□ ᄌᆡ믈은 졈졈 유익ᄒᆞ나 다만 션군은 낭ᄌᆞ을 ᄉᆡᆼ각ᄒᆞ여 병시 위증□지라 낭ᄌᆞ 홀연 ᄉᆡᆼ각ᄒᆞ되 낭군니 종시 날을 잇지 못ᄒᆞ여 병이 졈□ 더ᄒᆞ이 삼연 젼의 만일 낭군니 죽어지면 ᄇᆡᆨ연 은약니 헌ᄉᆞ되리라 □고 이날 밤의 낭ᄌᆞ ᄯᅩᄒᆞᆫ 션군 ᄭᅮᆷ의 와 현몽ᄒᆞ여 갈오ᄃᆡ 낭군니 쳡□

〈四丈-뒤〉

ᄉᆡᆼ각ᄒᆞ옵거든 옥연동을 ᄎᆞ자옵소셔 ᄒᆞ고 간ᄃᆡ업거날 션군니 ᄭᆡ다른니 남 가일몽이라 졍신니 쇠낙ᄒᆞ고 눕고 이지 못ᄒᆞᆫ던니 몸니 언연이 이려나 부모 기 여ᄌᆞ오ᄃᆡ 간밤의 일몽 엇사온이 ᄂᆞᆼᄌᆞ 와 이여이여 ᄒᆞ고 가온이 아믈리 ᄉᆡᆼ각ᄒᆞ와도 사시 고이ᄒᆞ지라 그고질 ᄎᆞ자가온이 그리아옵소셔 ᄒᆞ고 인ᄒᆞᆫ 여 하직ᄒᆞ니 부모 위셔 왈 너 말니 ᄆᆡᆫ쳣도다 ᄒᆞ고 ᄉᆡᆨ잡아 안치고 션군니 ᄉᆞᄆᆡ을 ᄯᅥᆯ치고 ᄂᆡ다른 부모 할리업셔 노와 보ᄂᆡ니라 이젼의 션군니 심ᄉᆞ 호낙ᄒᆞ여 ᄇᆡᆨ마금편으로 옥연동으로 ᄎᆞᄌᆞ간니 종일토로 가되 옥연동을 보

지 못ᄒᆞ난지라 션군니 욜욜ᄒᆞᆫ 마음을 이긔지 못ᄒᆞᆫ여 ᄒᆞ날 울려 탄

〈五丈-앞〉

식 왈 소소ᄒᆞᆫ 명천은 ᄒᆞ감ᄒᆞᆫ옵소셔 옥연동으로 가난질 인도ᄒᆞ여 기약을 일치말기ᄒᆞ옵소셔 ᄒᆞ고 ᄎᆞᄌᆞ 드려간니 ᄒᆞᆫ곳ᄃᆡ 다다려니 산슈 긔니ᄒᆞ고 경긔 절셩ᄒᆞ야 빌유천지비인간닐려라 졈졈 들려간이 천봉만혹은 좌우의 평픙되고 연연부암은 지상□ 지지ᄒᆞ고 양유 쳔만진난 광픙의 흥을 지여 현날여 흔들흔들 금 갓틋 쐿고리은 양유 즁의 왕ᄂᆡᄒᆞ고 탐픙광졉은 춘픙외 □을 지여 춘ᄉᆡᆨ을 휘롱ᄒᆞ고 화홍은 만잔ᄒᆞ니 경긔 졈졈 셩ᄒᆞ더라 ᄎᆞᄎᆞ ᄎᆞᄌᆞ들려가셔 두로 셔셔 살피보니 경긔 가온ᄃᆡ 광활ᄒᆞ여 □닌화ᄀᆡᆨ닌 반공외 소사난ᄃᆡ 현판외 ᄉᆡᆨ여씨되 옥연동 강능□

〈五丈-뒤〉

이라 ᄒᆞ여거날 반기ᄒᆞ여 불고염치ᄒᆞ고 ᄃᆡ승외 올나간니 옥 갓튼 낭ᄌᆞ 의미을 쉬기고 슈틱을 잇지기 못ᄒᆞ난 쳐ᄒᆞ면 번ᄉᆡᆨᄃᆡ왈 그ᄃᆡ난 엇듯ᄒᆞᆫ 속ᄀᆡᆨ이관ᄃᆡ 남무 션당외 임으로 드려오난요 션군니 ᄃᆡ왈 나난 유ᄉᆞᆫ 귀경ᄒᆞ난 속ᄀᆡᆨ이라 선경 별ᄒᆞ여싸오니 쥐사무셕이료소이다 ᄒᆞ니 낭ᄌᆞ 왈 그ᄃᆡ은 목슘을 읙기거든 사속키 나가소셔 션군니 심ᄉᆞ 막막ᄒᆞ여 ᄉᆡᆼ각ᄒᆞ되 이 지경외 들와다가 잇쎡을 어지오면 다시 만ᄂᆡ기 으론지라 ᄒᆞ고 첨첨 나아드려가면 왈 낭ᄌᆞ은 날을 모로시잇가 낭ᄌᆞ 종시 모로난치ᄒᆞ면 나가 몰직록ᄒᆞ되 션군니 할일업셔 지ᄒᆞ의 날려션니 낭ᄌᆞ ᄉᆡᆼ장ᄉᆡᆼᄒᆞ되 낭군니

〈六丈-앞〉

만일 공휭ᄒᆞ면 경영 쥭으리로다 ᄒᆞ고 그직야 녹이홍ᄉᆞᆼ이 ᄇᆡᆨ학션을 쥐고 평픙외 비기 셔셔 뷸너 왈 낭군은 가지 말□ ᄂᆡ말 잠관 드려보옵소셔 ᄒᆞ니

션군니 심ᄉᆞ 암암ᄒᆞ야 도라션니 낭ᄌᆞ 왈 낭군은 엇지 그ᄃᆡ지 ᄀᆡᆨ이 업난잇가 아뮬이 안연□ 지즁ᄒᆞ온들 엇지 ᄒᆞᆫ말외 혀락ᄒᆞ올리가 ᄒᆞ고 오기을 청ᄒᆞ이 션군이 그ᄌᆡ야 완연니 올나가니 낭ᄌᆞ 단순을 반긔ᄒᆞ여 리로ᄃᆡ 낭군이 엇지 그ᄃᆡ지 ᄀᆡᆨ니 업난잇가 ᄒᆞ거날 션군니 ᄒᆞᆫ변 보ᄆᆡ 마음니 황홀ᄒᆞ여 곳본 나뷰 뷸린 쥴 어니 알면 뮬 본 듀리 기룡을 엇지 두리ᄒᆞ리요 반거 나아들면 낭ᄌᆞ 손을 잡고 왈

〈六丈-뒤〉

오날날 낭ᄌᆞ을 ᄃᆡ면ᄒᆞ니 이젼 쥭어도 한니 업ᄯᅩ다 ᄒᆞ고 기리든 졍회을 만단 셜화ᄒᆞ던니 낭ᄌᆞ ᄯᅩ 이로ᄃᆡ 낭군니 날 갓틋 안연ᄌᆞ을 ᄉᆡᆼ각ᄒᆞ여 병니 되야씬 니 ᄃᆡ장뷰 힝실니라 ᄒᆞ리요 우리 양인니 쳔ᄉᆞᆼ 션관 션여로셔 ᄉᆞᆼᄌᆡ기 득지ᄒᆞ 고 인간의 환ᄉᆡᆼᄒᆞ여기시옵고 쳡은 옥연동 젹기ᄒᆞ여 낭군은 쳔ᄉᆞᆼ 연분을 이지시고 타무 구혼ᄒᆞ라 ᄒᆞ거날 쳡니 ᄉᆡᆼ각ᄒᆞ오족 우리 양인이이 빅연 연분 니 혈될 덧ᄒᆞ와 낭군니거 현못ᄒᆞ여삽든니 낭군은 ᄂᆡ말을 신쳥치 아니ᄒᆞ고 쳡을 ᄉᆡᆼ각ᄒᆞ야 병니 되야시ᄆᆡ 쳡니 마지못ᄒᆞ야 옥연동을 차ᄌᆞ오라 ᄒᆞ옵고 낭군니 병니 즁ᄒᆞ와 삼연 젼외

〈七丈-앞〉

쥭ᄉᆞ오면 원혼니 되야시면 나외 신명인들 엇지 온존ᄒᆞ리요 군은직 군자라 ᄉᆞᆷ연을 춤음소셔 ᄒᆞ면 만단ᄀᆡ유ᄒᆞ니 션군 ᄃᆡ왈 낭ᄌᆞ난 병셜 갓틋 졍졀을 즘간 집피 ᄉᆡᆼ각ᄒᆞ옵고 뷸이 든 나뷰와 낙슈외 걸닌 고긔을 구ᄒᆞ옵소셔 ᄒᆞ면 ᄉᆞᄉᆡᆼ을 □단ᄒᆞ니 빅이ᄉᆞ지ᄒᆞ여도 뮤석ᄂᆡ히라 잇ᄶᆡ 월ᄉᆡᆨ은 만졍ᄒᆞ고 야시은 ᄉᆞᆷ경이라 션군니 그져야 병을 ᄆᆡᄌᆞ 졋일 긔리든 졍회을 이우 밤을 지ᄂᆡᄆᆡ 이 듀 ᄉᆞ람의 졍니 비할 ᄃᆡ 업던이 용쳡금 든난 칼 벼이거든 벼이거나 홍노 단뮤든 뷸노 살로거든 살로거나 인간ᄉᆞᆼ 가소옵다 엇지 공명을로 양ᄒᆞ면

히롱ᄒᆞ니 낭ᄌᆞ 가로ᄃᆡ ᄂᆡ

〈七丈-뒤〉

야 임니 뷰경ᄒᆞ여씬니 공뷰ᄒᆞ기 뷰질업다 ᄒᆞ고 신힝차로 낭군과 ᄒᆞᆫ가지로 가ᄉᆞ니다 ᄒᆞ고 청사ᄌᆞ로 모와ᄂᆡ여 옥연교의 올나 안ᄌᆞ 션군니 비힝ᄒᆞ여 집으로 도라오니라 각셜 니젹의 낭ᄌᆞ 시부모 양위기 보오ᄃᆡ ᄉᆞᆼ공 뷰뷰 공경 졉ᄃᆡᄒᆞ고 낭ᄌᆞ을 자시 보니 옥빈화용은 천ᄒᆞ 졀ᄉᆡᆨ니 양협의 춘픙도니 니화 갓듯라 ᄉᆞᆼ공뷰뷰 질게 너거 동별ᄯᅵᆼ의 쳐소을 정ᄒᆞ고 원양지낙을 다른지하 리라 ᄉᆞᆼ공뷰뷰 길검니 비할 ᄃᆡ 업들라 션군니 낭ᄌᆞ을 사랑ᄒᆞ여 일시도 ᄯᅥ나 지 안이ᄒᆞ고 ᄯᅩᄒᆞᆫ 학업을 젼피한니 뷰모 민망ᄒᆞ난이다 다만 션군 션군 ᄲᅮᆫ이 라 ᄉᆞ지ᄯᅩ 못ᄒᆞ던라 이려구로 시월을 보

〈八丈-앞〉

ᄂᆡ던니 삼연을 지ᄂᆡᄆᆡ ᄌᆞ연간 남ᄆᆡ을 나흔니 아달의 일홈은 동춘이요 ᄯᆞᆯ의 일홈은 춘양이라 부모 ᄆᆡ일 자랑ᄒᆞᆫ시드 □□은 ᄉᆞᆼ공니 션군을 불너 왈 ᄂᆡ 드른니 즉금 과거을 보닌이 너도 경셩의 올나가 입신양명ᄒᆞ야 영화을 보니 고 죠션을 □ᄂᆡ 그 안이 조을손양 직일 과거질을 ᄌᆡ촉ᄒᆞ이 션군의 마음니 우□ 시간니 천ᄒᆞ지요뷰요 노비 쳔여슈라 이목지소욕과 굼심지소□은 심쉬 로 할 거신이어날 무어시 부족ᄒᆞ야 과거을 바리리요 션군□ 별당의 들려ᄀᆞ 과거 안 갈 말삼ᄒᆞᆫ이 낭ᄌᆞ 염용ᄃᆡ왈 ᄃᆡ장뷰 시□천ᄒᆞ여 ᄉᆞᆺ다운 일홈을 용문 의 올이고 영화을 조션 바부

〈八丈-뒤〉

ᄌᆞᆼ뷰의 ᄯᅳᆺᄯᅳᆺᄒᆞᆫ 이리여날 이져 낭군이 쳡을 잇지 못ᄒᆞᆫ옵고 과거을 안니가오 면 공명도 일ᄊᆞ옵고 뷰모임과 다른 ᄉᆞ람이 다 쳡의기 호탁할 ᄲᅮᆫ이요 원ᄆᆡᆼ이

다 쳡외기 다 밋칠 덧 ᄒᆞ온니 아뮤리 어오올지라도 과거 가옵소셔 힝장을 차리쥬면 질을 ᄌᆡ촉ᄒᆞᆫ니 마지 못ᄒᆞ야 질을 ᄶᅥ날이라 잇ᄯᅢ난 츈삼월 ᄆᆡᆼ일이라 발힝할ᄉᆡ 뷰모양위기 ᄒᆞ직ᄒᆞ고 낭ᄌᆞ을 도라보면 왈 뷰모임 모시고 어린 자식 듀 다리고 ᄂᆡᄂᆡ 무양니 지ᄂᆡ옵소셔 ᄒᆞ고 눈뮬을 금치 못ᄒᆞ여 ᄶᅥ날ᄉᆡ ᄒᆞᆫ 거름외 도라보고 듀 름의 도라보니 낭ᄌᆞ 듕문외 비기셔셔 옥누을 흘여 왈 낭군은 쳘이 원경외 히양니 가옵소셔 ᄒᆞ난 소리외 일쳔 간ᄌᆡᆼ

〈九丈-앞〉

니 굽이굽이 셕난지라 션군니 종일토록 ᄀᆞ되 낭ᄌᆞ을 ᄉᆡᆼ각ᄒᆞ여 질이 온존치 안이ᄒᆞᆫ지라 근근이 이날 ᄉᆞᆷ십 이을 ᄀᆞ 슈□을 정ᄒᆞ고 셕반을 듸리거날 션군이 낭ᄌᆞ을 ᄉᆡᆼ각ᄒᆞ여 심뒁□ 가득ᄒᆞᆫ지라 ᄯᅩᄒᆞᆫ 정회을 이긔지 못ᄒᆞ여 한 ᄉᆞᆯ 밥도 젼되□□ ᄉᆞᆼ을 뮬이친이 ᄒᆞ인이 민망ᄒᆞ여 엿ᄌᆞ오ᄃᆡ 셔방임니 요식을 □피ᄒᆞ고 쳘니 원정기 엇지 득달ᄒᆞ올리가 션군니 실혀ᄒᆞ시면 ᄌᆞ연 음식니 몀긔 실타 ᄒᆞ고 젹막ᄒᆞᆫ 즁외 ᄉᆡᆼ각ᄒᆞᆫ이 낭ᄌᆞ외 얼□리 눈외 삼삼 말소리 귀외 ᄌᆡᆼᄌᆡᆼᄒᆞ애 울울ᄒᆞᆫ 심회을 젼ᄃᆡ□ᄒᆞ야 ᄉᆞᆷ경의 질을 ᄶᅥ나 집외 돌라온리 인젹이 고요ᄒᆞ고 월명□

〈九丈-뒤〉

회ᄒᆞᆫ지라 가만이 별당외 들려간이 낭ᄌᆞ 질ᄉᆡᆨᄒᆞ여 이려나 안지면 왈 낭군니 니 지품 밤외 엇지 오시잇가 션군니 ᄃᆡ왈 오날 종일토록 가되 그ᄃᆡ 얼골리 눈의 ᄉᆞᆷᄉᆞᆷ 말소ᄅᆡ 귀의 ᄌᆡᆼᄌᆡᆼᄒᆞ야 져우 ᄉᆞᆷ십 이을 가 ᄉᆞᆨ소을 정ᄒᆞ고 ᄒᆞ인 즘든 후외 가만니 왓ᄉᆞ온이 낭ᄌᆞ난 지의 심회을 위로ᄒᆞ옵소셔 낭ᄌᆞ 염용ᄃᆡ 왈 낭군이 쳡을 ᄉᆡᆼ각ᄒᆞ여 이 집픈 밤의 돌라오니난잇ᄶᅡ ᄒᆞ면 엿ᄌᆞ오ᄃᆡ 쳘이 원경외을 나가사면 쳡을 쳡을 잇지 못ᄒᆞ시다가 병이 날 덧ᄒᆞ온니 오날밤만 자고가소셔 ᄒᆞ니 일일 긔리든 정회을 것잡지 못ᄒᆞ야 침금외 나아들면 만단

셜화ᄒᆞ올 젹의 ᄉᆞ공이 션군을

〈十丈-앞〉

경셩의 보ᄂᆡ고 집안이 공횡ᄒᆞ기로 도젹을 살피려 ᄒᆞ고 ᄉᆞ뒤로 도라 동별ᄽᅡᆼ 의 도라간니 낭ᄌᆞ방의 남졍의 소ᄅᆡ 나거□ ᄉᆞ공니 ᄉᆡᆼ각ᄒᆞ되 낭ᄌᆞ 갓읏 졍졀 횡으로 엇지 위인을 ᄃᆡ면ᄒᆞ□요 ᄒᆞ고 침소로 도라와 ᄌᆞ고 잇튼날 뷰인을 뷸너 왈 간밤의 집이 공횡ᄒᆞ긔로 도젹을 살피려 ᄒᆞ고 뒤로 도라 동별ᄽᅡᆼ의 간이 여차여차ᄒᆞᆫ니 뷰인은 낭ᄌᆞ을 뷸너 무르보옵소셔 ᄒᆞ이 뷰인이 고히기 낭ᄌᆞ을 뷸녀 무른직 낭ᄌᆞ 엿ᄌᆞ오ᄃᆡ 낭군니 경셩의 가신 후의 □이면 심심ᄒᆞ 기로 ᄆᆡᆼ월을 다리고 말ᄒᆞ여난이다 엇지 위인을 ᄃᆡᄒᆞ올 리가 잇써 션군니 도라간이 아즉 ᄒᆞᆫ인이 좀을 ᄭᆡ지 안이□

〈十丈-뒤〉

지라 잇틋날 발힝ᄒᆞ여 거우 오십 이을 가 슉소을 졍ᄒᆞ고 셕반을 멱은 후의 ᄒᆞᆫ인 잠들기을 거려던이 ᄒᆞᆫ인 잠든 후의 이경말 ᄉᆞᆷ경초의 신발을 도도ᄆᆡ고 집을 도라와 낭ᄌᆞ방의 들러간이 낭ᄌᆞ 질ᄉᆡᆨ ᄃᆡ왈 이려할진ᄃᆡ 쥭어 모로미 올토다 ᄒᆞ이 션군니 도라오뮬 잣ᄐᆞᆫᄒᆞ이 낭자 왈 이려할진ᄃᆡ 홋날 밤은 쳡이 낭군의 슉소로 ᄎᆞᄌᆞ 가올리다 ᄒᆞ니 션군니 ᄃᆡ왈 낭ᄌᆞ난 여ᄌᆞ로셔 횡보ᄒᆞ기 얼렵거던 엇지 근 ᄇᆡᆨ 이을 힝ᄒᆞ올이가 낭ᄌᆞ 왈 그려ᄒᆞ면 낭군은 쳡을 잇져시 고 긥피 올나ᄀᆞ 과거을 보시고 슈이 나려와 그ᄉᆞ니의 기리던 졍회을 덜기ᄒᆞ 옵소셔 ᄒᆞ고 화ᄉᆞᆼ을을 ᄂᆡ여쥬면 일로ᄃᆡ 이 화ᄉᆞᆼ은 쳡

〈十一丈-앞〉

의 용모오니 노즁의셔 빗치 변ᄒᆞ거던 쳡의 □□□□□□옵소셔 셔로 뷰들고 이별ᄒᆞᆯ ᄶᅵ의 ᄉᆞ공니 도젹을 살피다가 □니회여 동편 ᄉᆞ창의 귀을 기울려

들른직 슈일 ᄇᆞᆷ을 두고 낭ᄌᆞ□의 남졍ᄂᆡ 소ᄅᆡ 들리거날 더옥 고니희여 낭ᄌᆞ 통간ᄒᆞᆫ난 놈니 필□ 잇쏘싸 ᄒᆞ고 ᄉᆞᆼ공니 쳐소로 도라오리다 이젹의 낭ᄌᆞ 낭군을 ᄉᆡ 일로ᄃᆡ 시뷰임이 누누 왕ᄂᆡᄒᆞ난 쥴 할고 창박긔 와 자최을 엿□ 낭군은 슉소을 가옵소셔 션군니 슉소로 도라왓난이라 이□의 ᄉᆞᆼ공 뷰뷰 낭자을 뷸너 왈 ᄂᆡ 오사이의 집이 공허ᄒᆞ기로 도젹을 살피려 ᄒᆞ고 두로 거러 낭ᄌᆞ 쳐소의 간직 낭ᄌᆞ방의셔 남졍

〈十一丈-뒤〉

소ᄅᆡ 나거날 고이ᄒᆞ야 도라왓던이 ᄯᅩ 잇틋날 낭ᄌᆞ 별ᄊᆡᆼ의 가직 남졍의 소ᄅᆡ 나거날 고이ᄒᆞ야던니 낭ᄌᆞ 고왈 밤니면 심심ᄒᆞ여 츈양 동츈을 다리고 ᄯᅩ 시비 ᄆᆡᆼ월노 더뷰려 말ᄒᆞ여난이라 상공이 ᄆᆡᆼ월을 불너 문왈 너 요사이의 낭ᄌᆞ 방의 갓던야 ᄒᆞ시이 ᄆᆡᆼ월리 아리되 소비난 몸이 곤ᄒᆞ야 요사이의 낭ᄌᆞ 쳐소의 간 ᄇᆡ 업난이다 ᄉᆞᆼ공니 더옥 슈ᄉᆞᆼ이 넉이더라 ᄆᆡᆼ월달려 이로ᄃᆡ 뷰명 통간ᄒᆞ난 놈이 이시니 너 ᄎᆞᆨ실리 아라올이라 ᄒᆞ신리 ᄆᆡᆼ월리 쳥영ᄒᆞ고 도라와 ᄉᆡᆼ각ᄒᆞ되 셔방임이 낭ᄌᆞ와 ᄌᆞᆨᄇᆡᄒᆞᆫ 휴로난 나을 팔연을 날을 도라보지 안이ᄒᆞᆫ니 ᄂᆡ의 간ᄌᆡᆼ이 굽이굽이 셕난 쥴을 뉘라셔 알이요 잇ᄊᆡ을 ᄐᆞ신이 셜

〈十二丈-앞〉

원을 ᄒᆞ여보ᄌᆞ ᄒᆞ고 금은 쳔 양을 도젹ᄒᆞ애 가지고 져이 동유□□ 가 이논왈 금은을 쥴 거신이 뉘가 ᄂᆡ의 마음ᄃᆡ로 ᄒᆞ리요 그 즁의 □□라 ᄒᆞ난 놈이 ᄂᆡ다거날 ᄆᆡᆼ월리 일로ᄃᆡ ᄂᆡ 사졍이 다음이 안이라 아모□□ 셔방임니 날을 방슈 졍ᄒᆞ고 낭ᄌᆞ 작ᄇᆡᄒᆞᆫ 휴로 팔연을 날을 □□ 안이ᄒᆞ이 ᄂᆡ의 마음 온존치 안이ᄒᆞ여 틈을 엇지 못ᄒᆞ여던이 셔방□ 경셩의 갓신즉 즉금 낭ᄌᆞ을 모ᄒᆡᆼ코져 ᄒᆞᆫ ᄇᆡ라 그ᄃᆡ난 낭ᄌᆞ방□ 자시면 ᄂᆡ ᄉᆞᆼ공 침소의 가 엿ᄎᆞ할거신이 그ᄃᆡ은 일노 시ᄒᆡᆼᄒᆞ라 □월리 ᄉᆞᆼ공 침소의 ᄀᆞ 엿ᄎᆞ엿ᄎᆞ 말ᄒᆞᆫ직 ᄉᆞᆼ공이 ᄃᆡ로ᄒᆞ여

그□□ 뷰려 홀 거신이 너난 낭ᄌ의 방문을 여닷고 다라나거라 ᄒ거□

〈十二丈-뒤〉

쇠문 박긔 붓텨 셔셔 승공 오기을 기달르던이라 ᄆᆡ월리 승공기 고왈 밤마당 슈젹ᄒ화 도ᄉ른의 종젹이 업삽던니 오날밤의 ᄀ온즉 키그 팔쳑이나 되난 놈이 낭ᄌ방외 들려ᄀ 낭ᄌ을 더뷰려 히롱ᄒ옵거날 소여 사충외 귀을 기우려 드른즉 낭ᄌᄒ난 말이 셔방임 경셩ᄒ여씬이 나려오시거던 쥐기고 ᄌᆡ뮬을 도젹ᄒ여 ᄀ지고 도망ᄒᄌ 하더이다 ᄒ이 승공니 ᄃᆡ로 놀ᄒ여 칼을 ᄲᅢ여 들고 나난다시 ᄂᆡ다라 동별당외 간이 엇더ᄒᆫ 놈니 방문을 여닷고 다라나거날 승공니 분노ᄒ여 침소로 도라와 분기을 이기지 못ᄒ야 날ᄉᆡ기을 기달리던니 이윽고 오경 북소ᄅᆡ나면 원촌외 기명셩니 듈이거날 승공니 노복

〈十三丈-앞〉

을 호령ᄒ여 좌우외 갈나셔우고 ᄎᆞᄅᆡ로 군문ᄒ여 왈 ᄂᆡ집 단ᄌᆡᆼ이 놉퓨고 위인이 임으로 츌업지 못ᄒ거던 너히 즁의 엇써ᄒᆫ 놈이 낭ᄌ 방의 단이면 통간ᄒᆫ난다 ᄒ고 분명 너히 즁외 츌업ᄒ난 놈니 니실거시이 ᄇᆞ로 아리라 ᄒ면 분긔을 이기지 못ᄒ애 호령ᄒ여 왈 낭ᄌ다려 오라 ᄒ시이 ᄆᆡ월□ 면져 ᄂᆡ다라 동별당 문 ᄯᅮᄃᆞ리면 소ᄅᆡ을 키기 ᄒ여 왈 낭ᄌ난 무숨 잠을 거리 ᄌ시난인가 ᄃᆡ감임이 잡아오라 ᄒ신이 낭ᄌ난 엇더ᄒᆫ 놈을 더뷰러 자신다가 현젼이 낫ᄐᆞ나셔 외ᄆᆡ한 소니을 맛치면 ᄯᅩ 쥭이려 ᄒ시이 밥비 나와 무죄ᄒᆫ 소인 등을 살애 쥬옵소셔 ᄒ면 구박이 자심ᄒ거날 낭ᄌ 이 말을 들래ᄆᆡ 여광여최ᄒ여 아모리 할 쥴을 모르드라

〈十三丈-뒤〉

며리외 옥잠을 곱고 시뷰모 문긔 업ᄯᅳᆯ려 엿ᄌ오되 이 집픔 밤의 뮤숨 일노

ᄒᆞ여곰 자바오라 ᄒᆞ신인가 승공니 ᄃᆡ노ᄒᆞ여 ᄂᆡ겨 쥰의 낭ᄌᆞ 슉소의 간젹 남졍의 소ᄅᆡ 들이거날 고이ᄒᆞ야 낭ᄌᆞ쎠로 무른이 ᄃᆡ답이 낭군이 승경ᄒᆞᆫ 휴로 밤니면 심심ᄒᆞ여 춘양 동춘과 시비 ᄆᆡᆼ월노 더뷰려 말ᄒᆞ여ᄶᅡ ᄒᆞᄆᆡ 그 휴의 ᄆᆡᆼ월을 뷸너 무른즉 낭ᄌᆞ의 방의 간 ᄇᆡ 업다 ᄒᆞ거날 이 연고을 아지 못ᄒᆞ야 슈직ᄒᆞ니 엇더ᄒᆞᆫ 놈니 낭ᄌᆞ방의 츌업ᄒᆞᆫ니 그 놈의 셩명을 아라 올리라 ᄒᆞ신니 낭ᄌᆞ 이 말을 듯고 눈뮬을 혈여 왈 밤몃한ᄃᆡ 승공니 더옥 분노ᄒᆞ여 왈 ᄂᆡ 목젼의 보와쎠던니 어이리요 바로 알리라 호령

〈十四丈-앞〉

이 츄ᄉᆞᆫ □거날 낭ᄌᆡ ᄃᆡ경질ᄉᆡᆨᄒᆞ면 왈 아몰리 육예을 갓초지 안이ᄒᆞ여기로 이래ᄒᆞᆫ 말노 구즁을 ᄒᆞ시이 발명 뮤소ᄒᆞᄂᆞ 시시 슈츌ᄒᆞ옵소셔 ᄂᆡ 몸이 시승의 날려와신나 병셜 갓틋 정절과 청ᄇᆡᆨ 갓틋 마음의 눈뮬이 소ᄉᆞᄂᆞ 옥안을 젹시거날 츙신은 뷸사이군이요 열여난 뷸경이뷰아 천졍이 완젼커던 엇지 위인을 통간ᄒᆞ여 ᄉᆞ오리가 쥭어 모로고져 하난이다 승공니 더옥 ᄃᆡ노회야 즉시 노보을 호령ᄒᆞ여 낭ᄌᆞ을 졀박ᄒᆞ라 일시의 ᄂᆡ다라 낭ᄌᆞ의 손을 잡고 졀박ᄒᆞ여 승공 젼의 쑬려안치고 고셩ᄃᆡ질 왈 너 죄난 만ᄉᆞ뮤셕이라 잡말 말고 통간ᄒᆞ난 놈을 바로 아리라 ᄒᆞ면 큰 ᄆᆡ로 ᄆᆡᆼ장ᄒᆞ니 낭

〈十四丈-뒤〉

ᄌᆞ의 월ᄉᆡᆨ 갓틋 양협의 흘로난이 눈믈이요 옥셜 갓틋 팔마듸의 소ᄉᆞ난이 유흘리라 낭ᄌᆞ 혼미 즁의 정신을 지졍ᄒᆞ야 엿ᄌᆞ오ᄃᆡ 낭군니 쳡을 잇지 못ᄒᆞ야 발힝ᄒᆞ더 날의 지우 ᄉᆞᆷ십 이을 가 슉소을 졍ᄒᆞ고 도라왓ᄉᆞᆸ든이 ᄯᅩ 잇틋날 밤의 왓삽기로 쳡의 쇠건의은 뷰모 아류시면 ᄌᆞ춰 이실 덧ᄒᆞ옵기로 자최 감초와 쥭기로셔 달ᄂᆡ 보ᄂᆡ옵고 실ᄌᆞᆼ을 엿쥬지 못ᄒᆞ야삽던이 인간이 시기ᄒᆞ고 귀신이 미워ᄒᆞ야 이런 누명으로 사경의 이려사오이 무ᄉᆞᆷ 명목으로

발명할 올리ᄀ 쳡의 뮤죄ᄒᆞ문 쳔지 알이로소이다 ᄒᆞ고 ᄒᆞ날을 우러 통곡 왈 소소 명ᄒᆞᆫ 쳔은 외미ᄒᆞᆫ

〈十五丈-앞〉

목슘을 쥑여쥬옵소셔 ᄒᆞ고 실피 통곡ᄒᆞ니 시모 졍씨 그 치목ᄒᆞᆫ 거동을 보고 치읍회면 ᄉᆞᆼ공 젼의 가 고회여 왈 ᄉᆞᆼ공은 안흔회여 살피지 못ᄒᆞ고 빅옥 갓탄 낭ᄌᆞ을 음힝ᄉᆞ로 져려ᄐᆞ시 박ᄃᆡᄒᆞ니 엇지 휴화니 업시리요 ᄒᆞ고 ᄂᆡ다라 ᄎᆞᆼ두 무니치고 민 것실 쓸너노코 통곡 왈 뷰모 망영되여 일려ᄐᆞ시 못시한이 너의 졍졀을 ᄂᆡ가 아난 ᄇᆡ라 ᄒᆞ고 별당외 듈려ᄀ자ᄒᆞᆫ니 낭ᄌᆞ 실피 통곡 왈 잇말외 ᄒᆞ여씨되 도젹외 ᄶᅵ난 벼셔도 ᄎᆞᆼ여외 ᄶᅵ난 볏지 못ᄒᆞᆫ다 ᄒᆞ온니 엇지 이련 누명을 입고 살긔을 바ᄅᆡ리ᄀ ᄒᆞ고 며리 옥잠을 ᄲᅦ여 들고 ᄒᆞ날을 항ᄒᆞ여 사븨 통곡ᄒᆞ고 실피 율면 왈 소소ᄒᆞᆫ 명쳔은

〈十五丈-뒤〉

ᄒᆞ감ᄒᆞ옵소셔 이몸이 말일 위인을 간통ᄒᆞ여삽거던 이 옥잠이 셤돌의 사모 박키지 말고 외밍ᄒᆞ옵거던 이 옥잠이 져 셤돌의 사모 박해쥬옵소셔 쳡외 익밍ᄒᆞᆫ 누명을 소소이 발키쥬옵소셔 옥잠을 놉피 들고 ᄲᅥᆫ지이 옥잠이 ᄯᅱ놀면 셤돌외 사모 박히거날 그ᄌᆡ야 ᄉᆞᆼ공이 ᄭᆡ달나 급ᄒᆞ애 낭ᄌᆞ을 잡고 비려 왈 더사 소건으로 ᄉᆡᆼ각ᄒᆞ여 ᄋᆞᆫ심ᄒᆞ옵소셔 낭ᄌᆞ 통곡 왈 나난 시ᄉᆞᆼ을 바리고져 ᄒᆞ난이라 ᄒᆞ고 ᄃᆡ셩통곡ᄒᆞᆫ이 줏쥬 갓튼 눈뮬리 옥안을 젹시이 시모 졍시 그 차목ᄒᆞᆫ 졍ᄉᆞᆼ을 보고 ᄉᆞᆼ공을 칭망ᄒᆞ여 왈 만일 날려와 낭ᄌᆞ외 쥭음을 보면 졀단코 함긔 쥭을 터이 이련 답답

〈十六丈-앞〉

ᄒᆞᆫ 일이 어ᄃᆡ 잇시리요 ᄒᆞ면 ᄉᆞᆼ공을 항ᄒᆞ여 무슈이 원망할 ᄶᅵ 아히 츈양이

동츈이 거동 보고 낭ᄌᆞ외 쳐미을 븟잡고 울면 왈 어만임 어만임 쥭지 마옵소셔 어린 동츈이 졋지나 먹이소셔 아반임 날려 오시거던 원통고 졀통ᄒᆞᆫ 말ᄉᆞᆷ이나 ᄒᆞ고 쥭써나 살거나 ᄒᆞᆫ옵소셔 만일 어만임이 쥭ᄉᆞ오면 우리 두리 뉘을 의지ᄒᆞ애 살아 ᄒᆞ신잇가 ᄒᆞ면 동츈이 울면 왈 어뮤 쵸미을 븟들고 방의 들려ᄀᆞ 동춘을 안고 져질 먹이면 눈뮬의 흘어 옷기실 젹시더라 낭ᄌᆞ 옥함외 외복을 ᄂᆡ여 입고 춘양 동춘을 만지면 일외되 실푸다 츈양아 가련타 동춘아 오날날 ᄂᆡ 쥭긔난 셜지 안이ᄒᆞ나 너외

〈十六丈-뒤〉

뷰친이 쳘이원경외 잇셔 오날날 ᄂᆡ의 쥭난 거동을 보지 못ᄒᆞᆫ이 ᄂᆡ의 심ᄉᆞ 둘듸업다 ᄒᆞ고 ᄯᅩ 옥함의 븟치을 ᄂᆡ여 녹코 울면 왈 춘양을 뷰들려 가로듸 이 븟치난 빅화션이라 집피 간슈ᄒᆞ여다가 너외 동싱 동춘이 장셩ᄒᆞ거든 쥬고 이 칠보단장과 치복은 너게 당ᄒᆞ거시이 잘 간슈ᄒᆞ여다가 입으라 가련ᄐᆞ 동춘아 뷸ᄉᆞᆼ타 춘양아 ᄂᆡ 쥭은 후의 어리 동춘을 어의할고 춘양을 뷸너 왈 이 관대 도로난 너의 뷰친 급지ᄒᆞ애 날려 오시면 이븀젹ᄒᆞᆫ 관듸 도포 업긔로 이 관듸을 지으면 져우 함외 슈졀을 놋ᄐᆞ가 ᄒᆞᆫ 작 나릐을 녹로 ᄒᆞᆫ 작 나릐을 맛지 못ᄒᆞ야 이려 변을 당ᄒᆞ여신이 엇지 원통치 안니ᄒᆞ

〈十七丈-앞〉

리요 집피 간슈ᄒᆞ여다ᄀᆞ ᄂᆡ여들리고 ᄯᅩ ᄒᆞᆫ 빙을 ᄂᆡ여쥬면 왈 이 슐은 너의 뷰친 도문할 씌 듸일나ᄒᆞ여던이 도문을 보지 못ᄒᆞ옵고 원혼이 되야사온이 이 슐을 잘 간슈ᄒᆞ여다ᄀᆞ 너의 뷰친 날려오시거던 그런 말ᄉᆞᆷᄒᆞ옵고 날 보다시 잡슈라 ᄒᆞ옵고 듸리라 실퓨다 춘양아 어린 동춘을 어이할리 목 말으다 ᄒᆞ겨든 뮬을 멱이고 븨고퓨다 ᄒᆞ거든 밥을 쥬워 달ᄂᆡ고 어마 어마 울거든 어벼 달ᄂᆡ고 뷰듸 뷰듸 눈도 ᄒᆞᆫ 분 흘기지 말고 잘 이거라 ᄀᆞ련ᄐᆞ 춘양아

뷸승ᄐᆞ 동춘아 뉘을 의지ᄒᆞ여 살고 ᄒᆞ면 눈믈울 근치지 못ᄒᆞ거날 춘양이 어무 정승을 보고 울면 왈 어만임아 어만임아 엇지 이ᄃᆡ지 승키ᄒᆞ시난잇가 어만임 쥭거지면

〈十七丈-뒤〉

우리 듈리 뉘을 의지히여 살아 ᄒᆞ시며 어린 동춘을 엇지ᄒᆞ고 이려 말삼 ᄒᆞ시ᄂᆞᆫ잇가 셔로 븟들고 통곡ᄒᆞ다ᄀᆞ 춘양이 거진히여 짐이 들거날 낭ᄌᆞ 막막ᄒᆞᆫ 심회을 익긔지 못ᄒᆞ고 원통ᄒᆞᆫ 분을 이긔지 못회여 아몰리 ᄉᆡᆼ각회여 도 ᄂᆡ 몸니 쥭거 구천 가야 이 뉘명을 싯칠리라 ᄒᆞ고 ᄉᆡᆼ각ᄒᆞ되 분명 ᄋᆞ히들 리 잠을 ᄭᆡ면 쥭지 못ᄒᆞ리로다 ᄒᆞ고 ᄀᆞ만이 춘양 동춘을 만지면 갈로ᄃᆡ 실푸다 춘양아 뷸승ᄐᆞ 동츈아 뷰ᄃᆡ 뷰ᄃᆡ 잘 리것라 회면 옥함의 든 금의을 ᄂᆡ여 업고 원앙침을 도도 번고 셤셤옥슈 조은 장도 드넌 칼을 넌짓 잡아 춘양 동춘의 멸리을 만치며 낫칠 ᄒᆞᆫᄃᆡ ᄃᆡ니고 실피 치음 왈 춘양 동춘아 뷰ᄃᆡ 뷰ᄃᆡ 잘 잇거라 ᄒᆞ고

〈十八丈-앞〉

칼을 잡아 가심을 젼쥬며 어린 것들 보기듸면 참아 쥭지 못ᄒᆞ나 시뷰의 모함ᄒᆞ난 말을 ᄉᆡᆼ각ᄒᆞ니 손의 자분 칼 졉오 가심을 질너 쥭은이 창천 ᄇᆡᆨ일 뮤광ᄒᆞ고 촉목금슈가 실허ᄒᆞ난 덧회면 뜻밧기 쳔동소ᄅᆡ 나며 공즁의 운뮤 자옥회며 혼ᄇᆡᆨ은 승쳔ᄒᆞ여시나 실퓨다 옥 갓튼 가심외 원혈 소ᄉᆞ나더라 잇ᄯᆡ외 춘양니 잠을 ᄭᆡ여 어무 ᄎᆞ목ᄒᆞᆫ 변을 보고 ᄃᆡ경질ᄉᆡᆨ히여 동츈 ᄭᆡ와 다리고 어뮤 시치을 안고 낫칠 ᄒᆞᆫᄐᆞ ᄃᆡ니고 ᄃᆡ셩통곡 왈 어만임아 어만임아 이위인 일리시오 어련 동춘을 어니훌고 회며 방셩통곡ᄒᆞ니 승공과 노쇽븨들 리 그 우난 소ᄅᆡ을 듯고 동별당의 들려간니 낭ᄌᆞ 가삼외 칼을 곳고 누어거날

〈十八丈-뒤〉

충황 즁외 칼을 쎅려흐니 원혼니 되어 칼리 요동치 안니흐더라 잇쯰 동춘은 어련 것시라 어뮤 쥭궁 쥴 모로고 달려들려 젓질 멱글려 흐니 춘양니 동춘을 달닉며 일로딕 어만님니 잠들련다 즘 씌거던 젓 멱거라 회며 셜로 븟들고 어뮤 신치을 흔들며 왈 어만임아 어만임아 일려나소 일려나소 동춘이 젓멱 즉고 우난나다 어셔 밧비 일려나셔 동춘니 젓나 멱니시오 밥을 듀워도 안니 멱고 뮬을 쥬워도 마다흐니 답답히여 못 보기쇼 업벼도 안이 듯고 안아도 울름을 근치지 안이흔니 이 안니 긔믹키오 젓멱자 흐난 소릭 츠마 든지 못흔기소 흐고 어무 시치을 안고 궁글며 통곡흔니 그 츠목흔 졍상을 차마 보지 못할 빅라 일려구

〈十九丈-앞〉

로 여려날을 지닉되 신치가 승치 안니흐믹 승공니 싱각흐되 션군니 날려와 낭즈 쥭음을 보면 졀단코 흠기 쥭글 게시오 쏘흔 낭즈 가슴의 칼을 보면 분명 울리 모함회여 쥭근 쥴 알 것신이 션군이 닉려오잔난 젼의 낭즈 장스회미 올토다 흐고 노복을 거날리고 방의 들려 가 염십흐라 흐니 신치가 요동치 안이흔거날 승공과 노복빅들리 아모리 할 쥴 모로더라 이젹위 션군니 경셩의 올나가 슈일을 유흔던니 과거날리 당흐믹 즁즁긔거을 가초와 갓지고 들려간니 글지을 거려시되 강구외문동요라 흐여거날 션군이 일필취지히여 일쳔의 밧치고 나온니라 이젹의 황

〈十九丈-뒤〉

지 이 글을 보시고 딕차 왈 귀귀비졈이요 자자이관쥬로다 용사비듭흐여시이 이 스름은 필언 쳔흐인진로다 흐시고 직시 휘즁의 게방흐되 경승도 안동 쎵의 빅션군 일너라 실닉을 명초흐니 쳔지진동흐더라 션군이 실닉 뷸로난

소릐을 듯고 나난다시 들려근이 만조빅관니 ᄎᆞ리로 모셔난ᄃᆡ 황지 친람ᄒᆞ시고 두시 변 진토 후외 손목 잡아 안치시고 즉셔 할임학ᄉᆞ 지슈ᄒᆞ신니 션군이 천은을 축ᄉᆞᄒᆞ고 할림원의 입조 후의 노자로 ᄒᆞ여곰 뷰모 양위 젼과 옥낭ᄌᆞ게 편지을 븟쳐난지라 노자 쥬야로 나려와 ᄉᆞᆼ공 젼의 편지을 올이거날 바다본니 그 편지의 ᄒᆞ여시되 뷰모임 강권ᄒᆞ시믈 입여

〈二十丈-앞〉

금변 ᄌᆞᆼ원급지ᄒᆞ여 할님학ᄉᆞᄒᆞ오니 천은이 망극ᄒᆞ옵고 ᄯᅩᄒᆞᆫ 도문 일ᄌᆞ은 금월 이십칠일노 정ᄒᆞ여ᄉᆞ온이 그리하옵소셔 ᄒᆞ여더라 ᄯᅩ 낭ᄌᆞ게 븟친 편지은 춘양을 뷸녀 쥬면 왈 이 편지은 너이 뷰친 편지라 네 근슈ᄒᆞ라 ᄒᆞ시고 비충ᄒᆞ미 븨나 더ᄒᆞ더라 춘양이 아뷰 편지을 바다 ᄀᆞ지고 동싱 동츈을 다리고 빈소의 드려ᄀᆞ 어무 신치을 안고 궁귤면 통곡 왈 어만임아 어만임아 이려나소 이려나소 과거 갓든 아분임 편지 와난이다 어만임니 ᄉᆡᆼ시의은 편지을 조와ᄒᆞ시던이 오날 반ᄀᆞ온 아뷰지 편지 왓ᄉᆞ오되 엇지 이려ᄂᆞ지 아니ᄒᆞ시ᄂᆞᆫ잇ᄀᆞ ᄒᆞ고 편지을 어무신치 압픠 녹코 통곡ᄒᆞ다ᄀᆞ 조모임 젼의 ᄀᆞ 비

〈二十丈-뒤〉

려 왈 동츈은 글을 몰나 어뮤임 영혼 젼외 고달외 못ᄒᆞ온이 조모임니 니 편지 ᄉᆞ연을 낫낫치 일너 어뮤임 영혼니나 위로ᄒᆞ게 ᄒᆞ옵소셔 ᄒᆞ고 정시이 편지을 낫낫치 일너보니 니 글셔의 ᄒᆞ여시되 악슈ᄉᆡᆼ별리이 과누월의 종적이 돈절ᄒᆞ고 힝용이 경막ᄒᆞ여 원염 뮤궁ᄒᆞ오ᄂᆞ 미심 글ᄂᆡ외 뷰모임 모시옵고 여리 ᄌᆞ식들 다리고 ᄂᆡᄂᆡ 뮤양ᄒᆞ시지 아지 못ᄒᆞ와 답답 간졀ᄒᆞ오면 낭ᄌᆞ의 ᄐᆡ순 갓튼 졍이 쳘이외 뺏친지라 낭ᄌᆞ외 곳다온 얼골은 용ᄆᆡᆼ이난 ᄆᆡᆼ이요 불ᄉᆞ이ᄌᆞᄉᆡ라 기리ᄂᆞᆫ 우리 졍이 일필노 난기로다 그ᄃᆡ의 황ᄉᆞᆼ이

젼과 빗치 번ᄒᆞ여신니 아지 못거라 무ᄉᆞᆷ 병이 들려난ᄀᆞ 낭ᄌᆞ 권ᄒᆞ뮤로 금방 ᄌᆞᆼ원급지ᄒᆡ여

〈二十一丈-앞〉

할임학ᄉᆞ로 날려ᄀᆞ온이 엇지 ᄂᆞᆼᄌᆞ의 ᄯᅳ질 맛치지 안이ᄒᆞ여실이요 도문 일ᄌᆞ은 부모임 젼외 올이난 편지의 기록ᄒᆞ여ᄉᆞ온이 복망 낭ᄌᆞ은 쳔금 갓틋 긔치을 안보ᄒᆞ옵스면 그날노 나려ᄀᆞ 반ᄀᆞ이 만ᄂᆡ리ᄃᆞ ᄒᆞ여더라 졍씨 보기을 다ᄒᆞᄆᆡ 실퓨 마음을 이기지 못ᄒᆞ야 궁글면 통곡 왈 실퓨다 츈양 동춘아너 어뮤을 일코 엇지 살ᄂᆡ ᄒᆞ며 셔로 븟들고 통곡ᄒᆞ이 츈양니 그 편지 사연을 듯고 모친 신치을 안고 궁귤면 통곡ᄒᆞ니 그 차목ᄒᆞᆫ 거동을 차마 보지 못할너라 졍시 ᄉᆞᆼ공을 뷸너 왈 션군의 편지 ᄉᆞ연이 엿ᄎᆞ엿ᄎᆞᄒᆞ니 날려와 낭ᄌᆞ 쥭은 양을 보면 졀단코 함긔 쥭을 거시이 이 일을 엇지ᄒᆞ린잇ᄀᆞ ᄂᆞ도 쥬야 염염ᄒᆞ난이다 그러ᄒᆞ나

〈二十一丈-뒤〉

조흔 모칙을 ᄉᆡᆼ각ᄒᆞ여신이 부인은 염염 마옵소셔 ᄒᆞ고 즉시 노복 등을 뷸너 의논 왈 할임니 날러와 낭ᄌᆞ의 쥭음을 보면 졀단코 쥭을 터인니 너히 등은 각각 ᄉᆡᆼ각ᄒᆞ여 할임의 안심할 못칙을 ᄉᆡᆼ각ᄒᆞ라 ᄒᆞ시이 그 즁의 늘근 죵이 엿ᄌᆞ오ᄃᆡ 소인이 연젼의 할임을 모시고 임진ᄉᆞ듸외 가온니 여려 사ᄅᆞᆷ이 뮤슈이 모와난ᄃᆡ 침ᄌᆞᆼ ᄉᆡ로 일월 갓튼 쳐ᄌᆞ 나와 귀경ᄒᆞ다ᄀᆞ 할임니 그 쳐ᄌᆞ을 보고 쳔ᄒᆞ절ᄉᆡᆨ이로다 ᄒᆞ고 잇지 못ᄒᆞ와 근쳐 ᄉᆞᄅᆞᆷ기 무른직 임진ᄉᆞ 쳐ᄌᆞ라 ᄒᆞ온니 할님니 ᄃᆡ츈ᄒᆞ시고 몬ᄂᆡᄒᆞ시던이다 그듸과 구혼ᄒᆞ시셔 인연을 ᄆᆡ지시면 혹 안심할 덧ᄒᆞ오이 연즁 임진ᄉᆞ듸외 날려오시ᄂᆞᆫ 노변이온이 할임 모로게 즉

〈二十二丈-앞〉

시 셩ᄉᆞ되오면 조흘 덧ᄒᆞ온이 연소ᄒᆞ신 마음의 신졍을 이울오면 구졍을 이질 더ᄒᆞ온니 아모조록 ᄒᆞ여도 진심 갈역ᄒᆞ와 바로 그 ᄃᆡᆨ의 ᄀᆞ와 쳥혼ᄒᆞ옵소셔 승공이 이말을 듯고 ᄃᆡ히ᄒᆞ여 왈 네 말리 ᄀᆞ장 올토다 ᄒᆞ고 쏘ᄒᆞᆫ 임진ᄉᆞ와 즁마고외라 ᄂᆡ 말을 드을 덧ᄒᆞ고 쏘 션군의 몸이 영화ᄒᆞ여신니 쳥혼ᄒᆞ면 낙종ᄒᆞ리라 ᄒᆞ고 승공이 직시 발힝ᄒᆞ여 임진ᄉᆞᄃᆡᆨ의 ᄀᆞ이 현연이 연졉ᄒᆞ여 왈 엇지 누지 용임ᄒᆞ신난이ᄀᆞ 승공 ᄃᆡ왈 다른음이안이라 ᄌᆞ식 션군니 연젼의 슈경낭ᄌᆞ로 더뷰려 연분이 지즁ᄒᆞ여 일시도 써ᄂᆞ지 안이ᄒᆞᄆᆡ 미망ᄒᆞ더이 금방 과거을 당ᄒᆞ야 올이보ᄂᆡ던이 쳥힝으로 장원급지ᄒᆞ여 할임학ᄉᆞ

〈二十二丈-뒤〉

ᄒᆞ여 날려오난 편지 왓ᄉᆞ오되 마츰 ᄀᆞ운니 뷸횡ᄒᆞ여난지 져의 연분이 진ᄒᆞ여난지 금월 모일의 낭ᄌᆞ 쥭어ᄉᆞ온이 션군이 날려오면 졀탄코 쥭을 거시이 혼취을 광문ᄒᆞ온직 진ᄉᆞᄯᆡᆨ의 아롬다온 쳐ᄌᆞᄀᆞ 잇다ᄒᆞ온니 날과 날과 ᄉᆞ친되면 엇더ᄒᆞ요 자식 션군이 연소ᄒᆞ 마음의 신졍을 일우오면 구졍을 이질 덧ᄒᆞ온이 바ᄅᆡ옵건ᄃᆡ 죄히 허학ᄒᆞ옵소셔 션군니 쳔은 입어 우리 두 집의 영화 극ᄒᆞ면 엇더ᄒᆞ올리ᄀᆞ 진ᄉᆞ ᄃᆡ왈 거연 칠월 ᄆᆡᆼ일의 할임이ᄃᆡᆨ 가와 보온즉 할임니 낭ᄌᆞ와 노난 양은 양인 셔로 션관 션여 갓ᄐᆡ여 비밀ᄒᆞᆫ 졍회을 시승의 비할ᄃᆡ 업시면 옥낭ᄌᆞ은 츄쳔명월이요 ᄂᆡ의 여식은 반달리라 낭ᄌᆞ 만일

〈二十三丈-앞〉

쥭여시면 할임이 졀탄코 쥭음을 먼치 못할게시이 만일 쳥혼ᄒᆞ여다ᄀᆞ 쓧과 갓지 못ᄒᆞ면 ᄂᆡ의 여식은 바릴 덧ᄒᆞ온이 그 안이 ᄒᆞᆫ심ᄒᆞᆫ올리ᄀᆞ 승공이 즉극키 간권ᄒᆞ시이 진ᄉᆞ 마지 못ᄒᆞ야 허락ᄒᆞ이 승공니 직시 ᄐᆡ일ᄒᆞ야 쥬고 집으

로 도라와 뷰인게 말솜ᄒᆞ고 납치을 보닌 후외 션군 오기을 지다리더라 잇ᄃᆡ 션군이 쳔ᄉᆞ관복의 옥ᄃᆡ을 ᄯᅵ고 ᄇᆡᆨ학션을 손의 드고 ᄇᆡᆨ마금안을 지여 타고 쳥긔을 반공의 ᄯᅴ우고 금니화동을 쌍쌍니 압시우고 지소ᄅᆡ 진동ᄒᆞ고 권마셩을 셥도ᄒᆞ야 어연니 날려온니 도쳐지경외 노소인민이 귀경ᄒᆞ면 칭충 안이ᄒᆞ 리 업더라 츙청도 달달은이 그 도 감ᄉᆞ 션군 보고 실ᄂᆡ

〈二十三丈-뒤〉

을 진퇴ᄒᆞ니 션군이 멀리 위 어ᄉᆞ화요 혈리의 옥ᄃᆡ로다 원원이 들려간이 감ᄉᆞ 실ᄂᆡ을 두시 변 진퇴 후의 ᄃᆡ찬ᄒᆞ야 ᄒᆞ난 말리 그ᄃᆡ 진실노 션픙도골이라 ᄒᆞ더라 각셜 여려날만의 노독어 심ᄒᆞ야 쥬졈의 들려 잠관 침셕을 외턴이 비몽간의 낭ᄌᆞ 원연이 문을 열고 드러오되 만신이 유혈리 낭ᄌᆞᆼᄒᆞ야 젓틔 안지면 눈뮬을 흘여 왈 나난 신운이 뷸궐ᄒᆞ야 시ᄉᆞᆼ의 뷰치들 못ᄒᆞ옵고 황쳔의 도라갓ᄉᆞ오나 일젼의 편지 ᄉᆞ연을 듯ᄉᆞ온직 금변 ᄌᆞᆼ원급지 할임학ᄉᆞ회여 나려오신다 ᄒᆞ오ᄆᆡ 아모리 쥭은 혼ᄇᆡᆨ인들 엇지 질겁지 안이ᄒᆞ리요 낭군은 여화로 날려오시건이와 나ᄂᆞᆫ 남과 갓치

〈二十四丈-앞〉

보지 못ᄒᆞ온니 니련 답답고 졀통ᄒᆞᆫ 이리 어ᄃᆡ 잇실리요 ᄀᆞ련ᄐᆞᆺ 낭군임아 밧비 나려와 춘양 동츈을 달ᄂᆡ소셔 어미 일코 실피 울고 의비 긔러 셔런ᄒᆞᄂᆡ ᄂᆡ의 몸니 흔젹 업시 젼젼촌촌 ᄎᆞᄌᆞ왓난이다 ᄒᆞᆫ심ᄐᆞᆺ 낭군임은 ᄂᆡ의 몸니ᄂᆞ 만져 보옵소셔 ᄒᆞ면 ᄒᆞᆫ심지고 낙누ᄒᆞᆫ니 션군이 반거ᄒᆞ여 ᄂᆞᆼᄌᆞ을 트려 안고 만신을 만져 보니 ᄀᆞ슴의 칼을 곱고 피을 흘이거날 놀ᄂᆡ ᄭᆡ다른이 ᄌᆞᆼ원호졉이라 몽ᄉᆞ 극키 흉측ᄒᆞ야 이려ᄂᆞ 안지이 오경 북소ᄅᆡ 나면 원촌의 기명생이 들이거날 ᄒᆞ인을 ᄭᆡ와 질을 ᄌᆡᆨ촉ᄒᆞ야 쥬야로 나려오난지라 이젹외 ᄉᆞᆼ공이 쥬육을 만이 쥰비ᄒᆞ여 노복 등을 거날

〈二十四丈-뒤〉

리고 임진ᄉᆞᄃᆡᆨ문의 와 할임을 지달으던이 ᄎᆞ시 할임이 ᄇᆡᆨ마금안으로 쥬갑 편ᄒᆞ여 오거날 ᄉᆞᆼ공이 실ᄂᆡ을 듀시 변 진퇴 후의 할님의 손을 잡고 너 급지 ᄒᆞ여 옥당의 올ᄂᆞ 할임ᄒᆞ여 나려온이 엇지 겁지안이ᄒᆞ리요 깃뷰기 칭양업 다 쥬ᄎᆞᆫ으로 ᄃᆡ졉ᄒᆞᆫ이 할임이 쓸려 안ᄌᆞ 두 손으로 ᄉᆞᆷ ᄇᆡᆨ을 멱은 휴외 ᄉᆞᆼ공 이 이론 말리 너의 발슐이 할님의 잇고 얼골이 관옥지ᄉᆞᆼ이라 너 갓툣 장뷰가 엇지 ᄒᆞᆫ 뷰인으로 셔ᄉᆞᆼ보기리요 너을 위ᄒᆞ야 어진 쥬슈을 구ᄒᆞ이 이곳 임진 ᄉᆞᄃᆡᆨ의 ᄂᆞᆼᄌᆞ 잇시되 천ᄒᆞ 졀ᄉᆡᆨ이요 이날의 임진ᄉᆞ 보고 네 ᄇᆡ필을 졍ᄒᆞ고 힝의을 이류고져 왓신이 네 뜻지 엇더ᄒᆞ고 만단셜화ᄒᆞ니 할임이 ᄃᆡ왈 근밤

〈二十五丈-앞〉

의 ᄭᅮᆷ을 ᄭᅮᆫ이 낭ᄌᆞ 몸의 피을 흘이고 졋ᄐᆡ 안지면 엿ᄎᆞ엿ᄎᆞ ᄒᆞ온이 아ᄆᆡ도 뮤슴 연고 인난ᄀᆞ ᄒᆞ면 ᄯᅩ ᄀᆞ로ᄃᆡ 낭ᄌᆞ와 언약이 지즁ᄒᆞ온니 집외 ᄀᆞ 낭ᄌᆞ을 보고 말을 듯ᄉᆞᆸ고 졀단ᄒᆞ올리다 ᄒᆞ고 질을 ᄌᆡ촉ᄒᆞ여 임진ᄉᆞ집 압퓨로 지ᄂᆡ 거날 ᄉᆞᆼ공이 할임의 손을 붓들고 만단ᄀᆡ유ᄒᆞ여 왈 양반외 힝실리 안이로다 혼인은 인근ᄃᆡᄉᆞ라 뷰모ᄀᆞ 구혼ᄒᆞ여 유의을 갓초와 영화을 보기ᄒᆞ여신이 ᄌᆞ식으 도리의 고집ᄒᆞ여 종시ᄃᆡ사을 그릇되기ᄒᆞ니 군ᄌᆞ의 도리 안이로다 ᄒᆞ거날 할임니 묵묵뷰답ᄒᆞ고 말을 ᄌᆡ촉ᄒᆞ여 급피 ᄯᅥ나근이 하인이 엿자오되 ᄃᆡ감임이 엿ᄎᆞ엿ᄎᆞᄒᆞ온니 임진ᄉᆞᄯᆡᆨ의 이리 낭ᄑᆡ자심이라 집피 집피 ᄉᆡᆼ각

〈二十五丈-뒤〉

ᄒᆞ옵소셔 할임이 ᄒᆞ인을 ᄭᅮ지져 왈 너외 놈니 무신 잡말ᄒᆞ난다 ᄒᆞ면 뮬이치 고 ᄇᆡᆨ마금변으로 나려ᄀᆞ거날 ᄉᆞᆼ공이 할리업셔 할임으 뒤을 ᄯᅡ라 집압ᄑᆡ 다다라셔 션군을 붓들고 낙누ᄒᆞ여 왈 네 영화로 나려오건이와 집안의은 일히일비로다 너 경셩의 ᄯᅥ난 후의 밤마당 낭ᄌᆞ방의 남졍의 소ᄅᆡ ᄂᆞ기로

고이ᄒᆞ야 낭ᄌᆞ을 뷸너 믈이 너 왓다 말은 안이ᄒᆞ고 ᄆᆡᆼ월노 더뷰려 말ᄒᆞ여다 ᄒᆞ거날 뷰모되여 이 이리 ᄀᆞ장 슈상ᄒᆞ익 낭ᄌᆞ을 약간 경기ᄒᆞ여던이 낭ᄌᆞ 여ᄎᆞ여ᄎᆞᄒᆞ여 쥭여신이 이련 망극 답답ᄒᆞᆫ 이리 어ᄃᆡ 잇시리요 ᄒᆞ니 션군니 니 말을 듯고 ᄃᆡ경질ᄉᆡᆨᄒᆞ여 쳬읍왈 아반임 악ᄀᆞ 님진ᄉᆡᄶᅥᆨ의 소지기 장ᄀᆡ 들나ᄒᆞ시고 날을 ᄉᆡᆨ어시난 말ᄉᆞᆷ

〈二十六丈-앞〉

이 올으신잇ᄀᆞ 진실노 낭ᄌᆞ 쥭여삽난잇ᄀᆞ ᄒᆞ면 여광엿취ᄒᆞ야 쳔지도지 즁문의 다다른이 동별ᄶᅡᆼ외셔 외연ᄒᆞᆫ 울름소ᄅᆡ 들이거날 할님이 눈뮬 흘리면 경신업시 들려ᄀᆞ이 셤들돌의 옥잠이 ᄉᆞ모 박히거날 할님이 옥잠을 ᄲᅦ여들고 눈뮬을 흘여 왈 무경ᄒᆞᆫ 옥잠은 마조나와 반기되 유경ᄒᆞᆫ 낭ᄌᆞ은 엇지 나오지 안이ᄒᆞ난고 ᄒᆞ면 눈뮬리 흘너 질을 분별치 못ᄒᆞ면 동별ᄶᅡᆼ의 들리ᄀᆞ이 어이 업고 쳐량ᄒᆞᆫ 춘양이 동츈을 업고 어뮤 신치을 흔들면 우름을 치쳐우지 못ᄒᆞ여 구실 갓튼 눈뮬리 비오다시 흘이면 왈 ᄋᆡ고 답답 어무임아 이려나소 이려나소 과거 갓든 아뷰

〈二十六丈-뒤〉

임이 영화로 날려왓소 등의 업분 동츈을 서로 보고 통곡ᄒᆞ이 할님으 심ᄌᆡᆼ이 어지 오존ᄒᆞ리요 동츈과 춘양이 할님을 붓들고 질ᄉᆡᆨᄒᆞ여 우려 왈 어만임니 쥭어난이ᄃᆞ ᄒᆞ면 울음을 근치지 안이ᄒᆞ면 셜셜리 통곡ᄒᆞᆫ니 할님니 낭ᄌᆞ외 신치을 안고 통곡ᄒᆞ다ᄀᆞ 기졀ᄒᆞ니 춘양이 할님을 흔들면 왈 우지 마옵소셔 ᄒᆞ니 할님니 경신을 진경ᄒᆞ야 통곡ᄒᆞ면 신치을 만져보이 옥 갓튼 ᄀᆞ심외 칼을 곱고 누워거날 할님이 뷰모을 도라보면 왈 아뮬이 무경ᄒᆞ온들 이젹지 칼도 ᄲᆡ지 안이ᄒᆞ여난이ᄀᆞ ᄒᆞ고 션군이 칼을 잡고 왈 낭ᄌᆞ야 낭ᄌᆞ야 션군이 왓ᄉᆞ온이 일려나소 일려나소

〈二十七丈-앞〉

ᄒᆞ면 칼을 쎈니 칼 쎈 진궁긔 청조식 시 말리 날ᄂᆞ 나와 ᄒᆞᆫᄂᆞ난 할임외 억기 안자 히먼목 히먼목 히면 울고 ᄒᆞᄂᆞ난 동츈의 억기 안자 유감심 유감심 히면 울고 ᄒᆞᄂᆞ난 츈양의 억기 안자 소의자 소의자 히면 울고 날ᄂᆞ가거날 그 식소릐을 드른니 히면목 히면목 ᄒᆞ난 소릐난 몸니 음힝으로 입고 뮤신 면목으로 낭군을 다시 보리요 ᄒᆞ고 우감심 ᄒᆞ난 소릐난 동춘아 너을 두고 쥭근니 눈을 ᄉᆞᆷ지 못ᄒᆞ넌 소릐요 소의자 소의자 ᄒᆞ난 소릐난 츈양아 뷰듸 뷰듸 동츈을 울리지 말고 잘 잇거라 ᄒᆞ난 소릐라 그 청조식 사 말리난 낭ᄌᆞ의 삼혼칠빅리라 동셔로 날ᄂᆞ가고 그 후로붓틈 신치가 됨됨니 썩ᄂᆞᆫ지라 할님니 낭

〈二十七丈-뒤〉

ᄌᆞ의 신치을 안고 듸셩통곡 왈 실퓨다 낭ᄌᆞ야 츈양을 엇지할고 의둘다 낭ᄌᆞ야 동츈을 엇지할고 뷸ᄉᆞᆼᄒᆞ다 낭ᄌᆞ야 날 바리고 어듸 ᄀᆞᆫ고 졀통ᄒᆞ다 낭ᄌᆞ야 의둘다 낭ᄌᆞ야 날다려 ᄀᆞ오 원슈로다 원슈로다 과거질리 원슈로다 금직도 회기 실코 욕식도 먹기 실ᄐᆞ 보고지고 보고지고 낭ᄌᆞ 얼골 보고지고 득고지고 득고지고 낭ᄌᆞ 말숨 득고지고 ᄉᆞᆷ츈 갓ᄐᆞᆫ 우리 낭ᄌᆞ 영결죵쳔ᄒᆞ야신이 어난 쳘연 다시 보고 어린 ᄌᆞ식 어이할리 춘양니 아뷰 거동을 살피보고 의고 답답 아뷰임아 이듸지 한ᄐᆞᆫᄐᆞᆫᄀᆞ 말일 신명을 맛치시면 우리 듈은 엇지 ᄒᆞᆯ고 동춘을 붓들고 우다ᄀᆞ 밥을 쥬워 달ᄂᆡ 보고 뮬을 먹이 달ᄂᆡ다ᄀᆞ 야야 답답

〈二十八丈-앞〉

우지말라 아반임니 쥭어지면 우리 신명은 어이하리 너ᄂᆞᆫ ᄂᆡ 함기 쥭어 지ᄒᆞ의 도라ᄀᆞ신 어뮤임을 ᄉᆞᆼ봉ᄒᆞᄌᆞ ᄒᆞᆫ 손으로 알임으 목을 안고 쏘 ᄒᆞᆫ 손은

동츈의 목을 안고 통곡통곡 실피 유리 초목금슈 다 실려함 갓더라 할임니 츈양 동춘의 정승을 보고 ᄎ마 쥭지 못ᄒ야 동츈을 등의 업고 츈양의 손을 잡고 방으로 들려ᄀ셔 방셩통곡ᄒ니 츈양니 압픽 안ᄌ 동춘을 밥을 쥬워 멱기이고 목마르ᄃ 뮬을 멱기고 밤이면 달닉준이 할님으 마음니 더옥 실푼지라 울울ᄒ 심회을 이긔지 못ᄒ야 ᄉ로 긔절ᄒ거날 츈양이 아분임 거동을 보고 의연니 비려 왈 아분임니

〈二十八丈-뒤〉

븨들 안니 곱퓨오면 목인들 안니 마려잇ᄀ ᄒ고 어만임니 싱시의 일로기를 아반임 나려오시거던 드리나 ᄒ옵고 빅화쥬을 옥병의 ᄀ득 치와두워신니 슐리ᄂ ᄒ 잔 잡슈시면 어만임 유원을 퓰이이다 ᄒ고 옥증의 빅화쥬을 뷰워 드린이 할임이 슐잔을 바다들고 낙누ᄒ면 이른 말니 닉 슐을 멱고 ᄉ라 뮤어 할리요만은 너어 정승이 ᄀ른ᄐ ᄒ고 쏘ᄒ 너이 어모 유원쥬라 ᄒ니 멱노라 ᄒ면 멱그려 ᄒ니 눈뮬리 혈너 슐잔이 넘치더라 츈양이 쏘 울면 엿ᄌ오되 어만임이 싱시외 날달려 이로되 실퓨다 닉 쥭기난 셜잔ᄒᄂ 쯧밧기 의미ᄒ 음힝을 입고 황천의 위로른 혼이 된이 엇지 눈을 쌈으리요 옥 갓튼

〈二十九丈-앞〉

낭군의 얼골을 다시 보지 못ᄒ고 쥭은이 셔방임니 급지지ᄒ여 ᄂ려오거든 과딕 도표 지어돗신이 네 근슈ᄒ여다ᄀ 날 보다시 듸리여라 ᄒ옵긔로 아뷰임 젼외 올이온이 슈퓸이나 보옵소셔 ᄒ고 딕셩통곡ᄒ기날 할님니 그 관을 바다보니 오치 영농ᄒ고 팔ᄉ단 금표의 쳘ᄉ단 경표을 안을 딕여거날 ᄒ 변 보면 슉당니 믹키고 일천간징이 구비구비 셕난지라 관딕 오실을 만지면 목목이 살피보이 등의 학을 노와시되 ᄒ 족 나릐을 미쳐 노치 못히더라

이려구로 여려날을 지닉미 일일은 싱각훈딕 당초의 밍월노 슈쳥을 삼아다 ㄱ 낭즈와 작빅의 딕을 븨반ᄒᆞ여던이 이 몸실 연이

〈二十九丈-뒤〉

모함함미로다 ᄒᆞ고 밍월을 잡아닉여 별믜치면 궁문 왈 네 젼후 소힝을 ᄇᆞ로 아뢰ᄅᆞ ᄒᆞ딕 밍월니 울면 엿자오되 소여난 일변 작죄 업난이다 ᄒᆞ거날 할님니 더옥 딕로ᄒᆞ여 큰 미로 즁장ᄒᆞ니 밍월니 할길업셔 젼후 실ᄉᆞᆼ을 낫낫치 항복ᄒᆞ거날 할님니 큰기 호령 왈 낭즈의 쳐소로 ᄂᆞᄀᆞ든 놈이 어난 놈인야 밍월리 알리되 돌쇠로소이다 잇딕 돌쇠 ᄎᆞᆼ두 즁외 셧난지라 할님니 고셩딕 칙하여 돌쇠을 잡바닉여 ᄉᆞ모승장으로 궁문훈딕 돌쇠 울면 알리되 소인이 직뮬을 탐욕ᄒᆞ와 쳔위을 모로옵고 밍월의 요인의 들여 엿차엿차ᄒᆞ여ᄉᆞ와 쥭을 죄을 볌ᄒᆞ여ᄉᆞ온이 어셔 쥭어쥬옵소셔 할님니

〈三十丈-앞〉

분하물 이기지 못ᄒᆞ야 창두을 열이시우고 돌쇠을 박살ᄒᆞ고 ᄯᅩ 칼을 들려 밍월으 븨을 질너 혀쳐녹코 ᄉᆞᆼ공을 도라보면 왈 이련 요망훈 연으 말을 들으시고 븨옥 갓튼 낭즈을 쥭게ᄒᆞ여 ᄉᆞ온이 이련 답답훈 이리 어딕 잇실이요 ᄒᆡ며 돌탄뷸이ᄒᆞ니 ᄉᆞᆼ공니 멱멱뷰답ᄒᆞ고 눈뮬만 흘리더라 이련후로 낭즈 신치을 장ᄉᆞ하나 ᄒᆞ고 긔거을 ᄎᆞ이던니 니날 밤의 ᄭᅮᆷ을 ᄭᅮᆫ직 낭자가 몽즁의 와 며리 싹발ᄒᆞ고 유혈리 낭ᄌᆞᆼᄒᆞ여 겻틔 안지면 왈 실퓨다 낭군임아 옥셕을 갈리 닉의 의미훈 이을 발키쥬옵신이 그도 감긱훈 즁의 밍월을 쥑기쥬옵신이 아뮬리 쥭은 혼븩이라도 혼이 업건이와 다만 낭군

〈三十丈-뒤〉

을 보지 못ᄒᆞ고 황천의 위로은 혼빅이 되온니 쳘천지원이 ᄀᆞ슴의 ᄉᆞ모챳난

이다 실퓨다 낭군임아 ᄂᆡ의 신치을 유진 ᄌᆞᆼ폭 질근 묵거 신ᄉᆞᆫ 자바씨지 말고 구ᄉᆞᆫ의도 ᄀᆡ지 말고 옥연동 지퓨 못ᄉᆡ 풍덩 여어쥬옵신면 구천 탄일의 낭군과 동츈을 다신 볼 덧ᄒᆞ온니 뷰ᄃᆡ 허소이 ᄉᆡᆼ각지 마옵고 ᄂᆡ말ᄃᆡ로 ᄒᆞ여 쥬옵소셔 만일 그려치 안이ᄒᆞ면 ᄂᆡ의 원을 이울지 못ᄒᆞ리다 낭군의 신시와 춘양 동츈의 신시을 엇지 ᄒᆞ올릿ᄀᆞ 뷰ᄃᆡ ᄂᆡ의 원ᄃᆡ로 ᄒᆡ여 쥬옵소셔 ᄒᆞ고 문득 간ᄃᆡ업거날 놀ᄂᆡ ᄭᆡ다른이 일장 춘몽이라 급피 이려ᄂᆞ 뷰모임 젼 몽ᄉᆞ을 셜화ᄒᆞ고 직일 ᄌᆞᆼᄉᆞ기구을 ᄀᆞ초와 운관할려

〈三十一丈-앞〉

ᄒᆞᆫ이 괙이 방외 붓고 요동치 안이ᄒᆞ거날 상ᄒᆞ 인민이 망극ᄒᆞ야 아몰리 할즁 몰로더라 할님니 ᄉᆡᆼ각ᄒᆞ되 의믜ᄒᆞᆫ 일노 죽을 일ᄉᆞᆼ ᄉᆞ랑ᄒᆞ던 츈양 동춘을 두고 황쳔의 ᄀᆞᄃᆞᄒᆞ니 아뮬니 죽은 혼빅인들 엇지 심ᄉᆞ 온젼ᄒᆞ리요 ᄒᆞ고 빅가지로 고유ᄒᆞ되 소뷸동염니라 할님니 실픈 회포을 이기지 못ᄒᆞ야 가ᄌᆞᆼ ᄉᆡᆼ극ᄒᆞ고 춘양 동츈을 상복을 입피 말을 ᄐᆡ와 ᄒᆡᆼ상 압편의 셔우이 그지야 괙이 써려지난지라 이윽하여 옥연동 연못가의 이으이 ᄃᆡ틱 ᄉᆡᆼ일ᄒᆞ여 슈광이 졉천ᄒᆞ여거날 할임니 할길업셔 한탄ᄒᆞ던이 이윽ᄒᆞ여 쳔지 아득ᄒᆞ고 빅일이 무광ᄒᆞᆫ지라 인

〈三十一丈-뒤〉

ᄒᆡ여 뮬리 자자지고 육지되야거날 살피보니 그 ᄀᆞ온ᄃᆡ 셕곽이 이셔 오ᄎᆡ 영농ᄒᆞ겨날 비ᄉᆞᆼ이 너기 신치을 셕곽의 여어 안ᄌᆞᆼᄒᆞ니 이윽ᄒᆞ여 ᄉᆞ면으로 운뮤 자옥ᄒᆞ면 뇌셩벽역ᄒᆞ던니 족곰 잇다ᄀᆞ 못뮬리 ᄀᆞ득 ᄎᆞ고 일기 피용ᄒᆞ거날 할임니 심ᄉᆞ 막막ᄒᆞ야 방셩통곡하다ᄀᆞ 심회을 젼ᄃᆡ 못ᄒᆞ야 지문지여 위로할ᄉᆡ 그 셔의 ᄒᆞ야시되 유셰ᄎᆞ 경인연 칠월 십월일 가뷰 할님 빅션군은 감소고우 옥당ᄌᆞ실 영지ᄒᆞ의 고유ᄒᆞ옵난이다 실퓨다 삼ᄉᆡ연분으로 그ᄃᆡ을

만나 원앙비치지낙을 븩연회로할ᄀ ᄇ릭던이 인간이 시기ᄒ고 귀신이 작회ᄒ야 슈월을 남북의 갈이던이 쳔만의위

〈三十二丈-앞〉

의 의미지ᄉ로 황천의 외로온 혼빅이 되야사온이 엇지 실퓨지 안이ᄒ리요 낭ᄌ 시ᄉ 만ᄉ을 다 바리고 황천의 도라갓건이와 나난 어린 ᄌ식들 다리고 엇지 살고 오호 통ᄌ라 옥낭ᄌ 일리야 ᄒ면 뮤슈이 탄식ᄒ던이 인ᄒ야 ᄯ 뇌셩벽역이 진동ᄒ면 뮬길리 갈나지던이 낭ᄌ 녹의홍ᄉ의 빅학션을 손의 쥐고 청ᄉ자을 잡아 ᄐ고 어연이 ᄂ오거날 할님니 ᄃ경질식ᄒ야 낭ᄌ 손을 잡고 왈 이거시 ᄭᆷ이ᄀ 싱시ᄀ ᄭᆷ일진ᄃ ᄭᆡᆯᄀ 염여되고 싱시진ᄃ ᄂᆡ의 신명이 읫터ᄃ ᄒ올리요 낭ᄌ 비려 왈 낭군임은 염여 말고 날과 ᄒᆞᆫᄀ지로 ᄀᄉ니다 청ᄉ자을 들너타ᄀ

〈三十二丈-뒤〉

춘양 동츈을 압셔우고 션군니 븨힝하여 집으로 도라온이 ᄉ공이 뷰뷰 청ᄒ의 ᄭᅧ여 날려 낭ᄌ의 손을 잡고 위로 왈 이거시 ᄭᆷ인ᄀ 싱시ᄀ ᄒ면 몬ᄂᆡ 반기시거날 낭ᄌ 이려 졀ᄒ고 왈 소뷰 일젼 쳔ᄉ의 올나가온직 옥항ᄉ지 ᄒᆡ고ᄒ시되 이지난 너의 죄을 다 ᄉᄒ여신이 급피 날려ᄀ 너의 낭군 할임과 ᄌ식 츈양 동춘을 다리고 함기 올나오라 ᄒ시뫼 시부임게 엿쥬옵고 올나갈터이 이 복망 뷰모임은 ᄂᆡᄂᆡ 무양ᄒ옵소셔 인ᄒ여 ᄒ직ᄒ고 문박긔 ᄂ셔이 오운이 영용ᄒ고 할날노 두 쥴 무질ᄀᆡ 이려ᄂ 다리을 녹커날 할님은 츄양을 안고 낭ᄌ은 동츈을 안

〈三十三丈-앞〉

고 무지ᄀᆡ을 ᄐ고 천ᄉ으로 올나가면 무지ᄀᆡ 졈졈 ᄉᄀ지고 졈졈 머려지거

날 잇써 승공 뷰뷰 승쳔ᄒᆞ고 션군 낭ᄌᆞ 신션되야 올나ᄀᆞᆯ 보고 망극답답ᄒᆞ여 이리 궁글면 져리 궁글면 통곡ᄒᆞ다가 바ᄅᆡ본니 운무 히여지고 션군과 낭ᄌᆞ 간ᄃᆡ업거날 ᄀᆡᄀᆞ ᄆᆡ키 폭ᄉᆞᄒᆞᆫ리라 □ 각셜이라 이젹의 임진ᄉᆞ씩 임소지 할님의 혼ᄉᆞ을 이울지 못ᄒᆞ고 낭ᄌᆞ와 함게 신션되야 쳔승의 올나갓든 말을 듯고 목외 필을 플이고 원혼이 되야 이싱의도 몬가고 져싱의도 몬ᄀᆞ셔 북금식 되어 이리 ᄀᆞ면 션군 북궁 져리 ᄀᆞ면 낭자 북굼 북굼 북굼 북굼 한이

〈合三四丈〉

그 뒤야 뉘 알이요

이 ᄎᆡᆨ을 모와 셰승의 유젼ᄒᆞ노라 이 ᄎᆡᆨ 보난 ᄉᆞ람니 모도 다 눌너 보옵소셔 오셔 낙지을 갈리 보옵소셔

무신연 졍월이십사일의 필셔라

戊申年 正月 二十四日 畢書 李□

유졍낭ᄌᆞ 젼 ᄉᆞ[illegible]
예 어ᄆᆞᆫ 괸 [illegible] ᄒᆞ[illegible] 뎐 우 ᄇᆞ 로 [illegible] 도 ᄯᆡᆼ 동ᄉᆡᆼ의
ᄒᆞᆫ 생 ᄒᆡᆼ이 알 ᄉᆞ 되 ᄎᆞᆺ 을 [illegible] 보 ᄆᆡᆯ 을 졍 [illegible] 이니
ᄇᆞᆨ 편의 ᄒᆞ 예 ᄅᆞ 소 년 [illegible] ᄒᆞ 여 ᄲᆞᆯ 디 [illegible] 의
손 [illegible] 일 홈이 도 졍의 가 ᄃᆞᆫ ᄒᆞ 던 이 ᄲᆞ [illegible]
[illegible] 예 ᄉᆡᆯ 리 불 가 ᄒᆞ [illegible] 한 의 도 ᄅᆞ [illegible]
을 [illegible] ᄉᆡ 기 가 ᄊᆞᆫ 이 오 [illegible] ᄒᆞ 여 [illegible] ᄒᆞ [illegible]
되 [illegible] 블 ᄲᆡ 어 [illegible] [illegible] 실 ᄒᆞ 의 [illegible]
이 [illegible]
[illegible]

슈경낭자젼이라(박순호 43장본)

〈수경낭자젼이라〉는 43장(85면)으로 이루어진 이본으로, 〈회심곡이라〉와 합본되어 있다. 글씨가 정갈한 편이며, 다른 이본에 비해 임소저와 관련된 후일담이 상세하다. 이 이본은 임소저와의 결혼과 백선군이 승천하여 이별하는 장면이 비교적 자세히 다루어져 있으며, 임소저와의 사이에서 난 자녀의 이름이 '만츈', '경츈', '계츈'으로 분명히 제시되고 있다. 또한 작품 중간 중간 '公, 日, 父' 등 쉬운 글자를 한자로 쓰고, 한글을 병기하고 있다. 후반부의 내용은 낭자의 수장과 선군과 임소저의 결혼 화소, 선군이 낭자를 찾아 '셰심강 죽님도'로 찾아가는 여정, 낭자는 죽님도에 거하고 선군은 왕래하다가 후에 양츈과 동츈을 데리고 낭자와 함께 승천하는 화소, 임소저의 후일담으로 구성되어 있다. 낭자가 죽님도에 머무는 동안 상공 부부는 우연히 득병하여 별세하고, 임소저와 선군 사이에서 태어난 자녀들이 소년등과하여 조정이 이름을 빛내며, 선군과 낭자는 백세에 이르러 '양츈'과 '동츈'을 데리고 승천한다. 후에 임소저는 팔십 수로 승천하여 한림과 만나고 백씨 가문은 흥성하여 백자천손하는 행복한 결말을 맺는다.

출처: 월촌문헌연구소편, 『한글필사본고소설자료총서』70, 오성사, 1986, 671~757쪽.

〈1-앞〉

옛 고여 공민왕 시□ □연의 경상도 안동짜의 ᄒᆞᆫ 살암이 잇시되 셩은 □이요 명은 경□이니 ᄇᆡᆨ편의 후예라 소연등명ᄒᆞ야 벼살리 ᄌᆡ상의 올나 일홈이 됴졍의 가득ᄒᆞ던이 ᄇᆡᆨ유풍진외 베살리 불가ᄒᆞ야 고항의 도라와 농업을 힘씨ᄆᆡ 가산이 요부ᄒᆞ야 원ᄒᆞᄂᆞᆫ 바 업시되 ᄆᆡ일 셔려ᄒᆞᄂᆞᆫ 바ᄂᆞᆫ 일하외 물렴 혈육이 업심을 ᄒᆞᆫ탄ᄒᆞ던이 일□은 부인으로 더부려 츄연타왈 불효삼 □□ □□□□ □□□□ □□ □□□□□□□□□ □□□□□□□ □□□□□□

〈1-뒤〉

탄왈 □□□□□□□ 쳡의 □온니 군자의 후ᄒᆞ신 덕으로 지금□□ ᄒᆞ오니 뒷사온이 소ᄇᆡᆨ산외 덜래가 경셩으로 발원ᄒᆞ만 남녀간의 혹 자식을 본다 ᄒᆞ온이 우리도 경셩으로 발원ᄒᆞ여 보사이다 ᄒᆞᆫᄃᆡ 상공이 우어 왈 빌어 자식을 나을찐ᄃᆡᆫ 셰상의 무자식ᄒᆞᆫ 살암이 어ᄃᆡ 잇시잇가만ᄂᆞᆫ 부인 소원ᄃᆡ로 빌어 보사이다 ᄒᆞ고 철일재계 젼도단발하고 소ᄇᆡᆨ산의 드러가 정셩으로 발원ᄒᆞ고 지부로 도라와 질기더니 과연 그날붓터 ᄐᆡ긔 잇서 하ᄅᆡᄂᆞᆫ 집안의 오운이 ᄌᆞ욱ᄒᆞ더이 향ᄂᆡ 진동ᄒᆞ더니 과연 남ᄌᆞ를 탄ᄉᆡᆼᄒᆞ니

〈2-앞〉

하날로셔 한 선너 나려와 옥병에 향탕을 기우려 아기를 식겨 누이고 이 아히ᄂᆞᆫ 천상 션관으로 요지연의 가와 수경낭ᄌᆞ로 덥부러 희롱한 죄로 상제 계옵셔 인간의 적ᄒᆞ야 이 ᄃᆡᆨ의 탄ᄉᆡᆼᄒᆞ여시니 부ᄃᆡ 이 아희를 즐 지르고 또 삼ᄉᆡᆼ년분으로 ᄆᆡ양 즐길거시니 부ᄃᆡ 타문의 구혼은 마옵쇼셔 ᄒᆞ고 간ᄃᆡ 업거ᄂᆞᆯ 상공이 급피 드러가니 부인니 션녀 이르던 말삼을 고ᄒᆞ니 상공이 아희를 자서히 보니 얼골이 관옥 갓고 음셩이 쇄락ᄒᆞ야 ᄇᆡᆨ옥을 져히ᄂᆞᆫ듯ᄒᆞ고 풍치넌 늠늠ᄒᆞ야 션풍이더라 상공이 사랑ᄒᆞ□ □□□□□□□□□□□

□□□□□□□□□□□□□□□□□□□

〈2-뒤〉

기지 일를 무불통지ᄒᆞ고 골격이 장ᄃᆡᄒᆞ니 뉘라 칭찬 아니ᄒᆞ리요 선군이 나희 십오 세예 ᄃᆞᆼᄒᆞ야 세상 사람이 천상 선관이라 ᄒᆞ더라 부모 ᄋᆡ중ᄒᆞ여 왈 엇지 저와 갓튼 ᄇᆡ필를 정ᄒᆞ리요 ᄒᆞ고 날노 광문ᄒᆞ더니 이적의 수경낭ᄌᆞ 천ᄉᆞᆼ의 득죄ᄒᆞ여시나 션군언 인간의 ᄀᆡᆼᄉᆡᆼᄒᆞ기로 천상 일를 아지 못ᄒᆞ야 타문의 구혼하니 낭자 ᄉᆡᆼ각ᄒᆞ되 우리 양인이 인간의 적거ᄒᆞ야 긔약을 금셰예 ᄆᆡᆺ고자 ᄒᆞ엿더니 이졔 ᄂᆞᆼ군이 타문의 구혼ᄒᆞ시면 삼ᄉᆡᆼ년분니 쇽졀업시 허사될 거시이 엇지 □고구터 안니ᄒᆞ리요 ᄒᆞ고 이날 밤의 션군의 ᄭᅮᆷ이 가이로ᄃᆡ 낭군은 쳡

〈3-앞〉

을 모로시나닛가 쳡이 천상 선녀로 요지연의 가 ᄂᆞᆼ군으로 더부러 희롱ᄒᆞᆫ 죄로 상졔게옵셔 인간의 보ᄂᆡ여 삼ᄉᆡᆼ년분으로 ᄆᆡ지려 ᄒᆞ고 언냑이 지중ᄒᆞ얏사오니 엇지 다른 가문의 구혼하랴 ᄒᆞ시난니가 낭군은 삼년을 ᄒᆞᆫ경ᄒᆞ야 쳡을 기다리쇼셔 ᄌᆡ숨 당부ᄒᆞ고 간ᄃᆡ업거늘 ᄭᆡ다르니 남가일몽이라 놀ᄂᆡ여 이러안지며 ᄉᆡᆼ각ᄒᆞ니 편월승화지ᄐᆡ와 침어낙안지격은 겻ᄐᆡ 안자는 듯 연순 ᄒᆞᆫ치반만 녀러 말ᄒᆞ난 듯 소ᄅᆡ는 귀예 ᄌᆡᆼᄌᆡᆼᄒᆞ고 옥깃스 얼골은 눈의 암암ᄒᆞ야 장찻 □□ 밤의 김퍼ᄂᆞᆫ지라 □□ □□□□□□□□□□□□□□ □□

〈3-뒤〉

진경을 긔이지 말고 말온ᄃᆡ로 앗로라 ᄒᆞ사ᄃᆡ 션군이 ᄃᆡ왈 모월 모일의 일몽을 엇싸오니 옥 가탄 낭ᄌᆞ 와 일오ᄃᆡ 월궁선녜로다 ᄒᆞ고 녓ᄎᆞ녓ᄎᆞᄒᆞ고 가옵

던니 긔후로 병이 되야ᄉᆞ오니 일각이 여삼츄로쇼이다 엇지 삼연을 지달리 잇가 글노 병의 도야 골슈의 집퍼난니다 한ᄃᆡ 부모 왈 네 나흘 ᄶᅢ예 ᄒᆞ날노 셔 션여 ᄂᆡ려와 엿ᄎᆞ엿ᄎᆞᄒᆞ더니 과연 슈경낭ᄌᆞ잇가 ᄒᆞ더니 그러ᄒᆞ나 숨은 다 허ᄉᆞ라 사렴 말고 음식이나 먹으라 ᄒᆞ신ᄃᆡ 션군이 ᄃᆡ왈 아무리 숨이 허ᄉᆞ라 한들 경영이 긔약이 지즁ᄒᆞ오니 엇지 허ᄉᆞ라 ᄒᆞ오릿가 아모것도 먹을 ᄉᆡᆼ각이 업ᄃᆞ ᄒᆞ고 자리예 누고 이지 안니ᄒᆞ거날 부모 민망ᄒᆞ야 ᄇᆡᆨ약으 로 치료ᄒᆞ되 일졍 ᄎᆞ효 업난지라 낭ᄌᆞ 비록 옥연동 젹쇼의 잇스나 남군 병세 지즁한 쥴

〈4-앞〉

알고 밤마당 몽즁의 왕ᄂᆡᄒᆞ야 일오ᄃᆡ 낭군이 날 갓튼 안여ᄌᆞ을 ᄉᆡᆼ각ᄒᆞ야 병이 져ᄃᆡ지 집퍼ᄂᆞᆫ이가 이 약을 쓰옵소셔 ᄒᆞ고 유리병 셰슬 ᄂᆡ여노흐며 가로ᄃᆡ 한나흔 만불不노쥬옵고 ᄯᅩ ᄒᆞᆫ나은 不사쥬옵고 ᄯᅩ ᄒᆞᆫ나흔 만경쥬온 이 이 三(삼)약을 씨오면셰 三(삼)연을 ᄎᆞ무오리다 ᄒᆞ거을 이려ᄂᆞᆫ니 간ᄃᆡ업 ᄂᆞᆫ지라 션군의 병셰 더옥 침즁ᄒᆞ난지라 낭자 ᄯᅩ ᄉᆡᆼ각ᄒᆞ되 낭군의 병셰 졈졈 즁ᄒᆞ야 가셰가 빈ᄒᆞᆫᄒᆞ냐ᄒᆞ기로 금동子(ᄌᆞ) ᄒᆞᆫ 쌍을 가져와사온니 낭군임 자시ᄂᆞᆫ 방의 안쳐두옵시면 자연이 부귀ᄒᆞ올니라 ᄒᆞ며 ᄯᅩ □□ □□□□□□ □□□□□□□□□□□

〈4-뒤〉

오이 밤미면 덮허ᄌᆞ옵고 나지면 평풍에 결어두옵소셔 ᄒᆞ고 가거ᄂᆞᆯ ᄊᆞ달으 이 ᄯᅩᄒᆞᆫ 간ᄃᆡ업ᄂᆞᆫ지라 인ᄒᆞ야 금동ᄌᆞ을 벽상의 올여 안치고 낭ᄌᆞ의 화상을 병풍에 결어두고 시시로 낭ᄌᆞ갓치 보던이 각읍 살암이 일오ᄃᆡ ᄇᆡᆨ션군집의 귀물리 잇다ᄒᆞ이 구경가ᄌᆞ ᄒᆞ고 금은칙단을 가초하 가지고 싸토하 구경가 ᄌᆞ ᄒᆞ야 일로붓터 세간이 졈졈 요부ᄒᆞ더라 글러ᄒᆞ나 션군의 병셔 됴곰도

ᄎᆞ효 업고 ᄯᅩᄒᆞᆫ 낭ᄌᆞ와셔 ᄉᆞᆱ의 일외ᄃᆡ 낭군이 종시 쳡을 잇지 못ᄒᆞ시야직 틱집 시비 ᄆᆡ월로 잠간 방슈을 경ᄒᆞ소셔 울젹ᄒᆞᆫ 심회을 진졍ᄒᆞ옵소셔 비ᄌᆞ ᄆᆡ월을 불러 총쳡을 삼

〈5-앞〉

은이 젹기 심회을 던나 허탕ᄒᆞᆫ 졍은 낭ᄌᆞ의계 비치 못ᄒᆞᆯ러라 ᄆᆡ일 낭ᄌᆞ을 ᄉᆡᆼ각ᄒᆞ이 답답ᄒᆞᆫ 심회 젹막ᄒᆞᆫ 심회 잇지 못흘러라 이젹의 낭자 옥연동의 젹거ᄒᆞ야시나 낭군의 병셰을 상각ᄒᆞ이 ᄆᆡ일 낭군이 쳡을 ᄉᆡᆼ각ᄒᆞ다가 쥭거지면 언약이 속졀업시 될 거신이 ᄉᆞᆱ의 가 갈오ᄃᆡ 낭군이 쳡을 보닌져 ᄒᆞ거든 옥연동 가무졍으로 차ᄌᆞ오옵소셔 ᄒᆞ고 가거ᄂᆞᆯ 션군이 ᄭᆡᄃᆞ여 ᄭᆡ달으이 ᄯᅩᄒᆞᆫ ᄉᆞᆱ이라 마음이 황홀ᄒᆞ야 눕고 이지 못ᄒᆞ던이 완완히 일러나 부모임 방외 돌나가 엿자오ᄃᆡ 간밤외 일몽을 엇삿온이 낭ᄌᆞ 와져 옥연동으로 ᄎᆞ자올라 ᄒᆞ옵고 가오이 아□도 □□□□□

〈5-뒤〉

병세 긍박ᄒᆞᆫ이 그고즐 치자가나니다 ᄒᆞ고 ᄒᆞ직하며 션군니 병즁의 믄망답답ᄒᆞ여 가로ᄃᆡ 小子(소ᄌᆞ) 병세 잇삽고 부모 안젼의 不효을 ᄭᅵ치니 되ᄂᆞᆫ 믄사무셕니온나 사中구상의로 父母(부모)의 명영을 어긔여 옥연동을 차자 가올지라 ᄒᆞ며 ᄂᆡ달의니 부모 말이지 못ᄒᆞ냐 혈락ᄒᆞ신ᄃᆡ 션군니 슴사 혈양ᄒᆞ야 백마금편으로 옥연동을 차잠차잠 차자간니 니젹의 죵일토옥 가되 옥연동을 보지 못ᄒᆞ니 션군니 울울ᄒᆞ야 마음을 진졍ᄒᆞ여 하날을 우러러 ᄫᅮ러비러 왈 소소한 명천은 ᄒᆞ감ᄒᆞ옵소셔 옥연동 가난 질을 발키 가라쳐 그약을 일치 말게

〈6-앞〉

ᄒᆞ옵소셔 ᄒᆞ고 走馬(주마)ᄀᆞ편의로 ᄎᆞᄌᆞᄀᆞ니 셕양은 ᄌᆡ을 넘고 옥연동은 망연ᄒᆞᄃᆞ 슈모을 들어ᄀᆞ니 그제야 광할ᄒᆞ야 청봉ᄆᆞᆫ악은 그림으로 둘어잇고 양유쳔만록은 동구을 덥펴잇고 공즁의 희날이난 黃金(황금) ᄀᆞᆺ튼 ᄭᅬ고리ᄂᆞᆫ 上下(ᄉᆞᆼᄒᆞ)지에 왕내ᄒᆞ야 탐花(화)광졉은 츈풍을 희옹하냐 츈삭을 자랑ᄒᆞ며 화향은 십의ᄒᆞ고 앵무공작이 넘노난ᄃᆡ 차잠차잠 드러간니 션판의 ᄒᆞ냐시되 옥연동 가무졍이라 ᄒᆞ았더라 션군의 마음니 황홀ᄒᆞ냐 不고염치ᄒᆞ고 당上의 올나간니 낭자 애믜을 수긔고 슈고□□□ □왈 긔ᄃᆡ은 엇더ᄒᆞᆫ 속ᄭᆡᆨ이 간ᄃᆡ □□

〈6-뒤〉

션경의 올나왓ᄂᆞᆫ다 션군 ᄃᆡ왈 나은 □□□ᄂᆞᆫ 속각이러이 이러ᄒᆞᆫ 쥴 모로고 션경을 범ᄒᆞ여시이 되사무셕니로소니다 ᄒᆞ이 낭자 曰曰(왈) 그ᄃᆡᄂᆞᆫ 목슘을 앗기겨던 밧비나가소셔 ᄒᆞᆫᄃᆡ 션군니 심사 낙막ᄒᆞ야 ᄇᆞᆫ가온 마음이 도로여 무려온지라 ᄇᆡᆨ니사지ᄒᆞ여도 잇ᄶᆡ을 일으면 다시 ᄆᆞᆫ나기 어러올지라 ᄒᆞ고 졈졈 나아가 안지며 왈(왈) 낭자ᄂᆞᆫ 나을 모로스난잇가 ᄒᆞ되 낭자 청니不問(불문)ᄒᆞ고 시약不(불)見ᄒᆞ야 모로ᄂᆞᆫ 쳬 ᄒᆞᆫ니 션군니 할질업셔 ᄒᆞ날을 우로려 탄식ᄒᆞ고 문을 다드며 나려셔셔 박긔로 나아가러ᄒᆞᆫ니 낭자 그져야 녹의

〈7-앞〉

홍상으로 ᄇᆡᆨ학션을 쥐고 병풍의 비겨셔셔 불너 왈 낭군은 가지마옵고 ᄂᆡ말을 잠간 들으쇼셔 한니 션군이 심ᄉᆞ 쇄락ᄒᆞ야 도라셔니 낭ᄌᆞ 왈 그ᄃᆡ은 인간의 환ᄉᆡᆼᄒᆞᆫ들 지식이 져ᄃᆡ지 업난잇가 아무리 인연을 ᄆᆡᄌᆞ신덜 엇지 한말의 허락ᄒᆞ오릿가 ᄒᆞ고 올으긔을 청ᄒᆞ니 션군이 그졔야 완완이 올나가니 낭ᄌᆞ 호치을 반ᄀᆡᄒᆞ야 말삼ᄒᆞ되 낭군이 엇지 지식이 업난잇가 ᄒᆞ거을

션군니 그졔야 한번 보믹 마음이 황홀ᄒ야 쒸여 놀고져 시푸나 말이 간졀하되 젹긔 안심ᄒ야 낭ᄌ의 옥슈을 잡으며 왈 오날날 낭ᄌ을 딕면한니 니졔 쥭거도 한니 업는이나 ᄒ되 그리던 졍회을 만단으로 셜화ᄒ니 낭ᄌ 왈

〈7-뒤〉

날 갓튼 안여ᄌ을 생각ᄒ이 병이 되야시의 □□ □장부의 힝실이라 ᄒ리요 우리 두 ᄉ람이 천상의 득죄ᄒ야 인간의 닉려와셔 인연을 믹ᄌ두고 삼연을 위인ᄒ야싸온니 삼연 후의 쳥혼으로 믹ᄌ 삼고 상봉으로 늒예 삼ᄋ 빅연히로ᄒᄌ ᄒ여더니 만일 즉금 허락ᄒ오면 쳔의을 거ᄉ리고 물예미 싱ᄒ니 부딕 안심ᄒ야 삼연을 지달리면 인연을 믹ᄌ 빅연히로 ᄒ오리다 ᄒ니 션군이 딕왈 일일이삼츄라 ᄒ니 삼연이면 몃 삼츄릿가 낭ᄌ 만일 그져 돌아가라 ᄒ오면 이닉 목슘이 비쬬쥭셕이라 목슘이 쥭거 황천의 외로온 혼빅이 되오면 낭ᄌ의 신명인들 엇지 온젼ᄒ올잇가 복원 낭ᄌ는 몸을 잠간 허락ᄒ옵시면 션군의 목슘을 보젼할

〈8-앞〉

듯ᄒ온니 낭ᄌ는 송빅 갓탄 졍졀을 잠간 굽피소셔 불의 든 나부와 낙슈문 고기을 구완ᄒ옵소셔 ᄒ고 낭ᄌ는 ᄉ싱을 싱각ᄒ옵소셔 낭ᄌ의 셩셰문부틔산지상이라 빅이ᄉ지 ᄒ여도 무가닉ᄒ로다 이젹의 월식은 만경ᄒ고 야식은 삼경이라 션군이 침실의 나아가니 낭ᄌ 할슈업셔 몸을 허락ᄒ난지라 션군니 그졔야 침식을 도도 베고 젼일 그리든 졍이 점점이 싸인 회표을 일으고 셔로 밤을 지닉더니 두 ᄉ름의 졍이 원낭이 녹슈 만남 갓고 비취열이의 짓드림 갓더라 은은한 졍은 용천금 든는 칼노 베거든 베이거나 홍로모진 불노 살으거든 살이거나 인간ᄉ 가쇼롭다 ᄒ고 이 안이 셰상인가 공명을 뉘 알쇼냐 희롱ᄒ난 졍은 비할 바 업더라 낭ᄌ 왈 낭군의

〈8-뒤〉

뇩심이 아무리 딕단ᄒᆞᆫ들 이딕지 무예ᄒᆞ시릿가 이졔ᄂᆞᆫ 무가닉ᄒᆞ라 이 몸이 부경한니 공부하기 부질업다 ᄒᆞ고 청ᄉᆞ모라 닉여 옥연교의 올나안져시니 션군이 결힝ᄒᆞ야 집으로 도라와 시부모임긔 현날ᄒᆞ니 샹공 부체 딕졉ᄒᆞ고 낭ᄌᆞ을 ᄌᆞ셔이 보니 션부 화룡은 천ᄒᆞ절ᄉᆡᆨ이요 양반은 히당화 츈풍의 무르녹난 닷ᄒᆞ더라 상공 부체 심히 듕이 여겨 동별당의 쳐쇼을 경ᄒᆞ고 원낭지낙을 일외게 ᄒᆞ니 두 ᄉᆞ름의 은은한 경이 비할 ᄃᆡ 업난지라 일시도 잇지 못ᄒᆞ야 쎠날 쓰지 젼이 업고 긔즁의 학업을 젼폐한니 상공 부체 민망ᄒᆞ되 다만 션군 ᄲᆡᆫ이라 ᄭᅮ짓도 못ᄒᆞ고 지닉더니 셰월이 여류ᄒᆞ야 그령져렁 팔연을 지닌 후의 ᄌᆞ식 남ᄆᆡ을

〈9-앞〉

나ᄒᆞ시니 ᄯᆞᆯ으 일홈은 양츈이요 아달의 일홈은 동츈이라 ᄒᆞ다 셰간이 뇨부ᄒᆞ니 동산의 가무경을 짓고 오현금 비기 탄니 얼상츈방곡이라 ᄒᆞ난 노ᄅᆡ을 지여 탄금화답ᄒᆞ니 그 가ᄉᆞ의 ᄒᆞ여시되 양인이 딕작 ᄉᆞᆫ화긔ᄒᆞ니 일빅일빅부일빅라 아취욕면군ᄎᆞ거ᄒᆞ니 명조애 유의커던 포금닉ᄒᆞ쇼셔 낭ᄌᆡ 타기를 ᄃᆞᄒᆞᄆᆡ ᄆᆞ음이 여광여취ᄒᆞ야 월ᄒᆞ의 빅히ᄒᆞ더니 ᄯᅩ 션군이 ᄂᆞᆼ자의 아람ᄃᆞ온 틱도를 보고 ᄆᆞ음을 진경치 못ᄒᆞ더라 부모 ᄆᆡ일 ᄉᆞ룽ᄒᆞ야 션군이 ᄂᆞᆼ자를 다리고 희롱ᄒᆞ니 네 두 ᄉᆞ람은 분명 천ᄉᆞᆼ 션관 션녀로다 ᄒᆞ시고 닉 드르니 금방 과거를 보인다 ᄒᆞ니 너도 명가지 후 □□□ 경의 올나가 입신양명ᄒᆞ야 부모긔

〈9-뒤〉

□□□□□ □□□ᄒᆞ미 엇더ᄒᆞ요 ᄒᆞ니 □□□ □□ 우리 가산의 천ᄒᆞ의 일부요 노비가 천 귀라 심지지쇼낙과 인목지쇼욕을 ᄆᆞ음딕로 ᄒᆞᆯ 거시니 무엇시

不足(부족)ᄒᆞ와 급졔를 발라리요 ᄒᆞ난 말은 삼시도 ᄂᆞᆼ자를 이별ᄒᆞ고 써ᄂᆞᆯ 뜻시 젼이 업셔ᄂᆞᆫ지라 낭자방의 드러ᄀᆞ 부친의 말ᄉᆞᆷᄒᆞ야 과거 안니 가기로 말ᄒᆞ니 낭자 염용ᄃᆡ왈 ᄌᆞᆼ부라 ᄒᆞᄂᆞᆫ 거시 세ᄉᆞᆼ의 처ᄒᆞ야 ᄉᆞᆺᄃᆞ온 일홈을 용문의 올니고 셩화를 부모 안젼의 보이며 조션을 빈ᄂᆡ면 ᄌᆞᆼ부의 썻썻ᄒᆞᆫ 일이여ᄂᆞᆯ 이졔 ᄂᆞᆼ군이 쳡을 잇지 못ᄒᆞ야 과거 안니 ᄀᆞ오면 공부도 일ᄉᆞᆸ고 ᄯᅩᄒᆞᆫ 부모 양위와 다른 ᄉᆞ람이 말ᄒᆞ되 쳡의계 교혹ᄒᆞ야 과거의 안니 간다 ᄒᆞᆯ거시니 낭군은 마음을

〈10-앞〉

회심ᄒᆞ야 ᄇᆡᆨ연 삼연 경을 두어달 이지시고 금방 장원급졔ᄒᆞ야 부모으계 영화 보이미 그 안니 상쾌한요 이ᄂᆡ ᄆᆞ음이야 그 엇지 다 층양ᄒᆞ리요 ᄒᆞ고 힝장을 챠라 쥬며 왈 낭군이 만일 과거의 안이 가오면 쳡은 맛참ᄂᆡ 사지 안니ᄒᆞ올이다 ᄒᆞ고 금은 슈쳔 냥과 노복 오뉵인을 ᄐᆡᆨ정ᄒᆞ야 쥬며 질을 ᄌᆡ촉ᄒᆞᆫ니 션군니 마지 못ᄒᆞ야 잇ᄊᆡᄂᆞᆫ 졔미 츈삼월 망일라 발힝ᄒᆞ고 낭ᄌᆞ을 도라보와 왈 부모와 어린 ᄌᆞ식을 다리고 무ᄉᆞ니 지ᄂᆡ면 과거를 단녀와셔 두어달 그리던 졍을 푸ᄉᆞ이다 ᄒᆞ고 써날 ᄉᆡ ᄒᆞᆫ 거름의 도라셔고 두 거름의 도라보니 나아 중문의 비겨 션느 냥은 과거가믈 □타 ᄒᆞᄆᆡ라 그러ᄒᆞ나 션군이 □□□□□□□□□□□

〈10-뒤〉

ᄉᆞ를 두고 죵일토록 가ᄃᆡ ᄃᆞᆺ 삼심 이를 가 숙소를 정ᄒᆞ고 셕반을 드리거ᄂᆞᆯ 낭ᄌᆞ의 연연ᄒᆞᆫ 졍이 심중의 가득ᄒᆞ야 ᄒᆞᆫ 술 밥도 못 먹고 인ᄒᆞ야 상을 물이치고 심중의 ᄉᆞ렴ᄒᆞ던니 오육 노복덜리 민망ᄒᆞ야 엿자오ᄃᆡ 셔방임이 음식을 전폐ᄒᆞ시고 천 니 원힝을 엇지 득달ᄒᆞ시리가 션군이 왈 ᄌᆞ연 심사을 울젹ᄒᆞ야 음식을 먹을 정이 업다 ᄒᆞ고 낭자의 셩음이 귀예 징징ᄒᆞ며 울젹ᄒᆞᆫ

경회을 이긔지 못ᄒᆞ야 이경 삼경 쵸의 ᄒᆞ인이 잠을 집피 자거을 션군이 신발을 들메고 집으로 도라와 단장을 너머 낭ᄌᆞ방의 드러가니 낭ᄌᆞ 놀ᄂᆡ여 가로ᄃᆡ 낭군이 엇지 이 집픈 밤의 오시ᄂᆞᆫ잇가 션군이 ᄃᆡ왈 졔우 삼심 이을 가 숙소을 졍ᄒᆞ고 낭자을 ᄉᆡᆼ각

〈11-앞〉

ᄒᆞ야 울젹ᄒᆞᆫ 경회을 잇지 못ᄒᆞ야 왓나니다 낭자 로ᄃᆡ 더부러 말ᄒᆞ며 즐기던 이 잇ᄯᆡ예 상공이 선군을 경셩의 보ᄂᆡ고 집안의 도젹이 들가 살피던이 단장을 두로 ᄃᆞᆫ이다가 별당 문박기 간직 낭자방의 남졍 소리 들이건을 상공니 ᄉᆡᆼ각ᄒᆞ되 낭자의 ᄇᆡᆨ옥 갓튼 졍졀이 외인을 엇지 ᄃᆡᄒᆞ리요 창박긔셔 귀을 지우려 둘은직 낭ᄌᆞ 이윽키 말ᄒᆞ다가 가로ᄃᆡ 문박긔 시부임이 오슨 듯ᄒᆞ온 이 낭군은 자최을 감초오며 아흐을 달난난 체ᄒᆞ고 동춘의 등을 ᄶᅳ다리며 자장자장ᄒᆞ며 말ᄒᆞ되 너의 아부임 금방 장원급제ᄒᆞ여 영화로 오ᄂᆞᆫ니라 ᄒᆞ 건을 상공이 ᄒᆞ□ 왈 고히ᄒᆞ고 고히ᄒᆞ다 □□□□

〈11-뒤〉

리라 ᄒᆞ고 쳐소로 간이라 낭ᄌᆞ 낭군을 ᄭᆡ와 이로ᄃᆡ 시부임이 문박긔 자최을 보다가 가온이 낭군은 밧비 나가옵소셔 ᄆᆞᆫ일 쳡을 잇지 못ᄒᆞ야 다시 왓다가 ᄂᆞᆫ 시부모임이 탐지ᄒᆞ와 자취을 들이오면 ᄂᆡ계 ᄌᆞ죵이 도라올 듯ᄒᆞ온이 부ᄃᆡ 마음을 온젼이 가져 경셩의 올나가와 과거ᄒᆞ야 영화로 나려와 즐기사이다 ᄒᆞ고 ᄂᆡ보ᄂᆡ던이 션군이 오히려 연연ᄒᆞᆫ 마음을 금치 못ᄒᆞ야 ᄯᅩ 이틋날 방향ᄒᆞ야 졔우 육심 이을 가 숙소을 졍ᄒᆞ고 셕븐 후의 ᄯᅩᄒᆞᆫ 슴사 온져나치 못ᄒᆞ야 낭ᄌᆞ의 말을 듯고자ᄒᆞ야 노복이 모로게 즙으로 도라와 낭ᄌᆞ방의 드러간이 낭ᄌᆞ 大(ᄃᆡ)경ᄒᆞ야 曰(왈) 낭군이 날ᄆᆞᆫᄒᆞᆫ 사름을 생각ᄒᆞ여 공명의 ᄆᆞᄋᆞᆷ

〈12-앞〉

이 업고 여려 가지 마음을 벼풀즌딕 즌술노 이닉 몸이 쥭어야 올타 흔니 선군이 모로해 물유흐나 낭즈 말은 진슓노 연연흐고 칭영이 줄슬노 가련흐나 낭군의 공명을 일우면 질겨흐리라 이러구려 정으로 담화흐던이 相公이 쏘흔 문박긔 엿보다가 호즈말노 고희코 고희흐다 낭즈 숑빅 갓탄 정졀노 엇지 외인을 딕흐며 닉집 단장이 놉거든 엇던 놈이 임으로 츄립흐리요 흐며 분함을 이긔지 못흐야 도라온니 이젹의 낭즈 시부임 분박긔 오신 쥬을 알고 낭군의 즈최을 감쵸오고 아희을 달닉는 쳬흐며 왈 이 ᄋ희야 잠자잠자흐며 종시 낭군의 즈최을 은젹흐난지라 션군니 쏘한 ᄆ음을 감동흐이 돌

〈12-뒤〉

라가니라 이젹의 상공이 부인다려 말삼흐고 낭즈을 불너 문왈 쥬야로 집픈 씌예 도젹이 들가 살피더니 니날 밤의 낭자의 쳐쇼의 간즉 방안의 남정 쇼릭 나거을 고희흐다 흐고 돌라왓더니 쏘 이튼날 밤의 쏘 정영이 남정 소릭 나거을 엇더한 일이지 실상을 아뢰라 흐시니 낭즈 딕왈 밤이면 심심흐기로 양츈 동츈과 ᄆ월노 더부러 말삼흐여나이다 엇지 외人을 딕흐여 말삼흐엿씨리ᄭᅡ 상공이 더옥 분노흐야 ᄆ월을 불너 물은딕 소인이 몸니 곤흐기로 요사이 낭즈방의 간 빅 업나니다 흔이 상공이 더옥 슈상이 네겨 ᄆ월을 ᄭᅮ지져 왈 요사이 낭즈방의 외인 소릭 나겨을 고히흐냐 물은즉 널노 더부려 말흐엿다 흐던이 너는 가지 안이

〈13-앞〉

흐엿다 흔이 분명 엇더흔 놈이 단이며 통간흐난요 알외라 ᄆ월이 척영흐고 나야 슈즉흔이 도젹을 보지 못흐난지라 ᄆ월이 싱각흐되 셔방임이 낭즈와 작빅흔 후로 즉금 팔연이로딕 나을 도라보지 안이흔니 일쳔간장이 구부구

부 셕는 쥴을 뉘라서 알러보리요 ᄒᆞ고 잇ᄯᅢ을 당ᄒᆞ야 낭ᄌᆞ을 음ᄒᆡ함미 그안이 상쾌ᄒᆞᆫ가 ᄒᆞ고 금은 슈쳔 냥을 도적ᄒᆞ야 가지고 져의 동뉴 즁의 가 의논왈 금은 슈쳔 냥을 줄거시니 뉘가 ᄂᆡ 말을 들르랴 ᄒᆞ나요 그 즁의 돌쇠라 ᄒᆞ난 놈이 ᄆᆡ거치 아니ᄒᆞ되 마음이 오활ᄒᆞᆫ 놈이라 ᄃᆡ답ᄒᆞ고 ᄂᆡ닷거ᄂᆞᆯ ᄆᆡ월이 깃거ᄒᆞ고 돌쇠ᄃᆞ려 왈 금은을 줄 거시니 완수ᄒᆞ고 ᄂᆡ 말ᄃᆡ로 시힝ᄒᆞ

〈13-뒤〉

라 ᄂᆡ 사정이 다름이 안니라 우리 셔방님이 아무 년분의 방수로 부리더니 낭자와 작ᄇᆡᄒᆞᆫ 후로 날을 도라부지 안이ᄒᆞᆫ니 쳡쳡이 싸인 원을 뉘ᄃᆞ려 말ᄒᆞ리요 쥬야로 낭자을 유ᄒᆡ코져 ᄒᆞ되 틈을 타지 못ᄒᆞ엿더니 맛참ᄂᆡ 경셩의 갸 겨시니 ᄂᆡ 소원을 맛칠 ᄯᅢ라 ᄒᆞ고 그ᄃᆡ ᄂᆡ 말을 들으라 낭ᄌᆞ 방문 밧긔 안짓다가 상공 안목의 수상ᄒᆞᆫ 거동을 보이난 처 ᄒᆞ고 ᄂᆞᆼᄌᆞ방으로 나오는 듯 도망ᄒᆞ엿시면 상공게옵셔 실상을 알녀ᄒᆞ고 ᄂᆞᆼᄌᆞ의게 죄 면치 못ᄒᆞᆯ 화근이 잇실거시니 아라 추심ᄒᆞ라 ᄒᆞ고 ᄆᆡ월니 상공 침쇼의 들러가 아뢰되 소인이 상공님 녕을 밧자와 수일 낭ᄌᆞ방의 수직ᄒᆞ옵더니 금야의 엇더

〈14-앞〉

ᄒᆞᆫ 놈이 낭ᄌᆞ방의 드러가거을 소인니 종젹을 감초고 귀을 지우러 듯ᄉᆞ온니 낭ᄌᆞ 그놈을 다려 일로ᄃᆡ 셔방님이 경셩의 가 겨시니 나려오시거던 쥭긔고 ᄌᆡ물을 도적ᄒᆞ여가지고 도망ᄒᆞᄌᆞ ᄒᆞ더니다 상공이 듯고 마음의 놀ᄂᆡ여 삼척 장검을 바여들고 낭ᄌᆞ방을 향ᄒᆞ야 드러가니 과연 팔 적 장신니 낭ᄌᆞ 방문을 닷치고 ᄂᆡ닷거을 상공이 분하여 침소로 도라와 밤을 자ᄂᆡ더이 이젹의 오경 북소ᄅᆡ 나며 계명셩이 들이거날 노복을 불너 좌우의 셰우고 차례로 궁문 왈 ᄂᆡ 집 단장이 놉고 놉파시니 오인야 ᄉᆡᆼ심이나 츄립ᄒᆞ라 너의더리 낭ᄌᆞ방의 츌입ᄒᆞ난 놈을 알거시니 바로 아뢰라 ᄒᆞ고 호령이 츄상가트며

낭즈을 잡아드리라 ᄒᆞ난 쇼릐 쳔지진동ᄒᆞᄂᆞᆫ지라

〈14-뒤〉

ᄆᆡ월이 영을 듯고 밧비 낭즈방의 드러가 발을 구르면서 무악ᄒᆞ여 왈 낭즈은 무삼 잠을 이ᄃᆡ지 드르시며 낭군임 이별한 지 일 ᄉᆡᆨ이 못 되야서 엇더한 놈을 통간ᄒᆞ다가 즈최을 셜노ᄒᆞ여 상공 안목의 들이여 무죄한 우리 동을 이ᄃᆡ지 엄치하여 쥭긔려ᄒᆞ옵시며 낭즈을 즈바오라 ᄒᆞ온니 밧비 가ᄉᆞ이다 낭즈 동츈을 다리고 잠을 일으지 못ᄒᆞ여ᄊᆞ가 계오 잠을 ᄭᆡ더니 쳔만ᄠᅳ박긔 ᄆᆡ월의 호통소릐의 ᄭᆡ달으니 ᄌᆡ측이 ᄉᆡᆼ화갓거날 낭자 정신을 진정ᄒᆞ여 의복을 ᄊᆞ동여 ᄆᆡ고 옥참을 머리의 곳고 나온니 모다 일외ᄃᆡ 낭즈은 무엇시 부족관ᄃᆡ 셔방임이 나가신 후의 엇더한 놈을 통간ᄒᆞ다가 즈최을 셜노ᄒᆞ야 무죄한 소인 등을 이ᄃᆡ지 맛치난잇가 한니 낭

〈15-앞〉

즈 이말을 듯고 ᄃᆡ경실□ □□ 일변 통분ᄒᆞ고 일변 셔루지라 ᄉᆞᆼ공□ □□ᄒᆞ야 낭즈을 창박긔 ᄭᅮᆯ여안치고 엄치국문ᄒᆞ며을 낭즈 창황 중의 ᄭᅮᆯ여 빌여 왈 손여 무삼 죄 잇삽관되 이 집픈 밤의 종을 불너 자바오라 ᄒᆞ이난잇가 ᄒᆞᆫᄃᆡ ᄉᆞᆼ공 분로ᄒᆞ야 왈 ᄂᆡ 낭즈의 처실의 간직 낭즈방의 外人 남졍 소릐 졍영니 나겨날 내 진젱을 아지 못ᄒᆞ야 분흠을 이긔지 못ᄒᆞ되 츕고 낭즈을 불너 물을 즉 낭즈 소답이 낭군이 경셩의 가신 후로 밤니면 심심ᄒᆞ야 냥츈과 동츈과 ᄆᆡ월을 다리고 말ᄒᆞ연로라 ᄒᆞ겨을 그 후ᄋᆡ ᄆᆡ월을 불러 뭇른즉 ᄆᆡ월은 □□□□□□

〈15-뒤〉

갓다 ᄒᆞ거을 실언고 희ᄒᆞ한 이리로다 ᄒᆞ고 즈최을 엿보다가 둘러와더니

금야의 낭ᄌᆞ 침소의 간즉 엇더한 놈인지 팔 척 장시니 낭ᄌᆞ 방문을 닷치고 도망ᄒᆞ난지라 무삼 발명ᄒᆞ리요 ᄒᆞ고 고셩ᄃᆡ칙ᄒᆞ시니 낭ᄌᆞ 이 말을 듯고 눈물을 흘이며 쳔만 ᄋᆡ마지셜노 발명무지라 상공이 더옥 분노ᄒᆞ야 왈 ᄂᆡ 목젼의 완연니 본 일을 져ᄃᆡ지 발명ᄒᆞ니 보지 못한일이야 엇지 ᄃᆞ 셩언ᄒᆞ리요 호령이 츄상갓거을 낭ᄌᆞ 왈 아모리 시부임 엄ᄒᆞ옵고 부월지ᄒᆞ온들 일졍 작죄 업ᄉᆞ오니 무삼 말삼ᄒᆞ올잇가 상공이 점점 분긔 등등ᄒᆞ여 왈 종시 통간한 놈을 몰을쇼야 ᄒᆞ며 창도로 ᄒᆞ여금 졀박ᄒᆞ여 국문엄치ᄒᆞ니 낭ᄌᆞ의 졍셍이 가긍 가련한지라 아모리 육예을 갓초지 못ᄒᆞ야

〈16-앞〉

진덜 이□□□□ ᄉᆞ종ᄒᆞ옵고 분명 무도도ᄒᆞ온ᄃᆡ 두남ᄒᆞ사오니 일며 무로ᄒᆞ나 세족ᄒᆞ옵소서 이 몸이 비롯 세이셔여시ᄂᆞ 빙셜 추졀 갓탄 졍졀은 물경ᄒᆞ옵고 쏘 청천이 완명결 엇지 외인을 간통하오릿가 ᄒᆞ며 통곡ᄒᆞ니 □차ᄒᆞᆫ 졍상을 ᄎᆞ마 보지 못ᄒᆞᆯ너라 상공이 진노 왈 일구 ᄃᆡ가로셔 경즁의 외인이 츌입ᄒᆞ난 죄ᄂᆞᆫ 만사무셕이거든 허물며 안목의 분명ᄒᆞ믈 보와시니 엇지 범연니 아라시랴 ᄒᆞ고 ᄎᆞᆼ두를 호령ᄒᆞ야 엄치 추고ᄒᆞ리 ᄒᆞ시니 낭ᄌᆞ의 월ᄉᆡᆨ 가튼 옥빈의 흐르ᄂᆞ니 눈물이요 빅셜 갓튼 즁아리예 소소ᄂᆞ니 뉴혈이라 낭ᄌᆞ 혼미 즁예 졔오 인사를 진졍ᄒᆞ야 □ ᄂᆞᆼ군이 쳡을 ᄉᆞ모하야 과□□□□ □□□□ □

〈16-뒤〉

오 삼십 니를 가와 직실의 즘을 □□□ 못ᄒᆞ고 와 □□로 죽긔로써 권ᄒᆞ여 보ᄂᆡ오고 ᄌᆡ최를 은젹ᄒᆞ고 어린 ᄌᆞ식 소견의 혹 부모님이 ᄉᆞ죵이 이실가 진즉 엿답지 못ᄒᆞ여삽더니 인간 미워ᄒᆞ온지 귀신이 작히하연난지 이러틋 누명으로 형벌이 몸의 미쳐ᄉᆞ오니 ᄒᆞ면목으로 말삼 알외며 일후의 ᄂᆞᆼ군을

듸면ᄒᆞ리가 유죄무죄난 ᄒᆞ날과 ᄯᅡᆼ히 알 듯 ᄒᆞ옵ᄂᆞ이ᄃᆞ ᄒᆞ며 ᄌᆞ결코자 ᄒᆞ다가 낭군과 ᄌᆞ식 □□□ □□의 업더져 긔절ᄒᆞ엿더니 이ᄯᅢ예 □□ 그 ᄎᆞ목경을 보고 체읍ᄒᆞ고 상공 전의 고왈 그르□□□□□ 렵ᄃᆞ ᄒᆞ더이다 상공이 안혼ᄒᆞ야 발키 보지 못ᄒᆞ□□ □□를 저러타시 음힝으로 □□□□ □환이 업사오리

〈17-앞〉

ᄋᆞ미ᄒᆞ옵거든 셤돌 우의 ᄇᆡᆨ켜 진위을 분간ᄒᆞ여쥬옵소셔 ᄒᆞ 슬피 울고 옥잠을 공즁의 놉피 던져보니 그 옥잠이 ᄯᅱ놀며 셤돌 우의 ᄇᆡᆨ키ᄂᆞᆫ지라 그져야 상공이 놀ᄂᆡ여 ᄆᆞ음을 회심ᄒᆞ고 노복을 도라보아 왈 이 일이 신긔ᄒᆞ다 ᄒᆞ며 ᄂᆡ달아 낭ᄌᆞ의 초ᄆᆡ을 잡고 비려 왈 낭ᄌᆞᄂᆞᆫ 늘근이 망영된 일을 일분도 ᄉᆡᆼ각지 말고 마음을 안심ᄒᆞ라 ᄒᆞ고 만단으로 가유ᄒᆞ니 낭ᄌᆞ ᄇᆡᆨ셜 옥졀 갓탄 ᄆᆞ음의 원통한 심회을 이긔지 못ᄒᆞ여 왈 쳡은 쥭어도 □□ᄒᆞ거이와 쳡이 말일 살어셔난 이갓튼 누명을 □□ 고지 업다 ᄒᆞ고 쥭긔로 한ᄉᆞᄒᆞ거날 상공이 닷시 □□로ᄃᆡ 남녀 간의 한번 누명입긔난 병가의 삼사여날 이ᄃᆡ지 셔러ᄒᆞ난요 네 우름 한 곡

〈17-뒤〉

의 ᄂᆡ의 구곡 간장이 다 셕으며 네 눈물 한 쥴긔예 ᄂᆡ 눈물이 피갓도다 이 아희야 우지말아아 네 살어야 나도 살고 ᄂᆡ 살어야 네가 장이 살고 네가 장이 살러야 냥춘과 동춘이 살거구나 ᄒᆞ고 쳐소로 도라보ᄂᆡ이라 낭ᄌᆞ 시모 정씨을 붓들고 통곡ᄒᆞ며 ᄀᆞ로ᄃᆡ 날 갓튼 계집이야 음힝한 죄로 세상의 낫타나셔 그 말이 천츄의 유젼ᄒᆞ오면 엇지 붓그럽지 안ᄒᆞ리요 ᄒᆞ며 진쥬 갓탄 눈물을 흘이며 옥협의 젹신이 시모 정씨 그 차목한을 보고 상공을 돌아보아 칙ᄒᆞ여 왈 낭ᄌᆞ의 빙셜 가탄 정절을 일죠의 음힝으로 도라보ᄂᆡ이 글언 원통

한 일이 어딕 잇스리요 ᄒᆞ고 만일 낭ᄌᆞ 쥭으면 션군이 나려와 낭ᄌᆞ 쥭음을 보고 션군도 쥭을 거시니 아모커나 닉가 안심ᄒᆞ와 후환의 업게

〈18-앞〉

ᄒᆞ리라 ᄒᆞ며 무슈이 슬어ᄒᆞ더라 잇딕에 동츈의 나흔 삼세요 냥츈의 나흔 칠세라 냥츈이 낭ᄌᆞ의 쵸믹을 잡고 울며 왈 어마임아 어마임아 아반님 오시거든 얼골이나 다시 보소 어만임 쥭어지면 닉덜 엇지 살며 동츈이덜 엇지 살게 아반임 나려오시면 일언 원통한 사졍이나 ᄒᆞ야 익마한 원이나 슷치쇼셔 동츈니 발셔 젼 먹ᄌᆞ고 우나이다 방으로 드러가서 졋시나 쥬옵소셔 만일 어마임 쥭ᄉᆞ오면 우리난 눌을 으지ᄒᆞ오릿가 ᄒᆞ며 방으로 드러간이 낭ᄌᆞ 마지 모ᄒᆞ야 방으로 드러가 양츈을 졋탓 안치고 동츈을 안고 졋술 미긔□ 눈물을 흘여 옷짓실 젹시며 온갖 치복을 닉여 노코 양츈의 머리을 만치며 일오딕 슬푸다 양춘아 오날 츅긔는 ᄒᆞ날

〈18-뒤〉

이 미이 역긔미라 너의 붓친은 원졍의 잇셔 보지 못ᄒᆞ고 쥭으니 너의 부친 닉려오시거든 일언 ᄉᆞ졍이나 ᄒᆞ야 원통한 흔빅이나 위로ᄒᆞ게 ᄒᆞ라 ᄒᆞ고 슬피 통곡 왈 냥츈아 이 빅우션은 쳔ᄒᆞ의 보빅라 치우면 더운 발암이 일어나고 더우면 치운 발암이 일어는는니라 부딕 집피 강즉하야다가 동츈의 장셩커드 쥬고 져 칠보단장과 비단 치복은 너의 쇼당지물이라 잘 간슈ᄒᆞ여다가 네가 차지ᄒᆞ라 ᄒᆞ며 양츈아 나 쥭은 후의 얼린 동츈을 다리고 목이 몰으다 ᄒᆞ거든 물 먹이고 빅고푸다 ᄒᆞ거든 밥 먹이며 울거든 달닉여 업고 부딕부딕 눈을 흘긔여 보지 말고 죠이 잇시라 가련타 냥춘아 불상타 동츈아 엇지 할고 답답ᄒᆞ다 양츈아 눌을 으지할고 ᄒᆞ며 눈물 흘으

〈19-앞〉

울 곰치 못ᄒᆞᄂᆞᆫ지라 양츈이 어미 거동을 보고 ᄃᆡ셩통곡으로 비러 왈 어만임 어만임 엇지 이ᄃᆡ지 스러ᄒᆞ시ᄂᆞᆫ익가 만일 어만임 쥭ᄉᆞ오면 우리 등은 뉘을 의탁ᄒᆞ올이요 속절업시 쥭어 어만임을 의탁ᄒᆞ올이다 가련타 동츈아 셰상의 ᄉᆡᆼ장키 어려오니 원통코 답답ᄒᆞ다 몬녀 셔로 부들고 통곡ᄒᆞ다가 양츈이 진ᄒᆞ야 잠ᄌᆞ거늘 낭ᄌᆞ 아모리 ᄉᆡᆼ각ᄒᆞ되 닷시 셰상의 ᄉᆞ라나셔 낫쳘 드러 눌흘 ᄃᆡ면ᄒᆞ리요 쥭어 구쳔□ 도라가 누을 ᄃᆡᄒᆞ야 누명을 싯칠이요 ᄒᆞ고 냥츈과 동츈을 얼노만지며 왈 너을 장셩ᄒᆞᄂᆞᆫ 양을 보지 못ᄒᆞ□ □□한 ᄆᆞ음을 이긔지 못ᄒᆞ야 속절업시 쥭음이 올타 □□ □짝락을 ᄭᅵ물나 벽상의 글을 써 부치고 잠든 □□□시 얼오만지며 탄식 왈

〈19-뒤〉

불상타 동츈아 가련ᄒᆞ다 냥츈아 너의 동을 엇지할고 ᄒᆞ며 금의을 ᄂᆡ여 압페 녹고 원앙침을 도도 베고 은장도 든난 칼을 셤셤옥슈로 더우ᄌᆞ바 쥭을가 말가 여러 번 쥭으려 ᄒᆞ다가 ᄯᅩ한 슬픠 울고 왈 강보의 싸인 ᄌᆞ식을 두고 낭군도 보지 못ᄒᆞ고 황천의 도라간니 원혼니 되리요다 ᄒᆞ고 칼을 나쇼와 가삼을 질으니 쳥쳔빅일의 ᄃᆡ우 쇼쇼ᄒᆞ고 뇌셩이 진동ᄒᆞ거늘 냥츈니 뇌셩 쇼ᄅᆡ의 ᄊᆡ달으니 엄무 가삼의 칼이 곳치고 뉴혈이 낭자ᄒᆞ여거늘 양츈이 ᄃᆡ경질ᄉᆡᆨᄒᆞ야 그 칼노 질너 쥭으려 ᄒᆞ고 칼을 ᄲᅦ려한니 ᄲᅡ지지 안니ᄒᆞᄂᆞᆫ지라 냥츈이 동츈을 ᄭᅵ여 달이고 엄미 신쳬을 붓들고 낫쳘 한틔 ᄃᆡ이고 ᄃᆡ셩통곡 왈 어마임아 일러나쇼

〈20-앞〉

일러나쇼 어마임 쥭거던 우리도 함긔 쥭ᄉᆞ이다 이러나소 이러나소 날과 동츈을 달여가쇼 ᄒᆞ 슬피우ᄂᆞᆫ고로 곡셩이 원근의 들이거늘 상공 부쳬와

노복 등이 놀닋여 드러가니 낭ᄌᆞ의 가삼의 칼을 곳고 ᄌᆞ난다시 쥭어거늘 창황분쥬ᄒᆞ야 칼을 ᄲᅢ려 한니 원혼니 되아 ᄲᅢ지지 안니ᄒᆞ난지라 아모리 할 쥴을 몰오던니 상ᄒᆞ 노복이 진동□야 동츈은 어미 쥭은 쥴을 몰오고 달여드러 젓실 ᄲᅢ르며셔 젓 안니 낫다 ᄒᆞ고 운니 냥츈이 동츈을 달닋여 왈 어만임 잠을 ᄌᆞ니 잠 ᄭᆡ거든 젓먹ᄌᆞ ᄒᆞ고 어부며 슬픠 통곡 왈 동츈아 어만임 쥭어시니 우리ᄂᆞᆫ 누을 으지ᄒᆞ야 살며 너 한난 거동은 더옥 보긔 실푸다 ᄒᆞ고 ᄯᅩ한 신체을 안

〈20-뒤〉

고 통곡ᄒᆞ야 비러 왈 날이 발가온니 일러나쇼 일러나쇼 ᄋᆡ고답답 셜월라 동츈이 발셔 젓 먹ᄌᆞ고 보듬아도 안이 듯고 어버도 안니 듯고 물을 쥬어도 안니 마시고 젓만 먹ᄌᆞ고 운ᄂᆞᆫ이다 ᄒᆞ며 낭츈니 동츈을 안고 우리 두리 어만임 함긔 쥭거 지ᄒᆞ의 도라가자 ᄒᆞ며 통곡한니 그 경상은 ᄎᆞ마 보지 못할너라 냥츈과 동츈이 서로 안고 궁글며 운ᄂᆞᆫ 정상은 쵸목금슈도 다 스려 ᄒᆞ난지라 산쳔이 다 변ᄉᆡᆨᄒᆞᄂᆞᆫ 듯ᄒᆞ더라 함긔 우다가 날이 발그며 벽상의 업던 글이 잇거날 그 글의 ᄒᆞ여시되 실푸다 이ᄂᆡ 몸이 쳔상의 득죄ᄒᆞ야 인간의 ᄂᆡ려 와 청상연분으로 네 아부와 ᄇᆡᆨ연히로 ᄒᆞ자더니 네 아부 공명의 ᄯᅳ시 잇여 과거질 ᄯᅥᄂᆞᆫ 후의 조물이 시긔ᄒᆞ고 귀신이 □□

〈21-앞〉

ᄒᆞ야 ᄇᆡᆨ옥 갓탄 이ᄂᆡ 몸이 음힝으로 도라가셔 쇽졀업시 죽게 되니 니 갓탄 셜음이 어ᄃᆡ 잇실이요 통곡ᄒᆞ며 압압페 잠든 ᄌᆞ식 어로만지며 ᄉᆡᆼ각ᄒᆞ니 ᄂᆡ 몸이 쥭긔ᄂᆞᆫ 설업지 안니ᄒᆞ되 강보의 ᄊᆡ인 ᄌᆞ식 이ᄂᆡ 몸 쥭은 후의 뉘을 으지ᄒᆞ야 살나 ᄒᆞ리요 네의 경ᄉᆡᆼ을 ᄉᆡᆼ각ᄒᆞ니 ᄂᆡ 몸 둘 ᄃᆡ 업다 하물며 낭군은 원경의 이별ᄒᆞ고 쳔 이 박긔 몸이 잇셔 이ᄂᆡ 몸 쥭ᄂᆞᆫ 양을 피ᄎᆞ 닷시

보지 못ᄒᆞ고 쥭어지니 니ᄂᆡ 몸도 셥거이와 살아잇셔 보지 못ᄒᆞᄂᆞ니 낭군임의 마암인들 엇지 다 온젼ᄒᆞ올이가 피ᄎᆞ ᄇᆡᆨ연긔약 속졀업사온니 낭군임아어셔 밧비 도라와셔 이ᄂᆡ 몸 쥭은 신체 손조드러 슈시ᄒᆞ고 원통한 이ᄂᆡ 혼ᄇᆡᆨ을 명ᄇᆡᆨ키 신원ᄒᆞ여 쥬옵쇼셔 할 말

〈21-뒤〉

삼 무궁ᄒᆞ되 원통코 분한 마암의 쥭엄을 ᄌᆡ촉한니 그만 근치로라 ᄒᆞ엿더라 이리규러 ᄉᆞ오일이 지ᄂᆡᄆᆡ 상공이 ᄉᆡᆼ각ᄒᆞ되 낭ᄌᆞ 이졔 쥭어신니 만일 션군이 오면 낭ᄌᆞ 가삼의 칼 곳고 쥭은 양을 보면 우리 부부의 모히ᄒᆞ야 원통의 쥭은 쥴 알거신이 션군이 오지 안니ᄒᆞ야셔 낭ᄌᆞ의 신체을 감쵸미 올타 ᄒᆞ고 낭ᄌᆞ의 방의 드러가 쇼렴하고 의복을 볏기려 ᄒᆞ니 신체가 붓고 요동치 안이 ᄒᆞ건을 상공과 졍씨와 노복 등이 그 거동을 보고 아물리 할 쥴 모로오더라 각셜이라 잇ᄃᆡ예 션군이 경셩의 올나가니 팔도 션ᄇᆡ 샤방으로 구름 못닷ᄒᆞ더라 션군니 슈일 뉴련ᄒᆞ야 과거날이 다ᄒᆞᄆᆡ 장즁 긔거을 갓쵸와 가지고 장즁의 드러가셔 션졔판을 발이본니 글졔ᄂᆞᆫ

〈22-앞〉

거러시되 강동이셔 ᄒᆞ야거을 션군이 ᄉᆡᆼ각ᄒᆞ니 평ᄉᆡᆼ의 짓던 글졔라 심즁의 ᄃᆡ희ᄒᆞ야 용지연의 먹을 갈아 시지을 펼쳐들고 일필휘자ᄒᆞ야 션장의 밧쳐더이 잇ᄃᆡᆺ여 上(상)이 션군의 글을 보시고 ᄃᆡ찬 왈 이 글을 본니 분명 범닌의 글니 아이로다 ᄒᆞ시고 귀귀마다 쥬옥니요 글시ᄂᆞᆫ 용사비듯ᄒᆞ아시니 이 션ᄇᆡᄂᆞᆫ 사통ᄒᆞᆫ 션ᄇᆡ로다 ᄒᆞ시고 즉시 봉ᄂᆡ을 자탁ᄒᆞ야 보시이 ᄒᆞ야시되 경상도 안동ᄲᆞ의 ᄇᆡᆨ셔군이라 ᄒᆞ야거늘 젼하 즉시 술ᄂᆡ을 불으신이 션군이 단졍이 단졍이 드러가 세제 ᄒᆞ의 슉ᄇᆡᄒᆞᆫ이 젼ᄒᆞ 보시고 ᄃᆡ찬 왈 □□ᄒᆞ의 긔남자라 ᄒᆞ시고 할임학사을 졔슈ᄒᆞ셔겨을 진군 나친은울

〈22-뒤〉

츅샤ᄒᆞ고 즉시 ᄒᆞᆫ 원의 드러가 슈일 후의 노ᄌᆞ로 ᄒᆞ여금 부모 야위와 낭ᄌᆡ으겨 편지ᄒᆞᆫ지라 노ᄌᆞ 쥬야로 나려와 상공긔 편자을 드리ᄂᆞᆫ지라 상공이 바다 보신이 ᄒᆞᆫ 장은 부모임긔 드린 편지요 ᄯᅩ ᄒᆞᆫ 장은 낭자의계 가ᄂᆞᆫ 편지라 상공이 그 편지울 쎼여본이 ᄒᆞ여시되 문안 알오오머 이ᄉᆡ이예 부모임 긔쳬후 일향만알ᄒᆞ옵ᄂᆞᆫ잇가 복모구구 무임ᄒᆞ셩지지자신 션군은 ᄒᆞ렴마옵소셔 이 몸은 아즉 무양ᄒᆞ오며 ᄯᅩ 장원급제ᄒᆞ와 할임학ᄉᆞ로 입시ᄒᆞ와 ᄂᆞ러가오며 ᄯᅩ 도문 일자은 금월 망일이온이 그리 아옵소셔 ᄯᅩ 옥낭ᄌᆞ의겨 가ᄂᆞᆫ 편지을 부인 정씨와 냥춘을 주며 왈 이 편지ᄂᆞᆫ 네 엄무계 간ᄂᆞᆫ

〈23-앞〉

편지니 갓다가 간슈ᄒᆞ라 ᄒᆞᆫ이 양츈이 그 편지을 바다가지고 울며 동츈을 안고 빈소의 드러가 어무 슨체을 붓들고 울며 얼골의 더퍼던 조히을 벗기며 편지을 ᄲᅧ여 들고 낫츨 한ᄃᆡ ᄃᆡ이고 슬피 통곡 왈 이러나소 이러나소 어마임 이러나쇼 아반임 장원급졔ᄒᆞ야 할임학ᄉᆞ 졔슈ᄒᆞ야 나러오슨다 ᄒᆞ온니 이러나소 편지로 낫츨 덥푸면셔 왈 동츈이 연일 졋먹자고 우ᄂᆞᆫ이다 어만임아 ᄂᆡ 말 듯쇼 엄마임 평상의 글을 죠와 ᄒᆞ나던이 오날날은 아반임 반가온 편지 와싸오되 엇지 ᄇᆞᆫ기지 안이ᄒᆞ슨ᄂᆞᆫ잇가 숀여 냥츈은 연쇼□치로 글 몰나 어마임 영혼 젼의 편지 샤연을 낫낫치 알외지 못ᄒᆞ나이

〈23-뒤〉

죠모임은 어만임 영혼 젼의 편지 사연을 일그면 어만임 영혼이 감동ᄒᆞ올 듯ᄒᆞ옵나이다 한니 졍씨 마지못ᄒᆞ야 빈쇼의 드러가 편지 ᄉᆞ연을 고ᄒᆞᄂᆞᆫ지라 그 글의 ᄒᆞ야시되 문안잠 젹ᄉᆞ오며 옥낭ᄌᆞ 좌ᄒᆞ의 붓치ᄂᆞᆫ니다 우리 양인니 ᄐᆡ산 갓튼 졍이 쳘이 원경의 먼먼 질의 쇼식이 끈어지고 몸이 셔로 갈여

시니 낭ᄌᆞ의 면목을 욕망이난망이요 불ᄉᆞ이ᄌᆞᄉᆞ라 그 ᄉᆞ모한 정회는 일필로 난긔라 그ᄃᆡ의 화상이 젼과 갓지 못ᄒᆞ고 변ᄒᆞ여시니 아지 못게라 아ᄆᆡ도 무삼 병이 들어는가 아지 못ᄒᆞ온니 민망답답ᄒᆞ옵난니다 낭ᄌᆞ의 너부신 덕튁으로 경셩의 올나와셔 금변 장원급졔ᄒᆞ야 할임학ᄉᆞ로 나려가오니 두셔어달 못 보고 글이던 정회을 나러가 셔로

〈24-앞〉

푸사이다 도문 일ᄌᆞ는 금월 망일이온이 낭ᄌᆞ는 천금 갓튼 몸을 안보ᄒᆞ옵소셔 나려가면 븐가이 보려ᄒᆞ엿더라 보기을 다ᄒᆞᄆᆡ 더옥 슬품을 익이지 못ᄒᆞ냐 통곡 왈 슬푸다 양츈아 가연타 네의 어무을 일코 엇지 살여ᄒᆞ는다 ᄒᆞ며 슬피 통곡ᄒᆞᆫ이 양츈과 동츈이 긔 편지 사연 듯고 됴모임 말삼 갓치 어무슨체을 안고 궁글며 슬피 운이 그 참옥ᄒᆞᆫ 겨동을 ᄎᆞ마 보지 못ᄒᆞᆯ네라 부인 졍씨 상공을 도라보와 ᄭᅮ지져 왈 션군 편지 사연이 여ᄎᆞ여ᄎᆞᄒᆞ고 ᄯᅩᄒᆞᆫ 낭ᄌᆞ을 잇지 못ᄒᆞ야 병니 되엿다 ᄒᆞᆫ니 만일 나라와 낭ᄌᆞ 쥭은을 보면 졀단코 함긔 죽올 듯ᄒᆞ온이 일을 엿지ᄒᆞ올잇가 상공이 ᄃᆡ왈 나도 쥬냐

〈24-뒤〉

염여ᄒᆞ옵던니 그러나 죠흔 모칙이 잇ᄉᆞ온니 부인은 염여마옵쇼셔 ᄒᆞ고 즉시 노복 등을 불너 왈 할님이 나려와 낭ᄌᆞ 쥭음을 보면 졀탄코 함긔 쥭을 거신니 너의 등도 할임의 안심할 도리을 ᄉᆡᆼ각ᄒᆞ라 ᄒᆞ신니 그 즁의 한 죵이 엿ᄌᆞ오ᄃᆡ 쇼인니 젼에 할님을 모시고 아모ᄭᅴ의 님지ᄉᆞᄃᆡᆨ의 가온니 여러ᄉᆞ람이 모와는ᄃᆡ 침장 ᄉᆞ이로 일월 갓탄 쳐ᄌᆞ을 보시고 천하의 졀ᄉᆡᆨ이로다 ᄒᆞ며 못내 잇지 못ᄒᆞ여 근쳐 ᄉᆞ름으게 물은니 임진ᄉᆞᄃᆡᆨ 낭ᄌᆞ로다 한니 한님이 ᄃᆡ찬ᄃᆡ희ᄒᆞ며 못ᄂᆡ ᄉᆞ랑ᄒᆞ던니다 그 ᄃᆡᆨ 낭ᄌᆞ와 구혼ᄒᆞ여 인연을 새로이 밋샤오면 안심이 될 ᄯᅳᄒᆞ오니 ᄃᆡ연쥭의 임진ᄉᆞᄃᆡᆨ이 ᄂᆡ려온는 노변의 온니

한임이 나려오는 질□ □□

〈25-앞〉

도오니 더욱 조흘 듯ᄒᆞ온니 아모쪼록 그 □ □□□ 졀혼ᄒᆞ옵쇼셔 상공이 이 말을 듯고 ᄃᆡ희 왈 네 말이 올토다 ᄯᅩ한 님진ᄉᆞ는 날과 죽마고우라 ᄂᆡ 말을 들으 듯한니 ᄂᆡ 몸쇼 쳥혼ᄒᆞ면 질기 허락ᄒᆞ리라 ᄒᆞ고 상공이 즉시 발힝ᄒᆞ여 님진ᄉᆞᄃᆡᆨ이 간니 진ᄉᆞ 호안으로 영졉ᄒᆞ여 왈 엇지 누지의 와겨신 잇가 상공이 ᄃᆡ왈 ᄌᆞ식 선군이 증젼의 수경낭ᄌᆞ로 연분니 지즁ᄒᆞ여 일시도 ᄯᅥ나지 안니ᄒᆞ여 민망ᄒᆞ던 ᄎᆞ의 금번 과거 당ᄒᆞ야 할임학ᄉᆞ로 나려오는 편지 와ᄊᆞ온나 마참ᄂᆡ 가운니 불힝ᄒᆞ온지 저의 연분이 진ᄒᆞ야는지 금월 망일의 낭ᄌᆞ 죽어신니 호ᄉᆞ다마라 분명 선군니 나려오면 졀단코 죽음을 면치 못ᄒᆞᆯ거신니 혼취을 광

〈25-뒤〉

문ᄒᆞ니 진ᄉᆞᄃᆡᆨ이 알람다온 션낭ᄌᆞ 잇다 ᄒᆞ옴ᄆᆡ 염치을 불고ᄒᆞ고 왓ᄊᆞ□□ □□간 되미 엇더ᄒᆞ오니잇가 ᄌᆞ식 선군이 연쇼한 마□의 신졍으로 고졍을 이질 듯ᄒᆞ온니 발ᄅᆡ옵건ᄃᆡ 쾌희 허락ᄒᆞ옵쇼셔 ᄌᆞ슥 선군이 금변 과거에 장원급졔ᄒᆞ야 할임ᄒᆞᆨᄉᆞ로 나려오온이 우리 두 집 영화 극진ᄒᆞ온니 엇더ᄒᆞ 온이잇가 ᄒᆞᆫᄃᆡ 즌ᄉᆞ ᄃᆡ왈 겨변 칠월 망일의 가무졍 별당의셔 할임과 낭ᄌᆞ 노는 양을 보온니 양인이 셔로 탄금ᄒᆞ며 가ᄉᆞ을 읍는 양은 월궁항아가 옥황상졔 젼의 ᄇᆞᆫ도즌장ᄒᆞ는 겨동 갓더라 ᄒᆞ고 ᄂᆡ의 예슥은 칠운ᄇᆞᆫ월이라 그 낭ᄌᆞ 죽어싸오면 할임이 졀단코 세상의 부지

〈26-앞〉

치 못ᄒᆞ올 듯ᄒᆞ온이 만일 허혼ᄒᆞ야삽다가 ᄯᅳᆺ든 말과 갓지 못ᄒᆞ오면 인ᄒᆞ야

니 ᄌᆞ시을 바릴 듯ᄒᆞ온이 그 안이 ᄒᆞᆫ심ᄒᆞ올잇가 ᄌᆡ삼 사양ᄒᆞ다가 못이기여 허악ᄒᆞ여 왈 할임 갓뜬 사회을 정ᄒᆞ이 엇지 질겁지 아이ᄒᆞ리요 ᄒᆞ며 그졔야 쾌히 허악ᄒᆞ이 상공이 ᄃᆡ희ᄒᆞ여 왈 션군이 금월 망일의 진사ᄃᆡᆨ 문젼으로 지늴 듯ᄒᆞ온이 그날로 ᄐᆡᆨ일ᄒᆞ야 힝예ᄒᆞ계 ᄒᆞ옵소셔 ᄒᆞ고 집으로 도라와 부인다려 왈 혼인을 정ᄒᆞ여신이 염여마옵소셔 ᄒᆞ고 질기더라 각셜리라 션군이 집으로 나리올ᄉᆡ 가단안장 금안ᄇᆡᆨ마 우호둘러시 안ᄌᆞ 날여올 졔 청ᄀᆡ 넙풀ᄒᆞ야 일월을 호통ᄒᆞ고 옥셔소ᄅᆡ 닐닐날날 ᄐᆡ평

〈26-뒤〉

곡을 화답ᄒᆞ며 닐여오ᄂᆞᆫ 소ᄅᆡ 일힝 십이에 흘너써라 이젹의 각도각읍의 노소 관원이며 만인이 싸토와 구경ᄒᆞ며 칭ᄎᆞᆫᄒᆞ더라 경긔영의 둘러간이 감사 션군을 보고 실ᄂᆡ을 청ᄒᆞ이 션군이 멀리에 어사화을 곳고 헐이예 옥ᄃᆡ을 씌고 완완이 둘러간이 감사 질ᄂᆡ을 진퇴ᄒᆞᆫ 후외 ᄃᆡ한 왈 그ᄃᆡ 진실로 젼풍도 골리로다 ᄒᆞ더라 이젹의 션군이 노독으로 뇌곤ᄒᆞ야 침셕의 됴의던이 비몽간의 낭ᄌᆞ 완연이 문을 열고 만신의 유혈리 낭ᄌᆞᄒᆞ고 션군의 졋ᄐᆡ 안지며 눈물을 흴이며 왈 나ᄂᆞᆫ 신운이 불힝ᄒᆞ야 셰상의 부지치 못ᄒᆞ고 구쳔의 도라가ᄂᆞ이다 일젼의 시모임계 낭군의 편지 사연을 듯자온이 금번 장원급졔ᄒᆞ옵시고 할임학

〈27-앞〉

사로 나려오신다 ᄒᆞ오니 죽은 혼인인들 엇지 질겁지 안이ᄒᆞ올잇가 낭군의 과거ᄒᆞ심이 반갑ᄉᆞ와 이곳갓지 왓사오나 실푸다 낭군임 □물리 영화로 날여오시되 나ᄂᆞᆫ 낭군 갓치 보지 못ᄒᆞ이 일언 답답ᄒᆞ고 절박ᄒᆞ온 일이 어ᄃᆡ 잇사올잇가 ᄒᆞ며 갈연타 낭군임아 어셔 밧비 날여가셔 양츈과 동츈을 달ᄂᆡ여 보옵소셔 엄이 일코 셜리 울고 아비 글여 우ᄂᆞᆫ이다 쳡의 몸이 슈쳑ᄒᆞ나

촌촌젼지ᄒᆞ야 왓사온이 가삼이나 몬져 보소 ᄒᆞ며 ᄒᆞᆫ심 짓고 낙누ᄒᆞ거ᄂᆞᆯ 션군이 반겨 ᄒᆞ야 낭ᄌᆞ을 안고 손을 잡고 낭ᄌᆞ의 몸을 만져본이 가삼의 칼리 박커것ᄂᆞᆯ 놀ᄂᆡ ᄭᆡ달으이 남가일몽이라 ᄭᅮᆷ이 하 슈창ᄒᆞ야 일어 안지이 오경 북소리 나며 계명셩

〈27-뒤〉

이 들이거을 하임을 불러 길을 ᄌᆡ촉ᄒᆞ여 날여온ᄂᆞᆫ이라 잇ᄯᆡ 상공이 쥬육을 장맛ᄒᆞ야 노복을 거날리고 임진사ᄯᆡᆨ 문하의 가 할임 오기을 기달의던이 할임이 ᄇᆡᆨ마금안 두러안ᄌᆞ 쳥홍ᄀᆡ을 밧치고 화동을 쌍쌍히 셰우고 날여오거ᄂᆞᆯ 상공이 마됴나어가 손을 잡고 왈 네 장원급졔ᄒᆞ야 할임으로 나려온이 ᄂᆡ 질겁기 칭양업다 ᄒᆞ고 숑됴슐을 권ᄒᆞ건ᄂᆞᆯ 션군이 ᄭᅮᆯ어 ᄌᆡᄇᆡ 왈 소ᄌᆞ 실하와 ᄯᅥ난지 올ᄂᆡ옵던이 부모임 긔체후 일힝만안 ᄒᆞ옵신잇가 상공이 가오ᄃᆡ 네 벼살리 할임의 잇고 얼골리 관옥지상이라 풍ᄎᆡ 거록ᄒᆞᆫᄃᆡ 너 갓든 장부가 엇지 춘부인으로 셰월을 보ᄂᆡ일요 ᄂᆡ을 위ᄒᆞ야 어진 ᄉᆡᆨ식을 광문ᄒᆞ이 이곳 임진사ᄯᆡᆨ 낭ᄌᆞ 잇시되

〈28-앞〉

천ᄒᆞ의 일ᄉᆡᆨ이라 ᄒᆞ미 일져의 임진사ᄃᆡᆨ을 차자가 네 빌필을 졍ᄒᆞ야 힝에을 오날날 졍ᄒᆞ여기로 와시이 네 ᄯᅳᆺ지 엇더ᄒᆞ요 만단으로 셜화ᄒᆞᆫ니 션군이 ᄃᆡ 왈 간밤의 ᄭᅮᆷ을 ᄭᅮᆫ니 낭자 몸의 유혈이 낭자ᄒᆞ고 졋ᄐᆡ 안지며 엿차엿차 ᄒᆞ온이 아ᄆᆡ도 무삼 연고 잇삼ᄂᆞᆫ익가 ᄒᆞ며 가로ᄃᆡ 낭자와 언약이 지즁ᄒᆞ온니 집의 나려가 낭자을 보고 말삼(삼)을 들은 후의 졀단ᄒᆞ오리다 ᄒᆞ고 질을 ᄌᆡ촉ᄒᆞ야 가거ᄂᆞᆯ 상공니 ᄒᆞᆯ일업셔 말유ᄒᆞ어 왈 양반의 ᄒᆡᆼ식은 안니로다 혼닌은 인간ᄃᆡ사라 부모 구혼ᄒᆞ야 육에을 갓초와 영화을 ᄉᆡᆼ젼의 빈내미 자식의 도리올거ᄂᆞᆯ 네 고집ᄒᆞ야 임쇼졔 종신ᄃᆡ사을 글읏치거 ᄒᆞ니 군자의 도리

〈28-뒤〉

안니로다 ᄒᆞ거ᄂᆞᆯ 할임니 묵묵부답ᄒᆞ고 말을 ᄌᆡ촉ᄒᆞᆫ이 ᄒᆞᆫ 노복이 엿ᄌᆞ오ᄃᆡ ᄃᆡ감 말삼이 여ᄎᆞ여ᄎᆞᄒᆞ옵고 ᄯᅩᄒᆞᆫ 임진사닥 ᄃᆡ사가 낭ᄌᆡ ᄌᆞ심ᄒᆞᆫ이 할임은 집피 ᄉᆡᆼ각ᄒᆞ옵소셔 ᄒᆞᆫᄃᆡ 할임이 ᄒᆞ인을 ᄭᅮ지져 물이치고 ᄇᆡᆨ마금안으로 나려오거ᄂᆞᆯ 상공이 할릴업셔 말을 달여 뒤흘 ᄶᅩ차 오다가 집 압푸의 다다는이 상공이 션군을 안고 울며 왈 과거ᄒᆞ여 영화로 나려오거이와 네 경셩의 ᄡᅥᄂᆞᆫ 후의 슈일 낭ᄌᆞ방의 외인 남졍 솔ᄅᆡ 나거ᄂᆞᆯ 괴이ᄒᆞ야 낭ᄌᆞ다려 물은직 네 왓단 말삼은 안이ᄒᆞ고 ᄆᆡ월로 더부러 말ᄒᆞ엿다 ᄒᆞ거ᄂᆞᆯ 슈상ᄒᆞ야 낭ᄌᆞ을 ᄃᆡ강 결박ᄒᆞ고 졍각ᄒᆞ엿더이 여ᄎᆞ여ᄎᆞᄒᆞ셔 쥭거사아니 할임 그 말삼을

〈29-앞〉

듯고 ᄃᆡ경질ᄉᆡᆨᄒᆞ여 왈 아반임이 날을 임진사ᄐᆡᆨ외 장기들나 ᄒᆞ고 쇼기ᄂᆞᆫ 말삼이잇가 진실로 낭ᄌᆞ 쥭거ᄂᆞᆫ잇가 ᄒᆞ며 여광여취ᄒᆞ야 젼지도지ᄒᆞ야 즁문외 다다으이 동별당의셔 아연ᄒᆞᆫ 울음소ᄅᆡ 들이거ᄂᆞᆯ 할임이 눈물리 살ᄊᆞᆺ 듯ᄒᆞᄂᆞᆫ지라 단장 안의 간이 셤돌 우의 옥잠이 사무쳐 박커거ᄂᆞᆯ 할임이 그 옥잠을 손의 들고 눈물을 흘여 왈 무졍ᄒᆞᆫ 옥잠은 반기나와 반기ᄂᆞᆫᄃᆡ 유졍ᄒᆞᆫ 낭ᄌᆞ은 엇지 안이 나오ᄂᆞᆫ고 방셩통곡ᄒᆞ이 압펄을 분별치 못ᄒᆞᆯ네라 동별당의 둘러간이 칭양업고 실푸더라 이 일을 엇지ᄒᆞᆯ고 양츈이 동츈을 업고 빈소의 들러가 엄무 신체을 붓들고 흔들며 울러 왈 ᄋᆡ고답답 셔우미야 셔우미야 일려나

〈29-뒤〉

소 과거의 갓던 아반임 왓나이다 ᄒᆞ며 동츈을 업고 할임을 붓들고 업덧져 울며 왈 엉맘임 쥭거ᄂᆞ이다 ᄒᆞ며 동츈 졋먹ᄌᆞ ᄒᆞ고 신체을 붓들고 우더이다 ᄒᆞ며 ᄒᆞ 실피 운이 할임이 양츈과 동츈을 안고 통곡ᄒᆞ여 압풀 분별치 못ᄒᆞ며

ᄯᅩᄒᆞᆫ 낭ᄌᆞ의 신체을 안고 긔절ᄒᆞᆫ이 냥츈과 동츈이 할임을 붓들고 업들져 울며 낫츨 한틱 딕이고 운니 할임이 게우 정신을 찰아 통곡ᄒᆞ며 시상의 덥픈 거슬 벅기고 본니 옥 갓튼 낭자 가삼의 칼을 ᄭᅩᆺ고 잔ᄂᆞᆫ 다시 누어거ᄂᆞᆯ 할임이 부모을 돌아보아 왈 아무리 무심ᄒᆞᆫ덜 잇ᄯᅢ가지 칼 ᄲᆡ지 아이ᄒᆞ여ᄂᆞᆫ 잇가 ᄒᆞ고 선군이 칼을 잡고 낫칠 ᄒᆞᆫ틱 딕니고 낭자야 션군이 도라와ᄂᆞᆫ이다 이 일을 싱

〈30-앞〉

각ᄒᆞ면 칭양업고 가이업다 일어나쇼 일어나쇼 ᄒᆞ며 칼을 ᄲᆡ니 칼 박키엇던 궁기로셔 청죠 셰 말이 날아나며 ᄒᆞᆫ 말니ᄂᆞᆫ 할임 억기 우의 안자 쇼라ᄒᆞ되 하면묵 하면묵 ᄒᆞ며 울고 ᄯᅩ ᄒᆞᆫ 말이ᄂᆞᆫ 양춘의 억긔예 안자 쇼릭ᄒᆞ되 쇼익자 쇼익자 ᄒᆞ며 울고 ᄯᅩ ᄒᆞᆫ 말이ᄂᆞᆫ 동춘이 억긔 우의 안자 우되 우감심 우감심 ᄒᆞ고 울고 나라가거ᄂᆞᆯ 할임이 그 식 쇼릭을 들은이 하면목 하면목은 음향을 입고 무신 면목으로 낭군을 보이요 ᄒᆞᆫ 소릭며 쇼익자 쇼익자은 양춘아 부딕 동춘을 잇지 말고 조히 잇시라 ᄒᆞᄂᆞᆫ 쇼릭요 우감심 우감심은 동춘아 엄인 네을 두고 죽어진다 눈을 감지 못ᄒᆞᄂᆞᆫ 쇼릭로다 그 청조 셰 말니ᄂᆞᆫ 낭자의 삼혼구빅이라 낭군을 망죵 이별ᄒᆞ고 가ᄂᆞᆫ 소릭

〈30-뒤〉

라 ᄒᆞ고 그날보텀 낭ᄌᆞ의 신체가 졈졈 셕ᄂᆞᆫ지라 할임니 낭ᄌᆞ을 안고 딕셩통곡 왈 슬푸다 낭ᄌᆞ야 양츈을 엇지ᄒᆞ며 동츈을 엇지할고 날 딕려가쇼 날 딕려가쇼 원슈로다 원슈로다 과거질리 원슈로다 급졔ᄂᆞᆫ 하나 못 하나 금의옥식을 먹으나 못 먹으나 낭ᄌᆞ 얼골이나 보고지고 일시만 못 보와도 삼츄갓치 역긔던니 니졔ᄂᆞᆫ 영결죵천ᄒᆞ엿신니 나ᄂᆞᆫ 낭ᄌᆞ 업시 엇지 살고 ᄒᆞ며 낭ᄌᆞ의 신체을 노치 안니ᄒᆞ고 궁글며 통곡 왈 ᄂᆡ 일신들 엇지 살고 ᄒᆞ며 나도

쥭어 낭즈 혼을 짤라가 상봉ᄒᆞᄉᆞ이다 ᄒᆞ고 쳬양타 양츈아 불상ᄒᆞ다 동츈아 너ᄂᆞᆫ 엇지 살며 나ᄂᆞᆫ 엇지 살고 □여 운니 양츈니 통곡ᄒᆞ야 비러 왈 ᄋᆡ고ᄋᆡ 고 아반님아

〈31-앞〉

이ᄃᆡ지 한탄ᄒᆞ시ᄂᆞᆫ잇가 만일 아반님도 신명을 못치시면 우리는 엇지살냐 ᄒᆞ시ᄂᆞᆫ잇가 ᄒᆞ며 실피 운니 할님이 양츈을 붓들고 밥쥬며 달ᄂᆡ고 물 먹긔며 우지 말라 한니 양츈니 엿ᄌᆞ오ᄃᆡ 아반님 쥭거지면 우리ᄂᆞᆫ 엇지 살가 우리도 함긔 쥭어 아반님 ᄯᅡ라가 부모 혼빅을 의지ᄒᆞᄉᆞ이다 ᄒᆞ며 운이 할임이 동츈아 우지 마라 마라 ᄒᆞ며 ᄒᆞᆫ 손으로 양츈의 목을 안고 ᄯᅩ ᄒᆞᆫ 손으로 동츈의 목을 안고 통곡ᄒᆞᄂᆞᆫ 경상은 산쳔 초목 금수라도 다 실어ᄒᆞ난 듯ᄒᆞ며 일월이 무광ᄒᆞᆫ 듯ᄒᆞ더라 할임이 양츈 동츈의 머리을 만지며 운이 양츈이 압페에 안지며 왈 아반임아 동츈이 ᄇᆡ고푸다 ᄒᆞ면 밥을 쥬고 목이 물으다 ᄒᆞ면 무를 쥬

〈31-뒤〉

이온이 보옵소셔 ᄒᆞ고 ᄃᆡ셩통곡ᄒᆞᆫ이 할임이 그 관ᄃᆡ와 도푸을 본이 오시 영농ᄒᆞ며 팔자안금포로 칠자단젼포로 안을 너어 디리 ᄒᆞᆫ 번 보ᄆᆡ 흉감이 막키고 두 번 보ᄆᆡ 가삼이 답답ᄒᆞ고 열 번 보ᄆᆡ 안목이 호미ᄒᆞ여 일쳔 간장이 굽비굽비이 셕ᄂᆞᆫ지라 ᄂᆡ 엇지 일언 차목ᄒᆞᆫ 일 보고 살이요 그령져령 십여 일을 진ᄂᆡ이 일일을 ᄉᆡᆼ각ᄒᆞ되 당초의 ᄆᆡ월로 방슈을 졍ᄒᆞ엿던이 낭ᄌᆞ와 작비ᄒᆞᆫ 후로ᄂᆞᆫ 져을 박ᄃᆡᄒᆞ야던이 분명코 이 몹실 연이 시긔ᄒᆞ여 낭ᄌᆞ을 모희ᄒᆞ미라 ᄒᆞ고 직시 노복을 호령ᄒᆞ여 ᄆᆡ월을 잡바ᄂᆡ여 술리고 엄치 궁문 ᄒᆞ여 왈 네 젼후 소힝을 발로 알외라 ᄒᆞᄃᆡ ᄆᆡ월이 울며 엿ᄌᆞ오ᄃᆡ 소여ᄂᆞᆫ 일졍 소회업ᄂᆡ이

〈32-앞〉

다 ᄒᆞ거ᄂᆞᆯ 할임이 더옥 ᄃᆡ경ᄃᆡ분ᄒᆞ여 창두을 호령ᄒᆞ야 큰 ᄆᆡ로 치니 ᄆᆡ월이 ᄒᆞᆯ일업셔 젼후 죄상을 □기 셩복ᄒᆞ거ᄂᆞᆯ 할임이 크게 호령ᄒᆞ고 왈 낭ᄌᆞ 쳐소의 들어갓던 놈은 엇더ᄒᆞᆫ 놈이야 ᄒᆞᆫᄃᆡ ᄆᆡ월이 엿자오ᄃᆡ 과연 돌쇠로소이다 돌쇠란 놈도 창두 즁의 션ᄂᆞᆫ이라 할임이 고셩ᄃᆡ질 왈 돌쇠을 잡아ᄂᆡ여 절박ᄒᆞ야 사모창으로 치며 물은직 돌쇠 울며 갈로되 소인은 금은을 탐혹ᄒᆞ야 진실로 모로고 ᄆᆡ월이 간계에 들어 여차여차 ᄒᆞ여 답답이 죽을 죄에 범ᄒᆞ여 싸온이 어셔 죽여지이다 할임이 본ᄒᆞᆷ믈 이긔지 못ᄒᆞ야 창두을 불너 돌쇠을 박살ᄒᆞ야 죽이고 할임이 찻던 자을 ᄲᆡ여 들고 비다타 ᄆᆡ월의 비슬 찔어 헤치고 상공을 도나

〈32-뒤〉

보며 왈 졀언 요악한 연 말을 듯고 ᄇᆡᆨ옥 무죄한 낭ᄌᆞ 죽져샤온니 ᄋᆡ답고 졀통한 일이 어ᄃᆡ 잇ᄉᆞ올리가 상공이 묵묵부답ᄒᆞ고 눈물만 흴일 ᄯᅡ름미러라 이젹의 할임이 낭ᄌᆞ 신체을 안쟝ᄒᆞ려 ᄒᆞ고 졔물과 장예할 긔괴을 찰리니 니날 밤의 한 ᄭᅮᆷ을 어든니 낭ᄌᆞ 훗튼 머리을 산발ᄒᆞ고 만신의 유혈을 흴이고 방문을 열고 드러와 졋ᄐᆡ 안지며 슯피 울며 왈 가련타 낭군님아 옥셕을 구별ᄒᆞ야 쳡의 ᄋᆡ미지ᄉᆞ을 갈희여 쥬옵시니 그도 감격한 즁의 ᄆᆡ월을 죽겨 싸오니 니제ᄂᆞᆫ 한니 업거니와 닷시 낭군임을 보지 못ᄒᆞ고 양츈과 동츈을 두고 황천의 외로온 혼니 되오니 쳘천지원이 가삼의 ᄉᆞ모ᄎᆞᄂᆞᆫ지라 슬푸다 낭군임아 쳡의 신체을 희진상표로 질

〈33-앞〉

ᄉᆞᆫ 묵□ 신산의도 뭇지 말고 옥연동 못 가온ᄃᆡ 너허 쥬옵시면 구천 타일의 낭군과 냥츈 동츈을 닷시 볼 ᄯᅳᆺᄒᆞ오니 부ᄃᆡ부ᄃᆡ 헛도이 ᄉᆡᆼ각지 마옵고 ᄂᆡ

원듸로 ᄒᆞ쥬옵쇼셔 그렂치 안니ᄒᆞ옵시면 ᄂᆡ의 원을 일로지 못할 ᄲᅢᆫ 안이라 낭군 신셰와 양츈 동츈의 일ᄉᆡᆼ이 가련ᄒᆞ오리다 부듸부듸 원듸로 ᄒᆞ여주옵소서 무듯 간듸업거ᄂᆞᆯ 노내 ᄭᅢ드르니 남ᄀᆞ일몽이라 부모임게 몽ᄉᆞ를 설화ᄒᆞ고 직일의 ᄌᆞᆼᄉᆞ 계교을 ᄎᆞ라 운ᄉᆞᆼᄒᆞ려 ᄒᆞ되 신체 요동치 아니ᄒᆞ더라 여러가지 원통ᄒᆞᆫ 말노 영혼을 위로ᄒᆞ되 죵시 요동치 ᄋᆞ니ᄒᆞ더니 ᄒᆞᆫ님이 양춘과 동춘을 말을 틔와 압폐 세우니 그졔애 힝ᄉᆞᆼ이 순순이 가더ᄅᆞ 이윽ᄒᆞ야 옥년동 못가의 ᄃᆞ다르

〈33-뒤〉

니 못물이 ᄎᆞᆼ일ᄒᆞ고 수광은 접천ᄒᆞ야 ᄂᆞᆫ지라 ᄒᆞᆫ님이 무수이 ᄐᆞᆫ식ᄒᆞ더니 이윽ᄒᆞ며 천지 아득ᄒᆞ며 일월이 호미ᄒᆞ더니 ᄎᆞᆼ일ᄒᆞᆫ 물이 모르거ᄂᆞᆯ ᄌᆞ상이 보니 못 가온듸 셕흠이 잇거ᄂᆞᆯ 그이녀겨 영귀의 너허더니 이ᄯᅴ예 뇌셩병녁이 천지 진동ᄒᆞ며 오운이 영농ᄒᆞ더니 경각간의 ᄐᆡ빅산이 ᄎᆞᆼ일ᄒᆞ여거ᄂᆞᆯ ᄒᆞᆫ님이 ᄆᆞᆼ극ᄒᆞ여 탄식ᄒᆞ고 졔문지여 졔ᄒᆞᆯ 졔 그 졔문의 ᄒᆞ여시되 유셰ᄎᆞ 모년 모월 모일 ㄱᆡ부 선군은 감소고우 옥낭ᄌᆞ 우인 전의 고ᄒᆞᄂᆞ니 슬푸다 ᄉᆞᆷᄉᆡᆼ년분으로 그듸를 ᄆᆞᆫ나 원앙비취지낙으로 ᄇᆡᆨ년히로ᄒᆞᆯ가 ᄇᆞ래더니 죠물리 시긔ᄒᆞ고 귀신이 작히ᄒᆞᆫ지 낭ᄌᆞ의 운빈옥안니 일조의 고혼이 되야 황천의 도라가시니 엇지 가연치

〈34-앞〉

아니 ᄒᆞ리요 낭ᄌᆞ 셰ᄉᆞᆼ 만ᄉᆞ를 이별ᄒᆞ고 구천의 도라가거니와 선군은 어린 ᄌᆞ식을 ᄃᆞ리고 누을 밋고 살이오 슬푸다 낭ᄌᆞ야 낭ᄌᆞ 신체을 돈슨의 무더두고 무덤이나 보ᄌᆞ더니 신체를 못 가온듸 너허시니 엇지 가연치 아니ᄒᆞ리오 유명이 노슈ᄒᆞ나 우리 정이 변ᄒᆞ리오 답답고 ᄋᆡ다롭다 원통ᄒᆞᆫ 심혼이 골수의 밋첫시니 낭ᄌᆞ의 옥화용을 어느 ᄯᅴ예 다시 볼고 가련ᄐᆞ 일ᄇᆡ 청쥭으로

고혼을 위로ᄒᆞ니 운감ᄒᆞ옵쇼셔 ᄒᆞ고 업더저 ᄋᆡ통ᄒᆞ니 쵸목금슈가 다 스러ᄒᆞᄂᆞᆫ 듯ᄒᆞ더라 졔를 파ᄒᆞ고 집의 도라와 사창ᄒᆞᆫ 등의 묵묵히 안ᄌᆞ시니 그간 심회를 뉘가 다 ᄋᆞ라 충냥ᄒᆞ리요 아히덜럴 다리고 밤을 지ᄂᆡ더니 비몽간의 낭ᄌᆞ 겻ᄐᆡ 안지며 양춘 동춘의 멀리

〈34-뒤〉

어로만지며 왈 유정ᄒᆞᆫ 셰월을 엇지 헛도히 발리리요 쳡의 ᄂᆡᆫ분은 영결죵쳔ᄒᆞ여시나 쳡을 ᄉᆡᆼ각지 왈고 부모님 졍ᄒᆞ신 님소졔을 쉬ᄒᆞ여 ᄇᆡᆨ년히로 ᄒᆞ옵소셔 양춘 동츈아 날 ᄒᆞ 그려 엇지 살다 ᄒᆞ며 울고 가거ᄂᆞᆯ ᄒᆞᆫ님이 반겨 ᄶᅵ다르니 남가일몽이라 낭ᄌᆞ의 얼골 눈의 암암ᄒᆞ고 말쇼ᄅᆡ 귀예 ᄌᆡᆼᄌᆡᆼᄒᆞ야 쥬야로 ᄋᆡ통ᄒᆞ더라 각셜이라 이ᄯᆡ 임소졔 ᄒᆞᆫ님ᄃᆡᆨ 쇼식을 듯고 쥬야로 쥭고ᄌᆞ ᄒᆞ되 부모 말유ᄒᆞ난 고로 ᄎᆞ마 쥭지 못ᄒᆞ고 눈물로 지ᄂᆡ더니 님소졔 ᄌᆡᆼᄉᆡᆼ도 가긍ᄒᆞ더라 이 쇼식이 원근의 진동ᄒᆞ니 상공 부처 듯고 불상이 녀기더라 님쇼졔 졍ᄉᆡᆼ이 가긍ᄒᆞᄆᆡ ᄒᆞᆫ님을 불너 혼사를 전ᄒᆞ여 왈 우리 연광이 반이 넘

〈35-앞〉

어시되 슬하의 밋ᄂᆞᆫ 바ᄂᆞᆫ 다맛 너 ᄲᅮᆫ이라 ᄉᆞ람의 팔ᄌᆞ 무ᄉᆡᆼᄒᆞ야 낭ᄌᆞ 주거시니 그 아니 가련ᄒᆞ리요마ᄂᆞᆫ 그러나 다 왕ᄉᆞ라 우리 마음을 위로ᄒᆞ여 혼ᄉᆞ를 갈히여 님쇼졔 죵신 ᄃᆡᄉᆞ를 ᄉᆡᆼ각ᄒᆞ라 ᄒᆞᆫ님이 고왈 쇼ᄌᆞ 이졔 남녀 두엇ᄉᆞ오니 취처치 안니ᄒᆞᆫ들 관겨ᄒᆞ오릿가 ᄉᆞᆼ공이 어이업쎠 ᄒᆞᆫ 말도 못ᄒᆞ더라 ᄒᆞᆫ님이 도라와 양츈 동츈을 다리고 셰월을 보ᄂᆡ더니 일일은 한 ᄭᅮᆷ을 어드니 낭ᄌᆞ와 ᄀᆞᆯ로ᄃᆡ 낭군임이 엇디 죽은 쳡을 ᄉᆡᆼ각ᄒᆞ여 쵸혼 인년을 발일려 ᄒᆞᄂᆞᆫ이가 ᄒᆞᄃᆡ ᄒᆞᆫ님이 왈 그ᄃᆡ를 ᄶᅡ르리라 ᄒᆞᆫᄃᆡ 낭ᄌᆞ ᄃᆡ왈 낭군이 쳡을 보려ᄒᆞ거든 셰심강 쥭님도로 ᄎᆞᄌᆞ오옵쇼셔 ᄒᆞ고 가거ᄂᆞᆯ ᄭᆡ다르니 일ᄌᆞᆼ츈몽이라 ᄆᆞ음이 황

〈35-뒤〉

홀ᄒᆞ려 직일이 발힝할ᄉᆡ 양츈과 동츈ᄃᆞ려 이로되 너의 어만임이 ᄂᆡ게 형몽ᄒᆞ되 셰심강 죽임도로 ᄎᆞᄌᆞ오라 ᄒᆞᄆᆡ 잠간 보고 오려한니 동츈을 울이지 말고 잘이 잇스면 슈희 단여오리라 한ᄃᆡ 양츈니 울며 왈 부ᄃᆡ 어만임 보시거든 다려옵쇼셔 할님이 부친긔 엿ᄌᆞ오ᄃᆡ 소ᄌᆞ 오날날 써나 두로 돌라 산슈을 귀경ᄒᆞ옵고 도라오올리다 ᄒᆞ고 셰심강 죽임도을 ᄎᆞᄌᆞ갈 ᄉᆡ 슈십 일만의 ᄒᆞᆫ고ᄃᆡ 다다른니 일낙셔산ᄒᆞ고 월츌동연이라 슈광은 쳡쳔ᄒᆞ고 월ᄉᆡᆨ은 망연한ᄃᆡ 무심한 잔내비ᄂᆞᆫ 월ᄒᆞ의 슬피 울러 ᄀᆡᆨ의 심회을 ᄌᆞ아ᄂᆡ고 유의한 두견은 불려귀을 일삼을 졔 시닛갓 슈양 쳔만ᄉᆞᄂᆞᆫ 츈흥을 못 이긔어 흔늘흔

〈36-앞〉

늘 ᄒᆞ고 만산ᄇᆡᆨ화 즁의 탐화ᄒᆞᄂᆞᆫ 봄 졔비은 임의 졍 찻ᄂᆞᆫ 듯 황금 갓든 괴꼬리은 벗셜 불너 오락가락ᄒᆞ니 흘으ᄂᆞᆫ니 눈물리요 셕ᄂᆞᆫ ᄇᆡ 한심요 ᄉᆡᆼ각ᄂᆞᆫ니 낭ᄌᆞ로다 망망ᄒᆞᆫ 쳥강상의 갈 바을 몰오더니 호련니 바ᄅᆡ보니 분명한 션동이 표쥬을 긔피져셔 강상의 놀이거눌 반긔며 급피 불너 왈 져기 가ᄂᆞᆫ 져 션동은 이ᄂᆡ 졍상 살펴보와 셰심강 죽임도을 안도ᄒᆞ여 쥬옵소셔 동ᄌᆞ ᄃᆡ왈 귀ᄀᆡᆨ은 경상도 안동싸 소ᄇᆡᆨ산 ᄒᆞ의 살으시ᄂᆞᆫ ᄇᆡᆨ할임 안니신잇가 나은 동졍 농왕의 명을 바다 할임 가시ᄂᆞᆫ 질을 인도할려 왓난이다 슌식간의 강을 건네 강변의 표주을 다이

〈36-뒤〉

고 슌식간의 급피 올오쇼셔 ᄒᆞ거날 할임이 업ᄃᆡ어 예 올으이 션동이 통소 물고 ᄇᆡ 멀리예 아ᄌᆞ시되 ᄇᆡ가 기살갓더라 경각간의 슈쳘이 바ᄃᆡ흘 건네ᄂᆞᆫ지라 적시어 덕외 나려션이 션동왈 이리로 슈십을 가면 죽임도 잇삽고 이 강 일홈은 셰심강이라 ᄒᆞᄂᆞ이다 ᄒᆞ건ᄂᆞᆯ 할임이 션동을 치ᄒᆞᄒᆞ고 죽임도을

차ᄌᆞ간이 송죽은 팅청ᄒᆞ고 황학은 비공ᄒᆞᆫ듸 화항은 십은ᄒᆞᆫ듸 난봉공작은 나라들고 낙낙장송은 암상의 쳡쳡ᄒᆞ고 으으ᄒᆞᆫ 풀은 듸은 졀긔을 적커잇다 칭칭암셕은 병풍갓치 둘너잇고 빅화ᄂᆞᆫ 말발ᄒᆞ야 곳다온 비실 닷토ᄂᆞᆫ 듯 청풍한 □을 부□가여 □□ □□□□ □□□ 인도ᄒᆞ고 청강

〈37-앞〉

녹슈 상에 범범ᄒᆞᆫ 원앙식은 짝을 ᄯᅡ라 나라들고 안면슈악 즁에 벗 부르ᄂᆞᆫ 쐬고리ᄂᆞᆫ 쐬기쐬기이 왕닉ᄒᆞ고 산슈도 긔이ᄒᆞ다 보건듸 별유천지비인간일내라 경물을 다 으논ᄎᆞ면 쳘천으로 됴우 삼고 삼상으로 연슈 삼고 오로봉으로 부실ᄒᆞ야 긔록자 ᄒᆞ여도 무궁ᄒᆞ더라 잇ᄯᅢ 날비슨 셕양이요 시졀은 삼월이라 울적ᄒᆞᆫ 심회을 금치 못ᄒᆞ야 낭ᄌᆞ 보고시푼 마음을 것잡지 못ᄒᆞ야 츈식도 구경ᄒᆞ며 힝심 일경 쎄긴 질로 셔야 완보로 들어간이 연못시 이시되 사면에 녹양버들 천만사 들녀ᄂᆞᆫ듸 봄쎄칠 자랑ᄒᆞ고 연당 속의 포누 거각을 지여시되 정쇄ᄒᆞ여 방공에 소솨쳐 잇고 풍전 풍경쇠닉

〈37-뒤〉

도 그이ᄒᆞ다 이 안이 션경인가 사변으로 뵈회ᄒᆞ다가 동졍을 살펴본이 이윽고 ᄒᆞᆫ 여동이 나와 물려 왈 엇더 이과듸 션경을 임으로 완ᄂᆞᆫ잇가 ᄒᆞ거ᄂᆞᆯ 할임이 듸왈 나ᄂᆞᆫ 경상도 안동ᄯᅡ의 소빅산 하의 사ᄂᆞᆫ 빅션군일너이 청상연분으로 슈경낭ᄌᆞ을 보려한ᄂᆞ이다 그 여동이 듸왈 올사이다 과연 우리 낭ᄌᆞ임이 할임 오실이라 ᄒᆞ고 옥황상졔임쎄 슈유ᄒᆞ옵고 쥬야로 기다리옵던이 할임이 오지 안이ᄒᆞ오믹 올닉 머무지 못ᄒᆞ와 오날 도로 쳔상으로 가겨사온이 그 안이 민망ᄒᆞᆫ가 할임이 오시거든 사연ᄒᆞᆫ 사졍이나 고달ᄒᆞ라 ᄒᆞ더이다 ᄒᆞ거ᄂᆞᆯ 할임이 이 말을 듯고 간담이 ᄯᅥ러지ᄂᆞᆫ 듯ᄒᆞ여 다시 비러 왈 션여□ 가연ᄒᆞᆫ 속긱을

〈38-앞〉

불상히 여겨 아모쬬록 낭즈을 보게 ᄒᆞ옵소셔 ᄒᆞᆫᄃᆡ 션여 ᄃᆡ왈 할임은 낭즈 업다 마옵고 잠간 드려와 요긔나 ᄒᆞ옵고 가소셔 ᄒᆞ고 질을 인도ᄒᆞ거ᄂᆞᆯ 할임이 들어간이 낭즈 ᄉᆡᆼ각ᄒᆞ되 낭군을 이러틋 긔롱ᄒᆞ면 분명 병이 날 거신이 반가히 마지리라 ᄒᆞ고 문을 열고 ᄂᆡ달라 할임의 손을 잡고 울며 왈 양츈동츈을 뉘계 ᄆᆡᆨ기고 이고ᄃᆡ 완ᄂᆞᆫ잇가 ᄒᆞ이 할임이 낭즈을 보ᄆᆡ 정신이 아득ᄒᆞ여 붓들고 통곡ᄒᆞ며 왈 아모리 원통ᄒᆞ다 ᄒᆞ고 날을 바리고 이고ᄃᆡ 잇ᄂᆞᆫ잇가 ᄒᆞᄃᆡ 낭즈 왈 낭군임이 날을 차즈 왓사온나 즈여의 고단홈을 ᄉᆡᆼ각ᄒᆞ이 엇지 ᄒᆞᆫ심되지 아이ᄒᆞᆯ리요 쳡이 ᄉᆡᆼ각ᄒᆞ와 옥황상졔ᄭᅴ 원정을

〈38-뒤〉

지여 올인즉 상졔긔옵셔 불상이 너긔ᄉᆞ 남은 연분을 다시 ᄆᆡ지라 ᄒᆞ여싸오나 쳡의 쇼견은 인간의 다시 나가 사지 못할 일이오ᄆᆡ 이고실 정ᄒᆞ여삿오이 낭군임은 엇더ᄒᆞ온잇가 할임 왈 낭즈의 ᄆᆞ암이 그러ᄒᆞ오면 부모와 즈식을 이곳ᄃᆡ로 다려오ᄉᆞ이다 한ᄃᆡ 낭즈 왈 쳡이 부모 부모임긔 정셩이 부족홈이 아니라 즉금 이ᄂᆡ 몸이 달나 인간 ᄉᆞ람과 함긔 것쳐치 못ᄒᆞ올 샤정이오니 사셰난쳐ᄒᆞ여이다 할임 왈 부모임은 달른 즈식 업고 다만 잇난 ᄇᆡ 선군쑨이라 우리 여긔 잇고 가지 안니ᄒᆞ면 부모임은 의탁할 고지 업ᄉᆞ온니 낭즈ᄂᆞᆫ 다시 ᄉᆡᆼ각ᄒᆞ옵쇼셔 낭즈 묵연 양구의 ᄉᆡᆼ각다가 갈오ᄃᆡ 사셰 응당 그러할 듯ᄒᆞ오며 □□□□□□ 임소졔 정셍위

〈39-앞〉

가긍ᄒᆞ며 졔팔을 글읏치듯ᄒᆞ이 낭군임이 이졔 임소졔을 을쥬ᄒᆞ여 부모임을 모시계 하옵고 낭군임은 시시로 왕ᄂᆡ하면 죠흘 듯ᄒᆞ온이 죠금도 으심치 마옵고 글리ᄒᆞ옵소셔 ᄒᆞ건ᄂᆞᆯ 할임이 상각ᄒᆞ이 임소졔 ᄉᆞ경도 그려ᄒᆞ며 쏘

한 부모임 모시기도 오을찌라 낭즈으게 ᄒᆞ낙ᄒᆞ고 집으 돌라와 보이 양츈과 동츈이 ᄂᆡ다라 울며 왈 아반임은 어만임 다려왓ᄂᆞᆫ잇가 할임 왈 ᄂᆡ ᄌᆞ식덜아 ᄒᆞ 실어 말ᄂᆞ 너의 모친 슈히 오마덧라 ᄒᆞ고 부모임젼의 낭ᄌᆞ 만ᄂᆞᆫ 사연을 고달ᄒᆞᄃᆡ 상공 부쳬 반겨 왈 그러ᄒᆞ면 일언 죠흔 일이 또 어ᄃᆡ 잇실이요 ᄒᆞ고 직일에 임진사

<39-뒤>

ᄃᆡᆨ으로 혼사날을 갈ᄒᆞ여 보ᄂᆡ이라 □ 각셜이라 잇ᄯᆡ외 임소졔 ᄇᆡᆨ할임의 납ᄎᆡ을 바든 후의 할임은 슈낭ᄌᆞ을 잇지 못ᄒᆞ여 ᄎᆞᄌᆞ 단이고 다시ᄂᆞᆫ 춰쳐ᄒᆞᆯ 뜻시 업단 말을 듯고 임소졔 더옥 신셰을 ᄉᆡᆼ각ᄒᆞ이 ᄒᆞ용업시 눈물로 벼실 삼아 소셰와 단장을 젼폐ᄒᆞ고 이불을 무음 싯고 눕고 이지 안이ᄒᆞ이 가연타 옥 가튼 두 귀미ᄐᆡ 흘으ᄂᆞᆫ이 눈물리라 林進士(임진사)부쳐 차목ᄒᆞ물 쥬야로 ᄒᆞᆫ탄ᄒᆞ더이 쳔만 ᄯᅳ박긋 혼사ᄐᆡᆨ일이 왓ᄂᆞᆫ지라 그졔야 소졔 비로소 이러나 슉식간의 먹은지라 잇ᄯᆡ예 할임이 예을 갓초와 ᄯᆡ예 청외 답ᄒᆞ이 소졔 화용옥ᄐᆡ의 녹으홍상을노 빗작을 진원ᄒᆞᆫ 후의 예필

<40-앞>

ᄒᆞ고 당의 나리갈 졔 소졔 고은 ᄐᆡ도 슈경낭ᄌᆞ완 ᄒᆞᆫ 쌍일너라 이 날 할임이 소졔로 더부러 원앙금을 다 긋고 비취침으 나어가 셔로 질기이 청강녹슈상외 원앙시 쌍쌍히 놀라 흐롱홈 갓더라 그간 죠흔 자정이야 일필로 난기로다 잇ᄐᆡ 임소졔ᄂᆞᆫ 상고ᄭᅴ 부옵고 할임은 진사 부쳐ᄭᅴ 보온이라 소졔의 운빈옥안은 월궁션여라도 당치 못ᄒᆞᆯ너라 졔삼일 후에 신힝을 ᄎᆞ라 소졔을 권귀ᄒᆞᆫ 후예 할임이 또ᄒᆞᆫ 낭ᄌᆞ을 잇지 못ᄒᆞ여 직시 셰심강 쥭임도의 간이 낭ᄌᆞ 우어 왈 신부을 어든이 그간 ᄌᆞ미 엇더ᄒᆞ더잇가 할임이 우어 왈 임으 춰쳐ᄒᆞ기도 낭ᄌᆞ의 청ᄒᆞ신 바라 ᄒᆞ고 셔로 못ᄂᆡ

〈40-뒤〉

질기더라 슈일 후 낭ᄌᆞ 왈 낭군임은 양츈 동츈을 급피 달러 오옵소셔 ᄒᆞ이 할임이 즉시 와 양츈과 동츈을 달리고 낭ᄌᆞᄒᆞᆫ틱 온이 낭ᄌᆞ 양츈 동츈을 붓들고 문왈 그ᄉᆡ이에 날을 글러 엇지ᄒᆞᆫ다 동ᄉᆡᆼ 동츈을 엇지 안이ᄒᆞ다 ᄒᆞ고 나실 ᄒᆞᆫ틱 ᄃᆡ이고 동츈을 젼먹기고 모ᄌᆞ 셔로 붓들고 ᄒᆞ 셜이 운이 일월이 무광ᄒᆞ고 산쳔초목과 비금쥬슈라도 다 실어ᄒᆞᄂᆞᆫ 듯ᄒᆞ더라 할임이 ᄯᅩᄒᆞᆫ 실어ᄒᆞ거ᄂᆞᆯ 양츈이 울우물 근치고 모친ᄭᅴ 여ᄌᆞ오ᄃᆡ 모치임은 그 ᄉᆡ이예 어ᄃᆡ가 계시다가 임ᄃᆡ 와 겨셔 우리 셔로 만날 쥴을 엇지 ᄯᅳᄒᆞ여실릿가 이도시 ᄒᆞᆫ 날이 지시ᄒᆞ기로소이다 ᄒᆞ고 뭇

〈41-앞〉

ᄂᆡ 실어ᄒᆞ고 반겨ᄒᆞ더라 할임은 오락가락ᄒᆞ다가 셰월이 여유ᄒᆞ야 상공 부쳐 연만ᄒᆞ신 후예 죠연 득병ᄒᆞ야 ᄇᆡᆨ약이 무효ᄒᆞ야 ᄒᆞᆫ날릐 상공 부쳐 구몰ᄒᆞᆫ이 할임 부부 ᄋᆡ통상극ᄒᆞ나 쵸죵지예을 극진이 갓쵸와 션산의 안장ᄒᆞ고 삼연을 극진이 거상ᄒᆞ야 진ᄂᆡ더라 잇ᄯᅴ 임부인게셔 아달 형졔와 ᄯᆞᆯ ᄒᆞᆫ나히이 장ᄌᆞ의 일홈은 만츈이요 차ᄌᆞ의 일홈은 경츈이요 ᄯᆞᆯ의 일홈은 게츈이라 만츈 경츈 형졔을 어진 가문의 취쳐ᄒᆞ야 다자여 동을 두며 손연등과ᄒᆞ야 일홈이 죠경의 진동ᄒᆞ더라 □ 각셜이라 낭ᄌᆞ와 할임 부쳐 나히 다 구십이 너무지라 셔로 의논 왈 우리 부부 나히 ᄇᆡᆨ셰히 당ᄒᆞ고 임

〈41-뒤〉

부인이 ᄯᅩᄒᆞᆫ 자여을 다 두어 부귀 일국의 웃ᄯᅳᆷ이라 할임 왈 우리 부부ᄂᆞᆫ 천상 사ᄅᆞᆷ으로 인간의 오ᄅᆡ 잇지 못ᄒᆞᆯ 사졍이요 ᄯᅩᄒᆞᆫ 옥황상졔 응당 기달릴 듯ᄒᆞ시이 션영항화난 임부인과 ᄌᆞ연 등의계 ᄆᆡᆨ기고 우리 부쳬ᄂᆞᆫ 양츈 동츈을 달이고 천상으로 가사이다 ᄒᆞᆫ이 할임이 오리 여겨 임부이과 ᄌᆞ여 등을

불어 셔로 경계홀 쯰의 일월 무광ᄒᆞ고 산천쵸목이 다 설어ᄒᆞᆫᄂᆞᆫ 듯ᄒᆞ더라 임부인이 ᄃᆡ왈 이졔 할임이 천상으로 가시며 쳡은 소식도 못 들를 사졍이온이 그 안이 가웅ᄒᆞ온잇가 할임이 ᄃᆡ왈 그ᄃᆡᄂᆞᆫ 염여 마옵소셔 일여의 ᄒᆞᆫ 번식 반가온 소식이 안이 잇사올잇가 ᄒᆞ이 임부

〈42-앞〉

인이 실품을 머금고 셔로 영별ᄒᆞ더라 할임이 낭ᄌᆞ으게 나은 ᄌᆞ식 양츈 동츈을 다리고 쳥상으로 올을 ᄯᅢ예 오운이 ᄌᆞ욱ᄒᆞ고셔 셰심강외 ᄌᆞ옥ᄒᆞ던이 이윽ᄒᆞ여 할임 부부와 양츈 동츈이 학을 타고 굴음의 ᄊᆡ여 승천ᄒᆞᆫ이 임부인과 만츈 경츈 삼 남ᄆᆡ 셔로 앙천통곡한니 셰상의 굿보ᄂᆞᆫ ᄉᆞ람이 셔로 말ᄒᆞ되 셰상 천지간의 ᄇᆡᆨ할임 부부ᄂᆞᆫ 무삼 젹션이 그ᄃᆡ지 관ᄃᆡᄒᆞ관대 ᄇᆡᆨ셰되도록 사다가 ᄇᆡᆨ일승천ᄒᆞᄂᆞᆫ고 못ᄂᆡ 칭찬ᄒᆞ더라 □ 각셜이라 할임과 낭ᄌᆞ 부부 잔여 남ᄆᆡ 다리고 상천ᄒᆞ여 옥황상졔ᄭᅴ 뵈온ᄃᆡ 상졔 우어 왈 그ᄃᆡ 등이 인간외 가셔 ᄌᆞ미 엇더ᄒᆞ던아 ᄒᆞ신이 할임 부

〈42-뒤〉

부 슈의을 어긔지 못ᄒᆞ여 묵묵히 안ᄌᆞᆺ것ᄂᆞᆯ 상졔 분부ᄒᆞ여 왈 다 각쳐로 가라 ᄒᆞ시이 그졔야 다 각쳐로 간이라 □ 각셜이라 잇ᄯᅴ 임부인과 ᄌᆞᆫ여 등이 쥬야로 할임을 ᄉᆡᆼ각ᄒᆞ야 ᄋᆡ통ᄒᆞᄂᆞᆫ 쥴을 할임 비록 쳔상의 이시나 짐작ᄒᆞ고 다달리 굴음을 타고 공즁의 ᄶᅥ셔 일봉 셔찰만 임부인 젼의 나리친이 임부인이 일로 더욱 ᄋᆡ통ᄒᆞ던이 임부인도 나히 팔십 셰의 당ᄒᆞ여 졸여 득병ᄒᆞ여 ᄇᆡᆨ약이 무효ᄒᆞ던이 일일은 가ᄂᆡ의 오운이 영롱ᄒᆞ고 셔긔 천상갓지 연ᄒᆞ여ᄶᅥ이 인ᄒᆞ야 셰상을 별리신이 잔여와 노복이 ᄋᆡ통ᄒᆞ다가 션산의 신쳬을 안장ᄒᆞ여시나 혼□은 천상으로 올나가 할

〈43-앞〉

임을 만나 셔로 질기더라 그후로 빅시 가문 흥찬ᄒᆞ야 빅ᄌᆞ쳔손ᄒᆞ고 반ᄋᆡ슈젼ᄒᆞ야 셰상 사남이 일오기을 빅할임 갓튼 팔자ᄂᆞᆫ 쳔ᄒᆞ의 업다 ᄒᆞ더라

슉영낭ᄌᆞ젼이라

졔ᄉᆞᄉᆞ쳔ᄌᆞᄂᆞᆫ은혜ᄒᆞᆫ방ᄇᆞ지켜ᄂᆞᆫ인경ᄉᆞᆼᄒᆞᆫ일ᄉᆞᆼ이ᄉᆞᆯᄎᆞᆷ
ᄌᆞ식이ᄉᆞᆫ디법은ᄂᆞᆷ이ᄋᆞ면은잇ᄂᆞ이ᄋᆞ니ᄌᆞ식ᄉᆞ연ᄂᆞᆫ라ᄒᆞ여
ᄂᆡ실이엄ᄂᆞᆫᄒᆞᆫ셜ᄋᆞᆫ근강의병ᄉᆞᆼ이일ᄂᆞᆫᄃᆡ연이ᄋᆞᆷᄂᆞᆫᄒᆞ여
ᄀᆞᆨ졍ᄒᆞᆫᄯᆡᄉᆞ인참ᄉᆞᄅᆞᆷ업서뭇ᄌᆞᆸᄂᆞᆫᄂᆞᆫᄌᆞᆨᄌᆞ니그ᄒᆞᆷ의로
ᄉᆞᆯᄒᆞᆫᄂᆞᆫ몸어긋힘ᄡᅥ드ᄅᆞ가ᄉᆞ졋ᄂᆞᄂᆞᆫ효ᄌᆞ가ᄎᆞᆷᄋᆡ연ᄃᆞᆼ일ᄂᆞᆫᄯᆡ
ᄀᆞ갈ᄇᆞᆨᄌᆞᆼ셩ᄋᆡ셰ᄎᆞᆯᄋᆞᆯ보니ᄂᆞ니여ᄋᆞᆼ당이ᄡᅡ이ᄂᆞ니ᄃᆞ듯ᄋᆡᄉᆞᆫ졍
ᄒᆞᆼ슉이엄ᄂᆞᆫ소기ᄉᆞᆯ봄인졍ᄭᅴ미ᄋᆞᆯ그ᄌᆞᆼ을셰월을보니
드니일ᄂᆞᆫ은슉인이ᄋᆞᆨ연ᄐᆞᆫ식ᄒᆞᆫ봄ᄎᆞ셩난기ᄯᆞᆨᄒᆞ야ᄒᆞ시ᄂᆞᆫ
죄크다ᄒᆞᆫ니죽어ᄃᆡ하ᄃᆡ갈들무ᄉᆞᆫ면목으로
조상을뵈하리오가청이죄을뫼논ᄃᆡ범ᄒᆞ여ᄇᆞ졍경
ᄒᆞ려ᄒᆞᄂᆞᆫ의ᄯᅳᆺ듯을ᄉᆞᄃᆡ곰ᄭᅡᄃᆡ져ᄂᆞᆼᄂᆞᆫ을ᄂᆞᄒᆞ오
나오ᄂᆞᆫᄭᅦ시ᄂᆞᆫ노ᄂᆞᆫ망영로소ᄅᆡᄃᆞ듯ᄉᆞ온니ᄒᆡ병ᄉᆞᆫᄒᆞᆫ
연ᄂᆞᆫ봉ᄋᆡ올낭가삼셩의라올ᄒᆞ여쳔ᄉᆡᆼ을ᄉᆞᄆᆡᆼᄋᆞᆫ
ᄒᆞᆼᄉᆞ니ᄃᆞ송공ᄋᆞ스여왈ᄂᆞᆫᄇᆞ려셔ᄉᆞ식을ᄇᆞᆯ쳥ᄒᆞᆫ
ᄌᆞᆫᄋᆡᆼᄋᆞ셔ᄌᆞᆼᄌᆞ식ᄀᆞᆯᄉᆞᄒᆞᆫᄋᆡ셔ᄃᆞ못ᄒᆞᄂᆞᆫ그ᄒᆞᆫᄒᆡᄒᆞᆫ
ᄀᆞᆫ엣ᄒᆞ미그ᄒᆞᆫ연ᄉᆞᄒᆞᆫ노ᄆᆡ여보ᄉᆡᆼᄃᆞᄀᆞ이셩ᄒᆡ[illegible]

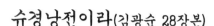

슈경낭전이라(김광순 28장본)

〈슈경낭전이라〉는 28장(56면)의 필사본으로, 필사연대는 미상이다. 전반부의 영인 상태가 불량하나 전반적으로 바른 글씨체로 이루어져 있다. 문면 중간에 '上공', '日월'처럼 한자 표기가 되어 있다. 시대배경은 조선 '으직딕왕' 시절이고, 상공의 이름은 '빅심'이며, 소년등과하여 병조판서에 올랐다가 참소로 낙향하였다는 소개가 작품 서두에 제시되어 있다. 전반부의 서사는 필사본 계열의 서사와 대동소이하나, 이 이본에는 누명에 대한 치욕을 토로하는 낭자의 모습이 자세하게 서술되어 있고, 자살한 모친의 시체 앞에서 울부짖는 춘양의 하소연이 곡진하게 나타나 있다. 후반부에서 낭자는 재생 후 쥭임동에서 거처하며 선군이 왕래한다. 상공 부부가 득병하자 낭자는 잠시 귀가하여 문안을 드린 후에 부모님이 별세하자 다시 쥭임동으로 돌아간다. 후에 선군은 임소저, 자녀와 함께 쥭임동으로 가서 살다가 자녀들을 각각 출가시키고, 춘확과 두 부인과 함께 만세를 누리는 것으로 결말을 맺는다. 마지막장에 필사자의 편지가 남겨져 있다.

출처: 김광순편, 『(필사본)한국고소설전집』 19, 경인문화사, 1993, 154~210쪽.

〈1-앞〉

슈경낭전이라

□□조션□□으직딕왕 시졀의 경상도 틱빅이라 □ 사람 잇스딕 성은 빅이요 명은 심이요 일즉 소연 등과하여 비살이 병조판셔로 조정의 □□이 □□□면 이기온이 □□□소인 참소을 만나 삭탈 관즉ᄒᆞ믹 고향의 도라 □□□□□드니 가산이 점점 □□□에 안동 일문의 □일 부자되여 세월을 보닉드니 영광이 만이 넘도록 일점 혈육이 업난지라 부인 경시 믹일 근심을 세을을 보닉드니 일일은 부인이 우연 탄왈 □□□□□왓 무자식 하난 죄 크다 한니 듁어 디ᄒᆞ익 간들 무산 면목으로 조상을 딕하릿가 첩익 죄을 외논ᄒᆞ면 벌써 바릴 거시로딕 □□익 후득으로 디금짜디 직□을 두하온니 은혀 실노 난망이로소니다 듯ᄒᆞ오니 틱빅순 츙열봉익 올나가 삼싱 기되을 하여 정셩으로 발원하ᄉᆞ니다 상공 우스며 왈 비러셔 ᄌᆞ식을 볼진된 천ᄒᆞ익 엇지 무ᄌᆞ식할 ᄉᆞ람 이ᄉᆞ시리오마는 그러면 부인익 쓰지 그러면 우리도 비러 보ᄉᆞ이다 ᄒᆞ고 정셩으로

〈1-뒤〉

모옥직기 하고 전조다발하고 제물얼 장만하여 축문 일 장 장히 짓고 부인을 압서우고 태백산 충열봉을 차자 더러가 지극 정성으로 발원하고 집으로 도라오매 과연 그 달부텀 태가 잇서 십 삭을 당하오니 일일은 부인이 곤하여 찬□에 누엇든이 항내 진동하옵더니 과연 부인이 옥동자를 탄생하니 하날에 선여 나려와 옥병에 향탕수를 기울너 아기를 씨서 금곡에 누이고 부인다러 이르대 이기는 천상 성관으로 옥지연에 수경낭자로 드부러 기망ᄒᆞᆫ 죄로다 하익 나려와 숨싱 연분으로 금시익 믹고저 ᄒᆞ여 와ᄉᆞ오니 괴히 길너 천위을 어기지 마압소셔 ᄒᆞ고 간딕업거날 부인이 정신을 ᄎᆞ려 ᄉᆞᆼ공을 청하신니 ᄉᆞᆼ공 급히 드러와 부인을 위로 ᄒᆞ시니 부이니 선예 ᄒᆞ시든 말숨을

낫낫 셜화ᄒᆞ시니 ᄉᆞᆼ공 드러시고 마음의 황홀하여 아기알 ᄉᆞᆯ펴보니 얼골언 관옥 갓고 풍치ᄂᆞᆫ 두목디라 일홈은 션군이라 하고 상공이 극히 사랑하여 선군이 점점 장성하매 배우지 안이하여도 선배를 무불통지한지라 풍채 거록하야 상공과 부인이 ᄋᆡ중하신이 □위 뜻이 지 저와 갓흔 ᄇᆡ필얼 어드 원낭지낙을 이루기 하고 그날노 구혼하드니 각셜이 젹ᄋᆡ 슈경 상ᄌᆡ기 득지 ᄒᆞ고 옥

〈2-앞〉

연동의 정ᄋᆡ할 제 환ᄉᆡᆼ은 안이하고 셔치로 나려완난 고로 천ᄉᆞᆼ 일과 인간 일을 모랄 거시 업나리지라 이러거러 선군과 연분이 지즁ᄒᆞ여 션군은 환ᄉᆡᆼ ᄃᆡ 일을 아지 못ᄒᆞ고 이을 모라고 타의 구혼할지라 낭ᄌᆞ가 ᄉᆡᆼ각ᄒᆞ되 우리 양이니 즉거하여 ᄇᆡᆨ연 기약을 ᄆᆡᄌᆞ스니 낭군은 거런 쥴 모라고 타문의 구혼 하시니 비록 삼ᄉᆡᆼ 연분이니 지즁ᄒᆞ나 속절 업시 허ᄉᆞᄃᆞ야 □인ᄋᆡ 엇지 무단 하리요 그런 일을 ᄉᆡᆼ각ᄒᆞ고 거날밤ᄋᆡ 션군기 가 현몽하되 낭군이 저을 모라 ᄂᆞᆫ너라 천ᄉᆞᆼ 연분으로서 쳡ᄋᆡ 일일홈은 슈경이압더니 요지연ᄋᆡ 나려와 ᄇᆡᆨ 연 기약 ᄆᆡᄌᆞ그날 이디ᄂᆞᆫ 션군이 타문ᄋᆡ 구혼ᄒᆞ압시니 가련치 아니 하리요 ᄉᆞᆷ연을 기다리오면 ᄌᆞ연 만닐 날이 잇ᄉᆞ오리이다 ᄌᆡ삼 당부ᄒᆞ고 문득 간ᄃᆡ 업거날 ᄭᆡ다리니 남과일몽이라 낭ᄌᆞ 조흔 얼골이 침셕의 안ᄌᆞᆺ난 듯 단슌언 도화가 만발ᄒᆞᆫ 듯 ᄌᆡ슴 당부ᄒᆞ든 말소ᄅᆡ 귀ᄋᆡ 쟁쟁ᄒᆞ고 ᄐᆞ도 조흔 얼골 눈ᄋᆡ

〈2-뒤〉

ᄉᆞᆷᄉᆞᆷ하여 일노 병이 되어 ᄇᆡᆨ약이 무효ᄒᆞᆫ디라 상공 부인은 거 ᄯᅳ절 아지 못하야 문왈 네 병시을 보오니 고이한지라 무슴 소회 잇거든 정정을 어기디 말고 낫낫치 셜화하라 ᄒᆞ시ᄃᆡ 션군이 ᄃᆡ왈 모월 모일ᄋᆡ 월궁 션여가 엿ᄎᆞ엿ᄎᆞᄒᆞ

고 가든니 그날 붓틈 일신의 병이 되여 요망ᄒᆞᆫ 말이 오나 이른고로 일시여삼츄 갓ᄉᆞ오니 삼연 기다리라 ᄒᆞ기로 병이 골슈의 밋천난이다 ᄒᆞ거날 부모임 드러시고 끼쳐 가로ᄃᆡ 그러나 긋ᄶᅴ ᄒᆞ날 션여 나래와 여ᄎᆞᄒᆞ고 가드니과여 거러 하연난가 그러나 ᄭᅮᆷ은 허ᄉᆞ라 엇지 거런 ᄉᆡᆼ각ᄒᆞ고 병을 이루리요 ᄒᆞ시고 음식을 전ᄒᆞ신ᄃᆡ 선군 ᄃᆡ왈 ᄋᆞ모리 ᄭᅮᆷ이 허ᄉᆞ라 ᄒᆞ온들 정영 기약을 정ᄒᆞ시압고 ᄇᆡᆨ약 무히ᄒᆞ다 엄식을 전펴ᄒᆞ고 눕고 이러나지 안이ᄒᆞ니 부모 밀망ᄒᆞ여 ᄇᆡᆨ 가지 약어로 구안ᄒᆞᄃᆡ 조곰 차효 업난지라 각셜 잇ᄯᅴ의 낭ᄌᆞ 비록 옥연동 젹소의 잇셔나 낭군의 병시 위즁흠얼 마음 밀망ᄒᆞ여 밤마도 몽즁의 왕ᄂᆡ ᄒᆞ며 이로ᄃᆡ 낭군이 엇지 놀 갓ᄒᆞᆫ 여ᄌᆞ을 잇지 못ᄒᆞ여 병이 도야 이다지 즁ᄒᆞ신닛가 ᄒᆞ며 이 약을 ᄌᆞ부시소서 ᄒᆞ고 병

〈3-앞〉

서 얼 ᄂᆡ여 녹코 가로되 한 병은 환ᄉᆡᆼ초요 이 약을 잡슈소서 ᄯᅩ 이 약은 불노초요 즙우쇠고 ᄉᆞᆷ연을 ᄎᆞᆷ으소셔 ᄒᆞ고 간ᄃᆡ업거ᄂᆞᆯ 션군니 병니 드 위즁ᄒᆞ야 ᄉᆞ경의 드는지라 낭ᄌᆞ ᄉᆡᆼ각ᄒᆞᄃᆡ 낭군 병시 점점 디즁ᄒᆞ고 ᄯᅩ한 □변구ᄒᆞ니 엇지 ᄒᆞ야 일ᄉᆡᆼ을 편키할고 다시 ᄭᅮᆷ의 가 보고 이로ᄃᆡ 낭군의 병 점점 디즁하야 ᄯᅩ한 가ᄉᆡ가 곤궁 ᄌᆞ심ᄒᆞ시기로 금ᄌᆞ 화ᄉᆞᆼ을 가저왓ᄉᆞ오니 낭군 머무시난 방의 두오시면 ᄌᆞ연 부지ᄒᆞ오리다 ᄒᆞ고 화ᄉᆞᆼ을 ᄂᆡ여 듀며 왈 이난 첩의 용모오니 밤이면 안고 ᄌᆞ고 나지면 평픔의 거러 두고 신세을 편키ᄒᆞ소셔 ᄒᆞ거날 ᄭᆡ달나 보니 과연 금동ᄌᆞ와 화ᄉᆞᆼ이 노엿거날 금도난 벽ᄉᆞᆼ의 안치고 화ᄉᆞᆼ은 ᄭᅮᆷ의 보든 슈경낭ᄌᆞ와 연ᄒᆞ여 병풍의 거러 두고 시시로 낭ᄌᆞ 갓치 보난지라 이 말 ᄌᆞ연 편키 ᄒᆞ여 각도 각읍 ᄉᆞ람들이 두로 아ᄃᆡ ᄇᆡᆨ션군의 ᄃᆡᆨ의 신기ᄒᆞ오리다 연광을 등어 닷토와 구경ᄒᆞ거날 이러ᄒᆞ기로 가ᄉᆞᄌᆞ 요부ᄒᆞ야 ᄇᆡᆨᄉᆞ가 요부ᄒᆞᆫ이 아직 선군은 낭ᄌᆞ 고은 ᄐᆡ랄 ᄌᆞ나기나 잇지 못ᄒᆞ여 일편단심 ᄉᆡᆼ각

〈3-뒤〉

ᄒᆞ나니 낭ᄌᆞ로 실픈 심희을로 깁고 깁흔 병을 뉘라셔 솔너닐고 이적의 슈경 낭ᄌᆞ ᄉᆡᆼ각다 못ᄒᆞ여 현몽ᄒᆞ야 낭군게압셔 첩을 잇지 못ᄒᆞ여 병시 이런 타시 즁ᄒᆞ엿ᄉᆞ니 엇지 가련치 안이ᄒᆞ며 념녀ᄃᆞ디 안이ᄒᆞ리요 ᄒᆞ고 낭군 그ᄃᆡᆨ 시비 ᄆᆡᆼ월노 잠간 방비러 정ᄒᆞ야 적막ᄒᆞᆫ 정희을 즘간 정들기 ᄒᆞ소셔 ᄒᆞ거날 ᄭᆡ다러니 남과일몽일느라 ᄌᆞ연 ᄒᆞᆯ 기리 전혀 업셔 즉시 ᄆᆡᆼ월을 불너 방비러 정ᄒᆞ고 심희을 직히시다가 드렷셔나 낭ᄌᆞ은 안이 보고 황송한 말소ᄅᆡ을 ᄉᆡᆼ각ᄒᆞ야 호련니 눈물 딋고 무심이 한숨할 제 명월 공순의 즌나비 시파람하고 두견은 실피 우니 셜푸다 저 ᄉᆡ소ᄅᆡ ᄉᆞ람 심희 ᄌᆞ아ᄂᆡ드라 동방은 반달 그늘의 ᄉᆡᆼ각 이러ᄒᆞᆫ 정슈 소ᄅᆡ을 듀야로 ᄉᆡᆼ각한니 낭ᄌᆞ의 심이 엇디 안이 적막ᄒᆞ리요 낭ᄌᆞ ᄯᅩᄒᆞᆫ ᄉᆡᆼ각ᄒᆞᄃᆡ 낭군 병시 디즁하여 아모리 천ᄉᆞᆼ 연분 지즁한들 속절업시 ᄃᆡ리오 낭군 첩으로 하여 가이 죽기 ᄃᆡ얏셔니 엇지 ᄋᆡ연치 안니하리요만 그ᄃᆡ야 첩을 보랴하압거든 옥연동으로 ᄎᆞᄌᆞ오라 하고 가거날 놀ᄂᆡ ᄭᆡ다리니 일

〈4-앞〉

ᄌᆞᆼᄃᆡ몽이 황홀ᄒᆞ다 여광 엿치 ᄂᆡ달나셔 부모임게 엿ᄌᆞ오ᄃᆡ 금야의 ᄭᅮᆷ의 낭ᄌᆞ가 ᄂᆡ게 와셔 엿ᄎᆞ엿ᄎᆞᄒᆞ고 가오니 ᄂᆡ 아모ᄅᆡ도 그고절 차ᄌᆞ가고 하난 이다 부모임 우셜 왈 너 아모리 하온들 몽ᄉᆞ을 밋고 그고절 가려ᄒᆞ나야 처럼난 마암 ᄂᆡ지 마라 선군 울며 엿ᄌᆞ오ᄃᆡ 소ᄌᆞ난 설화을 써나옵기난 불효막심하나 다만 글노 인연ᄒᆞ야 이 몸의 병이 이렷타시 하온니 ᄎᆞ라리 ᄎᆞᄎᆞ단 니다가 만나지 못하와도 녀한니 업셜가 ᄒᆞᄂᆞᆫ니다 만단의걸ᄒᆞᆫ이 부모임 ᄒᆞ릴 업셔 허락ᄒᆞ온ᄃᆡ 션군이 그날 즉시 길얼 써나 종일토록 ᄎᆞᄌᆞ가ᄃᆡ 어는 고디 옥연동인디 디망키 어렵도다 울적한 ᄂᆡ 심ᄉᆞ 정ᄒᆞᆯ 길이 전혀 업셔 하날기 축슈ᄒᆞᆫᄃᆡ 소소ᄒᆞᆫ 명천은 이ᄂᆡ 심신의 ᄒᆞ와 옥연동 가난 길을 디발 가기

ᄒᆞ압소셔 듀막 압호로 ᄎᆞᄌᆞ갈 ᄃᆡ 셕악은 일낙셔ᄉᆞᆫ 너머가고 ᄉᆡ은 ᄌᆞ우시 나라드러 천복만학은 평풍 갓치 둘느잇고 청송녹죽은 쌍용을 기린 듯ᄒᆞ도라 공작 ᄆᆡᆼ무들도 보고 반기난 듯ᄒᆞ드라 담화ᄒᆞ난 범나부난 ᄭᅩᆺ ᄉᆡ로 왕ᄂᆡᄒᆞ

〈4-뒤〉

고 ᄉᆞᆫ문은 은은 디당ᄋᆡ 범범홀디 노양 천만ᄉᆞᆫᄋᆡ 황조은 나아들고 츈ᄉᆡᆨ 니러할 제 명ᄉᆞ심이 희당화은 좌우ᄋᆡ 만발하고 청암절벽은 방공 즁ᄋᆡ 소ᄉᆞ 잇고 폭폭슈난 ᄌᆞᆫᄌᆞᄒᆞ야 벗기난 헐너 벼류천디 여ᄀᆡ로다 히심 일적 ᄇᆡᆨ히 길로 구경하여 드러간이 듈은 화각은 반공즁ᄋᆡ 소ᄉᆞᆫ난ᄃᆡ 황금 ᄃᆡᄌᆞ 호헌판ᄋᆡ 두려시 ᄉᆡᆨ녀시ᄃᆡ 옥연동이라 ᄒᆞ야 선군 황홀ᄒᆞᆫ 마음을 이기디 못ᄒᆞ여 불고 염치ᄒᆞ고 당승ᄋᆡ 올나간니 낭ᄌᆞ 왈 고ᄃᆡ난 엇더한 속ᄀᆡᆨ이간ᄃᆡ 션경을 드럽피라 션군이 ᄃᆡ왈 나난 유ᄉᆞᆫᄒᆞ난 ᄉᆞ람이라 풍경을 ᄯᅡ라 왓든이 위람ᄒᆞᆫ 셩경을 드렷핏ᄉᆞ오니 무지한 ᄌᆡ을 용서ᄒᆞ압소서 한ᄃᆡ 낭ᄌᆞ 왈 이고전 선경이라 속ᄀᆡᆨ이 님ᄋᆡ로 츄립지 못하거날 그ᄃᆡ난 위렴니 이런타시 무량이 여기고 만일 신명을 앗길진ᄃᆡᆫ 속속히 나가라 ᄒᆞ고 힝동니 쳐연ᄒᆞ니 션군니 심심망망ᄒᆞ야 츄팔을 즘간 드러보니 옥빈홍안엣 분양과 은은한 말소ᄅᆡ난 ᄉᆞᆷᄋᆡ 보든 낭ᄌᆞ 일시 분명한ᄃᆡ 얼골은 천연ᄒᆞᄂᆞ 일변은 무

〈5-앞〉

류ᄒᆞ나 일변은 ᄉᆡᆼ각ᄒᆞᄃᆡ 잇ᄯᆡ을 이러면 다시 만ᄂᆡᆯ 일이 업셔리라 ᄒᆞ고 점점 나슈어 안지면 가로ᄃᆡ 낭ᄌᆞ난 진실노 나을 모라난니가 ᄒᆞᄃᆡ 낭ᄌᆞ 왈 속ᄀᆡᆨ니 종시 무류ᄒᆞᄂᆞᆽ다 남여가 뉴별ᄒᆞᆫᄃᆡ 안단 말이요 ᄒᆞ고 묵묵히 안ᄌᆞᆺ거ᄂᆞᆯ 선군이 무안ᄒᆞ물 충양 업시ᄃᆡ 죠흔 말노 아무리 슈족ᄒᆞᆫ들 종시 문답 업거날 더옥 무류ᄒᆞ야 ᄒᆞ딕ᄒᆞ고 도라션니 선군이 ᄌᆞ연 마음이 울적ᄒᆞ여 ᄒᆞ날을 우러러 탄식ᄒᆞ고 도라선니 석양은 ᄌᆡ을 넘고 갈길은 망연ᄒᆞ야 ᄌᆞᆨ작ᄒᆞ든

차의 낭즈 그디야 난간의 비겨셔셔 단순을 반기기ᄒ고 종용니 니른 말이 낭군은 가지 말고 닉 말을 드어소셔 그딕난 종시 디각 업도다 아모리 션경을 드러왓셔나 일말의 허락ᄒ리오 ᄒ고 오라라 청ᄒ거늘 선군 그디야 완년히 올나가니 낭즈 옥슈랄 즘간 드러 인도하야 좌정 정후의 급히 금직의 안즈 독슈공방 ᄒ탄ᄒ여 다정니 안진 양은 츄칠월 기망월의 만미슨의 도라 웃듯 하고 천연한 틱도는 호벽도화 갓흔 얼골 고은 틱난 세승의 인물 안이도다

〈5-뒤〉

션군의 심신덕 황홀하여 옥슈얼 후려 잡고 정다이 ᄒ난 말이 오날날 옥빈 상딕ᄒ니 골슈의 밋친 병이 약 업시 절노 낫고 심즁의 밋친 셔럼 업슨니 긋분니라 엇지 반갑지 안이하리요 ᄒ고 기리든 정회을 낫낫 설화ᄒ니 낭즈 벽즁딕소랄 첩 갓한 여즈을 그딕지 소원ᄒ여 일신의 병이 든니 엇지 장부라 하리요 우리 양이니 천승 득죄ᄒ고 인간의 나려와 만닐 날이 숨 연이라 ᄒ엿시니 숨 연 후면 빅년 동낙ᄒ리라 ᄒ거날 선군이 딕왈 일각이 여숨츄라 엇디 숨 연 엇디 츔으리요 그러할딘딘 션군의 년기난 십오 ㅅ라 션군 몸이 듁어 황천의 쉬로온 혼빅되오면 낭즈의 일신니오든 천정을 엇디 ᄒ릿가 봉망 낭즈난 듁기된 인싱 구하압소서 ᄒ면 점점 나ᄉ드니 낭직의 형세 문복 틱산디심니라 원앙 비최지락 뉘라서 금ᄒ리요 잇딕 월싀은 숨경이라 깁픈 밤 야숨경의 낭즈의 혹ᄒ 마암 엇디 안이 무안ᄒ리요 인연을 믹진 후 도망키 어렵도다 천금 갓흔 몸과 절절ᄒ 말을 비홀 딕 업더

〈6-앞〉

라 밤을 디닉니 길거운 마암을 원앙니 녹슈의 드런는가 천운낙슈 공명 썻썻 ᄒ디 만ᄉ 무ᄉᄒ고 보ᄂ니 낭즈로딕 첩의 몸니 부정ᄒ니 여기 잇게 업럽도 다 낭군과 ᄒ가지로 치힝ᄒ라고 천즈 모라 닉야 와연니 올나 안즈 선군

비힝ᄒᆞ야 딥으로 도라오니 □에적의 선군 낭ᄌᆞ을 다리고 부모 전의 헌알ᄒᆞ니 숭공과 부이니 낭ᄌᆞ을 보니 기 형숭니 셜즁의 피난 ᄆᆡ화 숨츈을 닷토놋 듯 숨츈 도화가 아침 이슬을 먹음은 닷 딘실노 슉녈너라 선군과 ᄶᆞᆨ이 분명ᄒᆞ다 낭ᄌᆞ로 더부러 동별당 드러가 즘시도 ᄯᅥ나지 아니ᄒᆞ난디라 이런 고로 공부랄 전ᄑᆡᄒᆞ니 숭공과 부인 민망ᄒᆞ여 슬ᄒᆞ의 다만 선군 ᄂᆡ위만 ᄉᆞ랑ᄒᆞ시더라 그 후로 칠연을 지ᄂᆡᄆᆡ 슈경낭ᄌᆞ ᄌᆞ식을 ᄂᆞ흐ᄆᆡ ᄀᆡᄀᆡ 쥬옥이라 여ᄌᆞ 일홈은 츄양이요 남ᄌᆞ 일홈은 동츈니라 하고 천금보옥으로 기러난디라 가시ᄂᆞᆫ 점점 요부ᄒᆞ고 종숭의 가무정 누각을 딋고 옥첩으로 낙셔현을 ᄇᆡ셜ᄒᆞ고 화답하니 그 노ᄅᆡ ᄒᆞ엿시ᄃᆡ 천ᄒᆞ의 득죄ᄒᆞ고 인간의 나려와서 하니 전혀 업서 무정

<6-뒤>

□이 짓도 다양이니 듀츤을 ᄇᆡ셜ᄒᆞ고 일ᄇᆡ 일ᄇᆡ 부일ᄇᆡ라 이럿타시 츤셩ᄒᆞ여 그 노ᄅᆡ 처량ᄒᆞ여 옥반을 깃치난 듯 낭ᄌᆞ하기을 다ᄒᆞ니 마음이 쇄락ᄒᆞ여 원ᄒᆞ의 ᄇᆡ회ᄒᆞ이 숭공 부처 더옥 ᄉᆞ랑ᄒᆞ여 가로ᄃᆡ 너의 두ᄉᆞ람은 천숭연분니 분명ᄒᆞ다 ᄒᆞ시고 선군을 불너 이로ᄃᆡ 금방 과거을 보니 너도 가서 입신양명ᄒᆞ여 부모 안전의 영화을 보이고 조정의 빗나미 그 안이 조흘소야 ᄒᆞ신ᄃᆡ 선군이 ᄃᆡ왈 분부 당년ᄒᆞ오ᄂᆞ ᄂᆡ의 가시ᄂᆞᆫ 천ᄒᆞ의 딘동ᄒᆞ오이 무어시 부족ᄒᆞ와 급데을 바ᄅᆡ릿가 ᄌᆞ공 부모 못ᄒᆞ압고 급지을 바ᄅᆡ으릿가ᄒᆞ 낭ᄌᆞ 방의 드러가 부모ᄒᆞ시든 말숨을 셜화ᄒᆞ여 안이 가기을 결단ᄒᆞ이 낭ᄌᆞ 넌용ᄃᆡ 왈 ᄌᆞᆼ부 세숭의 ᄐᆡ여난셔 일홈을 용문의 올ᄂᆞ 영화 조션의 밧나미 군ᄌᆞ의 쎳쎳ᄒᆞᄂᆞ니 니제 낭군이 첩을 잇지 못ᄒᆞ와 과거을 아니 가시면 부모임게 ᄉᆞ중을 첩이 못 면할 분더러 조정의 죄이니 후회가 안이 ᄃᆡ릿가 급히 이번 과거 보기ᄒᆞ압소셔 ᄌᆞᆼ원급제 못ᄒᆞ오면 첩이 ᄉᆞ디 못ᄒᆞ리다 ᄒᆞ고 은금 슈천양과 노복 오육인을 ᄐᆡ츌ᄒᆞ여 쥬며 길을 ᄌᆡ촉ᄒᆞᄂᆞᆫ디라

〈7-앞〉

각셜 이적의 정미년 츈삼월 망간이라 발힝홀 직 부모게 하직ᄒᆞ고 낭ᄌᆞ을 도라보며 왈 부모 시고 무량니 디ᄂᆡ소서 ᄒᆞ직ᄒᆞ고 쏘날제 낭ᄌᆞ 듕문의 나와 든든이 전별ᄒᆞ니 선군이 일천간중 안이 썩고 어이ᄒᆞ리 조일토록 기을 가ᄃᆡ 마엄이 섭섭ᄒᆞ여 종적이 막히너기우 길을 ᄉᆞᆷ십 이을 가ᄂᆞᆫ지라 슉소을 정ᄒᆞ고 석반을 ᄃᆡ하ᄆᆡ 낭ᄌᆞ의 고은 ᄐᆡ도 안목의 어렷치고 연약ᄒᆞᆫ 말소ᄅᆡ 괴의 징징 들엿시니 식음을 전폐ᄒᆞ고 상을 물이니 하니니 엿ᄌᆞ오ᄃᆡ 이러ᄒᆞ여 엇디 ᄒᆞ오릿가 철이 원정 엇디 ᄒᆞ오릿가 션군니 한탄왈 ᄌᆞ연 그려 ᄒᆞ다 ᄒᆞ시고 ᄀᆡᆨ충 등을 버절 ᄉᆞᆷ고 홀노 안ᄌᆞ 낭ᄌᆞ을 ᄉᆡᆼ각ᄒᆞ니 마음을 지정치 못ᄒᆞ여 신발을 도도ᄒᆞ고 딥으로 도라와셔 단중을 너머 드러가 낭ᄌᆞ 방의 갈 죄 낭ᄌᆞ 츈양을 즘지우고 동츈을 젓 먹니며 하난 말이 니의 부친은 오날 밤의 어ᄃᆡ가 ᄌᆞ시난고 하며 오ᄆᆡ불망 하올 적의 문득 낭군 소ᄅᆡ나며 방으로 드러오니 낭ᄌᆞ 짬족 놀ᄂᆡ ᄒᆞᄂᆞᆫ 말이 이 깁픈 밤의 엇지 ᄒᆞ여 완나잇가 ᄒᆞᆫᄃᆡ 선군이 ᄃᆡ왈 종일토록 길을

〈7-뒤〉

가ᄃᆡ 게우 ᄉᆞᆷ십 니을 가 슉소촘을 정ᄒᆞ고 낭ᄌᆞ을 ᄉᆡᆼ각ᄒᆞ오니 울적ᄒᆞᆫ 심회을 이기지 못하여 음식이 다지 못ᄒᆞ고 힝여 즁노의셔 병이 ᄂᆞᆯ가 염여ᄃᆡ야 잠관 낭ᄌᆞ을 더부러 울적ᄒᆞᆫ 심회을 들고저 왓나이다 ᄒᆞ고 심조의 드렁가 밤이 억도록 정히을 돗넌디라 잇ᄯᆡ 월식은 ᄉᆞᆷ경이라 이지 ᄉᆞᆼ공이 선군을 경성의 보ᄂᆡ고 가ᄂᆡ 적막ᄒᆞᄆᆡ 도적을 ᄉᆞᆯ피라고 단중을 두로 단니다가 동별당 다다르이 낭ᄌᆞ 방 남성니 들이거날 ᄉᆞᆼ공니 니도록 ᄉᆡᆼ각하ᄃᆡ 낭ᄌᆞ 빙옥 갓한 정절얼 가ᄌᆞ시니 엇디 위인을 ᄉᆞᆼᄃᆡᄒᆞ리요만은 그러나 세ᄉᆞᆼᄉᆞ을 아지 못ᄉᆞ충의 괴을 기우리고 드러이 낭ᄌᆞ하ᄂᆞᆫ 말이 시부모임 밧기 왓ᄂᆞᆫ가 십우오니 낭군은 침금의 몸을 감츄소셔 ᄒᆞ고 아히들을 달ᄂᆡᄂᆞᆫ치 ᄒᆞ고 동츈의 등을

쑤다리며 ᄒᆞ난 말이 너의 붓친 ᄌᆞ원 급디ᄒᆞ압고 도라오리라 ᄒᆞ고 아희랄 어라거날 ᄉᆞ공 나와 처소의 도라왓드니 낭ᄌᆞ 낭군은 첩을 ᄉᆡᆼ각디 말고 경성의 득달ᄒᆞ와 급제ᄒᆞ압고 영화을 부모 안전의 보이시면 그 안니 빈나릿가 만일 낭군이 첩을 ᄉᆡᆼ

〈8-앞〉

각ᄒᆞ와 왕닉ᄒᆞ압다가 만일 ᄉᆞ공게압서 ᄌᆞᆺ최을 알어시면 결단코 첩이 죄을 당할 듯ᄒᆞ오니 다시 오디 마압고 속히 가옵소셔 ᄒᆞᆫ니 선군이 올게 여겨 연연 니별ᄒᆞ고 숙소로 오니 하이니 ᄌᆞᆷ을 ᄭᆡ지 안이ᄒᆞ넛ᄂᆞᆫ디라 쏘 그 잇튼날 게우 뉵십 이을 가 숙소을 정ᄒᆞ고 ᄉᆡᆨᄎᆞᆼ의 홀노 안ᄌᆞ 낭ᄌᆞ을 ᄉᆡᆼ각ᄒᆞ니 심세니 슬는ᄒᆞ와 울적한 심회을 이기디 못ᄒᆞ여 낭ᄌᆞ만 ᄉᆡᆼ각ᄒᆞ고 울면 닉달나 오든 길노 도라오니 멀고 먼 길 갓갑고 갓촙도다 순식간의 득달ᄒᆞ여 낭ᄌᆞ 방의 드러간니 낭ᄌᆞ ᄃᆡ경 왈 낭군 신명을 불고ᄒᆞ고 밧마다 왕닉ᄒᆞ시ᄃᆞ가 ᄀᆡᆨ지의서 병이 ᄂᆞ면 엇디 ᄒᆞ시랴고 니렁타시 경솔ᄒᆞ신닛가 낭군니 ᄆᆡ일 왕닉ᄒᆞ실진ᄃᆡ 일너 왈 낭ᄌᆞ난 엇디 규듕을 써ᄂᆞ오릿가 □□□ᄒᆞᆫ 정을 이루릿가 피ᄎᆞ 정회을 어기지 못ᄒᆞ여 낭ᄌᆞ 할일업셔 그러하면 ᄌᆞᆷ간 짓치ᄒᆞ여 속히 가압소셔 ᄒᆞ고 도ᄒᆞᆫ 화ᄉᆞᆼ은 첩의 용모오니 힝ᄌᆞᆼ의 간슈ᄒᆞ엿ᄃᆞ가 혹 빗치 변ᄒᆞ거ᄒᆞ든 첩이 편치 못한 쥴 아아소서 ᄒᆞ고 서로 이별ᄒᆞᆯ 제 ᄉᆞ공의 마음 고이ᄒᆞ여 동별당 ᄉᆞ창의

〈8-뒤〉

길을 ᄃᆡ니고 더러시니 도한 남정 소래 나거날 ᄉᆞ공니 ᄉᆡᆼ각ᄒᆞᄃᆡ 고니하다 닉 ᄃᆡᆸ 단ᄌᆞᆼ 놉고 녹기 ᅀᅲᆼ악한ᄃᆡ 원이런고 위이니 니무로 츄립지 못ᄒᆞ거날 엇디 츈양을 두고 낭ᄌᆞ 방의 남셩 니거날 반다시 흉학ᄒᆞᆫ 놈니 낭ᄌᆞ을 통간ᄒᆞᆫ다 ᄒᆞ고 침소의 도라와 후회막심ᄒᆞ드라 낭ᄌᆞ가 상공 기신ᄂᆞᆫ 쥴을 알고 츈양

동츈을 달닉며 ᄒᆞᆫ 말이 에적의 선군은 도라가셔 낭ᄌᆞ을 ᄉᆡᆼ각ᄒᆞ니 설푸다 우리 두 ᄉᆞ람은 승제기 명을 ᄇᆞ다 숨ᄉᆡᆼ 연분을 금시의 ᄆᆡᆽ 드니 워니 즁ᄒᆞ면 ᄒᆡᄉᆞᆫ니 가부압고 연분니 ᄒᆞᄒᆡ 잣지 깁픈디라 ᄒᆞ고 시세 ᄌᆞᆺ탄ᄒᆞ드라 각설 이 적의 승공 붓처 낭ᄌᆞ을 불너 문왈 슈숨일을 ᄂᆡ 딥 안의 보앗시듸 쥬야로 순힝할 ᄃᆡ 낭ᄌᆞ 처소의 어러ᄂᆞ 남정 소릐 들이거날 고히 여겨 도라왓드니 또 이튼날 순힝ᄒᆞᆫ니 또 남성니 들니거날 거날 거일 고이하다 □□을 기이디 말고 바로 알위라 ᄒᆞ거날 낭ᄌᆞ 염용 ᄃᆡ왈 밤이면 츈양과 동츈과 ᄆᆡ월노 더부러 말슴 하엿난이다 엇디 외인니 당

〈9-앞〉

ᄒᆞ오릿가 승공니 ᄉᆡᆼ각ᄒᆞ듸 ᄉᆞ시가 그러홀 듯ᄒᆞ나 ᄆᆡ월 불너 문왈 너도 낭ᄌᆞ 방의 가 ᄌᆞᆫ나야 ᄒᆞᆫ듸 ᄆᆡᆼ월이 엿ᄌᆞ오듸 요ᄉᆞ이 전 몸이 곤ᄒᆞ기로 제 방의 ᄌᆞᆫ난이다 엿줍고 나와 저의 아모리 듕즁듸ᄒᆞᆫ 놈이 으로 슈즉ᄒᆞ듸 그라나 동별당 문박기 안ᄌᆞᆺ다가 승공 □□ 드러가면 엿ᄎᆞ엿ᄎᆞᄒᆞ오면 승공이 분노ᄒᆞ신 ᄉᆡ을 ᄌᆞᆸ으라 홀 거시니 그듸난 낭ᄌᆞ 방의 나오ᄂᆞᆫ 치 ᄒᆞ고 문을 닷고 도망ᄒᆞ라 ᄒᆞ고 ᄆᆡᆼ월이 승공 처서 도라가셔 동별당의 명심ᄒᆞ고 살픠오듸 조적을 보디 못ᄒᆞ엿드니 과연 노날밤의 보오니 엇드ᄒᆞᆫ 놈이 낭ᄌᆞ 방의 드럿다가 낭ᄌᆞ로 드부러 히롱ᄒᆞ압고 오날 소여 덧ᄉᆞ오니 낭ᄌᆞ ᄒᆞ난 말이 서방임 오시든 쥭이고 ᄌᆡ물을 도적ᄒᆞ야 가디 도망ᄒᆞᄌᆞ ᄒᆞ고 외논ᄒᆞ드니다 ᄒᆞᆫ듸 승공니 그 말을 드러시듸 마음의 분노ᄒᆞ여 칼어 품고 문박기 ᄂᆡ달으니 과연 엇드ᄒᆞᆫ 놈니 낭ᄌᆞ 방문을 열고 도망ᄒᆞ거날 승공 ᄃᆡ분ᄒᆞ여 처소의 도라와 분을 이기지 못ᄒᆞ여 밤을 디ᄂᆡ다가 원촌의 기명

〈9-뒤〉

성니 들니거날 비복을 호령ᄒᆞ야 ᄌᆞ우의 갈ᄂᆞ 서우고 갈ᄂᆞ 서우고 무러듸

네 이놈 어더 놈 즁의 닉 집 단중 놉고 위인이 임으로 츄립니 못ᄒᆞ거늘 너이 놈 여러 놈 즁의 낭ᄌᆞ 방의 다니면 통간ᄒᆞᄂᆞᆫ야 바로 아리라 낭ᄌᆞ을 낭ᄌᆞ을 ᄌᆞ바오라 하니 미월 먼저 닉달나 동별당의 가서 문을 ᄯᅮ다리며 소릐을 크기ᄒᆞ여 왈 낭ᄌᆞ은 무ᄉᆞᆫ 즘을 이리 깁히 ᄌᆞ시ᄂᆞᆫ잇가 디금 딕감긔셔 낭ᄌᆞ을 밧비 ᄌᆞ바 오라 ᄒᆞ시난이다 하거늘 낭ᄌᆞ 문왈 이거시 원이리야 하미ᄒᆞ며 문을 열고 보니 남녀 종이 문밧긔 위하엿거날 낭ᄌᆞ게압서 엇드ᄒᆞᆫ 놈을 간ᄒᆞ고 익믹ᄒᆞᆫ 우리 등을 죄을 밧치ᄂᆞᆫ잇가 무죄한 우리들을 ᄉᆞᆯ여 쥬소서ᄒᆞ고 구박니 ᄌᆞ심ᄒᆞ거날 낭ᄌᆞ가 말을 듯고 가ᄉᆞᆷ이 셔늘ᄒᆞ고 아모리 ᄒᆞᆯ 쥴을 모로고 ᄂᆞ가나 지촉니 성화 갓흔디라 급히 시부모 젼의 복디하 엿ᄌᆞ오딕 무ᄉᆞᆷ 이리 잇간딕 이 깁흔 밤의 노복으로 ᄒᆞ여곰 ᄌᆞᄇᆞ오라 ᄒᆞ

<10-앞>

시닛가 ᄒᆞᆫ딕 ᄉᆞᆼ공이 부노ᄒᆞ여 왈 일전의 뉘로 ᄒᆞ여 말ᄒᆞ거늘 닉 슈ᄉᆞᆼ이 여겨 무른 즉 너희 말이 선군이 경힝ᄒᆞ신 후의 밤이면 심심 츈양 동츈과 시비 믹월노 드부러 말ᄒᆞ잇다 ᄒᆞ믹 믹월을 부러 무런즉 소인은 낭ᄌᆞ 방의 간 일니 업다 ᄒᆞᆫ니 피련코 무신 곡절이 잇다 ᄒᆞ믹 슌힝 돌 적의 낭자 방의 츄립ᄒᆞ난 놈니 분명ᄒᆞ거날 네가 무ᄉᆞᆫ 발명ᄒᆞ나요 ᄒᆞ고 고성딕칙 ᄒᆞ시니 낭ᄌᆞ 울며 발명ᄒᆞ믹 ᄉᆞᆼ공 드옥 딕분ᄒᆞ여 왈 닉 목전의 완연니 본 거슬 종시 기망ᄒᆞ니 절통지 안이ᄒᆞ리요 금야의 낭ᄌᆞ 방의서 ᄂᆞ오든 놈니 엇드ᄒᆞᆫ 놈이뇨 이런 ᄌᆡᄉᆞᆫ가듕의 외인니 츄립고 그모득을 무러라 아침의 드러니 종시 기망ᄒᆞ나야 그 근본을 바로 알위라 ᄒᆞ며 호령이 츄ᄉᆞᆼ 갓ᄒᆞᆫ디라 낭ᄌᆞ 딕경 딜ᄉᆡᆨ ᄒᆞ면 디양ᄒᆞᆫ ᄉᆞ부온들 더딕지 구듕을 ᄒᆞ시ᄂᆞᆫ잇가 발명 무죄오나 시시 이 통촉ᄒᆞ앗소셔 이 몸이 비록 인간의 잇ᄉᆞ오나 빙셜 갓흔 정절을 드럽디 오면 후싱의 죄을 밋ᄎᆞ오면 ᄎᆞ라리 듀어

〈10-뒤〉

모르고저 ᄒᆞ난이다 ᄒᆞᆫᄃᆡ ᄉᆞᆼ공니 드옥 분노ᄒᆞ여 노복을 호령ᄒᆞ여 낭ᄌᆞ을 결박ᄒᆞ라 ᄒᆞ고 호령ᄒᆞ니 비복 등니 일시의 고함ᄒᆞ고 달여드러 머릴 산발ᄒᆞ고 ᄊᆞ알의 안치고 ᄉᆞᆼ공이 고셩성 ᄃᆡ칙 왈 너의 죄ᄉᆞᆼ은 마ᄉᆞ 무석이라 너의 통간ᄒᆞ난 놈을 바로 아리라 ᄒᆞ여 큰 칼을 씨고 형벌ᄒᆞ니 옥 갓한 두 귀밋되히 허르나니 눈물이요 빙설 갓한 몸의 허허나니 뉴한이라 낭ᄌᆞ 정신을 딘정ᄒᆞ여 엿ᄌᆞ오ᄃᆡ 낭군이 딥을 잇지 못ᄒᆞ여 발힝ᄒᆞ압든 날 밤의 왓ᄉᆞ오ᄆᆡ 소여전ᄒᆞ여 보닛ᄉᆞ오ᄃᆡ 어린 소견의 ᄉᆞ디람을 당홀가 ᄒᆞ엿솜든니 인간의 조물이 시기ᄒᆞ고 귀신니 즉기ᄒᆞ엿난지 이러 누명으로 ᄉᆞ경의 드럿ᄉᆞ오니 무식ᄒᆞ오릿가 뉴죄 무죄난 할 날이 아오리다 ᄒᆞ고 ᄃᆡ단 발명ᄒᆞ니 ᄉᆞᆼ공니 점점 부노ᄒᆞ여 ᄀᆡᄀᆡ 고출ᄒᆞ여 왈 종시 기망ᄒᆞ나야 ᄒᆞ며 처영난즁ᄒᆞ니 낭ᄌᆞ 하날을 비러 왈 소소ᄒᆞᆫ 명천은 비록 무지ᄒᆞ온 목슘을 ᄉᆞᆯ여 쥬압소서 ᄒᆞ며 방성통곡 ᄒᆞ거날 시모

〈11-앞〉

정씨난 그 ᄎᆞ목ᄒᆞᆫ 거동을 보울며 왈 ᄉᆞᆼ공의기 왈 엣말의 하엇시ᄃᆡ 그런 무런 답디 못ᄒᆞ다 ᄒᆞ오니 ᄉᆞᆼ공 발허 보디 못ᄒᆞ고 청 갓한 낭ᄌᆞ을 음힝으로 박ᄃᆡᄒᆞ시니 후회 엇디 업ᄉᆞ릿가 ᄒᆞ고 나히 결박ᄒᆞᆫ 거ᄉᆞᆯ 걸어노어며 낭ᄌᆞ 손을 ᄌᆞᆸ고 ᄃᆡ성통곡ᄒᆞ며 가로ᄃᆡ 부모가 너 정절을 모르고 이다지 박ᄃᆡ하시니 낭ᄌᆞ의 정절을 ᄂᆡ가 아난디라 도별당으로 도라가ᄌᆞ ᄒᆞᆫ니 낭ᄌᆞ 왈 엣말의 ᄒᆞ엿시ᄃᆡ 도적의 ᄊᆡ은 버서도 화양은 벗디 못ᄒᆞ니 엇지 이러ᄒᆞᆫ 누명을 입고 ᄉᆞᆯ기을 바ᄅᆡ리요 ᄂᆡ 몸이 쥭어 모러미 맛당ᄒᆞ리라 ᄒᆞ며 슬허ᄒᆞ거날 시부모가 만단ᄀᆡ유ᄒᆞᄃᆡ 종시 듯지 아니ᄒᆞ고 낭ᄌᆞ가 옥즘을 ᄇᆡ여 들고 ᄒᆞ날기 비러 왈 명명ᄒᆞᆫ 명천은 하광ᄒᆞ압소서 첩니 마일 ᄋᆡᄆᆡᄒᆞ거든 옥즘니 석돌ᄀᆡ 박히옵고 무지ᄒᆞ거든 첩의 가슴의 박혀 쥬압소서 ᄒᆞ며 공즁으로 던지니 이윽고

옥즁이 ᄂᆞ려와 석돌의 박히난지라 그디야 승공과 일가 노복이 大大경질식ᄒᆞ야 쫏ᄎᆞ나려가서 낭ᄌᆞ의 손을 쥽고 낭ᄌᆞ은

〈11-뒤〉

노부의 망언진 말을 ᄉᆡᆼ각 말고 빙설 갓흔 정절 즘단 진정하라 ᄂᆡ 귀 먹고 눈니 어두어 그다지 박ᄃᆡᄒᆞ여시니 다시 후회막급이로다 낭ᄌᆞ 의연 통곡 왈 첩은 시승의 ᄌᆞ라 쓸ᄃᆡ업나니다 승공니 다시 받어 왈 여ᄌᆞ의 한 누명은 인간의 승사라 ᄒᆞ고 엇디 이다지 고딥하난요 동별당으로 가ᄌᆞ ᄒᆞᄃᆡ 낭ᄌᆞ 아모리 ᄉᆡᆼ각ᄒᆞ여도 ᄉᆞ람이 으른 누명을 닙고 무ᄉᆞᆫ 면목으로 남을 ᄃᆡ하리요 ᄎᆞ라리 쥭어 모로고져 ᄒᆞ난니다 승공니 말뉴ᄒᆞ여 마모리 히여도 쥭디 못ᄒᆞ나이라 낭ᄌᆞ 졍씨을 붓들고 가로ᄃᆡ 저 갓한 인ᄉᆡᆼ은 음양디죄로 비복 동의게 박ᄃᆡ을 당ᄒᆞ압고 엇디 붓거럽지 안니ᄒᆞ리요며 ᄌᆞ탄드라 ᄯᅩᄒᆞᆫ 츈양 울며 왈 모친은 지발 쥭마ᄋᆞᆸ고 부친 도라오시거든 이런 ᄉᆞ정니나 다 셜화ᄒᆞ압고 ᄉᆞ시을 쯧디로하압소셔 붓친도 아니오시고 듁ᄉᆞ오면 츈양 동츈은 으이ᄒᆞ오릿가 ᄒᆞ며 모친 손을 쥽고 방으

〈12-앞〉

로 가ᄉᆞ니다 하니 낭ᄌᆞ 지 못ᄒᆞ야 방으로 드러가 츈양을 겻히 안치고 동츈을 젓 먹이며 우ᄂᆞᆫ 말이 ᄂᆡ 오날 듁ᄂᆞᆫ이다 너 붓친은 철이 밧긔 기시난디라 쥭난 쥴도 모르신다 이ᄂᆡ 신세 더옥 둘 ᄃᆡ 업다 ᄒᆞ고 ᄎᆡ복을 ᄂᆡ여 입고 츈양 다려 이런 말니 니 붓ᄎᆡ 일홈은 ᄇᆡᆨ학선니라 천ᄒᆞ의 보ᄇᆡ라 츄어미 더운 바람나고 드우면 ᄎᆞᆺ바람나니라 부ᄃᆡ 즐 간슈ᄒᆞ엇다가 동츈니 ᄌᆞᆼ송ᄒᆞ거든 쥬어라 설푸다 홍진비ᄅᆡ와 고진감ᄂᆡ난 인간의 승ᄉᆞ라 너희얼 버리고 눈을 어이 쌈으리요 어린 동ᄉᆡᆼ을 울이지 말고 부ᄃᆡ 부ᄃᆡ 조히 즐 잇거라 동츈니 ᄇᆡ곱화 젓 먹고 슈와 어니ᄒᆞ랴 츈양니 난을 거리고 어이 스리 동츈니

빅 곱다 어니 소리 ᄒᆞ며 눈물이 비오듯 ᄒᆞ거날 츄양 모친 경ᄉᆞᆼ을 보고 울며 왈 모친은 우디 마압소서 이다디 이디 셔러ᄒᆞ시닛가 붓친게압셔 급다거ᄒᆞ여 즁원 급제ᄒᆞ여 왕화로 오신다 ᄒᆞ드니 오시거든 셜화나 ᄒᆞ고 우리 ᄉᆞ졍니 나ᄒᆞ압고 함

〈12-뒤〉

게 죽ᄉᆞ니다 ᄒᆞ며 서로 븟들고 방성통곡 ᄒᆞ다가 낭ᄌᆞ 왈 너어 말 당연ᄒᆞ다 마은 닌들 엇디 부모 후희함을 모르리요만는 너 붓친을 쳘이 밧긔 보닉고 급제 과거ᄒᆞ여 영화로 오심만 원앙지낙을 듀야로 축슈ᄒᆞ다가 이런 원통ᄒᆞᆫ ᄉᆞ정을 셜화지 못ᄒᆞ난 쥴을 닌들 어디 모르리요만은 닉 몸니 본ᄃᆡ 남과 더런디라 누명을 입으면 일시라도 신명을 보존키 어렵기로 시각이 민망ᄒᆞ다 ᄒᆞ고 셔로 붓들고 통곡ᄒᆞ다가 츈양니 기우니 시딘ᄒᆞ여 즘이 들거날 낭ᄌᆞ 울울한 마음과 원통ᄒᆞᆫ 심히을 심즁의 가득 ᄒᆞ여 아모리 싱각하어도 죽어 긋천의 도라가 누명을 번닌 거시 올타 ᄒᆞ고 가마니 츄양 동츈은 날을 그리고 어이 ᄉᆞ리 가련ᄒᆞᄃᆞ 이닉 신식 이리 ᄒᆞᆯ 쥴 어아리요 원앙금침 도드비고 탄식ᄒᆞ난 말니 어린 ᄌᆞ식 어이ᄒᆞ며 보고저라 ᄒᆞᆯ이요 고디고 만단셜화 쓰잇 신들 속업시 허ᄉᆞ로다 츄양 동츈을 다시 ᄒᆞᆫ번 만지 보고 옥슈로 은즁도 드넌 칼을 무심이 후려 즙

〈13-앞〉

고 빅옥 갓한 가슴을 헌적 업시 딜너시니 불ᄉᆞᆼᄒᆞ다 슈경낭ᄌᆞ 숨흔 구빅이 일시의 이러나니 청천빅日이 우슈슈ᄒᆞ고 청동소릭 ᄉᆞ면의 딘동ᄒᆞᆫ니 츈양 딕경ᄒᆞ아 기여보니 모친 가슴의 칼이 쏩피여 피가 물 솟듯 하거날 딕경딜식 ᄒᆞ여 그 칼 쏄나 ᄒᆞᆫ니 쌔디디 안이ᄒᆞ난디라 동츈을 기와 달니고 모친 신치의 업드저 낫철 한히 ᄃᆡ고 ᄃᆡ성통곡ᄒᆞ다가 기절ᄒᆞ엿드니 게우 정신을 ᄎᆞ려

울며 왈 모친은 무슴 즘을 이리 깁히 즈시난닛가 동츈이 젓 달나ᄒᆞ나니다 어셔 이어나옵소서 아무리 ᄭᅵ운들 죽언 어미 ᄉᆞ라 나리 묵묵히 안ᄌᆞ 눈물 흘니며 ᄒᆞ난 마리 우리을 뉘가 다 ᄆᆡᆨ기고 가시닛가 동츈이 울며 가슴을 만디며 젓 먹을나 하니 망극 거동은 日월이 무광ᄒᆞ고 산천 초목과 금슈가 다 스러ᄒᆞᄂᆞᆫ 듯ᄒᆞ드라 上공 붓체와 日가 노복 등니 츄양이 우난 소ᄅᆡ 듯고 드러가 보니 낭ᄌᆞ 가슴의 칼을 솝고 눈을 반만 ᄯᅳᆷ고 ᄌᆞ난 다시 누엇난디라 충황망극ᄒᆞ

〈13-뒤〉

여 가슴의 칼을 ᄲᅦ랴 ᄒᆞᆫ이 ᄲᅢ디지 아니ᄒᆞ난디라 아모리 할 쥴 모라고 통곡ᄒᆞ 여 왈 엇디 ᄒᆞᆯ 쥴 모러드라 동츈은 어미 죽은 쥴 모라고 엄마 엄마 하며 우니 츈양이 달ᄂᆡ녀 밥을 먹이도 먹지 안니ᄒᆞ고 물얼 먹이도 안니 먹거날 듁은 어미만 흰들며 젓 먹어랴 ᄒᆞ거날 츄양니 울며 왈 우리도 못친과 함ᄭᅴ 가ᄌᆞ ᄒᆞ며 궁글며 통곡ᄒᆞ니 그 경ᄉᆞᆼ ᄎᆞ마 보디 못ᄒᆞᆯ너라 철석간ᄌᆞᆼ인들 아니 우 리 업드라 ᄉᆞᆼ공 붓처 센체을 거두와 업ᄉᆡ도 못ᄒᆞ고 ᄒᆞ난 말이 션군니 도라와 낭ᄌᆞ 가슴을 보면 우리을 모히ᄒᆞ여 원통이 죽은 쥴을 알고 저도 죽을 거시니 선군 아니 와서 안ᄌᆞᆼᄒᆞ미 올타 ᄒᆞ고 방안의 드러가셔 운동한이 신체가 붓고 요통치 아니 ᄒᆞ거날 上공 붓쳐와 비복 등과 ᄒᆞᆯ 슈 업 문을 안으로 단속ᄒᆞ드라 각셜 이적의 선군니 경성을 올나가보이 천하 선비 들이 구름 못듯 ᄒᆞ엿난디라 듀인 집의 뉴ᄒᆞ드니 과거날을 당ᄒᆞᄆᆡ ᄌᆞᆼ즁의 드르가

〈14-앞〉

선단을 바ᄅᆡ보니 글지을 거러거날 명제을 지여노코 으디여 과녁을 가라 디 필을 줍고 일필히지ᄒᆞ여 일천의 선ᄌᆞᆼᄒᆞ고 듀인 딥으로 도라왓드니 황셩 게압서 디필을 친히 즙고 이 글을 보니 용사비듀ᄒᆞ고 문필이 능통ᄒᆞ더 잇ᄐᆡ

빅의 비ᄒᆞ난지라 ᄌᆞᄌᆞ 비점이요 귀귀 간쥬로다 가라ᄉᆞᄃᆡ 이 결 제은 ᄉᆞ람은 시ᄉᆞᆼ의 드문던 ᄌᆡ조라 지련츅즌 ᄉᆞ람이라 ᄒᆞ고 봉ᄂᆡ을 ᄀᆡ탁ᄒᆞ시니 안동 ᄳᆡᆼ의 ᄉᆞ난 빅성군니라 슬ᄂᆡ무러거날 천ᄌᆞ 할임학ᄉᆞ을 지슈ᄒᆞ고 그 가온ᄒᆡ ᄒᆞᆫ 편을 침ᄉᆞᆼ을 것고 디경ᄒᆞᄃᆡ 거 가온ᄒᆡ 달 갓ᄒᆞᆫ 처ᄌᆞ나왓거ᄂᆞᆯ 할임게 압셔 거 처ᄌᆞ을 모시고 천ᄒᆞ절ᄉᆡᆨ이라 ᄒᆞ시더 근처의 ᄉᆞ람드러 무러니 그 ᄉᆞ람이 답왈 임진사 ᄃᆡᆨ 낭ᄌᆞ라 ᄒᆞ옵드니다 긋ᄃᆡ의 정혼하압시면 ᄒᆞᆯ임게 압셔 그 처ᄌᆞ을 보시고 천화절ᄉᆡᆨ이라 하시며 심ᄒᆡ을 진정ᄒᆞ실 듯ᄒᆞ오니 그 아ᄒᆡ 초일인가 하ᄃᆡ 上이 ᄃᆡ왈 그 말이 과니 올타ᄒᆞ고 임진ᄉᆞ난 가지만 ᄂᆡ 말을 듯고 가라 선군니 급

〈14-뒤〉

데 ᄒᆞ엿ᄉᆞ오니 정혼ᄒᆞ리로다 측시 발ᄒᆡᆼᄒᆞ여 님진ᄉᆞ ᄃᆡᆨ의 가니 진ᄉᆞ ᄃᆞ접ᄒᆞ여 왈 엇지 ᄒᆞ여 오싯난닛가 上공이 ᄃᆡ왈 ᄌᆞ식 션군이 슈경낭ᄌᆞ로 연분을 ᄆᆡᄌᆞ ᄌᆞ식 난ᄆᆡ을 두고 불ᄒᆡᆼ하야 모월 모일의 쥭엇시ᄆᆡ 선군니 나려와 분명코 병니 날 듯ᄒᆞ왈 듀슈을 타문ᄒᆞ와 듯ᄉᆞ오ᄆᆡ ᄃᆡᆨ의 어린 듀슈가 잇다ᄒᆞ오니 피ᄎᆞ 간의 어딘 ᄇᆡ필을 정코저 ᄒᆞ여 왓ᄉᆞ오니 엇더 ᄒᆞ오릿가 딘ᄉᆞ 쓰지 여의 ᄒᆞ압거든 허혼ᄒᆞ압소셔 무류을 면ᄒᆞᆯ가 ᄒᆞ나니다 진ᄉᆞ ᄃᆡ왈 금연 칠월 당일의 가문경 난영활랄 귀히 보니 할임과 낭ᄌᆞ 거동은 천ᄉᆞᆼ 선관과 갓삽거날 만일 허혼ᄒᆞᄒᆞ엿다가 할임 마음의 합당치 아니ᄒᆞ면 그 아니 후ᄒᆡᄃᆡ오릿가 ᄒᆞ며 ᄌᆡ슴 당부ᄒᆞ다가 허락ᄒᆞ거날 上공이 ᄃᆡᄒᆡ ᄒᆞ여 왈 할임이 금월 망일의 딘ᄉᆞ ᄃᆡᆨ 문전의로 디닐 거시니 그날노 ᄒᆡᆼ의ᄒᆞᄉᆞ이다 ᄒᆞ고 딥으로 도라와 ᄐᆡᆨ일ᄒᆞ여 납치을 보ᄂᆡ고 션군 오기을 기다이드니 각설 에적의 ᄒᆞᆯ임이 황上긔 슈유ᄒᆞ고 나려올

〈15-앞〉

제 청ᄉᆞ단ᄃᆡ의 ᄇᆡ옥 홀을 ᄌᆸ고 금안 듕마 청홍기을 들고 탄탄ᄃᆡ로 너른 길노 나려오니 ᄃᆡᄂᆡ난 곳마다 동남이 노소 업시 닷토와 구경하난디라 슬푸다 저 ᄉᆡ 소ᄅᆡ 선군 아모리 영화로 나려온들 어디 즐거온 마음 잇시릿가 경上도 안동 ᄐᆡᄇᆡᆨ손 ᄒᆞ의 ᄉᆞ난 ᄇᆡᆨ선군이라 ᄒᆞ고 ᄉᆞ듀고 왓시ᄃᆡ 황승니 청촌 왈 정일의 병조 츔판서 ᄃᆡᆨ 아달이라 ᄒᆞ고 ᄒᆞ고 즉시 실ᄂᆡ을 불너 진퇴 후의 할임혹ᄉᆞ을 제슈ᄒᆞ시니 선군이 천은을 축슈하고 원의 입시ᄒᆞᆫ 후의 즉시 노ᄌᆞ로 ᄒᆞ여곰 부모와 낭ᄌᆞ게 급제ᄒᆞ와 학ᄉᆞ한 ᄉᆞ연어로 편지ᄒᆞ니라 노ᄌᆞ 하딕ᄒᆞ고 쥬로 나려와 上공 전의 편디을 올니거날 그 편지을 쓰여보이 ᄒᆞ엿스ᄃᆡ 일ᄌᆞᆼ서출을 부모임게 올니난이다 시시이 ᄒᆞ감압소서 부모 슬화을 쓰나 경성의 득달ᄒᆞ여 천어니 망극하압기로 이번 가거의 ᄌᆞᆼ원 급제 할님학ᄉᆞ을 겸ᄒᆞ엿사오니 천이을 엇지 다 청양하릿가 그 ᄉᆞ니 부모임 게체후 일향ᄒᆞ옵신지 모

〈15-뒤〉

르와 듀야 복츅ᄒᆞ압고 소ᄌᆞ 선군은 부모임 은덕 입ᄉᆞ와 ᄂᆡᄂᆡ 뭇탈ᄒᆞ압고 금월 망일의 동임ᄎᆞ로 정ᄒᆞ엿서니 잔ᄎᆞ을 ᄒᆞ리압셔 ᄒᆞ엿엿더라 쏘한 낭ᄌᆞ게 편제 왓고나 츈아 즐 간슈ᄒᆞ여라 ᄒᆞ고 上공 부처와 일권구와 일하일비ᄒᆞ여 방성통곡ᄒᆞ거날 츄양이 편지을 가지고 동별당의 드러가 동츈을 다리고 어미 신치을 든들며 편지을 피여들고 낫철 ᄒᆞᆫ히 ᄃᆡ고 울며 왈 모친은 이러나 옵소셔 붓친게 압서 일ᄌᆞᆼ 붓친 소식이 아득ᄒᆞ압드니 오날날은 편디 왓시ᄃᆡ 엇디 반갑지 안이ᄒᆞ시ᄂᆞᆫ닛가 나은 글을 몰나 못친 영혼 전의 보이 듯기디 못ᄒᆞ난이다 ᄒᆞ고 조모임 전의 나가서 비러 왈 붓친 편디 ᄉᆞ연을 어마임게 일어 듯기오면 혼ᄇᆡᆨ인들 엇디 반기디 안이하릿가 ᄒᆞ니 부이니 어린 손여의 슬품을 ᄉᆡᆼ각ᄒᆞ여 동별당의 드러가 편지 ᄉᆞ연을 이르난디라 그 편지의 ᄒᆞ엿

〈16-앒〉

시듸 일즈 서출을 낭즈 좌화의 붓치노라 바다 자서히 보압소셔 부모을 모시고 기치후 일향하압신지 모르와 쥬야로 답답ᄒᆞ오니다 선군은 낭즈와 즉별ᄒᆞ고 철니 원정을 무ᄉᆞ이 득달ᄒᆞ와 몸의 용문의 올나 일롬이 할임혹ᄉᆞ을 품엇시니 망극ᄒᆞᆫ 천은을 엇지 다 층양ᄒᆞ오릿가망은 몸이 철이 거ᄒᆞ엿시니 무궁ᄒᆞᆫ 정희을 낭즈와 서로 갓흔디라 기층 홀노 깁푼 밤의 일싱 촉불노 버질 숨고 누웟시니 누가 오리 층문의 월식은 화층ᄒᆞ고 듀견은 설피우니 그 시 소릭 츠량ᄒᆞ야 ᄉᆞ람의 심희을 돕난도다 심신니 술란ᄒᆞ야 슈숨츠 얼녁□ 즁의 술란ᄒᆞ니 낭즈을 몸과 말소릭 침석의 여이시니 당□치ᄒᆞ온 마암 딘정키 어렵도다 무심이 이르나서 층문을 바릭보니 고향은 아득ᄒᆞ여 원ᄒᆞᆫ은 만즁요 녹슈난 층히로다 딥 소식이나 단여올가 바릿드니 층망ᄒᆞᆫ 구름 밧기 소실 한풍 ᄉᆡ리로다 도로혀

〈16-뒤〉

싱각ᄒᆞ고 심ᄉᆞ을 일전ᄒᆞ고 단순의 올나가서 촉불을 도두노코 낭즈의 화숭을 닉녀노코 마단정히 하려ᄒᆞ듸 화숭 말이 업고 치식이 변식하여 눈물을 머금문 듯ᄒᆞ얏시니 무슴 연고 잇난지 두로 익심 뒤여 바릭압건듼 낭즈은 어린 즈식을 다리고 가ᄉᆞ의 골물ᄒᆞ여 일신의 병이 듼가 십푸오니 부듸부듸 안심ᄒᆞ야 지닉시면 슈이 나려가 귀리든 청희을 반가니 만나기 바라나니다 일각이 여숨츄라 □을 말숨 만숨거나 일필 간기ᄒᆞ와 그만 그리노라 ᄒᆞ엿드라 부인니 다 본후의 방셩통곡ᄒᆞ여 왈 스푸다 츈양아 편지 ᄉᆞ연을 보니 너의 아비 형숭니 니러ᄒᆞ고 낭즈난 죽엇선니 어이할고 ᄒᆞ며 우니 츄양니 기절ᄒᆞ엿다가 기우 정신을 ᄎᆞ 왈 모친은 붓친 편지 왓ᄉᆞ오믹 반기디 안하고 조모임 이럿타시 하시듸 정히 불문ᄒᆞ시 나닛가 ᄒᆞ면 방셩통곡ᄒᆞ난디라 上공 붓처 왈 션군니

〈17-앞〉

분명 나려오면 결단코 쥭얼나 홀거시니 니니 엇지 홀고 ᄒᆞ며 노복 불너 위논ᄒᆞᄃᆡ 그 즁 한 노복니 잇스ᄃᆡ ᄂᆡ 몸이 ᄌᆞ연 곤하야 한고ᄃᆡ 뉴숙하드니 션군 문즁의 호련 비몽간의 낭ᄌᆞ가 문을 열고 드라오ᄃᆡ 일심의 뉴혈이 낭ᄌᆞ ᄒᆞ고 슈심이 만하 한숨 딧고 할임 겻희 안ᄌᆞ 울며 ᄒᆞ난 말이 쳡은 시운니 불힝하와 세ᄉᆞᆼ을 바려압고 굿천의 도라오니 日쳔의 낭군 편디을 보니 다힝이 장원 급디ᄒᆞ야 할임학ᄉᆞ로 나려오신다하ᄆᆡ 아무리 죽은 혼빅이온들 엇디 질겁지 안이 하오릿가 니러한 영화을 쥬야 축슈하압드니 일신을 빌기가 어렵도다 쳡은 날과 갓치 보디 못ᄒᆞ온니 엇디 원통치 안이하오릿가 슬푸다 낭군은 츄양 동츈을 어이 한고 쳡의 몸니 이 갓치 픔측하와 츤츤 편디하여 왓ᄉᆞ오니 쳡의 가삼을 만 보압소셔 ᄒᆞᆫ니 선군이 몸을 만져보니 일신의 피 빈치고 가슴의 칼이 숍펴거날 놀ᄂᆡ ᄭᆡ다르니 남과일몽이

〈17-뒤〉

라 낭ᄌᆞ 형용을 ᄉᆡᆼ각ᄒᆞ니 정진니 아득ᄒᆞ야 길을 ᄌᆡ촉하여나려오더니 독한 몸이 곤ᄒᆞ여 한 쥬전의 누엇드니 비몽간의 낭ᄌᆞ 울며 왈 쳡은 비록 혼빅이라도 듯ᄉᆞ온이 낭군을 위하여 上공기압서 구혼한다 ᄒᆞ옵니디다 가문의 □□□□을 □□□ 연희로□□니와 쳡은 황천의 외로온 혼빅이 ᄃᆡ엿ᄉᆞ오니 엇디 가련치 안이 ᄒᆞ리요 낭군은 부ᄃᆡ 쳡 본다시 츄앙 동츈을 ᄋᆡ즁이 ᄉᆡᆼ각ᄒᆞ압소서 하고 가거날 ᄭᆡ다러니 빗ᄎᆞᆼ하여 길을 ᄌᆡ촉하여 나려오더라 이적의 上공이 에단을 갓초와 임딘ᄉᆞ ᄃᆡᆨ 근처의 가셔 ᄃᆡ방하드니 이윽고 청ᄀᆡ 홍ᄀᆡ을 압세우고 나리오거날 上공이 실ᄂᆡ을 불너 딘릐한 후의 할임의 손을 즙고 가로ᄃᆡ 네 급제하여 벼술이 할임학ᄉᆞ의 겸하엿시니 그 부모 반가온 마암 엇디 다 층양하리요마난 ᄂᆡ ᄉᆡᆼ각하건ᄃᆡᆫ 너 벼술이 환원의 잇고 가시가 요부ᄒᆞ니 두 부이니 맛당

〈18-앞〉

하니 임딘ᄉᆞ 딕의 여ᄌᆞ을 두엇시딕 덕힝이 과인ᄒᆞ기로 졍혼하여 오날날노 튁일하여 이곳가지 왓노라 하고 만단으로 셜화한니 선군이 고왈 간밤의 몽을 어덧ᄉᆞ오니 낭ᄌᆞ 몸의 필얼 흘이고 현몽하오니 딥의 도라가 낭ᄌᆞ 말솜을 듯고 결혼하ᄉᆞ니다 하고 가기을 짓촉하거날 上公니 다시 경책 대왈 혼인은 人間大事라 父母 구혼하여 륙례로 가초와 영화를 父母 안전의 보이난 긋이 사람 도리옵거날 너난 고집하도다 소시 종시대가 거른대 ᄒᆞ니 군ᄌᆞ의 씃 안니라 하신딕 할님이 묵묵부답ᄒᆞ고 길을 직촉하거날 하이니 엿ᄌᆞ오딕 딕감영이 엿ᄎᆞ엿ᄎᆞ하옵고 쏘한 임딘ᄉᆞ 썩의 딕ᄉᆞ을 낭픠하오니 딥히 싱각하압소셔 할님이 하인을 물이치고 말을 타고 가거날 上公니 할일 업셔 싸라오다가 딥 압히셔 션군을 붓들고 울면 왈 너어 가거길 쓰나고 슈일 밤을 두고 낭ᄌᆞ 방의 남셩니 들니거날 인하야 낭ᄌᆞ다려 무은 즉 낭ᄌᆞ 답왈 밍월드르

〈18-뒤〉

말하엿노라 하믹 월 득시 밍월을 불너 무른딕 낭ᄌᆞ 방의 간 일이 업다 ᄒᆞ거날 부모 마음 고이하여 낭ᄌᆞ러 무른직 말이 슈숭하기로 딕강 짐족하엿드니 낭ᄌᆞ 인하여 ᄌᆞ결ᄒᆞᆫ니 니른 망극한 일이 어딕 잇시리요 하며 통곡한니 선군니 니 말을 듯고 딕경ᄒᆞ여 왈 붓친게압서 이러하기로 임진ᄉᆞ 딕의 청혼하엿도다 하고 급피 즁문의 다다르니 익연한 우룸소릭 들니난디라 모친 비압고 동별쌍을 바라보니 츈양이 동츈을 업고 어무 신치의 업더저 울거날 할임이 그 거동을 보고 천디가 아득하여 기절하엿다가 이윽하야 정신을 진정하여 방의 드르가셔 낭ᄌᆞ의 신치을 만디며 솔펴보니 옥 갓한 가슴의 칼을 안이 쎄고 누엇거날 칼을 쎄니 칼 긋히 푸ᄉᆡ 시 마리 나라나와 한 말이는 할임 억기 안ᄌᆞ 우딕 한면무무하고 쏘 한 ᄉᆡ넌 츄양이 억기 안ᄌᆞ 우딕 소릭ᄌᆞᄌᆞ하

고 또 한 말이은 동츈의 억기의 안즈 우듸 유즈심심ᄒ면 울고 날

〈19-앞〉

나가거날 할임이 이 소릭랄 드러니 한면목 하난 소릭난 음힝을 면치 못하고 도라가니 무슨 면목어로 낭군을 빅오릿가 ᄒᆞ는 소릭요 소릭즈 하난 소릭난 츄양아 부듸 부듸 동츈을 울니디 말고 즐 잇거라 ᄒᆞ난 소릭 뉴즉심 ᄒᆞ난 소릭난 동츈아 너을 두고 엇디 눈을 깜을리요 하는 소릭라 그 푸렁식 시마리은 슴혼이라 할임 오기을 기다리다가 하딕 하고 가난디라 그날붓틈 낭즈의 신체 점 썩는디라 할임이 여광엿치 한탄하더라 말이 가련하다 저 낭즈야 동츈 어이 할고 불승하다 저 낭즈야 삶인들 어이 할고 황천의 외로온 혼빅니 어듸로 가시난고 무삼ᄒ다 저 낭즈야 부듸부듸 어린 즈식들가 나을 밧비 다려가오 원슈로다 원슈로다 증원 급제 원슈로다 낭즈을 일시라도 못 보면 삼츄 갓치 녀겻드니 인지난 낭즈 영결종천하엿시니 어너날 다시 볼고 급제스 하나 못 하나 금의옥식을 먹어나 안 먹어

〈19-뒤〉

나 이기 세월일고 인고 추양□ 너희들을 이이 할고 하며 기절하거날 츄양 붓친을 위로 왈 울적한 심히 울 두올 싱각하셔 진정하옵소서 모친임은 고스하옵고 붓친임게압셔 저러타시 서러하시다가 일신니 편치 못하오면 우리들 어니 하리하난닛가 하며 붓들고 통곡하거날 할임게오셔 정신을 추려 동츈을 업고 츈양을 압셔우고 들낭날낙하며 여광엇치하여 다니거늘 츄양 엿즈오듸 모침임 싱전 날다려 가기을 천만이 위익한 일로 황천의 도라가니 눈을 엇지 깜고 가리요 붓친임도 벼슬할 적의 니부시로바 잇지 못랄너라 하시드니다 하고 통곡하니 할임 과복을 써요보니 정신이 아득하고 가슴니 답답하야 엇지 슬기을 바라리요 이러그러 여날을 지닉듸 문득 싱각하듸

밍월노 슈청을 들니다가 낭ᄌᆞ와 만뇐 후로 저랄 도라보지 안니하였드니 요망한 연ᄋᆡ 시기하여 낭ᄌᆞ을 모함하였도다 하고 ᄃᆡ시 비복

〈20-앞〉

을 호령하여 밍월을 ᄌᆞ바드려 증문하여 왈 미리 죄승을 바로 알위라 한ᄃᆡ 밍월이 울며 엿ᄌᆞ오ᄃᆡ 소비난 츄호도 죄 업난이다 하다가 밍월이 견ᄃᆡ지 못하여 전후 일을 낫낫치 ᄉᆞ셜하 하거날 할임이 크기 호령 왈 너 갓한 연을 엇지 일신들 ᄉᆞᆯ여 두리오 하고 이런 원통한 일을 딘정치 못하여 上공 붓처 난 눈물만 흘니더라 낭ᄌᆞᄋᆡ 원통한 일을 ᄉᆡᆼ각하니 더옥 분기 팅천하야 ᄎᆞᆺ든 칼을 ᄲᅵ어들고 한거름ᄋᆡ 나려와 밍월을 결트라고 ᄇᆡ을 갈나 간을 ᄂᆡ여셔 부을하니 부모난 뉴구무안하드라 할임이 낭ᄌᆞ을 안중하랴ᄒᆞ고 볌ᄇᆡᆨ을 ᄎᆞ 렷드니 그날 한 일몽을 어덧드니 낭ᄌᆞ 호련왓ᄃᆡ 머리을 ᄉᆞᆫ발하고 일신ᄋᆡ 뉴헐니 낭ᄌᆞ한 ᄎᆡ로 드러와 할임 겻ᄒᆡ 안지며 왈 셜푸다 낭군임은 옥셕을 가리여 첩ᄋᆡ ᄋᆡᄆᆡᆨ한 죄을 발키 쥬시니 죽은 혼ᄇᆡᆨ이라도 원한 한을 더럿ᄉᆞ오 나 츄양 동츈을 두고 낭군님을 다시 ᄇᆡ옵디 못하고 황천ᄋᆡ 위로온 혼ᄇᆡᆨ이 ᄃᆡ니 간절ᄒᆞᆫ 마음이 굿천ᄋᆡ ᄉᆞ모치도다 첩ᄋᆡ 신체을 안중할 덕ᄋᆡ 선ᄉᆞᆫ

〈20-뒤〉

도 즙지 말고 조上 발체ᄋᆡ도 갈 ᄉᆡᆼ각 말고 옥연동 못 가온ᄃᆡ 여허 쥬압소셔 만일 거럿치 안니하오면 첩ᄋᆡ 원이 여ᄋᆡ치 못하올 분 안니라 낭군님 신세와 ᄌᆞ식드리 보전키가 어려올 거시니 부ᄃᆡ 원ᄃᆡ로 하여 주옵소서 츄양 동츈을 어라 만지며 하난 마리 츄양아 나을 보고 슈와 어니 ᄉᆞᆯ고 설푸다 동츄아 젓 먹고 슈와 운 마암 오즉할가 가련타 조물이 시기하야 모ᄌᆞ 간 영전 이별 ᄃᆡ엿실니 빈들 오즉 고풀소냐만는 누명니 달나신이 젓 먹어란 말이 업ᄂᆡ 할임을 붓들고 서러하다가 문득 ᄀᆡ다러니 남과일몽이라 부모 전ᄋᆡ 나가

몽ᄉᆞ을 설화ᄒᆞ고 즉시 퇴일하야 즁ᄉᆞ할 제 이랄 ᄎᆞ려 힝승을 뫼라한이 ᄡᅡᆼᄋᆡ 붓고 요동치 안이하거날 그제야 마음을 정제하야 온갖 신물을 즉송하야도 요동치 안니한니 할임이 설푼 심히을 금치 못하야 츄양 동츈을 인도하야 힝승 압ᄒᆡ 서운이 그제야 과연 요동하며 힝승이 슈이 가난ᄃᆡ 그러 그러 암연동 못 가운ᄒᆡ 다다르니 ᄒᆡ난 서ᄉᆞᆫᄋᆡ 거치르고 수

<21-앞>

ᄉᆡᆨ은 ᄉᆡ롭드라 이억고 안ᄌᆞ 할임이 ᄌᆞ탄 무궁하고 天地 아득 하여 一千 간장 녹난 듯하드이 日月 청츈 소소하든니 무른 업서지고 못 가온ᄒᆡ 엇더한 션간니 ᄂᆡ닷거날 기묘한 억물인 쥴 알고 역군을 ᄌᆡ촉하야 안즁을 하드니 무달하신 天地가 감동하 청청 白日 우루루 하며 벽역이 진동하며 혼을 ᄎᆞ리지 못하든니 선관 신체 간 곳 업거날 할임이 ᄉᆡᆼ각하ᄃᆡ 낭ᄌᆞ가 하날 선여 득죄하고 地下ᄋᆡ 나려온 거시 적실한 쥴 알고 축문 일즁 정이 지여 못 듁ᄋᆡ 부축할ᄃᆡ 모년 모월 모일ᄋᆡ 할임 ᄇᆡᆨ선이 낭ᄌᆞ 실영 지하ᄋᆡ 통축하ᄃᆡ 실푸다 삼ᄉᆡᆼ 연분으로 그ᄃᆡ을 만나ᄂᆡ 원앙귀테지낙으로 ᄇᆡᆨ연ᄒᆡ로 바ᄅᆡ드니 조물이 시기하고 기신니 즉히하야 낭ᄌᆞ로 슈월 작별하여다가 그린 정을 일분도 설활치 못하고 천만 ᄋᆡᄆᆡ하신 일노 누명하야 황천ᄋᆡ 위로운 혼ᄇᆡᆨ이 ᄃᆡ야시니 엇지 가련치 아이하리요만 낭ᄌᆞᄋᆡ 세ᄉᆞᆼ만ᄉᆞ을 잇고 구천ᄋᆡ 도라 가거니와 선군은 츄

<21-뒤>

양 동츈을 다리고 어 ᄉᆞᆯ고 실푸다 낭ᄌᆞ 신치을 동ᄉᆞᆫᄒᆡ나 무다두고 무듬이나 볼가 하엿드니 낭ᄌᆞ 옥 갓한 센테을 못 가온ᄒᆡ 여헛시니 엇지 불ᄉᆞᆼ한고 통박지 안이하리요 유명이 다러나 정이야 다러릿가 갑갑고 ᄋᆡ들한 말을 고슈ᄋᆡ 밋칫신니 엇지하여야 낭ᄌᆞ 옥안을 한 변 다시 만ᄂᆡ볼고 슬푸다 일ᄇᆡ

쥬로 낭니 옥안 외로한이 실영한 심을 보기하압소셔 하고 업드저 통곡한이 그 경ᄉᆞᆼ을 보니 일천 간중이 다 녹난 듯하드라 지을 하하고 덥으로 도라오ᄆᆡ 츈양 동츈은 어미을 부러며 하날을 우러러 호천통곡하이 그 경ᄉᆞᆼ을 보이 일천 간중이 다 녹난 듯하드라 하며 츈양 동츈을 다리고 동별ᄯᆞᆼᄋᆡ 드러가니 츈양 동츈은 어미 누엇든 ᄌᆞ리ᄋᆡ 업드저 어미을 부러며 업드저 우난지라 선군이 망극하야 아ᄒᆡ을 달ᄂᆡ여 밤을 자ᄂᆡ신니 비몽간ᄋᆡ 낭ᄌᆞ 겻ᄒᆡ 안지며 하ᄂᆞᆫ 말이 낭군은 엇디 무저ᄉᆡ월을 □업시 보ᄂᆡ시난잇가 첩ᄋᆡ 연분은 영결 종천ᄃᆡ야 시

〈22-앞〉

이인지난 첩을 이저 압갓치 ᄉᆡᆼ각 말고 부모임 정혼하신 임소제을 만ᄂᆡ고 ᄇᆡᆨ연ᄒᆡ로 하압소셔 하고 츈양 동츈을 울니디 말고 부ᄃᆡ ᄌᆞᆯ 기러소셔 하고 셜피 울고 가거날 할임니 낭ᄌᆞ을 붓드려하다가 ᄭᆡ다러니 낭ᄌᆞ는 점점 간ᄃᆡ 업고 한갓 말소ᄅᆡ 귀ᄋᆡ ᄌᆡᆼᄌᆡᆼ 아람다온 얼골은 눈의 순순하야 주야로 ᄋᆡ통하드라 각설 에적ᄋᆡ 할임 임소저 소식을 듯고 ᄂᆡ렴ᄋᆡ ᄉᆡᆼ각하ᄃᆡ ᄎᆞ라리 쥭어 임소제을 도르고ᄌᆡ 하거날 부모임게압소 만번 말뉴한니 ᄎᆞ마 쥭디도 못하고 듀야 눈물노 ᄉᆡ월을 보ᄂᆡ드니니 이러그러 소문이 원군ᄋᆡ 편만ᄒᆞ고 上公이 그가 겁한 경ᄉᆞᆼ을 보고 불ᄉᆞᆼ이 여겨 혼ᄉᆞ을 이루고저 하나 듀야로 ᄋᆡ통으로 디ᄂᆡ니 말을 ᄎᆞ마 ᄂᆡ지 못하고 ᄂᆡᆺ다드니 임딘 ᄃᆡᆨ 가궁ᄒᆞ고 ᄎᆞ목ᄒᆞ기로 마지못ᄒᆞ야 할임을 청ᄒᆞ여 ᄂᆡ 연광이 늌십이 ᄃᆡ도록 슬ᄒᆞᄋᆡ ᄌᆞ식 너분니라 팔ᄌᆞ가 무ᄉᆞᆼᄒᆞ여 낭ᄌᆞ을 이릇시ᄃᆡ 너난 부모ᄋᆡ 말을 위ᄒᆞ야 일후ᄋᆡ 고단함가 너ᄋᆡ 심ᄒᆡ을 일향 두니 님소지ᄋᆡ 종신ᄐᆡᆨᄉᆞ을 위

〈22-뒤〉

ᄒᆞ야 일후ᄋᆡ 남ᄋᆡ 신명을 맛츄디 말라 ᄒᆞ디 남은 고ᄒᆞ고 부모 영화을 보이디

아니ᄒᆞ니 엇디 붓거럽지 안니ᄒᆞ리요 한임 고왈 소ᄌᆞ난 ᄌᆞ식 남미랄 두엇ᄉᆞ오니 직최난 아니한들 무슴 관기 잇ᄉᆞ오릿가 하며 도라 가거날 上公니 다시 할일업셔 아모 말슴도 못하드라 할임이 도라와 츈양 동츈을 다리고 ᄉᆡ월을 보ᄂᆡ드니 낭ᄌᆞ 쑴의 와 연이와 가로ᄃᆡ 셜푸다 낭군은 츈양 동츈을 다리고 엇지 고ᄉᆡᆼ하나잇가 하ᄃᆡ 할임 왈 아모리 무심하온들 낭ᄌᆞ 얼골을 엇지 시연을 ᄃᆡ하오리가 낭ᄌᆞ 왈 낭군이 첩을 이다지 ᄉᆡᆼ각하오니 첩을 볼나 하시거든 심심광 즁임동으로 ᄎᆞᄌᆞ오소셔 하거날 일변은 반갑고 일변은 놀나 ᄀᆡ다르니 일ᄌᆞᆼ츈몽와 연하다 마음이 황홀하야 직일 발힝할ᄉᆡ 츈양다려 이런 마리 너의 못친이 현몽하ᄃᆡ 아모 고저로 ᄎᆞᄌᆞ오라 하미 즘간 간서 보고 올거시이 동츈을 울이지 말고 잇면 슈이 다여오리라 ᄒᆞᆫᄃᆡ 츈양이 울며 왈

〈23-앞〉

어마임을 보시거든 부ᄃᆡ 다리고 오압소서 쳠만번 당부하드라 할임이 부모 전의 엿ᄌᆞ오ᄃᆡ 소ᄌᆞ 심난하와 병이 날 듯하오이 즘간 ᄉᆞᆫ슈나 구경ᄒᆞ고 도라 오리다 하거날 딧기 힝ᄌᆞᆼ을 ᄎᆞ려 심심강 듁님동을 ᄎᆞᄌᆞ 가드니 여러날만ᄂᆡ ᄒᆞᆫ 고ᄃᆡ 다다러니 일낙서ᄉᆞᆫᄒᆞ고 월츌동영ᄒᆞ더라 슈광은 첩첩ᄒᆞ고 월ᄉᆡᆨ만 첩이라 ᄒᆞᆫ ᄌᆞᆫ나비난 월ᄒᆞ의 나라들고 송듁은 울밀ᄒᆞᆫᄃᆡ ᄌᆞ기 심ᄒᆡ 절노난다 우룰룰한 두견ᄉᆡ 부러귀을 일을 ᄉᆞᆷ고 화조난 무러절저리 ᄆᆡᄌᆞ두고 무단ᄒᆞᆫ 청압절벽 ᄉᆞ의 황조난 나라드러 츈ᄉᆡᆨ을 희롱하난지라 점점 드러가니 인적은 고요ᄒᆞ고 망격ᄎᆞᆼ파 둘는난ᄃᆡ 갈길 전허 업다 당당한 ᄃᆡ히는 갈길을 막아 시니 갈발을 정치 못ᄒᆞ야 처량ᄒᆞᆫ 이ᄂᆡ 마음 비히을 즘지 못할너라 바ᄅᆡ보니 홀연이 ᄒᆞᆫ 동ᄌᆞ가 일염로쥬을 타고 등불을 놉히 달고 지ᄂᆡ가거날 급히 불너 왈 강우의 저 동ᄌᆞ야 심심강 듐님동 가난 길을 인도하여 달나니 동

〈23-뒤〉

ᄌᆞ 답왈 괴기을 보니 안동ᄉᆞ난 ᄇᆡᆨ할임이 안이시난닛가 ᄒᆞᆫᄃᆡ 할임 ᄃᆡ왈 동ᄌᆞ난 엇지 날을 아난다 ᄒᆞᆫ니 동ᄌᆞ 답왈 나난 도호요왕ᄋᆡ 명ᄋᆡ 명을 바다 할임을 인도하라 하기로 완난이다 ᄒᆞ고 ᄇᆡᄋᆡ 오르시기을 청ᄒᆞ거날 말니 고이하다 갈길이 업기로 ᄇᆡᄋᆡ 오르니 ᄇᆡ가 ᄉᆞᆯ 갓치 가드니 순식간ᄂᆡ 강을 건ᄂᆡ가고 동ᄌᆞ가 길을 갈처 왈 저 길노 슈십 니을 가오면 듁임동이 잇실거시니 그 고ᄃᆡ 다달나 정성이 지극하면 ᄌᆞ연 낭ᄌᆞ을 만ᄂᆡ 보실 거신니 그리로 가옵소서 동ᄌᆞ 이별하고 즁님동으로 ᄎᆞᄌᆞ가며 ᄉᆞᆯ펴보니 층속녹쥭은 울울한 간□히저건 길이 잇거날 그 길노 가거날 좌우 즁임은 무정하고 ᄇᆡᆨᄒᆞ난 만발ᄒᆞᆫᄃᆡ 향ᄂᆡ 딘동한ᄃᆡ 초가슴칸을 지엿시ᄃᆡ ᄉᆞ모ᄋᆡ 풍경소ᄅᆡ 둘니난디라 그 전ᄋᆡ 낭ᄌᆞ ᄭᅮᆷᄋᆡ 심신간 즁님동을 ᄎᆞᄌᆞ오라 ᄒᆞ드니 이고ᄃᆡ 다다르니 진실노 분명ᄒᆞᆫ 성경일너라 두로 ᄇᆡ회ᄒᆞᆫ니 니옥ᄒᆞ야 연동니 나와 가로ᄃᆡ 엇든 속ᄀᆡᆨ이간ᄃᆡ 성경을 모르고 님ᄋᆡ로 드러완난닛가

〈24-앞〉

ᄒᆞᄃᆡ 할임 왈 안동 ᄉᆞ난 할님 ᄇᆡᆨ선군 일너니 천승연분으로 수경낭ᄌᆞ 보려ᄒᆞ고 이제 완노라 연동니 ᄃᆡ왈 ᄇᆡᆨ할임이라 ᄒᆞ오니 니제아 완노라 ᄒᆞ고 왈 일전ᄋᆡ 슈경낭ᄌᆞ ᄉᆼ제 슈일 슈유을 바다 이곳ᄋᆡ 유ᄒᆞ다가 할님 안니 오시기로 오ᄅᆡ 유ᄒᆞ디 못ᄒᆞ와 보지 못ᄒᆡ 한탄 무수ᄒᆞ압다가 가며 ᄒᆞ시난 말ᄉᆞᆷ을 할임 오시거든 이른 ᄉᆞ연이나 ᄒᆞ라 하드니다 ᄒᆞ거날 할님이 이런 말을 드러니 가ᄉᆞᆷ니 녹난 듯ᄒᆞ더라 다시 이러 ᄇᆡᆨᄇᆡ 사리ᄒᆞ여 왈 선여난 가긍ᄒᆞᆫ 목숨을 ᄉᆡᆼ각ᄒᆞ와 낭ᄌᆞ을 보기 ᄒᆞ압소서 ᄒᆞ고 ᄋᆡ걸ᄒᆞ니 선여 ᄃᆡ왈 낭ᄌᆞ난 업다 ᄒᆞ온ᄃᆡ 즘간 요기나 ᄒᆞ고 가압소서 ᄒᆞ여 ᄉᆞ람이 인도하거날 ᄯᆞ라 드러가니 낭ᄌᆞ ᄉᆡᆼ각ᄒᆞᄃᆡ 낭군이 저렷지 고上하시다가 분명 병이 나리로다 ᄒᆞ고 문을 열고 할임ᄋᆡ 손을 ᄌᆞᆸ고 울며 왈 츈양 동츈을 뉘기 막기고 오신난잇가 할임이

낭ᄌᆞ을 보니 정신이 아득ᄒᆞ야 낭ᄌᆞ얼 붓들고 울며 왈 이거시 ᄭᅮᆷ이야 ᄉᆡᆼ시야 엇지 저리 무정ᄒᆞᆫ고

〈24-뒤〉

ᄒᆞᆫ대 낭ᄌᆞ 원통ᄒᆞᆫ 일을 셜화ᄒᆞ고 못ᄂᆡ 반기 왈 낭군ᄋᆡ 경치와 신시을 ᄉᆡᆼ각ᄒᆞᆫ이 한심ᄒᆞ고 가련ᄒᆞ와 上지 원정을 올나이 첩ᄋᆡ 신세을 불ᄉᆞᆼ타 ᄒᆞ고 금시ᄋᆡ 년분을 다ᄆᆡ라 ᄒᆞ온이 이고지 유명ᄒᆞ다 ᄒᆞ고 슈드간 모용을 엇지ᄒᆞ고 낭군을 청ᄒᆞ엿ᄉᆞ오이 낭군ᄋᆡ ᄯᅳ지 엇더ᄒᆞ오닛가 ᄒᆞᆫᄃᆡ 낭ᄌᆞ 답왈 첩니온들 부모임게 정성니 부족함이 아니라 지금은 첩ᄋᆡ 몸이 전가 달으니 시ᄉᆞᆼᄉᆞ람을 ᄃᆡᄒᆞ기 어렵삽고 다만 ᄉᆡᆼ각ᄒᆞ난니 낭군ᄲᅮᆫ이라 ᄒᆞ고 우리 양인은 본ᄃᆡ 천ᄉᆞᆼ연분으로 만날 날이 잇삽거든 ᄉᆞᆷ연을 참지 못하와 일신ᄋᆡ 누명을 면치 못할 거시로소니다 ᄒᆞ고 ᄇᆡᆨ공을 옥연동 모ᄉᆡ 안ᄌᆞᆼᄒᆞ기로 일신니 도로혀 환ᄉᆡᆼ한 말ᄉᆞᆷ을 ᄎᆞ리로 셜하ᄒᆞᆫ이 할임이 무류ᄒᆞ여 ᄒᆞ난 말이 부모 슬하ᄋᆡ 다만 선군ᄲᅮᆫ이라 우리난 위탁ᄒᆞᆯ 곳지 업ᄉᆞ오이 이곳ᄃᆡ 와서 잇시면 엇더ᄒᆞ오리요 낭ᄌᆞ난 다시 ᄉᆡᆼ각하압소서 하이 낭ᄌᆞ 양구의 왈 ᄉᆞ시 그를 ᄯᅳᆺᄒᆞ오나 이저

〈25-앞〉

임소제 경ᄉᆞᆼ이 안이 불ᄉᆞᆼᄒᆞ오릿가 무죄이 청춘을 맛출 듯ᄒᆞᄒᆞ오이 낭군이 임소제을 보시기 ᄒᆞ압소서 낭군은 왕ᄂᆡᄒᆞ와 단이오면 ᄒᆞ히로올 거시니 신명이 조ᄒᆞᆯ 듯ᄒᆞ오니 과렴치 마압소셔 ᄒᆞ여 간절이 진ᄒᆞᄃᆡ 할임이 ᄉᆡᆼ각ᄒᆞ니 ᄉᆞ시 당연ᄒᆞᆫ디라 허락ᄒᆞ고 서로 기린 정회을 셜화ᄒᆞ다가 ᄌᆞᆷ관 이별ᄒᆞ고 집ᄋᆡ 도라오니 츈양 동츈이 울며 왈 모친임은 오지 아니ᄒᆞ시닛가 ᄒᆞᆫᄃᆡ 할임이 왈 슈이 오나니라 ᄒᆞ고 못친게 ᄇᆡᆨ압고 낭ᄌᆞ ᄒᆞᆫᄉᆡ ᄒᆞᆫ 말 가만ᄂᆡ 슈ᄌᆞᆨ한 말을 고ᄒᆞ니 직시 ᄐᆡᆨ일ᄒᆞ야 임진ᄉᆞ ᄃᆡᆨᄋᆡ 보ᄂᆡ고 여단을 갓초와 성ᄋᆡ 후ᄋᆡ 당일 신ᄒᆡᆼᄒᆞᆯᄉᆡ 그 우ᄋᆡ와 거동은 비ᄒᆞᆯᄃᆡ 업더라 나가 전안ᄋᆡ 여필 후ᄋᆡ

동방화촉을 갓초압고 소제을 당ᄒᆞ미 낭ᄌᆞ의 얼골이 안전의 암암ᄒᆞ여 마음이 ᄉᆡ로온디라 슬품을 강임ᄒᆞ야 밤을 지ᄂᆡ고 진ᄉᆞ 부처 ᄇᆡ오니 진ᄉᆞ 홀임의 손을 ᄌᆞᆸ고 연연 반겨 왈 그ᄃᆡ 붓친은 날 만즁우라 그ᄃᆡ ᄉᆞᆼ체ᄒᆞ고 세월을 보ᄂᆡ지 못한다 ᄒᆞ고 청혼ᄒᆞ미 ᄉᆞ시거리ᄒᆞᆯ 듯ᄒᆞ여 허혼

〈25-뒤〉

ᄒᆞ엿더니 그ᄃᆡ 연연ᄒᆞᆫ 심회을 금치 못ᄒᆞ여 청혼 후로 천연ᄒᆞ기로 여아의 신세을 여염ᄒᆞ야더니 이제난 여한이 업거니와 여아의 덕ᄒᆡᆼ은 남가 갓지 못하나 군ᄌᆞ의 후덕으로 ᄇᆡᆨ연동낙 바ᄅᆡ노라 ᄉᆞᆷ일 후의 소제 ᄒᆡᆼ동을 보니 족히 슈경낭ᄌᆞ의기 비ᄒᆞᆫ ᄃᆡ 업도다 밤을 지ᄂᆡ고 할임이 부모 전의 나가 슈경낭ᄌᆞ의게 감을 고ᄒᆞ고 즁임동을 ᄎᆞᄌᆞ가이 낭ᄌᆞ 현연이 마가로ᄃᆡ 신여을 만ᄂᆡ 보니 ᄌᆞ미가 엇드ᄒᆞ오니가 ᄒᆞ여 서로 길기드라 낭ᄌᆞ 왈 아모리 그러ᄒᆞᆫ들 신일을 다리고 ᄒᆞ로도 디ᄂᆡ지 안이 ᄒᆞ고 오신난잇가 슈알뉴하야 오시지 마옵고 첩은 이곳의 유ᄒᆞ옵고 망회난 부모임게 가셔 임소지을 다리고 부모 보안하옵소셔 ᄒᆞᆫᄃᆡ 할임이 이후로부트 망전방후 왕ᄂᆡᄒᆞ난디라 이르르 ᄉᆡ월이 여유ᄒᆞ여 임소ᄌᆡ 아기 일여을 나흐이 일홈은 츈연니라 한ᄃᆡ 이적의 쥭임동의 가니 낭ᄌᆞ 할임 다려 왈 인제난 임소제 일여럴 두엇신니 부모임게 알이압고 츈양 도츈을 다리옵소셔 한ᄃᆡ 할임

〈26-앞〉

이 즉시 도라와 부모와 소지을 보고 왈 ᄌᆞ식 다려갈 ᄉᆞ연을 엿ᄌᆞ온ᄃᆡ ᄉᆞᆼ공 부처와 임소제 이 말을 듯고 츈양 동츈을 붓들고 울며 왈 다 구슬 갓치 ᄆᆡ일 ᄉᆞ랑ᄒᆞ야 ᄉᆡ월을 보ᄂᆡ더니 어린 거설 보ᄂᆡ고 엇지 ᄂᆡ가 ᄎᆞ라리 함게 가ᄌᆞ ᄒᆞ며 일의 우럼이 진동ᄒᆞ고 나ᄌᆞ가 서로 쥭은 듯ᄒᆞ더라 上공 부처 츈양 동츈을 부러며 왈 가서 너의 어미를 보고 슈이 도라오라 ᄒᆞ시더라

할임이 아희들 다리고 즁임동으로 가니 낭즈 츈양 동츈을 보 울며 너난 나을 기리고 엇지 스란나야 ᄒᆞ며 기절ᄒᆞᆫ이 할임이 붓들고 단단기유ᄒᆞ여 기우인스을 ᄎᆞ려 울며 반겨드러가 츈양 가로ᄃᆡ 어마임은 엇지 이고ᄃᆡ와 기시난잇가 신아홍신이온지 쥬근 혼ᄇᆡᆨ이온지 쑴인지 ᄉᆡᆼ신지 일회 일비ᄒᆞ여 동츈을 다리고 고ᄉᆡᆼᄒᆞ든 말숨을 ᄒᆞ여 일성통곡의 기절ᄒᆞ거날 낭즈와 할임이 달ᄂᆡ여 왈 츈양아 진정ᄒᆞ여라 인지난 무숨 한이 잇서리요 동츈이 전 먹고 여나지 아니ᄒᆞ더라 이

〈26-뒤〉

후의 동츈이 하난 말이 만스무심ᄒᆞ여 지ᄂᆡ 세상 ᄌᆞ미 칭양 업드라 할임은 ᄌᆞ조 왕ᄂᆡᄒᆞ며 세월을 보ᄂᆡ드니 上공 붓처 연만ᄒᆞ야 속병으로 슈을니 ᄃᆡᄃᆡ ᄇᆡᆨ약이 무효ᄒᆞ니 할임 정셩으로 구안ᄒᆞᄃᆡ 정시 점점 위즁ᄒᆞᆫ디라 상공 붓치 할임을 불너 왈 우리 두리 넝르 두어 평ᄉᆡᆼ 이저드니 조물이 시기ᄒᆞᆫ디 노복의 망영으로 옥 갓탄 낭즈을 이별ᄒᆞ고 쥬소로 ᄒᆞᆫ이 ᄃᆡ여 ᄉᆡᆼ전의 맛날이 잇실가 바ᄅᆡ드니 병니 니럿타시 침즁ᄒᆞ니 눈을 쌈고 갈이ᄒᆞᆫᄃᆡ 정시 가로ᄃᆡ 일상 ᄌᆞ부을 회성가여 연ᄒᆞᆫ성회을 쥬야 원통ᄒᆞᄃᆡ 종시 보지 못ᄒᆞ니 엇지 ᄋᆡ들지 안이ᄒᆞ리요 아모리 유명이 다러나 ᄒᆞᆫ 번 보면 눈을 쌈고 가리다 ᄒᆞᆫᄃᆡ 할임이 부모게 ᄒᆞ직ᄒᆞ고 즁임동의 가셔 부모 병세ᄒᆞ 말숨을 ᄎᆞ리로 ᄒᆞ고 셔로 실허 ᄒᆞᆫ니 낭즈 이 말을 듯고 울며 한탄 왈 부모임이 병세 위즁ᄒᆞ오면 ᄌᆞ식되고 엇지 안연이 안ᄌᆞᆺ셔리요 ᄒᆞ고 옥교을 타고 놉히 안ᄌᆞ 쥬왈 옥연동 못 가온히로 오니 상하 제속과 일

〈27-앞〉

가 ᄉᆞ람드리 수경낭ᄌᆞ 다시 온다 ᄒᆞ고 길을 덥퍼 구경하난디라 드러가 부모임을 보오니 상공 부처 낭ᄌᆞ의 손을 즙고 눈물 흘여 왈 우리 연광 만흔지

병시 점점 이럿타시 침즁ᄒᆞ니 엇지 술기을 바라리요 ᄉᆡᆼ전의 낭ᄌᆞ을 보지 못할가 ᄒᆞ엿더니 낭ᄌᆞ을 다시 보니 이제 쥭으도 여ᄒᆞᆫ이 업도다 할 말이 마ᄂᆞ도 정신니 부족ᄒᆞ야 말을 못하리로다 ᄒᆞ고 체업하난지라 정씨 낭ᄌᆞ을 쥬야로 보지 못하다가 만ᄂᆡ보니 쥭인 듯ᄒᆞ야 눈물을 흘여 왈 낭ᄌᆞ 왈 그ᄃᆡ난 그 ᄉᆞ니의 시부모을 모시고 무ᄉᆞᄒᆞ신난잇가 나는 엿일을 ᄉᆡᆼ각한니 ᄌᆞ연 비감ᄒᆞ오나 부모임 병시 위즁하오니 엇지 망극지 안이ᄒᆞ오릿가 그러나 집안 범절을 그ᄃᆡ의게 밋ᄉᆞ오니 부ᄃᆡ 십눈 적막하압소셔 ᄒᆞᆫᄃᆡ 소제 엄연 ᄃᆡ왈 소첩은 본ᄃᆡ 지식 업ᄉᆞ오이 엇지 가ᄉᆞ을 맛ᄉᆞ오릿가 쏘ᄒᆞᆫ 비복 등니 일시의 현알ᄒᆞ면 눈물 먹엄고 치하하난지라 할임이 쏘ᄒᆞᆫ 츄연 다러다가 낭ᄌᆞ으기 보니이 낭ᄌᆞ 츄연을 안고 몬ᄂᆡ ᄉᆞ랑ᄒᆞ여 일히 일비하여 ᄉᆼ공 붓처 할임과

〈27-뒤〉

낭ᄌᆞ와 소제와 불너 왈 인명이 ᄌᆡ천이라 일시라도 ᄉᆞ기 어렵도다 낭ᄌᆞ와 소제난 효ᄌᆞ할 연을 ᄌᆞᆯ 길느서 영화을 ᄭᅳᆫ치 말고 만세 무량ᄒᆞ라 ᄒᆞ시니 니날 망극하야 ᄋᆡ통 우렴소ᄅᆡ 근처의 ᄉᆞ모치드라 할임과 낭ᄌᆞ 초ᄉᆼ 예로 극딘이 ᄒᆞ여 동순의 안즁ᄒᆞ고 낭ᄌᆞ 임제을 ᄃᆡ하여 나난 유명이 다러기로 도라가오니 그ᄃᆡ난 비복 등을 다리고 만서 무량하압소셔 하고 옥교의 놉히 안ᄌᆞ 비복을 단속하고 즁문의 나와 기를 ᄌᆡ촉ᄒᆞ니 ᄉᆞ람마당 칭촌 안니 하리 업드라 쥭임동으로 거ᄉᆼᄒᆞ니 지위은 부□진이요 점속일너라 슈경낭ᄌᆞ을 연연이 이별하고 빈소의 드르가 천지을 부러며 통곡ᄒᆞ엿다가 정신이 혼미ᄒᆞ야 침셕의 도라와 누엇더니 비몽 간의 ᄉᆼ공 붓처 ᄇᆡᆨ후을 바더라 ᄒᆞ거날 바다 안고 ᄀᆡ다러니 집안의 오운이 ᄌᆞ옥ᄒᆞ야 향ᄂᆡ 진동ᄒᆞ며 이윽고 소제 옥동ᄌᆞ을 탄ᄉᆡᆼᄒᆞᆫ이 골격이 쥰수ᄒᆞ고 소ᄅᆡ 운종ᄒᆞ고 할임이 더욱 ᄉᆞ랑ᄒᆞ야 일홈을 츈혹이라 ᄒᆞ고 츈혹을 점

〈28-앞〉

점 길너나ᄆᆡ 얼골은 과옥 갓고 풍ᄎᆡ난 두목디라 총명ᄒᆞ고 아람답더라 ᄌᆡ조 과인ᄒᆞ야 엣날 ᄉᆞ람을 비훌느라 션군이 쥭임도으로 도라가니 낭ᄌᆞ 츈양 도츈을 서로 반기시며 못ᄂᆡ 길기더라 션군이 종ᄌᆞ다려 왈 임소제 츈연 츈학을 엇지 하오잇가 낭ᄌᆞ 답왈 나난 유명이 달나 그곳ᄋᆡ 가셔 잇지 못하올소니 다 님소제와 츄연 츈학을 이리 다려 오압소서 한니 할님이 반겨 듯고 ᄃᆡᆨ시 도라와 소제 다려 낭ᄌᆞ 말니 소지와 츄연 츈학을 그고저로 오라하오니 소제 반겨 듯고 가ᄉᆞ을 탕픠하야 소제 교ᄌᆞ을 타고 아희을 다리고 쥭임동으로 도라가니 낭ᄌᆞ와 츄양 동츈이 다 반기ᄒᆞ드라 님소제 낭ᄌᆞ을 ᄃᆡ하야 소첩을 이다지 ᄉᆡᆼ각ᄒᆞᆫ니 은혜 ᄇᆡᆨ골난망이로소이다 낭ᄌᆞ ᄒᆞᄂᆞᆫ 말이 그 ᄉᆞ이ᄋᆡ 시부모임 비소을 모시고 솜연얼 지ᄂᆡ신이 그 글염이 청양 업ᄉᆞ오나 첩은 유명니 달나 솜연을 지ᄂᆡ도록 부모 빈소을 못 보오니 ᄌᆞ식 도리 안니로다 소제을 ᄃᆡ한니 무류ᄒᆞ오

〈28-뒤〉

나 소실 다 모엿니 무슴 여한이 잇시리요 한임 소제와 낭ᄌᆞ와 한 가지로 질긴 양은 층양치 못 할너라 츈양은 이정성 ᄃᆡᆨ 츌가하고 동츈은 김정성 ᄃᆡᆨ 서군이 ᄃᆡ고 츈연도 박판서 ᄃᆡᆨ 츌가하고 츈확과 두 부인을 다리고 지금ᄭᅡ지 만ᄉᆡᆨ을 드드라 ᄉᆞᆺ 글시 기기ᄒᆞ오나 보시난 이 눌너 눌너 보압소서

슈경옥낭자젼니라

예고려셰셜의경상도안동ᄯᅡ에
사ᄂᆞᆫ한진상니잇스되셩은ᄇᆡᆨ가요명
은셩슈요조연등과ᄒᆞ야베슬니병조참
팔의잇서일홈이닐국의진동ᄒᆞ더니소
인에참소을만나삭탈관즉ᄒᆞ고ᄒᆡᆼ의도
라와농업을심쓰이가산이졈〻부요ᄒᆞ야안
동ᄂᆡ의제일부자라영광이발나넘도록슬

슈경옥낭자전니라(단국대 55장본)

〈수경옥낭자전니라〉는 55장(109면)의 필사본 고소설로, 표제는 '슈경낭자전니라'이고, 내제는 '수경옥낭자전니라'이다. 작품의 시대적 배경은 '고례 시절'이고, 상공의 이름은 '빅성슈'로 제시되며 작품 서두에 백상공의 가문 소개가 이어진다. 전반부의 서사는 필사본 계열의 서사와 대동소이하나, 이 이본의 경우 낭자가 낳은 남매의 이름이 '양츈'과 '동츈'으로 되어 있고, 낭자를 음해하는 남종의 이름도 '악돌', '돌수' 등으로 다르게 나오는 것이 특징이다. 그리고 다른 이본과 달리 낭자가 옥잠으로 자신의 무죄함을 밝히는 화소도 생략되어 있다. 낭자의 죽음 이후의 서사를 살펴보면, 집에 돌아온 선군은 임소저와의 혼인도 마다하고 남매와 애통해 하며 지내다가 꿈에 나타난 낭자의 말을 따라 '세심강 죽임도'로 낭자를 찾아간다. 낭자는 선군에게 임소저와 혼인하여 부모를 봉양케 한 후 남매를 데리고 오라 하고, 선군이 이 말을 따라 임소저와 혼인한 후 집과 죽임도를 왕래하며 지내다가, 백공 부부가 세상을 뜨고 나서 이승의 집안일을 임소저와 그 자식들에게 맡긴 후 낭자와 두 자녀를 데리고 승천한다.

출처: 단국대 율곡기념도서관 『漢籍目錄』1994. (古 853.5 / 숙2477구)

〈1-앞〉

슈경옥낭자전니라

옛 고례 시절의 경상도 안동 ᄯᆞ에 사난 한 ᄌᆡᄉᆞᆼ니 잇스되 셩은 ᄇᆡᆨ가요 명은 성슈요 조연등과ᄒᆞ야 베살니 병조참판의 잇서 일홈이 널국의 진동ᄒᆞ던니 소인에 참소을 만나 삭탈관즉ᄒᆞ고 고ᄒᆡᆼ의 도라와 농업을 심씐이 가산이 점점 부요ᄒᆞ야 안동 ᄯᆞ의 제일 부자라 영광이 반니 넘도록 슬

〈1-뒤〉

하의 일점 혈륙니 업사오니 부인 정씨로 더부려 ᄆᆡ일 실펴ᄒᆞ던이 널널은 부인니 탄왈 불회삼천에 무자식ᄒᆞ온 죄로다 ᄒᆞ오니 울이 죽어 지ᄒᆞ에 도라 가온들 무삼 면목으로 선영을 뵈오며 뉘긔로 선영ᄒᆡᆼ화을 밧들가 ᄒᆞ온니ᄅᆞ 첩을 ᄂᆡ침즉 ᄒᆞ오되 군자의 어진 덕으로 지금ᄭᆞ지 보존하엿싸오니

〈2-앞〉

소ᄇᆡᆨ산 하의 드러가 삼 ᄉᆞᆨ 긔도을 ᄒᆞ오면 혹 자식을 본ᄃᆞ ᄒᆞ오니 그리 ᄒᆞ사 니ᄃᆞ ᄒᆞ거을 상공니 답왈 그려할진ᄃᆡ 천하의 무자식ᄒᆞ올 사람니 어ᄃᆡ 잇싸 오리ᄭᆞ 그러ᄒᆞ오나 부인의 원ᄃᆡ로 ᄒᆞ옵소서 부부 삼일ᄌᆡ게ᄒᆞ고 전조ᄃᆞᆫ발 ᄒᆞ고 소ᄇᆡᆨ산에 드려가 지성으로 발원ᄒᆞ엿더니 과연 그ᄃᆞᆯ보틈 ᄐᆡ긔 잇셔 십 삭니 ᄃᆞᆼᄒᆞᄆᆡ 하

〈2-뒤〉

로ᄂᆞᆫ 운무 ᄌᆞ옥ᄒᆞ며 집안의 ᄒᆡᆼ내 진동ᄒᆞ던이 이윽ᄒᆞ여 남ᄌᆞ을 ᄐᆞᆫᄉᆡᆼᄒᆞ니 ᄒᆞ날노서 ᄒᆞᆫ 서녀 구름을 ᄐᆞ고 ᄂᆡ려와 옥병에 ᄒᆡᆼᄐᆞᆼ슈을 긔우려 ᄋᆡ기을 식겨 뉘이고 부인ᄃᆞ려 일너 왈 니 ᄋᆞ히난 천상 선관으로 요지연에 갓ᄃᆞ가 선여 슈경낭ᄌᆞ로 더부려 희롱ᄒᆞᆫ 죄로 상제 노ᄒᆞ사 인간의 적거하야 삼ᄉᆡᆼ연분

매게 ᄒᆞ엿싸오니 부

〈3-앞〉

인은 귀리 긔르소서 ᄒᆞ고 간 ᄃᆡ 업거날 부인니 정신을 진정ᄒᆞ고 상공을 청ᄒᆞ니 상공니 급피 드려왓거을 부인니 선여 ᄒᆞ던 말을 자서이 고ᄒᆞᆫᄃᆡ ᄉᆞᆼ공 ᄃᆡ히ᄒᆞ야 아헤 상을 보니 얼골니 관옥 갓고 성음니 웅장ᄒᆞ야 완연한 선동이 ᄅᆞ 부부 상의ᄒᆞ야 일홈을 선군니라 ᄒᆞᄃᆞ 선군이 점점 ᄌᆞᄅᆞ나ᄆᆡ ᄇᆡ호지 안

〈3-뒤〉

이 하여도 시서ᄇᆡᆨ가어을 무불통지ᄒᆞ니 뉘 안이 층촌ᄒᆞ리요 선군의 나히 십오 ᄉᆡᄅᆞ 풍도 거륵한지라 부모 ᄆᆡ닐 사랑하여 왈 광ᄃᆡᄒᆞᆫ 천지 간의 저와 갓틋 ᄇᆡ필을 구ᄒᆞᄫᅣ랴 ᄒᆞ고 사으로 구혼ᄒᆞ더라 잇ᄯᅵ에 슈경낭ᄌᆞ 천상에 득죄ᄒᆞ고 옥연동의 적거하엿스나 선군과 연분이 인ᄂᆞᆫ고로 선군

〈4-앞〉

을 인간의 뵈ᄂᆡ여 환싱하엿씨로 천ᄉᆞᆼ의 올으지 못ᄒᆞ고 다른 고ᄃᆡ 구혼ᄒᆞ난지ᄅᆞ 낭자 ᄉᆡᆼ각ᄒᆞ되 우리 두 사름니 적거ᄒᆞ야 ᄇᆡᆨ연기약 ᄆᆡᄌᆞ던니 이제 낭군니 ᄃᆞ른 ᄃᆡ 구혼하이 삼ᄉᆡᆼ연분니 속절업시 허사로ᄃᆞ 하고 이날 밤의 선군 ᄭᅮᆷ의로 ᄅᆞ가 낭군은 첩을 모르시난잇까 첩은 천상 선여로 요지연의 갓ᄃᆞ가 낭군

〈4-뒤〉

과 함ᄭᅴ 히롱ᄒᆞᆫ 죄로 옥황상제게 득죄ᄒᆞ고 잇간에 나려와 낭군과 인연 ᄆᆡᆺᄌᆞ ᄒᆞ엿더이 낭군은 어이하야 ᄃᆞ른 ᄃᆡ 구혼하리ᄉᆞᆺ 이ᄌᆡ 삼 년을 기ᄃᆞ리오면 연분을 ᄆᆡ질 거서오니 그ᄯᅵ 부부 되오리ᄃᆞ 정영이 니르고 간 ᄃᆡ 업거ᄂᆞᆯ ᄂᆡ

씌ᄃᆞ르니 ᄒᆞᆫ 숨리라 정신을 진정하야 ᄂᆞᆼ자을 ᄉᆡᆼ각하니 ᄉᆞᆺᄶᆞ온 얼골리 침

〈5-앞〉

방의 안잔난 듯 옥안운비며 단순호치 반긔하야 다정ᄒᆞᆫ 말소ᄅᆡ 귀의 ᄌᆡᆼᄌᆡᆼ 눈의 암암 ᄌᆞ연이 병이 되야 닐각니 여삼츄ᄅᆞ 부모 보시고 민ᄆᆡᆼ하여 왈 네 병세을 보니 가장 고이ᄒᆞᄃᆞ 네 말ᄒᆞ라 ᄒᆞ신ᄃᆡ 선군니 ᄃᆡ왈 아모날 밤 숨의 월궁 선여 놀랴 ᄒᆞ고 와서 여차여차ᄒᆞ고 가던이 그날봇틈 병니 나되 일각이 여숨추오니

〈5-뒤〉

엇지 삼 연을 긔ᄃᆞ리오면 병니 되지 안이하리요 부닌니 왈 너을 나을 제 ᄒᆞ날노서 한 선여 나려와 니려니려하고 가던니 과연 그 낭자로다 그려나 숨은 다 허사ᄅᆞ ᄉᆡᆼ각지 말고 음식니나 먹으라 ᄒᆞ신ᄃᆡ 선군이 왈 아모리 히아리되 정영니 한 언약을 두고 갓싸오니 엇지 허사ᄅᆞ ᄒᆞ오리ᄭᆞᆺ 음식을 전폐하고 누어 기동

〈6-앞〉

안니 ᄒᆞᆫ이 부모 민ᄆᆡᆼ하야 ᄇᆡᆨ약으로 치로ᄒᆞ되 차회가 업ᄂᆞᆫ지라 각설니ᄅᆞ 낭자 비록 옥연동의 잇시나 낭군으 병세 위중ᄒᆞ심을 짐작ᄒᆞ고 날마당 몽중의 왕ᄂᆡᄒᆞ던이 홀오난 선군ᄃᆞ려 닐너 왈 낭군은 엇지 안너자을 잇지 못ᄒᆞ고 병니 닐신에 가득하니 환약 잡수오면 ᄯᅩ한 유닉할 것시니 옥병 세

〈6-뒤〉

설 놋코 일너 왈 ᄒᆞᆫ 병은 불노초요 ᄒᆞᆫ 병은 회ᄉᆡᆼ초요 ᄯᅩ ᄒᆞᆫ 병은 철연초요이 삼 연만 촘으소서 ᄒᆞ고 ᄒᆞ고 간ᄃᆡ업거날 선군의 병세 더옥 위중ᄒᆞ여 실성ᄒᆞᆫ

사람 갓더라 쏘 쉼의 닐너 왈 낭군의 병세 점점 위중하기로 금동자 화상을 가저왓시니 낭군의 ᄌ시난 방의 두오면 자연 부귀하오리ᄃ 쏘

〈7-앞〉

화상을 쥬오며 왈 이 화상은 첩으 용묘니 밤이면 안ᄉ고 자고 나제면 병즁의 거려 두고 ᄃ강 심회을 푸르소서 ᄊ둘나 보니 금동자 화상니 잇거날 금동ᄌ은 벽상에 걸고 화상은 병풍의 걸고 시시로 낭자 갓치 보난지라 각도 각읍 사람들도 서로 이르기를 ᄇ션군의 집의 기니한 거시 잇다 하고 사람마ᄃ 귀경ᄒ고 ᄃ경하더라 이

〈7-뒤〉

령저령 ᄆ일 ᄉ각ᄒ지라 낭ᄌ의 고흔 ᄐ도 눈의 삼삼 말소ᄅ 귀의 징징 쌘니로ᄃ 가련ᄐ ᄂ이 병세 골슈의 집펴스니 뉘라서 살너닐고 쥬야로 서려하난지ᄅ 이적의 낭ᄌ ᄉ각다가 못ᄒ야 선군 병중에 현몽ᄒ여 왈 낭군은 첩을 잇지 못하야 병세 이려타 ᄒ오니 엇지 염여되지 안이하오리요 낭군은 직시 ᄆ월노 잠간 방슈을 정금ᄒ옵소서 적막ᄒ

〈8-앞〉

온 심회을 이긔지 못ᄒ고 ᄊ달르이 쉽니라 닛튼날 ᄆ월을 불너 방슈을 정ᄒ이 적막한 심회을 셰거ᄒ려 ᄒ나 시시로 낭ᄌ을 ᄉ각하이 글노 심회 무궁ᄒ더라 낭자 ᄉ각하되 낭군의 병세 ᄇ약이 무회하니 아모리 천상연분니 지즁하여도 무가ᄂ하라 ᄒ고 선몽하여 왈 낭군이 첩을 보려하거든 옥연동을 ᄎᄌ옵소서 하거늘 이려 안자 ᄉ각하니

〈8-뒤〉

정신이 황홀ᄒᆞ여 부모님씌 엿ᄌᆞ오ᄃᆡ 간밤에 쑴을 어드니 낭ᄌᆞ가 이려이려 하고 가오니 아모리 생각하여도 ᄎᆞᄌᆞ가고저 ᄒᆞ난지ᄅᆞ 한ᄃᆡ 상공니 우어 왈 네 실성한 사람니로ᄃᆞ 하고 붓듯려 안거날 선군이 소ᄆᆡ을 ᄯᅥᆯ치고 가난지 라 선군니 옥연동을 차ᄌᆞ가되 종일토록 찻지 못ᄒᆞᄆᆡ 울적한 심회을 니긔지 못하야 하날께 빌어 왈 ᄇᆡᆨ선군의

〈9-앞〉

ᄐᆞ난 간장을 세세통촉 살펴쥬옵소서 옥연동을 쉬니 지시ᄒᆞ옵소서 점점 드려가니 만학천봉은 구름 ᄀᆞᆺ치 둘너 닛고 석상의 ᄇᆡᆨ구들은 오락ᄶᅡ락ᄒᆞ고 수양 천만산의 황조 나ᄅᆞ들고 힝기을 탐한 봉접은 쏫슬 보고 날라들고 명사 십이 ᄒᆡᄃᆞᆼ화은 충홍을 자랑하고 층암절벽의 폭포슈난 벽계로 흘너난다 별 유천지비

〈9-뒤〉

인간을 점점 드려가이 선판의 ᄃᆡ자로 썻시되 옥연동이ᄅᆞ 하엿더라 선군니 몸을 굽펴 당상의 올나가니 낭자 피셕ᄃᆡ왈 낭군은 엇더하신 속ᄀᆡ이간ᄃᆡ 감히 선경을 드려왓난잇가 선군니 ᄃᆡ왈 나난 유산ᄒᆞ는 사람니오니 살기을 바ᄅᆡ오니 사람을 용서ᄒᆞ옵소서 낭ᄌᆞ ᄃᆡ왈 그ᄃᆡ 목슘을 ᄋᆡᆨ기거든 속히키 나

〈10-앞〉

가라 ᄒᆞᆫᄃᆡ 선군으 심사 불안ᄒᆞ야 아몰이 ᄉᆡᆼ각ᄒᆞ여도 이ᄣᅢ을 어기오면 ᄃᆞ시 만나기 어려올지라 하고 점점 나어가 안지며 갈오ᄃᆡ 낭ᄌᆞ난 나을 모르난잇 ᄉᆡᆨ 하며 ᄋᆡ결하니 낭자 종시 모로난 ᄎᆡᆨ 하고 묵묵부ᄃᆞᆸ하거ᄂᆞᆯ 선군이 하일업 서 하즉ᄒᆞ고 ᄃᆞᆼ의 나려가거날 낭ᄌᆞ 그제야 고흔 ᄐᆡ도 녹의홍상 ᄯᅥᆯ처 입고

가는 허리 고흔 빕시 병

〈10-뒤〉

풍의 빗계 서서 단순호치 반개하야 죄용이 문난 말솜 잠관 드려보오 그듸 종시 듯지 안이ᄒᆞ고 아모리 차리 모른들 천말의 혀륵홀가 ᄒᆞ고 잇그려 듸리거놀 선군이 그제야 완연이 올나가이 낭ᄌᆞ 연접ᄒᆞ여 좌정ᄒᆞᆫ 후에 염실든좌하고 공순하난 양은 산원 ᄀᆞᆺ치 완전ᄒᆞ고 춘삼월 반ᄀᆡ도화 옥면의 어

〈11-앞〉

려 잇고 서산의 지난 돌은 아미 갓치 빗최엿다 ᄋᆡᆼ도 갓치 고흔 입설 주홍필노 쏙 써근 듯 사람의 심간을 살난케 하난지라 각가이 안져 옥슈을 부워잡고 이제난 기리던 정회을 설화하이 낭자 왈 첩 갓튼 안녀자을 ᄉᆡᆼ각하와 병니 되엿스니 엇지 장부ᄅᆞ 하리요 두 사람이

〈11-뒤〉

하날임씨 득죄하고 닌간의 나려오ᄆᆡ 만날 ᄯᆡ을 삼 년 후로 정하시이 청조로 ᄆᆡ표 삼고 상봉으로 육예 삼아 ᄇᆡᆨ연동낙하려이와 만일 그려치 안이하면 천위을 거사리면 그 안이 무례한가 몸을 잠간 진정ᄒᆞ와 삼 년을 기다리오면 ᄇᆡᆨ년히로ᄒᆞ오리ᄃᆞ 선군이 왈 낭ᄌᆞ 말

〈12-앞〉

삼 그려ᄒᆞ오나 이제난 ᄭᆞᆺ 본 나부요 물 본 긔렉이ᄅᆞ 닐각이 여삼츄라 갓쌈거날 엇지 삼 년을 기둘리오며 살긔을 바ᄅᆡ잇가 복망 낭ᄌᆞ난 잠간 접애 ᄉᆡᆼ각ᄒᆞ와 물의 ᄲᆞ진 이ᄂᆡ 몸을 쇡히 구원ᄒᆞ압소서 ᄒᆞ며 사ᄉᆡᆼ을 결단ᄒᆞᆫ이 낭ᄌᆞ 아모리 ᄉᆡᆼ각ᄒᆞ되 무가ᄂᆡᄒᆞᄅᆞ ᄒᆞ고 이적의 야월은 만정

〈12-뒤〉

ᄒᆞ고 야ᄉᆡᆨ은 삼경이라 천지로 본중 삼고 닐월노 ᄆᆡ픠 삼고 월명창ᄒᆞ여 청조로 슈을 부으라 하고 ᄇᆡᆨ혹은 춤을 춰이고 말 잘ᄒᆞ난 ᄋᆡᆼ무 서로 권주가 ᄒᆞᆫ 곡조여 일ᄇᆡ일ᄇᆡ부일ᄇᆡ 피칙레을 파ᄒᆞ고 동색의 올나 촉불을 발켜고 원앙금침 ᄒᆞᆫ나의 두리 서로 동침할 제 그 안이 조를손가 낭ᄌᆞ으 고

〈13-앞〉

ᄒᆞᆫ ᄐᆡ도 볼사록 아람ᄃᆞᆸ고 볼사록 사ᄅᆞᆼ옵ᄃᆞ 목ᄃᆞᆫ화 ᄒᆡ당화가 아츰을 지우ᄂᆞᆫ 듯 ᄇᆡᆨ화만발한 즁의 봉점이 날ᄅᆞ든 듯 츈소식을 ᄌᆞᄅᆞᆫᄂᆡᄃᆞ 선군으 거동 보소 만단으로 상랑한 정을 엇지 ᄃᆞ 긔록할고 이려할 제 원촌의 게명성니 나고 동구 박기 청찹살긔 지시며 동정의 ᄒᆡ 빗처 발가오

〈13-뒤〉

ᄆᆡ 낭ᄌᆞ 금침을 물이치고 이려나 쥬회을 전한 후의 피차 권권하난 정이야 비할 ᄃᆡ 업써ᄅᆞ 선군이 춘흥을 니기지 못하되 낭ᄌᆞ 아미을 숙이고 ᄃᆞᆫ순호치 반기하여 왈 우리 서로 ᄇᆡᆨ년인넌 ᄆᆡ자스나 아지 못거라 낭군은 날 갓탄 ᄋᆞ여자을 이 곳ᄃᆡ 두고 도ᄅᆞ가와 공부나 착실니 하여 그 ᄉᆡ이에 과거나 승써 보

〈14-앞〉

고 삼 연을 기ᄃᆞ리오면 첩도 니 고ᄃᆡ 잇서 선도을 닥거 삼 연 후의 낭군을 ᄯᆞᄅᆞ가오리ᄃᆞ 만일 옥황상제으 명을 어기오면 필경 ᄇᆡᆨ년동거 못 하오리ᄃᆞ 아모리 섭섭하여도 엇지 ᄌᆞᆼ부 되고 마음을 엇지 진정치 못ᄒᆞ오리ᄽᅡ 어서 각기을 ᄌᆡ촉ᄒᆞ니 선군니 하난 말이 낭자야 엇지 니ᄂᆡ 정을

〈14-뒤〉

싱각지 안이ᄒᆞ나요 삼 연 후의 만나서는 빅년동거ᄒᆞ면 조흘 뜻 하나니ᄃᆞ 이제 동거하면 삼 년 전의 죽어도 ᄂᆡ사 그리 못ᄒᆞ겟ᄃᆞ 공부도 ᄂᆡ사 실코 청운 낙슈교에 과거 보기도 ᄂᆡ사 실코 만사가 ᄂᆡ 다 실코 싱각ᄒᆞ난 빅 낭자로ᄃᆞ 이제난 쥭어도 갓치 ᄒᆞ고 살ᄅᆞ도 갓치 살ᄉᆡ 낭자은 ᄂᆡ 정을 점점 바리지 말

〈15-앞〉

으소서 ᄂᆞᄃᆞ려 삼 년 긔ᄃᆞ리ᄅᆞ 하난 말리 ᄂᆡ 간장 다 석난 듯 ᄒᆞ온니 ᄃᆞ시난 그런 ᄆᆞᆯ 말고 우리 서로 함씨 가자 하이 낭ᄌᆞ 아모리 싱각ᄒᆞ여도 천에을 거ᄉᆞ리난 듯 하녀도 낭군이 뎌려ᄐᆞ시 ᄒᆞ신니 무가ᄂᆡ하ᄅᆞ 하고 낭군과 갓치 가자 ᄒᆞ고 청조로 전빈을 세우고 빅학으로 옥연고을 돌니고 봉황ᄉᆡ로 좌우에 세우고 공각ᄉᆡ로

〈15-뒤〉

길을 인도하여 니려ᄐᆞ시 나려와서 부모님씨 보온ᄃᆡ 상공으 부부 서로 공경ᄃᆡ접ᄒᆞ고 낭자의 얼골을 자세이 살펴보니 설부화용은 천ᄒᆞ의 절ᄉᆡᆨ이ᄅᆞ 낭ᄌᆞ으 처소난 동별당을 정하고 원앙침낙을 일우게 하면 양인의 정을 비할 ᄃᆡ 업더라 선군이 낭자로 더부려 써날 쥴을 모로고 과업을 전폐ᄒᆞ니 상공부테

〈16-앞〉

미안하되 다만 선군ᄲᆡ니로ᄃᆞ 세월니 녀류ᄒᆞ야 님무 팔 년이라 자식 남ᄆᆡ을 나흐되 ᄯᆞᆯ 일홈은 양춘이요 아달 일홈은 동춘이라 동석의 서로 안ᄌᆞ 오현금을 비게 안고 쥴쥴이 희롱할 제 낭ᄌᆞ 화답하니 그 곡조의 하여스되 일빈

일ᄇᆡ부일ᄇᆡ로 ᄒᆞ고 이려할 제 봉황시난 나라들고 ᄇᆡᆨ학은 츔을 춴ᄃᆞ 서로 츔을 출

〈16-뒤〉

제 벗 부르난 쇠소리난 황금 갓치 왕ᄂᆡ하고 힝기을 찬난 봉접들은 츈흥을 자라ᄂᆡᆫᄃᆞ 부모 보시고 갈오ᄃᆡ 너으 두 사람은 천하 년분 적실하도ᄃᆞ 하시고 선군을 불너 왈 금방 과거을 뵈닌다 ᄒᆞ니 너도 가서 입신양명ᄒᆞ여 부모 말년의 영황을 뵈이며 조선을 빈ᄂᆡ면 그 안이 상쾌ᄒᆞ랴 ᄒᆞ고 가기을 청하거날

〈17-앞〉

선군 왈 우리 성세 천ᄒᆞ의 제릴이요 국녹과 속록이 이목지속욕을 마음ᄃᆡ로 하거날 무삼 부족으로 과거 보기을 힘씨릿까 마닐 경성의 올나가오면 낭ᄌᆞ로 더브려 두어 달 이별될 거시니 실노 사정이 난처ᄒᆞ여이ᄃᆞ 바로 낭자 방의 드려가 부모 하던 말삼ᄒᆞ여 과거보라던 말을 하니 낭ᄌᆞ 념용ᄃᆡ왈

〈17-뒤〉

장부 세상의 처하여 ᄊᆞᆺ짜온 일홈을 용문의 올날 영화을 조선의 빗님이 올커날 엇지 안여자을 잇지 못하여 공명의 ᄠᅳᆺ시 엄시니 남의 시비을 면치 못할 거시이 닐정 낭군은 그려할진ᄃᆡᆫ 첩니 목전의 죽을 슈밧기 업난이라 선군의 크게 놀ᄂᆡ여 왈 낭ᄌᆞ으 말삼 저ᄃᆡ지 뵐ᄂᆡ게 하난잇까 하고 즉일

〈18-앞〉

발힝할 제 부모님찌 ᄒᆞ즉하고 낭ᄌᆞ으게 하즉하되 부ᄃᆡ부ᄃᆡ 잘 릿소서 ᄋᆡ연한 ᄆᆞ음을 엇지 ᄃᆞ 층양하리요 마지못하야 발힝할 제 ᄒᆞᆫ 거름의 쥬저ᄒᆞ고

두 거름의 도라보며 가난지라 낭ᄌᆞ쏘 이ᄆᆡ의 손을 연ᄉᆞ고 공문의 빗게 서서 전송하난 말이 철 이 원경의 편안이 다여옵소서 비회을 금치 못ᄒᆞ거늘 장부의

〈18-뒤〉

일천간장이 안이 석고 어니 하리 종일토록 게우 삼십 니을 간난지ᄅᆞ 슉소을 정하고 석반을 바드나 낭ᄌᆞ으 ᄆᆞᆯ소ᄅᆡ와 아름ᄃᆞ온 얼골이 안전의 삼삼하ᄆᆡ ᄒᆞᆫ심지여 탄식ᄒᆞ이 ᄒᆞ닌들이 엿자오ᄃᆡ 저려ᄒᆞ시고 철 이 원경의 엇지 왕ᄂᆡ ᄒᆞ오릿싸 한ᄃᆡ 선군이 답왈 자연이 그려한다 하고 정막

〈19-앞〉

한 객창의 홀노 안자 ᄉᆡᆼ각하니 낭ᄌᆞ으 고흔 ᄐᆡ도 눈의 삼삼 말소ᄅᆡ 귀의 ᄌᆡᆼᄌᆡᆼ 마음을 진정치 못ᄒᆞ야 이경 말 삼경 초의 신발ᄒᆞ고 집으로 도라와 단장을 너머드려 낭ᄌᆞ으 방의 드려가이 낭자 놀ᄂᆡ여 왈 이 집픈 밤의 엇지 옷난잇싸 선군이 왈 오날 게우 삼십 이을 올나가와 슉소을 정하고 낭

〈19-뒤〉

자으 ᄉᆡᆼ각이 무궁ᄒᆞᄆᆡ 울적한 심회을 이긔지 못ᄒᆞ야 음식이 마시 업고 ᄀᆡᆨ지의 병이 될쯧 ᄒᆞ와 한 자 ᄌᆞ라 ᄒᆞ고 완난이ᄃᆞ 낭자는 심회을 푸르게 하여 쥬옵소서 하고 침금으로 드려가 밤이 못도록 정회을 푸난지라 이적의 상공니 선군을 경성의 보ᄂᆡ고 집안의 도적을 살피려 ᄒᆞ고 ᄃᆞᆫ장 안으로 도ᄅᆞ드려 동

〈20-앞〉

별당으로 드려가니 낭ᄌᆞ으 방의서 남정 소ᄅᆡ 들이거날 상공이 ᄉᆡᆼ각ᄒᆞ되

낭즈의 빅옥 갓탄 절개을 가지고 엇지 외인을 딕ᄒ여 말ᄒ리요 그려나 싱사을 아지 못할 거시로ᄃ ᄒ고 창밧기 귀을 긔우려 드르니 낭ᄌ 읏키 말하ᄃ가 왈 부모님니 와 게신가 십푸이 낭군은 몸을 잠간 감초소서 ᄒ며 낭ᄌ는 아히을 달닉난 톄 ᄒ고 동

〈20-뒤〉

츈의 등을 어리만지며 왈 너으 아바임니 장원 급제ᄒ여가지고 올 거시니 어서 잠을 ᄌᄅ 하니 상공니 살피ᄃ가 처소로 도라오이 낭ᄌ 낭군을 ᄭ이와 닐아사ᄃ 부친님이 문전의 엿보ᄃ가 가겨시이 낭군은 아모리 첩을 잇지 못하녀도 경성의 올나가서 장원 급제하여 영화을 부모 전의 뵈오면 그 안니 빗

〈21-앞〉

나오릿가 부모임 아옵시면 첩이 죄을 ᄃ할 뜻 ᄒ오니ᄃ 속속키 ᄶᄂ소서 ᄒ고 기을 ᄌ촉ᄒ이 선군이 올이 역겨 급피 쥬점의 도라가니 ᄒ인니 잠을 ᄭ지 안이ᄒ엿거랄 ᄯ 잇튼날 게우 이심 이을 가 슉소을 정ᄒ고 공방에 호올노 안자시이 낭자의 고흔 ᄐ도 눈의 삼삼 잠을 이우지 못하난지ᄅ 빅니

〈21-뒤〉

사기 도라와 낭ᄌ 방의 드려가이 낭ᄌ 놀닉여 왈 낭군 엇지 이픈 밤마당 왕닉ᄒ시난잇ᄭ 천금귀ᄐ을 싱각지 안이ᄒ신난잇가 밤마ᄃ 왕닉ᄒ시난 일은 무삼 일니오니ᄭ 낭군니 첩을 잇지 못ᄒ시면 첩이 낭군을 차자 가오리ᄃ 하거날 선군이 ᄃ왈 낭ᄌ은 귀즁부여ᄅ 엇지 힝조을 임으로 ᄒ리뇨 낭자

〈22-앞〉

하일업서 ᄃ왈 이 화상은 첩의 용모오니 힝장의 너어ᄃ가 빗치 변ᄒ거든

쳡이 편치 못ᄒᆞ신 쥴 아옵소서 하고 서로 이별ᄒᆞ이 실푸ᄃᆞ 홍진비릐난 인지 상사ᄅᆞ 선군과 낭ᄌᆞ와 서로 저ᄃᆡ지 조화ᄒᆞ고 엇지 조물이 시기치 안이ᄒᆞ리오 이날 별의 상공이 ᄯᅩ한 마음니 고니ᄒᆞ야 동별당

〈22-뒤〉

의 가 귀을 긔우리고 드르니 ᄯᅩᄒᆞᆫ 남정 소릐 나거ᄂᆞᆯ 상공이 ᄉᆡᆼ각ᄒᆞ되 고니ᄒᆞ다 ᄂᆡ 집은 단쟝이 놉고 노비 슈다ᄒᆞ거ᄂᆞᆯ 슈일 밤을 드르이 낭ᄌᆞ 방에셔 남졍 소릐 ᄂᆞ니 이ᄂᆞᆫ 필장 통간ᄒᆞᄂᆞᆫ 줄 알고 쳐소로 도라와 만단 슈심ᄒᆞ더니 잇덕에 낭ᄌᆞ 부친 단녀간 쥴 알고 동츈을 달ᄂᆡ여 재이ᄂᆞᆫ 쳬 ᄒᆞ고 션군은 슉소로 도라가니라 잇젹에 상공 부톄 낭ᄌᆞ을 불너 문왈 요새 집안이 비엿기로 도젹을 살피려 ᄒᆞ고 두루 단여 낭ᄌᆞ 쳐소

〈23-앞〉

로 가이 방의서 남정 소릐 나거날 고니하여 왓더니 네 니 안니 고이한가 종실듯고ᄒᆞᄅᆞ ᄒᆞ니 낭자 염용ᄃᆡ왈 밤마당 양준과 동츈과 ᄆᆡ월 ᄃᆞ리고 말하엿나이ᄃᆞ 엇지 외인을 ᄃᆡᄒᆞ리요 상공이 ᄃᆡ로하야 왈 고이하고 으심이 난ᄃᆞ ᄆᆡ월을 불너 문왈 요ᄉᆡ 네 낭자 방 가서 자나야 ᄆᆡ월니 엿ᄌᆞ오되 요ᄉᆡ의 몸이 곤ᄒᆞ기로 낭ᄌᆞ 방의 못 갓나이ᄃᆞ ᄒᆞᆫᄃᆡ 엄즁니 ᄭᅮ지저 왈 요ᄉᆡ 낭ᄌᆞ 방의서 외인 말소릐 들니거날

〈23-뒤〉

고이ᄒᆞ여 낭자ᄃᆞ려 무르니 제 말ᄒᆞ기을 심심ᄒᆞ녀 너을 달리고 수작ᄒᆞ엿노ᄅᆞ ᄒᆞ더니 너 말니 그려치 안니ᄐᆞ 하니 분명 엇덧 놈니 ᄃᆞ인가 십푸이 너 착실니 슬펴 자 보고ᄒᆞᄅᆞ ᄒᆞᆫᄃᆡ ᄆᆡ월니 청명ᄒᆞ고 주야로 슈직하되 종시 보지 못하난지라 ᄆᆡ월 ᄉᆡᆼ각ᄒᆞ되 낭군이 낭ᄌᆞ와 작ᄇᆡᆨ한 후로 지금ᄭᆞ지 나을 도라

보지 안이하니 엇지 이쒸을 당하야 낭자을 히하면 그 안이 상쾌하리요 하고 슝악한 긔기을 닉여 수천 양 금은을

〈24-앞〉

도적하녀 가지고 저의 당슈 즁의 의논ᄒᆞ여 왈 금은 슈천 양을 쥴 거시이 뉘가 낭ᄌᆞ을 히할고 하니 그 중에 한 놈니 잇시되 닐홈은 악돌이라 한난 놈이 잇시되 성정이 고약ᄒᆞᆫ 놈니 자원하거날 ᄆᆡ월니 악돌ᄃᆞ려 이로ᄃᆡ ᄂᆡ 상정 말을 할니ᄅᆞ 우리 서방님니 날노 방슈 정하엿더이 낭자와 작ᄇᆡᄒᆞᆫ 후로 어연간 팔 년이로되 도ᄅᆞ본 체 안이ᄒᆞ니 ᄂᆡ으 심사 엇지 온존하리요 그려함으로 낭ᄌᆞ을 히코저 한이ᄅᆞ ᄂᆡ 말을 자서니 듯고 성사하ᄅᆞ 하고 니

〈24-뒤〉

날 밤 삼경의 악돌을 달리고 낭자 방문 박기 세우고 그ᄃᆡ은 여기 안자시면 ᄂᆡ 상공 처소로 드러가 고ᄒᆞ면 웅당 분노ᄒᆞ야 그ᄃᆡ을 자부려 할 거시니 그ᄃᆡ난 낭ᄌᆞ 방문의 섯다가 그양 도망ᄒᆞᄅᆞ 하엿쓰ᄅᆞ ᄆᆡ월이 급피 상공 처소로 가 엿자오되 소려가 동별당을 수직ᄒᆞ옵던니 오날밥의 본즉 엇더ᄒᆞᆫ 놈니 낭자 방문 밧기 섯다가 급피 단장을 너머가거날 알옵난니다 상공니 ᄃᆡ노하여 분을 이기지 못하니 밤

〈25-앞〉

을 지달여 원촌의 게명성니 나거날 노복을 불너 좌우로 세우고 차례로 엽치극문하여 왈 ᄂᆡ 집의 단장이 놉고 외인니 임무로 츌납지 못하거ᄂᆯ 네의 즁의 엇던 놈니 낭ᄌᆞ 방의 다여 통간하난야 바로 알뢰라 ᄒᆞ며 낭ᄌᆞ을 자바올이ᄅᆞ 하신ᄃᆡ ᄆᆡ월니 몬저 ᄂᆡᄃᆞ라 동별당의 가 문을 쑤다리며 소ᄅᆡ을 크게 하여 갈오ᄃᆡ 낭ᄌᆞ은 무삼 잠을 그ᄃᆡ지 집피 ᄌᆞ난잇까 지금 ᄃᆡ감

〈25-뒤〉

임전의옵서 낭자을 자바오라 ᄒᆞ시ᄂᆞᆫ이다 ᄒᆞᆫᄃᆡ 낭ᄌᆞ 놀ᄂᆡ여 문왈 원말인고 문을 열고 보니 슈ᄃᆞ한 남종더리 무슈이 문밧게 옹위ᄒᆞ엿거날 낭자 문왈 무삼 말이 잇ᄂᆞᆫ야 노비 등이 ᄃᆡ왈 낭ᄌᆞ은 엇더한 놈을 통간ᄒᆞᄃᆞ가 ᄋᆡᄆᆡᄒᆞᆫ 우리 등을 다 맛천난잇까 무죄ᄒᆞᆫ 우리 등을 살여쥬옵소서 ᄒᆞ고 구박이 ᄌᆞ심 ᄒᆞ거날 낭자 이 말을 드르니 간담니 선를ᄒᆞ여 아모리 할 쥴을 모로고 ᄂᆡᄃᆞ르이 ᄌᆡ촉이 성화갓거날 즉시 나와 부모임 전에 엿자오

〈26-앞〉

되 무삼 죄가 잇관ᄃᆡ 집픈 밤의 노복을 명ᄒᆞ여 자바오라 하신난잇가 상공이 분노하야 왈 거슌달려 무른즉 네 양츈 동츈과 ᄆᆡ로 더부려 말하엿ᄃᆞ ᄒᆞᄆᆡ ᄆᆡ월을 불너 무른즉 ᄆᆡ월이 왈 낭ᄌᆞ 방의 간 이리 업다 ᄒᆞᄆᆡ 피련 고이하여 던이 ᄯᅩ 오날밤의 슈적한의 네 방의 간간 츌입ᄒᆞᄆᆡ 분명ᄒᆞ거날 네 무삼 발명하리요 ᄒᆞ고 분기을 이기지 못하거날 낭ᄌᆞ 울메 발명ᄒᆞ되 상공이 더옥 ᄃᆡ로하야 ᄂᆡ 목

〈26-뒤〉

전을 종시 기ᄆᆞᆼ하니 엇지 절통치 안이ᄒᆞ리요 오날밤에 네 방으로 나온 놈은 엇더ᄒᆞᆫ 놈인디 알외라 ᄒᆞ며 ᄭᅮ짓거ᄂᆞᆯ 종시 기망ᄒᆞ이 네 엇지 살기을 발ᄅᆡ이오 그 놈의 셩명을 바로 아뢰라 ᄒᆞ난 호령니 츄산가탄지라 낭자 ᄃᆡ경질ᄉᆡᆨ 왈 아모리 육예을 갓쵸지 못ᄒᆞ 면나인들 졀러ᄒᆞᆫ 말삼을 ᄒᆞ시ᄂᆞᆫ잇ᄉᆡ 발명 못ᄒᆞ나이다만은 셰셰통촉 ᄒᆞ옵셔 이 몸이 아모리 인간에 잇사온들 빙설 갓튼 이ᄂᆡ 정졀이 니려타시 더러온들 후상인

〈27-앞〉

들 엇지 말ᄒᆞ리오 죽어도 ᄂᆡ사 그럿치 안니ᄒᆞ엿난니다 상공이 더옥 분노ᄒᆞ여 즉시 낭자을 호령ᄒᆞ야 낭자을 졀박ᄒᆞ라 ᄒᆞᆫᄃᆡ 수다ᄒᆞᆫ 남죵드리 일시에 고흠ᄒᆞ고 달여드러 머리털을 삭발ᄒᆞ며 ᄃᆡᄯᅳᆯ 아ᄅᆡ 안텨 놋코 상공이 ᄭᅮ지져 왈 네 죄상이 만사무익이라 통간ᄒᆞᆫ 놈을 바로 이르라 ᄒᆞ며 ᄆᆡ로 무슈니 치이 낭ᄌᆞ의 옥 갓탄 두 귀 밋ᄐᆡ 흐르난니 눈물이요 몸에 유혈이 낭ᄌᆞᄒᆞ이 낭ᄌᆞ 졍신을 진졍치 못ᄒᆞ여 엿쟈오ᄃᆡ 낭군이 쳡을 ᄂᆡ지 못ᄒᆞ옵고 과거시 발힝ᄒᆞ옵던니 졔우 삼십 이을

〈27-뒤〉

가 슉소을 졍ᄒᆞ고 이날 밤에 도라와 단여가옵고 ᄯᅩ 잇튼날 밤에 왓삽기로 쳡이 쥭기로ᄡᅥ 권ᄒᆞ여 보ᄂᆡ고 어린 소견으로 부모임ᄭᅴ ᄭᅮ즁이 닛실ᄭᅡ ᄒᆞ와 엿잡지 못ᄒᆞ엿ᄊᆞᆸ더이 귀신이 져히ᄒᆞ고 인간이 시긔ᄒᆞᆫ지라 이려타시 뉘명을 입어 사경에 당ᄒᆞ엿ᄊᆞ오니 무삼 발명ᄒᆞ올ᄭᅡ 유죄무죄간에 소소ᄒᆞᆫ 명천이 아옵시ᄂᆞᆫ이다 ᄒᆞ거날 상공이 더옥 분노ᄒᆞ여 짐작ᄒᆞ야 ᄒᆞ인 놈을 낫낫치 괴찰ᄒᆞ며 죵시 긔망ᄒᆞᆯ가 ᄒᆞᆫ이 낭ᄌᆞ ᄒᆞ일업셔 ᄒᆞ날ᄭᅦ 탄식 왈 소소ᄒᆞᆫ 명천은 ᄇᆡᆨ옥 갓치 무죄ᄒᆞᆫ 목슘을 보죤ᄒᆞ여 주옵

〈28-앞〉

소셔 ᄒᆞ고 방셩통곡ᄒᆞ거ᄂᆞᆯ 시모 졍씨 그 참혹흠을 보고 울며 상공졔에 빌어 왈 녯말에 ᄒᆞ엿씨되 무삼 이을 짐작업시 ᄒᆞ면 후회막급이라 ᄒᆞ엿ᄊᆞ오니 마귀가 져히ᄒᆞᆫ가 인간 시긔ᄒᆞᆫ지 상공은 쟈상니 아옵지 못ᄒᆞ옵고 송ᄇᆡᆨ 갓치 고든 졀ᄀᆡ 음힝으로 치죄ᄒᆞᄂᆞᆫ잇가 쳡의 소견은 션군니 나려온 후에 옥셕을 분별ᄒᆞ면 죠흘 듯ᄒᆞ되 종시 듯지 안이ᄒᆞ난지라 잇ᄯᅴ 낭ᄌᆞ 졍신 진졍치 못ᄒᆞ고 쥭긔로ᄡᅥ 말ᄒᆞ던니 낭ᄌᆞ 독ᄒᆞᆫ ᄆᆡ을 견ᄃᆡ지 못ᄒᆞ여 울며 ᄒᆞ난 말이 소소명

쳔은 슈경낭ᄌᆞ을 사여쥬옵

〈28-뒤〉

소셔 낭군과 쳔상에 잇슬 ᄶᅥᆨ에 요지연에 히롱ᄒᆞᆫ 죄로 인간에 나려올 졔 빅연연분 잇것마는 낭군니 나을 잇지 못ᄒᆞ고 병니 되얏긔로 삼 연 후 지ᄃᆡ리지 못ᄒᆞ야 울역 갓치 인연 ᄆᆡ자ᄶᅥ이 과거길 ᄶᅥᄂᆞᆫ 후로 밤마당 오지 말 거시요 ᄯᅩᄒᆞᆫ ᄆᆡ월도 밋지 안이ᄒᆞ엿더니 조물 시긔ᄒᆞ고 인간이 작희ᄒᆞ야 빙셜 ᄀᆞᆺ탄 나ᄋᆡ 정졀니 닐시에 뉘명을 면치 못ᄒᆞ게 되니 ᄋᆡ고ᄋᆡ고 셔름이야 급살악령니별이란 말이 우리 부부 이른 말이라 종시 낭군이 쳡을 너머 과도히 사랑ᄒᆞ던이 이런 ᄋᆡᆨ명을 당ᄒᆞ야ᄯᅩ다 원통코 실푸도다 낭군이 쳘 이 원경

〈29-앞〉

에 가 겨셔 병환이ᄂᆞ 안이 ᄂᆞ시고 장원 급졔나 ᄒᆞ여 무사이 도라오신 후에 이ᄂᆡ 원통 서러온 원졍을 다 셜화ᄒᆞ고 쥭을 거시로ᄃᆡ 쳘쳔지원을 엇지 다ᄒᆞ리요 ᄋᆡ다룹고 셜워운니 낭군이 나을 잠만 못보와도 병니 되더니 ᄂᆡ 몸이 씰ᄊᆡ업시 쥭게 되얏슨니 가련타 이ᄂᆡ 소식 쳘 이 밧게 온난 낭군이 어이 알며 낭군으 심회들 엇지 편안ᄒᆞ리요 그려나 우리 부부 연분이 그만인지 인간에 은헤을 닙어 그리ᄒᆞᆫ지 이졔ᄂᆞᆫ 쥭을 밧긔 업다 ᄋᆡ휠ᄒᆞ사 양츈이 동츈을 어이ᄒᆞ리 ᄒᆞ고 긔졀ᄒᆞ거ᄂᆞᆯ 양츈이 조부 젼에 엿자

〈29-뒤〉

오ᄃᆡ 조부임은 엇지 그ᄃᆡ지 만년되시ᄂᆞᆫ이ᄭᅡ 젼후사을 살피지 안이ᄒᆞ시고 이려타시 ᄒᆞᄂᆞᆫ이ᄭᅡ 빙셜 ᄀᆞᆺ튼 어마임 정졀을 그ᄃᆡ지 그리츠며 독ᄒᆞᆫ ᄆᆡ로 져ᄃᆡ지 치ᄂᆞᆫ잇ᄭᅡ 우리 남ᄆᆡ도 어미와 ᄀᆞᆺ치 쥭여 쥬옵소셔 ᄒᆞ고 어미을 붓들고 통곡ᄒᆞ니 경씨 ᄯᅩᄒᆞᆫ 실펴ᄒᆞ야 갓치 붓들고 통곡ᄒᆞᆫ며 양츈아 이러타시

ᄋᆡ통ᄒᆞᆫ니 상공으 마음이 도리여 비감ᄒᆞᆫ지라 잇ᄯᆡ 낭ᄌᆞ 정신을 진정치 못ᄒᆞᆫ니 양츈 바를 구르며 통곡 왈 어마임은 쥭지 말고 정신을 진정ᄒᆞ소셔 아바임 도라오시거든 이런 원통

〈30-앞〉

코 설우은 원정니나 ᄒᆞ옵고 쥭든지 사든지 처분ᄃᆡ로 ᄒᆞ옵소서 어마임 쥭으시면 어린 동ᄉᆡᆼ 동츈을 어이ᄒᆞ며 ᄯᅩ 뉘을 밋고 잔명을 보존ᄒᆞ오리ᄭᅡ ᄒᆞ고 손을 자부며 방으로 드려갈ᄉᆡ 낭ᄌᆞ 정신을 게우 차려 마지못ᄒᆞ여 방으로 드려가 양츈을 겟ᄐᆡ 안치고 동춘을 안고 젓슬 멱이며 눈물을 흘니고 차복을 ᄂᆡ여 노코 양츈의 머리을 어리만지며 실푸ᄃᆞ 나난 오날 쥭으려 ᄒᆞ노라 무상하다 네으 부친 철

〈30-뒤〉

이 원경의 가 겟다가 ᄂᆡ으 몸 쥭난 줄도 모르시니 뉘을 힝ᄒᆞ야 원정ᄒᆞ리요 양츈아 니 ᄇᆡᆨ혹선은 천하 보ᄇᆡᄅᆞ 추우면 더운 바람이 나고 더우면 찬바람니 나거날 부ᄃᆡ 잘 간수ᄒᆞ엿ᄃᆞ가 네 동ᄉᆡᆼ 동춘을 자ᄅᆞ나거든 주ᄅᆞ 하고 실푸ᄃᆞ 홍진비ᄅᆡ와 고진감ᄂᆡ난 인간의 상사라 양춘아 나 쥭은 후의 어린 동ᄉᆡᆼ을 어이하랴나냐 부ᄃᆡ부ᄃᆡ 울이지 말고 너으 부친 오시거든 원통한 사정니나 자세니 고달ᄒᆞ라 ᄒᆞ고 가

〈31-앞〉

련타 너히을 발니고 니ᄂᆡ 몸이 어ᄃᆡ로 가리요 실푸ᄃᆞ 양츈아 날 기려 어이 살야 양츈이 어마니 정ᄉᆞᆼ을 보고 ᄃᆡ성통곡 왈 어마님은 우지 마소 설영이 그려ᄒᆞ신난이ᄭᅡ 모여 서로 붓들고 방성통곡하ᄃᆞ가 양츈니 거진하야 잠니 드려거날 낭자 울울한 마암과 원통한 마음이 심중의 가득하여 아모리 ᄉᆡᆼ각

하여도 닉 마음이 죽어 구천의 도라가 뉘명을 신난 것시 올타 하고 또한 양츈이

〈31-뒤〉

잠을 씌우면 죽지 못ᄒᆞ게 하리라 ᄒᆞ고 가무ᄂᆞ이 양춘 동춘을 어리만지며 왈 불상타 날 기려 어니하리 하고 가련타 양춘 동춘아 너을 두고 어ᄃᆡ로 가리오 눈물이 옥면의 비오든 하난지라 비회을 근치고 금의을 닉여 입고 원앙금침을 도도 비고 은장도 드난 칼노 섬섬옥수로 부어잡고 가심 찌르이 닐월이 무왕ᄒᆞ고 초목금슈 다 실어하난 듯 하며 천지가 진동하고 뇌성병영ᄒᆞ난 소릐

〈32-앞〉

사면의 요동ᄒᆞ거날 양츈이 놀닉녀 어마님 가심의 칼니 박켜 피가 살 쏜 다시 함을 보고 ᄃᆡ경ᄒᆞ여 칼을 쌔려 ᄒᆞ니 칼니 싸지지 안이하난지라 양춘이 동춘을 안고 모친 신테을 한틔ᄃᆡ 되고 방성통곡 우난 말니 어마임 어마임은 이러나소서 가련한 우리 몸은 뉘을 밋고 사오릿까 동츈은 젓 달ᄅᆞ고 울며 망극고 ᄋᆡ통하다 닐월이 무광하고 초목인덜 엇지 안니 실러하리요 상공 부톄와 노복 등니 다 드려와 보니 낭ᄌᆞ 가심의 카을 쏘고 죽어 닌난지라 창황망극ᄒᆞ여 카을 자

〈32-뒤〉

바 쎄려 ᄒᆞ니 칼니 싸지지 안니하더라 아모리 할 줄 모르고 동춘니은 젓슬 멱으려 ᄒᆞ고 운니 양츈이 달닉여 밥을 주어도 안이 먹고 물을 주어도 안이 먹고 전만 달라 하고 가심을 만지며 운이 양춘니 동춘을 안고 울며 왈 어마임과 ᄒᆞᆫ쯱 죽어 지하로 도ᄅᆞ가자 ᄒᆞ고 궁굴며 우ᄃᆞ가 나슬 어마임 나세

되고 우난 말이 세상 사람 병드려 원명으로 죽어도 원통함이 잇거든 하물며 누명도 누명이건이와 가삼의 칼니

〈33-앞〉

무삼일고 이런 원통코 답답한 일니 천고의 잇실니요 ᄒ고 통곡하이 그 정상을 참아 보지 못할네라 철석간장닌들 뉘 안이 실러하리요 사오 일 지닌 후의 상공 부체 ᄉᆡᆼ각하되 낭ᄌ 죽어슨이 선군니 도라와 낭ᄌ 가삼의 칼을 보면 분명하여 우리가 모히을 ᄒ여 원통니 죽은 줄 알고 져도 함ᄭᅴ 죽으려 할 거시니 선군니 안이 와서 낭자 신체을 감장하미 올타 하고 상공이 방으로 드려가서 소렴하려 하니

〈33-뒤〉

아즉 시톄가 요동치 안니ᄒ거날 상공 부체와 노복 등 아모리 할 줄 모르더라 이적의 선군니 경성의 올나가이 일국 선ᄇᆡ 구름 모으듯 하엿더ᄅ 슈일 유하야 과건 날니 당하ᄆᆡ 선군 드려가 선제판을 바ᄅᆡ보니 그 글제을 거려써날 닐필노 휘하야 선장의 밧처써니 잇ᄯᅵ 황상니 선군으 그을 보시고 칭찬 왈 이 글시난 사람으게 초월한 기재로다 ᄒ시고 근봉을 개탁하여 보니 경상도 안동 ᄡᅡᆼ 소ᄇᆡᆨ 하의 사난 ᄇᆡᆨ선군니라 하엿거을 황상니 즉시 실ᄂᆡ을 불르시고 ᄒᆞᆯ임학

〈34-앞〉

사을 제수ᄒ신ᄃᆡ 선군니 천은을 축사하시고 할임 닙시한 후의 ᄒ인 뇌비을 불너 부모님과 낭자으게 편지을 하이라 노비 주야로 나려와 상공 전의 편지을 듸리거날 급피 ᄀᆡ탁ᄒ여 보니 하엿씨되 장원 급제하여 할님학사로 닙시하녓싸오니 제 도임 일자난 금월 아모날리요 그리 아옵소서 ᄯᅩ 낭자으게

부친 편지난 정씨 보시고 울며 양춘 동춘을 불너 쥬며 왈 니 편지난 네 모의게 하난 편지라 갓ᄃᆞ가 간슈하녀라 ᄒᆞ고 ᄃᆡ성통

〈34-뒤〉

곡하니 양츈니 편지을 가지고 모친 방의 드려가 동춘을 겟ᄐᆡ 안치고 어마임 신톄을 붓들고 아바님 하신 편지을 괴여 들고 울며 왈 어마임은 이려나소 아바임 편지 완ᄂᆡ 부친임 소식이나 듯고저 하시더이 엇지 반기지 안하신잇ᄉᆡ 저난 글을 못하녀 어마임 영혼 전의 편지을 외이지 못하난이ᄃᆞ 답답하옵 ᄂᆡᄃᆞ 하고 양춘이 조모 전의 나어가 비려 왈 조모님니 어마임 영혼 전에 가겨서 좀 닐그시면 어마님 혼박니라도 긔

〈35-앞〉

동할 듯 ᄒᆞ옵난이ᄃᆞ 정씨 마지못하여 낭ᄌᆞ 방의 드러가 편지 사연을 일그니 편지의 하엿시되 하 서찰을 낭자의게 부치난니 그 ᄉᆡ이에 부모임 뫼시고 기거 평안ᄒᆞ신지 몰나 알고저 ᄒᆞ옵난이ᄃᆞ 선군은 낭자와 작별한 후로 철이 밧기 가고 업싸오니 심회 엇더ᄒᆞ온니ᄉᆞ 쳔운니 망극ᄒᆞ야 용문에 올나 닐홈니 할임학사로 임직ᄒᆞ엿싸온나 낭ᄌᆞ으 고은 ᄐᆡ도 흑상에 안지ᄂᆞᆫ 듯 ᄒᆞ여 잇고 월ᄉᆡᆨ은 만경ᄒᆞ고 두견이 졔혈졔하고 츌문

〈35-뒤〉

바ᄅᆡ보니 운산은 첩첩하고 녹수은 무적거하니 ᄉᆡ벽달 찬바람의 기력니 실피 울 제 반가온 임으게 소식이나 풍편의 힝여 오난가 고ᄃᆡ고ᄃᆡ하고 안졋더니 창망한 구름 밧게 지ᄂᆡ가고 동방의 실솔성쁜니로다 긱창한등의 독수공방이 안이 민망한가 ᄂᆡ 심회 석ᄂᆞᆫ이 ᄂᆡ 간장이라 실푸다 낭ᄌᆞ의 화상니 스시로 변ᄒᆞ니 무삼 연고 잇삼난지 자나ᄭᆡ나 병니 되야 한심하니 이 안니

가련ᄒᆞᆫ가 짐작거ᄃᆡᆫ 우리 낭ᄌᆞ 공방 동칩 설워말고 안심하여 지ᄂᆡ시면 속속키 ᄂᆡ려가서 긔리든 정화을 일우

〈36-앞〉

려 하고 반가온 말삼니나 안니 할가 녹약 츈풍의 ᄒᆡ난 어이 그리 길고길고 닐각니 여삼츄라 할 말삼 무궁하되 일필노 난기로다 그만 근치노라 ᄒᆞ엿거늘 익기을 다ᄒᆞᄆᆡ 양츈니 통곡하여 왈 어마임은 아바임 편지 왓시되 엇지 반기지 안니ᄒᆞ신잇ᄭᅡ 하며 동츈니을 붓들고 방성통곡하난지라 상공 부체 왈 선군니 나려오면 정영니 쥭기로 할 거시니 엇지 하여야 할고 ᄒᆞ며 노복을 불너 의논하되 한 종이 엿ᄌᆞ오되 거순의 서방임을 뫼시고

〈36-뒤〉

한 고ᄃᆡ 가오니 사람더리 일오ᄃᆡ 임진사 ᄃᆡᆨ 귀슈가 천하절ᄉᆡᆨ이라 하니 혼사ᄒᆞ면 그 낭ᄌᆞ가 엇더할올지 모르건이와 응당 낭자 잇고 임진사 ᄃᆡᆨ 처자으게 혹하리다 ᄒᆞ고 미리 청혼합니 올타 ᄒᆞ고 고한ᄃᆡ 상공 ᄃᆡ왈 네 말니 가장 올타 하고 즉시 임진사 ᄃᆡᆨ의 가니 진ᄉᆞ 반기여 연접 왈 엇지 귀개이 슈경낭자로 연분을 ᄆᆡ자 자식 난ᄆᆡ을 나어 두고 불힝하여 낭ᄌᆞ가 죽어신즉 선군니 나려오면 분명 병니 날 듯하기로

〈37-앞〉

불고염치하고 청혼코저 왓나이다 하거날 진사 왈 거순 칠월 망일의 할임과 부인을 보니 천상 선관 선여와 상ᄃᆡ한 듯 ᄒᆞ거날 말을 허락하여쌉ᄃᆞ가 할임의 마음의 합당치 못ᄒᆞ면 그 안이 가련하온잇가 재삼 당부하다가 허락하거날 상공니 ᄃᆡ왈 할임니 금월 망일의 진사 ᄃᆡᆨ 문전의 지ᄂᆡᆯ 거시이 그날노 힝예ᄒᆞ산이ᄃᆞ 하고 집으로 도라와 납ᄎᆡ을 보ᄂᆡ고 선군 오기을 기다리더라

잇씩 할임이 청

〈37-뒤〉

사 관듸 빅옥호을 잡고 금안쥰마 상의 천기을 밧츄고 쥬막 압폐 나려오니 남여노소 업시 기을 덥펴 귀경하더라 실푸다 선군니 아모리 영화로 나려온들 엇지 질거온 마음니 잇실니요 ᄒᆞ더라 선군의 마음니 자연 곤하여 잠을 잠관 조으더이 비옹간의 낭ᄌᆞ 와서 닐너 왈 첩으 몸니 유명은 ᄃᆞ르나 낭군으 장원 급제하여 나려온 편지을 듯삼고 마종을 나와 반가온 마음니 칭양업사오나 유명니 다른지라 영화을

〈38-앞〉

한가지로 보지 못하오니 엇지 가련치 안이하오리까 가난 길에 양춘 동츈 남미을 부탁하오니 익휠니 역이소서 울며 가거날 할임니 잠을 씨여 마음니 비창하여 기을 직촉하여 ᄂᆡ러오난지라 이씩의 상공니 쥬육을 가초와 진사 듹의 고듸하던이 할임니 청홍기을 씌우고 화동을 압세우고 쥬막 압폐 ᄂᆡ려오거날 상공니 할임으 손을 잡고 반기여 왈 네 급제ᄒᆞ여 할임학사로 금일환힝하이 반가온 마음니 층양

〈38-뒤〉

업도ᄃᆞ 그려나 ᄂᆡ 싱각ᄒᆞ이 네 벼살니 할님학사의 잇고 ᄯᅩᄒᆞᆫ 가세가 요족ᄒᆞ이 두 부인을 두미 맛당하다 ᄒᆞ고 말숨ᄒᆞ되 잇씩 진사 듹 귀슈난 직덕이 천하제일샌 안이라 시서빅가을 무불통지하난지라 저리로 청혼ᄒᆞ엿기로 지금 완노ᄅᆞ ᄒᆞ고 만단으로 게워하니 선군니 고왈 간밤의 꿈을 어더싸오니 낭ᄌᆞ 몸의 피을 흘니고 소자 겟틱 안자 뵈니오니 무삼 연고 잇삼난지 알 슈 업싸오니 낭ᄌᆞ으 말삼을 듯고 결정ᄒᆞ리다 ᄒᆞ고 기을 직톡ᄒᆞ여 가려 ᄒᆞ거늘 상공니

〈39-앞〉

왈 혼인은 인간ᄃᆡ사ᄅᆞ 부모가 육예을 가초와시이 네 영화을 ᄂᆡ 안전에 뵈니난 거시 ᄌᆞ식의 도리라 ᄒᆞᆫᄃᆡ 고집ᄒᆞ야 임소지 종신ᄃᆡ사을 그리치게 ᄒᆞ니 부ᄌᆞ간의 쯧시 다르도다 할님니 부답ᄒᆞ고 가기만 ᄌᆡ촉ᄒᆞ이 ᄒᆞ인덜니 엿자오ᄃᆡ 훌임 깁피 싱각하옵소서 ᄒᆞ거날 할임니 하인을 물니치고 말을 달여가거날 상공니 ᄒᆞ일업서 말을 타고 깁피 달여오거날 집 압폐 다달나 선군을 보고 닐너 왈 네 과거길 써난 후로 슈일 밤 낭자 방으로서 남정 소ᄅᆡ 들니거늘 고이

〈39-뒤〉

하여 낭자다려 무른직 ᄆᆡ월노 수작ᄒᆞ연노ᄅᆞ ᄒᆞᄆᆡ 즉시 ᄆᆡ월을 불너 무른직 낭ᄌᆞ 방의 간 일니 업다 ᄒᆞ긔로 부모 소견의 에심ᄒᆞ야 약간 경게하얏더이 낭ᄌᆞ 인하야 자결하엿스이 닐언 망극한 닐니 어ᄃᆡ 잇시니요 ᄒᆞ이 선군이니 말을 듯고 ᄃᆡ경질ᄉᆡᆨᄒᆞ야 왈 아바임이 임진사 ᄃᆡᆨ의 혼사을 ᄒᆞ려 ᄒᆞ시고 쇠길릿가 ᄒᆞ고 급피 죽문에 다달으이 ᄋᆡ연한 우룸소ᄅᆡ 들이거날 깁피 드려오이 양츈이 동춘을 안고 어마임 신체 업드려저 울겨날 할임 그 거동을 보시고 천지가 아

〈40-앞〉

득하야 기절하엿다가 게우 진정하고 옥 가탄 가삼의 카을 솟고 누워거날 할님이 울며 왈 아모리 그련덜 엇지 그저 칼도 안이 ᄊᆡ엿난잇까 ᄒᆞ고 칼을 자바 ᄊᆡ이 칼 ᄊᆡᆫ 구무로 파랑ᄉᆡ 세 마리가 나라나되 하나는 할임 억긔 안자 우되 유자심 유자심 하고 ᄒᆞ나는 동춘이 머리의 안자 우되 소ᄋᆡ자 소ᄋᆡ자 ᄒᆞ니 ᄒᆞ면목 ᄒᆞ면목은 무삼 면목으로 할임을 보리오 ᄒᆞ난 소ᄅᆡ요 유자심 유자심은 양츈아 동춘을 부ᄃᆡ 울이지 말고 잘 달ᄂᆡ라 하인 소ᄅᆡ요 소ᄋᆡ자

소ᄋᆡ자 ᄒᆞ난 말은 너

〈40-뒤〉

을 두고 가이 눈을 감지 못ᄒᆞ겟다 ᄒᆞ난 소ᄅᆡ로ᄃᆞ 파량ᄉᆡ 서이 낭ᄌᆞ 삼혼이ᄅᆞ 낭자을 망종ᄒᆞ고 가난 ᄉᆡ라 그날보틈 낭자 신체가 점점 석난지라 할임니 낭자으 신체을 안고 실피 울며 왈 가련타 동츈아 양츈을 울이지 말라 불상코 졀통하ᄃᆞ 저 낭ᄌᆞ야 인제 가면 언제 다시 올고 ᄇᆡᆨ연언약도 허사로다 복통하더이 우리 낭자 날 바리고 어ᄃᆡ 간난잇가 ᄒᆞ고 원통한 산정 낭ᄌᆞ야 쉶의나 보닐난가 무상하다 우리 낭ᄌᆞ 나 다려가소서 제발

〈41-앞〉

덕덕 날 다려가소 원슈 원슈로다 과거길니 원슈로다 급제도 네사 실코 금의 옥식도 네사 실코 우리 낭ᄌᆞ 닐시을 못보와도 삼츄 갓치 역리더이 ᄋᆡ고ᄋᆡ고 우리 낭ᄌᆞ 완연니 이별리 되야시이 어느 날ᄅᆡ 다시 오면 어느 날ᄅᆡ 다시 볼고 황천이나 가면 만나 볼가 쥭긔 전의 다시 보긔 어렵쏘ᄃᆞ 철양한 양츈아 네으 동츈을 어이ᄒᆞᆯ고 밋친 듯 쉬한 듯 단이거늘 양츈이 엿자오ᄃᆡ 어마임 ᄉᆡᆼ시에 날다려 가옵긔을 천만 번

〈41-뒤〉

ᄋᆡᄆᆡᆨ한 죄로 황천의 도라가니 엇지 눈을 감고 가리요 너으 아바임 급제하여 나려와 도임할 제 입필 관ᄃᆡ 업다 하고 관ᄃᆡ을 짓ᄃᆞ가 한편의난 학의 날긔을 슈 놋코 ᄯᅩ 한편의난 범으 모양 슈 놋코 이런 변을 당하여 황천의 도ᄅᆞ간다 하더이다 하고 방성통곡하이 할임이 관ᄃᆡ을 ᄂᆡ여 보이 기가 막켜 가삼이 답답하이 할임이 ᄉᆡᆼ각하되 당초의 ᄆᆡ월노 슈청하엿더니 낭ᄌᆞ을 만난 후로 저을 아조 벼려써니 횡악

〈42-앞〉

한 연이 낭자을 음히함이로다 ᄒᆞ고 즉시 비복을 호령하야 ᄆᆡ월을 자바오ᄅᆞ 하이 비복 등니 청명하고 ᄆᆡ월을 호령하야 자바 안치고 국문하여 왈 죽기 전의 네으 죄을 알외ᄅᆞ ᄆᆡ월니 울면서 알외되 소여난 후회할 일 업난니다 할임이 더옥 분노ᄒᆞ야 왈 절박하라 ᄒᆞ이 ᄆᆡ월니 고하되 할임니 더옥 분을 이기지 못하야 칼을 자바 ᄲᅦ여 이을 갈며 달여드려 ᄆᆡ월을 쥭기고 간을 ᄂᆡ여 씨부며 ᄆᆡ월과 함기 낭자을

〈42-뒤〉

해하던 돌수을 자바 쥭니고 왈 원통하ᄃᆞ 이런 일도 어ᄃᆡ 이스리오 하이 상공 부체도 눈물만 흘이더라 이적의 할임니 낭ᄌᆞ을 장사ᄒᆞ려 ᄒᆞ고 범ᄇᆡᆨ을 차리더니 그날 밤 ᄭᅮᆷ의 낭자 머리을 삭발ᄒᆞ고 옥 가탄 몸의 피을 흘니고 완년니 드려와 낭군 젓ᄐᆡ 안자 왈 슬푸다 낭군이 옥석을 분별ᄒᆞ녀 첩의 ᄋᆡᄆᆡ한 일을 살펴쥬옵소이 니ᄌᆡ난 쥭은 혼ᄇᆡᆨ이라도 원이 업사니ᄃᆞ 다만 ᄌᆞ녀을 두고 낭군을 다시 보지 못ᄒᆞ고 고혼니 되얏시이 원통함니

〈43-앞〉

구천의 사모쳣ᄯᅩᄃᆞ 첩의 영장을 신산의도 뭇지 말고 구산의도 뭇지 말고 옥연동 못 가온ᄃᆡ 너어 쥬옵소서 만일 그려치 안이하면 첩의 소원을 일루지 못할 ᄲᅮᆫ 안이ᄅᆞ 선군의 신세와 자여 등 가말리 못 될 듯 ᄒᆞ오니 부ᄃᆡ 첩의 소원ᄃᆡ로 ᄒᆞ녀 쥬옵소서 ᄒᆞ고 간 ᄃᆡ 업거날 ᄭᆡᄃᆞ르니 한 ᄭᅮᆷ니라 몽사을 부모ᄭᅴ 설화ᄒᆞ고 가기을 정하여 장례을 가초와 힝상을 하니 ᄊᆞᆼ의 붓고 요동치 아이하거날 할임니 양츈 동츈을 상복 입펴 압세우고 할님도 말을

〈43-뒤〉

타고 압서이 그제야 힝상니 순니 가더라 이윽ᄒᆞ여 옥년동 못가의 다다르이 못물리 창일ᄒᆞ고 수광은 첩첩하더라 할임이 무수이 탁식하더이 니윽하야 천지가 아득ᄒᆞ며 일월니 히미하더니 창일한 무리 간 ᄃᆡ 업거날 그리 역여 녕위을 너허써니 이ᄯᅢ 뇌성병역이 천지 진동하며 오운이 영농하던이 경각의 ᄐᆡᄇᆡᆨ산이 창일하거날 할임 망극하야 탄식하여 제문 지여 절할ᄉᆡ 그 축문의 ᄒᆞ엿씨되 ᄇᆡᆨ선군은 감소고우 옥낭ᄌᆞ 영위지ᄒᆞ의 실푸다 ᄒᆞ고 삼싱연분니 그ᄃᆡ을 만

〈44-앞〉

나 원앙비취지낙을 ᄇᆡᆨ년니나 ᄇᆡ리써니 조물니 시기하고 귀신이 작기ᄒᆞ니 낭자으 운빈옥ᄐᆡ 일조의 고혼이 되야 황천의 도라가신이 엇지 가련치 안이하리오 낭자은 세상만사 ᄃᆞ 바리고 구천의 도라가건이와 선군은 어린 자식을 다리고 뉘을 밋고 사오리ᄭᅡ 실푸ᄃᆞ 낭ᄌᆞ으 신테나 동산의 무더 두고 무덤니나 보자 하엿더니 신체을 물 가온ᄃᆡ 너으니 엇지 원통치 안이하리오 뉘명이 현슈하나 우리 정이야 ᄇᆡᆷ연하리오

〈44-뒤〉

답답하고 ᄋᆡ달웁다 원한니 골슈의 밋처스니 낭자으 옥ᄐᆡ화용을 어느 ᄯᅢ 다시 볼고 가련ᄐᆞ 일ᄇᆡ쥬로 고혼을 위로ᄒᆞ고 운감ᄒᆞ옵소서 ᄒᆞ며 업드러저 통곡하이 초목금슈 다 실허하인 듯 하더라 제을 파ᄒᆞ고 집으로 도라와 사창한등의 묵묵키 안자씨이 그 ᄒᆞᆫ심 회포을 뉘가 다 충양ᄒᆞ오 ᄌᆞᆫ여 등을 다리고 밤을 지ᄂᆡ더이 비몽간의 낭ᄌᆞ 곗ᄐᆡ 안ᄌᆞ 양츈 동츈으 머리을 만지면 왈 낭군은 유정한 세월을 엇지 허사로 보ᄂᆡ시난잇가 첩으 연분니 영결종텬 되

〈45-앞〉

얏시이 인연 ᄉᆡᆺ친 첩을 ᄉᆡᆼ각지 말고 부모임 정하신 임소재을 취하여 ᄇᆡᆨ년ᄒᆡ로ᄒᆞ옵소서 양츈 동츈아 날 기려 어이 살이 ᄒᆞ고 울며 가거날 할님이 반기 ᄭᆡᄃᆞ르니 한 ᄭᅮᆷ이ᄅᆞ 낭ᄌᆞ으 말소ᄅᆡ 귀의 ᄌᆡᆼᄌᆡᆼ ᄭᆞᆺᄯᆞ온 얼골니 눈의 삼삼하야 쥬라로 ᄋᆡ통ᄒᆞ더라 각설이라 잇ᄯᆡ 임소ᄌᆡ 할임 ᄃᆡᆨ 소식을 듯고 쥬야로 죽고저 ᄒᆞ되 부모 말유ᄒᆞ인고로 차마 쥭지 못ᄒᆞ고 세월을 보ᄂᆡ더이 님소제으 정상니 가궁ᄒᆞ단 말니 원근에 진동한지

〈45-뒤〉

라 상공 부체 이 말을 듯고 할임을 불너 혼사을 권ᄒᆞ여 왈 우리 연광이 반이 넘머시되 실하의 밋난 ᄇᆡ 다만 너ᄲᅮᆫ이로 사람으 팔자 무상하야 낭ᄌᆞ을 죽여시이 그 안이 원통하랴마른 그려ᄒᆞ나 쥭은 사람 ᄉᆡᆼ각지 말고 우리 마음을 위로하야 혼연 날을 가려 님소제을 취하여 종신ᄃᆡ사을 ᄉᆡᆼ각하라 ᄒᆞ거날 할임씨 고왈 소자 이재 자식 난ᄆᆡ을 두엇시니 취처 안이한들 관게ᄒᆞ리ᄭᆞ 상공이 하릴업서 할 말도 못하더라 홀임이 ᄌᆞ

〈46-앞〉

여 등을 다리고 세월을 보ᄂᆡ더니 일일은 할님니 한 ᄭᅮᆷ을 어드니 낭ᄌᆞ 와서 가오ᄃᆡ 낭군이 엇지 첩을 ᄉᆡᆼ각ᄒᆞ고 조흔 인연을 바리려 하시난잇ᄭᆞ 한ᄃᆡ 할님 왈 그ᄃᆡ을 좃고저 하난이ᄃᆞ 한ᄃᆡ 낭ᄌᆞ 왈 첩을 보려 하거든 세심강 즁임도을 차자옵소서 할임니 ᄭᆡ다을니 한 ᄭᅮᆷ이라 양츈ᄃᆞ려 일너 왈 잠관 가보고 오려 하이 동츈을 울이지 말고 잘 달ᄂᆡ면 슈이 단여오마 할재 양츈이 울며 왈 어마임을 보시거든 다려옵소서 당부하더라 할님니 부친씨 엿ᄌᆞ

〈46-뒤〉

오ᄃᆡ 소자 집을 ᄯᅥ나 두루 도라 산슈을 귀경하고 도라오리ᄃᆞ ᄒᆞ며 하즉하고 세심강을 차자갈 제 슈십 이을 가 ᄒᆞᆫ 고ᄃᆡ 다다르니 일락서산ᄒᆞ고 월츌동영이라 슈광은 첩첩하고 월ᄉᆡᆨ은 만정한ᄃᆡ 무심한 기력이은 월하의 실피 울며 속ᄭᆡᆨ으 슈심을 자라ᄂᆡ고 유이한 두견성은 불여귀을 일삼을 제 시ᄂᆡ가에 슈양 천만산은 츈흥을 자랑ᄒᆞ난 듯 만산ᄇᆡᆨ화 즁에 ᄒᆡᆼ기 찻난 봉접들른 유정한 임의 정을 다 찻난 듯 황금 갓탄 ᄭᅬᄭᅩ리난 비거비ᄅᆡ 버슬

〈47-앞〉

차자 나라나니 이ᄂᆡ 간장 석난 ᄇᆡ ᄂᆡ 간담이요 ᄉᆡᆼ각ᄒᆞ이 수심이라 보고지고 보고지고 우리 낭ᄌᆞ 보고지고 막막한 청강 상의 갈 발을 몰르더이 호련이 바ᄅᆡ보니 분명한 선동이라 표쥬선을 타고 이러저리 강상의 오거날 반가이 불너 문왈 저 선동은 어ᄃᆡ로 오시난이ᄭᆞ 이ᄂᆡ 정상을 살펴 세심강 죽임도으로 ᄂᆡ도ᄒᆞ여 쥬옵소서 동ᄌᆞ ᄃᆡ왈 귀ᄃᆡᆨ은 경상도 안동 ᄯᅡᆼ 소ᄇᆡᆨ산 ᄒᆞ의 산난 ᄇᆡᆨ할임이신니

〈47-뒤〉

ᄭᅡ 나난 동정 황용으 명을 바다 할임 가난 길을 인도 왓나이다 깁피 ᄇᆡ을 ᄐᆡ이고 가기을 청하거ᄂᆞᆯ 할임이 그 ᄇᆡ의 오르니 선동이 ᄇᆡ머리의 안자 통소만 부되 ᄇᆡ가 살갓치 가며 경각의 슈철 이 바ᄃᆡ을 건네더라 강가의 ᄇᆡ을 ᄆᆡ고 선동이 왈 이리 슈십 이을 가면 죽임도 잇쌉고 이 강 릴홈은 세심강이라 ᄒᆞ난이ᄃᆞ 하거날 할임이 선동을 하직ᄒᆞ고 죽임도을 차자가이 송죽은 ᄐᆡᆼ천ᄒᆞ고 황ᄒᆡᆼ 십이로다 난봉은 나라들고 공작은 우지진ᄃᆞ 낙낙장송은 군자의 절ᄀᆡ로

〈48-앞〉

다 녹죽은 열여로다 층암절벽은 병풍 갓치 둘너 잇고 빅화만발하야 비슬 다토난 듯 청츄은 힝닉을 부려닉고 긱으 마음을 반갑게 ᄒᆞ고 청강녹슈 즁의 볏 부르난 쇠소리난 편편니 왕닉하고 산슈도 긔리하다 별유천지 그 아린가 무심ᄒᆞᆫ 식짐싱도 속긱을 보고 반기난 듯 경물을 귀경ᄒᆞ더니 잇씨에 실절은 츈삼월니오 히은 석양이라 울적한 심회을 금치 못ᄒᆞ야 낭자 보고 실푼 마음을 것잡

〈48-뒤〉

지 못ᄒᆞ야 츈식도 귀경ᄒᆞ며 힝심 일경 드려가니 연당이 닛시되 사면에 녹약이오 천만사 듸리워시되 봄빗을 장양하고 연당 속으로 수각을 지여시되 정쇄하야 반공에 소사 잇고 풍편에 풍경 소릭 들니거날 이 안니 선경인가 사면으로 동정을 살펴보니 한 여동ᄌᆞ 나와 문왈 엇더한 속긱니간듸 선경을 님으로 드러왓난이까 하거날 할님니 듸왈 나난 경상도 안동 짱 소빅산 하의 사난 빅선군닐러니 천

〈49-앞〉

상연분으로 수경낭자을 보려 왓노라 ᄒᆞ이 여동ᄌᆞ 듸왈 올사이다 우리 낭자 씨서 할임니 오시리라 ᄒᆞ고 옥황상제씨 슈명ᄒᆞ옵고 쥬야로 기다리온 지 임무 오릭라 할임니 오지 안니ᄒᆞ긔로 긔다리지 못ᄒᆞ여 오날 도로 천상으로 올나갓사오이 오시거든 익연한 정이나 고하라 하시던이다 ᄒᆞᆫ듸 홀님이 이 말을 드르믹 간담이 썰니난 듯 ᄒᆞ난지라 다시 비려 왈 저 여동자은 가련한 속긱을 불상니 넉여

〈49-뒤〉

아모쪼록 낭ᄌᆞ을 보게 ᄒᆞ여 쥬옵소서 한ᄃᆡ 서여 ᄃᆡ왈 할임은 낭자 업다 ᄒᆞᆫ 말 말고 잠간 드려와 요구나 시겨 쥬옵소서 하고 가긔을 인도하거ᄂᆞᆯ 할임니 드려가이 낭ᄌᆞ ᄉᆡᆼ각ᄒᆞ되 ᄂᆡ 낭군을 이려타시 흐롱하며 분명 병이 될 거시이 ᄒᆞ일업서 문을 열고 ᄂᆡ다라 할임으 손을 잡고 울며 왈 양춘 동춘을 뉘게 막기고 이 고ᄃᆡ 왓난잇까 할님이 낭ᄌᆞ을 보ᄆᆡ 정신이 악뜩하야 ᄉᆞᆷ인가 ᄉᆡᆼ신가 ᄉᆞᆷ이면 ᄊᆡᆯ까 념여로다 하며 붓들고 통

〈50-앞〉

곡하며 왈 아모리 원통ᄒᆞᄃᆞ고 날 바리고 이 곳ᄃᆡ 잇난이ᄭᆡ 낭자와 선군니 원통한 말을 설화하고 못ᄂᆡ 반기드라 낭ᄌᆞ 왈 낭군니 나을 차자왓스나 자연 고단함을 ᄉᆡᆼ각하이 엇지 한심치 안이하리오 첩이 ᄉᆡᆼ각하와 옥황상제씌 원정지려 올인즉 불상니 역이사 나은 연분을 다시 허락ᄒᆞ엿싸오나 첩의 소견은 닌간의 다시 나가쌉지 못ᄒᆞ기로 니 고ᄃᆡ 정하엿싸오니 낭군은 마음이 엇더ᄒᆞ온잇까 할임이 왈 낭ᄌᆞ

〈50-뒤〉

으 마음니 그려ᄒᆞ오면 부모와 자식을 이 고ᄃᆡ로 ᄃᆞ려오사이ᄃᆞ 낭ᄌᆞ 왈 첩니 부모으게 정니 부족함니 안이ᄅᆞ 지금 ᄂᆡ 몸니 ᄃᆞᆯ나 인간 사람과 함씨 사지 못할 사정니오니 처하여이ᄃᆞ ᄒᆞᆯ임니 왈 부모임씨서 ᄃᆞ른 자식 업고 밋난 ᄇᆡ 나ᄲᅮᆫ이라 우리 여기 잇고 가지 안이ᄒᆞ오면 부모님니 의탁할 곳시 업싸오니 낭자난 ᄃᆞ시 ᄉᆡᆼ각하옵소서 낭ᄌᆞ 묵연 양구의 왈 사세 그러하올 듯 ᄒᆞ니 ᄯᅩ한 ᄉᆡᆼ각컨ᄃᆡ 님소제 정상니 가긍

〈51-앞〉

ᄒᆞ며 제 팔자도 그르칠 거시니 낭궁니 이직 님소제을 취ᄒᆞ야 부모임을 뫼시게 하옵소서 할님니 왈 낭ᄌᆞ을 ᄉᆡᆼ각컨ᄃᆡ 님소제으게 듯시 업난지라 낭자 왈 장부으 말니 안이라 할님니 엇지 두 안히을 못 두오리ᄭᆞ 사람으 ᄆᆞ음은 ᄃᆞ 일반이라 님소젠들 마음이 ᄃᆞ르릿싸 그ᄯᅴ에 낭군 첩을 ᄉᆡᆼ각ᄒᆞ와 님소제으 혼사 파ᄒᆞ엿싸오니 임소제으 정상니 가련ᄒᆞ오며 ᄯᅩ 부모님 실ᄒᆞ의 다른 자부 업싸오니 님소제을 힝하와

〈51-뒤〉

부모님을 뫼시게 ᄒᆞ옵고 양츈 동츈은 ᄃᆞ려옵소서 ᄒᆞᄃᆡ 할님니 올히 역녀도마 부모임ᄭᅴ 낭자 만ᄂᆞᆫ 말과 낭자 ᄒᆞ든 말과 낫낫치 알외오니 부모임이 드르시고 ᄋᆡ연이 역기니 ᄃᆞ시 못 보심을 할닐업시 ᄒᆞᆫ탄ᄒᆞ더라 할님니 별당의 가이 양츈 동츈니 ᄂᆡ달ᄅᆞ 어마임은 안니 오시난이ᄭᆞ ᄒᆞᆯ님니 왈 슈이 보ᄂᆡ리라 ᄒᆞ고 상공ᄭᅴ 엿짜오되 기일을 다시 가려 님진사 ᄃᆡᆨ에 보ᄂᆡ니 진사 보고 ᄃᆡ히하더라 기일니

〈52-앞〉

당ᄒᆞᄆᆡ 상공과 할님니 기울 차려 님진사 ᄃᆡᆨ의 당도ᄒᆞ야 초ᄇᆡ석의 나려가 예할ᄉᆡ 할님과 낭자 거동은 선관 선여 갓치 광ᄎᆡ 차란ᄒᆞ더라 예필 후의 ᄒᆞᆯ님니 ᄉᆡ방에 드려가 님소제와 작ᄇᆡᄒᆞ이 그 거동은 원앙이 넘노낫 듯 하더라 그간 조흔 일 엇지 ᄃᆞ 기록ᄒᆞ리요 잇틋날 소제난 상공ᄭᅴ 뵈옵고 할임은 진사 부부ᄭᅴ 뵈올 제 운빈 옥ᄐᆡ난 월궁 서여라도 당치 못할네ᄅᆞ 제심일로 신힝을 차려 님소제을 권귀ᄒᆞ고 할임니 낭ᄌᆞ을

〈52-뒤〉

잇지 못ᄒᆞ야 직일로 세심강 죽임도을 힝ᄒᆞ니ᄅᆞ 낭ᄌᆞ 울려 왈 신부을 어드니

그 ᄌᆡ미가 엇더ᄒᆞ신잇까 할님니 우어 왈 ᄂᆡ 또 취처ᄒᆞ기난 낭자으 니르던 바ᄅᆞ ᄒᆞ고 놀ᄂᆡ 질기더ᄅᆞ 후일의 낭ᄌᆞ 왈 홀임은 깁피 가와 ᄌᆞ여 등을 다려 옵소서 할님니 직시 나와 부모ᄭᅴ 뵈옵고 임낭ᄌᆞᄭᅴ 가 밤을 지ᄂᆡ고 양츈 동츈을 다려ᄃᆞ가 낭자으게 뵈이니 낭ᄌᆞ ᄂᆡᄃᆞ라 양츈을 붓뜰고 문왈 그ᄉᆡ이 날 기려 엇지ᄒᆞᆫ가 동츈을 울니지 안니하엿야 낫철 한ᄐᆡ ᄃᆡ고 동츈을

〈53-앞〉

젯 메긔며 서로 붓들고 우니 일월리 무광ᄒᆞ고 초목금슈 다 실여ᄒᆞ난 듯 하니 할님도 또 실피 울 제 양츈 왈 모친은 그세이의 어ᄃᆡ을 가겨서 잇다가 이 고ᄃᆡ 와 우리을 서로 만나 기리든 정회을 설화ᄒᆞ니 상제가 지시함미로소 니다 ᄒᆞ며 못ᄂᆡ 반긔더ᄅᆞ 잇ᄯᅴ 할임은 이리저리 ᄂᆡ왕ᄒᆞ다가 세월니 열류ᄒᆞ 여 상공 부부 언만ᄒᆞ야 병환니 나ᄆᆡ 빅약니 무회ᄒᆞ여 ᄒᆞ로난 할임을 불너 말삼ᄒᆞᄃᆞ가 상공 부부 함ᄭᅴ 구몰ᄒᆞ니 할임 부부 ᄋᆡ통망극

〈53-뒤〉

ᄒᆞ여 초종례을 극진니 ᄒᆞ야 선산에 안장ᄒᆞ고 삼 년 초례을 극진이 지ᄂᆡ더이 임부인ᄭᅴ 아ᄃᆞᆯ 형제와 ᄯᆞᆯ ᄒᆞ나을 두어시이 장자 일흠은 만츄오 차자 일흠은 게츈이라 그 ᄌᆞ녀 등니 ᄃᆞ 장성ᄒᆞᄆᆡ 소연등과ᄒᆞ여 일흠니 조정에 진동ᄒᆞ더 라 각설이라 할임과 낭자 나히 연장 구십에 지ᄂᆡᆫ지라 우리난 청상 사람이오 이 머무지 못할 사람이오 ᄯᅩᄒᆞᆫ 상제ᄭᅴ서 응당 지다릴 ᄯᅳᆺ ᄒᆞ오이 선영힝화난 임부인과 잔연 등으게 밋긔고 우리 부부

〈54-앞〉

둔 잔여 등을 ᄃᆞ리고 천상으로 가사이ᄃᆞ 할임이 올히 역려 임부인과 잔여 등을 불너 서로 영이별ᄒᆞᆯ ᄯᅵ 일월이 무광ᄒᆞ고 초목금수 다 실어ᄒᆞ난 듯

ᄒᆞ더라 이제 할임이 천상으로 올나가시면 첩은 소식도 못 드을 듯ᄒᆞ이 그 안이 가긍ᄒᆞ오리가 홀임 왈 그난 염여마옵소서 일연 일차의 소식이나 아이 잇슬가 임부인이 실품을 머금고 서로 영이별ᄒᆞ이라 할임과 낭자와 양츈 동츈을 다리고 천상으로 올나갈 ᄯᅢ 오운이 자욱ᄒᆞ고 서기 세심강의

〈54-뒤〉

어리엿더라 홀님 부부 ᄌᆞ여 등니 다 학을 타고 구름 소게 싸이여 승천ᄒᆞ이라 각설이라 이ᄯᅢ 할임과 낭ᄌᆞ 승천ᄒᆞ여 상제ᄭᅴ 뵈오이 상데 우어 왈 그ᄃᆡ 등이 인간의 가 ᄌᆡ미 엇써ᄒᆞ더야 하시더이 할임 부부 그 슈고홈을 이긔지 못ᄒᆞ더라 상제 분부ᄒᆞ여 처소로 가이라 니ᄯᅢ 임부닌과 잔여 등이 주랴로 홀임을 ᄉᆡᆼ각ᄒᆞ난지ᄅᆞ 할임이 비록 천상의 잇시나 짐작ᄒᆞ고 달니 구름을 타고 공즁의서 일봉 서찰을 임부인 전 ᄂᆡ려보ᄂᆡ이 일로 더옥 ᄋᆡ통ᄒᆞ더라 즌여들도 실

〈55-앞〉

어하더라 그 즌여 등이 경성에 올나 조년등과ᄒᆞ야 뉘 안이 칭츤 ᄋᆞ이 ᄒᆞ리 업더라 님부인의 나니 팔십 오 세라 누년 득병하야 세상을 영니별ᄒᆞ야 잔여 등과 노복이 다 선산에 안장하더ᄅᆞ 임부인으 혼시이 첫상으로 올나가서 할님을 만나 서로 고ᄉᆡᆼᄒᆞᆫ 말을 설화ᄒᆞ더라 그 후로 할임 ᄃᆡᆨ 집안이 무진 홍성함으로 사람마다 할님의 집안을 못ᄂᆡ 칭찬하더라

슉영낭ᄌᆞ젼

국ᄐᆡ시ᄅᆞᆫ ᄒᆞᆫ시 ᄒᆞᆫ시졀 ᄒᆞ야 ᄉᆞ람마다 강구연월 노래
ᄒᆞᄂᆞᆫ 곳마다 격양가ᄅᆞᆯ ᄒᆞᄂᆞ니 이ᄯᆡᄂᆞᆫ 츈리ᄉᆞ 호세 훈ᄃᆡ
ᄒᆞᆷ 쳑위시와 ᄐᆡ셩ᄌᆞ 일ᄎᆡ 시덕이 동방을 노래ᄒᆞ더니
리슌 즁동ᄐᆡᄂᆞᆫ 문안ᄒᆞ고 ᄒᆞᄂᆞᆫ 기슈 간ᄒᆞ야 ᄉᆞ명 ᄎᆔ려
ᄒᆞᄂᆞᆫ 츈ᄒᆞ 이 졀이 ᄒᆞᄂᆞ와 가온ᄃᆡ 일위 션ᄇᆡ 잇셔ᄂᆡ 셩은 ᄇᆡᆨ
이오 일흠언 누이 ᄭᅳᆫᄃᆡ 강영 시족으로 가ᄂᆞᆫ나올 ᄒᆞᆫ ᄒᆞ고
시랑의 거ᄌᆞ ᄋᆞᆺ거ᄂᆞᆯ ᄃᆡ 산셜ᄒᆞ되 조ᄎᆡ이 업셔 ᄎᆔᄒᆞ야 셔
샹ᄒᆞ더니 일흔 언ᄯᅳᆺ 이셰 곡ᄃᆡ혀 이롤 ᄒᆞ야 탈ᄒᆞᆫ
ᄯᆡ 나ᄒᆡ 쳔ᄉᆞ 졍셩을 드리시 ᄭᅡ 오월 어 번 ᄉᆞ치 이

슉영낭ᄌᆞ젼(김광순 44장본)

〈슉영낭ᄌᆞ젼〉은 44장(87면)으로 이루어져 있는 이본으로, 서체와 어투가 난해하며 곳곳에 동일 문장이 중복 필사되어 있다. 시대 배경은 세종 시절인데, 다른 이본들과 달리 "국틱민난하고 시화시중하야 ᄉᆞ람마다 강구연월 노릐하고 곳곳마다 격양가 ᄌᆞᄌᆞ하니 잇ᄯᆡ난"으로 시작된다. 상공의 이름은 '빅노'이며, 그는 잠영세족으로 가산이 풍족한 것으로 설정되어 있다. 필사본 계열이 대개 백선군이 장원급제하여 한림학사가 되는 것과 달리, 이 이본에서는 백선군이 승정원 주서에 오르는데 이후 백선군의 관직명이 한림학사로 불린다. 또한 임진사 부부가 혼담을 상의하는 장면이 상세하게 기술되어 있으며, 숙영낭자의 죽음 이후에 백선군이 백상공에게 따지는 장면이 상세하다. 백선군이 매월의 간을 내어 씹는 장면이 특징적이며, 상공이 임 소저와의 혼사를 주선하나 선군의 거절 이후 임소저에 대한 서사는 없다. 숙영낭자는 재생하여 백선군과 춘양, 동춘을 데리고 무지개를 타고 승천한다. 이 이본은 '건처 사람이 초상은 첫서나 다 망히지고 숙딕밧치 되더란다'는 상공 부부의 적적한 최후가 기술되는 점이 특징적이다. 마지막 장에 '계사년 정월 초육일이라'는 필사 시기가 적혀 있다.

출처: 김광순 편, 『(필사본)한국고소설전집』 19, 경인문화사, 1993, 66~153쪽.

〈1-앞〉

슉영낭자전

국틱민난하고 시화시중하야 ᄉᆞ람마다 강구연월 노릐하고 곳곳마다 격양가 ᄌᆞᄌᆞ하니 잇ᄯᅢ난 조선ᄀᆡ국초 세종ᄃᆡ왕 적위시라 틱빅ᄉᆞᆫ 일시 ᄀᆡᆨ이 동남으로 나리다라 화ᄀᆡ산중 드듸고 봉만니 즁즁ᄒᆞ고 기슈 잔잔ᄒᆞ야 ᄉᆞᆫ명슈려ᄒᆞ고 촌낙이 절ᄆᆡ한니 가온듸 일위 선븨 잇서니 성은 빅이요 일엄언 노이온듸 잠영지족으로 가ᄉᆞᆫ니 물싄하야 시ᄉᆞ의 거릴 것 업시되 다만 설하의 ᄌᆞ속이 업서 쥬야 자심하더니 일일언 부인 정씨로 더부러 이론하야 왈 혹 하눌이나 명ᄉᆞᆫᄃᆡ천의 정성을 덜시 자손얼 어던 ᄉᆞ람이 잇

〈1-뒤〉

다 하니 우리도 정성이나 덜여보면 조혈 닷하다 ᄒᆞ고 이□□□ 함ᄭᅴ 높편산의 올나가 단을 노어고 하나님 전의 빅일기도을 맛치고 도라왓더니 ᄭᅮᆷ의 빅발선관니 와 이로되 너 ᄌᆞ식이 업난 거살 옥지 너의 정성이 지격함을 감동하야 ᄌᆡ럴 점지하시기로 이것을 쥬노라 하고 한낫 옥틱을 쥬거날 빅노부부 바다가지고 놀나 ᄭᆡ다러니 남가일몽이라 부부 서로 말하며 마암의 깃거함을 마지아니하더라 과연 거달부터 잉틱하야 십 삭만의 일ᄀᆡ 남자럴 나어니 짐싱 즁의 기린니요 ᄉᆡᆼ 즁의 봉황이라 일엄을 션군니라 하야 장즁보옥 갓치 길너더니 선군니 점점 ᄌᆞ라 용모 쥰수ᄒᆞ고 기골이 헌앙ᄒᆞ며 걸을 ᄇᆡ우ᄆᆡ 문일지십ᄒᆞ

〈2-앞〉

고 필법이 용사비덩 함으로 빅노 부부 더욱 ᄉᆞ랑하며 ᄆᆡ양 저와 갓턴 ᄇᆡ필을 엇어 봉황의 ᄊᆞᆼ으로 노난 자미로 보고저 ᄒᆞ야 멀니 구혼ᄒᆞ되 가할ᄒᆞᆫ 곳지 업서 한탄ᄒᆞ더라 잇ᄯᅢ 선군의 나이 이팔이라 망츈화시를 당하야 서당의서

걸을 읽더니 자연 츈기의 곤하야 안석의 이지하야 잠간 조어던니 비농ᄉᆞ농간ᄂᆡ 일시 선녀 홍승최외로 더려와 절하고 젓티 안지면 갈아되 낭군언 첩을 모러난도다 첩이 이의 음은 다런 연고 아니라 첩은 동히 룡여로서 낭군과 인간 연분니 잇기로 ᄎᆞ자 왓사오니 ᄂᆡᆯ 사랑하소서 선군 왈 나ᄂᆞᆫ 진시 속긱이오 거ᄃᆡ난 천승 선여라 엇지 인연니 잇다 하리요 거 낭자 ᄃᆡ 왈 낭군은 본ᄃᆡ 천상 선관이로 비 쥬난일을 차지ᄒᆞᆫ 단원이 되엿다가 비월 잘뭇

〈2-뒤〉

쥰 죄로 인간에 젹강ᄒᆞ야삽더니 이졔 첩으로 ᄒᆞ야금 낭군의 ᄇᆡ필되라 신옥데의 칙교을 밧드러 ᄊᆞᆼ구일 후의 머지 안니ᄒᆞ야 셔로 만ᄂᆞᆯ ᄂᆞᆯ 잇스리이다 ᄒᆞ고 인ᄒᆞ야 간 곳이 업ᄂᆞᆫ지라 션군이 리이 녁이 □□낫 닭이 악악 우ᄂᆞᆫ 소ᄅᆡ 긔가에 징징ᄒᆞ야 ᄉᆡᆼ각 안고져 ᄒᆞ되 저절노 ᄉᆡᆼ각나고 잇고져 하야도 잇치지 안니하여 마암의 무엇을 일어발린 덧 하야 여취여광하야 자연니 용모 초취ᄒᆞ고 기ᄉᆡᆨ이 암암ᄒᆞᆫ지라 ᄇᆡᆨ노 부처 아ᄌᆞ의 기ᄉᆡᆨ얼 보고 건심하야 물어 갈아되 너 건일 형용을 보니 무ᄉᆞᆫ 숨은 병이 덜어 가ᄌᆞᆼ 심ᄉᆞᆼ치 아니하 덧 하니 너난 바런 되로 말

〈3-앞〉

하야 네 부모의 마암을 원키ᄒᆞ라 션군이 ᄃᆡ왈 별로이 소회난 업ᄉᆞ온ᄃᆡ ᄌᆞ연 신기 불평ᄒᆞ야 그러ᄒᆞ오니 복망 부모난 과렴치 마옵소셔 ᄒᆞ고 셔당의 나와 고요이 누어셔 몽즁 션여만 ᄉᆡᆼ각ᄒᆞ고 젼젼반칙ᄒᆞ는되 문득 그 션여 압헤와 안져며 의로ᄒᆞ야 왈 낭군이 첩을 인연ᄒᆞ야 져럿튼 병 되기ᄭᅡ지의 일으셔니 첩의 마암이 ᄃᆡ단니 불안ᄒᆞ옵고 ᄯᅩᄒᆞᆫ 낭군의 가셰 젼일보다 되단 빈곤ᄒᆞ야 근심이 되난 고로 첩의 화ᄉᆞᆼ과 금동ᄌᆞ ᄒᆞᆫ ᄉᆞᆼ을 가져와셔니 청컨ᄃᆡ 낭군은 이 화ᄉᆞᆼ은 낭군 침ᄉᆞᆼ의 두고 밤이면 흠키 ᄌᆞ고 낫지면 병풍 우의 글어 두고

심회을 누시고 이 동자는 숭 우의 안처 두면 조연 도리 잇서리니다 하

〈3-뒤〉

거널 선군니 만감기 청양 업서 거 손얼 잡고 말ᄒᆞ고저 ᄒᆞ더니 문턱 ᄂᆞᆫ되업고 놀나 ᄭᅢ여 슬피노니 거 쥬던 화상과 검동자 완연니 겻틔 노연난지라 션군니 기이히 역여 거 말과 갓치 검동ᄌᆞ난 상 우의 안치고 화승은 병풍의 거러두고 주야로 승회ᄒᆞ더라 잇ᄯᅴ 이 소문니 원건ᄂᆡ 펴저서 모다 말하기로 빙노의 집의 신영ᄒᆞᆫ 보비 잇다 하고 사람마다 ᄎᆡ단을 가지고 와서 다토와 구경ᄒᆞ니 이럼으로 가시가 ᄎᆞᄎᆞ 넝넉하야 누ᄎᆞ한 일은 업서나 선군은 일구월심 ᄉᆡᆼ각나니 선여ᄲᅮᆫ이로다 가련ᄒᆞ도다 선군ᄂᆡ 병이 점점 골수의 만문 위즁ᄒᆞ여 거의 이지 못할 지경이 뒤야서나 뉘라서 거 ᄉᆞ정을 알며 뉘라서 슬여ᄒᆞᆯ고 잇ᄯᅴ 거 낭ᄌᆞ

〈4-앞〉

ᄉᆡᆼ각ᄒᆞᄃᆡ 저 선군니 날을 ᄉᆡᆼ각하고 저럿텃 병이 덜어 위즁하이 ᄂᆡ가 맛당이 구하리라 ᄒᆞ고 일일은 선여 현몽하여 왈 낭군니 첩얼 ᄉᆡᆼ각하사 저럿텃 병ᄒᆞ니 첩은 시승의 나리올 기 안니 차지 못ᄒᆞᆫ 고로 낭군님 소원을 속히 이룰 수 업사온 바 낭군 ᄯᅥᆨ 시비 ᄆᆡ월이 가즁 히하여 가히 낭군ᄋᆡ 건절얼 밧덜만 ᄒᆞ노니 아적 방수을 정하여 정막한 심휘을 위로하시면 첩의 마암이 깃부기 청양업깃ᄉᆞ오니 원컨ᄃᆡ 낭군은 첩의 부탁을 저발니지 마소서 하거ᄂᆞᆯ 선군니 ᄭᅮᆷ을 ᄭᅢ여 좌우로 ᄉᆡᆼ각ᄒᆞ다가 할일업서 ᄆᆡ월을 불너 소첩을 ᄉᆞᆷ아 저기 울민한 심휘랄 펴깃서나 일편단심이 ᄭᅮᆷ속 선여의기만 잇고 다런 ᄉᆞ람은 비록 서시 갓턴 미인니라도 썰ᄯᅴ

〈4-뒤〉

업난지라 달이 공손의 명낭흔듸 잔남이 수파람 ᄒᆞ고 두견쇠 피눈물 혈녀 불여귀 실피 울 죄 즁부의 ᄉᆞᆼ사 일염이야 일너 무엇ᄒᆞ리요 일촌 간즁이 굽이굽이 다 썩는 닷 달이 가고 날이 가미 쥬야로 사모하는 병이 점점 깁퍼 고항의 던지라 거 부모 아ᄌᆞ의 병시 날노 깁퍼 감을 보고 황황망극하야 일일은 복술과 고명흔 이원이 잇다 하면 불원철니 하고 ᄎᆞ자가 청하고 약 써기을 마지아니하되 마츰닉 일분 효엄이 업는지라 거 부모의 건심과 설펴 ᄒᆞ난 정경을 엇지 츰아 보리오 날마다 눈물노 시월을 보닉더라 잇씩 거 선여 싱각ᄒᆞ되 선군의 병시 골수의 깁히 덜어 빅약이 무효오니 닉 아모리 인싱연분니 지즁흔 즁 압날 기약이 아적 멀어

〈5-앞〉

시나 이갓치 초조하야 병이 즁키 이려기함은 참아 못 할 일이니 닉 효유하아 줄니라 ᄒᆞ고 도 현몽하여 왈 우리가 서로 만나 단취할 기약이 머러기로 아적 각각 처하얏더니 지검 낭군니 저럿텃 로심 성병하시니 첩의 마암이 엇지 편안ᄒᆞ오릿가 낭군니 정히 첩을 보라 하시거던 옹연동을 차ᄌᆞ오소서 하고 가거날 선군니 씨여 싱각한 적 정신니 황홀하여 밋철덧 하기로 곳 가고저 운 싱각이 일각얼 지취할 슈 업서나 ᄯᅩ한 옹연동이 어듸인지 방향을 아지 못ᄒᆞ난되 엇지하리오 비록 거러하느 나서 차보리라 ᄒᆞ고 이의 거 부모 기 고ᄒᆞ여 갈아듸 지검 츈절을 당ᄒᆞ와 심휘 울적ᄒᆞ오니 소ᄌᆞ 집을 떠나 ᄉᆞ방으로 단니며 명순듸촐이느 승지

〈5-뒤〉

강순을 유람코저 ᄒᆞ오며 ᄯᅩ흔 옹연동이 경긔 절명ᄒᆞ여 문즁 명필이 한 변 가보지 안잇치 못하는 곳지라 ᄒᆞ오니 복원 부모는 허ᄒᆞ소서 빅노 부부 이

말을 덧고 놀나 갈아되 니 저럿텻 병시 가빅암지 안니한딕 엇지 문밧걸 써나면 설혹 너 마암의는 걱정 업다ᄒᆞ나 우리 엇지 마암을 놋코 지ᄂᆞ리오 선군이 딕왈 소ᄌᆞ 집의 잇ᄉᆞ오면 마암이 울적하야 더욱 견딜 수 업ᄉᆞ오니 아모 염여 마시옵고 허락ᄒᆞ시며 소ᄌᆞ 슈이 단여올 터오니 조검도 괴려치 마소서 ᄒᆞᆫ딕 빅노 부부 ᄯᅩᄒᆞᆫ 거려이 역여 마지못ᄒᆞ야 허락ᄒᆞᆫ딕 선군니 임의 힝증을 쥰비하야 일긱 동자로 ᄒᆞ야

〈6-앞〉

검 나귀의 안증을 지어 타고 동으로 향하야 글식 옹연동이 어듸인지 면날을 가도 알 수 업고 ᄯᅩ한 무러보아도 아난 ᄌᆞ 업는지라 마엄의 민망하여 하늘을 우려려 축수허여 갈아되 소소한 명천언 이 빅선군의 정ᄉᆞᆼ얼 살피ᄉᆞ 옹연동을 찻기 ᄒᆞ소서 ᄒᆞ며 점점 나아가 한곳딕 다다러니 성양빗헌 ᄉᆞᆫ머리의 잇고 산쇠는 짓설 ᄎᆞᆫ난듸 ᄉᆞᆫ언 첩첩 천봉이오 물은 잔잔 벽긔수요 곳곳시 긔화잇초 만발ᄒᆞ고 란봉공작이 왕ᄂᆡ하는딕 청암절벽 식이의 폭포수는 언ᄒᆞ수가 이ᄉᆞ한 덧 점나아가니 말건 시ᄂᆡ 우의 석교랄 노안난딕 오작교와 방불ᄒᆞ다 좌우을 살펴보며 경치을 탐하야 ᄎᆞ점ᄎᆞ점 더러가니 진소위 별유천지 비인간니

〈6-뒤〉

선군니 이 갓턴 정경을 구경하ᄆᆡ 심신니 ᄉᆞᆼ활하야 우화이등선 한닷 긧분 기운니 자연히 소사나서 횡심일징 잇긴 길노 천천니 완보하야 부지 즁 더려 가며 멀니 바라보니 쥬란화각이 단공의 소사 잇고 문별사ᄎᆞᆼ이 형통ᄒᆞᆫ 가운되 중경소릭난 징징하고 지당의 어인 옥칙언 긱얼보고 반기난덧 심신니 황홀호야 전ᄉᆞᆼ얼 살펴보니 검ᄌᆞ로써 서되 옥연동 유정궁이라 하얏드라 선군니 딕휘ᄒᆞ야 바로 전ᄉᆞᆼ어로 올나가니 일위 낭자 깜ᄌᆞᆨ 놀나며 몸을 니러

문왈 속긱은 엇던 ᄉ람이간ᄃ 감히 선계얼 범하야ᄂ고 선군니 렴용ᄃ왈 싱은 인군 서싱으로 천ᄒ 강ᄉ을 구경코저 사방으로 단니다가 우연니

〈7-앞〉

이 건처ᄋ 산천경긔얼 탐하야 오난 쥴 모라기 이곳ᄭ지 당도하야 외람이 선경을 더려와서니 황공부지하옵거니와 바라건ᄃ 낭낭은 과도니 혐을 마시고 용서ᄒ야 쥬시옵소서 낭ᄌ 정ᄉ ᄃ왈 거ᄃ난 신명을 보전코저 ᄒ거던 여러 말얼 히비치 말고 이지로 ᄲ니 도라가라 선군니 덧기을 다하니 아연 실망ᄒ야 의ᄉ 작막ᄒ지라 ᄂ심의 해오되 이ᄯ럴 노치면 다시 언어 ᄯ의 만나리오 다시 슈직하야 사긔를 탐지하야 보리하고 각가이 나아가 안지며 왈 낭ᄌ언 엇지 긱얼 이다지 괄시하시ᄂ닛가 비록 선속은 다러나 사정은 일반이오니 용서ᄒ시기 바ᄅ나이다 낭ᄌ 청이불문ᄒ고 문얼 닷거널 싱이 무료ᄒ야 듀

〈7-뒤〉

저하다가 할일업시 당회 나려 도라오려 하더니 낭자 거지야 일어나 옥난간을 빗겨 서서 단슌얼 반ᄀᄒ고 종용이 일너 왈 속긱은 잠간 기ᄃ려소서 ᄒ고 안으로 덜어가더니 이억고 선낭이 은장성식으로 ᄎ외을 썰고 나오거날 자시이 보니 이ᄂ 곳 ᄭᆷᄋ 보던 선아의 화ᄉ과 방불한지라 심문ᄃ히하야 거이 밋칠지엄의 거선아 손얼 더러 왈 낭군언 이의 이러 잇나닛가 밧비 당의 오러소서 하야 래필 좌정ᄒ 후 싱이 다시 선낭을 바라보니 ᄇ옥 갓탄 얼골언 츄천명월이 명공의 걸인난 닷 요요한 ᄐ도ᄂ 선긔한 모란화이 ᄎ이 설을 먹엄언덧 팔ᄌ 아미ᄂ 봉미

〈8-앞〉

다 빗젼난 덧 섬섬한 허리ᄂᆞᆫ 봄바람의 나붓기ᄂᆞᆫ 버덜 갓고 양협은 ᄉᆡ로 핀 도화 갓고 입슬언 닷사 갓허여 한 번 보ᄆᆡ 진실노 사람의 눈을 놀디난지라 마암의 황홀난척하야 ᄂᆡ심의 ᄒᆡ오ᄃᆡ 오날날 이 갓헌 월궁선녀을 ᄃᆡ하니 이지ᄂᆞᆫ 사구의 한니로다 하고 울회 상사하던 정휘을 펼ᄎᆡ 낭군 갈아ᄃᆡ 낭군니 첩얼 ᄉᆡᆼ각하여 병 덜깃ᄭᅡ지ᄋᆡ 닐어럿서나 우리 서로 모일 기한니 삼연이 남앗거날 거동안언 아모조록 참고 참아 부모의 건심이 업기하시면 거 기ᄒᆞᆫ 되난 ᄯᅢᄋᆡ 청조가 날아 갈 썻이니 거 ᄉᆡ로 즁ᄆᆡ얼 삼아 육니을 갓초고 ᄇᆡᆨ연동낙ᄒᆞ리니 부ᄃᆡ 첩의 말을 헛

〈8-뒤〉

드이 역이지 마러소서 만닐 지검 서로 결혼할지면 하나님ᄭᅴ 죄을 어덜 써시니 낭군은 부듸 안심하야 ᄯᅢ얼 기되리소서 선군니 청파의 낙심 천만하야 이곳ᄭᅡ지 차자왓거날 이지 ᄯᅩ 삼연을 기ᄃᆡ리라 하니 ᄂᆡ 이지 거저 도라가면 일후 잔명니 황천ᄀᆡᆨ이 되리니 거런적 낭자의 마암인덜 엇지 척은지 아니하리오 낭자난 나의 정시을 ᄉᆡᆼ각하야 덩물리치난 아뮈얼 구ᄒᆞ여 거물의 던 고기울 건저 거이 쥭기됨 실앗 갓턴 목슘얼 보전키 하소서 하고 만단ᄋᆡ걸하ᄃᆡ 낭ᄌᆞ 거 형상

〈9-앞〉

얼 보고 경척ᄒᆞᆫ ᄉᆡᆼ각이 나던지 마엄얼 도려켜 갈아되 낭군언 안심하소서 하고 만단ᄋᆡ걸한ᄃᆡ 낭자 거 형상을 보고 경척한 ᄉᆡᆼ각이 나던지 마엄을 도려켜 갈아되 낭군니 이 갓치 외얼 써시니 첩이 비록 죄얼 맛더ᄅᆡ도 삼연 기한얼 참얼 수 업ᄉᆞ오니 낭군언 안심하소서 ᄒᆞ고 옥안ᄂᆡ 히ᄉᆡᆨ니 인난 닷한지라 선군니 ᄃᆡ히하야 거 손얼 잡고 치하하니 거젼전지징이 비ᄒᆞᆯᄃᆡ 업더라 거날

밤얼 지닉고 거 이턴날 선낭이 갈아되 이지는 첩의 몸얼 더려인지라 이곳듸 머무러키 못ᄒ기 뒤얏서니 낭군과 함키 가ᄉ이다 ᄒ고 청여 일 필얼 잇거러 집의 도라오나라

〈9-뒤〉

이쎄 빅공 부부 아자얼 써나보닉고 염여 무궁하야 얼마 후의는 기듸리난 마암이 더욱 간절하야 얼마 후의난 기듸린 마암이 더욱 간절하야 사람을 노아 사면으로 차저호듸 종적이 업난 고로 어듸 가 죽언가 하야 눈물노 시월얼 보닉더니 일일언 선군니 한 절듸가인얼 듸리고 청여을 모라 덜어와 현왈하는지라 빅공 부부 죽엇던 아달얼 만난 덧 거 깃거하는 정승언 의론할 마 엄난 즁 거 다리고 온 미인닉 사실얼 무런듸 선군니 감히 기이지 못하야 전후 ᄉ상을 난낫치 고한듸 빅공 부부 듸히하야 거 낭ᄌ의 손을 잡고 너는 닉 며나릴 쏠아니라 아자얼 슐

〈10-앞〉

니는 언인이라 하고 거 처소얼 동별당의 정하야 잇기 ᄒ고 이의 듸연을 빅설하고 친척 고구을 청ᄒ야 혼니얼 횡하니 닉위 빈긱이 모다 신낭 신부의 ᄋ락다온 용모와 선명한 풍죄헐 보고 험선 칭사치 아는 자 엄난지라 빅공 부부 더욱 깃거함얼 마지안터라 이로부터 선군니 골수의 덜어던 병이 구럭갓치 허여지덧하니 원낭이 녹수얼 만난 덧 호접이 쏫털 만난 닷 검설지락이 타인의 비할 바 아니라 이럼어로 잠시도 서로 써나지 안코 결공부난 선처ᄌ로 돌여보닌자라 빅공이 민망이 녀여 □하기난 단속ᄒ고 십푸나 본듸 긔한 자식이라 창강박ᄒ기 어

〈10-뒤〉

려서 아는치 모려난치 도모지 저 하는 되로 바려 듀밋더라 이러구러 시월이 훌훌하야 어이덧 여덜 봄 지닉믹 거동안 자여 □□ 아회얼 나아 길어난되 여아의 일홈언 츈힝이이 팔 시오 남아의 일홈언 동츈이니 나히 ᄉ 시라 모다 총명영오하야 범인 의 비할 바 아니라 가즁 상ᄒ 화락하야 더할 것이 업설 것 갓더라 이의 후원의 정ᄌ 두어 간얼 정쇄하기 짓코 화조월식의 믹일 날이 업시 거자의얼 다리고 시승사을 이저바리고 요유자락하니ᄃ 만청중 명월이 친한 명인오 좌 옥져와 거문고가 친구러라 빅공 부부 아ᄌ 부처 이러텃 화락함얼 보고 깃거왈 너의 두 사람은 천싱연분

〈11-앞〉

이라 엇지 달언 사람의 미칠 바리오 하더라 화설 잇찌의 쳔하 틱평하고 사방의 이리 업서 과거얼 뵈야 인지헐 가리기로 각도각군닉 과ᄎ가 나린지라 빅공이 거 아달 선군다려 일너 왈 짐짓 나라의서 과거얼 뵈인다 하니 남아 시상의서 학업얼 힘썸언 입신양명하야 거 부모얼 낫타닉고저 함이라니 이지 상경하야 과거얼 보아 다힝이 참방하면 너기도 컨 영광일 뿐더러 엇지 조상을 빗닉지 아니리오 너난 갑히 싱각하야 거 부모럴 낫타닉고저 함이라 니 이지 상경하여 과거얼 보아 다힝이 참방하면 너기도 컨 연광일 섄 초토의 붓친이 용농부에 출이 버서나기얼 힘써

〈11-뒤〉

지어다 선군니 부친닉 말삼얼 더러니 사리 당연하오나 소자의 천여의란 벼살길언 풍파가 만넌 위틱한 싸이라 우리집 직산니 족히 슈족얼 놀닐만 하온지라 마엄과 쩟되 설거할 바와 귀와 눈닉 조와하난 말얼 못할 바이 업사온되 무엇시 부족하야 다시 공명얼 바리잇고 빅공이 아자의 말얼 덧고

마암의 ᄉᆡᆼ각난 바 이서 다시 말하지 안코 정당어로 도라가거날 선군니 물너와 낭자다려 부친니 하시던 말삼과 자기 ᄃᆡ답한 말얼 난낫치 일언ᄃᆡ 낭자 츄연 탄왈 낭군ᄂᆡ 말삼이 거러도다 ᄃᆡ장부 시상의 남ᄆᆡ 입신양명하야 거 부모얼

〈12-앞〉

낫타ᄂᆡ면 슌슈안ᄋᆡ 일이 어덜지 거 낭군니 한낫 규즁 안여자의기 억ᄆᆡ야 집 안ᄂᆡ 컨 일얼 피하면 부모의기 덕죄할 섄 아니라 남ᄋᆡ 우엄얼 면치 못하 것이오 ᄯᅩ한 못된 기롱이 쳡의기ᄭᅡ지 도라올지니 낭군언 엇지 이갓치 ᄉᆡᆼ각지 못하나닛가 밧비 ᄒᆡᆼ장얼 차려 ᄯᅥ나소서 하고 일면 ᄒᆡᆼ니로 쥰비하며 가기얼 ᄌᆡ촉하여 왈 낭군언 조검도 쳡얼 ᄉᆡᆼ각지 마러시고 아모조록 기수나 무가지얼 써거 문호얼 빗ᄂᆡ소서 한ᄃᆡ 선군니 무엇이라고 방ᄉᆡᆨ할 도리가 업난지라 이ᄋᆡ 마지 못하야 거 부모ᄋᆡᄭᅴ 하직하고 별당ᄋᆡ 도라와 낭자얼 ᄃᆡ하여 왈 ᄂᆡ 마암ᄋᆡ 난 거ᄃᆡ

〈12-뒤〉

얼 잠시라도 이별키 어려워 서울얼 가지 말고저 하더니 가ᄃᆡᄋᆡ 정ᄃᆡ한 말ᄋᆡ 부덕이 ᄯᅥ나가노니 거ᄃᆡ인 동안 정성얼 다자야 부모얼 봉양하고 어린 자여얼 잘양 양육하야 나 도라오기얼 기ᄃᆡ하고 종자 일 명얼 다리고 ᄯᅥ날 ᄉᆡ 한 거럼ᄋᆡ 도라보고 두 거럼ᄋᆡ 도라보난지라 낭자 ᄯᅩ한 부탁하여 왈 낭군언 먼 기ᄅᆡ 천만소즁하야 성공하며 오시기얼 ᄌᆡ삼 당부하며 미휘얼 검치 못하거날 선군니 만면하여 간신니 길얼 ᄯᅥ나가난ᄃᆡ 뒤ᄋᆡ서 무어시 잡아당기난지 종일토록 겨우 삼십 니얼 간나지라 숙소얼 정하고 석반얼 바더ᄆᆡ 오작 낭자만 ᄉᆡᆼ각나고 엄식이 맛얼 일언지라 만신니 두어 슐외 상얼 물어니 종ᄌᆞ 민망ᄒᆞ여

〈13-앞〉

고하여 갈아딕 원노의 저럿키 식사 부실하시고 엇지 덕달하려 하나닛가 선군니 답왈 자연 거러 허거니와 엇지 오릭거러리오 하고 정막한 긱관닉 호얼노 안자서니 낭자의 면니 겻틱 안자넌 덧하딕 보이지넌 안코 말소릭 덜니난 덧하되 덜니지 안넌지라 심사럴 정치 못하다가 낭자얼 보고 십헌 싱각이 딕히의 조슈 밀덧 견딜 수 업난지라 이경말 삼경초의 문얼 나서 한 다럼의 집어로 도라와 담얼 넘어가 별당의 덜어가니 낭자 커기 놀나 문왈 낭군언 이 어인 일이닛가 선군니 답왈 닉 종일 간 길이 겨우 삽십 니라 싱각나니 보고 십헌 것디 거딕라 엄식 맛시 도망 가고 잠귀신니 달아나니 거리 하기헐 마지안니하다가넌 병이 날가 염여 뒤여 도라옴이로다 하고

〈13-뒤〉

거 견권지정얼 이기지 못하여 날이 싀난 쥴 씩닷지 못하고 수작이 임이 하더니 잇씩 빅공이 아자얼 경사의 보닌 후의 후원 별당이 공허함얼 념여하여 기슥헌 담의 별당 건처로 도라단니며 거닐더니 방 안닉서 낭자의 성엄이 언언이 덜니난지라 빅공이 커기 마암의 귀히 넉여 이억히 덧다가 절기로 엇지 외간남자얼 교통하리오 하면서도 아무커나 동정얼 보리라 하고 점점 각가이 나아가 귀얼 기우리고 엿덜언적 낭자 이억히 말하다가 다시 갈아딕 부친기서 밧기 와 기시니 낭군언 몸얼 슢기소서 하고 다시 아히얼 달닉여 왈 너의 부친니 경사의 올가 장원겁직하야 영

〈14-앞〉

화로 나려 오리라 하며 아모 말이 업거널 빅공이 커기 이식하여 침소로 도라오니라 잇씩 낭자 빅공이 와 던난 쥴 알고 선군다려 니러딕 부친니 밧기 오셔셔 우리 말얼 더러시고 가시서니 필경 낭군이 온 쥴 알어실지니

엇지 황송치 아니하리오 바라건ᄃᆡ 낭군언 첩얼 ᄉᆡᆼ각지 마려시고 어서 가서 공명얼 치하야 부모의 바라시난 마암얼 온전키 하시고 쏘한 첩어로 하야 불민한 치얼 면키 하소서 쏘한 ᄉᆡᆼ각썬ᄃᆡ 밤ᄋᆡ 가마니 도라와 부모럴 비옵지 안엇사오니 명일이라도 보이면 엇지 불민한 죄칙이 업서리오 낭군언 ᄌᆡ삼 ᄉᆡᆼ각하야 쌜니 ᄒᆡᆼ하소서 하며 ᄌᆡ촉이 업서리오 낭군언 성화 갓거날 선군니 낭자의 정당한 말의 엇

〈14-뒤〉

엇지 할 수 업서 다시 작별하고 다시 상심니 되난 숙소의 덕달하니 종자 션군ᄋᆡ 간 곳 업섬얼 놀나고 괴이 역 쏘한 □□어로 도랴 오라다가 션군의 옴얼 닐고 깃거 마자 다시 ᄎᆡᆼ하여거날 언지 우 오심 이로간지라 한뎡 여관ᄂᆡ 쏘한 정악히 안자 ᄉᆡᆼ각나니 낭자ᄲᅮᆫ이오 낭자외 활용월ᄐᆡ 눈앒픠 암암하여 잠얼 일우지 못하고 천사 만여하여도 낭자 보고십헌 일ᄲᅮᆫ이라 밋철덧한 마암얼 진정치 못하야 초연니 몸얼 ᄲᆡ처 나귀얼 ᄎᆡ얼 적여 집어러로 도라와 침실의 도라와 침실의 더러가니 낭자 쏘한 ᄃᆡ경ᄒᆞ여 갈아되 낭군이 첩ᄋᆡ 간하온 말얼 덧지 안어시고 이럿텃 왕ᄂᆡ하야 천검 갓탄 귀한 몸얼 손상하시고 ᄀᆡᆨ니

〈15-앞〉

ᄋᆡ 병이 나시면 부모의기 불효되고 일가친척ᄋᆡ개 치소얼 면치 못하리니 엇지 이럴 ᄉᆡᆼ각지 아니ᄒᆞ나잇가 낭군니 진실노 청얼 엇지 못하야 가지 안니하시면 써나신 뒤의 첩이 맛당이 낭군의 숙소로 차ᄌᆞ가리이다 션군 왈 거ᄃᆡ난 규중 여자라 엇지 도로 ᄒᆡᆼ역얼 임의로 하리오 낭자 왈 거려면 이치의난 낭군니 아모리 도라오시더ᄅᆡ도 첩얼 보지 못하시리니 낭군언 ᄉᆡᆼ각하소서 선군왈 거려면 엇지 하리오 낭자 한 쪽 화ᄉᆞᆼ얼 ᄂᆡ여쥬며 왈 이것의 첩의

화용이니 힝즁의 너어가지고 가시다가 첩얼 보고 십허거던 닉여 보시다가 만일 이 화숭 볏치 변하거던 첩언 몸이 컨 씩휘 인날 쥴 알어소서

〈15-뒤〉

선군니 밧아가지고 서로 이별할 식 잇씩 빅공의 마암의 이혹이 자심하여 다시 별쌍의 나아가 귀얼 기우려고 던런적 쏘한 남주의 성엄이 여여히 덜니 거날 닉심의 히오딕 고이코 고이하도다 닉 집 장원니 놉고 이목이 번다하야 워인니 넝히 츌납하지 못하깃거날 이 어인 일노 남주의 성엄인고 이난 반다 시 흉한 도적이 더러와 낭자와 통함이로다 ᄒᆞ고 침소의 더려와 자탄하여 왈 낭자의 절힝이 턱이한 쥴노 알어쩌니 지검 이 일얼 보건딕 지 남편니 업난 씩얼 기다려 위간 남자얼 교통함이니 엇지 븐한치 아니하리

〈16-앞〉

요 하다가 종용이 거 부인얼 딕하야 탄식 왈 부인얼 딕하야 탄식왈 부인언 집안일얼 아지 못하는다 닉 집의 컨 일이 잇서니 이얼 장ᄎᆞ 엇지하면 조허리 오 부인니 놀나 거 무삼 일이 닛가 빅공이 일털막소경사얼 낫낫치 일너 왈 자부의 횡사얼 적실이 알 수 업거니와 닉 귀로 진정히 덜 바라 만일 거럴진딕 회두시사얼 엇지하면 조허리요 부인이 청파의 딕경 왈 상공이 잘못 더러심이라 현부의 힝동범절리 검옥이나 송쥭 갓허여 거 마암이 변하 리 만무하거날 이지 엇지 거런 무정한 일이 잇서리오 거런 말언

〈16-뒤〉

다시 입밧기 닉지 마려소서 빅공 왈 나도 자부의 힝신가 거럿치 안넌 쥴 알거니와 분명이 닉 귀로 더런 바 잇서니 거 혹톡가미 장난닌가 무삼 귀신의 히롱인가 모러거니와 딕저 부의 얼불이 치문하야 이혹얼 설파하야 보사이

다 하고 시비로 하여곰 낭자얼 불너 종용이 무러 갈아듸 일전니 남편니 집얼 써난 후의 반이면 가중이 비인덧 하기로 닉 밤마다 집안얼 순힝하다가 너의 방 건처의 더런 적 남즈의 말소리 언언니 덜니거날 닉 고이 넉엿써니 어지 저녁의 쏘한 남즈의 성엄이 언언니 덜니기로 거 무삼 곡절인고 이혹이 어스못하야 너다려 문난 반니 너난 츠시이 말하

〈17-앞〉

야 나의 이혹이 업기 하라 낭자 염용 듸왈 소비 밤이면 츈의 동츈얼 다리고 믹월노 더부러 약간 수작얼 잇사오나 다런 남자란 말삼언 진실노 알지 못하깃사이다 빅공이 낭즈 말얼더러믹 사시 거럴 덧하야 다시 무럴 효력언 업서 닉 귀로 분명이 남즈의 성엄얼 더런난듸 이무 삼 곡절인고 다시 믹월이를 불너 문왈 너는 이싀의 낭자의 침실의 가서 낭자와 함끼 즈난다 믹월이 듸왈 소비 건일 몸이 불평함얼 별당의 가지 못하얏나니다 빅공 왈 분명 거럴덧하야 믹월이 듸왈 황송하온덜 엇지 기망흐릿가 빅공 왈 닉 밤의 집안 어로 도라단니다가 동별당 건처의서 수상한 일얼 보아서니 너난 밤마당 잘 살펴서 혹 위인이 출입하난 기미가 잇거던 적시 닉기 통하

〈17-뒤〉

하야 처치키 하라 한듸 믹월이 수명하고 물너 나와 아모리 밤마다 수직하며 동정얼 살핀 덜 본듸 업는 일얼 어듸가 사덕하리요 오호라 원닉 믹월이 선군닉 친납한어는 언히얼 입어 얼마동안 정의 밀물하기 지닉며 지 마암의 난 빅연얼 하루갓치 지날 쥴 밋더써니 떳밧기 낭자 더러온 후로부터 거문고 쥴이 써너지난 빅 한니 싱긴지라 쥬야로 한탄하며 드만 낭자얼 원망하는 마엄이 날노 깊펴나 쏘한 엇지할 수 업써니 잇씩얼 당하야 이난 나의 원한얼 약허 썬어진 쥴얼 다시 이얼 기휘라 하야 스이외 한 쐬얼 싱각하고 약간

언직얼 변통하야 가지고 지 심봉어로 가중 친밀한 도리란 놈얼 보고 갈아되 너도 닉 일얼 알

<18-앞>

거니와 닉가 본듸 소승고의 건절얼 바더러 정이 고밀하 기신더니 쎳밧기 별당 낭자가 더러온 후로부터는 나와 소승공 식의 관산니 막히고 오즉고가 무너진지라 쥬야 한탄하더니 건일의 이리한 일이 여촌촌하면 뇌 언히얼 후이 갑허리라 거 말얼 덧고 저기 깃거 억낙하거날 미월이 거날 밤의 거놈얼 다리고 가마니 별당 문 밧기 시우고 일어되 너난 이곳듸 서서면 뇌 승공씨 덜어가 여촌이 고하면 승공 필경 분노하야 너얼 잡어려 하리니 너는 거젓 낭자의 침방어로 나오난 치하고 문얼 열고 달아나되 부디 경소리 말나 하고 적시 빅공의 침소의 더러가 고하야 왈 소비 상공의 분부얼 밧자온 후의 감히 덩한치 못하와 밤마다 수직하옵더니 과연 어지 진역의 어던 놈

<18-뒤>

이 낭자로 더부러 슈즉 하난 동정이 잇삽기로 소비 가마니 덧사오니 낭자 거 놈다려 닐너 왈 우리 양인니 이러키 지닉다가 낭군니 나려오면 장차 엇지하리오 하믹 거놈의 말이 걱히 무리하고 괴약하야 참아 덧지 못하깃더니 오날밤의도 쏘한 여전니 더러와 방장 수작하난 모양이오니 상공언 친히 살피시압 한듸 빅공이 거 말얼 덧고 분기 듸발하여 칼얼 가지고 낭자의 방문 밧기 다다런적 과연 엇쩐 놈이 벼란간 당 문얼 열닷치며 쒸여나 담얼 넘어 다라나난난지라 빅공이 분기 츙천하야 처소로 도라와 잠얼 일우지 못하고 이리 싱각 저리 싱각 하여도 하인 소시의 더 불 수 업난 일이라 하고 이외 고 목덩얼 불너라 우믹 압

〈19-앞〉

시우고 ᄎᆞ리로 무러 갈아ᄃᆡ 우리집이 장원니 놉고 규노가 미미상불 엄슉하야 위인니 감히 더나덜지 못함언 너의덜도 알거니와 건일ᄋᆡ 엇썬 부랑한 놈이 ᄒᆡ지기로 가다리 감히 마암ᄃᆡ로 츌입하야 심지어 동별당 건처ᄋᆡ 방황하야 청운니 고약하니 이난 반다시 타인ᄋᆡ 소위가 아니라 너ᄋᆡ 놈 즁ᄋᆡ 불칙한 놈이 이서 부리한 일얼 힝코저 함이니 너ᄋᆡ넌 실상ᄃᆡ로 직고하되 만닐 츄호라도 기망하야 알고도 속이난 놈이 이시면 범지 여부얼 불논하고 쥭기얼 면치 못하리라 하니 비복 덩이 모다 묵묵히 말하난 자 업고 다 고하야 갈아ᄃᆡ 소인 덩언 비록 쟝하ᄋᆡ 쥭사와도 알지 못하깃사오니다 한거날 빅공이 할일업서 이ᄋᆡ 낭자얼

〈19-뒤〉

불너라 한ᄃᆡ ᄆᆡ월이 먼저 ᄃᆡ답하고 별당ᄋᆡ 가 문얼 열고 소ᄅᆡ 질왈 낭자난 무삼 잠얼 잇ᄯᆡᄭᆞ지 자나닛가 지검 노상공기옵서 불너시니 쌜니 나오서 한ᄃᆡ 낭자 놀나 문왈 날이 아적 ᄉᆡ지 안엇거날 무삼일노 불너시나요 하고 이숑얼 정지히 입고 연모얼 얼음져 나아가 부복하ᄃᆡ 덩축이 휘황하고 비복 덩이 좌우ᄋᆡ 나립하얏난ᄃᆡ 빅공이 호령하난 소리 진동하난지라 낭자 문밧기 서서 다시 문왈 너ᄋᆡ난 무삼일노 이리 요란하난다 노복 덩이 갈아ᄃᆡ 엇던 놈이 낭ᄌᆞᄋᆡ 침실ᄋᆡ 덜어가 도적질하랴다가 노숑공씨 덜

〈20-앞〉

키여 다라난 고로 노복 덩얼 불너 엄문하시나 노복 덩언 과연 ᄋᆡᄆᆡ이 당하난 일이오 낭자난 엇썬 놈일 쥴 아실지니 바런ᄃᆡ로 엿쥬어 무리한 노복 덩어로 하야곰 즁형얼 면키 하소서 하난지라 낭자 니 말얼 더러이 혼빅이 □월하고 가삼니 문어지난 덧 엇지할 쥴 모러난 즁 빅공ᄋᆡ 호령이 츄숑 갓하야 쌜니

되라난 소릐 병영 갓턴지라 낭자 황망이 엿자오듸 쳔만 몽미 밧기 이런 일얼 당하오니 무삼 연고온지 자시 알고저 하나니다 빅공이 여성듸질왈 너난 무삼 말얼 하난다 요전늬도 늬 너다려 일어거날 니 나얼 속히고 힝사하난 고로 믹월얼 불어 무런 적 저난 건일 신병어로 말미 니 처소로 간 일이 업다 하난 고로

〈20-뒤〉

반다시 연고 인난 일노 짐즉하고 쏘다시 사실하야 탐직하니 저 엇썬 놈이니 방어로버터 늬달아 담얼 넘어 달아나난 것얼 늬 눈어로 보앗거널 니 무삼 낫치로 발명코저 하난다 다런 사람의 전언니나 덜어시면 니가 용서하려니와 이난 천지신명의 부거런 이리 안닌 고로 너까지 불너 이니까시히 말하라 낭자 눈물얼 헐여 갈아듸 천식의 익휘 비경하와 이런 더러운 누명얼 신승의 무럼써오니 엇지 익달고 원통치 안하오리가 빅공이 형셩 왈 늬 친히 귀로 덧고 눈어로 본 일얼 이럿텃 의믹타 하난다 우리 집이 후듸청덕어로 지늬다가 늬기 밋처 이런 더러운 일이 잇사오닌 설 쥴 엇지 쎳하얏서리오 진실노 남이 알가 두

〈21-앞〉

려오니 너난 바런듸로 말하야 종용이 조처키 하라 낭자 안식얼 정듸히 하고 갈아되 천식이 비록 빅양우귀하야 마즈오시난 안엇사오나 이럴 가츄어 사당의 고유한 죵부으 엄분난힝어로 거럭저럭 저럭 더러은 사람이 아니오 설혹이 인간늬 잇사와도 병옥 갓탄 절기난 텬상 선인얼 효칙흐옵거날 엇지 속인늬 회도나 엄부의 못딘 힝실언 고사하고 거런 마암인덜 잇사오리가 아모리 명교 지엄하와도 천식얼 미워하야 짐적 엄익코저 함이로소이다 빅공이 더욱 성늬여 갈오듸 니 감히 공교한 말노 나럴 넝무하고 집안얼 망

〈21-뒤〉

코저 함이라 엇지 죄얼 용서하리오 한듸 낭자 이쯰얼 당하야 션군늬 왓던 사실얼 언히 할길 업서 이익 고하야 왈 향일 낭군이 써나가던 날 밤익 천식얼 보고싶다고 도라와 단여가고 쏘 거 잇턴 날 밤익 천식얼 보고십다고 도라와 단여왓삽기로 천첩이 온갖 이유로 설명하고 쏘 갈아듸 만일 구고기서 낭군니 온 쥴 알어시면 슈지람얼 면치 못함언 고사하고 남익 기롱익 엇지하리요 낭군익 거치얼 숨겨 보닉고 다시난 오지 말나 하얏삽더니 조물이 미히 역이고 괴신도 시기하야 이런 허무한 누명어로 만고익 씻지 못할 일이 쇠기오니 천식이 발명언 낭군이 도라오는

〈22-앞〉

날익 이시히니와 명천니 나려다 보시오니 이지 쥭사와도 다시 엿자올 말숨이 업삼나니다 한듸 빅공언 거 말얼 더러며 더욱 분노하여 왈 거러면 니 엇지 당초익 닉가 무럴 씩 말하지 안언는다 이난 나얼 소임이 더욱 심하는고 이익 노자로 하야곰 썰어닉라 하믹 낭자 하나얼 우러러 듸성통곡 왈 유유창천언 굽어어 살피시압 빅빅무죄한 이닉 몸얼 살피소서 오월익 써리 날니난 한과 삼연얼 비오지 안난 원통얼 뉘라서 풀어닐고 하며 업더러저 통곡하난지라 잇씩 빅공익 부인니 시의씨 이 마얼 덧고 겁피 나아와 거 형상얼 보고 일변 놀나며 일변 눈물얼 헐여 갈

〈22-뒤〉

아듸 인말익 얼어서되 물얼 한 변 쏫어면 다시 담지 못한다 하고 쏘 갈아되 죄럴 치고저하나 거릿얼 써린다더니 상공언 살피지 못함이 엇지 이 갓치 심하니잇고 설혹 불미한 동정이 잇써릭도 아자익 과힝언 듸사라 집안니 온순하야 축원함이 올커날 이런 불미한 일노 마암얼 소란키 함언 아자익

심사얼 소란키 할 쑨 아니라 이 일언 아자의 도라오기얼 기다려 조처함이 가하거날 엇지 이갓치 망거의 이얼 힝하나니잇고 하고 겁피 썰의 나려 낭자얼 안고 울며 갈아되 너 갓턴 유한 정정한 자질과 슌일부합흔 힝실노 오날 이런 일노이 이서니 나의 부찰

〈23-앞〉

이라 하려니와 엇지 이런 이리 잇실 쥴 쎳하얏서리요 낭자 정신얼 진정하야 모부인의 이럿텃 하난 일얼 보고 울며 갈아딕 인말의 이럿서틱 도적의 씩난 버서도 엉부의 누명언 벗지 못한다 하오니 천식의 누명언 동히수얼 다 가지고 씨지 못할지라 엇지 구구이 이 시상의 살기얼 도모하오리까 하며 머리의 옥잠얼 쎅여 덜고 하나님씌 고츄하여 왈 지공무사하옵신 창천언 살피소서 이 사람이 죄가 잇써던 이 옥잠이 닉 가삼의 박히고 만일 무죄하거던 이 옥잠이 이 섬돌의 박히기 하소서 하고 옥잠얼 공즁의 치치고 업더럿더니 거 옥잠이 나려와 섬돌의 박히난지라 온 집

〈23-뒤〉

안 사람이 모다 이럴 보고 딕경하야 입얼 버리고 신기이 넉이며 쏘한 낭자의 원억한 쥴얼 알더라 빅공이 이얼 보믹 모골이 송연하고 정신니 번정 나서 낭자의 익믹함언 천지신명의 영정이 기신 쥴 알고 이의 익달고 누이처 잔잉이 넉이난 마암이 청양 업서 겁피 나려가 낭자다려 닐어 왈 노부 지감 업고 일의 망믹하여 망연된 거죠얼 힝하야 현부로 하야곰 누명얼 더하고저 하얏서니 무삼 낫처로 시승의 서리오 바라건딕 현부난 마암얼 도로켜 노부의 망연된 일얼 용서하라 흐고 쏘 부인니 무슈히 위로하며 붓써려 별당어로 더러가니 낭즈 지원직통함얼 견

〈24-앞〉

ᄃᆡ지 못하야 눈물얼 헐니며 모부인ᄭᅵ 고하야 왈 천식이 이런 더운 누명얼 써고 잔명얼 악겨 시상ᄋᆡ 사라이서면 일후ᄋᆡ 장부 도라오난 날 무삼 면목어로 상ᄃᆡ하리잇가 다만 속키 죽어 더런 낫처로 장부얼 ᄃᆡ하지 말고저 하나니다 부인이 낭자ᄋᆡ ᄋᆡ련한 경상얼 참아 볼길 업서 천만 가지로 이유하야 왈 현부 만일 죽사오면 동춘 남ᄆᆡ얼 엇지하며 ᄯᅩ한 아자 결단코 죽어리니 엇지 참아 할 바리오 어린 아ᄒᆡ덜 정경도 보고 아자ᄋᆡ ᄂᆡ두지사도 ᄉᆡᆼ각하고 ᄯᅩ한 노모ᄋᆡ 안면도 보아 마암얼 도로켜 천검 갓탄 몸얼 보즁하라 하고 이옥한 후ᄋᆡ 자기 처소의 더러간지라 잇ᄯᆡ 츈

〈24-뒤〉

잉이 거 모친ᄋᆡ 전경얼 보고 울며 갈아ᄃᆡ 모친언 죽지 마려소서 부친니 나려오시거던 원통한 말삼얼 하시고 ᄯᅩ한 이 일얼 처치하여 쾌히 설치하소서 이지 만일 죽사오면 강보ᄋᆡ 싸인 어린 동ᄉᆡᆼ얼 엇지하며 나난 누구얼 이지하여 살나 하시난 잇고 하며 울기로 마지아니하니 낭자 마지못하여 츈잉얼 겻ᄐᆡ 안치고 동츈얼 안고 젓덜 멱기여 이억키 ᄉᆡᆼ각하다가 동츈얼 날니 누이고 화려한 옷설 입고 설편 소릐로 츈잉다려 일너 왈 어난 동츈얼 다리고 잘 잇거라 나난 아모리 참고저 하여도 츰얼 슈 업서 황천어로 도라가니 너ᄂᆞᆫ 부ᄃᆡ 동츈얼 다리고 ᄌᆞᆯ 잇다가 니 부친 오시

〈25-앞〉

거던 이 말니나 하여라 하며 이ᄋᆡ ᄇᆡᆨ학선 한 자루얼 왈 이 부ᄎᆡ난 천하ᄋᆡ 보ᄇᆡ라 치우면 더운 심 나코 더우면 찬기가 나니 잘 간수하얏다가 동츈이 ᄌᆞᆼ성하거던 쥬어라 설푸다 이 인ᄉᆡᆼᄋᆡ 거련함이 나ᄋᆡ 명도 기궁하야 천만 몽ᄆᆡ 밧기 누명얼 엇더ᄆᆡ 너ᄋᆡ 부친얼 다시 보지 못하고 지하ᄋᆡ 도라가니

엇지 참아 눈얼 감어며 쏘한 너의 남믜얼 바리고 참아 엇지 갈소 가련하도다 인싱이 한번 가면 다시 오기 어려오니 너의 남믜얼 두고 엇지 갈고 부딕부딕 잘 이써라 이렷텃 하며 눈물이 비오덧 하난지라 츈잉이 지 모친닉 정상얼 보고 붓덜고 울며 갈아

〈25-뒤〉

딕 모친언 넘어 설퍼 마러소서 부친이 도라오시면 누명언 반다시 변빅이리니 무삼 걱정이 이서 우리 형지얼 엇지 두고 가시랴 하나닛가 하며 익써는 경싱언 비록 산천초목이 다 설혀하난 덧 이리 하기로 마지안타가 어린 것이 기진하야 업딕여 잠얼 던지라 낭자 지원직통함얼 이기지 못하야 아모리 싱각하여도 쥭어 구천지하의 도라가 누명얼 씻난 것이 오런 쥴로 싱각하고 쏘한 아히 둘이 씨여나면 분명코 뜻얼 일우지 못하리니 저의 잠씨기 전닉 결단하리라 하고 다시 츈잉얼 어류 만지며 갈아딕 가련ᄒᆞ다 너의

〈26-앞〉

남믜 날얼 거리워 엇지 살나야 무정하다 이닉 마암 엇지 참아 너의 남믜얼 듀고 가나 하며 덧기다가 이의 원앙침얼 도두비고 설이 갓턴 칼얼 씨여 빅옥 갓헌 가삼얼 찔너 명이 진하니 빅일이 무광하고 산천초목이 설펴하난 덧하더라 잇씩 츈잉이 홀연 잠얼 씨여 본 적 모친니 가삼의 칼얼 쏫고 누엇난딕 피갈 헐너 방즁얼 적신지라 딕경실식하야 겁피 달여더러 칼얼 씨이려 하나 싸지지 안한지라 딕경실식하야 지 얼골얼 못친의 낫치 딕히고 실성통곡하야 왈 모친

〈26-뒤〉

언 일어나오 일어나오 어마니 이기 원일이오 우리 남믜난 엇지 살나고 일어

키 죽언난닛가 하며 익호 하는 형승언 츰아 엇지 덜어리오 한참 이리 한 저엄의 동츈니 쏘한 놀나기여 츈잉의 우난 양얼 보고 저도 쏘한 울며 덤비더러 것설 붓덜고 쌜아가며 두 아희가 한디 어우리저 우난 즁 동츈언 강보의 어린 아희라 아모란 쥴 모러고 다만 지누의 우난 양얼 보고 우난 것이오 어미의 죽넌 쥴언 모르어난 지경이니 거 전경얼 싱각하면 뉘 아니 잔이하고 가련니 넉이니지 안어리오 비록 목석 간증이라도 견딕여 눈물럴 니지 안니 할즈 업깃

〈27-앞〉

도다 잇쒸 빅공 부부와 노복덩이 별당의서 아회덜의 곡성이 점점 덜이난지라 처엄의난 어린 것덜리 엇지하여 우나 보다 하고 덩한니 싱각하얏더니 곡성이 점점 더 심함얼 덧고 빅공 부부 이혹이 나서 겁피 덜어가 보니 낭자의 가삼의 칼이 솟치고 츈잉 남미 지 모친의기 덤비여 울거날 디경실식하고 창황망조하여 아모리 할 쥴 모러다가 위선 달여덜어 칼얼 쏄나 하니 빠지지 안난지라 더욱 이혹하고 황겁하여 식고저 하여도 엇지할 수 업난지라 빅공 부부 이론 왈 닉 자시히 살피지 못하여 이런 일얼 저절어서니 누구얼 원망흐

〈27-뒤〉

리요 아자 도라와 낭자의 가삼의 칼 솟친 것설 보면 필경 우리 부처 모히하여 죽인 쥴노 알고 저도 쏘한 죽이려 하리니 아자의 나려오기 전닉 낭자의 신치얼 밧비 염섭하여 장사얼 지닉여 자최얼 감츄언 것이 올타 하고 수의와 관곽얼 갓츄어 염섭하려 하니 신치 싸의 붓터 움작이지 안난지라 이의 건장한덜로 하여곰 아모리 힘얼 다하나 쏘한 엇지 할 수 업서미 모다 놀고 이승이 역이더라 빅공 부부 커기 건심할 쌘더러 일가 문즁이 모다 송구하여

엇지 할 쥴 모러며 낭자의 영혼니 필경 무삼 일얼 닉리라 두려워 하더라 각설 선군니 낭

〈28-앞〉

자의 가라침얼 짜라 마암얼 굿기 먹고 길얼 힝하여 경사의 다다라 여관얼 정하고 과일얼 기딕리 장즁의 덜어가니 팔도 선빅 구럼 모이 덧하여 츈당의 너런 곳딕 가덕 찬난딕 현지판얼 살펴보니 걸지얼 거려서딕 강구의 문동요라 선군니 일필휘지하야 일천닉 선장하니 상이 보시믹 자자비점이오 귀귀관쥬라 장원얼 믹히시고 피봉얼 써여보니 경상도 안동군니요 거 부명언 곤니라 전두관얼 명하야 겁피 호명하니 선군니 자기 일홈 불어난 말얼 덧고 딕답한 후 전두관의

〈28-뒤〉

인도로 어전닉 나아가기 함의 복지한딕 상이 인견하사 거 풍칙의 넘넘함과 용모 비범함얼 보시고 커기 깃거 갈아사딕 믹양 인직 업섬얼 건심하얏더니 이지 너얼 어더니 다힝한지라 너난 장차 마엄얼 다하야 짐얼 도와 국가의 쥬석이 되라 하시고 적시 성전원 쥬서얼 삼어시니 선군니 산언하고 정원닉 입직하니 부모얼 싱각하난 휘포와 낭자얼 거리난 정이 더욱 깁퍼 일각이 삼츄 갓턴지라 거 몬저 겁지 하던 날 노자얼 불너 양친 전 닉아서 하고 낭자의기 수자얼 적어 과거의 참반흔 ᄉ실얼 고ᄒ고 이어서 성정원얼 들인딕 빅

〈29-앞〉

공 입직함얼 고달하니 노자 서간얼 가지고 쌀니 힝하여 한저의 덕달하야 서간얼 들인딕 빅공 부부 먼저 노자의 구달얼 더러 아ᄌ의 영전흠얼 딕히하

고 일문니 다 엇지 □□ 고구 친척이 모다 낭자의 일얼 싱각하고 흔탄하지 안난 자 업더라 함얼머거 부모의 삼사야 일너 무엇 하리오 이익 거 편지얼 찌여보니 하얏서되 소자 설하얼 써나온 지 수십 일의 문안넌 잡지 못하와 복모함얼 마지안니하오며 거동안 양당 기치후일향만강흐옵신지 업되여 사모함얼 불이옵지 못하오며 소

〈29-뒤〉

자난 무사 덕달흐와 긱즁 무탈하오며 천언니 융슝흐 하와 장원 겁지의 쥬서얼 봉언하와 성정원닉 입직하얏사와 곳 나려가 뵈옵지 못하오니 황공하오나 아모쪼록 슈유얼 엇사와 검월 망간닉 도문하려 하옵나니다 하얏더라 빅공 부부 이얼 보믹 일변 깃부고 일변 검심함얼 마지아니하며 쏘한 낭자익기 온 편지얼 가지고 낭자의 방의 덜어가 츈잉얼 쥬며 왈 이 편지넌 니 아바지가 장원겁지 하얏짜고 니 어마니기 보닉난 편지라 하거날 츈잉이 조모의 말삼얼 덧고 편지얼 가지고 빈소의 덜어가 서간얼 찌여 덜고 통곡하며

〈30-앞〉

모친얼 불어며 낫혈 딕이고 갈아되 못친언 어서 일어나소서 부친씨서 장원 겁지하야 쥬서 비살 노기다고 편지가 왓섭니다 모친언 믹양 부친의 소식얼 몰나 쥬야로 수심얼 몬 익이 하시더니 이지난 편지가 왓서니 일어나 보시요 하고 만단사연얼 다 고한덜 황천긱된 육신니 엇지 알이요 깃붐도 업고 슈심도 업고 걱정도 업난지라 창천얼 바라고 손쉽아 가며 기딕리고 기딕리던 부친니 이런 깃쁜 편지가 왓건마는 엇지 일어나시지 안어신닛가 하며 통곡하며 수운니 춤담흐고 촉목이 설허하난 덧한지라 보난 자 뉘 아니

〈30-뒤〉

ᄋᆡ련니 역이리요 츈잉이 더욱 식엄얼 전피ᄒᆞ고 불어나니 모친니오 ᄉᆡᆼ각나니 모친이라 이럿 텃 설피 울며 거 조모씨 고하야 왈 이 편지얼 어마니 신치 압픠 일너서 영혼니라 감동하기 ᄒᆞ소서 거 조모 거 편지 보기얼 설컨마넌 마지못하야 씨여보니 하얏서되 쥬서 ᄇᆡᆨ선군언 한 장 결월얼 낭자ᄋᆡ기 붓치노라 한번 써난 후 오직 적조하야 울휘 검치 못하오며 거 동안 양당 모시고 신상 ᄐᆡ평하오며 츈잉 남ᄆᆡ도 잘 인난지 염여 무궁ᄒᆞ도다 나난 무사이 상경하야 다힝이 용문ᄂᆡ 올나 일홈이 한원ᄋᆡ 현달하니 천언니 망격하건니와 이난 다 낭

〈31-앞〉

자ᄋᆡ 지격히 권한 언덕어로 ᄉᆡᆼ각지 안얼 슈 업난 즁 다만 낭자얼 이별하고 철니 밧기 이서 보고 십펀 마엄이 밤낫어로 간절하여 얼골이 눈압픠 암암하고 말소리 귀ᄋᆡ 징징하야 천 가지 ᄉᆡᆼ각 만 가지 실엄이 것잡얼 길 바니업서 월명 정전ᄂᆡ 부질업시 ᄇᆡ회하며 온산얼 바라보니 천만 겹이나 막혓고 ᄉᆡ벽달 찬바람ᄋᆡ 외기럭이 울고 갈 ᄌᆡ 거 소ᄅᆡ 칭양 업하야 갓덕이나 잠 못 덜어 전전반칙하난 즁ᄋᆡ 엇지 참견될손가 수심이 첩첩한즁 낭자의 화상이나 볼가하여 벽상ᄋᆡ 결고 보니 화용월ᄐᆡ 변형하야 이전과 판니ᄒᆞ니

〈31-뒤〉

아마도 무삼 연고 인난 쥴 짐작하여 침식이 불감ᄒᆞ고 집ᄋᆡ 갈 마암이 살갓허나 나ᄋᆡ 매인 몸이 임ᄋᆡ로 논니이 니이 아니 답답한가 픙운조화가 지시며 조석 왕ᄂᆡ하련 만언 거도 역시 정난니라 아모ᄅᆡ도 할 길 업다 이리 저리 ᄉᆡᆼ각다가 다시검 □저ᄂᆡ니 공방독숙 서려 말고 안심하여 지나가면 면날이 못다가서 반가이 만나 싸인 회포 위로 할 쎳 허다한 설화이로다 할 수 업서

ᄃᆡ강 것치노라 하얏더라 모부인이 보기 다한 후ᄋᆡ 츈잉얼 어로만저 갈아ᄃᆡ 니 아바지가 니 모친의기 다정함이 이럿텃 하거날 니 모친언 이런 정경얼 ᄉᆡᆼ각지 못하고 다만 분

〈32-앞〉

명치 못한 누명만 ᄉᆡᆼ각ᄒᆞ고 이러키 악착하고 모진 일얼 힝하니 이 안니 답답하고 가련치 안어야 나아 비난 도라오면 거 누명도 신설하고 우리덜도 불안하기가 덜할 것이거날 지검 이 지경이 ᄃᆡ여서니 ᄶᅵ여진 거울이 다시 합하기 어렵고 진 ᄭᅩᆺ치 두 변 피기 어렵쏘다 하며 츈잉얼 만단ᄀᆡ유하며 거 마엄얼 조검 진정키 하고 도라와 부부 서로 이론하여 갈아사ᄃᆡ 아자 이달 망간ᄂᆡ 나려 오면 이런 곡절얼 알고 저도 ᄯᅩ한 쥭기로 작정할 것이니 엇지하면 조허리요 하며 장우단탄하며 밤ᄋᆡ 잠얼 일우지 못하더라 잇ᄯᆡ ᄇᆡᆨ공언 날이 갈ᄉᆞ록 누웃치

〈32-뒤〉

고 원통하야 견ᄃᆡ지 못하더라 니얼건 노자 복시 ᄇᆡᆨ공 부부 이러텃 함얼 보고 엿자오ᄃᆡ 소인니 저짐키 쥬서 나어리얼 모시고 경사로 갈ᄯᆡᄋᆡ 풍산촌ᄂᆡ 이려러 문덕 보오니 쥬란화각ᄋᆡ ᄎᆡ운니 영농하얏서며 암 못물ᄋᆡ 연ᄭᅩᆺ치 만발하고 화기우ᄋᆡ 모란화 난만하얏난ᄃᆡ 거 집 후원ᄂᆡ 일위 미인니 ᄇᆡᆨ학얼 츔취인난지라 거곳ᄃᆡ 머무려 거곳 사람달여 물언적 거 집언 임진사ᄃᆡᆨ이요 거 미인언 거 ᄃᆡᆨ 규슈라 하옵난 바 나어리기서 한 변 보시고 흠모하심얼 마지안니하시고 오ᄅᆡ ᄇᆡ휘하시다가 도라왓사오니 이제 거 ᄐᆡᆨ과 결혼하시면 나어리ᄋᆡ 소원니 성최ᄃᆡ

〈33-앞〉

여 반다시 낭자얼 이절 덧하와 감이 고하나이다 ᄇᆡᆨ공 부부 이 말얼 덧고 ᄃᆡ히여 왈 니 말이 가장 유리하도다 원ᄂᆡ 임진사 ᄃᆡ언 우리집과 ᄉᆡ이도 잇설 ᄲᅮᆫ 안니라 나와 친분니 잇선 적 오린저인적 아마 ᄂᆡ 말얼 괄시치 안얼 덧하고 ᄯᅩ한 아자 청운ᄂᆡ 올나 영화 극진하니 성성하기 시우리라 하고 적시 인마얼 갓츄어 쎠나 임진사 집ᄋᆡ 다다러니 진사 반겨 마자덜여 좌정한 후 한헌얼 맛친 후ᄋᆡ 선군ᄂᆡ 영화얼 치하ᄒᆞ고 일변 쥬찬얼 나위며 관ᄃᆡ할 ᄉᆡ 술이 반썸 최한 후ᄋᆡ 진사 ᄇᆡᆨ공얼 ᄃᆡ

〈33-뒤〉

ᄃᆞ하야 왈 검일 노형이 누지ᄋᆡ 왕굴하심언 ᄂᆡ 집ᄋᆡ 영광이로소이다 ᄇᆡᆨ공이 우서며 왈 형언 엇지 이처럼 말삼하나닛가 친구 심방함언 당연한 일이어널 형이 거 갓치 말삼하심언 도로여 섭섭하오이다 하며 서로 웃고 이억키 담화 하다가 ᄇᆡᆨ공이 소지 감히 형ᄋᆡ기 이론할 일이 잇사오니 형언 넘허 용납하시 이릿가 임진사 답왈 무삼 말삼인고 덧고저 하나이다 ᄇᆡᆨ공 왈 달엄 아니라 나ᄋᆡ 아ᄌᆞ 선군니 성취한 지 칠팔연ᄂᆡ 저ᄋᆡ 부부 검설이 화락하야 남ᄆᆡᄋᆡ 자여얼 두언난ᄃᆡ 이번 과거얼 보려 경사ᄋᆡ 가서 다힝이 공명언 일우엇시나 거동안 자부 병이 덜어 모월 모일

〈34-앞〉

ᄋᆡ 불힝이 황천ᄀᆡᆨ이 ᄃᆡᆫ지라 자부ᄋᆡ 청춘 요사도 지극키 불상하건니와 지일 얼린 자식 남ᄆᆡ얼 두고 참ᄉᆞᆼ얼 당ᄒᆞ니 엇지 ᄋᆡ련치 안니하며 ᄯᅩ한 아자 나러오면 반다시 병이 나기 쉬운지라 이런 고로 ᄇᆡᆺ비 어진 ᄇᆡ필얼 어더 거 마암도 위로하고 어린 자식덜도 보호하려 하야 각처로 구혼하던 차ᄋᆡ 덧사온적 귀ᄐᆡᆨᄋᆡ 현숙한 규향이 잇다 하기로 친건한 터ᄋᆡ ᄆᆡ파얼 보닐 것

업다 하고 이갓치 왓서니 형의 고견언 엇쎠하실난지 몰어거니와 소지의 가별이 미미함얼 싱각

〈34-뒤〉

지 마시고 허락하심얼 바라나니다 임진사 청파의 양구히 침엄하다가 이의 슨사왈 어린 여식이 잇아오나 족히 영낭의 건즐얼 밧더럼 적지 못하옵고 쏘한 혼인언 인간듸사라 소지 혼자 마암듸로 뉘 정키 어려오니 잠간 닉실의 덜어가 형처의 이항얼 탐지 하리라 하고 안어로 드어가 거 부인을 보고 빅공의 마달 선군과 결혼할 일얼 말하고 쏘한 션군이 이번의 장원 겁지하야 적시 쥬서 벼살하야 슈히 도문한다 말하고 쏘 갈아되 다만 혐절언 초실의 어린 자식 남

〈35-앞〉

믜 잇다 하니 어쎠할가 하니 부인 덧고 허락하여 진사 밧비 나와 상공게 허락하여 왈 할님 갓탄 사람을 사회를 정하면 엇지 즐겁지 아니하리요 하거날 상공이 되히 왈 선군이 금월 모일의 진사늬 전으로 지낼 거시니 그날 힝예하시리라 하고 상공 집으로 도라와 납치를 보내고 선군이 내려오기를 기다리더라 차설이라 잇쌔예 성군의 청사관듸예 옥호를 쥐고 화동을 쌍쌍이 아부시고 주야로 오난 일힝이 십예 멀리 서고 재 소릐난 태평곡을 부르며 형은 낙장의 불난이 실닉로다 할임이 청총말을 타고 두려시 안자시니 풍골이 당시의 호결이라 잇쌔예 각도 노소 인민

〈35-뒤〉

이 닷토와 구경하며 칭찬 안이하난 이 업더라 이적의 경기도 다다르니 감사가 선군을 보고 실닉를 두세 번 진퇴한 후의 칭찬 왈 그되난 실노 옥골이로

다 하며 못닉 사랑하시더라 선군이 숙속의 가시더니 여러 날 길을 오니 곤하여 쥐석 자더니 비몽간의 낭자 완연이 문을 열고 만신의 유혈을 헐리며 할임 젓퇴 안지며 옥누를 흘여 왈 첩은 신운이 불힝하여 세상의 잇지 못하고 황천긱이 되어사오니 엇지 읻달지 아니하리오 일전의 시모게 할임 편지 사연을 듯자오니 금방 급제 장원을 하압고 할임학사를 하엿다 하고 아무리

〈36-앞〉

죽은 혼빅이라도 마암이 즐겁사오니 섯갓치 왓나이다 하고 낭군 영화로 오시딕 낭군 갓치 못 보오니 읻들고 답답한 일이 어딕 이시릿가 낭군님아 츈양을 엇지하며 동춘을 엇지할고 첩의 숫척하여 총총 전전하여 왓사오니 첩의 가심이나 만저 보압소서 한 주고 낭누하거날 아지 못아니 선군이 고이하여 낭자를 안고 몸을 만지니 가삼의 업던 칼이 섯치거날 놀내 깨달르니 평싱 흉한 꿈이라 마음의 비창하여 이러 안자서니 오경 북소릭 나며 원촌의 계명 소리 나거날 하인을 불너 분분하딕 길이 느저가니 밧비 가자 하고 주야로 나려오난지라 잇쌔예 상공이 그날을 당하여 임진사 딕 문전의

〈36-뒤〉

전안하며 할임이 오거날 오난 길도를 보니 머리예 어사하를 곳고 몸의난 청사의요 허리난 빅옥 쌔를 쌔고 반공 중에 도도 오고 창물을 상상 압세우고 비롱 갓탄 마상의 청츈 손이 두려시 안자시니 풍치 늠늠하되 완연니 천상 선관이 하강한 덧하거날 상공이 실뇌을 두세 번 지퇴한 후의 칭찬하거날 선군이 복지하 왈 아버님 긔치후 안녕하시닛가 하거날 상공이 선군의 손을 잡고 왈 네 급제하여 옥당 할님으로 황황하여 오니 즐겁기가 측양업다 하고 손수 술을 부어 전하니 할임이 십여 빅를 바다 먹으니 술이 반취하믹 상공이 홀연이 가로

〈37-앞〉

되 ᄂᆡ 일전의 생각하니 네 벼살이 할님ᄋᆡ 잇고 얼골이 안옥 갓고 풍채 거록하니 ᄃᆡ장부 세상ᄋᆡ 낫다가 엇지 낭자만 바라 세월을 보내리 하고 ᄂᆡ 요사이 쥬슈를 광문한 임진사 ᄃᆡᆨ 낭자와 언약하여 너 ᄇᆡ필을 정하여시ᄆᆡ 오날 힝예차로 ᄂᆡ 와시니 너 덧기 엇더하요 하고 만단ᄀᆡ유하니 선군이 답왈 엇지 부모 영을 거역하리요마난 간밤에 한 쑴을 엿사오니 무산 변고 잇난가 시푸오며 ᄯᅩ한 낭자와 인연이 지중하오니 집ᄋᆡ 가 낭자의 말삼을 드른 후의 결단하오리다 하고 길을 재촉하여 임진사 ᄃᆡᆨ 문전을 지내거날 상공이 말머리를 붓잡고 말하여 왈 양반의 힝세가 아니로다 하고 혼인언 인간ᄃᆡ사라 부모를 구하여 육예를 갓초와 영

〈37-뒤〉

화를 생전의 보이면 자식ᄋᆡ 도리거날 너난 고집되로 세우면 임진사 ᄃᆡᆨ을 그렷되게 하니 그차의 도리난 아니로다 하니 할님이 묵묵부답하고 말을 재촉하거날 하인이 엿자오ᄃᆡ ᄃᆡ감님이 엿차엿차하압시고 ᄯᅩ한 임진사 ᄃᆡᆨ ᄃᆡ사가 낭패하심하오니 할임은 깁이 생각하옵소서 하거날 할림이 하인을 물리치고 피마금편으로 달려더러 가니 상공 할일업서 문을 닷고 ᄶᅩ차 오다가 집아ᄑᆡ 다다라 선군을 붓잡고 낭누 왈 네 과거 간 후ᄋᆡ 수일 밤을 낭자 방의서 외인 소ᄅᆡ 나거날 고니하여 낭자를 부른즉 바른 대론 말 아니하고 ᄆᆡ월노 더부러 말하엿다 하기로

〈38-앞〉

ᄆᆡ월을 불너 무르니 제 말이 낭자 방의 간 ᄇᆡ 업다 하거날 가장 수상하여 낭자를 약간 정죄 하여더니 엿차엿차하여시니 이런 망측하고 답답한 일어되 이슬손야 한ᄃᆡ 선군이 이 말을 듯고 ᄃᆡ경 질색 왈 아바임은 임진사

듸 낭자게 장가 들게 하시고 쇠기시난 말삼 오른잇가 하며 할임이 여광여취 하여 천지도지하여 중문의 달달으니 아연한 울음 소릐 나난지라 선군이 놀닉 보니 예 업던 쳉돌의 옥잠이 쏫치거날 할임이 옥잠을 빅여 들고 눈물을 흘여 왈 무정한 옥잠은 마조 나와 반기하되 유정한 낭자난 마조 나와 반시지 아니하난고 하며 듸성통곡하며 길을 불별치 못하고 드러가니 춘양 동춘을 업고 제 어마 신치를 안고 울며 이러나소소 아바님 왓시니 하며 어머 어마 아빅

〈38-뒤〉

님게서 밧게 왓나이다 하며 유정도 아니한가 하시며 이러나 반기지 아니하시닛가 하며 익빅를 붓들고 울며 왈 아바님아 아바님아 우리 두를 살려 주소 어마님이 죽어시니 어린 동춘이 날마다 젓 먹자하고 신치를 흔들며 우난이다 하거날 할임이 동춘 츈양을 보고 더욱 망극하여 앞을 분별치 못하여 낭자 신치를 붓들고 업더저 기절하엿다가 듸성통곡하며 신장 더폇던 직술 벼게를 볼 적 옥 갓탄 낭자 가삼의 칼을 쏫고 누어거날 선군이 부모를 도라보며 아무리 무정한들 이적지 칼을 쌔도 아니하여나니까 하며 가삼의 칼을 쌔니 칼 쌘 궁그로서 청조새 세 마리 나와 한 마리난 할임의 억개 안자 소리 하듸 하면목 하면목 하여 울고 쏘 한 마리난 춘양 어기의 안자 소리 하며 우듸 소리즈 소리즈 하며 울고 쏘 한 마리난 동춘 머리의 안자 소리하되 유감심 유감심

〈39-앞〉

하며 울고 나라가거날 선군이 그 새 소리를 더러니 하면목 하면목은 음행을 입고 무산 면목으로 낭군을 다시 보리요 하난 소리요 소익의자 소익의자 하난 소리난 춘양이 부듸 동춘을 울리지 말고 눈을 헐기 보지 말며 조히

이서라 하난 소릭요 유감심 유감심은 어린 너를 두고 눈을 감지 못하도다 그 새 세 마리난 낭자의 혼 칠긔라 낭군을 막죽 보고 이별하난 소리요 그날부텀 낭자 신치 점점 썩는지라 선군이 낭자 얼골의 낫출 한틱 되이고 악성통곡 왈 실푸다 낭자야 춘양 동춘을 어지할고 답답 가련한 늬 낭자야 날 바리고 어디 가난고 꿈이나 만나 보고지고 익들한디 낭자야 서산의 지난 해난 제갈곤명 눈물이요 계명산 추야월이 옥퉁소 한 곡의 일천지장 훗털 적의 그 아니 불상한들 늬 낭자 밧게 불상하라 원수로다 원수로다 그연 과거 원수로다 늬사 금방 급제 할림

〈39-뒤〉

학사를 원치 아니하엿더니 조선이 시기던가 귀신이 쫏던가 천금 갓탄 늬 낭자 시를 일시에 이별하니 익고 답답 늬일이야 절통코 불상한 늬 낭자 시야 어린 동춘 춘양을 도라보니 장부의 일천 간장이 굽이굽이 석난지라 가사록 망극하여 궁글며 통곡하니 춘양이 부친을 붓들고 비려 왈 아바임이 저딕로 통곡하시다가 만일 신병이나 나시면 우리를 뉘게 의탁하며 아바임은 동춘을 생각하여 신명을 보전하옵소서 하고 무수이 슬피하며 빈소의 드러가 업더저 기절하니 할님 춘양을 달닉여 안치고 무르 왈 네 어미 생전의 무산 말삼 잇더냐 하니 춘양이 딕답 왈 아바임 오시거든 드리라 하고 빅화주 한 병을 주시오니 술이나 한 잔 잡수소서 어마임 어마임 종시의 유원이올소이다 하고 옥잔의 가

〈40-앞〉

득 부어 드리니 할임 잔을 바다 들고 후의 먹을나 하다가 왈 늬 이 술을 아니 먹을 거시로되 너 어미 유원이라 마시도다 하니 춘양 또 왈 어마임 임종시의 날 다려 이런 말이 슬프다 죽기난 설지 아니하딕 천만 익믹한

무함을 입고 황천으로 도라가니 한심치 아니하며 엇지 눈을 감우리요 하고 너의 아바님은 급제하여 나려오되 이불 옷이 업기로 청사관듸는 짓더니 뒤 엇긔 빅학을 노타가 한쪽 기줄 맛지 못하고 이런 뉘명을 당하여 남누하더니 하며 청사관듸와 도포를 갓다가 드리며 왈 어마임 슈품지도를 보압소서 하고 듸성통곡하니 할임이 관듸 도포를 바다 보니 오체 영농하여 가삼 답답하고 정신 아득하여 장부의 일천 간장 굽이굽이 석난지라 엇지 이런 거동을 보고 살기

〈40-뒤〉

를 바래리요 하여 쏘한 듸성 통곡하니 그러그러 쏘십여 일 되어시니 하로난 생각하되 당초의 미월노 수첩 삼아더니 낭자가 빅필된 후의 저를 도라보지 아니햇더니 분명 몹실 연이 시기하여 낭자를 무함하도다 하고 즉시 노복을 호령하여 미월을 잡아 안치니 염치여 울며 엿자오되 소녀난 죄 업난이다 하거날 더욱 분기를 이기지 못하여 미월 죽이라 하고 분북미를 쑤다리며 미월이 할일업서 전후 사연을 낫낫치 고하 왈 크게 호령하여 너 가탄 연을 엇지 세상의 살리리 하고 찻던 칼을 빅여 덜고 달나드러 미월이 빅를 질너 헛시고 간을 내여 씨부며 상공을 도라보며 왈 아바임은

〈41-앞〉

요망한 연의 말을 듯고 빅옥 갓탄 무죄한 늬 낭자를 죽엿사오니 그 익달고 원통한 일이 어듸 또 잇사오릿가 하니 상공이 묵묵부답하고 눈물만 흘리더라 잇되의 할임이 낭자의 신체를 안장하리라 하고 장사계 영차릿더니 그날 밤 쑴의 낭자 헛턴 머리 산발하고 만신유혈을 흘리며 방문을 열고 더러와 겻틔 안지며 슬푸다 낭군이 옥식을 분별하여 이런 익미한 일을 발키고 원미월을 죽이시니 이제난 한이 업서되 다문 동춘 춘양을 두고 낭군 다시

보지 못하고 황천의 외로운 혼이 되엿스니 낭군은 첩의 신체를 장문의 갈근 믹고 산의도 마압고 선산의도 마압고 옥연당 못 가운딕 너허 주압시면 낭군과 춘양 동춘을 다시 볼 덧하오니 부딕 첩을 다시 생각지

〈41-뒤〉

마옵소서 하고 만일 그러치 아니하면 원귀를 들을 쌘더러 낭군의 신세 동춘 춘양의 일싱 간권함을 볼 거시니 부되 첩의 원딕로 하옵소서 하고 간딕업거날 놀닉 깨달으니 남가일몽이라 급히 이러나 부모임 전의 가 몽중의 낭자와 하던 말삼을 설화하고 즉일 장예를 갓초와 신체를 운동하려니 신체 방의 붓고 운동치 아니하거날 좌우의 모든 사람이 다 도망하여 아무리 할 줄 모르다가 모다 이로되 낭자 신체예 한뉘 명주어시니 일싱 사랑하던 동춘 춘양을 두고 황천의 외로운 혼이 되어 몸이 죽언덜 영혼이 엇지 심사 온전하리요 하며 만단긔유하딕 요부동 업거날 할임이 질정 화를 금치 못하여 동춘

〈42-앞〉

춘양을 퇴와 힝상 압페 세우니 그지야 힝상이 나난다시 가난지라 이유하여 옥연당 못가의 다다르니 수광이 접전하여거날 할임이 할길업서 한탄하더니 이유하여 천지 아득하고 일월이 무광하여 물이 다 마르거날 자시 보니 못 가온딕 석곽이 잇거날 이상이 여기고 안장하더니 쏘한 사면으로 뇌성벽녁 이러나며 우연이이 그 연당으로 더러가거날 선군이 딕경하여 딕성통곡하며 한식 무수이 하고 제문 지여 위로할 식 유시차 모일 모월의 선군 할임은 감소고우 옥낭자 실영 지하의 알이나이다 오호 통직라 삼싱 연분

〈42-뒤〉

으로 그 피를 만나 원낭 비조지낙을 빅연히로 할나 하엿더니 인간이 시기던

가 귀신이 시기던가 낭자로 더부러 말하고 경성의 갓더니 천만한 일노 구천의 외로온 혼빅이 되오니 엇지 한심치 아니하리요 슬푸다 낭자난 세상을 바리고 황천의 도라가거니와 선군은 어린 자식 춘양 동춘을 다리고 뉘를 미더하여 살고 익달고 답답한 낭자의 신체를 앞동산 뒷동산의 무더노코 무덤이나 보자 하엿더니 낭자의 옥체를 물속의 엿코 구천 타일의 무산 면목으로 낭자를 디면하리요 하고 병더른 명은 다르나 오날날 인정을 싱각하오니 한 번 상봉은 천만 요힝이라 하고 일비 청작

〈43-앞〉

으로 원통하오나 응감하옵소서 하고 업더저 무수이 통곡하니 산천 초목이 함누하난 덧하더니 인하여 물이 갈나지며 낭자 칠보단장과 녹의홍상을 입고 쏘한 천사자 한 쌍을 몰고 완연이 나오거날 할림과 셋던 사람이 모다 보니 이난 수경낭자거날 할임이 디경하여 왈 엇지 달이 넘고 수중 혼빅이 되어거날 엇지 인동 환싱하엿난고 하며 통악 왈 나를 위하여 오시며 자식을 싱각하여 오시나잇가 이제난 환싱하여 왓사오니 빅연히로 하사이다 하며 슬혀 하거날 낭자 호치로 반만 여러 이로디 낭군임 슬혀 마옵소서 첩이 천궁의 올나가오니 옥황상제계서 신하로 가오니 상제 하관

〈43-뒤〉

하시되 네가 낭군과 자식을 다리고 올나오라 하시미 천사자 한 쌍을 몰고 왓사오니 시부모 야위 직첨 무사하오시잇가 동춘 춘양을 불너 왈 춘양아 날을 그리워 엇지 사랏시며 동춘아 젖 먹고저워 엇지 살아시며 춘양이 눈흘겨보지 아니하더냐 낫을 한틱 되이고 비회를 금치 못하거날 쏘한 할임이 실허하시니 낭자 겨우 비회를 근치고 낭군은 우지 말고 한가지로 부모임계 하직하고 천상으로 올라가사이다 할임과 춘양 동춘을 다리고 집으로 도라

가 부모계 뵈와 왈 부모임은 그 사이 긔체 무사하시닛가 말히여 왈 낭군과 어린 자식을 다리고 상제기서 올나오라 하싯니 글노 하직하로 와사이다 훌훌한오나 실하를 막죽 보고 써나나이

〈44-앞〉

다 하고 밧계 나가거날 상공 부인 정시 비러 왈 늘근 부모님이 망영되여 불이지살을 힝하여시니 가지 말고 이서라 하거날 낭자 엿자오딕 상지기서 하교하시기로 잇지 말고 올라오라 하시나이다 하고 할임과 동춘 춘양을 다리고 부모임 양위게 하직하고 올나갈 지경익 상지기서 무지기를 내리날 낭자 선군이 무지기를 타고 천상익 올나가 옥황상지게 선신하고 낭자와 선군이 더욱 닉외 침밀하여 만딕 유전 빅딕 천수하고 잘사나 상공 내위난 자식 업고 상공 내외 죽어서니 건처 사람이 초상은 칫서나 다 망히지고 숙딕밧치 되더란다

계사년 정월 초육일이라

셰셰 보신 것 젼이라

박셔ᄋᆞᆫ 뫼셔 주저 추셔ᄒᆞ 셰셔 쪽셰ᄂᆞᆫ 션ᄒᆞ 듸
셰 겨샤 ᄒᆞᆫ 두 ᄃᆞᆫ셰 ᄒᆞᆫ 셔셰 잇ᄉᆞ나 셩혼ᄒᆞ이요
일홈은 셩군이라 ᄒᆞ닌 상ᄃᆞᆫ 이 익ᄉᆞ나 몸인졍
셕 ᄒᆞ더 뫼기 ᄃᆞ게 ᄒᆞ디 이심셔 쎈에 술ᄒᆞ비시고
가에 엄셔 즁ᄉᆞ ᄒᆞᆺ셔러 ᄒᆞ더니 며ᄒᆞᆫ 뒤 쳘셰가 ᄃᆞ
ᄃᆞᆯ님 월셰 신계 박원 ᄃᆞ니 ᄒᆞ니 ᄒᆞ 모만 기시 되ᄂᆞᆫ
사이셔 여이 ᄌᆞ단 ᄇᆞᆺ ᄃᆡ쉬기 ᄒᆞᆺ 거 심 삭반에 옥ᄒᆞᆫ
가 울탄 생ᄃᆞᄂᆞᆫ 너 얼골은 관옥 갓고 ᄌᆞᄂᆞᆫ 유ᄒᆞᆫ
ᄌᆞ녀 ᄒᆞ논 인간 ᄉᆞᆼ 쇼 안이 못ᄒᆞ다 상군의 뵉쳬
쳔금 갓 쥐인 즁ᄒᆞ 맛 실고 ᄒᆞᆫ 술을 셩준이다 ᄒᆞ
고 가은 쳔즁ᄒᆞ다 ᄒᆞᄃᆞᄃᆞ 가다가 심오셔

숙영낭자전이라(단국대 34장본)

〈숙영낭자전이라〉는 단국대 율곡도서관 소장본으로, 작품 뒤에 편지글이 이어져 있다. 편지를 합쳐 총 37장(74면)이지만, 〈숙영낭자전〉만은 34장(67면)이다. 흘림체로 쓰여 있어 글씨가 알아보기 쉽지 않으며 중간 중간 다른 필사자가 베낀 흔적이 있다. 시간적 배경은 세종때이며, 작품 서두에 백상공에 대한 소개가 제시되지 않고, 기자치성 화소부터 서사가 시작된다. 편지글의 내용은 오산에 사는 형님의 안부를 묻는 옛 말투로 쓰여 있으며 그 뒤에 갑신년이라는 필사기가 있으나 필사기가 적혀 있는 간지의 색이 밝은 것으로 보아 후대에 덧붙여진 것으로 보인다. 낭자가 빈소에서 재생하고, 선군이 상경하여 상제께 낭자와 임소저의 사연을 직접 고한 후에 임소저와 성혼하며, 팔십 이후 삼인승천하는 화소 등이 존재하는 것으로 보아 방각본 계열의 이본으로 확인된다.

출처: 단국대학교 율곡기념도서관 (古853.5 / 숙 2477교)

〈1-앞〉

슉영낭자전이라

빅션군에 천연ᄎ져 옥연동에셔 각셜 식종존 씩에 경상도 안동 땅에 ᄒ 션여 잇스니 셩온 빅이요 일홈은 셩군이라 ᄒ난 사람이 잇스니 부인 졍씨로 더부려 동거ᄒ지 이십여 연에 슬ᄒ의 일긔 자여 업셔 쥬야로 셔려ᄒ더니 명산 ᄃ쳡에 기도할 일월셰신게 박원ᄒ야더니 하로난 기이한 몽사 잇셔더니 그 달붓덧 ᄋ기 잇서 십 삭만에 옥동자을 탄생ᄒ믜 얼골은 관옥 갓고 쥰슈ᄒ ᄌ틱로난 인간 사람 안이로다 상군의 부쳐 천금 갓치 ᄋ즁ᄒ야 일홈을 셩군이라 ᄒ고 자은 현즁이라 ᄒᄃ 졈졈 자라 나 십오 식

〈1-뒤〉

을 당ᄒ믜 문장은 이틱빅이요 필법은 왕히지라 상군에 붓처 저 갓튼 비필을 여더 슬하의 자녀을 보고자 하야 아무리 방규하되 합당ᄒ 곳시 업씨 쥬야로 금심ᄒ더니 잇떠은 츈삼월 호시졀이라 셩군이 셔당에셔 글을 익다가 자연 몸이 곤짓ᄒ야 첵상을 비겨 조으더니 문듯 록이홍상ᄒ 낭자 문을 예고 드려와 지믜ᄒ 졋태 안져 왈 낭군이 쳡을 모르신잇가 우를 차자오기난 낭군과 천졍 잇삽기로 완나이다 한ᄃ 셩군이 답왈 나난 진식간 속긱이요 낭자난 천상 션려온ᄃ 무삼 연분이 잇ᄒ올잇가 낭자 왈 낭군은 ᄒ날에 비 쥬난 션관으로서 미

〈2-앞〉

를 ᄀ릇 쥬고 상졔긔 득죄ᄒ야 인간에 젹강ᄒ얏사오니 일후 상봉ᄒ는 날이 잇사오리ᄀ ᄒ고 홀연 간ᄃ업거날 셩군의 마음 둘 ᄃ 업셔 그 종젹이 아득ᄒ고 향기만 실하더니 정신이 아득하야 헛뿐 마음 ᄊ다르니 남가일몽 황홀하다 이려난져 ᄉ각하니 낭자으 고혼 ᄐ도 두 눈의 암암ᄒ고 연연ᄒ 그

음셩은 두 귀의 졩졩하다 월틱화용 고른 양자 눈 앞픠 믹져 잇셔 욕망이 난망이요 불하니 자산호는 마음을 진경치 못ᄒᆞ야 얼골이 자연 뷔피ᄒᆞ난지라 경씨 부쳬 딕경ᄒᆞ야 무러 왈 네의 병식 져러ᄒᆞ니 무삼 쇼희 잇셔 져러ᄒᆞ야 바룬 딕

〈2-뒤〉

로 말ᄒᆞ여라 셩군니 딕왈 소자 별로 소회 업사오니 부모난 너며 과렴 마르옵소셔 ᄒᆞ고셔 둥으로 물너ᄀᆞ와 혼자 누너 싱각ᄒᆞ니 낭자ᄀᆡ만 뜨시 잇셔 젼젼불믹 하든 차의 뜻밧ᄭᅴ 낭자 드려와 졋틱 안지며 ᄒᆞ온 말이 낭군 날로ᄒᆞ야 져렷듯시 병이 딕오니 쳡인들 엇지 무심ᄒᆞ오릿가 족자 ᄒᆞᆫ 장을 주며 왈 이 화상은 쳡의 화상이오며 금동자 ᄒᆞᆫ 쌍을 가져 왓사오니 낭군 침실에 두엇다가 밤이 오면 안고 자곤 ᄒᆞ시면 병풍의 겨려 두고 심회를 푸옵쇼셔 ᄒᆞ거ᄂᆞᆯ 셩군의 깃분 마음 낭자의 손을 잡고 무슨 마을 ᄒᆞ고져 ᄒᆞ더니 문듯 간딕업고 ᄭᆡ다르니 몽사로

〈3-앞〉

다 이려안자 살펴보니 낭자의 화상과 금동자 졋틱 누엇거늘 셩군이 고히 여겨 그 동자난 상우에 안쳔 두고 화상을 병풍에 거려 두고 쥬야로 상딕ᄒᆞᆫ고 인난지라 잇ᄯᅢ 각도 각읍 사람더리 이 소문을 듯고 셔로 이려 왈 빅셩군의 집에 기이한 보빅 잇다 ᄒᆞ고 각각 ᄎᆡ단을 갖초와 셔로 구겡ᄒᆞ이 가식 졈졈 오부ᄒᆞ난지라 아모리 이러ᄒᆞᆫ딕 불상ᄒᆞ다 빅셩군은 일구월심 잠긴 다음 싱각난이 낭자로다 가련ᄒᆞ다 셩군이여 병임 골수 깁퍼수이 뉘가 능히 살여닉리 잇ᄯᅢ에 낭자 싱각ᄒᆞ되 낭군이 날을 싱각ᄒᆞ야 졍연이 죽게 되이 엇지 안져스리오 ᄒᆞ고 그날 밤에 셩군의게 현몽ᄒᆞ여 왈 낭군이 쳡을 싱각ᄒᆞ야 이

〈3-뒤〉

려탄 싱병ᄒᆞ오이 쳡의 마음 감격ᄒᆞ오이다 그려나 낭군 되 시여 닉월로 야직 방슈을 졍ᄒᆞ야 적막ᄒᆞᆫ 심회를 푸옵소셔 ᄒᆞ거날 성군이 듯기를 다 못ᄒᆞ야 씨다르니 침상일몽 허망ᄒᆞ다 지못ᄒᆞ야 미월노 쳡을 삼아 심회을 소창ᄒᆞ다 일편단심 밋친 마음 낭자 ᄒᆞᆫ나 뿐이로다 이월상사 잠긴 회포 일시 반떼 못 잇난듸 공산명월 삼경 야에 잔닉비난 쉬파람ᄒᆞ고 두견싱은 불여귀들 슬피 울지 ᄌᆞᆼ부의 상사간장 구부구부 다 녹는다 이려탓시 달이 가고 낭군이 오민 주야 상ᄉᆞ 깁픈 병이 고상 속의 두려 쉬□ 졍쉬 ᄀᆞᆺ췌 딕경ᄒᆞ야 빅 가지로 문복ᄒᆞ고 만 가지로 약을 스듸 아무 차도 전이 업서 눈물노 ᄉᆡ월을

〈4-앞〉

보닉도다 이ᄯᆡ 낭자 싱각하니 천싱연분니 쇽절업시리 건모이라 그날 밤에 현몽하아 왈 우리 서로 만날 ᄂᆞ이 기한니 아즉 머러기로 기다리옵더니 낭군이 저럿타시 병이 깁고 쳡을 오기댜거든 옥연동으로 차저오소서 ᄒᆞ고 간듸 업거늘 셩군이 ᄭᆡᆷ을 ᄭᆡ여 싱각ᄒᆞ듸 졍신이 황홀ᄒᆞ야 부모ᄭᅴ 엿자오듸 소자 심회 울젹ᄒᆞ와 침식이 구환하오니 명산딕천에 유람ᄒᆞ와 소희를 풀고자 하오민 옥년동을 산천경긔 졀승하다 ᄒᆞ오니 슈삼 일만 지경ᄒᆞ고 오이도다 ᄒᆞ걸늘 부모 딕경 왈 닉 실셩하야ᄯᅩᄃᆞ 져려탓 셩치 못한 거시 어듸을 가리요 ᄒᆞ고 붓들고 말뉴ᄒᆞ되 셩군이

〈4-뒤〉

듯지 안이ᄒᆞ고 일필 쳥여을 빗겨 타고 일ᄀᆡ 셔동 압ᄉᆡ우고 동다리을 지닉여 졈졈 ᄎᆞ자 드려가니 지듸 아둑ᄒᆞ야 옥연동올 모을닉라 민울ᄒᆞᆫ 마음을 이기지 못ᄒᆞ야 ᄒᆞ날계 축수ᄒᆞ여 왈 놉ᄒᆞ신 하날님은 이 경상을 살피오사 옥연동 가난 기을 가라쳐 쥬옵소셔 ᄒᆞᆯ졈기 혼자 가더니 ᄒᆞᆫ 고듸 당도ᄒᆞ니 셕양은

직산ᄒᆞ고 셕조는 특필이라 쳡쳡 산은 쳡쳡 쳔봉이요 유슈은 잔잔 만곡이라 지당의 연화는 만발ᄒᆞ고 산곡에 모란화 불거ᄂᆞᆫ듸 화간졈무ᄂᆞᆫ 분분셜이오 유상잉믹난 편편금이라 층암절벽 놉푼 봉의 폭포수는 은ᄒᆞᆫ수를 휘여 핀 듯 천기상 돌다리닌 오작교가

〈5-앞〉

방불ᄒᆞ다 좌우를 도라보며 차차 드려가니 별류천지에 안간이다 이갓치 풍경을 귀경흠믹 마음니 자연 쇄탄ᄒᆞ야 우화등션할 듯ᄒᆞᆫ 산주심회 양양ᄒᆞ야 힝심 일경 드려가니 쥬란화각이 구롬 속의 죠난ᄒᆞ고 분멱심창은 화연조요 ᄒᆞ얏난듸 금자로 션관을 붓쳐스듸 옥연동이라 ᄒᆞ엿겨늘 싱이 되히 하야 바로 당상에 올나가니 한 낭자 무려 왈 그듸ᄂᆞᆫ 뉴기관듸 감이 션경을 범ᄒᆞ엿나요 한듸 싱이 듸왈 그듸난 몸을 익기거든 빨이 나가라 ᄒᆞᆫ듸 싱이 니말을 드르믹 마음이 삭막ᄒᆞ야 가만이 싱각하되 만일 잇씌을 일커드면 어느 떠홀 바ᄅᆡ리오 다시 수작ᄒᆞ야 심기를 탐지하리라 ᄒᆞ고 졈졈 나

〈5-뒤〉

으가 안지며 왈 낭자는 이듸지도 사람을 괄식ᄒᆞ난잇가 ᄒᆞᆫ듸 낭자 본 채도 안이ᄒᆞ고 방으로 드려가거날 싱이 묵연 쥬져하다가 할 시 업서 젼긔의 나러 ᄉᆡ니 낭자 그직야 옥면에 화식을 씌우고 옥난의 매겨 세세지 말고 ᄂᆡ 말을 드르소서 하거늘 셩군이 이 말을 드르믹 깃거움을 이기지 못하야 드려 안져 바ᄅᆡ보니 낭자의 화용은 운간명월에 벽공에 걸잇난 듯 ᄒᆞᆫ 송이 모란화가 초로을 먹음은 듯 일상 츄파난 경슈을 쒸여 잇고 셜셜한 그 허리난 위셩싀유가 훈풍의 느려진 듯 꼿 갓튼 그 입술은 농신 잉무기 단사를 먹음은 듯 쳔고의 쳐음이요

〈6-앞〉

차세에 흔나로다 마음 황홀난즉 아득흐야 혼자 마음으로 싱각흐되 오늘놀 이갓툿 션려을 만나스니 무삼 여환 잇스리요 하고 그리든 졍회을 빅풀난딕 낭자 가로되 날 갓튼 아녀자를 싱각흐야 이려타시 병을 일우오니 엇지 장부라 흐리요 그려나 우리 만날 기흔이 삼 년이 아녀스니 그 씨의 청조 믹파를 삼고 상봉으로 육예 믹져 빅년동낙흐련이와 만일 오날날 몸을 더려피면 천기을 누셜흐야 쳔익이 잇스리니 낭군은 아즉 안심흐야 씨을 기다려옵소서 셩군이 딕왈 일각이 여삼츄라 일시인들 엇지 젼딕리요 닉 그져 도라가거드면 잔명이 조석에 잇스리니 이닉

〈6-뒤〉

몸이 죽어 황쳑 긱에 되겨드며 낭자의 마음인들 엇지 온젼흐오릿가 낭자는 닉의 졍곡을 싱각흐야 그물에 걸인 몸을 건져 쥬옵소셔 만단으로 익걸흐니 낭자 그 졍상을 살펴보믹 오직이나 가상하야 마음을 도로키니 옥안이 화식이 모리 녹난지라 싱이 그직야 옥수을 부어 잡고 침셕으로 드러가서 원앙지락을 이울 젹에 그간에 졀졀흔 졍을 엇지 다 층양흐리 낭자 우서 왈 쳡의 몸이 이수무졍 흐엿스니 이에 잇지 못흐리라 낭군과 흔 가지로 가사이다 흐고 청노식을 빗겨 타고 한 가지 집으로 도라오니 자연 츄종이 만흔지라 이젹의 빅공부부 셩군의 종졍을 몰나 노복을 사쳐로

〈7-앞〉

닉구미여 아무리 차자본들 종젹이 아둑하야 쥬야 슬어하던 차의 일일은 셩군이 어딕로 좃차 오난 쥴 모르게 드려와 부모 젼의 보이거늘 빅공부부 깃봄을 이기지 못하야 셩군의 손을 잡고 위로흐여 이른 말이 어딕를 갓사오며 무사이 도라오야 하거날 셩군이 딕왈 옥연동의 가셔 낭자를 만나 함씌

도라옴을 식식이 고ᄒᆞ오며 일변 낭자을 인도하야 부모 젼의 빅왈 하니 낭자 연모를 움직이여 부모ᄭᅴ 보이거ᄂᆞᆯ 공의 역역 천만 뜻밧기 이련 기니ᄒᆞᆫ 일을 당ᄒᆞ엿난지라 낭자를 살펴보니 화련ᄒᆞᆫ 그 틱도와 아름다운 그 거동이 천상 션녀 분명하다 사랑ᄒᆞᆷ을 이기지 못하야 침소을 동별당에 졍하

〈7-뒤〉

니라 이ᄯᅴ 싱이 낭자로 더부려 금슬지락을 일우으미 일시도 ᄯᅥ나지 못ᄒᆞ야 학업을 젼피ᄒᆞ이 빅공이 민망이 여기더라 식월니 물 흐르듯 어언 간에 팔 연이라 낭자 일자 일여을 탄싱ᄒᆞ이 녀자의 일홈은 츈잉이라 방년이 칠 식온 듸 위인이 영오하고 일심니 총명ᄒᆞ며 아들의 일홈은 동츈이니 잇ᄯᅴ 나히 삼 식라 다 부풍모슬하야 가예의 화기 가득함미 다시 그릴 거시 업ᄂᆞ지라 동편에 한 정자을 짓고 화조월셕 발근 밤의 양이니 할세 을나 칠현금을 히롱ᄒᆞ고 노릐로 화답ᄒᆞ야 셔로 질겨 식월을 보닉더라 일일은 빅공이 싱을 불너 왈 금번의 알셩과를 보인다 ᄒᆞ니 너난 ᄒᆞᆫ번 ᄂᆞ가 관광ᄒᆞ야 다

〈8-앞〉

힝이 급직을 ᄒᆞ거드면 네의 부모ᄭᅴ 영화롭고 션영의게 빗남이 안이리요 ᄒᆞ고 가기를 직촉거눌 셩군이 왈 우리 젼답이 수천 셕직이요 노비 쳔여 명이라 무어시 부족ᄒᆞ야 급직을 바릐릿가 만일 집을 떠나오면 낭자로 더부려 수삭 이별이 되겻사오니 심정이 졀박ᄒᆞ여이다 하고 동별땅에 드려가 부인의 ᄒᆞ는 말을 낭자의게 고ᄒᆞ니 낭자 염용ᄒᆞ고 ᄒᆞ는 말이 낭자 말삼 그르도다 남아 시상에 나셔 입신양명ᄒᆞ야 부모 젼의 영화를 밧침이 장부의 일이어늘 이직 낭군이 규즁 여자를 가렴ᄒᆞ야 남아의 일을 피하오니 이난 부모의계 불휴오며 남의 우슴을 면치 못ᄒᆞ리니 원컨듸 낭군

〈8-뒤〉

은 ᄉᆡᆼ각ᄒᆞ야 과헹을 밧비 써나옵소셔 ᄒᆞ고 만젼을 쥰비ᄒᆞ야 쥬면 왈 낭군이 금면 과거를 못ᄒᆞ고 도라오면 쳡이 사지 못ᄒᆞ리니 낭군은 죳금도 다른 마음 먹지 말고 밧비 발힝ᄒᆞ옵소셔 ᄒᆞ거날 ᄉᆡᆼ이 그 말을 드르ᄆᆡ 말말이 절절ᄒᆞᆫ지라 마지 못ᄒᆞ야 부모ᄀᆡ ᄒᆞ직ᄒᆞ고 낭자를 도라보와 왈 그ᄃᆡ난 부모를 봉양ᄒᆞ야 나 도라오기를 기다리라 ᄒᆞ고 질을 써나갈ᄉᆡ ᄒᆞᆫ 게름에 쥬져ᄒᆞ고 두 거름에 도라보니 열 거름 ᄇᆡᆨ 게름에 갈 기리 져니 업ᄂᆞᆫ 낭자 즁문에 비겨 셔셔 옥셩으로 ᄒᆞ는 말 원노에 정안이 왕반ᄒᆞ옵소셔 ᄒᆞ고 비회를 금치 못ᄒᆞ거날 셩군이 ᄯᅩᄒᆞᆫ 슈ᄉᆡᆨ만이 만면

〈9-앞〉

하야 눈물이 온 듯 ᄒᆞ더라 죵일토록 힝ᄒᆞ야 게우 삼심 이를 간난지라 숙소을 경ᄒᆞ고 셕반을 ᄃᆡ함에 낭자 ᄉᆡᆼ각 간절ᄒᆞ야 셕반이 맛시 업셔 밥상을 물린 후에 등불로 벗슬삼아 젹막키 안저스니 낭자 일신이 졋틔와 안져난 듯 마음을 진정치 못ᄒᆞ야 이날 밤 이경에 신발을 들ᄆᆡ고 집으로 도라와 만이 단장을 너머 낭자 방에 드러가니 낭자 ᄃᆡ경 왈 이 일이 엇젼 일잇고 ᄒᆞ로 기을 힝치 안니ᄒᆞ연난잇가 ᄉᆡᆼ이 월 종일 힝ᄒᆞ야 ᄀᆡ우 삼심 리를 가셔 숙소를 경ᄒᆞ고 안져스니 그ᄃᆡ ᄉᆡᆼ각 간절ᄒᆞ야 쳡쳡 ᄇᆡ휘를 금치 못ᄒᆞ고 음식이 맛시 업셔 즁노에셔 뼁이 나ᄂᆞᆫ 듯ᄒᆞ야 그ᄃᆡ로 더부러 경회를 풀

〈9-뒤〉

고져 완노라 ᄒᆞ고 낭자의 옥수을 잇클고 금침에 드러가 금ᄀᆡᄋᆡ 몸으로 쥬여 종야토록 경회을 푸난지라 이적ᄋᆡ ᄇᆡᆨ공이 아자를 ᄂᆡ오ᄆᆡ고 집안ᄋᆡ 도적을 살피고져 ᄒᆞ야 쳥여장을 집고 집안을 두로 도라다니며 동경을 살피다가 동별당ᄋᆡ 다다로니 문든 낭자 방으로셔 남자의 말소ᄅᆡ 은은이 들니거날

빅공이 이으기 듯다가 가만이 싱각하되 낭자난 비옥 갓튼 마음과 송빅 갓튼 절기을 가젼는뒤 엇지 외간남자를 가통ᄒᆞ야 음힝을 ᄒᆞ리요만은 싱상사를 동양치 못하리라 ᄒᆞ고 가만이 사창 압픠 드러가 귀를 기우리고 드련본즉 낭자 이으키 말ᄒᆞ다

〈10-앞〉

가 셩군다려 이러 왈 시공게옵소셔 밧기 기신가 십푸오니 낭군은 몸을 금침에 감초소셔 ᄒᆞ며 ᄃᆞ시 아히를 달이여 왈 니의 아바님은 장원급직로 문신ᄒᆞ야 영화로 도라오리라 ᄒᆞ고 아히를 어류만지거날 빅공이 크게 이심ᄒᆞ여 왈 낭자 철기로 이 무삼 일인고 ᄒᆞ고 침소로 도라오니라 잇띠 낭자는 시부의 엿드름을 발셔 아렷난지라 싱다려 ᄒᆞ는 마리 잇가 시부님쎄셔 엇듯고 가셔스니 무슨 ᄒᆞ칙이 잇슬가 십푸오니 낭군은 쳡을 싱각지 마르스고 경셩이 올나ᄀᆞ셔 과거나 착시리 보와 부모의 마음을 져바리지 마르소셔 낭군이 마닐 이 쳡을 싱각ᄒᆞ야 여려 변 츌입ᄒᆞ실진ᄃᆡ 이난 군자의 도리 안이요 부모

〈10-뒤〉

도 아르시면 쳡의게 좌식 잇스리니 낭군 집피 싱각ᄒᆞ야 급피 써나소셔 ᄒᆞ며 질을 직촉ᄒᆞ니 션군니 계우 마음을 억직ᄒᆞ야 낭자를 이별ᄒᆞ고 그 숙소로 도라오니 ᄒᆞ인니 아죽 잠을 게지 안니ᄒᆞ엿더라 경명에 기을 써나 계우 오십 니를 가 숙소을 경ᄒᆞ고 월명 긱창에 젹막키 안져 숙낭자의 월틱화용 눈압픠 살기ᄒᆞ야 잠을 이루지 못ᄒᆞ고 마음을 엇지치 못ᄒᆞ야 쏘 신바를 들믹고 조연 집에 도라와 낭자의 방에 드러가니 낭자 놀닉여 왈 낭군니 쳡의 말을 듯지 안이ᄒᆞ시고 이렷탓시 왕닉ᄒᆞ시니 쳔금 귀칙 긱즁익셔 방이남시면 엿지ᄒᆞ려 ᄒᆞ신나잇가 낭군이 만일 쳡을 잇지 못ᄒᆞ시거든 훈일은 쳡이 낭군

숙소로 차져가리이다 ᄒᆞᆫ

〈11-앞〉

ᄃᆡ ᄉᆡᆼ이 왈 낭자 □□ 규즁 여자라 엇지 월노에 왕ᄂᆡ를 임으로 하리요 ᄒᆞ고 낭자의 허리을 안고 금침 속에 드러가 난가지로 정회을 푸난지라 낭자 ᄒᆞ리 업셔 다시 ᄉᆡᆼ다려 왈 낭군니 이려틋 ᄒᆞ오니 엇지 삼경을 하오실잇가 금야에 난 경회를 모도 다 푸르시고 쳡을 잇고 가시옵소셔 또 화상을 쥬며 왈 이 화상은 쳡쳡의 화상니오이 ᄒᆡᆼ즁에 가졋다 만일 빗치 변ᄒᆞ거든 쳡이 편치 못ᄒᆞᆫ 쥴노 아르소셔 이갓 담화할지 이ᄯᅢ ᄇᆡᆨ공이 이심ᄒᆞ야 또 동별당에 가 가만이 드른죽 경연이 남자의 소ᄅᆡ 분명ᄒᆞᆫ지라 ᄇᆡᆨ공이 이심ᄒᆞ야 또 동별당 별에 가만히 두른죽 정영이 남자의 소ᄅᆡ 분명ᄒᆞᆫ지라 ᄇᆡᆨ공이 ᄉᆡᆼ각ᄒᆞ되 고이코 고이ᄒᆞ다 ᄂᆡ 집의 단장이

〈11-뒤〉

옵고 상ᄒᆞ 이목이 번다ᄒᆞ온ᄃᆡ 엇던 놈이 임으로 낭자의 방의 드련난고 이는 반ᄃᆞ시 흉악ᄒᆞᆫ 놈이 아ᄶᅵ 낭자로 더부러 통간ᄒᆞ미라 ᄒᆞ고 침소로 도라와 자란 왈 낭자의 경졀노도 이련 이련 ᄉᆡᆯ실을 가져스니 옥셩을 분간ᄒᆞ기 어렵도다 ᄒᆞ고 이윽키 ᄉᆡᆼ각ᄃᆞ가 부인을 부려 이 말을 ᄒᆞ여 왈 인 일을 장차 엇지ᄒᆞ리요 ᄒᆞᆫ뒤 부인이 월 상공이 잘못 보왓또다 ᄇᆡᆨ옥 갓튼 우리 현부의 졀ᄀᆡ로 그런 일니 엇지 잇스리요 이런 마른 마르소셔 ᄒᆞᆫᄃᆡ 공이 왈 나도 져을 부러 힐문할 거시로되 져의 졀ᄀᆡ을 아난고로 이ᄌᆡᄭᅡ지 져마 ᄒᆞ야스나 금일은 돈 경코저 들어구려 무려 보사이다 하고 이ᄂᆡ 낭자를 불너 문왈 이 ᄉᆡ

〈12-앞〉

이 집안니 젹젹ᄒᆞ믹 ᄂᆡ 독경을 두로 도라 ᄂᆡ 방 근처에 이른즉 ᄂᆡ 방에셔

울 남자 소릐 은은이 들니이 닉 고히이 역여스나 그러니 가만 못한고로 그 잇튼날 밤에 다시 가셔 드른즉 또 남자의 소릐 경연이 들니이 하니 고이하야 상싱 간에 즉ᄒᆞ라 한딕 낭자 변식하여 왈 밤이면 충힝 동츈과 미월노 더부려 말ᄒᆞ엿겨이와 엇지 외간남ᄌᆞ로 더부러 말호오릿가 한딕 공이 드르딕 잠간 말을 미드나 이로니 고이ᄒᆞ야 닉 미월을 불너 왈 네 이 식이의 낭자 방에 간 일 인넌냐 ᄒᆞᆫ딕 미월이 엿자오딕 소여의 몸이 곤ᄒᆞ기로 낭자 방에 가지 못ᄒᆞ연난이다 빅공이 더옥 수상이 여겨 미월을 꾸지저 왈 이가이 고이ᄒᆞᆫ 일이엇지로 낭자 불너 무

〈12-뒤〉

른즉 너로 더부려 수작ᄒᆞ엿다 ᄒᆞ더니 너다러 무른즉 안니 갓ᄃᆞ 하니 이난 낭자 외인을 사통ᄒᆞᆫ가 ᄒᆞ노이다 너도 착실이 살폐 왕닉ᄒᆞ난 놈을 잡아 고자ᄒᆞ야 미월이 승명ᄒᆞ고 아무리 쥬야로 상쥬하되 그림자도 업난 도젹을 어딕셔 잡으리요 이는 무단이 미월 부각게을 쓰게 함이다 미월이 싱각ᄒᆞ되 소상공이 낭자와 작빅ᄒᆞᆫ 후로 낭자을 도라본 체도 안니ᄒᆞ니 엇지 익답지 안이하리요 닉 잇ᄯᅢ를 타 낭자를 소제ᄒᆞ야 닉의 젹민 한을 풀니라 하고 금은 슈천 양을 가지고 무뢰 소년을 뫼와 이논 왈 뉘 나을 위ᄒᆞ야 되계을 힝하면 이 은자 슈쳔 양을 쥴 거시니 열위 즁에 뉘 능히 힝홀고 ᄒᆞᆫ딕 그 종에 도리라 ᄒᆞ난 놈

〈13-앞〉

이 포을 거드며 닉 힝ᄒᆞ리라 한딕 미월이 도리을 다리고 총종한 고딕 가이러 왈 닉 다른 사졍이 안이라 우리 소상공이 나을 소기로 두에 졍이 미우 집퍼던이 낭자와 작빅한 후로 이지 팔 연이 되도록 한 번도 도라본 치도 안니ᄒᆞ니 마음이 분한지라 실노 낭자을 음히ᄒᆞ야 셜치고자 하나니 그딕는

닉의 마을 명심ᄒᆞ여 닉의 지위ᄃᆡ로 ᄒᆞ라 도리 응낙ᄒᆞ거늘 ᄆᆡ월이 이날 밤에 돌이를 다리고 동별당에 드러가 문박기 ᄉᆡ우며 왈 그ᄃᆡ난 여기 잇스라 닉 상공 쳐소에 드러가 여차여차 ᄒᆞ면 상공이 필연 분노ᄒᆞ야 그ᄃᆡ를 잡으려 할 거시이 그ᄃᆡ난 낭자의 방으로셔 나오난 체 ᄒᆞ고 급피 동망ᄒᆞᄃᆡ 부ᄃᆡ 경이 말나 ᄒᆞ고 즉시 ᄇᆡᆨ공 쳐소에 드러가 알

〈13-뒤〉

외에 왈 소쳡이 상공의 명을 바다 밤마다 살피옵더니 금야ᄋᆡ 과연 얻던 놈니 드러가 낭자로 더부러 히락하옵기로 ᄃᆡ강 두른 ᄃᆡ로 고하오리다 소쳡 니 고히ᄒᆞᆫ 기ᄉᆡᆨ을 보고 알고져 ᄒᆞ야 낙함 뒤에 가 엿드른즉 낭자 그 놈다려 ᄒᆞ은 마리 소상공이 오신거든 죽시 쥑이고 ᄌᆡ무을 도젹하야 다라나 함기 사라 ᄒᆞ오니 듯기 하 놀나와 ᄃᆡ감을 고ᄒᆞ나이다 ᄇᆡᆨ공이 듯기를 다 못하이 분 ᄃᆡ발ᄒᆞ야 칼을 들고 문을 열며 닉다르니 과연 엇던 놈이 문듯 낭자외 방으로셔 ᄯᅱ여 닉다라 단장을 너머 도망ᄒᆞ거늘 공이 분을 이기지 못ᄒᆞ야 도젹을 일코 할일업시 쳐소로 도라와 밤을 ᄉᆡ울 ᄌᆡ 미명에 비복 등을 불너 화 우에 셔우고 차레로 엄문하여 왈 닉 집

〈14-앞〉

이 단장이 놉고 외인이 츌입지 못ᄒᆞᄂᆞᆫᄃᆡ 네의 놈 중이 엇던 놈이 감이 낭ᄌᆞ 방ᄋᆡ 드러가 사통ᄒᆞ니노 종실직고하라 울면 일변은 낭자을 잡아오라 ᄒᆞ니 ᄆᆡ월이 몬져 닉다라 동별당에 가 문을 열고 소ᄅᆡ를 질너 왈 낭자는 무삼 잠을 집피 드려난뇨 직금 상공게셔 낭자을 잡아오라 ᄒᆞ시니 밧비 가보소셔 한ᄃᆡ 낭자 문왈 이 집픈 밤에 이 란이 엇젼ᄒᆞ고 ᄒᆞ며 문을 열고 보니 비복 등니 문밧기 가득ᄒᆞ엿거늘 낭자 왈 무삼 이리 닛난야 ᄒᆞᆫᄃᆡ 노복 등이 왈 낭자는 엇더ᄒᆞᆫ 놈을 통간ᄒᆞ고 에ᄆᆡᄒᆞᆫ 우리 등의게 즁장을 맛치나뇨 어셔

밧비 가사이다 하며 구박이 자심커늘

〈14-뒤〉

낭자 천만문박긔 이 말을 드르니 혼뵉이 며월ᄒᆞ고 간담이 셔늘하야 엇지할 쥴 모르난듸 짓촉이 셩화갓튼지라 급피 상공 앞픠 드가 복지 쥬왈 쳡이 무삼 죄 잇삽관듸 이 지경이 무슨 이리닛고 공이 듸로 왈 수일 전에 여차여차 수상ᄒᆞᆫ 일이 잇기로 너다러 무른즉 네 말이 낭군이 써난 후에 ᄒᆞ 젹만ᄒᆞ기로 ᄆᆡ월노 더부러 말ᄒᆞ엿ᄃᆞ 하더니 ᄂᆡ ᄆᆡ월을 불너 무른 즉 일전에 방에 가지 안니하엿ᄃᆞ ᄒᆞ니 필연 곡졀이 잇난 일이거로 직셔이 기찰ᄒᆞᆫ 죽 엇던 놈이 여차여차 할신 분명ᄒᆞ거든 네 무삼 낫출 들고 감이 발병코자 하나뇨 낭자 울며 왈 시부님은 엇지 부연을 고지 드러시고 이런 더러운 말삼을 ᄒᆞ신ᄂᆞᆫ잇가

〈15-앞〉

한듸 공이 듸질 왈 ᄂᆡ 귀로 친이 듯고 ᄂᆡ 눈으로 본 일이 어느에 종시 기망ᄒᆞ니 엇지 분치 안니ᄒᆞ리요 양반의 집에 이러 니리 무슨 변이나 통간ᄒᆞᆫ 놈을 빨이 고하라 하며 호령이 추상 갓튼지라 낭자 안ᄉᆡᆨ을 불변하고 엄연니 ᄒᆞ는 말리 아무리 육ᄂᆡ로 맛치 못ᄒᆞ 며나리다고 이련 말삼을 ᄒᆞ신난잇가 발빙부로오나 ᄂᆡᄂᆡ이 통촉하야 보옵소셔 이 몸이 비록 인가에 잇사온들 쳡의 빙옥 갓튼 말근 몸에 더러운 말삼을 듯사올잇가 영쳔슈가 머러 귀을 싯지 못ᄒᆞ오이 이ᄌᆡ 죽시 죽어 모르고자 ᄒᆞ옵ᄂᆡ다 공이 더옥 듸로ᄒᆞ야 비복 등을 하명ᄒᆞ야 낭자를 결박하라 하니 노복 등이 일시에 달여드러 낭자의 머리ᄎᆡ을 간발ᄒᆞ야 게하

〈15-뒤〉

에 엇지 두고 그 경상 그 거동은 참아 보지 못할ᄃᆡ라 공이 고셩ᄃᆡ질 왈 네의 죄상은 말자무셕이니 간통ᄒᆞ든 놈을 밧비 아뢰여라 하며 ᄆᆡ을 드러 무슈이 치난지라 낭자의 ᄇᆡᆨ옥 갓튼 두 귀믹틔 진쥬 갓튼 져 눈물은 흐르나이 유수로다 빙셜 갓튼 말근 볼에 슈심나니 진문리라 뉴헐이 낭자하니 낭자 잇ᄃᆡ을 당ᄒᆞ야 할일업셔 정신 차려 ᄒᆞ는 말이 시부님 드르시요 일젼에 낭군이 쳡을 잇지 못하야 떠나시든 그 날 밤에 삼십 이를 가 숙소를 정ᄒᆞ고 밤에 도로와 단여 가시더니 또 잇튼날 밤에 와셧기로 쳡이 말으로 말삼하야 보ᄂᆡ더니 어린 소견에난 시속니ᄉᆞ게서 ᄉᆞ즁이 잇슬가 하야 낭군외 거취를 은휘하야더니 조물이 시

〈16-앞〉

기ᄒᆞ고 귀신이 작희하야 싯지 못ᄒᆞᆯ 누명을 입엇사오니 변명무로오나 구말니 장쳔은 이런 이른 살지시나이 통촉ᄒᆞ엿보옵소셔 통곡하고 기졀하니 ᄇᆡᆨ공은 더옥 졈졈 ᄃᆡ로하야 집장 노복 호령ᄒᆞ야 ᄆᆡ이 고찰ᄒᆞ며 무수이 드러지니 낭자 할리업시 하날을 우러 통곡 왈 소소하신 명쳔은 무죄한 이ᄂᆡ 셩음을 구벼 살피옵소셔 모월 매상 원통홀라 십년 불우 집푼 한을 뉘라셔 푸러 쥬리 업더려셔 기졀ᄒᆞ이 졍씨 부인 그 경상을 보고 달여드러 붓들고 울며 왈 여보시요 져 양반아 옛말을 모르시요 그러새 무른 앵지도코 다시 담지 못하리니 상공은 자세이 보지도 못ᄒᆞ고 ᄇᆡᆨ옥 갓튼 우리 졀부을 무단이 음힝 ᄒᆞᆫ다 ᄒᆞ고 포박이 이러

〈16-뒤〉

하오니 엇지 후회지탄이 업사올릿가 낭자을 안고 ᄃᆡ셩통곡 왈 네의 송ᄇᆡᆨ 갓튼 졀기는 ᄂᆡ가 이루 아는 ᄇᆡ라 오날날 뜻밧긔 이 경상을 당하리오 엇지

원치 안하리오 한듸 낭자 울며 왈 예말에 음힝지셜은 신셜키 어렵다 하오니 홍히 슈를 기우려 싯지 못할 누명을 입고 엇지 구이 살기를 바릭잇가 하고 피 갓튼 눈물이 옥면에 가득한지라 졍ᄉᆡ 만단으로 ᄀᆡ유하되 낭자 종시 듯지 아니ᄒᆞ고 옥잠을 ᄲᅢ여들고 하날게 ᄌᆡ빅하며 츅수하여 비난 마리 소소하신 황천은 구버 살피옵소셔 쳡이 만일 외인으로 통간 이리 닛삽거든 이 옥잠이 쳡의 가삼에 박귀옵고 만일 ᄋᆡᄆᆡ하거든 옥잠이 셤도릭 박기옵소셔 하며 옥잠을 공즁에 ᄂᆡ더지니 옥잠이 ᄂᆡ려

〈17-앞〉

오며 셤둘에 박키로리라 그제야 상환 ᄃᆡ경ᄒᆞ야 낭자의 원통함을 안난지라 빅공이 이 경상을 보고 부듸 불각이 ᄂᆡ다라 낭자의 손을 잡고 이러 왈 늘근 거시 지식업서 이런 며ᄂᆞ리을 몰ᄂᆞ보고 망언된 일을 하엿스니 ᄂᆡ 허무른 만번 죽어도 속ᄌᆡ 못하리라 바릭건듸 현부난 ᄂᆡ의 허물을 용셔ᄒᆞ고 안심하라 하여 만단으로 위로하니 낭자 왈 쳡이 가업ᄂᆞᆫ 누명을 입고 엇지 살게를 바릭리요 이재 죽어셔 아황에 영을 좃고져 하나이다 하며 통곡ᄒᆞᄂᆞᆫ지라 빅공이 또 위로하여 왈 자고로 현인군자도 혹 참소를 당하고 숙애 현부도 혹 누명을 입어사니 이도 또한 일시 운인이다 너머 셔러 말고 노부의 무류함을 ᄉᆡᆼ각하라 ᄒᆞ니 졍씨 부

〈17-뒤〉

인 낭자를 붓드러에 동별당으로 가 위로할ᄉᆡ 낭자 흐르ᄂᆞ니 눈물이요 쉬나니 한숨니라 졍뷔의비 고하여 왈 쳡 갓튼 계집은 왕명이 ᄉᆡ상에 나 갓튼눌 여지 못그렴지 아니하리요 낭군이 도라오시며 상듸ᄒᆞ고나 기□가우니 이 죄 죽어셔 신상을 모르고저 하나이다 하며 진주 갓튼 눈물이 욱짓슬 적시난 지라 부인니 그 참혹한 거동을 보고 위로하여 왈 낭자 죽으면 저 모다 오드

라도 절다오니 싸라 죽을 거시니 이런 다□한 일니 어딕 쏘 잇수리오 하여 □□호르라 가니라 엇딕 춘잉이 그 못친의 형상을 보고 울며 일어 왈 어마이 말삼이 무슨 말삼님갓 죽단 마리 윈 말인가 아바님 도라오시며 이 원통한 마리나 ᄒᆞ고 죽어도 함

〈18-앞〉

게 죽세 어마님 업수서면 동츈을 엇지 하연ᄂᆞᄀ 뉘을 밋고 살나 하오 못친으 존을 잡고 방으로 드러가기을 저하니 낭자 마지 못하야 방으로 드가 츈잉을 젓틱 안친고 동춘을 젓머기며 쥐복을 못도다 닉어 녹코 스러하여 왈 춘잉아 닉가 죽으리다 네의 부친는 쳘이 밧긔셔 나 죽닌 줄도 모르고 잇스니라 속졀 업ᄂᆞᆫ 닉 셔럽 어딕다 출 딕 업는 빅각게을 닉여 주며 왈 춘잉아 이 빅악션은 쳔ᄒᆞ에 보빅로ᄃᆞ 치우면 더운 기운 일고 더운며 셔른ᄒᆞᆫ 기운이 나니 잘 간수하엿다가 동춘이 자라나거든 이 부체을 젼ᄒᆞ여라 슬푸다 홍진 비릭와 고진광닉ᄂᆞᆫ 고로에 상사로다 닉의 팔자 기박하야 천만 씃박기 이러 루명닙고 에의 부힌 다시

〈18-뒤〉

는 보지 못하고 황천겍이 되것쑤나 엇지 눈을 감으리오 가련하다 츈잉 불상 하다 츈잉아 닉 죽은 후라도 과도이 셔러 말고 동춘을 보흔하야 잘 잇거라 하며 눈물니 비온 듯하야 기졀하ᄂᆞᆫ지라 춘잉이 못친을 붓들고 낫쳘 한틱 딕이고 울면 늑기□하난 마리 어마님 우지마오 어마니 이 말삼이 웬 마리요 어마니 우지마소 어마니 우난 소릭의 간장니 녹여지요 어마니 우지마오 하대 방셩딕곡 하다가 기진하야 업더져 잠이 드렷ᄂᆞᆫ지라 낭자 지원극통함을 이기지 못ᄒᆞ야 분기 흉즁의 가득하오딕 아무리 싱각하여도 죽어 구천에 도라가 누명을 신난 거시 올타 ᄒᆞ고 또 아히더리 이러나면

〈19-앞〉

분명 죽지 못하게 하리라 ᄒᆞ고 가만이 춘잉의 등을 어로만져 왈 불상ᄒᆞ다 춘잉아 나를 길워 엇지 살리 가련하다 동츈이 너의 남ᄆᆡ를 두고 황천기을 엇지 가랴 ᄋᆡ달나 니 가은 십왕이나 가디쳐 주게 무난 슬픈을 이기지 못하야 ᄎᆡ복을 갓초오며 금침을 도도비고 셤셤 옥슈로 드난 칼을 드러 가삼을 질너 죽은니 이 월리 무광하고 쳔지가 흉흑하며 쳔동 갓튼 소ᄅᆡ 진동하거늘 춘잉이 놀ᄂᆡ ᄭᆡ여 보니 모친이 가삼에 칼을 곳고 누어거늘 스스려쳐 보고 ᄃᆡ경실ᄉᆡᆨᄒᆞ야 칼을 ᄲᅦ려ᄒᆞ니 칼이 빠지지 안니 하거늘 츈잉이 모친의 낫출 한ᄐᆡ ᄃᆡ고 방셩ᄃᆡ곡 하난 마리 어마이 이러나오 어마니 이러나오 어마니 이런 일

〈19-뒤〉

도 또 인난가 ᄒᆞ난님도 무심하다 가련ᄒᆞᄂᆞᆫ 어마니여 우리 남ᄆᆡ를 두고 어ᄃᆡ로 가신난가 우리 남ᄆᆡ난 뉘를 이지ᄒᆞ야 살나ᄒᆞ오 동춘이가 어마님을 차지면은 무슨 말노 달ᄂᆡ와가 어마니는 차마 못할 일로 ᄒᆞ오 하며 로쳔고지방셩하며 망국의통셜얼 아니 그란 일ᄒᆞᆫ은 쳘셕간장이라도 지 안이 낙누ᄒᆞ리 ᄇᆡᆨ공붓쳐 드러와 살펴보니 낭자 가삼의 칼을 ᄭᅩᆺ고 누어거늘 엇지ᄒᆞᆯ 쥴 모르고 달여드러 칼을 ᄲᅦ려ᄒᆞ되 카리 종시 빠지지 아니ᄒᆞ거ᄂᆞᆫ 황황 막극하야 곡셩만 진동하니 잇ᄯᆡ 동춘이 잠을 ᄭᆡ여 어미 죽음을 모르고 젼만 먹으르하고 몸을 흔들며 달여드니 츈잉이 아무리 달ᄂᆡ고 밥을 주어도 먹지 안코 젼만 먹으려

〈20-앞〉

하난지라 츈잉이 동츈을 아고 방셩ᄃᆡ곡 우난 마리 우리 남ᄆᆡ도 어머님과 갓치 죽어저 ᄒᆞᆷᄭᅴ 도라 가라ᄒᆞ면 ᄋᆡ호 통곡 셜러하니 ᄋᆡ참ᄒᆞᆫ 그 형상은

참아 보지 못지 못홇ᄂᆡ라 삼ᄉᆞ 일니 지닌 후 공의부처이 논ᄒᆞ되 낭자 이러듯 참혹이 죽어스니 아자 도라와 낭자의 가삼을 보거드면 필경 우리가 모히하야 죽인 줄로 알고 져ᄌᆞ 또한 죽으려 할 거시니 아자 오기 젼에 낭자의 신채나 감장ᄒᆞ야 업젹ᄒᆞ리다 하고 낭자 방ᄋᆡ 드러가 소렴ᄒᆞ려 ᄒᆞᆫ즉 이상ᄒᆞ고 고이하다 신체가 ᄯᅡᆼ에 묵고 조금도 움직이지 안니 하니 아무리 운동하려 ᄒᆞ되 할일업고 무가ᄂᆡ라 혼가이 황황ᄒᆞ얏 아무리 하ᄂᆞᆫ 쥴 모르더라 각셜 잇ᄃᆡ 션군이 낭ᄌᆞ외

〈20-뒤〉

마ᄂᆞᆫ노 족자 마암을 구지 참아 경셩으로 올나가셔 쥬인을 경ᄒᆞ고 과이을 기달인다 팔도 션ᄇᆡ난 구룸ᄆᆡ듯 하난지라 ᄉᆡᆼ이 또ᄒᆞᆫ 시지를 영ᄃᆡᄊᆡ고 춘당되에 드러가 션ᄌᆡ판을 바리고니 글귀을 거넌난지라 일필휘지 션장하니 잇ᄊᆡᆨ 상이 슈만 장 시졀을 드러 보시다가 ᄉᆡᆼ위 그리 다달나는 층찬ᄒᆞ여 왈이 사람ᄋᆡ 글을 보니 문체난 이ᄇᆡᆨ이오 필법은 조ᄆᆡᆼ부라 ᄒᆞ고 자자이 비점ᄋᆡ 귀귀이 관쥬을 쥬신며 장원급제를 시기시고 비봉을 ᄯᅦ여 보니 경상도 안동 거하는 ᄇᆡᆨ션군이라 ᄒᆞ엿거늘 상이 실ᄂᆡ를 ᄌᆡ촉하사 수삼 차 진퇴 후에 승경원 쥬체을 하여시니 션군이 사은 숙ᄇᆡᄒᆞ고 경원에 임직ᄒᆞ야 과거하기별을

〈21-앞〉

집으로 젼ᄒᆞᆯ 뿐이리라 낭자을 보지 못하야 회포 간졀한지라 밧비 하인을 보ᄂᆡ며 부모ᄭᅴ 상셔하고 낭자의게 편지을 셔셔 붓치난지라 하인니 여덕물넙ᄋᆡ 집에 도라와 편지를 올이이 그 편지ᄋᆡ ᄒᆞ엿스되 소자 쳔은을 업사와 장원급ᄌᆡ하야 승경원 쥬셔를 하엿사오니 각도녹 무지하온지라 도문일자난 글월 방강이 되셧사오늬 그되야 옵소셔 ᄒᆞ고 낭자의게 한 편지난 경부인이

바다 들고 울며 왈 츈잉 동춘아 이 편지난 늬 아비가 늬 어미익게 부친 편지라 갓다가 잘 간슈ᄒᆞ라 ᄒᆞ며 방셩딕곡하는지라 춘잉이 편지를 바다 들고 빈소방의 드러가 신칙를 흔들면 편지를 펠쳐 들고 낫

〈21-뒤〉

츨 한딕 딕이고 울며 ᄒᆞᆫ난 말릐 어마니 이러나오 어마니 이러나오 아바님꼐셔 편지 완닉 아바님이 장원급직하야 승정원 주셔를 하엿다 ᄒᆞ오니 어머님은 엇지 이러나셔 반기지 아니ᄒᆞ오 어마니 아바지 소식을 몰나 쥬야로 익통ᄒᆞ시더니 오늘날 편지은 왓건마은 엇지ᄒᆞ야 반기지 아니ᄒᆞ신난가 나난 글을 못 보기로 어마님 혼령 압피셔 일거 드리지 못하오니 답답ᄒᆞ여이다 하며 조모를 이그려 왈 이 편지을 가지고 어마님 신령 압픽셔 일거 딕려면 어마님 혼영이라도 감동ᄒᆞᆯ 듯ᄒᆞ오리다 ᄒᆞ거늘 정부인이 마지못ᄒᆞ야 편지을 가지고 낭자 빈소의 들러가 일그니 그 편지의 ᄒᆞ엿스되 쥬빅

〈22-앞〉

셔 션군은 일장 셔간을 낭자 좌하의 부치나니 쐬여 보심이다 그 사이 양위론 당긔시고 평안이 잇사오며 춘잉 동춘도 무양ᄒᆞ잇가 복은 다다힝이 통문에 올나 일홈이 황조의 현달ᄒᆞ오니 쳔은이 망극ᄒᆞ오나 다맛 그딕를 이별ᄒᆞ철 니 밧긔 이시오니 그딕 싱각 간졀ᄒᆞ야 욕망이 난망하니 그딕 얼골은 눈에 암암하고 불사이자사ᄒᆞ니 그딕 음셩 귀에 쥥쥥하온지라 월식은 만쳔ᄒᆞ고 두견싱은 슬피 울제 젹젹 공산 놉피올나 고향을 바릐보니 운산은 만즁이요 녹슈는 쳘 니로다 식복달 찬바람의 울고 우난 져 기력이 낭자 도식반길 존문에 비겨 바릐더니 창망ᄒᆞᆫ 구름 속에 소슬

〈22-뒤〉

한 중 허사로다 긱창한등 집픈 밤에 실솔이 다 솔는ᄒᆞ고 조운모우 양듸상에 초목수도 취양ᄒᆞ와 슬피다 홍진비릐난 고금에 상사로다 이서난 낭자의 화상이 날로 변싀ᄒᆞ오니 무슨 연고 잇슬니다 좌불안셕 이늬 마음 침식이 불평ᄒᆞ니 이 안이 답답ᄒᆞᆫ가 일각이 여삼취라 황로에 믹인 몸이 ᄯᅩ 가각지 못ᄒᆞ도다 비장 방의셔 쥭지지을 어더스면 조석 왕늬하련만은 이늬 몸에 날기 업셔 한이로다 할일업고 할일업듸 바릐나니 낭자로다 공방독수 셔려 말고 안심하야 지늬시면 덧날이 다 목뇌야 반가이 상봉ᄒᆞ야 기리는 졍회를 그 안니 위로할가 록양츈

〈23-앞〉

풍에 힉난 어이 더듸가난 상사불견 ᄒᆞ이로다 언무진셜 노궁하나 일필난기다 목ᄒᆞ야 이만 근치노라 ᄒᆞ엿더라 잇ᄯᅴ 경부인이 보기를 다ᄒᆞᆫ 후의 츈잉을 어루만져 듸셩통곡 왈 슬푸다 너의 남믹 어미 일코 엇지 살리 죽은 혼이라도 알거드면 응당 셜워하리로다 츈잉이난 신치를 붓들고 통곡ᄒᆞ여 왈 어마님 아바 편지 듯고 아무 말삼도 안이ᄒᆞ신난잇가 우리 남믹도 살기 슬사오니 밧비 다려가옵소셔 ᄒᆞ며 셜워함을 마지아니ᄒᆞ더라 잇ᄯᅴ 빅공이 듸히하야 왈 늬 말리 올타 ᄒᆞ고 임진ᄉᆞ 집 사믹져 좌경 후에 션군에 별실함을 ᄒᆞ라 ᄒᆞ고 쥬다를 듸경ᄒᆞ며 왈 형니 노귀에 왕□

〈23-뒤〉

ᄒᆞ시니 감사ᄒᆞ여이다 ᄒᆞᆫ듸 빅공이 왈 소ᄌᆡ ᄀᆞᆯ니이ᄃᆞ 할 말 잇사오니 웅낙ᄒᆞ실난지 아지 못ᄒᆞ니이다 임진사 답왈 들를 만ᄒᆞ면 드르릐니 말삿ᄒᆞ옵소셔 빅공이 왈 다름이 안이라 자식이 낭자로 더부려 연분을 믹자 금슬지락이 여할 ᄶᅴ 업셔 자식 남믹를 두고 과거를 보로간 후에 낭자 홀연 득병ᄒᆞ야

불힝이 죽어스니 ᄌᆡ 마음도 불상ᄒᆞ니 층양업거니와 션군이 나려와 보거드면 웅당 병니 날 듯ᄒᆞ옵기로 규수을 방구ᄒᆞ옵더니 들귀 ᄃᆡᆨ이 어진 규수 잇다 ᄒᆞ옵기로 간이 청혼차로 왓사오니 형의 뜻시 엇더ᄒᆞ오 임진사 가로ᄃᆡ 여식은 잇사오나 영상의 건질을

〈24-앞〉

밧드지 못할 거시요 또 거연 칠월 망일에 영낭을 보와거와 숙연낭자로 더부려 월궁 션녀 반도 진상ᄒᆞᆫ 듯 하이 만일 허혼ᄒᆞ엿다가 영낭예 마음예 불합ᄒᆞ면 녀식의 신ᄉᆡ난 그 안이 가련한가 빅공이 왈 그런 이가 업다 ᄒᆞ면 강구진 청한ᄃᆡ 임진사 마지못ᄒᆞ야 허락ᄒᆞ난지라 빅공이 ᄃᆡ히하야 왈 ᄂᆡ월 망일에 션군이 귀ᄃᆡᆨ 본젼으로 지□ 듯ᄒᆞ이 그니로셔 허ᄒᆞᆷ이 엇더ᄒᆞ뇨 임진사 쏘한 허락ᄒᆞ거ᄂᆞᆯ 빅공이 불근 ᄃᆡ히ᄒᆞ야 본부에 도라와 부인계 이 말을 셜화하고 즉시 예물을 갓초와 납ᄎᆡᄒᆞ고 빅공부처 이논하여 왈 션군이 낭자 죽음을 모르고 니올거시니 드려와 낭자의

〈24-뒤〉

형상을 보거드면 이 곡절을 무르거시니 무어시라 ᄃᆡ답하리요 빅공이 왈 그 일을 바로 말할 거시 안니 하여 차차 함이 올타 하고 약속을 정한 후의 셩군이 옥제예 ᄒᆞ직ᄒᆞ고 힝장을 수습하야 나려올ᄌᆡ 어사 북도예 청사관ᄃᆡ를 입고 우수예 옥홀을 들고 어사화 빗겨 곳고 ᄌᆡ인 창부며 벼려 ᄉᆡ고 청홍ᄀᆡ을 압시우면 금안 쥰마 놉픠 안져 젼후 좌우 옹위ᄒᆞ야 장안ᄃᆡ로 널분 길에 덩그럽ᄀᆡ ᄂᆡ려오니 거리거리 보ᄂᆞᆫ 사람 지안니 층찬하리 이렷탓시 ᄂᆡ려올 ᄌᆡ 션군의 마음이 자연 비창하야 쥬렴에 드려 잠간 조으더니 비몽사몽간에 낭자 드려온난뉘 몸에 피를 흘니고 왈연이 적ᄐᆡ 안져 ᄋᆡ연이 울며

〈25-앞〉

왈 낭군은 입신양명ᄒᆞ야 영화로이 ᄂᆡ려오신니 신ᄒᆞ에 질거기 층양 업거니와 쳡은 시운이 불힝하야 ᄉᆡ상을 이별ᄒᆞ고 황천긱이 되연난지라 일젼의 낭군의 편지 사연을 듯사옥즉 낭군이 쳡에게 힝ᄒᆞᆫ 경이 지극ᄒᆞ오나 이ᄉᆡᆼ에 연붓이 쳔박하와 발셔 유명이 현슈ᄒᆞ얏스니 구천에 혼빅이라도 여한이 되온지라 쳡의 원경을 낭군의게 부탁하옵나이 낭군은 아모조록 쳡의 ᄒᆞᆫ을 푸려주시면 죽은 혼빅이라도 경ᄒᆞᆫ 귀신이 되올이다 하고 간되업거늘 션군이 놀ᄂᆡ ᄭᆡ다르니 일신에 ᄯᆞᆷ이 흐르고 심신이 슬난하야 진경치 못ᄒᆞᆯ네라 아모리 ᄉᆡᆼ각ᄒᆞ여도 그 곡졀을 ᄒᆡ득지 못

〈25-뒤〉

한지라 잇튼날 인마을 ᄌᆡ촉ᄒᆞ야 쥬야로 ᄂᆡ려올ᄉᆡ 풍산촌에 이르러 숙소를 경ᄒᆞ고 식음을 젼폐ᄒᆞ야 밤을 안져 기달리더니 문듯 ᄒᆞᆫ인이 보ᄒᆞ되 ᄃᆡ상공이신다 하거날 쥬셔 즉시 나와 마자 방을로 드려가 가ᄂᆡ의 안부을 무차오니 공니 쥬져하다가 혼실이 무랑ᄒᆞ다 ᄒᆞ면 션군의 벼살ᄒᆞᆫ 사연만 니군이 깃거ᄒᆞ며 왈 남아 현달ᄒᆞ면 두 안ᄒᆡ를 두미 고금에 상사로다 이곳 임진사의 ᄯᆞᆯ리 요조숙여라 ᄒᆞ기로 ᄂᆡ 진사의게 허락을 바다 이무 납ᄎᆡᄒᆞ얏스니 이왕 이곳스로 당힛스니 명이로ᄋᆡ 셩ᄂᆡᄒᆞ고 집으로 도라가라 ᄒᆞ거날 션군이 낭자의 현몽함으로 보고 마음을 진경치 못ᄒᆞ난ᄃᆡ

〈26-앞〉

부친의 말을 듯고 ᄉᆡᆼ각ᄒᆞ여 왈 낭자 경영이 죽어ᄯᆞ다 이련고로 나를 죽기고 임 낭자로 셩취하야 날을 위로함이로다 ᄒᆞ고 부친게 고왈 말삼은 지당ᄒᆞ시나 소자의 마음은 아즉 급지 안니ᄒᆞ오니 ᄂᆡ두에 셩혼ᄒᆞ야도 늣지 안니ᄒᆞ온지라 다시 말삼 마옵소셔 하고 말을 지다프다 ᄀᆡ명셩이 들이거날 즉시 인마

을 직촉하야 밧비 힝하난지라 임진사 빅공다려 무른듸 공이 왈 사새 이려하니 잠깐 지다리라 하고 션군을 짜라 오난지라 잇때 션군이 밧비 힝ᄒᆞ야 본 집에 다달라 목친의계 빅알ᄒᆞ고 낭자 안부을 무르니 졍부인이 아들의 영화는 깃부미 업고 마음이 삭막ᄒᆞ야 주저주저 ᄒᆞ난지라 션군이

〈26-뒤〉

즉시 낭자 방에 드려가니 낭자 가삼에 칼을 곳고 누어난지라 셩군이 흉즁이 막막ᄒᆞ야 엇지 할 쥴 모르고 쳔지도지ᄒᆞ야 도로 나오더니 잇쩍 츈잉이 동츈을 안고 울며 닉다라 션군의 옷자락을 붓들고 통곡ᄒᆞ여 왈 아바님 엇지ᄒᆞ야 이직사 오신난잇가 어마님언 발셔 죽어 염습도 못ᄒᆞ고 지금까지 잇사오니 참아 셜워 못살겻소 ᄒᆞ며 잇글고 낭자 방으로 드려가며 어마니 이려나오 아브님 닉려 와셧소 어마님 아바님을 그리워 쥬야로 셜워ᄒᆞ시더니 아바님은 와셧난듸 엇지 그리도 무심이 누워셧소 ᄒᆞ며 셜니 울기를 마지안니ᄒᆞ거날 션군이 셜렴을 이기지 못하

〈27-앞〉

야 업더져 통곡ᄒᆞ다가 밧긔 나와 부모긔 곡졀을 무르니 빅공이 왈 너 간지 오륙 일만에 일일은 낭자에 얼골이 보이지 안니ᄒᆞ기로 우리 부쳐 고이ᄒᆞ야 직방에 가셔 본즉 져 모양으로 누어스니 놀납고 불상ᄒᆞ나 곡졀을 알 길이 엄슨 주야 싱각ᄒᆞ니 필연 엇던 놈어 니 난출을 알고 드러가 겁탈ᄒᆞ여 ᄒᆞ던가 칼노 지을 죽이무라 칼을 쎅여 ᄒᆞ되 빠지지 안니ᄒᆞ고 신체을 움직일 길이 업서 염습도 못ᄒᆞ노니 너만 기다르미요 닉기 알리 못ᄒᆞ기난 병이 들가 염여ᄒᆞ야 임여로 졍혼함이라 닉 낭자 죽음을 알기 젼에 숙여을 어더 졍을 붓치면 마음을 위로홀가 하야죽 너난 어서 상치 말

〈27-뒤〉

고 염습ᄒᆞ리나 ᄉᆡᆼ각ᄒᆞ라 션군이 이 말을 드르ᄆᆡ 일심이 망연ᄒᆞ야 엇지ᄒᆞᆯ 쥴 모르고 이윽키 침울ᄒᆞ다가 빈소 방으로 드려가 ᄃᆡ셩으로 통곡ᄒᆞ더니 분기 흉즁으로 ᄃᆡ발하야 의당애 나와 노복 등을 일시의 결박ᄒᆞ야 차차 문초할 ᄌᆡ ᄆᆡ월이도 그 가운ᄃᆡ 인난지라 션군이 소ᄆᆡ를 것고 빙소에 다시 드려가 이불을 것고 본즉 낭자 형용이 죡금도 변치 안이하고 산사람 갓튼지라 션군이 축수 왈 이죄난 션군이 왓사오니 이 칼이 ᄲᆡ지면 웬수를 ᄭᆡ니 그 칼이 문듯 ᄲᅡ지며 그 궁기로셔 청조 ᄒᆞᆫ나 나오며 ᄆᆡ월일ᄂᆡ ᄆᆡ월일ᄂᆡ ᄉᆡ 번 울고 나라가더니 ᄯᅩ 청조 ᄒᆞᆫ나이 나오며

〈28-앞〉

ᄆᆡ월일ᄂᆡ ᄆᆡ월일ᄂᆡ ᄯᅩ ᄉᆡ 번 울고 나라가거늘 션군이 그ᄌᆡ야 ᄆᆡ월의 소윈쥴 알고 분긔 츙천ᄒᆞ야 급피 외당에 나와 형구를 갓초우고 노복을 차ᄅᆡ 장문ᄒᆞᆯ ᄌᆡ ᄆᆡ월의게 당ᄒᆞ여난ᄃᆡ 셩질 왈 너 인연 간악ᄒᆞᆫ 년아 바룬 ᄃᆡ로 알외여라 ᄒᆞ며 무수이 난타ᄒᆞ니 ᄆᆡ월이 울며 왈 소년은 아무 죄 업난이다 ᄒᆞᆫ고 죽초을 안니한ᄃᆡ 셩군이 더옥 ᄃᆡ로하야 ᄭᅮ지져 왈 ᄂᆡ 인년 흉악ᄒᆞᆫ 년아 아무살 발명ᄒᆞ난다 ᄒᆞ며 일ᄇᆡᆨ오십 도를 ᄆᆡᆼ장ᄒᆞ니 죄 야모리 철셕인들 엇지 다 당ᄒᆞᆯ손야 피육이 후한ᄒᆞ고 유혈이 낭자ᄒᆞ난지라 할일업셔 ᄀᆡᄀᆡ 승복하여 알외여 왈 상공ᄀᆡ압셔 여차여차 하옵기로 소비 맛

〈28-뒤〉

참 원통ᄒᆞᆫ 마음이 잇난고로 ᄯᆡ를 타셔 간계를 부려스니 동무ᄒᆞ던 놈은 도리로소이다 셩군이 노기 츙천하야 도리를 잡아드려 문초하이 도리란 놈 아뢰여 왈 져난 ᄆᆡ월의 돈을 밧고 그 지위ᄃᆡ로 ᄒᆡᆼ한 일밧긔 다른 죄는 업사이다 하며 ᄀᆡᄀᆡ이 복초하거늘 셩군이 즉시 칼흘 들고 ᄂᆡ다라 ᄆᆡ월을 한 칼에

비히고 비을 갈나 간을 니여 낭자에 신치 압픽 다 녹코 직문을 일그니 그 직문에 흐엿스되 슬푸다 셩인도 욕본 일이 잇삽고 숙녀도 참소를 만난 일이 잇건만은 낭자 갓치 지원녹통한 일이 싀상에 어듸 쏘 잇스리요 오희라이로 도다 셩군에 불찰이니

〈29-앞〉

뉘를 원망흐리요 오날날 믹월의 웬수난 갑펴거이와 낭자의 화용월틔를 어듸 가셔 다시 보리 나도 죽어 지흐에 도라가 낭자를 좃칠 거스니 부모의게 불회되오나니 죄난 천지을 불고하리라 흐엿더라 션군이 익기를 흐고 신치를 어로만지며 일장을 통곡흔 후에 도리난 본음으로 잡아보니여 졀도로 정비흐이라 잇씌 빅공부쳐난 션군를 쇠겻다가 일이 이갓치 탈로되믹 무류흐야 아무 말도 못흐거늘 셩군이 화안 이셩으로 직삼 위로흐고 염습지구를 쥰비흐야 빙소방에 드려가 빙엿셔 가인을 모도다 물니치고 셩군이 홀노 빙소방에셔 촉불을 발

〈29-뒤〉

켜 녹고 누어더니 어언 간에 잠이 드려 혼몽 즁에 낭자 화복 정석으로 완연이 드려와 셩군에게 사릐흐 왈 낭군이 와겨세 쳡의 웬수을 갑펴주시니 막듸흐신 흔희난 결초보은할지라도 다 갑지흐리다 어질고 상직게옵셔 죄희를 받으시고 쳡을 부르시더니 쑤지져 길아사듸 셩군으로 더부려 만분기흔이 잇거날 그싀을 참지 못흐고 삼년을 젼기흐야 인연을 믹자기로 인간 횡익을 쥬어 비명에 죽계흐엿스니 니 뉘를 흐리요 흐시거날 쳡이 상직 젼에 사죄흐여 왈 삼년 젼 기흐온 죄난 만사무셕이오나 이련 익을 당흐오믹 증습은 드엿사옵고 쏘 션군이 쳡을 위

〈30-앞〉

하야 죽고라 ᄒᆞ오니 옥ᄌᆡ 젼에 비나이다 쳡을 다시 인간으로 ᄂᆡ보ᄂᆡ여 션군의게 미진ᄒᆞᆫ 경을 일워 주옵소셔 천만 ᄋᆡ걸ᄒᆞ오니 상ᄌᆡ 긍측이 여기사 다시 ᄒᆞ고ᄒᆞ연 왈 숙영 ᄂᆡ로난 그말ᄒᆞ여도 증셰될 만ᄒᆞ니 다시 인간에 ᄂᆡ보ᄂᆡ여 미진ᄒᆞᆫ 인연을 엇게 ᄒᆞ라 ᄒᆞ시고 염나왕ᄋᆡ게 ᄒᆞ고ᄒᆞ여 왈 숙영을 밧비 도와 환토 인ᄉᆡᆼᄒᆞ라 ᄒᆞ시니 염나왕이 쥬왈ᄒᆞ고 지차호시니 그슐망ᄒᆞ련니와 숙영이 죽어 죄를 속ᄒᆞᆯ 기ᄒᆞᆫ이 속되엿사오니 일니 일만 지ᄂᆡ오면 ᄂᆡ보ᄂᆡ오더이다 상ᄌᆡ게옵셔 그리ᄒᆞ라 ᄒᆞ시니 ᄯᅩ 남극셩을 불러 수명을 졍ᄒᆞ라 ᄒᆞ신ᄃᆡ 남극셩이 팔

〈30-뒤〉

십 년을 졍ᄒᆞ여 삼인이 동일 승천ᄒᆞ라 ᄒᆞ시기로 쳡이 옥제게 엿자오ᄃᆡ 셩군과 천쳡 분이어늘 엇지 삼인이라 ᄒᆞ시난잇가 옥ᄌᆡ 가라사ᄃᆡ ᄂᆡ 자연 삼인이 될 거시니 쳔기을 누셜치 못ᄒᆞ리라 ᄒᆞ시고 ᄯᅩ 셕가여ᄂᆡ을 명ᄒᆞ사 자식으로 졈지ᄒᆞ와 ᄒᆞ시니 셕가여ᄅᆡ계셔 삼남을 졍ᄒᆞ엿사오니 낭군은 아직 상지 말고 일니 일만 기다리옵소셔 ᄒᆞ며 문득 간ᄃᆡ업거날 셩군이 잠을 ᄭᆡ여 몽사를 ᄉᆡᆼ각ᄒᆞ니 수리을 기다리더니 잇튼날 셩급이 박긔 갓다 드러오니 낭자 도라누엇거늘 셩군이 놀ᄂᆡ여 신ᄎᆡ를 만져 보니 온기가 완연ᄒᆞ야 ᄉᆡᆼ기가 잇난지라 심즁에

〈31-앞〉

ᄃᆡ히ᄒᆞ야 일면 부모를 쳥하야 차를 다려 입ᄋᆡ 흘이여며 수족을 문지르니 이웃고 낭자 눈을 ᄯᅥ 좌우를 도라보거늘 ᄇᆡᆨ공부쳐와 션군이 질거움을 층양치 못ᄒᆞ더라 잇ᄯᆡ 춘잉이 동춘을 안고 낭자 겻ᄐᆡ 잇다가 회ᄉᆡᆼ홈을 보고 환천히지 질거움을 이기지 못ᄒᆞ야 모친을 붙들고 넘치며 늑기며 어머니

날을 보시오 그식이 엇지 그리 늣혼몽 ᄒᆞ엿난잇가 낭자 츈잉의 손을 잡고 어들 다시 뭇난 마리 너의 부친은 어ᄃᆡ 가 겻스며 너의 남ᄆᆡ도 잘 잇더가 ᄒᆞ며 몸을 들여 이려안지니 상ᄒᆞ 보난 사람이 지 안이 질거ᄒᆞ리오 동이 사람더되 이 말을 듯고 모도 뇌와 치ᄒᆞ문□

〈31-뒤〉

하더라 이러쿠로 수일이 지ᄂᆡᄆᆡ 잔최를 ᄇᆡ셜ᄒᆞ야 친척을 다 청ᄒᆞ고 풍류을 갓초의니 삼인 육각 장인 총부춤을 치며 노ᄅᆡ 소ᄅᆡ 운로ᄂᆡ 낭자ᄒᆞ더라 각셜 잇ᄯᆡ 임진사 집이셔 낭자 ᄒᆞᆫ싱홈을 듯고 납픠을 환퇴ᄒᆞᆫ고 다른 ᄃᆡ 구혼ᄒᆞ려 ᄒᆞ더니 임소ᄌᆡ 이 말을 듯고 부모의게 알외여 왈 여자되야 이무 ᄌᆡ물을 밧더시면 그 집 사람이 분명ᄒᆞᆫ지라 아무리 낭자 화싱ᄒᆞ엿스나 국법에도 안ᄒᆡ를 두지 못ᄒᆞ면 결혼치 못ᄒᆞ련이와 소녀의 마음 ᄆᆡᆼ쇠코 다른 가문을 가지 안이할틔니 그런 말삼 다시 마르쇼셔 ᄒᆞ거늘 진사 부쳐 이 말을 듯고 억이업

〈32-앞〉

셔 일러 왈 ᄂᆡ 말의 너머 고집ᄒᆞ다 ᄒᆞ고 사처로 구혼ᄒᆞ거늘 임소ᄌᆡ 다시 알외여 왈 부모게셔 굿틔여 그러ᄒᆞ실진ᄃᆡ 소년난 아무 가문에도 가지 안이 ᄒᆞ고 부모 슬ᄒᆞ에 일싱을 지ᄂᆡ겻사오며 ᄯᅩ 소녀의 팔자 기박ᄒᆞ야 이런 일이 잇사옵고 아무리 여자라도 일언이 중천금이라 엇지 마음을 변ᄒᆞ오릿가 ᄒᆞ면 말말리 격절ᄒᆞᆫ지라 임진사 이 말을 듯고 할일업셔 일일은 ᄇᆡᆨ공의 집에 차져게셔 낭자의 환싱홈을 ᄒᆞ뢰ᄒᆞ고 인ᄒᆞ야 여아의 일싱을 말ᄒᆞ며 탄식ᄒᆞ거늘 ᄇᆡᆨ공의 층찬ᄒᆞ여 왈 아름답다 규수의 경열의애 우리로 인ᄒᆞ야 엇지 일싱을 페ᄒᆞ리요 이ᄯᆡ 션군이 이

〈32-뒤〉

말을 듯고 임진사외게 말ᄒᆞ여 왈 소ᄌᆡ의 금옥 갓튼 말을 듯사오니 고인으ᄀᆡ 부그렵지 안니하미로다 국볍에 유쳐취쳐난 잇사오나 소ᄌᆡ 엇지 남의 부실이 되고자 ᄒᆞ올잇가 진사 답왈 부실을 엇지 ᄉᆡ양ᄒᆞ리요 ᄒᆞ더라 각셜 선군이 낭자 침소에 드러가 임소ᄌᆡ의 말을 셜화하니 낭자 아름다이 여겨 왈 져 소ᄌᆡ의 졀ᄀᆡ 이 갓튼니 우리 남ᄆᆡ게 젹악이 될지로다 상ᄌᆡ게옵셔 우리 삼인이 동일 승천ᄒᆞ리라 ᄒᆞ시더니 경영 임소ᄌᆡ를 일음이라 아마 천졍인가 ᄒᆞ오니 낭군은 우리집 젼후 사연과 임소ᄌᆡ의 젼후 사연을 젼ᄒᆞᄉᆡ 상소ᄒᆞ옵소셔 ᄒᆞᆫᄃᆡ

〈33-앞〉

션군이 즉시 경셩에 올나가 욱ᄀᆡᄋᆡ 수사ᄒᆞ고 수일이 지ᄂᆡᆫ 후에 임조ᄌᆡ의 일다 낭자의 사연을 ᄉᆡᄉᆡ이 기록ᄒᆞ야 올니거늘 상이 보시고 층찬ᄒᆞ여 왈 낭자외 일은 만고에 업난 일이라 ᄒᆞ시며 경열부인의 집쳡을 ᄂᆡ리시고 ᄯᅩ 임소ᄌᆡ의 졀ᄀᆡ를 아름다이ᄒᆞ기 션군으로 결혼ᄒᆞ야 숙열부인의 직첩을 ᄂᆡ리시니 션군니 쳔을을 숙사ᄒᆞ고 수유을 갓초아 집으로 ᄂᆡ려와 부모의게 사연을 일의고 ᄯᅩ 낭자를 보와 왈 쳔은이 이갓사오니 엇지 질겁지 안니 ᄒᆞ리오 ᄒᆞ고 이 일을 진사 집에 기별ᄒᆞ고 진사 ᄃᆡ히ᄒᆞ야 날을 가려 셩폐할제 임소ᄌᆡ 빅부에 일으니 그 화용월ᄐᆡ난 진

〈33-뒤〉

짓 요조숙녀로다 혼가니 환이ᄒᆞ며 셩군이도 금굴지락이 비홀ᄃᆡ 업더라 숙열부인이 부모의게 한도ᄒᆞ고 군자으게 화문ᄒᆞ야 경열부인으로 더부려 지기상합ᄒᆞ야 일시도 ᄯᅥ남미 업더라 일우로난 일가이 화락ᄒᆞ야 기필거시 ᄉᆡ월을 보ᄂᆡ더니 공의 부부 팔십 향슈에 기운이 강건ᄒᆞ더니 홀연 득병ᄒᆞ야

일조에 식상을 바리니 싱의 부쳐 삼인 이에 희망극ᄒᆞ며 혜로써 션상의 안장ᄒᆞ고 삼년 시모를 지ᄂᆡ더니 이러구로 광음이 훌훌ᄒᆞ야 경열부인은 사남 일녀를 나으시고 숙열부인은 삼남 일녀을 나스니 니ᄀᆡ니ᄀᆡ이 다 부중모습ᄒᆞ야 현인군자요 요조숙

〈34-앞〉

녀로다 나□지 셩혼ᄒᆞ야 자손이 진진ᄒᆞ고 가세가 요부ᄒᆞ야 만셕군 일흠을 어더 복록이 무궁ᄒᆞ더니 일일은 ᄃᆡ연을 ᄇᆡ셜ᄒᆞ고 삼사 일을 질기더니 홀연 구름이 사면으로 출너 드러오며 용의 소ᄅᆡ 들이더니 일위 션관이 나려와 불러 왈 션군은 인간사ᄋᆡ 엇더ᄒᆞᆫ고 그ᄃᆡ 삼인의 승천할 기ᄒᆞᆫ이 요ᄂᆞᆯ이니 밧비 가라 ᄒᆞ거늘 션군 부부 삼인이 자녀의 손을 잡고 이별ᄒᆞ며 일시에 상천ᄒᆞ니 향년이 팔십일리라 자녀른 드러 공즁을 ᄒᆡᆼᄒᆞ야 막극ᄋᆡ원통ᄒᆞ고 테ᄃᆡ로써 션산에 안장ᄒᆞ엿더라 이월십사일

숙영낭ᄌ전 샹이라

세ᄌᆞᆼ 셜이ᄉᆡ대 쟝죽시졀의 경상도

안동ᄯᅡ의 셔 ᄉᆞ난 ᄇᆡᆨ셜호 ᄒᆞᄂᆞᆫ 사람이 잇ᄉ

셰ᄃᆡ 명문 후ᄇᆡᆨ 시졀의 후라 소년등과ᄒᆞ

야 벼ᄉᆞ리 병조참판의 거ᄒᆞ야 일홈이

이실국외 비ᄉᆞ나 고ᄒᆞᆼ의 도라와 농업을

가세요부ᄒᆞ나 슬ᄒᆞ에 일점혈육이 업ᄂᆞᆫ지라 무

ᄎᆡ 뎌 ᄉᆞ 낫 ᄂᆞᆯᄅᆞᆯ 부인 정씨 ᄒᆞᆫ 일 ᄯᅡᆯ을 효

오 ᄉᆞᆫ ᄯᅢ 우 주시거ᄒᆞᆫ리 고다ᄒᆞ오며

일편 쳬이ᄒᆞᆯ 자시그 ᄇᆡᆫ 사오이 ᄌᆞ부어위ᄒᆞ의

ᄂᆞ 온 덜ᄒᆞᆷ 명ᄆᆞ으로 연조을 ᄂᆞᆫ 문오

옹낭ᄌᆞ전 상이라(박순호 46장본)

〈옹낭ᄌᆞ전 상이라〉는 46장(92면)으로 이루어진 필사 연대 미상의 이본이다. 시대적 배경은 전국시절이며, 상공의 이름은 '빅셩츄'로 그에 대한 소개가 작품 서두에 제시된다. 작품 전반부의 서사는 필사본 계열의 전반부 서사와 대동소이하며, 자결 이후 재생한 수경낭자가 귀가하여 부모와 함께 지내며 세월을 보내다가 천상에서 청의동자가 내려와 상공 부처와 선군, 낭자, 춘양, 동춘을 데리고 승천하는 결말을 취하고 있다. 또한 낭자 혼백이 선군의 꿈에 나타나 매월과 도리를 죽여 원수를 갚아 달라고 하거나, 춘양과 동춘을 상부 앞에 세우라고 하는 등 사후 일 처리에 적극적으로 개입하며, 상공이 선군과 임소저의 정혼을 주선하나 선군이 거절한 이후, 임소저에 대한 언급이 없다. 작품 뒷면에 편지글이 남겨져 있다.

출처: 월촌문헌연구소편, 『한글필사본고소설자료총서』79, 오성사, 1986, 132~223쪽.

〈1-앞〉

각설 잇디애 전국시절의 경상도 안동 짜의서 사난 빅성츄 하는 사람이 잇씨되 츙열후 빅시의 후라 소연등과하야 벼사리 병조장완의 거하야 일홈이 일국의 빗나고 고향의 도라와 농업을 힘쓰이 요부ᄒᆞᄂᆞ 실ᄒᆞ에 일점혈육리 업는지ᄅᆞ 닐닐른 부인 정씨 추연탄왈 불효 삼천□즁의 무ᄌᆞ식한 죄 크다하오며 압재인할 자식이 업사오이 쥭어 지하의 가온덜 하면목으로 선조을 ᄃᆡ면ᄒᆞ오

〈1-뒤〉

리요 일직 첩을 ᄂᆡ침직 ᄒᆞ되 군ᄌᆞ의 너부신 덕틱을 입ᄉᆞ와 직금가지 즁가의 의지하여 살라건니와 듯ᄉᆞ오니 소빅 열정의 ᄂᆞ러가 삼식 기도ᄒᆞ고 정성으로 발원하오면 혹 날도 자식을 본다 하니 우리도 정셩으로 발원ᄒᆞ면 날가하는이다 상공니 우어 왈 비러 자식을 어들진ᄃᆡ 처하의 무자식ᄒᆞᆫ 할이 닛스리요 그러ᄒᆞ나 부인 소원니 그러ᄒᆞ면 비러 보ᄉᆞ니ᄃᆞ

〈2-앞〉

ᄒᆞ고 그날봇틈 모욕ᄌᆡ게ᄒᆞ고 전초단발하고 소빅산으로 드러가 극진이 정셩으로 발원하고 집이 도라와 질긔던이 과연 그달보텀 ᄐᆡ긔 잇서 십식이 차ᄆᆡ 일일은 집안의 운무 ᄌᆞ욱ᄒᆞ며 힝ᄂᆡ 진동ᄒᆞ던니 늘자을 탄싱ᄒᆞ니 ᄒᆞᆫ날 노서 ᄒᆞᆫ 선여 ᄂᆞ려와 옥병의 향슈을 부어 아기을 싯게 누이고 부인ᄃᆞ려 이르되 아히는 천상 선관으로 요지연의 수경낭ᄌᆞ로 더부러 희롱한 죄

〈2-뒤〉

로 상제게옵서 인간의 적거ᄒᆞ야 삼세연분으로 ᄆᆡ지라 ᄒᆞ시니 천□을 어기지 ᄆᆞ옵소셔 ᄌᆡ삼 당부ᄒᆞ고 올나가거날 부인니 정신을 ᄋᆞ키 진정하야 상공을

청ᄒᆞ니 상공이 급피 드러오거날 선여 이르던 말삼을 다하고 이 아히을 보니 얼고리 관옥갓고 성음이 ᄉᆡ락ᄒᆞ야 빅옥을 ᄭᆡ치난닷 풍치□ᄒᆞ야 천상선관 갓써라 상공이 사랑ᄒᆞ야 일홈은 선군이라 하ᄆᆡ 선군이 점점 ᄌᆞᄅᆞ나ᄆᆡ 빅

〈3-앞〉

가지 서을 무불통지하고 골격니 장ᄃᆡ하니 뉘 능히 층찬안이하리요 션군이 십오세에 당하ᄆᆡ 세상 사람이 이로ᄃᆡ 천상 선관 갓ᄃᆞ ᄒᆞ더라 부모 ᄋᆡ즁하야 어시하여야 저와 갓튼 빅필을 졍하올고 ᄒᆞ고 날노 광문하던니 니젹의 수경 낭자 천상의 득죄하고 옹연동 젹거한 후로 션군과 금세 연분니 지즁ᄒᆞ야씨나 션군으로 인간의 ᄌᆡᆼ생하긔로 천상일을 ᄋᆞ지 못ᄒᆞᆫ지ᄅᆞ 이ᄒᆞᆫ고로 쳔지 구혼하던니 낭자 ᄉᆡᆼ각

〈3-뒤〉

하되 우리 량인이 인간의 젹거ᄒᆞ야 긔약을 금세에 ᄆᆡ자던니 낭군이 타문의 혼취하며 삼세연분이 속절업시 허ᄉᆞ 될지 엇지 알고 구치 안이하리요 하고 니날 밤 션군의 ᄭᅮᆷ의 낭ᄌᆞ 와 이로ᄃᆡ 낭군은 폅을 엇지 도라보지 안이하난잇가 쳡니 쳔상의 여로서 요지연의 가 낭군으로 더부러 히롱한 죄로 상제게옵서 닌간의 ᄂᆡ치사 인연을 금서에 졀지하압더니 엇지 다른 가

〈4-앞〉

문의 구혼한다 하신잇가 낭군은 삼연 휘에야 첩을 ᄎᆡ삼 당부하고 문득 간ᄃᆡ 업거날 ᄭᆡ드른이 남가일몽이라 낭가의 ᄉᆞᆺᄊᆞ온 편월슈회지ᄅᆡ는 천상명월이 구름 속의 소사난 닷 단슌 홋치 ᄇᆞᆫ긔하고 말소ᄅᆡ 귀에 ᄌᆡᆼᄌᆡᆼ 옥갓탄 얼굴리 눈의 암암하야 차병니 되얏난지라 부모 민망하야 네 병세을 보니 고이하ᄃᆞ ᄒᆞ고 진경을 바로 이르ᄅᆞ하니 선군이 ᄃᆡ왈 모월 모일에 일몽을

〈4-뒤〉

어든니 옥 갓탄 낭자 와 이로ᄃᆡ 월궁선여ᄅᆞ 하고 엿차여사ᄒᆞ고 가더이다 ᄒᆞ고 그 후로 병이 되어사오나 일긱이여삼추ᄒᆞ니 엇지 삼연을 지다르릿가 글노인하야 병이 골슈의 집펀나니다 하거날 부모 왈 너을 나흘 ᄃᆡ의에 하날노 선여 와 엿차엿차하더니 과연 수경낭자로다 그러하나 ᄉᆞᆱ니 ᄃᆞ 허사오니 음식니나 먹으라 한ᄃᆡ 선군니 ᄃᆡ왈 아모리 ᄉᆞᆱ니 ᄃᆞ 허ᄉᆞ온덜 정영ᄒᆞᆫ 긔약이 지즁할니 아모것도 먹을

〈5-앞〉

ᄉᆡᆼ각 업다 하고 눕고 으지 못하거날 부모 민망하야 ᄇᆡᆼ약으로 구하되 일졈 소흠니 업난지라 낭자 비록 옹연동 적소의 잇스나 병세 즁한 쥴 알고 밤ᄆᆞ당 몽즁의 와 이로ᄃᆡ 낭군니 날만한 안여자을 ᄉᆡᆼ각하아 병니 져ᄃᆡ지 즁하엿시니 약을 즙스옵소서 당부하고 우리병 셋슬 ᄂᆡ여 오며 가로ᄃᆡ 한나은 불노초 슈리옵고 도 한나는 불사쥬옵고 ᄯᅩ 한ᄂᆞ흔 ᄆᆞ쥬오니 부ᄃᆡ 이 술을 잡스옵

〈5-뒤〉

고 삼연만 차무소서 하거ᄂᆞᆯ ᄭᆡᄃᆞ르니 ᄀᆞᆫᄃᆡ업거날 더옥 병세 침즁ᄒᆞ얀ᄂᆞᆫ지라 낭ᄌᆞ ᄯᅩ 와 일로되 낭군의 병세 점점 즁가세반한 하옵긔로 금동자 ᄒᆞᆫ쌍을 가저왓ᄉᆞ오니 옥년동을 ᄎᆞᄌᆞ 오소서 ᄒᆞ고 ᄀᆞᆫᄃᆡ업거ᄂᆞᆯ ᄭᆡᄃᆞ르니 ᄯᅩᄒᆞᆫ ᄉᆞᆱ인지라 ᄆᆞᄋᆞᆷ 황홀하야 눕고 이지 못하던 몸니 완연이 ᄂᆞ 부모임 ᄇᆡᆼ의 드러가 엿ᄌᆞ오ᄃᆡ ᄋᆞ모리 ᄉᆡᆼ각ᄒᆞ되 병세 급ᄒᆞ오니 옥연동을 ᄎᆞᄌᆞ가나이ᄃᆞ ᄒᆞ고 인ᄒᆞ야 ᄒᆞ직ᄒᆞ니

〈6-앞〉

부모 우어 왈 내 ᄇᆞᆯ광ᄒᆞ엿도ᄃᆞ 하고 붓ᄌᆞ버 안치이 선군니 민망답답ᄒᆞ야

이로듸 소즈 병세 이갓삽고 부모임 안전의 불효을 씨치니 죄 만ᄉᆞ 무석이오 나 부모임 영을 어기고 옹연동을 ᄎᆞ자가ᄂᆞ이다 부모 ᄆᆞ지못ᄒᆞ야 허락하니 선군이 심 희낙하야 빅ᄆᆞ금편으로 옹연동을 차잠ᄎᆞ잠 가는지라 이적의 종일토록 가되 옹연동을 보지 못하야는지르 선군이 울울ᄒᆞᆫ ᄆᆞ암을 진정치 못ᄒᆞ야 하ᄂᆞᆯ을

〈6-뒤〉

우러러 시시로 비러 왈 소소ᄒᆞᆫ 명천은 ᄒᆞ감ᄒᆞ옵소서 옹연동을 가는 질을 바로 가라쳐 긔약을 일치 말개 ᄒᆞ옵소서 ᄒᆞ고 빙ᄆᆞ금편으로 차잠차잠 드러 가니 석암은 ᄌᆡ을 넘고 옹연동은 ᄆᆞ슈보을 드러가이 그제야 광활ᄒᆞ야 쳔봉 만학은 구름을 둘너잇고 쥬상부난은 연당의 범ᄒᆞ고 냥 유슈청산은 츈광의 흐날며 닛고 황금 갓튼 ᄭᅬᆺ소리는

〈7-앞〉

상하지의 왕ᄂᆡ하고 봉화광접은 춘ᄉᆡᆨ을 자랑하니 별루천지비니간일네르 ᄎᆞ 잠ᄎᆞ잠 드러가니 선젼의 각하엿시되 옹연동 가무정이라 ᄒᆞ엿더라 선군이 마음이 황홀하야 불고엄처하고 ᄃᆡ상의 올ᄂᆞᄀᆞ니 낭자 아미울 수긔고 피석 ᄃᆡ왈 그ᄃᆡ난 었더한 과긱이

〈7-뒤〉

관ᄃᆡ 임으로 션경의 올ᄂᆞ왓ᄂᆞ잇가 션군이 ᄃᆡ왈 ᄂᆞ난 유산하여 다이난 산긱 으로 이러ᄒᆞ 선경인 줄 모로고 선경의 범ᄒᆞ야사오니 죄 만사무석이로소이 다 낭자 왈 그ᄃᆡ난 목숨을 앗긔거던 밧비 나가소서 하거ᄂᆞᆯ 선군의 심ᄉᆞ 낭막하야 반가온 마암니 일□ 두러온지라 빅이사지ᄒᆞ야도 있ᄃᆡ을 이르면 다시 만날 기□ 업는지

〈8-앞〉

라 선군이 점점 나아 안지며 왈 낭자는 나를 모로시ᄂᆞ잇가 한ᄃᆡ 낭자 청이불문하고 시약부지하며 모로난 체하니 선군이 할길업셔 하날을 우러러 탄식ᄒᆞ고 문을 다드며 성 아ᄅᆡ 나려서머 간이 그제야 낭자 노긔홍상의 ᄇᆡᆨ우선을 쥐고 편풍의 비게서서 불너 왈 낭군은 가지 말고 ᄂᆡ 말을 드르소셔 하니 선군이 심ᄉᆞ 황낙하야 도라서니 ᄂᆞᆼᄌᆞ 왈 그ᄃᆡ는 닌간의 탄싱한덜 지식이 저ᄃᆡ지 엄ᄂᆞ잇가

〈8-뒤〉

아모리 쳔연이 중하오니 흐연이 허락ᄒᆞ오릿가 하고 오루기알 청ᄒᆞ거날 선군니 그제야 완완니 올나간니 호치을 반만여러 ᄆᆞᆯ하되 선군은 엇지 그리 지식이 업ᄂᆞ잇가 ᄒᆞ거날 선군이 ᄒᆞᆫ 번 보ᄆᆡ 마암이 황홀하야 쒸여들고 시푸나 졍니 안심한 낭ᄌᆞ라 옥수을 잡고 왈 오날 낭ᄌᆞ을 ᄃᆡ면하이 이저 죽어도 한이 업다 하며 그리던 경회랄 ᄆᆞᆫᄃᆞᆫ설화하이 낭군은 날 가튼 안여자을 싱각ᄒᆞ여 병이 되야신니 엇지 ᄃᆡ장부

〈9-앞〉

힝실리라 하리요 우리 양인이 천상의 득죄ᄒᆞ고 닌간의 나려와 연분을 ᄆᆡ자두고 삼연을 위한하엿다가 삼연 후의 청조로 ᄆᆡᄑᆡ 삼고 상봉으로 육에 삼어 ᄇᆡᆨ연히로 하련이와 만일 즉ᄌᆞ몸을 허하오면 천의 거ᄉᆞ리니 무려막심하온니부ᄃᆡ 안심하야 삼연 위하옵고 지달여 인연을 ᄆᆡ지면 ᄇᆡᆨ연히로 ᄒᆞ오리ᄃᆞ 선군이 ᄃᆡ왈 일일리여삼추ᄅᆞ 삼연니 몃 삼연이ᄂᆞ 하나잇가 낭ᄌᆞ ᄆᆞᆫ일 그저 도라가라 ᄒᆞ시면 선군의

〈9-뒤〉

목숨이 비조죽석이ᄅᆞ니 ᄂᆡ 몸 죽어 황천으로 도라간온ᄇᆡ 되오면 엇지 낭자

ᄆᆞ음인들 온전ᄒᆞ오릿가 봉망 낭자ᄂᆞᆫ 잠ᄭᅡᆫ 몸을 허하오시면 선군의 목슘을 보전ᄒᆞᆯ 뜻하니 낭자ᄂᆞᆫ 송죽 갓튼 절ᄀᆡ을 잠시만 구펴 불의든 나부와 낙슈문 고긔을 구완하옵소셔 하며 사시을 결ᄃᆞᆫᄒᆞ니 ᄂᆞᆼ자 신세 문부틔산지상이ᄅᆞ 빅이 ᄉᆞ정ᄒᆞ여도 무ᄀᆞᄂᆡ하로다 이적의 월ᄉᆡᆨ은 ᄆᆞᆫ정ᄒᆞ고

〈10-앞〉

야ᄉᆡᆨ은 삼경이라 선군니 낭자의 등을 만치거날 하길업셔 몸을 허ᄒᆞᆫ지라 선군이 그제야 침금을 도도오고 전일 첩첩의 ᄊᆞ인 회포을 의논ᄒᆞ고 밤을 지ᄂᆡ니 두 사ᄅᆞᆷ의 정이 원ᄂᆞᆼ니 녹슈 만ᄂᆞᆷ 갓고 비취질듸음 갓더ᄅᆞ ᄇᆞᆷᄂᆡ의 추한 정은 용천검 드ᄂᆞᆫ ᄏᆞᆯ노 베인덜 베일소야 황노의 모진 불노 살른들 ᄉᆞᄅᆞᄂᆡ라 이 안니 세상닌 홍낙을 이ᄋᆞᆯ소야 히롱ᄒᆞ난 낭자 왈

〈10-뒤〉

니ᄃᆡ지 무러ᄆᆞᆨ심ᄒᆞ오릿ᄀᆞ 이제ᄂᆞᆫ 무ᄀᆞᄂᆡᄒᆞ로ᄃᆞ 하고 시힝기를 차ᄅᆞ 낭군과 ᄒᆞᆫᄀᆞ지로 ᄀᆞᄉᆞ이ᄃᆞ ᄒᆞ고 청사자을 드려 옹연교의 올ᄂᆞ ᄋᆞᆫ지니 선군이 발힝ᄒᆞ야 집을 도ᄅᆞ오니 니젹 시부모게 현일하이 상공 부체 공경ᄃᆡ듑하고 즉시 ᄂᆞᆼᄌᆞ을 보니 설부와 묘이이 천ᄒᆞ의 절ᄉᆡᆨ이요 야민은 호도확 츈풍의 무리 녹ᄂᆞᆫ ᄃᆞᆺ ᄒᆞ더ᄅᆞ 상공 붓체 중니여겨 ᄂᆞᆼ자을 동별당의 거쳐을 정하고 워ᄂᆞᆼ자녹을 니로게 하이 두 ᄉᆞ람의 정이 비ᄒᆞᆯ ᄊᆡ 업더라 ᄯᅩᄒᆞᆫ ᄒᆞᆨ업을 전폐ᄒᆞ니 상공 붓처 민망

〈11-앞〉

하야 다만 선군 ᄉᆡᆫ이ᄅᆞ ᄭᅮ짓씨 못ᄒᆞᄂᆞᆫ지라 세월이 여류하야 팔년을 지ᄂᆡ여 자식 ᄂᆞᆷᄆᆡ을 ᄂᆞ언ᄂᆞᆫ지ᄅᆞ ᄯᆞᆯ의 일홈은 추양니요 아달의 일홈은 동춘이라 하다 세간이 요부ᄒᆞ니 동산의 가무정을 짓고 오현금과 양츈고ᄀᆡ이ᄅᆞ ᄒᆞᄂᆞᆫ

가ᄉᆞ와 춘명곡 숨ᄉᆞ 곡을 지여 ᄐᆞ금ᄒᆞ고 옥능ᄌᆞ와 화답ᄒᆞ니 그 노릐 가장 청익ᄒᆞ야 신약을 ᄭᆡ치ᄂᆞᆫ 듯ᄒᆞ더ᄅᆞ ᄆᆞ암니 여광여취ᄒᆞ야 월ᄒᆞ의 ᄇᆡ회하이 선군의 낭ᄌᆞ의 아름다온 ᄐᆡ도을 보고 마ᄋᆞᆷ을 진정치 못

〈11-뒤〉

하더ᄅᆞ 부모 ᄆᆡ일 ᄉᆞ룡ᄒᆞ야 선군과 낭ᄌᆡ을 다리고 희롱하야 왈 너의 두 ᄉᆞ름은 분면 천상 션관 건여로다 하시고 선군으로 더부러 이로ᄃᆡ 드르이 금반 과거을 보인ᄃᆞ ᄒᆞ니 너도 경셩의 올ᄂᆞ가 닙신양명ᄒᆞ야 부모 일젼의 영화을 보니고 조션을 빗ᄂᆡ미 엇더ᄒᆞ요 선군니 ᄃᆡ왈 세간이 천ᄒᆞ의 제닐부요 노뷔 쳔여 귀ᄅᆞ 궁심지지학과 니무지소욕을 심ᄃᆡ로 ᄒᆞ올거시니 무어시 부족ᄒᆞ와 과거급제을 ᄇᆡ릭리요 ᄒᆞᆫᄃᆡ 니ᄂᆞᆫ 잠시도 낭ᄌᆞ을 ᄯᅥ날 ᄯᅳ지

〈12-앞〉

엄ᄂᆞᆫ지ᄅᆞ ᄯᅩ 낭자의 ᄇᆡ의 드러가 붓친 하던 ᄆᆞᆯ숨을 하고 과거 안이 가귀로 단정하거날 낭ᄌᆞ 염용ᄃᆡ왈 장부 세상의 쳐하야 ᄡᅳᆻ다온 일홈을 용문의 올니고 영화을 부모 안젼의 뵈옵고 조션을 빗ᄂᆡ미 장부의 ᄯᅥᆺᄯᅥᆺᄒᆞ온 이리여날 니제 낭군은 쳡을 잇지 못ᄒᆞ야 과거 안이 가오면 공명을 일삽고 ᄯᅩ한 부모임과 다른 사ᄅᆞᆷ니라도 쳡으게 혼틈ᄒᆞ야 ᄋᆞ니 간ᄃᆞ ᄒᆞ올 거시니 낭군은 ᄇᆡᆨ연히로을 ᄉᆡᆼ각하야 금방 과거의 ᄀᆞ 장원급제ᄒᆞ오

〈12-뒤〉

면 부모게 영화 보니고 ᄇᆡᆨ연히로ᄒᆞ리ᄅᆞ ᄒᆞ고 ᄒᆡᆼ장을 차ᄅᆞ쥬며 왈 명일 낭군이 과거의 가온즉 첩이 만분약심 ᄒᆞ오리다 ᄒᆞ고 은금 슈ᄇᆡᆨ 양과 노비 오륙인을 정하야 주며 길을 ᄌᆡ촉ᄒᆞ니 선군이 ᄆᆞ지 못하야 제모연 츈삼월 망간의 항하야 부모 양위 전의 ᄒᆞ직ᄒᆞ고 낭ᄌᆞ을 도ᄅᆞ보며 왈 부모을 공경ᄒᆞ며 어린

ᄌᆞ식을 다리고 무ᄉᆞ니 지ᄂᆡ면 ᄂᆡ 도ᄅᆞ와 ᄀᆡ리던 정회을 풀어다 ᄒᆞ고 길을 ᄶᅥᄂᆞᄀᆞ이 낭ᄌᆞ 중문의 서서 보니 ᄒᆞᆫ 거름

〈13-앞〉

의 도라보고 두 거름의 도라보고 세 거름 도ᄅᆞ보이 ᄂᆞᆼ자 즁문 안의 션ᄂᆞᆫ지ᄅᆞ 선군의 그 거동을 보니 과거 갈 젼이 젼이 업서 설ᄉᆞ 낙□하야 종일토록 가되 ᄃᆞ믄 심 이을 ᄀᆞ 슉소을 정ᄒᆞ고 셕반을 ᄇᆞ드ᄆᆡ 더옥 낭ᄌᆞ의 얼얼ᄒᆞᆫ 정이 즁심의 ᄀᆞ득ᄒᆞ야 ᄒᆞᆫ 술 밥도 먹도 못ᄒᆞᄂᆞᆫ지라 닌하야 안ᄌᆞ씬니 공ᄇᆡᆼ독침의 ᄂᆞᆼᄌᆞ의 얼고리 눈의 ᄋᆞᆷᄋᆞᆷᄒᆞ고 말소ᄅᆡ ᄌᆡ에 ᄌᆡᆼᄌᆡᆼᄒᆞ야 울울한 정회을 니긔지 못

〈13-뒤〉

ᄒᆞ야 슘경초의 ᄒᆞ인니 ᄃᆞ 즘을 집피 드러거ᄂᆞᆯ 선군의 신바를 들고 집을 도ᄅᆞ와 ᄃᆞᆫ장을 ᄶᅱ여 넘어 낭ᄌᆞ방의 드러ᄀᆞ니 ᄂᆞᆼᄌᆞ ᄀᆞ로ᄃᆡ 엇지 이 집푼 밤의 왓ᄂᆞ잇ᄀᆞ 선군의 ᄃᆡ왈 힝히오ᄆᆡ 게우 심 니을 가 슉소을 정ᄒᆞ고 낭ᄌᆞ을 ᄉᆡᆼ각ᄒᆞ니 울젹ᄒᆞᆫ 심회을 니긔지 못ᄒᆞ야 석ᄇᆞᆫ을 먹지 못ᄒᆞ고 잠을 이로지 못ᄒᆞ야 왓ᄂᆞ니ᄃᆞ 낭ᄌᆞ로 더보러 말ᄒᆞ더니 잇ᄃᆡ의 ᄉᆞᆼ공니 선군을 경성의 보ᄂᆡ고 집안을 즉키더니 별당문 ᄇᆞᆺ게 ᄀᆞ니 ᄂᆞᆼᄌᆞᄇᆡᆼ의 남졍 소ᄅᆡ

〈14-앞〉

나거날 상공니 ᄉᆡᆼ각ᄒᆞ되 낭ᄌᆞ ᄇᆡᆨ옥 갓ᄐᆞᆫ 정졀노 엇지 저러하리요 ᄒᆞ고 드ᄅᆞ니 즉시 낭ᄌᆞ 선군ᄒᆞ고 살ᄒᆞᄃᆞᄀᆞ 왈 밧기 시부임 오신 쥬를 알고 낭군 온ᄌᆞ초을 감초오고 ᄋᆞ기을 달ᄂᆡᄂᆞᆫ 체ᄒᆞ며 동츈의 등을 ᄶᅱ다리며 ᄌᆞᄌᆞᆼᄌᆞᄌᆞᆼ며 너의 ᄇᆞᆺ친임은 금봉 장원ᄒᆞ야 영화로 우ᄂᆞᆫᄀᆞ ᄒᆞ며 아희을 달ᄂᆡᄂᆞᆫ지라 상공니 혼ᄌᆞ ᄆᆞᆯ노 고니ᄒᆞ고 고니ᄒᆞ고 와 다ᄒᆞᆫ ᄂᆞᆯ노 보리ᄅᆞ ᄒᆞ고 도ᄅᆞᄀᆞ니 잇ᄯᅴ

낭ᄌᆞ 낭군ᄃᆞ려 니로되 시부임믈 뵛기 와것ᄃᆞ ᄀᆞ시니 ᄂᆞᆼ군은 ᄂᆞᄀᆞ소서 만일 첩을 잇지 못ᄒᆞ야 오ᄃᆞᄀᆞᄂᆞᆫ 시부임 ᄋᆞ르시며 ᄂᆡ게

〈14-뒤〉

ᄉᆞ좋니 도ᄅᆞ올 쓧ᄒᆞ오니 부ᄃᆡ 부ᄃᆡ ᄆᆞ음을 경이ᄉᆡᆼ각 ᄆᆞᆯ고 경성의 올ᄂᆞᄀᆞ옵소서 급제을 ᄒᆞ아 돌와 영화 질기사니ᄃᆞ ᄒᆞ고 ᄂᆡ여 보ᄂᆡ니 선군니 올히 역겨 괴연 ᄒᆞᆫ 마암을 니긔지 못하야 ᄀᆞ더니 쏘 잇튼ᄂᆞᆯ 발힝ᄒᆞ야 제우 오십니을 ᄀᆞ 슉소을 경ᄒᆞ고 석반을 드린 후의 쏘한 심ᄉᆞ 온젼치 못하야ᄂᆞᆫ지라 ᄒᆞ닌이 잠을 드릇거ᄂᆞᆯ 집으로 도라와 ᄂᆞᆼᄌᆞ봉의 드러가니 ᄂᆞᆼᄌᆞ ᄃᆡ경질ᄉᆡᆼᄒᆞ야 왈 ᄂᆞᆼ군은 ᄂᆞᆯ 갓튼 ᄉᆞ름을 ᄉᆞ모ᄒᆞ야 공명을 ᄉᆡᆼ각지 안니 하고 몸을 고치지 안니ᄒᆞ니 ᄂᆡ 몸니 쥭으미 올트ᄒᆞ

〈15-앞〉

하니 선군니 들여 무류하더라 낭ᄌᆞ의 말은 진실노 여년하ᄂᆞ 정은 ᄀᆞᆫ절하다 낭군의 공명을 니루게 함미라 니러구러 탐화하더니 상공니 문밧게 와 혼ᄌᆞ ᄆᆞᆯ노 ᄏᆞ니ᄒᆞ고 고니ᄒᆞ다 낭자 갓튼 정졀노 엇지 오인을 다리고 말ᄒᆞ리 ᄂᆡ 집 단장은 놉고 놉파거ᄂᆞᆯ 엇지 외인니 츄립ᄒᆞᆫ고 ᄒᆞ며 분홈을 니기지 못ᄒᆞ야 도ᄅᆞ완ᄂᆞᆫ지ᄅᆞ 니젹의 ᄂᆞᆼᄌᆞ 시부임 뱃기 오신 쥴 알고 ᄂᆞᆼ군은 잣최을 ᄀᆞᆷ춘지ᄅᆞ 선군 쏘ᄒᆞᆫ ᄆᆞ음을 줄처 도ᄅᆞ가ᄂᆞᆫ지ᄅᆞ 니젹의 ᄉᆞᆼ공니 ᄂᆞᆼᄌᆞ다려 니로되 집은니 공허ᄒᆞ긔로 집 ᄉᆞ봉을

〈15-뒤〉

살펴보와 ᄂᆞᆼᄌᆞ 처소의 ᄀᆞ니 ᄇᆞᆼ안의서 ᄂᆞᆷ경 소ᄅᆡ 날거날 ᄂᆡ 이심ᄒᆞ고 돌왓던니 쏘 잇튼ᄂᆞᆯ 밤의 가오니 정연이 남정 소ᄅᆡ라 엇써ᄒᆞᆫ 일인지 바로 아뢰라 하니 낭자 ᄃᆡ왈 밤니면 슴슴ᄒᆞ기로 츈양과 조 ᄆᆡ월노 말하엿ᄂᆞ니다 엇지

외인을 ᄃᆞ리고 말ᄒᆞ고 잇ᄉᆞ오릿ᄀᆞ 상공니 드르니 정연니 놈정 소ᄅᆡᄅᆞ 밋지 못ᄒᆞ야 조 ᄆᆡ월ᄃᆞ려 무른즉 소인은 몸 나근ᄒᆞ야 ᄂᆞᆼᄌᆞ ᄇᆞᆼ의 간 ᄇᆡ지 업ᄂᆞᆫ니ᄃᆞ ᄒᆞ니 상공니 더옥 고니 너게 ᄆᆡ월을 ᄊᆞ지저 왈 ᄂᆞᆼᄌᆞ ᄇᆞᆼ의서 주야 오인 소ᄅᆡ ᄂᆞ거ᄂᆞᆯ

〈16-앞〉

고니하야 무른즉 널노 더부러 ᄆᆞᆯᄒᆞ엿ᄃᆞ ᄒᆞ더니 너난 간제 업ᄃᆞᄒᆞ니 분명 엇더ᄒᆞᆫ ᄉᆞᄅᆞᆷ 단니ᄂᆞᆫ또ᄃᆞ 착실니리 살피여 그놈을 알ᄂᆞ하니 ᄆᆡ워리 청영ᄒᆞ고 쥬야로 슈즉ᄒᆞ되 종ᄂᆡ 종적이 업ᄂᆞᆫ지ᄅᆞ ᄆᆡ워리 ᄉᆡᆼ각ᄒᆞ되 서ᄇᆞᆼ임니 낭ᄌᆞ 온 후로 팔연을 도ᄅᆞ보지 안니하ᄂᆞᆫ 근장 구부구부농ᄂᆞᆫ 근장을 뉘로 더부러 말할고 잇ᄊᆡ을 ᄃᆞᆼ하야 낭ᄌᆞ을 음히ᄒᆞ면 그 안이 상쾌ᄒᆞ리요 ᄒᆞ고 금은 수천 양을 도적ᄒᆞ야 ᄀᆞ지고 제 동유 즁의 ᄀᆞ 이로ᄃᆡ 금은 슈천 양을 쥴거시니 뉘ᄀᆞ ᄂᆡ 말을 드를ᄀᆞ ᄒᆞᆫ

〈16-뒤〉

ᄃᆡ 그즁의서 도리ᄅᆞ ᄒᆞᄂᆞᆫ 놈은 평ᄉᆡᆼ ᄆᆞ음니 홍활한 놈니ᄅᆞ ᄃᆡ답ᄒᆞ고 ᄂᆞ서거ᄂᆞᆯ ᄆᆡ워리 도리다려 왈 금은 수천 양을 쥴거시니 간수ᄒᆞ고 ᄂᆡ 말ᄃᆡ로 시힝하라 ᄒᆞ고 ᄉᆞ정이 ᄃᆞ른 ᄉᆞ정이 안이라 서ᄇᆞᆼ 임니 아모연분의 ᄂᆞᆯ노 더부러 ᄇᆞᆼ슈을 두엇던니 옥ᄂᆞᆼᄌᆞ와 작ᄇᆡ한 후로 팔연을 도라보지 안니ᄒᆞ이 쳡쳡니 ᄊᆞ닌 원ᄒᆞᆫ을 엇지 ᄃᆞ 풀고 하엿던이 서ᄇᆞᆼ임 경성의 올나가신 후의 니 ᄂᆡ 소원을 풀지라 그ᄃᆡᄂᆞᆫ ᄂᆡ 말을 드르ᄅᆞ 낭ᄌᆞ ᄇᆞᆼ 문밧긔 안ᄌᆞ시면 상공게 엿ᄌᆞ오면 분명 ᄂᆞ올

〈17-앞〉

거신니 기다리다가 상공니 ᄂᆞ오시거든 ᄂᆞᆼ자 ᄇᆞᆼ문을 열치고 다라ᄂᆞ면 상공니

보시면 ᄃᆡ경ᄒᆞᆯ거신니 도망하라 하고 ᄆᆡ워리 상공 침소의 드러ᄀᆞ 이로ᄃᆡ 소인니 상공의 영을 바다 주냐로 ᄂᆞᆼᄌᆞ ᄇᆞᆼ을 수즉ᄒᆞ옵더니 오날 저역의 엇더ᄒᆞᆫ 놈닌지 낭ᄌᆞ 방의 드러가기로 소닌이 종적을 감초오고 듯ᄉᆞ오니 ᄂᆞᆼᄌᆞ 그놈ᄃᆞ려 왈 서방님니 경성의 올ᄂᆞ갓신니 ᄂᆞ려오거든 죽니고 ᄌᆡ물흔 도적하야 가지고 도망ᄒᆞᄌᆞ ᄒᆞ던이ᄃᆞ 한ᄃᆡ 상공니 듯고 놀ᄂᆡ 카를 들고 낭ᄌᆞ ᄇᆞᆼ을 힝

〈17-뒤〉

하야 드러ᄀᆞ니 과연 팔 척 장신이 ᄂᆞᆼᄌᆞ ᄇᆞᆼ문을 열치고 ᄃᆞ라나거날 상공니 분ᄒᆞᆷ을 니기지 못ᄒᆞ야 처소로 도ᄅᆞ와 ᄂᆞᆯ ᄉᆡ기을 지ᄃᆞ리더니 ᄃᆞ긔 ᄉᆞ오경을 우니 월초의 ᄀᆡ 직거날 노복 등을 불너 호령ᄒᆞ야 좌우로 둘너안치고 차려로 엄치 궁문ᄒᆞ야 ᄂᆡ 집 단장은 놉고 놉ᄑᆞ신니 오닌은 ᄉᆡᆷ도 츄립지 못하련ᄆᆞᆫ은 엇쎳한 니린고 너이 등은 낭자 ᄇᆞᆼ의 추립ᄒᆞᄂᆞᆫ 놈을 알거시니 아뢰ᄅᆞ ᄒᆞ며 호령니 츄ᄉᆞᆫ 갓치 하며 ᄂᆞᆼ

〈18-앞〉

자을 집어 오른 소ᄅᆡ 천지 진동하더ᄅᆞ ᄆᆡ워리 영을 듯고 ᄂᆞᆼ자 방의 드러가서 바를 동동 구르며 왈 낭자ᄂᆞᆫ 무삼 잠니 니ᄃᆡ지 드러시며 낭군 과거ᄀᆞ신제 ᄒᆞᆫ 들도 못 되야서 엇더ᄒᆞᆫ 놈을 간통ᄒᆞᄃᆞ 상공게 잣최을 설노ᄒᆞ야 무죄ᄒᆞᆫ 우리 등을 니ᄃᆡ지 엄치ᄒᆞ야 고 죽게 되야시미 낭ᄌᆞ을 □□을 □니어서 가ᄉᆞ 이ᄃᆞ ᄒᆞ거ᄂᆞᆯ ᄂᆞᆼ자 동춘을 다리고 잠을 이로지 못ᄒᆞ엿ᄃᆞ가 저우 잠을 달게 ᄌᆞ던니 천ᄆᆞᆫ 뜻밧게 ᄆᆡ리 호령소ᄅᆡ 성화 갓거ᄂᆞᆯ ᄂᆞᆼᄌᆞ 경신

〈18-뒤〉

을 진경ᄒᆞ야 니복을 입고 옥잠을 손의 들고 도라오니 모ᄃᆞ 이로ᄃᆡ ᄂᆞᆼᄌᆞᄂᆞᆫ

무어시 부족ᄒᆞ관ᄃᆡ 서ᄫᅵᆷ ᄀᆞ신제 ᄒᆞᆫ ᄃᆞᆯ도 못 되야서 엇더ᄒᆞᆫ 놈을 감통ᄒᆞᄃᆞ ᄀᆞ 잣최을 셜노ᄒᆞ야 무죄ᄒᆞᆫ 우리 등을 니ᄃᆡ지 망치게 ᄒᆞᄂᆞ잇ᄀᆞ ᄂᆞᆼᄌᆞ 이 마를 듯고 ᄃᆡ경질ᄉᆡᆨᄒᆞ야 닐변 통분ᄒᆞ고 일변 설워ᄒᆞ야 엇지ᄒᆞᆯ 주를 모르지 ᄅᆞ 사정을 모르고 시부임 문 ᄇᆞᆺ긔 ᄉᆞ러 안치거ᄂᆞᆯ 정신니 창활ᄒᆞ야 엇지 니 집픈 밤의 무슴 죄ᄀᆞ 잇삽관ᄃᆡ 종으로 ᄒᆞ여곰 ᄌᆞᄇᆡ 오

〈19-앞〉

오라 하신닛가 한ᄃᆡ 상공니 분ᄒᆞ여 왈 ᄂᆡ ᄂᆞᆼᄌᆞ 침소 간니 낭자 방의 오인 소ᄅᆡ 정영니 ᄂᆞ거ᄂᆞᆯ 아지 못하여 분홈을 참고 낭자을 불너 무른직 ᄂᆞᆼᄌᆞ 소답니 낭군이 경성의 가신 후의 밤이면 승승하기로 춘양과 동츈과 ᄆᆡ워를 ᄃᆞ리고 말하엿다 하기로 ᄆᆡ워를 불너 무른즉 소인은 ᄂᆞᆼᄌᆞ ᄇᆞᆼ의 간 저 업ᄃᆞ ᄒᆞ거ᄂᆞᆯ 그런 후로ᄂᆞᆫ 그 잣최을 보ᄅᆞᄒᆞ고 금야의 간직 팔 척 장신이 ᄂᆞᆼᄌᆞ ᄇᆞᆼ문을 열치고 도ᄆᆞᆼᄒᆞᄂᆞᆫ지라 무삼 발명ᄒᆞᄂᆞ요 ᄒᆞ고 고성ᄃᆡ칙ᄒᆞ신ᄃᆡ

〈19-뒤〉

낭ᄌᆞ 니 마를 듯고 눈무를 흘니며 천만 ᄋᆡᄆᆡᄒᆞᆫ 발명니 무수ᄒᆞ니 상공니 더옥 분홈을 니긔지 못ᄒᆞ야 ᄂᆡ 목전의 본 니를 그ᄃᆡ지 발명ᄒᆞ니 보지 못ᄒᆞᆫ 이리야 엇지 성언ᄒᆞ리요 하며 호령이 츄산 갓더ᄅᆞ ᄂᆞᆼᄌᆞ 시부임 영니 엿ᄎᆞ ᄒᆞ옵고 부리 랑ᄌᆞᄒᆞ온덜 일정 지은 죄가 업ᄉᆞ오니 무삼 말삼ᄒᆞ오릿가 상공 니 더옥 분긔 점점 등등하야 종시 통간ᄒᆞᄂᆞᆫ 놈을 못 아뢸소야 ᄒᆞ고 창도로 ᄒᆞ여곰 절븍ᄒᆞ야 궁문 엄치ᄒᆞ니 ᄂᆞᆼᄌᆞ의 연연ᄒᆞᆫ 야지리 약한 ᄆᆡ을 중니 맛고 유혀리 ᄂᆞᆼᄌᆞ

〈20-앞〉

하며 옥 갓튼 사리 ᄆᆡ 긋테 무더ᄂᆞ고 감ᄅᆡ 갓튼 머리ᄂᆞᆫ 니리저리 훗터지고

진쥬 갓튼 눈무리 폭폭슈 갓치 절노 톡톡 써러진니 딕홍딕단 홍든 초믹 웁즈륵니 다 저지며 낭즈의 거동 보소 두 발기를 동동 구르며 비앙천 통곡 축수하는 믹리 닐월성신 앙천은 살피소서 세상의 이런 익명니 이러훈니 숨강오륜 잇스오니 어모 경져를 아뢰는니딕 선군니 쳡을 스모훈야 과거기를 불힝훈야 제우 심 니를 가 우시의 잠을 니로지 못훈야 왓숩

〈20-뒤〉

긔로 믄든 기유훈야 보닉습더니 또 닛튼늘 붐의 왓삽긔로 죽긔로서 강권훈야 보닉옵고 잣최을 감초와 어린 소견의 힝여 부모임니 쑤종하실가 두려워 훈야 짐직 엿습지 안니훈엿삽더니 인간니 미워훈지 귀신이 작히훈지 니렷타시 뉘명으로 형벼를 몸의 부듯친니 무산 면목으로 낭군을 딕훈리요 무죄훈 니런 훈느리 으르신는니딕 훈고 귀절코즈 훈딕ᄀ 낭군과 어린 즈식을 싱각훈고 쌍의 없더저 긔절훈엇더릭 시모 정시 츠목

〈21-앞〉

한 경상을 보고 체웁하야 상공딕려 일너 왈 송죽 갓튼 절기을 져렷틋시 복딕훈니 엇지 호환이 업스오릿ᄀ 부인니 닉다라 창두를 물니치고 결박훈 낭즈을 쑬너 노으며 왈 부모 망연훈야 너의 경져를 몰느보고 져 지경 되얏신니 너의 정저를 니무 으는 빅릭 별쌍으로 도릭ᄀ 은심훈릭 낭즈 엿즈오되 앳 믹릐 훈여시되 도젹의 씌는 버서도 비늘 씌는 못 벗더라 하엿신니 엇지 이런 뉘명을 듯고 살긔를 브릭리요 죽음니

〈21-뒤〉

올타 하그 훈 시러훈니 부인니 믄든ᄀ유훈되 종시 듯지 안니훈고 낭즈 옥슈로 옥잠을 쎅여 들고 훈느을 힝훈야 직빅훈고 슬피 우러 왈 소소훈 명천은

ᄒᆞ감ᄒᆞ옵소서 이미ᄒᆞᆫ 이를 분간ᄒᆞ옵소서 ᄒᆞ며 왈 만일 오인을 통간ᄒᆞ여 죄 범ᄒᆞ야거든 니 옥잠을 ᄂᆡ 가삼의 ᄇᆡᆨ커주옵고 만일 이미ᄒᆞ거든 섬쁠독키여 진위을 명ᄇᆡᆨ키 분간ᄒᆞ옵소서 ᄒᆞ고 옥잠을 공즁의 놉피 썬지고 업써젓던니 옥잠니 써러지며 섬돌도키 ᄇᆡᆨ키ᄂᆞᆫ

〈22-앞〉

지라 그제야 상공니 놀ᄂᆡ여 마음을 오리 ᄉᆡᆼ각ᄒᆞ야 왈 노복 등아 보아라 그니리 신긔ᄒᆞ고 신긔ᄒᆞᄃᆞ ᄒᆞ고 ᄂᆡᄃᆞ라 낭의 소ᄆᆡ을 잡고 비러 왈 ᄂᆞᆼᄌᆞᄂᆞᆫ 늘근니 망영된 니럴 ᄉᆡᆼ각지 물고 마음을 안심ᄒᆞᄅᆞ ᄒᆞ고 ᄆᆞᆫ든가유ᄒᆞ되 낭ᄌᆞ의 빙설 갓튼 ᄆᆞ음니 심회을 니기지 못ᄒᆞ야 비범 주어도 설업지 안니ᄒᆞᄃᆞ ᄒᆞ고 죽기로 ᄒᆞ거ᄂᆞᆯ 상공니 비러 왈 ᄂᆞᆷ여 군의 ᄒᆞᆫ 번 뉘명은 닌ᄀᆞ중ᄉᆞᄅᆞ 엇지 니ᄃᆡ지 저러 ᄒᆞᄂᆞᆫᄃᆞ ᄒᆞ고 처소로 보ᄂᆡᆫ지라 낭ᄌᆞ 시모 정시을 붓들고

〈22-뒤〉

통곡ᄒᆞ며 가로ᄃᆡ ᄂᆞᆯ ᄀᆞᆺ튼 겨집은 세상의 ᄂᆞᆺ다가 유희을 닙고 살며 청츈의 유전ᄒᆞ미 붓그럽지 안니ᄒᆞ되 웃지하며 진쥬 갓튼 눈무리 흘너 두 귀미실ᄃᆞ 젓거ᄂᆞᆯ 시모님이 그 차목ᄒᆞᆫ 정상을 보고 상공ᄃᆞ려 닐너 왈 ᄂᆞᆼᄌᆞ 빙설 갓튼 정저레 더러온 유희을 닙피니 그 연고 답답ᄒᆞᆫ 니리 어ᄃᆡ 잇스리요 만일 낭ᄌᆞ 죽으면 셔군니 나러와 ᄂᆞᆼᄌᆞ 죽음을 보면 절ᄃᆞᆫ코 죽을 거시니 엇지 후환이 업ᄉᆞ오릿가 ᄒᆞ고 두리 시러ᄒᆞ더ᄅᆞ 니적의 츈양의 ᄂᆞ흔 칠서요 동츈의 ᄂᆞ흔 솜세ᄅᆞ 추양니 ᄂᆞᆼᄌᆞ의 소ᄆᆡ을 잡고

〈23-앞〉

울며 왈 어마임ᄋᆞ 어마임ᄋᆞ 죽지 ᄆᆞ옵소셔 ᄂᆡᆫ덜 엇지 살며 동츈닌덜 엇지 살고 아바임니 ᄂᆞ려오시거든 원통ᄒᆞᆫ 사경과 이미ᄒᆞᆫ 심회을 알외옵소서 동

츈니 발셔보텀 전 먹자 우ᄂᆞ니다 ᄇᆡᆼ의 드려ᄀᆞ 동츈니 졋시ᄂᆞ 먹여 주옵소서 만일 어마임이 쥭으오면 우리 남ᄆᆡ난 뉘을 의지ᄒᆞ야 살ᄂᆞ ᄒᆞᄂᆞ이ᄀᆞ 울며 낭ᄌᆞ 손을 잡고 방의 드러가니 낭ᄌᆞ ᄆᆞ지못ᄒᆞ야 ᄇᆡᆼ의 드러가 츄양을 졋티 안치고 동츈을 안고 저술 머긔며 눈무를 흘니며 온갖 ᄎᆡ복을 ᄂᆡ여 놋코 춘양의

〈23-뒤〉

몸을 ᄆᆞᆫ치며 니로ᄃᆡ 슬푸ᄃᆞ 춘양ᄋᆞ 오ᄂᆞᆯ 쥭긔ᄂᆞᆫ ᄒᆞᄂᆞ리 미워 너긔미라 ᄒᆞ고 너의 붓친 ᄂᆞ려오시기을 기달ᄂᆞ 설원 사정과 원통ᄒᆞᆫ 혼ᄇᆡᆨ을 위로하게 하라 ᄒᆞ며 슬피 통곡하여 왈 츄양아 이 ᄇᆡᆨ우선은 천ᄒᆞ의 제일보라 부ᄃᆡ 집피 간슈ᄒᆞ엿ᄃᆞᄀᆞ 동춘이 ᄌᆞᆼ셩하거든 주고 ᄂᆡ ᄎᆡ복 등은 네 소장 기무리니 잘 ᄀᆞᆫ수하엿ᄃᆞᄀᆞ 네 ᄎᆞ지라 추양ᄋᆞ ᄂᆞ 죽은 후의 어린 동ᄉᆡᆼ을 ᄃᆞ리고 목 모르ᄃᆞ ᄒᆞ면 물 먹니고 ᄇᆡ곱푸다 ᄒᆞ면 밥 먹니고 울든 달ᄂᆡ여 업고 부ᄃᆡ부ᄃᆡ 눈치 ᄆᆞᆯ고 조

〈24-앞〉

히쓰ᄅᆞ 가련타 추양아 불상ᄒᆞᆫ 동춘 다리고 잘 닛스라 너난 누을 이지ᄒᆞ야 살고 하며 눈무리 비오닷 하이 츈양니 어ᄆᆞ임 거동을 보고 ᄃᆡ성통곡 왈 어ᄆᆞ님ᄋᆞ 어ᄆᆞ님ᄋᆞ 엇지 그리 서워하ᄂᆞᆫ닛가 만일 어ᄆᆞ임 죽으시면 우리 두른 누을 니지하야 ᄉᆞᄅᆞᄂᆞ리요 가련ᄐᆞ 추양아 세상의 ᄉᆡᆼ게나서 ᄂᆡ 원통ᄒᆞ고 답답한 니리 어ᄃᆡ 잇스리요 ᄒᆞ며 모여 셔로 붓들 통곡ᄒᆞᄃᆞ가 추양니 기졀ᄒᆞ야 잠들거ᄂᆞᆯ 낭ᄌᆞ ᄉᆡᆼ각ᄒᆞ되 다시 세상의 사ᄅᆞ셔 뉘을 ᄃᆡ면ᄒᆞ리요 죽

〈24-뒤〉

어 구천의 도ᄅᆞ가 뉘명을 싯치리라 ᄒᆞ고 추양과 동춘을 어로만치며 왈 너의

둘 장셩ᄒᆞ난 양을 보지 못ᄒᆞ고 원통ᄒᆞᆫ 마음을 니기지 못ᄒᆞ야 속절업시 죽으리로ᄃᆞ ᄒᆞ고 손ᄭᅡ락을 ᄭᅵ여 피을 ᄂᆡ여 벽상의 그를 써 부치고 잠든 자식 다시 어로만치며 왈 가련ᄐᆞ 추양ᄋᆞ 불상ᄐᆞ 동츈ᄋᆞ 너니ᄂᆞᆫ 뉘을 이지ᄒᆞ야 살ᄭᅩ ᄒᆞ며 금옷슬 입고 워ᄂᆞᆼ금침을 도도 비고 금장ᄃᆞᆺ 드ᄂᆞᆫ 칼노 섬섬옥수로 더으잡고 주글가 말가 여러번 실변ᄒᆞᄃᆞ가 ᄯᅩᄒᆞᆫ 슬품

〈25-앞〉

을 두고 낭군도 못 보고 죽으니 엇지 혼빅닌덜 조흔 신니 되리요 ᄒᆞ고 카를 드러 가삼을 지르이 시성쳔비 이리 우소ᄂᆞᆫ ᄃᆞᆺ 뇌성벽역니 천지 진동ᄒᆞ고 일워리 무광ᄒᆞ거늘 추양과 동춘과 뇌성 소ᄅᆡ의 놀ᄂᆡ 잠을 ᄭᆡ이 어무 가삼의 카를 ᄲᆡᄭᅩ 유혀리 낭자하거ᄂᆞᆯ 추양이 ᄃᆡ경질ᄉᆡᆨᄒᆞ야 ᄂᆞ도 쥭어 어무를 ᄯᆞᄅᆞ가리 ᄒᆞ며 카를 ᄲᆡ니 ᄲᆡ지 안니ᄒᆞ거ᄂᆞᆯ 추양니 동춘을 ᄃᆞ리고 신체을 붓들고 ᄂᆞ슬 ᄒᆞᆫᄐᆡ ᄃᆡ고 ᄃᆡ셩통곡

〈25-뒤〉

왈 어ᄆᆞ임ᄋᆞ 니려ᄂᆞ소 니려ᄂᆞ소 죽으러거든 우리와 ᄒᆞᆷ기 죽ᄉᆡ 니러ᄂᆞᆯ 쥴 모로ᄂᆞᆫᄀᆞ 동춘을 다려가소 ᄒᆞ 슬피 우ᄂᆞᆫ 소ᄅᆡ에 상공 붓체와 노복 등니 놀ᄂᆡ 드러ᄀᆞ니 낭ᄌᆞ 가삼의 카를 ᄲᆡᄭᅩ 죽어신이 상공니 ᄃᆡ경ᄒᆞ야 카를 ᄲᆡ려 ᄒᆞ니 낭자 원혼니 되야 ᄲᆡ지 못ᄒᆞ거ᄂᆞᆯ 상공과 노복 등니 진동ᄒᆞ더라 동춘은 어무 죽은 주를 모로고 ᄃᆞᆯ여드러 젓술 ᄇᆞᄅᆞ먹ᄂᆞᆫ

〈26-앞〉

다 ᄒᆞ고 운이 춘양니 동춘을 달ᄂᆡ여 왈 어ᄆᆞ임니 잠을 집피 드러시니 ᄭᆡ거던 젓 먹어ᄅᆞ ᄒᆞ고 어루며 슬피 통곡ᄒᆞ고 동춘ᄃᆞ려 이른 ᄆᆞ리 어마임니 죽어시니 우리ᄂᆞᆫ 엇지 살며 아ᄇᆞ임 오시면 엇지 ᄆᆞᆯ홀고 ᄒᆞ며 셔로 통곡ᄒᆞᄂᆞᆫ 거동니

더옥 보기 슬푼지ᄅᆞ 어무 신체을 붓들고 통곡ᄒᆞᄂᆞᆫ ᄆᆞ리 어ᄆᆞ임아 어ᄆᆞ임아 ᄃᆞ리 불가신니 니러나소 니러나소 ᄋᆡ고 ᄃᆞᆸᄃᆞᆸ 어ᄆᆞ임ᄋᆞ 동춘니 젓 먹자고 우ᄂᆞ니다 업어도 안니 듯고 ᄃᆞᆯᄂᆡ도 ᄋᆞᆫ

〈26-뒤〉

니 듯고 어ᄆᆞ임ᄆᆞᆫ 부르며 우ᄂᆞ니ᄃᆞ ᄂᆞᆯ모ᄃᆞᆼ 동춘 ᄒᆞᆫ가지로 궁그ᄂᆞᆫ 양은 초목 금슈 다 ᄋᆞᆫ니 스러하 리 업더라 나리 발그며 시모임니 드러와 본니 에 업던 글 벽상의 씨여거ᄂᆞᆯ 살펴보니 ᄒᆞ여시되 ᄂᆡ 몸니 천상의 득죄하고 인ᄀᆞᆫ의 ᄂᆞ리와 천상연분으로 선군으로 닌연니 되야 일시도 써ᄂᆞᆯ 몰닛더니 상공임 영으로 강권ᄒᆞ야 과거 보ᄂᆡᆫ 후의 조무리 시긔ᄒᆞ고 귀신니 미워ᄒᆞ긔로 빅옥 갓튼 니ᄂᆡ 몸니 유희로 도ᄅᆞᄀᆞ니 엇지

〈27-앞〉

이제 카를 쎄여 들고 암암니 잠든 자식 도ᄅᆞ보니 ᄂᆡ 몸니 죽긔ᄂᆞᆫ 오회ᄅᆞ 서럽지 안니ᄒᆞ여도 강보의 싸인 자식니 니 몸 쥭은 후의 누를 니지하야 살며 낭군임은 철이 원경의 닛서니 ᄂᆡ 몸 죽으 양도 못 보지 못ᄒᆞ고 죽으이 이ᄂᆡ 몸도 서럽거니와 사ᄅᆞ오ᄂᆞᆫ 낭군임니의 마음니야 엇지 온전ᄒᆞ리요 피차 소복 갓튼 언약니 속절업시 허ᄉᆞ로ᄃᆞ ᄂᆞᆼ군임ᄋᆞ 어서 ᄇᆞᆺ비 나려와 니ᄂᆡ 몸 죽은 죽은 신체을 간수ᄒᆞ여 주옵

〈27-뒤〉

소서 ᄒᆞᆯ ᄆᆞᆯ숨 무궁ᄒᆞ나 원통코 분ᄒᆞᆫ ᄆᆞ음 죽음을 ᄌᆡ촉ᄒᆞ니 그만 근치노ᄅᆞ ᄒᆞ엿더ᄅᆞ 니러구러 삼일 만의 상공니 ᄉᆡᆼ각ᄒᆞ되 ᄂᆞᆼ자 니제 죽어신이 만일 선군니 나려와 낭ᄌᆞ ᄀᆞ삼의 카를 ᄭᆺᄭᅩ 죽으 양을 보면 우리ᄀᆞ 모ᄒᆡᄒᆞ여 원통니 죽은 양으로 알고 절ᄃᆞᆫ코 죽을거신니 선군이 오지ᄒᆞ여서 ᄂᆞᆼᄌᆞ 신체

을 감장ᄒᆞ미 올ᄐᆞ ᄒᆞ고 낭ᄌᆞ 방 드러가 소렴을 하랴ᄒᆞᆫ직 신체 붓고 요

〈28-앞〉

동치 안니ᄒᆞᄂᆞᆫ지라 상공과 정씨와 노복니 그 거동을 보고 아모리 할 줄 모로더라 각설 잇ᄯᅢ 선군니 경성의 올나가니 팔도 선비 사면으로 구름 못듯 ᄒᆞ더라 니적의 선군 사관의 유ᄒᆞ더니 과거날니 당ᄒᆞ미 장중기거를 갓초와 가지고 장중의 드러가 선장을 둘너보니 글젤을 걸닛시되 강구의문등요라 ᄒᆞ어더라 선군니 널필휘하야 선장의 밧치고 ᄂᆞ온니 니적의 전ᄒᆞ 선군의 그를 보시고 ᄃᆡ찬ᄒᆞ야 가라사ᄃᆡ 분명 니 그른 □□안의 그라 □□

〈28-뒤〉

하시고 귀마당 주옥니요 글시ᄂᆞᆫ 요시비등ᄒᆞᄃᆞ ᄒᆞ시더라 ᄯᅩ 가라사ᄃᆡ 니 글 보니 선비ᄂᆞᆫ 범숭ᄒᆞᆫ 선비 안니라 즉시 봉ᄂᆡ를 ᄯᅦ라 ᄒᆞ니 선군니 그 그를 보하여시되 경상도 안동ᄯᅡᆼ의 사ᄂᆞᆫ ᄇᆡᆨ선군니라 하엿더라 전ᄒᆞ 즉시 실ᄂᆡ를 두세 번 진퇴하신 후의 할임학사 ᄒᆞ시고 즉시 날닌 사환을 하여곰 부모 양위와 옥낭ᄌᆞ긔 편지 하난지라 니적의 노자 주야로 나려와 상공 전의 편

〈29-앞〉

지를 드리거날 상공니 편지를 바다보니 ᄒᆞ엿스되 문안 알외오며 니세 부모 깃체후 닐힝ᄆᆞᆫᄋᆞᆫᄒᆞ오신지 알고저 봉모구구 무임하성지지라 자식 선군은 학업지덕으로 장원급제ᄒᆞ야 할임학사로 님조ᄒᆞ와 나려가오며 ᄯᅩᄒᆞᆫ 도문 닐ᄌᆞᄂᆞᆫ 금월 십오니라오니 도문기초니 하옵소서 ᄒᆞ엿더라 낭자으게 하ᄂᆞᆫ 편지ᄂᆞᆫ 시모 정씨 들고 울며 추양을 주며 왈 니 편지난 내 어무게 ᄒᆞᆫ 편지니 갓다 □□간수ᄒᆞ□

〈29-뒤〉

ᄒᆞ고 부인니 방성통곡ᄒᆞ니 추양이 그 편지 바다들고 동춘을 안고 빙소로 드러가 어무 신체를 붓들고 왈 얼골 덥퍼던 종희를 벗기고 편지를 써러들고 ᄂᆞᆾ슬 ᄒᆞᆫ틱 ᄃᆡ고 통곡 왈 어마임아 어마임아 르소서 아바임 금방 장원급제하야 할임학사로 나려온다 하고 편지로 ᄂᆞ슬 덥푼니 동춘니 더옥 전 먹ᄂᆞ나ᄃᆞ 어마임니 글 보면 조와ᄒᆞ던니 오ᄂᆞᆯ 어ᄆᆞ임 ᄇᆞᆫᄀᆞ온 편지 왓ᄉᆞ오니 엇지 ᄇᆞᆫ긔지 안ᄒᆞᄂᆞᆫ닛가 추양니 니 글

〈30-앞〉

을 몰ᄂᆞ 어마임 영혼 전의 외오지 못ᄒᆞ오니 조모임니 어마임 영혼 전의 편지 사연을 외오면 어ᄆᆞ임 영혼 간절ᄒᆞᆯ 듯ᄒᆞ옵ᄂᆞ니ᄃᆞ ᄒᆞ거날 정씨 마지못하야 빙소의 드러가 편지 사연을 고한지라 그 글의 하여시되 문ᄋᆞᆫ 잠간 적ᄉᆞ오며 닐장 서차를 옥낭자 좌하의 올니나다 양인니 ᄐᆡ산 갓탄 정□ 쳘이에 ᄇᆡᆨ저신니 오망니 불사라자라 쥬야의 차목ᄒᆞ니 정니 닐필ᄂᆞᆫ□라 그ᄃᆡ의 활□은 화상

〈30-뒤〉

니 전과 갓지 안니하고 바시 변ᄒᆞ여시니 아지 못하여 아ᄆᆡ도 신병니 드런ᄂᆞᆫ지 아지 못하야 긱장 한등의 수심으로 잠을 니로지 못ᄒᆞ야 민망 답답ᄒᆞ오며 낭자 권하던 말ᄃᆡ로 장원급제ᄒᆞ야 할임학사로 제수하야 나려가오니 엇지 ᄂᆞᆼ자 덕틱니야 아지 못하리요 ᄯᅩ문 닐자ᄂᆞᆫ 금월 망니리오니 ᄇᆡᆨ옥 갓튼 낭자ᄂᆞᆫ 천금 귀체을 안보ᄒᆞ옵소서 나리가오면 반가니 뵈올거신니 그리 아옵소서 하여더라 그 그를 보니 슬품물 더옥 층

〈31-앞〉

양치 못ᄒᆞᆯ네라 정씨 통곡 왈 슬푸다 춘양아 너난 어무 업시 엇지 살여 하며

서로 통하니 춘양과 동춘니 그 편지 사연을 듯고 어마임 신체를 붓들고 궁글며 하 스러하거ᄂᆞᆯ 정씨 차목한 거동을 보고 더욱 스러하야 정시 상공다려 말하되 선군의 편지 사연을 보니 여차여차ᄒᆞ고 ᄯᅩ 낭자을 닛지 못ᄒᆞ야 병이 되얏다 하니 만닐 도ᄅᆞ와 낭자 죽은 양을 보면 결단코 흠긔 죽을 거시니 니 닐을 엇지ᄒᆞ리요

〈31-뒤〉

상공니 ᄃᆡ왈 나도 주야 염 그러ᄒᆞ나 조흔 모ᄎᆡᆨ니 잇스니 부인은 염염치 마르소서 ᄒᆞ고 죽시 노복 등을 불너 너위 등은 할임 안심ᄒᆞᆯ 도리를 하ᄅᆞ 할님 나려와 낭자 죽은 양을 보면 결달코 죽을 거시니 너의 등은 각각 ᄉᆡᆼ각ᄒᆞ야 ᄒᆞᆯ임 안심ᄒᆞᆯ 모ᄎᆡᆨ을 ᄉᆡᆼ각ᄒᆞᄅᆞ ᄒᆞ신이 그 즁의 ᄒᆞᆫ 종니 엿자오되 소인니 전의 할임을 묘시고 님진사 ᄃᆡᆨ니 ᄀᆞ온니 여러 신원니 모왓ᄂᆞᆫᄃᆡ 단ᄌᆞᆼ 사니로 닐월 갓ᄐᆞᆫ 처자을 보시고 천ᄒᆞ닐ᄉᆡᆨ니ᄅᆞ

〈32-앞〉

아지 못ᄒᆞ야 뭇ᄌᆞ온즉 님진사 ᄃᆡᆨ 처자ᄅᆞ ᄒᆞ온니 할님 ᄃᆡ찬하야 몬ᄂᆡ 층찬하야신니 그 ᄃᆡᆨ ᄂᆞᆼ자게 구혼ᄒᆞ야 넌연을 ᄆᆡ자오면 조흘닷 ᄒᆞᄂᆞ니다 한ᄃᆡ 상공니 그 마를 듯고 ᄃᆡᄒᆞ여 왈 네 마리 올타 하시고 ᄯᅩ한 님진사 ᄂᆡ의 중ᄆᆡ고라 ᄂᆡ 마를 드를 닷하니 직금 선군니 영화로 ᄂᆡ려오니 청혼ᄒᆞ면 ᄃᆡ답ᄒᆞ리랴 ᄒᆞ고 상공니 즉시 발힝하야 님진사 ᄃᆡᆨ니를 가니 진사 흔연니 연접하고 왈 엇지 누지의 오신닛가 상공니 ᄃᆡ

〈32-뒤〉

왈 자식 선군니 그 전의 수경낭ᄌᆞ로 더러 연분니 지중하야 일씨도 ᄯᅥ나지 안니하ᄆᆡ 민망하더니 금방 과거를 당하야 경성의 올ㅅ나보ᄂᆡ옵더니 다힝

으로 금방 장원급제하야 할님학사로 나려온ᄃᆞ 하고 편지 왓사오나 마침ᄂᆡ 가운니 불힝하야 연분니 진ᄒᆞ얏ᄂᆞᆫ지 낭ᄌᆞ 금월 모니히 죽어신니 분명 선군니 ᄂᆞ려오면 결ᄃᆞᆫ코 죽음을 면치 못ᄒᆞᆯ거시니 혼취를 ᄇᆡᆼ문ᄒᆞ오니 님진사 ᄃᆡᆨ니 ᄋᆞ름ᄃᆞ온 ᄂᆞᆼᄌᆞ ᄂᆡᆺᄃᆞ ᄒᆞ

〈33-앞〉

ᄀᆡ로 불고염치ᄒᆞ고 왓ᄉᆞ오니 진ᄉᆞ ᄆᆞ음 어더ᄒᆞᆫ닛가 선군니 연소 섭긔연 신정을로 그정을 니질 닷하오니 바ᄅᆡ옵건ᄃᆡ 조희 허ᄅᆞᆨ ᄒᆞ옵소서 상공니 ᄯᅩ 니로되 선군니 금방 장원급제 하고 집으로 나려온다 하니 우리 두 집 경사 드리오니 엇지하오릿가 한ᄃᆡ 진ᄉᆞ ᄃᆡ왈 거연 치월 망니레 보오니 가문정 별당의셔 선군과 ᄂᆞᆼ자 노난 양을 본니 양닌이 셔로 ᄐᆞᆫ금하며 가ᄉᆞ를 희롱ᄒᆞ 난 냥 월궁황

〈33-뒤〉

ᄋᆡ 옥왕상제 진상ᄒᆞᄂᆞᆫ 거동 갓더니ᄃᆞ ᄂᆡ의 여식으로 ᄇᆡ피를 할진ᄃᆡ 옥낭자 은 추천명워리요 ᄂᆡ의 여식은 체운반워리ᄅᆞ 그 ᄂᆞᆼ자 만닐 죽어시면 선군니 절ᄃᆞᆫ코 세상의 사지 못할 거시니 만닐 뜻과 갓지 안니ᄒᆞ오면 ᄂᆡ 자식을 비릴 듯하오니 그 안니 미안하오릿가 ᄌᆡ삼 사양하다가 마지못ᄒᆞ야 허락 왈 할님 갓ᄐᆞᆫ ᄉᆞ회를 정ᄒᆞ오니 엇지 질겁지 안ᄒᆞ리요 ᄒᆞ며 그제야 쾌니 허ᄅᆞᆨᄒᆞ니 상공니

〈34-앞〉

ᄃᆡ희하야 왈 선군니 금월 망니ᄅᆡ 진사 ᄃᆡᆨ 문전의 지ᄂᆡᆯ거시니 그날노 ᄐᆡ길ᄒᆞ 야 ᄒᆞᆯ님을 지다리라 하고 도라가더라 각셜 각셜 닛ᄶᅢ 선군니 청홍ᄀᆡ를 ᄇᆞᆫ공 의 쎡우고 금은 화동을 상상니 세우고 금ᄋᆞᆫ추 마상의 두리시 안ᄌᆞ 닐워를

희롱ᄒᆞ고 동남셔북니 빗나고 ᄉᆞ룸니 서로 닷토와 귀경ᄒᆞ고 좌우로 구름 못듯 ᄒᆞ더라 니적 젓ᄶᅢ 소ᄅᆡ 청ᄋᆡᄒᆞ야 ᄐᆡ평곡을 희롱하고 청기ᄂᆞᆫ 분공의 소사 일워를 가리오고 □

〈34-뒤〉

즁의 청춘소연니 금ᄋᆞᆫ상 마상의 두리시 안자시니 각읍 노소 관원니며 만민 니 ᄃᆞ토의 귀경ᄒᆞ며 층찬 안니하 리 업더ᄅᆞ 전주영의 득달하니 감사 원닌을 보고 시ᄂᆡ을 청하니 선군니 머리의 어사화을 ᄭᅩᆺ고 허리에 옥ᄃᆡ를 ᄯᅴ고 완연 니 드러ᄀᆞ니 ᄀᆞᆸ사 실ᄂᆡ를 두세 번 진퇴 후의 ᄃᆡ찬 왈 그ᄃᆡ난 선풍도고리라 ᄒᆞ더ᄅᆞ 니적의 적의 선군니

〈35-앞〉

여러날 노독으로 곤하야 침선의 의지하야 자던니 비몽간의 낭자 완연니 문을 열고 드러와 안지며 유혀리 낭자하며 눈물을 흘여 왈 첩은 신운니 불힝ᄒᆞ와 세상의 뭇치지 못ᄒᆞ고 구천의 도라가건니와 닐의 시모님게옵서 낭군 편지를 외오니 금방 장원급제 하와 할님학ᄉᆞ로 나려오신다 하니 엇지 외로 죽은 혼빅닌덜 엇지 반갑지 안니 하리요 니곳가지 와ᄉᆞ오니 낭군의

〈35-뒤〉

안면을 갓차이 아지 못하니 니런 ᄃᆞᆸᄃᆞᆸᄒᆞ고 서룬 니리 어ᄃᆡ 잇시리요 하며 왈 낭군임은 어서 밧비 나려와 추양과 동춘을 달ᄂᆡ소서 어미 닐코 외로니 지ᄂᆡ나이다 어서 구ᄒᆞ며 니ᄂᆡ 가삼을 만처보소서 ᄒᆞ고 낭누 한숨하거날 선군니 반겨 나슬 한ᄐᆡ 안고 몸을 만처보니 낭자 가삼의 칼니 빅켜거날 놀ᄂᆡ여 ᄭᆡ다르니 ᄂᆞᆷᄀᆞ닐몽니라 선군니 심ᄉᆞ 슬ᄂᆞᆫᄒᆞ야 니러 안진니 오정 북소ᄅᆡ 나거ᄂᆞᆯ 게명성 들니미 ᄒᆞ닌을

〈36-앞〉

ᄌᆡᆨ촉ᄒᆞ야 ᄂᆞ려오더라 각설 니적의 상공니 주육 만니 장만ᄒᆞ여 가지고 노복을 다리고 님진사 ᄃᆡᆨ 문전의 와 지다리더라 할님니 ᄇᆡᆨ마금편으로 나려오거날 상공니 실ᄂᆡ를 두세 번 진퇴 후의 선군의 손을 잡고 가로ᄃᆡ 네 급제하야 옥당 할님으로 ᄂᆡ려오나 반갑고 깃부미 업ᄃᆞ ᄒᆞ고 손조 술잔을 잡고 부어주니 할님니 두 손으로 바단 후의 수삼ᄇᆡ 지ᄂᆡᆫ 후의 상공 상공니 흔연니 가로ᄃᆡ 니제 ᄉᆡᆼ각ᄒᆞ니 네 베사리 ᄒᆞᆯ

〈36-뒤〉

임의 닛고 얼고리 관옥 갓고 풍ᄎᆡ 거록ᄒᆞ이 엇지 니 갓튼 장부가 ᄒᆞᆫ 부인으로 세워를 보ᄂᆡ리요 너를 위하야 임진ᄉᆞ ᄃᆡᆨ ᄂᆞᆼᄌᆞᄂᆞᆫ 천ᄒᆞ의 닐ᄉᆡᆨ니요 너의 ᄇᆡ피를 정하야 오날 ᄒᆡᆼ에을 정하여ᄀᆡ로 ᄂᆡ 왓시니 엇더ᄒᆞᆫ요 선군니 ᄃᆡ왈 간ᄇᆞᆷ의 ᄭᅮᆷ을 귀니 낭자 몸의 유혀리 낭자하여 졋ᄐᆡ 안자 엿ᄎᆞ엿ᄎᆞᄒᆞ오니 아ᄆᆡ도 무삼 연고인ᄂᆞ닛가 ᄒᆞ며 ᄯᅩ 가로ᄃᆡ 낭자의 여약의 지중ᄒᆞ오니 집이 드ᄅᆞ ᄂᆞᆼᄌᆞ의 마를 드른 후의야 정혼ᄒᆞ리ᄃᆞ 나졸 등을

〈37-앞〉

ᄌᆡᆨ촉하야 님진사 ᄃᆡᆨ 문전을 자ᄂᆡᄃᆞᆺ더라 상공니 할님을 붓들고 만단 가유하야 왈 양반의 닐노 혼닌은 닌간ᄃᆡ사ᄅᆞ 부 구혼하야 육에 갓초와 영화를 ᄉᆡᆼ전의 빗ᄂᆡ미 자식의 도리라 네 고집하야 님소제 종신ᄃᆡ사를 그릇친니 군자의 도리 안니로다 하신ᄃᆡ ᄒᆞᆯ님니 묵묵부답ᄒᆞ고 마를 ᄌᆡᆨ촉하야 가거날 하인니 엿자오되 상공님 말삼니 엿차엿차ᄒᆞ옵고 ᄯᅩ한 님진사

〈37-뒤〉

니 큰 낭ᄑᆡ오니 ᄒᆞᆯ님은 집피 ᄉᆡᆼ각ᄒᆞ옵소서 할님니 하닌을 ᄭᅮ져 물니치고

빅ᄆᆞ궁편으로 달여가거날 상공니 홀길업서 뒤을 싸라가며 니로되 네 조금 지체하라 ᄒᆞ신ᄃᆡ 선군니 ᄆᆞ지못ᄒᆞ야 섯더니 선군을 붓들고 울며 왈 과거간 후의 수닐를 낭자 방의 오닌 소ᄅᆡ 나거날 고히하야 낭자다려 무른직 네 왓단 마른 안니하고 ᄆᆡ월노 더부러 믈

〈38-앞〉

하엿다 ᄒᆞ긔로 수상ᄒᆞ야 낭자를 약간 치조하엿더니 엿차엿차ᄒᆞ여 죽어신니 니런 망극ᄒᆞᆫ 니리 업다하신ᄃᆡ 선군니 그 말를 듯고 ᄃᆡ성통곡하야 왈 아바임니 님진사 ᄃᆡᆨ 낭자으게 장ᄀᆡ 드리랴고 쇠긔신닛가 진실노 낭자 죽엇난가 하며 여광여취ᄒᆞ야 천지를 분별치 못하야 즁문의 드러가니 동별당의서 ᄋᆡ연ᄒᆞᆫ 우름 소ᄅᆡ 뜻밧게 들니거날 할님니 눈무리 □□ 갓치 ᄂᆞᆫ

〈38-뒤〉

지라 단장 안의 달여든니 섬뜰독계 옥잠은 마조나와 반길닷 유정ᄒᆞᆫ 낭자ᄂᆞᆫ 어ᄃᆡ 가고 반기지 안니ᄒᆞᄂᆞᆫ고 ᄒᆞ며 방성통곡ᄒᆞ니 압펄 분별치 못하며 동별당의 드러가니 가련한 추양니 동춘을 업고 어무 사체를 붓들고 우ᄂᆞᆫ 마리 ᄋᆡ고 답답 어마임아 니러ᄂᆞ소 과거 갓던 아바님 왓ᄂᆞ니다 ᄒᆞ며 홀님을 붓들고 동춘을 다리고 울며 왈 ᄋᆞᄇᆞ님아 어ᄆᆞ님 죽어ᄂᆞ니ᄃᆞ ᄒᆞ며 술푸물 니기지

〈39-앞〉

못하니 할님이 춘양과 동춘을 안고 궁굴며 통곡하여 압펄 분별치 못할네라 또 낭자의 신체를 안고 통곡ᄒᆞ니 추양과 동춘니 홀님을 붓들고 나술 한ᄐᆡ ᄃᆡ고 운니 할니니 겨우 정신을 차리 세상 덥픈거슬 벅기고 보니 옥갓튼 낭자 가슴의 카를 숫고 자난다시 죽어거날 할님니 부모를 도ᄅᆞ보며 왈 아모리 무상한들 닛ᄃᆡ가지 카를 쌔지 ᄋᆞᆫ니하엿ᄂᆞ닛가하고 선군니 카를 잡고 ᄂᆞᆺ□

〈39-뒤〉

한틔 듸고 낭자야 낭자야 선군니 나라왓ᄂᆞ니ᄃᆞ 니려나소 니러나소 하며 카를 쎽여ᄂᆡ니 그 궁기로서 청조 서니 마조나와 한 마리ᄂᆞᆫ 할님의 억ᄀᆡ에 안자 우되 유감수 유감수 하며 또 ᄒᆞᆫ 마리은 춘양의 억ᄀᆡ에 안자 우되 소ᄋᆡ자 소ᄋᆡ자 ᄒᆞ고 또 한 마리ᄂᆞᆫ 동춘의 억ᄀᆡ에 안자 소ᄋᆡ자 하ᄂᆞᆫ 소리ᄂᆞᆫ 어린 동춘을 다리고 조히 닛스란 소ᄅᆡ로인니 청조 세선 낭자의 삼구혼빅니라 ᄂᆞᆼ군을 니별ᄒᆞ고 가ᄂᆞᆫ 소ᄅᆡᄅᆞ 그늘보떠 낭자의 시네 점점 석ᄂᆞᆫ잘

〈40-앞〉

할님니 낭자의 신체을 안고 ᄃᆡ성통곡 왈 ᄂᆞᆼ자야 동춘을 엇지 할고 가련ᄐᆞ 낭자야 추양과 동춘을 보긔 슬코 불상ᄐᆞ 동츈아 우지마라 하고 탄식 왈 낭자야 어린 동춘을 젓먹여라 ᄉᆞ붕ᄒᆞ던 우리 ᄂᆞᆼᄌᆞ ᄂᆞ를 바리고 어ᄃᆡ를 난고 졀통ᄐᆞ ᄂᆞᆼ자야 날 다려가소 다려가소 제발 덕분 날 다려가소 원수로 원수로 과거기리 원수로다 급제난 ᄒᆞ나 못ᄒᆞᄂᆞ 우리 낭ᄌᆞ의 얼골 보고지거 금의옥식 먹으ᄂᆞ 못 먹으ᄂᆞ ᄂᆞᆼᄌᆞ의 얼골 보고지고 닐삼

〈40-뒤〉

못 보면 죽으려 ᄒᆞ엿던니 불상ᄒᆞᄃᆞ 우리 ᄂᆞᆼᄌᆞ 니제ᄂᆞᆫ 영결종천ᄒᆞ엿신니 어나써예 ᄃᆞ시 볼고 어린 자식 엇지하며 니ᄂᆞᆫ 엇지 살고 ᄒᆞ며 낭자의 신체을 붓들고 우ᄂᆞᆫ ᄆᆞ리 닐신도 술 뜻시 전니 업다 나도 가ᄉᆡ 나도 가ᄉᆡ ᄂᆞᆼᄌᆞ 싸ᄅᆞ ᄂᆞ도 가ᄉᆡ 처랑하다 추양니 너ᄂᆞᆫ 엇지 살고 ᄒᆞ며 긔절ᄒᆞ니 춘양니 통곡ᄒᆞ고 우ᄂᆞᆫ ᄆᆞ리 ᄋᆡ고 답답 아바님아 그ᄃᆡ지 ᄒᆞᆫᄐᆞᆫᄒᆞ시ᄂᆞᆫ 닛고 만일 아바님니 죽의시면 우리 두른 엇지 ᄉᆞᆯᄂᆞᆫ닛가 ᄒᆞ며 동

〈41-앞〉

춘을 안고 밥을 먹으며 우지마라 아반님도 죽으시면 ᄂᆞᄂᆞᆫ 엇지 살며 너난

엇지 살고 우리도 죽어 마님을 짜라가 부모의 혼빅니ᄂᆞ 니틱ᄒᆞ자 하고 동춘다려 니른 마리 우지ᄆᆞᄅᆞ ᄒᆞ고 ᄒᆞᆫ 손을 동춘의 목을 안고 하설니 우난양은 초목금수라도 우난듯하더라 할님니 춘양과 동춘의 정ᄉᆞᆼ 보고 참아 죽지 못ᄒᆞ야 앙천 통곡ᄒᆞ니 그 정상은 참아 보지 못ᄒᆞᆯ네라 추양고 동춘니 손을 잡고 방을 드러가니 사른마리 동춘

〈41-뒤〉

니 빅곱푸다 하거던 밥을 주고 몽모리다 하거든 무를 주라 ᄒᆞ던니다 할님니 더옥 통곡하야 기절하거ᄂᆞᆯ 추양니 그 거동을 보고 ᄒᆞᆯ님을 붓들고 비러 왈 아반임 빈들 안니 곱풀소가 어마임 싱시에 아반님 오시거든 드리라 ᄒᆞ고 빅화주를 빅옥병의 가득 너혀 두엇신니 수리나 한 잔 자부시오 어마임니 종시에 유원니온니 술 한 잔 자부시옵 ᄒᆞ고 옥잔의 가득 부어 들고 빌거날 할니니 술잔을 바다들고 나ᄂᆞᆫ

〈42-앞〉

니 술 먹고 무엇하리요ᄆᆞᆫ은 너의 정상니 가련하니 너의드를 싱각하야 마시노ᄅᆞ ᄒᆞ고 먹으려 한들 눈무리 술잔의 가득ᄒᆞᄂᆞᆫ지라 추양니 울며 왈 어마임니 병세에 날다려 하난 마리 나 죽긔ᄂᆞᆫ 서럽지 안ᄒᆞ되 천ᄆᆞᆫ 이미한 말노 황천의 도라가이 엇지 눈을 ᄀᆞᆷ무리요 ᄒᆞ고 철이원경의 간 ᄂᆞᆼ군의 얼골을 보지 못하고 도ᄅᆞ가노ᄅᆞ ᄒᆞ고 너의 아반님 나려오시거든 관ᄃᆡ 지여ᄂᆞᆯ 제 압

〈42-뒤〉

자락의 빅후를 놋ᄐᆞ가 학의 날ᄀᆡ ᄒᆞᆫ 싹은 놋코 니런 니리 나미 속절업시 활천 도ᄅᆞ가니 너의 아바님니 나려오거든 날 본다시 뵈니라 하고 날다려 니로되 동춘을 다리고 누어 잠자자 하긔로 누어 잠을 자던니 잠든 후의

어마임니 죽어나니다 하고 관디도포와 갓초와 드리거날 할님니 관디를 보 필사단금의 빅학으로 수를 노와거늘 한 번

〈43-앞〉

보미 흉중니 미키고 두 변 보미 가삼 믹키고 세 번 보미 두눈니 히미하야 정신을 차리지 못하더라 엇지 니런 차목흔 니리 어디 닛시리요 흐더라 니적의 선군니 닐몽을 어드니 옥낭자 와 니로디 낭군님은 장원급제하야 훌님으로 나려왓스오니 닉의 혼빅인들 엇지 븐갑지 안하오릿가므는 닉게 음히한 미월과 도리를 죽이미 닉의 원수를 갑퍼주옵소서 하고 간디업거날 놀닉 씨다르니 남가닐

〈43-뒤〉

몽니라 즉시 노복 등을 불너 호령흐되 미월과 도리를 자바 결박하르 하고 분분하되 간밤의 숨의 낭자 와서 엿츳엿츳흐는 므리 닛스니 바로 아뢰라 한디 도리 아뢰되 소닌의 죄가 안니라 미월니 천금을 주며 니러니러흐라 하옵기로 죄를 범하엿신니 죽여지라 흐거날 할님니 즉시 미월과 도리를 칼노 싹써 죽니고 연하야 낭자의 신체을 안장흐려 하더니 니날 빔 숨의 능자와 니로디 첩의 신체를

〈44-앞〉

구산도 정처 말고 심산도 정치 말고 옹연동 가무정 물 가온디 석함 속의 너허 주옵소서 그러흐면 다시 만나보련니와 그럿치 안니하면 다시 만지 못흐올거시니 부디 그러흐옵소서 흐고 간디업거날 씨다르니 남가닐몽니라 선군니 낭자 신체를 옹연동 가무정으로 묘서가리라 흐고 비단 오식으로 상부를 쒸며 낭자의 신체를 달아 메고 종닐토록 실변하되 가지 안니하더니

니늘 봄의 쑴을 쒸니 낭ᄌᆞ 와 일로되

〈44-뒤〉

춘양과 동춘을 ᄉᆞᆼ부 ᄋᆞᆸ페 세우소서 ᄒᆞ고 간듸업거날 닛튼늘 추양과 동춘을 빅닌울 만드라 압세우니 상부살소다니ᄀᆞ더ᄅᆞ 옹연동 가무정의 가 낭자의 원듸로 니고듸 왓슨니 석함니 어듸 잇ᄂᆞ요 낭ᄌᆞ의 신기하심으로 강무리 ᄉᆡ면으로 흐러지며 탄탄ᄒᆞᆫ 듸거리 닛거늘 그 길노 드러가니 과연 석함니 닛거늘 자시 보니 광문니 열여거늘 낭자의 신체를 석ᄒᆞᆷ 속의 너흔니 광문니 닷치거늘 할님니 ᄒᆞᆯ길

〈45-앞〉

업서 강가의 서니 니윽고 강무리 ᄒᆞᆸ치며 지리 업서지며 석ᄒᆞᆷ니 덥퍼거날 할님니 ᄒᆞᆯ길업서 울며 도라왓더니 삼니리 당하ᄆᆡ 삼오을 지ᄂᆡ려 하고 강가의 술잔을 놋고 추양과 동춘을 다리 업저 우더니 니윽고 강무리 뒤ᄉᆞ르며 낭자 완연니 닙의 게화 한 가지를 물고 청시자를 타고 완연니 선군 압픠 와 뵈옵고 복지사빅 ᄒᆞ온듸 선군니 낭ᄌᆞ을 보고 심정니 아득ᄒᆞ야 ᄋᆞ모리 ᄒᆞᆯ

〈45-뒤〉

줄 모로 다시 정신을 진정ᄒᆞ야 낭ᄌᆞ의 옥수를 잡고 울며 왈 니거시 귀신닌가 낭잔가 나을 바리고 어린 자식 바리고 어듸 갓던가 니거시 쑴니야 ᄉᆡᆼ시야 어듸 갓던가 ᄒᆞ며 긔절하거늘 낭ᄌᆞ ᄒᆞᆯ님 손을 줍고 나슬 한틔 듸고 흔들며 서로 울며 왈 낭군은 제발 덕분 니러나소 죽엇던 낭자 사ᄅᆞ완ᄂᆡ ᄒᆞ며 춘양과 동춘을 ᄋᆞᆫ고 긔절ᄒᆞ니 낭자 기절ᄒᆞᆷ물 흔들며 기우러 구완ᄒᆞ

〈46-앞〉

니 낭자 정신을 차로 왈 부모님 긔체후 그ᄉᆡ의 닐향ᄒᆞ시니닛가 낭군님도 그ᄉᆡ의 어린 추양과 동춘을 다리고 무사이 긔ᄂᆡ오며 상니런 첩의 죄오니 만사무석니로소니다 ᄒᆞ며 선군과 낭자며 추양과 동춘을 ᄃᆞ리고 집으로 도ᄅᆞ와 부모님 전의 뵈오니 상공니 놀ᄂᆡ며 질긔물 니기지 못하더라 정씨 ᄯᅩ 낭자을 붓들고 몬ᄂᆡ 사랑ᄒᆞᄆᆡ 니런 니리 어ᄃᆡ 닛슬손ᄀᆞ 니려구러 세워를 보ᄂᆡ더니 닐른 □□

〈46-뒤〉

의 운무 자욱ᄒᆞ며 천지 아득ᄒᆞ며 천상으로서 청의 동ᄌᆞ 옥저를 ᄇᆞᆫ공의 씌우고 청사자를 가지고 나려와 상공 붓처와 선군과 낭자와 추양과 동춘을 다리고 천상으로 올나가ᄂᆞᆫ지라 니적 상제게 뵈옵고 만세을 유전하더라

옥낭자전니라 ᄒᆞ엿더라

소상주 전니라

미달은나남가이 꿈이라마음아 남의지못
난되라 부모생의 들에가며 수무리며 제팔의
중의남자와 쌍며농울 뒤자오라하고가더라
나부모풀며 와놓네 얘되그리 지는수포는고부
자바 안치니네는군이 끼받는날되라저상
서오고스이다한디추조선을도부모못되 꿋는
며뒤함한리서누군나시ㅂ수확라는야별깐금
연을오쌍며동을수주 추주가이오리에줄이
로가려옥면중보지못는든되라세군니와
방음을키는경저 끗든며든날을울며 게

옥낭ᄌᆞ젼이라(단국대 31장본)

〈옥낭ᄌᆞ젼니라〉는 31장(62면)의 필사본이다. 앞부분 내용이 결손되어 '깨달으니 남가일몽'이라는 부분부터 시작한다. 마지막 장에 '역려가'류의 가사가 이어져 있다. 대개의 필사본에서처럼 옥낭자가 죽음에 이르는 과정과 그 이후 딸 아들의 가긍한 정상이 매우 핍진하게 그려지고 있다. 백선군이 경성에 올라가 과거를 보는 화소와 백선군이 죽은 낭자의 시신을 옥연동 물 속 석함에 장사지내는 화소가 있고, 낭자는 삼 일만에 재생하여 백선군, 딸, 아들과 함께 승천하고 상제가 칭찬하는 것으로 결말을 맺고 있다.

출처: 단국대학교 율곡기념도서관 (고853.5 옥953)

〈1-앞〉

옥낭즈젼니라

기달으니 남가일몽이라 마음이 놉이지 못ᄒᆞ난지라 부모 방의 들어가 엿ᄌᆞ오ᄃᆡ 어져밤의 ᄭᅮᆷ의 낭자와 옥연동을 차자오랴 하고 가더라 ᄒᆞ니 부모 울며 왈 네 엇지 그ᄃᆡ지 ᄒᆞ나요 ᄒᆞ고 부자바 안치니 션군이 민망ᄒᆞ난지라 죄사무셕으로소이다 한ᄃᆡ ᄎᆞ조싱으로 부모 보되 못ᄒᆞ여 허락한ᄃᆡ 션군니 심ᄉᆞ화락ᄒᆞ야 빅만금전을 옥연동을 ᄎᆞ즘ᄎᆞ즘 ᄎᆞᄌᆞ가이 닛쎠예 주증이□록 가ᄃᆡ 옥연동 보지 못ᄒᆞᄂᆞᆫ지라 션군니 우우 마음을 진정치 못ᄒᆞ여 ᄒᆞ날을 울울이 비 □

〈1-뒤〉

왈 손효명천은 ᄒᆞ감ᄒᆞ옵소셔 ᄒᆞ고 차자가니 을발케 긔약을 일치 말게 하옵소셔 ᄒᆞ고 ᄎᆞᄌᆞ가니 그졔야 쳔봉찬ᄒᆞ고 근기렵을 드러잇고 음상부안은 시랑ᄋᆡ 범범ᄒᆞ고 황금갓탄 쇠고리난 상ᄒᆞ지의 왕ᄂᆡ하고 탐즐봉칩은 슈밀ᄒᆞ뵈고 베음치지 비여간니 다 차자가 션편의 하야시되 옥연동 가무천이라 ᄒᆞ엿써라 션군 마음이 황홀하여 단상의 올나가니 낭ᄌᆞᄋᆡ 미울쓰되 흐락한 마음을 이기지 못하여씨되 왈 그ᄃᆡ난 엇써ᄒᆞᆫ 소ᄃᆡᆨ으로 션정의 완난요 한ᄃᆡ

〈2-앞〉

션군이 ᄃᆡ왈 □□□□□□□□□□□□□□□□□□□□□ 모르고 션정의 하엿ᄉᆞ오니 죄사무셕이로ᄃᆞ 한ᄃᆡ 낭ᄌᆞ왈 그ᄃᆡ난 무슘을 ᄋᆡᆨ기거든 밧비 나가소셔 한ᄃᆡ 션군니 시시여 가리여 반가온 마음의 일변 두려온지ᄅᆞ 션군이 나안지며 왈 낭ᄌᆞ난 ᄂᆞ을 모로신가 낭ᄌᆞ 모로난 쳬ᄒᆞ고 ᄃᆡᄒᆞ을 불칙ᄒᆞ니 션군니 ᄒᆞᆯ길 업셔 ᄒᆞ늘을 울러러 탄식ᄒᆞ고 문을 열고 ᄂᆞ오니 낭ᄌᆞ (그졔)야 녹이홍

싱으로 빅운션을 손의 쥐고 병종의 비겨 셔셔 불너왈 낭군은 가지 말고 닉 말 잠간 드러보소셔 ᄒᆞ딕 션군 심사의 화락하야 도라션니 낭자왈 그

〈2-뒤〉

딕난 인간니 화하고 싱인들 지식니 직딕지 업난닛가 ᄒᆞ고 우리을 청하거날 션군이 오를 가이 호치을 반기하여 낭군 지식이 이대지 모로신닛가 ᄒᆞᆫ딕 션군이 션구 한번 보믹 마음니 야화락ᄒᆞ여 릭여를 고져 실품 마음을 안심ᄒᆞᆫ 낭자의 옥수을 자부며 왈 오날 낭자을 딕한즉 이직 죽어도 한니 업산니ᄃᆞ ᄒᆞ며 기리든 정회을 셜화ᄒᆞ니 낭자 왈 션군은 날 갓탄 안여자을 싱각ᄒᆞ야 병이 되여시니 엇지 딕장부 의쳐곡실이 안이야 인리 천상의 득죄ᄒᆞ고 인간의 나러 익연 울식 저 듯고 슴연을 위하여 ᄉᆞ오니 슴연을 긔다려 장졸 믹자 상ᄉᆡ 상봉

〈3-앞〉

오로욱익 슴연 빅연히로홀 기리 아작 잠몸을 허각하지 천의어로가 살이오니 부딕 안심ᄒᆞ여 슴연 옥환을 지달여 인연을 믹ᄌᆞ 빅연히로 ᄒᆞ리라 각의 여삼초라 삼연 아른이 낭ᄌᆞ 만일 그져 도라ᄒᆞ오면 신의 목슘을 여조답혀로 일일닉 목슘이 죽어 황천의 우난 혼빅이 딕션명이난 줄은 젼ᄒᆞ올잇가 낭ᄌᆞ의 몸을 잠간 허락ᄒᆞ면 션군 목슘을 보젼할 쓧 ᄒᆞ오니 옥낭ᄌᆞ난 송죽갓탄 정절을 잠간 굽펴 불의든 남무와 낙□ 문ᄉᆡ리을 잠간 구완ᄒᆞ옵소셔 ᄒᆞ고며 ᄉᆞ싱을

〈3-뒤〉

결단ᄒᆞ나 낭ᄌᆞ난 셩셩문 부틔순지상이라 빅□□지ᄒᆞ여도 무거닉ᄒᆞ로 다닐 젹의 월식은 만경ᄒᆞ고 심사기우라 셔눈니 치음 나아든이 낭ᄌᆞ 할길업셔

금을 허락ᄒᆞ난지라 션군니 그져야 금침을 도도베고 기럽던 정을 볼무러시니 회포을 셜화ᄒᆞ고 밤을 지ᄂᆡᆷᄋᆡ 두 ᄉᆞ람의 졍이 위망이 녹슈을 만남 갓고 비취열이 예짓되이 갓더라 이이야을 지ᄂᆡᄆᆡ 은졍이 삼삼 봉학이 가지가지 임한 듯 ᄒᆞ더ᄅᆞ 나라셔ᄆᆡ 한 낭ᄌᆞ을 ᄃᆞ리고 동국으로 도라은니 션경은 쉼박이ᄅᆞ 집으 도ᄅᆞ오니 이

〈4-앞〉

칙의 부모님 연젼의 ᄇᆡ온ᄃᆡᆺ고 붓쳐 고경 ᄃᆡ졉ᄒᆞ고 낭ᄌᆞ 울지 살펴보니 인문이 만고져륙이 ᄃᆞᆫ슌호치난 홍도환징풍의 홍을 못이게 무소을난 듯ᄒᆞ며 낫쳐가름ᄒᆞᆫ 셜화 세상ᄉᆞ람이 ᄆᆞ음을 놀ᄂᆡ더라 ᄉᆞᆼ공 붓쳬 즁히 덕게 낭ᄌᆞ을 동영당의 쳐소로 ᄒᆞ고 원광지여 살이더ᄅᆞ 두 ᄉᆞ람이 일시도 잇지 못ᄒᆞ여 더나지 안니ᄒᆞ고 호업울 젼폐ᄒᆞ니 상공 붓쳬 민망ᄒᆞᄂᆞ 밋밋 선군 부인다려 ᄉᆞ짓지 못ᄒᆞ고 셰월은 여류ᄒᆞ야 괄연니 지ᄂᆡᄆᆡ ᄌᆞ시 남ᄆᆡ을 ᄂᆞ흔지 ᄯᆞᆯ의 일홈은 츄향이요 아달의 일홈은 동츈니ᄅᆞ 가

〈4-뒤〉

산요부ᄒᆞᄆᆡ 동원별당 짓고 오현금 츌봉고이라ᄒᆞ난 가ᄉᆞᆫ을 지여놋코 옹낭ᄌᆞ로 화ᄃᆞᆸᄒᆞ니 그 노ᄅᆡ의 ᄒᆞ야시되 양인ᄃᆡ작 산화ᄀᆡ ᄒᆞ니 일ᄇᆡᆨ분일리라 취욕면금 차거ᄒᆞ니 명조의음의 커맛금ᄂᆡ ᄒᆞ소 낭 타기을 다ᄒᆞᄆᆡ 션군 ᄆᆞ음이 여광여취ᄒᆞ야 월ᄒᆞ의 ᄇᆡ회ᄒᆞ난 양으 부ᄌᆞ 션여 군구름을 타고 양ᄃᆡ산의 날이 낫듯 ᄒᆞ니 션군이 낭ᄌᆞ 아름다운 ᄐᆡ도를 보고 마음을 진정치 못ᄒᆞ난 즁 부모 ᄆᆡ일ᄆᆡ일 사랑ᄒᆞ야 션군과 낭ᄌᆞ을 다리고 히용ᄒᆞ야 왈 두 ᄉᆞ람은 분명 션녀로데 더부러 일로ᄃᆡ 들으니

〈5-앞〉

금번 과거을 비이ᄅ ᄒ니 너동 정셩의 가장 원급져ᄒ야 부모일젼의 영화 보니 고조 셩을 빗ᄂ게 ᄒ라 ᄒᆫᄃ 션군 ᄃ왈 우리 셰간니 천하의 졔일이요 노복 쳔여구요 요식 져소리ᄅ 과이 □욕을 마음ᄃ로 ᄒ면 무엇시 부족ᄒ와 급제을 원ᄒ난잇가 ᄒ난 말이 낭ᄌ을 일시도 이별ᄒ고 써날 뜻시 업셔 미리 또 낭ᄌ방의 가 부모 말ᄉᆷᄒ며 과거 아니 갈난다 한ᄃ 낭ᄌ ᄃ왈 ᄌ부 ᄉ다온 일홈을 용문의 빗ᄂ여 부모게 영화비고 (조ᄉᆼ을 빗)나긔 홈이 ᄌ부의 썻썻ᄒᆫ 닐이라 낭군이 쳡을 ᄉᆡᆼ못이져 과거 아니 가오면 공명도 일코 부모 원망

〈5-뒤〉

이며 ᄃ른 ᄉ름이ᄅ도 쳡의게 혹하야 과거 안니 간ᄃ할 써시 낭군 회심ᄒ와 빙연히로을 ᄉᆡᆼ각하와 과거 가소셔 ᄒ고 ᄒᆡᆼᄌᆼ을 차ᄅ쥬며 왈 낭군은 과거 아니가면 쳡의 낫슬 들고 나셔지 못ᄒ리로다 ᄒ고 금은 슈ᄇᆡᆨ냥과 노오육신을 ᄐᆡᆨ취하야 쥬며 시시 ᄌ촉ᄒ니 션군이 마지 못아 가니라 잇ᄯᆡ의 난츈 삼月 망일이ᄅ 발ᄒᆡᆼ할 ᄉ 부모 양위 젼의 (ᄒ)직ᄒ고 낭ᄌ을 보왈 부모공경 ᄒ며 어린 자식을 ᄃ리고 무ᄉ의 잇시면 ᄃ여와 기리든 졍회을 풀이ᄒ고 질을 써날ᄉ 한거

〈6-앞〉

름의 도라셔고 두거름의 도라셔고 셰거름의 도라셔니 낭자 중문의 비겨셔난 양을 보고 갈 뜻 젼이 업다 션군이 심ᄉ 간졀ᄒ야 종(일)토록 가되 겨우 심이을 가 숙소을 쳥ᄒ고 셕반을 밧쓰니 낭ᄌ의 연연한 졍이 즁심의 가득하야 ᄒᆫ 술 밥도 못먹고 잠을 일루지 못ᄒ야 안자시이 노복들이 민망하야 엿자오ᄃ 셔방임이 음식을 젼피ᄒ고 쳘이원정의 엇지 가실잇가 한□ 엇지

먹을 뜻시 젼이 업ᄃᆞ ᄒᆞ고 발근 달의 낭ᄌᆞ 연연한 얼골 눈의 삼삼 말소ᄅᆡ 귀에 징징하야

<6-뒤>

울울한 경회을 이기지 못하야 삼경초 ᄒᆡᆼ인이 다 잠을 자거날 션군이 신을 (들)며 고집으로 와 단장을 ᄯᅮ여 넘어 낭자방으 드러가니 낭ᄌᆞ 왈 엇지 이 지픈 밤의 완난요 ᄒᆞ니 션군이 ᄃᆡ왈 ᄒᆡᆼ한 ᄇᆡ 제우 십이을 가 슉소을 졍ᄒᆞ고 낭ᄌᆞ을 ᄉᆡᆼ각ᄒᆞ이 져역밥도 못먹고 완난잇가 하며 이러구러 말할 참의 상공이 션군을 경셩의 보ᄂᆡ고 밤이면 집안을 살피던니 별당 압페 다ᄃᆞᆯ 은이 낭자 방의 남졍 소ᄅᆡ 들이거날 상공이 ᄉᆡᆼ각ᄒᆞ되 낭자의 ᄇᆡᆨ(옥) 갓탄 졍졀이 엇지 외인을 다리고 말

<7-앞>

ᄒᆞ난고 괴의 녁일ᄉᆡ 낭자 션군다려 일이왈 창박기 시부 게신 듯ᄒᆞ이 낭군은 자최을 감초소셔 하고 아달을 달ᄂᆡ는 쳬ᄒᆞ고 동츈의 등을 어로만치면셔 자장자장 ᄒᆞ고 너의 아바님은 장원급졔ᄒᆞ야 영화로 나려오난지라 하며 아기을 달ᄂᆡ거날 상공이 한차 고이ᄒᆞ고 가거날 낭자 션군다려 왈 낭군은 밧비 나가소셔 만일 쳡을 ᄉᆡᆼ각ᄒᆞ야 ᄯᅩ 왓다가난 시부 탁탁지 ᄒᆞ면 ᄂᆡ 수즁이 들거시니 ᄉᆡᆼ각말고 경셩의 가 과거ᄒᆞ야 질산이다 ᄒᆞ고 ᄂᆡ보 션군 연연한 마음을 이지 못ᄒᆞ야 ᄯᅩ 잇튼날 밤 고ᄒᆡᆼ

<7-뒤>

ᄒᆞ야 졔우 오십이을 가 숙소을 졍ᄒᆞ고 셕반을 지닌 후의 ᄯᅩ한 마음을 진졍치 못ᄒᆞ야 ᄒᆡᆼ이 다 잠을 드러거날 집으로 도라와 낭자 방의 드러가니 낭자 ᄃᆡ경 질ᄉᆡᆨ하야 낭군이 날만한 ᄉᆞ람을 ᄉᆡᆼ각하야 마음을 곳치지 안니하면

닉가 쥭으리로다 흔딕 션군니 도로혀 물의하야 안자시니 낭즈도 마음은 셔로 연연한 정은 간졀하나 낭군의 공명을 일위함이라 이러구러 말하난 차의 상공이 쏘 그날밤의 낭자 처소의 오이 남졍 소릭 들이거날 상공이 혼자 말노 고이흐다 빅옥 갓탄 졍졀

〈8-앞〉

이 외인을 딕하야 화답한고 닉집 단장이 놉파거날 외인니 츄입하난고 하며 분을 이기지 못흐야 드로오난지라 이젹의 부모 문박기 이십을 진졍치 못하여 즈최을 감초난지라 션군이 쏘한 마음을 진졍치 못흐여 가니라 이의 상공이 낭자다려 일오딕 집안이 고이기로 집안을 살펴쎠니 낭즈 쳐소의 가믹 방안의셔 남졍 소릭 들이되 짐작흐야 왓시이 바로이 드르라 하 낭자 딕왈 밤이면 심심하얏 츄양과 동츈과 송믹월을 다리고 말흐엿다 흐고 엇지 외인을 다리고 말할잇가 흐

〈8-뒤〉

딕 상공이 마지 못하야 도라가 믹월을 불너 문왈 네 요싀 낭자 방의 간빈 인나야 한딕 믹월을 쑤지져 왈 낭즈 방의 남졍소릭 나거날 고이흐야 물은직 너로 더부러 말하엿다 하더니 너난 으지 못하고 분명 엇썬 흔놈이 밤이면 통간흐엿쏘다 하고 네 착실이 살펴 그놈을 아라오라 흔딕 믹월이 쳥영하고 쥬야 슉즉흐되 종젹이 업난지라 믹월이 싱각하되 낭자로 작별한 후 팔연을 도라보지 아니하고 간장이 구부구부 셕난 양을 뉘보고 이요흐고 잇씨을 당하여 낭즈을 음히난니라 흐고

〈9-앞〉

금 슈쳔 양을 쥴 거시니 뉘라 닉 말을 들을이요 한니 그 즁의 돌쇠라 하난

놈이 닉 말딕로 시양ᄒᆞ되 닉의 상젼니라 다름이 아니라 딕 셔방임이 경셩의 가겨셔 이닉의 소원을 풀을지라 그딕난 닉으 말을 자셰의 들으라 낭자 방문 밧긔 셧다 ᄉᆞᆼ공게 엿ᄌᆞ오면 분명 나올 거시니 숨여다가 상공이 나오거든 낭ᄌᆞ 방문을 열치고 달아나면 상공이 보고 딕경하리라 ᄒᆞ고 ᄆᆡ월이 상공의 침소의 들어가 알외되 소여 슈직ᄒᆞ니 금여의 엇더한 놈이 낭자방의 드러가기로 소여 종적을 감추고 귀을 귀우리고 듯ᄉᆞ오 낭자 그놈 다려

〈9-뒤〉

이르딕 셔방이 경셩의 가시이 날여오시면 쥬기고 ᄌᆡ물을 도젹ᄒᆞ야 가지고 도망ᄒᆞ자 하고 하더니 ᄃᆞ하결 상공이 듯고 마음의 놀닉여 칼을 가지고 낭ᄌᆞ 방을 들어가니 팔 쳑 장신의 낭ᄌᆞ 방문을 열치고 도망ᄒᆞ거날 상공이 분을 이기지 못하야 침소의 도라가 날 ᄉᆡ기을 지다리더니 달 오경을 아도며 월촌의 ᄀᆡ짓거날 노복을 불너 호령하 좌우의 둘너셰우고 차례로 엄지궁문하여 왈 딕 집 단장이 놉파시니 외인니 ᄉᆡᆼ심도 류입지 못할여더니 너히 두명 ᄂᆞᆼ자을 ᄌᆞ바오ᄅᆞ ᄒᆞ난

〈10-앞〉

소릐 천진 잔동ᄒᆞ거날 ᄆᆡ월이 청영ᄒᆞ고 낭자방의 들어가 두 발을 둥둥 굴으면셔 낭ᄌᆞ 무슨 잠을 이딕지 드러시면 낭군임 이별ᄒᆞ신 졔 닐ᄉᆡᆼ이 못되여 엇써한 놈을 통간하다가 상공 안젼의 물이여 무죄한 우리을 이딕지 맛치여 낭자을 자바오라 하오니 밧비 나가ᄉᆞ오니다 한니 낭ᄌᆞ 동륜을 다리고 잠을 일우지 못하야 졔우 잠을 들어던니 천만의외인예 ᄆᆡ월이 휴동 소릐예 졍신을 진졍ᄒᆞ야 의복을 입고 옥잠을 손의 들고 나오니 모ᄃᆞ 일오딕 낭ᄌᆞ난 무엇시 부족

〈10-뒤〉

ᄒᆞ야 셔방임 나가신 ᄉᆡ예 엇썬 놈을 통간하다 잣최을 셜노하야 무죄한 우리 등의게 이ᄃᆡ지 맛치난잇가 ᄒᆞ이 낭자 이 말을 듯고 일변 홍분하고 셔운 마음을 이기지 못하야 사정 모로고 부모 문밧기 ᄉᆢ려안쳐이 정신황홀 하야 엿자오ᄃᆡ 이 집픈 밤의 무ᄉᆞᆫ 죄가 잇삽관ᄃᆡ 종으로 하연난잇가 한ᄃᆡ 상공이 분을 이기지 못하야 왈 ᄂᆡ 낭자 쳐소의 간직 낭자 방안의셔 외인니 쳐연니 나오거날 분을 참고 도라와 낭자ᄌᆞ 다려 무른직 낭자 말리 낭군을 경성의 보ᄂᆡ고 밤이면 식식ᄒᆞ

〈11-앞〉

야 유양과 동츈과 송ᄆᆡ월을 다리고 말하엿다 ᄒᆞ기로 도라와 ᄆᆡ월을 불너 물은직 간비 업다하기로 괴여 고이하야 자최을 엿보던니 금야의 쳐소의 간즉 엇더한 놈이 팔쳑장신니 낭ᄌᆞ 방문을 열치고 도망함을 보와시니 무ᄉᆞᆫ 발명ᄒᆞ리요 ᄒᆞ고 고명ᄃᆡ착하신ᄃᆡ 낭ᄌᆞ 이 말을 듯고 눈물을 흘이며 쳔만의 만한 발명ᄒᆞᄆᆡ 상공이 더욱 분을 이기지 못하야 목젼의 분이 일을 이ᄃᆡ지 발명ᄒᆞ니 보지 안이한 일이야 아 엇지 셩언ᄒᆞ리 ᄒᆞ며 호령이 츄상갓더라 낭ᄌᆞ왈

〈11-뒤〉

리시 모여 엽이 엄슉ᄒᆞ온들 작죄업시 무삼 말삼ᄒᆞ올잇가 ᄒᆞᆫᄃᆡ 상공이 졈졈 분기 등등ᄒᆞ야 네 종시 통간한 놈을 못알월소야 엄치고 궁문하니 약한 몸의 약한 ᄆᆡ을 즁이 갓고 유혀리 낭ᄌᆞᄒᆞ며 목갓탄 고흔 몸이 ᄆᆡ 솟ᄐᆡ 무더난 듯 진쥬갓탄 눈물이 폭포갓치 ᄯᅥ러지니 이ᄃᆡ 홍단 홋단 초ᄆᆡ 압자락이 다 젓거날 낭자 거동 보소 두 발 동동 구르으며 ᄒᆞ난 말이 홋쳔통곡 축슈ᄒᆞ되 이월 셩젼 천살피게상 졔발덕 살여쥬소 이윽키 진졍하야 엿ᄌᆞ오ᄃᆡ 낭군이

쳡을 싱각ᄒᆞ야 과거길 발힝하여 졔우

〈12-앞〉

심이을 가 숙소을 정ᄒᆞ고 잠을 일우지 못하야 왓삽기로 강젼하야 보니습고 자쵀을 각초오고 어린 승젼의 난힝의ᄂᆞ (부모) ᄉᆞ즁이 닛실가 두려워ᄒᆞ야 진직이 엿ᄌᆞ오지 아이하엿삽던이 인간니 미워한지 지신니 미워한니 이러타시 허물을 이버시니 무ᄉᆞᆫ 면목으로 낭군을 ᄃᆡ하리요 유죄 무죄난 하날임니 아옵난니ᄃᆞ ᄒᆞ고 졔절코ᄌᆞ 할가 낭군과 ᄌᆞ식을 싱각하야 쌍의 업둘어지이 시모 정씨 목□한 경상을 차마 보지 못ᄒᆞ고 울며 상공ᄃᆞ려 (이)로ᄃᆡ 송쥭갓탄 정절을 그ᄃᆡ지 박ᄃᆡᄒᆞ고

〈12-뒤〉

엇지 후환니 업시리요 쓸너 노흐면 낭자의 손을 잡고 낫슬 한틔 ᄃᆡ고 통곡ᄒᆞ여 왈 부모 망영되여 (정)졀을 몰나보고 니 지경이 ᄃᆡ여시이 네의 정졀ᄂᆡ 아난 ᄇᆡ라 별쌍으로 들어가 안심ᄒᆞ라 (ᄒᆞ)이 낭ᄌᆞ 엿오ᄃᆡ 옌말의 ᄒᆞ여시되 도셩의 ᄯᅵ난 벗고 허물의 ᄯᅵ난 못번난ᄃᆞ ᄒᆞ니 ᄂᆡ엇지 일연 눈명으로 살기을 바래리요 ᄒᆞ고 쥭엄이 올타ᄒᆞ고 셜워ᄒᆞ니 만단으로 ᄀᆡ읍ᄒᆞ되 종시 듯지 안니ᄒᆞ난지라 낭ᄌᆞ 옥슈로 잠을 ᄲᅦ여 들고 ᄉᆞ날을 울여여 ᄌᆡᄇᆡᄒᆞ고 울며 왈 소소한 명천은 하감하옵소셔 (ᄋᆡ)ᄆᆡ함을

〈13-앞〉

분별ᄒᆞ여 쥬되 만일 (ᄋᆡ)ᄆᆡᄒᆞ옵거든 심ᄯᅳᆯ 돌ᄋᆡ ᄇᆡ키여 징엄을 명박ᄒᆞ야 분간ᄒᆞ여 쥬옵소셔 ᄒᆞ고 옥잠을 놉피 들어 공즁의 더지고 업드어지이 그 옥잠이 ᄯᅳ여 셤돌독의 ᄇᆡᆨ키이 그졔야 ᄋᆡ마ᄒᆞᆫ 쥴 알고 노복을 보ᄂᆡ고 날여가 낭소싱을 잡고 비러 왈 그 안니 신기ᄒᆞ야 ᄂᆞ 늘거 강영을 싱지 ᄆᆞ음을 안심

히 울이지라 ᄒᆞ고 만단ᄀᆡ오 ᄒᆞ되 낭ᄌᆞ 옥셜 갓탄 마음의 원통한 심회을 이기지 못ᄒᆞ야 죽어도 셜난지라 ᄂᆡ 몸이 ᄉᆞ라셔난 이갓탄 눈명을 셜원치 못ᄒᆞ리라 ᄒᆞ고 죽기을 ᄆᆡᆼ세ᄒᆞ거날 상공

〈13-뒤〉

이 비러왈 사람이 함번 실슈난 병가상ᄉᆞ라 ᄒᆞ리 듯지 아니ᄒᆞ 낭ᄌᆞ 시정씨을 붓들고 통곡ᄒᆞ며 일오ᄃᆡ 날갓탄 졔짐이 세상의 잇삽 쳔츄의 유젼ᄒᆞ오면 엇지 붓그럽지 아니ᄒᆞ올잇가 ᄒᆞ며 눈물을 흘너 옥빅을 ᄃᆞ 젹신니 시모 졍씨 상공ᄒᆞ여 왈 낭자의 옥셜갓탄 졍졀의게 유히을 입피니 일언 답답한 일 어ᄃᆡ 잇실이요 만닐 낭ᄌᆞ 죽으면 션군 날여와 갓치 죽을 거시니 그 후환을 엇지 당하리요 츄낭의 나흔 칠세요 동츈의 나흔 삼세라 낭ᄌᆞ 소(ᄆᆡ)을 잡고 울며 왈 어마님 어마님 죽지 마소 난들 □

〈14-앞〉

엇지 살며 동츈인들 엇지 살이요 ᄒᆞ며 아바님 우시거든 원통한 사졍이나 ᄒᆞ소 동츈이 발셔 봇틈 젼젼 먹ᄌᆞ고 우난이다 방의 들어가 동츈이 졋시나 먹겨쥬소 만일 어마님 죽난다 ᄒᆞ면 우리 남ᄆᆡ는 뉘을 으지ᄒᆞ야 살야야 ᄒᆞ시난가 낭ᄌᆞ의 손을 잡고 방의 들어가 낭ᄌᆞ 동츈을 안고 눈물을 흘여 옷슬 젹시며 왼갓 치복을 ᄂᆞ여 놋코 츄냥의 머리을 어로 만지며 ᄒᆞ난 말이 이 슬프ᄃᆞ 츄양아 오날 죽기난 ᄒᆞ날이 미워흠미라 ᄒᆞ고 네 붓친니 나러오시거든 지경이나 하라 원통ᄒᆞ 혼(빅)을 원ᄒᆞ게 ᄒᆞ라 ᄒᆞ고 슬

〈14-뒤〉

피 통곡ᄒᆞ며 왈 츄양아 ᄡᆞᆼ운서은 천ᄒᆞ 제일 보ᄇᆡ라 집피 간슈ᄒᆞ여 동츈 장셩ᄒᆞ거든 쥬고 칠보단장과 비단치복은 네의 소장지물인니 잘 간슈ᄒᆞ엿

다가 네 ᄎᆞ지ᄒᆞ라 ᄒᆞ며 츄양아 나 죽은 후의 (어린) 동츈을 다리고 □모ᄅᆞ으다 ᄒᆞ거든 밥을 쥬고 ᄇᆡ곱푸다 하거든 밥을 쥬고 울거든 달ᄂᆡ쥬고 부ᄃᆡ우지 말고잇 조히 잇스라 가련타 츄낭아 불쌍타 동츈니 느기난 지을 으지ᄒᆞ야 살고 ᄒᆞ며 눈물이 비온닷ᄒᆞ 츄양이 어미 거동보고 ᄃᆡ셩통곡ᄒᆞ여 왈 어마님 어마님 엇지 이러ᄒᆞ난가 만일 어마님이 죽으

〈15-앞〉

면 우리난 뉘을 으지ᄒᆞ야 살이 가련타 동츈 셰상의 낫터나셔 언답답한 일어ᄃᆡ 잇실이요 모여 셔로 붓들고 통곡ᄒᆞ다가 츄양이 진ᄒᆞ야 자거날 낭ᄌᆞ아모리 ᄉᆡᆼ각ᄒᆞ되 셰상의 사라서난 나슬 들고 뉘을 ᄃᆡ면 ᄒᆞ리요 죽어 구쳐의도라가 눈명을 싯치리라 ᄒᆞ고 츄양과 동츈을 어로만지며 너의들 장셩함을보지 못ᄒᆞ고 원통한 마음을 이기지 못하야 속졀업시 죽으리로ᄃᆞ 손깍락을ᄭᆡ물나 피을 ᄂᆡ여 벽장의 글을 써붓치고 잠든 자식(을 ᄃᆞ시)어로만친며왈 가련ᄐᆞ 츄양아 불

〈15-뒤〉

쌍타 동츈아 네흐난 뉘을 으지하 살고 금은을 입고 워낭금을 도도 벼고은장도 드난 갈을 셤셤옥슈에다 붓들고 자바 죽을가 말가 여러번 쥬져ᄒᆞ다또 슬피 울며 왈 강보의 사인 ᄌᆞ식을 두고 낭군도 보지 못ᄒᆞ 죽으니 엇지혼ᄇᆡᆨ인들 혼은지신니 되리요 ᄒᆞ고 칼을 들 가삼을 푹 지르니 청천ᄇᆡᆨ일이무광ᄒᆞ고 ᄂᆡ셩병역이 천(지)의 진동ᄒᆞ며 일월이 무광ᄒᆞ거날 츄양과 동츈니천동소ᄅᆡ예 놀ᄂᆡ여 ᄭᆡ달은니 이미 가삼의 칼을 ᄭᅩᆺ고 유혀리 낭ᄌᆞᄒᆞ엿거날츄양이 ᄃᆡ경ᄒᆞ야 나도 죽 어마님 ᄯᅡ라 가ᄌᆞ

〈16-앞〉

ᄒᆞ며 칼을 쎌여 ᄒᆞ되 쌔지지 아니ᄒᆞ거날 츄양 동츈을 안고 낫슬 한틔 되고 되셩통곡ᄒᆞ여 왈 어마님 어마님 일어나소 쥭어거든 우리와 함쎄 가ᄉᆡ 이러나소 이러나소 날과 동츈을 다려가오 ᄒᆞ고 슬피 우이 상공 붓쳐와 노복 둘이 놀ᄂᆡ 드러가니 낭ᄌᆞ 가삼의 갈을 쏫고 쥭어신니 상공이 되경하야 칼을 ᄲᆡ려ᄒᆞ되 낭ᄌᆞ 원니라 쌔지지 안니한지라 노복이 진동ᄒᆞ리라 동츈은 어미 쥭은 쥴을 모로고 달여들어 졋슬 쌀며 안니 난ᄃᆞ ᄒᆞ고 우니 츄양이 달ᄂᆡ여 왈 어마임 잠ᄌᆞ시니 ᄭᆡ거든 졋먹으라 ᄒᆞ고 울며 슬피 통곡왈 동츈 어마임 쥭어시니

〈16-뒤〉

우리 엇지 살며 네 ᄒᆞ난 거동 보기 실타ᄒᆞ고 ᄯᅩᄒᆞᆫ 어미 신체을 안고 통곡왈 어마임 어마임 날리 발가오니 이려나소 이려나소 ᄋᆡ고 답답 어마임 동츈이 젼먹ᄌᆞ(고) 우난이ᄃᆞ ᄒᆞ고 달ᄂᆡ 아니듯고 어마임만 불으며셔 우난이ᄃᆞ 밥을 쥬어도 ᄋᆞ니 먹고 물을 쥬어도 아니 먹고 어마임 젼먹ᄌᆞ고 우난이ᄃᆞ 하며 츄양아 동츈을 안고 울며 왈 ᄋᆡ고 답답 셜원지라 ᄒᆞ고 슬피 우난 저 소ᄅᆡ난 초목금슈ᄅᆞ도 ᄋᆞ니 슬허할 이 업더라 날 발긍ᄆᆡ 시모 졍씨 들어가이 젼의 업던 글이 벽ᄌᆞᆼ의 쎠져거날 보니 ᄒᆞ야씨되 슬푸ᄃᆞ 이ᄂᆡ 몸이 쳔ᄉᆞᆼ

〈17-앞〉

의 득죄ᄒᆞ고 인간의 나려와 천상연분을 션군과 연분되야 일시도 못잇던니 상공임 엄명으로 멀이 낭군을 이별ᄒᆞ야 과거의 보ᄂᆡᆫ 후의 죰물이 식기ᄒᆞᆫ 귀신니 젼ᄒᆞᆫ지 빅옥갓탄 이ᄂᆡ 몸이 음치로 도라가니 갓처치분함을 다 력ᄃᆞ 하리요 셤셤 드난 칼 푹 ᄲᅵ여 들고 엽엽피 잠든 자식을 돌보이니 ᄂᆡ몸 쥭기난 셜업지 아니ᄒᆞ여도 강보의 싸인 ᄌᆞ식 이ᄂᆡ 쥭은 후의 뉘을 으지ᄒᆞ야

살고ᄒᆞ며 ᄯᅩ 낭군니 쳘이원정의 잇씨니 니ᄂᆡ 쥭난 양을 보지 못ᄒᆞ고 쥭어시니 이ᄂᆡ 몸도 □업거이와 살아오시난 낭군의 몸인들 엇지 온젼ᄒᆞ

〈17-뒤〉

리요 피ᄎᆞ 송ᄇᆡᆨ갓탄 인안이 속졀업시 되야ᄯᅩᄃᆞ 낭군임이 어셔 밥비 나려와 셔 이ᄂᆡ 몸 쥭은 신체을 간슈ᄒᆞ야 쥬옵소셔 할 말이 무궁ᄒᆞ나 원통코 분한 마음이 쥭엄을 졔촉ᄒᆞ니 그만 근치난이ᄃᆞ ᄒᆞ엿더라 이러 삼일만의 상공이 ᄉᆡᆼ각ᄒᆞ되 낭ᄌᆞ 이제 쥭어신이 만일 션군이 날여와 낭ᄌᆞ 가삼의 칼을 ᄉᆞᆺ고 쥭은 양을 보며 분명코 우리가 함몰ᄒᆞ여 원통이 쥭은 쥴 알고 졀단코 쥭을 거시이 션군이 오지 아니ᄒᆞ여셔 낭ᄌᆞ 신체을 감장함이 올타 ᄒᆞ고 낭ᄌᆞ 방의 드러가 소렴을 들여ᄒᆞᄆᆡ 신체 붓고 요도치 난ᄒᆞ거날 ᄉᆞᆼ

〈18-뒤〉

공 붓체와 노복등이 그 거동을 보고 아물이 할 쥴을 모로더라 각셜이라 잇ᄯᆡ의 션군이 경셩의 올나근이 팔도 션ᄇᆡ 구름 ᄆᆡ야 잇더 션군이 쥬인의게 웃유ᄒᆞ더이 과거날이 당하ᄆᆡ 시지을 갓초와 가지고 ᄌᆞᆼ즁의 들어가 션편을 발ᄅᆡ보이 글제을 걸고 이시되 도ᄌᆞᆼ의거라 ᄒᆞ야거날 션군이 일필휘지하야 춘천의 밧치고 나온이 이적의 쳔ᄌᆞ 잔을 보시고 ᄃᆡ찬왈 보명쳔상셩관의 글이로ᄃᆞ 지지마닥 쥬옥이요 ᄉᆞ비든ᄒᆞ엿시니 이 션ᄇᆡ난 예ᄉᆞ 션ᄇᆡ 아이로ᄃᆞ ᄒᆞ시고 직시 봉ᄂᆡ을 ᄀᆡ틱ᄒᆞ니 ᄒᆞ엿시되 경상도 안동 ᄒᆞ난 ᄇᆡᆨ션이라 ᄒᆞ

〈18-뒤〉

엿거날 션ᄒᆞ□ 직시 실ᄂᆡ을 두세변 진틱ᄒᆞᄃᆞ가 할임학ᄉᆞ을 제슈ᄒᆞ시거날 션이 쳔은을 ᄉᆞ예ᄒᆞ고 부로젼의 편하난지라 노ᄌᆞ 쥬야로 날여와 상공젼의 편지을 들이거날 바ᄃᆞ 보니 ᄒᆞᆫ 봉은 상공임게 들이난 편지을 들이난 편지을 들어보이 ᄒᆞ야시되 무안 알외며 이싀의 부모 기후 일향마안ᄒᆞ옵신지 ᄌᆞ식 션군은 학업 덕튁으로 장원급제 홀임학ᄉᆞ 입조ᄒᆞ와 나려간난이ᄃᆞ ᄯᅩ문일 ᄌᆞ은 금월 망일이 도문거제을 장만ᄒᆞ옵소셔 ᄒᆞ엿드라 낭ᄌᆞ으게 가난 편지 시모 정시 들고 울며 츄양을 츄며 왈 이 편지난 너의 어미

〈19-앞〉

으게 븟치난 편지이 갓ᄃᆞ가 네게 간슈ᄒᆞ라 ᄒᆞ고 정씨 방셩통곡ᄒᆞ니 츄양이 편지을 바ᄃᆞ 가지고 동츈을 안고 비소의 들어가 어미 신체을 붓들고 울며 얼골을 덥펏든 종부후을 벗기고 편지을 씌여 들고 낫슬 한틱고 어마(임) 아바임이 장원급제 할임학ᄉᆞ로 나려온다 ᄒᆞ연난니ᄃᆞ 편지로 낫슬 덥고 울며 왈 어마님 평시의 글을 조와ᄒᆞ시던이 오날 아바임 반가온 편지 왓시되 엇지 반기지 안이ᄒᆞ난잇가 츄양 왈 편지을 이호면 어마임 영혼이 동할 ᄯᅳᆺ ᄒᆞ오니ᄃᆞ 하난지라 편지의 ᄒᆞ야시되 무안 엿(ᄌᆞ) 일장 정찰을 옥(낭)자□

〈19-뒤〉

으게 올이난이라 울미 틱산갓탄 (정)이 철이외의 잇시이 낭ᄌᆞ은 면목은 용망이 난망이요 불(ᄉᆞ)이ᄌᆞᄉᆞ로ᄃᆞ 쥬야로 ᄉᆞ모ᄒᆞ이 절듸 일필난기라 그ᄃᆡ의 아름ᄃᆞ온 화상 변ᄒᆞ야시이 아미도 무삼 변니 인난지 아지 못하야 긱창 한등의 슈심으로 잠을 일우지 못ᄒᆞ야 민망 답답ᄒᆞ오며 낭ᄌᆞ으 원ᄒᆞ심으로 장원급제ᄒᆞ야 할임학ᄉᆞ로 나려가오니 엇지 낭ᄌᆞ ᄯᅳᆺ시 질겁지 아니ᄒᆞ리요 ᄯᅩ 도문일ᄌᆞ는 금월 망일이요 이 빅옥갓탄 낭ᄌᆞ난 쳔금지체을 그싀의 만보ᄒᆞ옵소셔 나려가면 보려ᄒᆞ엿더라 ᄃᆞ (보)기을 ᄃᆞᄒᆞ미 슬피 통곡왈 슬푸ᄃᆞ

〈20-앞〉

츄양아 가련ᄐᆞ 동츈아 너의난 어미 업시 엇지 살고 ᄒᆞ며 통곡ᄒᆞ이 츄양과

동츈이 편지 ᄉᆞ연을 듯고 어미 신체을 붓들고 궁굴며 실어ᄒᆞ이 그 ᄎᆞ목홈을 보지 못할네라 경씨 상공을 붓들고 말ᄒᆞ되 션군의 편지 사연니 엿ᄎᆞ엿ᄎᆞ ᄒᆞ고 또ᄒᆞᆫ 낭ᄌᆞ을 잇지 못ᄒᆞ야 령이 되여시니 이 만일 나려와 낭ᄌᆞ 쥭엄을 보면 졀단코 함긔 쥭을 뜻 ᄒᆞ이 일을 엇지 할잇가 한ᄃᆡ 상공이 쥬야로 염여 ᄒᆞᆫ이 그러ᄒᆞ나 조흔 괴을 ᄉᆡᆼ각ᄒᆞ엿ᄉᆞ오니 분인은 염여ᄆᆞ옵소셔ᄒᆞ고 즉시 노복을 불너 우는 왈 할임이 나려와 낭ᄌᆞ

〈20-뒤〉

쥭음을 보면 쥭을 듯 ᄒᆞ니 너의등 각각 할임 안시할 도셕 ᄉᆡᆼ각하라 하신ᄃᆡ 그 즁의 ᄒᆞᆫ 종이 여ᄌᆞ오ᄃᆡ 알예 할임을 모로시고 진ᄉᆞᄃᆡᆨ 가온이 여러 사람 모ᄃᆞ 낭ᄃᆡ 침식의 일월갓탄 낭ᄌᆞ을 보시고 쳔졀선이로ᄃᆞ 하시고 아지 못하 야 져 사람으게 뭇ᄌᆞ온 비니 임진ᄉᆞᄃᆡᆨ 낭ᄌᆞ라 ᄒᆞ니 할임이 삼모ᄒᆞ야ᄃᆡ 찬ᄒᆞ 엿ᄒᆞ오니 그 ᄃᆡᆨ 낭ᄌᆞ와 구혼ᄒᆞ와 인연을 ᄆᆡ(ᄌᆞ)오면 혹 한심할 뜻 ᄒᆞ오이 나려오난 날의 경ᄉᆞ되게 ᄒᆞ오면 조을 듯ᄒᆞ오이ᄃᆞ ᄒᆞᆫ 상공이 니 말 듯고 ᄃᆡ히하야 너의 말이 올ᄐᆞ 금션궁이 영화되야ᄒᆞ고 또 날과 즁마공

〈21-앞〉

이라 ᄂᆡ 말을 들을 듯ᄒᆞ고 또 직금 션군이 영화되야신이 쳥ᄒᆞ면 허락하리라 ᄒᆞ고 즉시 발힝하야 임진ᄉᆞᄃᆡᆨ의 가니 잇쳡ᄒᆞ고 왈 엇지 구제 오신잇가 ᄉᆞᆼ공 이 답왈 ᄌᆞ식 션군이 츄연의 슉경낭ᄌᆞ 더부려 연분이 지즁ᄒᆞ여 일시도 써나 지 안이ᄒᆞ더이 지금 과거을 당ᄒᆞ야 경셩의 올여보ᄂᆡ써니 다힝으로 홀임혹 ᄉᆞ 장원급졔ᄒᆞ여 나려온다 편지가 왓시이 맛참 가운니 불힝ᄒᆞ야 지 연분이 라 ᄒᆞᆫ지 금월 모일의 (ᄂᆞᆼ)ᄌᆞ 즁이 혼ᄉᆞ 답하다 분명 션군이

〈21-뒤〉

나려오면 결단코 쥭을 듯 ᄒᆞ이 혼쳐 방문ᄒᆞ다가 염치불고ᄒᆞ고 왓ᄉᆞ오이 젼ᄉᆞ의 마암은 엇더ᄒᆞ신잇가 ᄌᆞ식 션군은 연소 셥지ᄅᆞ 신졍을 이질듯ᄒᆞ이 발ᄋᆡ건ᄃᆡ 슬이 허락ᄒᆞ옵ᄉᆞ셔 ᄌᆞ식이 급졔ᄒᆞ여 집을 나려온다 ᄒᆞ오이 우리 두 집 영화 극진ᄒᆞ여 집으로 나려 홀일 엇지 할잇가 한ᄃᆡ 임진ᄉᆞ 답왈 거월 거일 별당의셔 션군과 낭ᄌᆞ으 노난 양을 보니 양인탄금ᄒᆞ면 가ᄉᆞᄒᆞ온 양은 월궁항야 옥반을 상제게 반도진상ᄒᆞ난 것 더니ᄃᆞ 여식으로 비

〈22-앞〉

할진ᄃᆡ 쳥쳔을 ᄆᆡᄌᆞ 요ᄂᆡ의 여식은 칠운연□ 월인이 만인 낭ᄌᆞ 쥭어시면 션군이 결단코 세상의 잇지 안이ᄒᆞ올이ᄃᆞ 만일 허혼ᄒᆞ여삽ᄃᆞ가 뜻과 갓치 못ᄒᆞ오면 ᄂᆡ예 여식을 별일 뜻ᄒᆞ오이 그 아이 난상인가 자심 ᄌᆞ약ᄒᆞᄃᆞ가 허락ᄒᆞ여 혼인을 정ᄒᆞ이 ᄉᆞᆼ공이 ᄃᆡ히왈 ᄂᆡ월 망일의 진ᄉᆞᄃᆡᆨ 문젼의 션군이 지ᄂᆡᆫᄃᆞ ᄒᆞᆫ 그 날노 ᄐᆡ일ᄒᆞ야 이쳥홍ᄀᆡᆼ을 반공의 씌우고 국의화동은 ᄉᆡᆨᄉᆡᆨ의 세우고 국만쥰미로 날여오니 일월이 동서남북이 빈ᄂᆞ고 굿보난 ᄉᆞ람은 좌우로 둘너난지라 옥저소ᄅᆡ

〈22-뒤〉

난 ᄐᆡ평곡을 불너 난쳔을 흔드난 듯 쳥구난 반공의 ᄉᆞᆺᄉᆞᆺ피피의 오난 즁의 쳥춍연이 국안쥰ᄆᆞᄉᆞᆼ의 두려시 안ᄌᆞ 각도각음이 노소인민이 닷토와 지졍ᄒᆞ며 층찬 만이 한이 업더라 정기 업의 득달ᄒᆞ이 각ᄉᆞ 션군을 보고 실ᄂᆡ을 쳥ᄒᆞ이 션군이 어ᄉᆞ화을 ᄉᆞᆺ고 허리의 옥ᄇᆡ을 씌우고 완연이 들어가이 실ᄂᆡ을 두세번 진ᄐᆡᄒᆞᄃᆞ가 층찬왈 그ᄃᆡ난 션군 뭉득홀일 ᄒᆞ더라 이젹의 션군이 여러날 노독으로 곤ᄒᆞ며 치셕의 이지ᄒᆞ여 조흔이 비몽간의 낭ᄌᆞ 와 문을 열고 들어오ᄆᆡ 만신이 유혈이 낭ᄌᆞᄒᆞ엿거날 션군의 겻ᄐᆡ

〈23-앞〉

안지며 눈물 흘여왈 신 운이 불힝ᄒᆞ야 세상의 붓치지 못ᄒᆞ야 구천의 도ᄅᆞ 가난이ᄃᆞ 일젼의 시모임게셔 낭군 편지 ᄉᆞ연을 듯ᄉᆞ오 금방 장원급제 (ᄒᆞ) 여 할임학ᄉᆞ로 나려오신ᄃᆞ ᄒᆞ오이 엇지 쥭은 혼빅인들 반갑지 안이ᄒᆞ리요 낭ᄌᆞ 군이 영화로 나려오신ᄃᆞ ᄒᆞ이 반갑ᄉᆞ와 이곳가지 왓ᄉᆞ오니 나난 낭군과 갓치 보지 못ᄒᆞ이 이런 답답고 셜운 일이 어ᄃᆡ 잇실이요 ᄒᆞ며 왈 가련ᄐᆞ 낭군임 어셔 밧비와 츄양과 동츈을 달ᄂᆡ쥬소 어미 일코 셜이 울고 ᄋᆡ비기러 실픠 우난니ᄃᆞ 낭군니 ᄂᆡ 가슴만 쳡조ᄒᆞ고 낭누ᄒᆞ고 ᄒᆞᆫ

〈23-뒤〉

숨 짓거날 션군이 반겨 낭ᄌᆞ을 안고 가슴을 만쳐보이 칼이 ᄇᆡᆨ게거날 놀ᄂᆡ여 ᄭᆡ달 남가일몽이라 션군이 마음 심난ᄒᆞ야 일어 안ᄌᆞ실제 오정소ᄅᆡ 둘이며 져영소ᄅᆡ 들이거날 할임이 길 ᄌᆡ촉ᄒᆞ야 쥬야로 넘난지라 잇ᄯᆡ의 상공이 쥬효을 장만ᄒᆞ야 노복을 다리고 임진ᄉᆞᄐᆡ의 가 할임을 지리든니 ᄇᆡᆨ만(국) 안을 이러온니 상공 실ᄂᆡ 두세번 진ᄐᆡᄒᆞ라 가시고 션군으 손을 즙고 왈 네 급제ᄒᆞ 응당 할임으로 나려오니 너갓치 깃분미 어ᄃᆡ 잇시리요 진니 술을 권ᄒᆞ거날 할임이 바ᄃᆞ 셕잔을 먹은 후의 상공이 왈

〈24-앞〉

일젼의 ᄉᆡᆼ각ᄒᆞ니 비살이 한입의 잇고 이각탄 ᄌᆞᆼ부가 ᄒᆞᆫ 부인으로 시상을 보ᄂᆡ리요 너을 위ᄒᆞ야 어진 낭ᄌᆞ을 구하얏시니 오날날 힝한 졍을 ᄒᆞ얏기로 ᄂᆡ여재지와잇 시비듀기 엇써ᄒᆞ요 션군이 ᄃᆡ왈 간밤의 한 숨을 어드니 낭ᄌᆞ 몸의 유혈이 낭ᄌᆞ 졋ᄐᆡ 안ᄌᆞ 엿차엿차 ᄒᆞ드니 아ᄆᆡ도 무산 연고 인낫가ᄒᆞ며 쏘 가로ᄃᆡ 낭ᄌᆞ와 이약이 지즁ᄒᆞ오니 짐안의 가 낭ᄌᆞ 발드러 돈은 후의 졀단ᄒᆞ오리ᄅᆞ ᄒᆞ고 지을 ᄌᆡ촉ᄒᆞ야 가거날 상공이 션군을 붓들고 만단으로

게읍ᄒᆞ여 왈 양반의 ᄒᆡᆼ세 안니로ᄃᆡ 호인은 인간디

〈24-뒤〉

ᄉᆞ 부모 구존 ᄒᆡᆼ실ᄒᆞ여 유언을 갓초와 영화을 ᄉᆡᆼ젼ᄋᆡ 빈남ᄌᆞ(의)식을 도례(예) 날여난 고집ᄒᆞ여서 임소제 종신ᄃᆡᄉᆞ을 끈치게 ᄒᆞ이 군ᄌᆞ의 도리 아니로ᄃᆡ ᄒᆞ거날 노복 엿ᄌᆞ오ᄃᆡ 상공이 말삼 엿차엿차 ᄒᆞ오니 ᄉᆡᆼ각 마옵소셔 한ᄃᆡ 션군 붓들고 이 노복을 ᄭᅮ지져 물이치고 써나거날 상공이 션군 붓들고 울며 왈 네 경셩(이) 가후 슈일을 낭ᄌᆞ 방의 남졍소ᄅᆡ 나거날 고히하야 낭ᄌᆞ다려 물은직 너왓드ᄅᆡ 말 흔이 ᄒᆞ고 ᄆᆡ월노 더부러 말ᄒᆞ엿ᄃᆞ ᄒᆞ기로 슈상ᄒᆞ여 졍각이나 ᄒᆞ엿던니 엿ᄎᆞ엿ᄎᆞᄒᆞ여 쥭여시시이 나 닐언 답답

〈25-앞〉

한 일 어ᄃᆡ잇실리요 한ᄃᆡ 션군이 그 말을 듯고 ᄃᆡ경질ᄉᆡᆨ 하여 왈 아바님이 날을 임진ᄉᆞᄃᆡᆨ 낭ᄌᆞ으 ᄉᆡ장기을 들일여 쇠기난잇가 진실노 쥭언난잇가 ᄒᆞ여광여취ᄒᆞ며 쳔을 분별치 못ᄒᆞ야 즁문의 다다르니 동별당의셔 ᄋᆡ연ᄒᆞᆫ 우름소ᄅᆡ 문밧게 들이거날 할임이 눈물을 ᄉᆞ론닷ᄒᆞ더라 당상의 들어션니 셤쯜독ᄋᆡ 낭ᄌᆞ 옥잠이 ᄇᆡᆨ케거날 옥즘을 ᄲᆡ여들고 눈물을 흘여 무졍ᄒᆞᆫ 옥즘은 ᄂᆞ와 반기ᄃᆡ 무졍한 낭ᄌᆞ난 엇지 ᄂᆞ와 반기지 안이ᄒᆞ난요 ᄒᆞ며 방셩통곡ᄒᆞ며 동별당의 들

〈25-뒤〉

어가 어미 신체을 붓들고 울며 ᄒᆞ난 말이 ᄋᆡ고답답 어마임 이러나소 이러나소 경셩의 올ᄂᆞ갓든 아바임 ᄂᆞ려 완난니ᄃᆞ ᄒᆞ며 동츈을 업고 나오며 어마임 쥭어 동츈이 젼먹ᄌᆞ고 우난니ᄃᆞ ᄒᆞ고 슬피 우니 할임이 츄양과 동츈을 안고 궁굴며 통곡ᄒᆞ며 ᄯᅩ 낭ᄌᆞ신쳬을 안고 기졀ᄒᆞ니 츄양이 할미을 붓들고 운이

정신을 ᄎᆞ려 세상의 덥폇든 거슬 벽기고 보니 옥갓탄 낭ᄌᆞ 가슴의 칼을 ᄭᅩᆺ고 ᄌᆞ난ᄃᆞ시 죽어거날 할임이 부모 보와 오라 아무리 무식ᄒᆞᆫ들 칼을 잇ᄧᅥᆨ까지 ᄲᅵ지 안니ᄒᆞ엿슈잇가 션군 칼을 ᄲᅦ여

〈26-앞〉

왈 나하며 ᄲᅦ여ᄂᆡᆫ니 낭ᄌᆞ야 낭ᄌᆞ야 션군 날여 완난니ᄃᆞ 이러나소 이러나소 ᄒᆞ며 ᄇᆡ여ᄂᆡᆫ니 여소ᄋᆡᄒᆞ야 청조ᄉᆡ 한 말이 날아가셔 한 말이난 할임의 억ᄀᆡ 안ᄌᆞ우되 ᄒᆞ면 육합신 육합신 ᄒᆞ고 ᄯᅩ ᄒᆞᆫ 말이난 츄양 억ᄀᆡ 안ᄌᆞ 우되 소ᄋᆡᄌᆞ 소ᄋᆡᄌᆞ ᄒᆞ고 날라가거날 가가지 할임이 그 ᄉᆡ소ᄅᆡ을 듯고 ᄒᆞ면 묵묵ᄒᆞ난 소ᄅᆡ난 음히을 입고 낭군을 무ᄉᆞᆷ 면목으로 보리요 ᄒᆞ난 소ᄅᆡ 요 동육합신 육합신 ᄒᆞ난 소ᄅᆡ난 어린 동츈을 두리고 죽어 ᄌᆞᆯ잇시라 ᄒᆞ난 소ᄅᆡ요 ᄯᅩ 소ᄋᆡᄌᆞᄒᆞ난 소ᄅᆡ 어린 동츈을 두고 죽어신이 눈을 갑지 못ᄒᆞ난 소ᄅᆡ고낭

〈26-뒤〉

그 청조난 낭ᄌᆞ의 삼혼니라 낭군을 망종 이별ᄒᆞ고 가난 ᄉᆡ라 그날붓틈 낭ᄌᆞ 신체 졈졈 셩난지라 할임이 낭ᄌᆞ으 신체을 안고 ᄃᆡ셩통곡ᄒᆞ며 왈 실푸ᄃᆞ 우리 낭ᄌᆞ야 츄양 동츈을 보기 실ᄐᆞ ᄉᆞ랑ᄒᆞ든 우리 낭ᄌᆞ야 날을 바리고 어ᄃᆡ로 간야 낭ᄌᆞ야 갈ᄂᆞ거든 ᄂᆞ을 다려가소 원슈로ᄃᆞ 원슈로ᄃᆞ 급제은 ᄒᆞᄂᆞ 못ᄒᆞ나 금의옥식은 먹으ᄂᆞ 못먹으나 우리 낭ᄌᆞ 얼골이(ᄂᆞ) ᄃᆞ시 보고 지기가 릴(젼의 일)시도 못보면 죽을 쥴 알더니 불상ᄐᆞ 우리 낭ᄌᆞ난 이제 영결죵쳔되야신니 언의 ᄯᅢ 우리 낭ᄌᆞ ᄃᆞ시 볼고 ᄒᆞ며 낭ᄌᆞ으 신체을 붓둘고 궁

〈27-앞〉

굴며 왈 ᄂᆡ일 보소 일시도 살 ᄯᅳᆺ시 업신니 나도 죽어 낭ᄌᆞ을 ᄯᅡ(ᄅᆞ)가 상봉ᄒᆞ

리라 ᄒᆞ고 쳘이 우다가 츄양이난 엇지 살며 동츈ᄂᆞ 너난 엇지 살고 ᄒᆞ며 기하기졀ᄒᆞ며 왈 아바임 그ᄃᆡ지 ᄒᆞ시ᄃᆞ 만일 아바임 쥭어지면 우리난 엇지 살여ᄒᆞ시난잇가 ᄒᆞ며 동츈을 밥쥬여 달ᄂᆡ ᄆᆡ기고 우지마라 우지마라 아바임 쥭어지면 너ᄂᆞᆫ 엇지 살며 ᄂᆞ난 엇지 살이요 동츈아 우리도 쥭 어마임을 ᄶᅡ라가 부부 혼ᄇᆡᆨ을 위로ᄒᆞᄌᆞ ᄒᆞ고 동츈아 우지ᄆᆞ라 ᄒᆞ고 우이 할임 츄양을 안고 우니 그 정상을 보지 못할ᄂᆡ라 ᄒᆞ당과 동의 손을 잡고 방의 드러가 동츈

〈27-뒤〉

의 머리을 어로만지며 츄낭을 보고 이르난 말이 ᄇᆡ곱푸ᄃᆞ ᄒᆞ면 밥을 쥬고 목 ᄆᆞ르ᄃᆞ ᄒᆞ며 물을 쥬고 울거든 (둘)ᄂᆡ쥴 ᄒᆞ며 슬피함이 층양 업드ᄃᆞ 울울ᄒᆞᆫ 심회와 경막한 회포을 이기지 못ᄒᆞ야 ᄌᆞ로 기졀ᄒᆞ거날 유양이 그 거동을 보고 ᄒᆞ게 비러 왈 ᄋᆞᄇᆡ임 인아이 곱(푸)시며 목인들 물을이요 어마임이 살ᄋᆞ실 제 아바임 오시면 드리ᄅᆞ ᄒᆞ고 ᄇᆡᆨ옥 쥬옥병의 가득이 ᄎᆡ와 두어시니 슐이나 한잔 잡슈시면 어마임 종시의 유연ᄒᆞ더니ᄃᆞ 실어 마옵고 어린 츄양과 어린 동츈을 ᄉᆡᆼ각ᄒᆞ여 이 슐 잡슈시요 ᄒᆞ 옥잔의 가득이 부어 들고

〈28-앞〉

빌거날 할임이 슐잔을 바ᄃᆞ 들고 이 슐 먹어 사라 무엇하리요마난 너의 정상을 보고 너의 어미 유연을 ᄉᆡᆼ각ᄒᆞ야 멍난ᄃᆞ 눈물이 슐잔을 덤난지라 츄양이 울며 왈 어마임 쥭어 날ᄃᆞ려 유언ᄒᆞ되 쳔만ᄋᆡᄆᆡ하 일노 황쳔의 도라가이 엇지 눈을 감으리요 ᄒᆞ고 ᄯᅩ 쳘이원경의 가신 낭군 도ᄃᆞ시 보지 못ᄒᆞ고 쥭으니 ᄋᆡ답지 안니 ᄒᆞ리요 ᄒᆞ고 아바임이 급제ᄒᆞ여 오시거든 이 관ᄃᆡᄋᆡ 듸쇠ᄅᆞ ᄒᆞ고 도복관ᄃᆡ의 두자락의 ᄇᆡᆨ학기름을 놋ᄐᆞ가 못ᄃᆞ 놋코 이 일을

당ᄒᆞ야 속절업시 쥭어시니 네 아바임 오시거든 날 본ᄃᆞ시 드리ᄅᆞ 하더니ᄃᆞ 또 동츈을 □

〈28-뒤〉

메기고 날다려 이로ᄃᆡ 동츈을 ᄃᆞ리고 잠을 잘 ᄌᆞ라 ᄒᆞ시기로 누워 ᄌᆞ든 어마임 쥭어난니ᄃᆞ ᄒᆞ며 관ᄃᆡ와 도복을 ᄂᆡᄃᆞ 노흐며 왈 슐푸ᄃᆞ 하며 관ᄃᆡ을 보소셔 ᄒᆞ며 ᄃᆡ셩통곡ᄒᆞ거날 할임이 (관)ᄃᆡ 도라본니 팔ᄌᆞ단금(포)의 칠ᄌᆞ 단전포노안을 기려거날 한번 보ᄆᆡ 흉즁이 막키고 두 변 보ᄆᆡ 가삼이 답답ᄒᆞ고 세변 보ᄆᆡ 두 눈이 히밀ᄒᆞ야 졍신 찰이지 못한 즁의 일천 간ᄌᆞᆼ이 글비글비 셕난지라 이날 밤의 ᄭᅮᆷ을 어든이 낭ᄌᆞ 와 일오ᄃᆡ 낭군임은 장원급제ᄒᆞ야 날여와 겨신이 ᄂᆡ의 혼ᄇᆡᆨ인들 질겁지 아니할잇가 그러(ᄒᆞ오)ᄂᆞ ᄂᆡ으게 음ᄒᆡ

〈29-앞〉

ᄒᆞ든 ᄆᆡ월과 돌쇠의 간게오이 ᄂᆡ 원을 푸러쥬소셔 ᄒᆞ고 간ᄃᆡ업거날 놀ᄂᆡ ᄭᅵ달은이 남가일몽이라 ᄆᆞ음을 진졍치 못ᄒᆞ야 날시기을 지달ᄂᆞ 날이 ᄉᆡᄆᆡ 노복을 불너 좌우의 세우고 분부ᄒᆞ되 돌쇠을 잡바ᄂᆡ라 ᄒᆞᆫᄃᆡ ᄒᆞ인 (일)시의 달여들어 돌쇠을 ᄌᆞᄇᆞᄂᆡ여 져ᄒᆞ의 업지우고 명ᄃᆡ칠왈 간밤의 일몽 어드니 낭ᄌᆞ와 엿차엿차 한 말이 잇시이 바로 알외라 한ᄃᆡ 돌쇠 알외되 소인의 죄 안이요 ᄆᆡ월이 천금을 쥬고 이리이리 ᄒᆞ야옵기로 죄을 지여시이 쥭어지ᄃᆞ 홀임이 ᄃᆡ경ᄒᆞ야 ᄆᆡ월을 잡ᄋᆞ들여 ᄆᆡ월과 돌쇠을 한칼을의 쳐

〈29-뒤〉

참ᄒᆞ고 낭ᄌᆞ의 신체을 구순의 장ᄉᆞ하려ᄒᆞ든이 그날 ᄇᆞᆷ (ᄭᅮᆷ)의 션몽ᄒᆞ되 ᄂᆡ 신체을 구산의도 뭇지 말고 (신)산의도 뭇지 말고 옥연동 가무전의 물속의 셩함 늬여신니 그 셕흠의 너허 쥬면 닷시 만날 날이 잇실 거시니 부ᄃᆡ

그리ᄒᆞ옵소셔 ᄒᆞ고 간ᄃᆡ업거날 기달 홍급이라 인ᄒᆞ야 낭ᄌᆞ 신체을 옹연동 모셔갈야 ᄒᆞ고 비단과 오ᄉᆡᆨ치복으로 ᄉᆡᆼ예을 쒸며 낭ᄌᆞ 신체 메고 종일토록 설난ᄒᆞ되 가지 못ᄒᆞ든니 그날밤의 일오ᄃᆡ 츄양과 동츈을 상봉 입페 시우고 가소셔 ᄒᆞ고 간ᄃᆡ(업)거날 잇튼날 츄양과 동츈을 멀리 풀여 상부 압페 상봉 입페

〈30-앞〉

세우코이 그제야 쌜이 잘가둘 순식간의 옥연동 강싸의 상부 놋코 울며 왈 낭ᄌᆞ으 원하심으로 이ᄃᆡ 왓써이와 셕함이 벼이지 안ᄒᆞ으이 엇지 하올가 낭ᄌᆞ 신기ᄒᆞ심으로 헤여지며 이 물이 모으게 ᄒᆞ옵소셔 ᄒᆞᆫ이 음음ᄒᆞ야 강물 ᄉᆞ면으로 헤여지며 탄탄 ᄃᆡ로가 잇거날 그 질노 들어가이 셕함이 잇거날 보이 광문이 열여거날 낭ᄌᆞ으 신체을 셕흠 속의 너흐이 문이 닷치거날 할임이 실품을 먹음 강싸의 ᄂᆞ와셔 이윽하야 강슈가 ᄒᆞ고 길이 업셔지며 곽을 덥거날 할임 눈물노 세월을 보ᄂᆡᄃᆞ 든니 삼일만

〈30-뒤〉

의 삼문을 지닐여 ᄒᆞ고 강싸의 쥬찬을 ᄎᆡ로 놋코 업져 우든이 이윽ᄒᆞ여 일월이 무광ᄒᆞ며 천지가 진동ᄒᆞ며 낭ᄌᆞ 완연이 입의 계황 한 봉지을 몰고 청곡ᄌᆞ을 ᄐᆞ 션군 앞페 복지ᄉᆞ빅 한ᄃᆡ 션군이 낭ᄌᆞ을 보고 아물이 할쥴을 몰으ᄃᆞ가 정신을 진정ᄒᆞ야 손을 잡고 이게시 쉼이야 ᄉᆡᆼ시야 ᄒᆞ 기졀ᄒᆞ이 낭ᄌᆞ 션군으 손으 잡고 ᄂᆞ셜 한ᄐᆡ ᄃᆡ고 흔들며 왈 낭군임 낭군임 낭ᄌᆞ 살라 완난이ᄃᆞ ᄒᆞ며 ᄯᅩ 기졀ᄒᆞ이 할임이 ᄯᅩ 낭ᄌᆞ을 구한이 정신을 ᄎᆞ려 왈 부모체 알영ᄒᆞ시며 낭군임은 그ᄉᆡ의 엇지 기ᄂᆡ신잇가 ᄒᆞᆫᄃᆡ 션군

〈31-앞〉

이 딕왈 낭즈의 빅연히로 ᄒᆞ즌 경을 썰치고 경셩의 가 과거을 ᄒᆞ엿시ᄂᆞ 몽가불ᄒᆞ야 낭즈 인ᄒᆞᆫ 화상 변ᄒᆞ야기로 놀닉여 와본직 낭즈(으) 옥셜갓탄 몸이 눈명을 입어기로 쥭어기로 츄양과 동츈을 다리고 눈물노 셰월을 보닉든니 오날 명천이 도움 낭즈 얼골 닷시 보이 그식의 션회을 듀시리라 이러구러 ᄒᆞ올 젹의 천지 강듀ᄒᆞ고 청의동즈 정모ᄉᆞ을 지고 날여가와 선군과 낭즈와 츄양 동츈을 틱우고 천상으로 올ᄂᆞ가 상제게 뵈온딕 ᄉᆞᆼ제게 너의 울인□의 젹거ᄒᆞ야 여러 히포을 고ᄉᆡᆼᄒᆞ여ᄅᆞ ᄒᆞ시고 몬□

〈31-뒤〉

닉 충츤ᄒᆞ더라

옥낭자전

각설 이때 대명 중천자 시절되 조선 경상북도 안동
땅의 한 사람이 이시되 셩은 빅이요 명은 문용이라 이읍
천 운의 올나며 사ᄅ을 도로 와 너 집을 충제하야 성사
살지니 덕이 띠살을 마ᄒ고 그향의 나ᄃ와 ᄒ믄 ᄒ
씨 ᄒ고 학엽을 일ᄉ삼은이 세상에 칭찬ᄒ는 사람이 되야
이시되 연관이 사십의 일점 혈육 업시되 실ᄒ 한ᄒ되
나 자식을 부인 정씨로 더부러 말하되 우리 ᄒ이
만난지 반이 넘도록 혹안을 인ᄒ하고 제ᄅ을 받을 자식이
업서이 업지 ᄒ리오 부인 장씨 가로되 우리 무가식 한 제ᄉ
다 첩제 이 더 도상하 바일 소서 남들이 이ᄅ기를 극진히 공
을 드리면 혹 자식을 불다 하오니 우리도 공을 들여 봄이
한티 송상이 홀의 제일 ᄋ은 승상 양ᄌ부ᄀ 부ᄉ고

옥낭자전(박순호 40장본)

〈옥낭자전〉은 40장(80면)으로 이루어져 있는 이본으로, '기묘년 니월'이라는 필사기가 남겨져 있다. 이 작품은 필사본 계열의 공통 화소를 모두 갖추고 있다. 다만 작품 결말부에서 자결한 수경낭자가 수장한 현장에서 재생하여 곧바로 자식과 함께 승천한다. 작품 서두에 제시된 시대적 배경은 '옛날 종천자시절'이며, 상공의 이름은 '빅뭉융'으로 제시되는데, 선군이 과거급제 이후 전하와 나누는 문답에서는 '빅경쥬'의 자손으로 설명되고 있다. 한편, 이 이본에서는 고문을 당한 수경낭자가 "셜사 음횡을 ᄒᆞ올지라도 혹 외인이 알가ᄒᆞ다 소부를 은근이 불어 왈 웅문ᄒᆞ온 일리 사부가 도리에 떠떠ᄒᆞ압거날 어렷타시 ᄒᆞ인지ᄒᆞ외 엄영 분부ᄒᆞ압시고 노복 등의계 밀치 못ᄒᆞᆯ 곤욕을 이다지 보이온이 못슘이 이제 쥭엇다 당ᄒᆞ오나"라며 시부의 잘못을 분명히 밝히고 있으며, 선군의 꿈에 나타난 낭자가 "몹실 악형을 이갓치 당ᄒᆞ고 시원ᄒᆞ 고지 전혀 업어" 꿈에 나타났다고 밝히고 있다는 점이 특징적이다.

출처: 월촌문헌연구소편, 『한글필사본고소설자료총서』75, 오성사, 1986, 652~731쪽.

〈1-앞〉

각설이라 옛날 종천자 시절리 조선 경상북도 안동땅의 한 사람이 이시되 쎵은 빅이요 명은 뭉융이라 일장천운의 올나 벼살을 도도와 닉집으로 송체하야 송사 벼살 지닉던이 벼상을 마ᄒᆞ고 고향의 나려와 농읍을 함씨ᄒᆞ고 학업을 일삼은이 셰상에 한가ᄒᆞᆫ 사람이 되야 잇시되 연광이 사십의 일점 혈육 업시뫼 일 한탄하던니 아알은 부인 졍씨로 더불어 말하되 우리 둘이 만난지 반이 넘도록 독안을 인도하고 졔를 받들 자식이 업신이 엇지ᄒᆞ리요 부인 장씨 가로되 우리 무자식한 거선 다 쳡에게 이리 너무도 실히 마압소서 남들이 이르기를 극진이 공을 드려면 혹 작식을 볼다 하오니 우리도 공을 들여 봅시다 한되 승상이 올히 여게 일일은 승상 양주 부부 모요죄기

〈1-뒤〉

고 정초로 단발하여신이 빅모하고 극진이 빅상으려 들려가 천석단을 모와 노코 발월ᄒᆞ야 치졔를 극진이 지닉고 집으로 도라왓던이 지셩이면 감천이라 과연 그달붓틈 틱게잇서 십 삭을 당ᄒᆞ뫼 일일은 집안에 운각 자옥ᄒᆞ며 향닉 진동하던이 인ᄒᆞ야 아기를 탄싱ᄒᆞ이 ᄒᆞ늘노셔 ᄒᆞ 션관이 나려와 옥병의 향수를 부어 아기를 씩켜 누이고 부인다려 이로되 천상선간으로 요지연의 경낭도 더불어 히롱ᄒᆞᆫ 옥항이 분노ᄒᆞ사 인간의 저거ᄒᆞ야 삼싱연분을 금시의 믹교져 ᄒᆞ여신이 부되 부되 천연을 어기지 마압소서 직삼 당부하고 인하여 올나가그날 부인이 경신을 진경ᄒᆞ야 승상을 청ᄒᆞ야 션연 이로던 말을 다하고 아기를 안고 자서이 보오니 얼골은 관옥 셔음이 빅옥 옥을

〈2-앞〉

짓지난듯 풍쵀 농ᄒᆞ야 일홈을 션군이라 ᄒᆞ고 션군이 졈졈 자라뫼 빅호지

안인 글도 각불통지하니 뇌 아니 층찬ᄒᆞ리요 션군이 나이 십오세 당ᄒᆞ뫼 얼골이 관옥 갓고 풍치 거록ᄒᆞ여 세상 사람 갓지 안이ᄒᆞ드라 각설ᄃᆡ라 이적ᄋᆡ 시랑 부부모 선군을 ᄋᆡ즁이 어겨 어진 가문ᄋᆡ 저와 같은 뵈필을 구ᄒᆞ더라 각설 옛적의 수경낭자 청상의 득제하여 옥연동의 젹의ᄒᆞ 후로 션군과 금세 인연이 즁히되 션군은 인도상싱ᄒᆞ여시니 천상 일을 아지 하압소셔 타문의 구훈하니 낭자 탄시ᄒᆞ되 선군과 우리 양인이 인간의 적거ᄒᆞ와 ᄇᆡᆨ연기약을 금세상에 뫼잣던이 이제 낭군이 다다문외 혼치하면 삼싱연분 헐리짓이니 엇지 알게 안이할이요 오늘밤에 와 션의 쑴의 이로

〈2-뒤〉

되 낭군은 쳠을 모르시난잇가 쳡은 천상 션여 요지연의 가 낭근가 한가지 통ᄒᆞᆫ 죄로 인간ᄋᆡ 적거하여 인연을 금세상ᄋᆡ ᄆᆡ자든이 엇지 다른 가문외 구혼하야 하시난이가 낭군은 삼연만 에ᄒᆞᆫᄒᆞ고 참무소서 죄삼 당부하고 문듯 간되업그날 션군이 놀아 키달흔이 남가일몽이라 낭자 얼은 침어낙안지상이요 폐월수ᄒᆞ지되아 단순을 반키ᄒᆞ여 말ᄒᆞ든 소릐 귀외 쟁쟁하고 옥가탄 얼골은 눈의 삼삼ᄒᆞ야 장차 병이 되야 침식이 불아하야 부모 민망하여 션군 뫼월 뫼일의 한 꿈을 어든이 옷 갓탄 낭자 와 ᄒᆞ난 말이 나는 월궁션여라 하고 엿차엿차 ᄒᆞ오매 그 후부틈 병이 되엿사오니 일각이여삼추라 엇지 삼연을 고되하오리가 이로무로 사세

〈3-앞〉

국난ᄒᆞ여이다 ᄒᆞᆫ그날 부인 정씨 왈 너얼 나올 제 ᄒᆞ되 선군여 나려와 이로되 엿차엿차ᄒᆞ련이 가연 너 꿈도 그르하나 연이다 꿈을 다 혀소리다 너난 무름뫼 생각지 말고 음식을 잘 먹어라 ᄒᆞ 선군이 되왈 아모리 아모리 꿈이 허사라 ᄒᆞ온들 엇지 이지리요 당앙모혼기약이 지중ᄒᆞ압그날 지신들 엇지 잇사

오리가 용망이낭망이라 이려무로 음식 먹자하여으되 자연 먹자여 먹지 못하나 ᄒᆞ고 자리에 눕고 이지 못ᄒᆞ그날 부모 민망하야 ᄇᆡᆨ약으로 구호ᄒᆞ되 소무동정하고 병은 날로 침즁하난지라 이직의 낭자 옥연동을 정젹소외 엿으나 선군ᄋᆡ 병ᄉᆡᆨ이 침즁ᄒᆞᆫ 줄 알고 츈몽 즁에 단이면 이로되 낭군으로 용망ᄒᆞᆯ 여자를 생각하여 저다지 병이

〈3-뒤〉

병이 극즁ᄒᆞ시난인가 ᄒᆞ고 병 ᄉᆡᆨ을 ᄂᆡ여 노으면 와아 양을 씨옵소서 이ᄒᆞ고 이 양 일흥 하나는 현불소주요 □사주오 ᄯᅩ ᄒᆞ나 천망경주오니 부되 이 세 가지 양을 씨압고 아무리 마압이 간절ᄒᆞ실지라도 장부에 활달한이가 널이 ᄉᆡᆼ각ᄒᆞ압소서 하그날 션군이 더옥 마암을 진정치 못ᄒᆞ여 병생짐ᄌᆞ 즁ᄒᆞᆫ지라 낭자 또한 생각하면 션군의 날로 병세 점점 둘하고 영낙ᄒᆞ엿신이 엇지하야 바야 세을 이류게ᄒᆞ리요 하고 또 꿈에 이로되 낭군이 병세지즁ᄒᆞ압고 ᄯᅩᄒᆞᆫ 가세 정쇠하기로 금동자 한 쌍을 어려왈오니 낭군임 자시난 방안에 두세번 자연 가세 부요ᄒᆞ오리다 ᄒᆞ고 ᄯᅩ ᄒᆞᆫ 화상을 쥬어 왈 이 화상은 첩의 용묘온이 밤이 압그던 벽고 자압고 날이 압그던

〈4-앞〉

평풍에 그려두압고 쳡을 상되하압소서 ᄒᆞ고 이려나 가거날 선군의 홍상을 부려 잡고 왈 낭자난 엇지 발이고 어되로 가나요 허며 문듯 한 소리에 깨달은이 관되업난지라 방안을 살펴본이 즉 화상이 노엿그날 즉시 큰 동자얼 별상에 걸고 낭자에 화상은 평풍에 걸어두고 시시로 낭자 갓치 ᄒᆞ되 병세 안 일졈호힘이 업난지라 옛적ᄋᆡ 각도각읍 사람들 다 이로되 안동땅외 ᄇᆡᆨ성군의 기무ᄒᆞ리이다 ᄒᆞ오이 구경가자 ᄒᆞ여 사람마다 보굼을 가지고 각통와 구경ᄒᆞ니 그 사람 수를 아지 못ᄒᆞ더라 가서 날 점점 효부ᄒᆞ나 선군의 병쇠 점점 차요

업난지라 부모위분일 눈물 쇠월보내면 잘 이그던 합도 무가내라 임오기

〈4-뒤〉

를 어든 병이 예약으로 보칠소야 사화 노복과 일가 친척이 아니 설어할 이 업드라 각설 옛적에 옥낭자 쏘 꿈에 가로되 낭군 그리ᄒᆞ신 누누장은 호은데 첩을 잊지 못ᄒᆞ애 제다 울적ᄒᆞ 심회를 금치 못ᄒᆞ와 병쇠 막심ᄒᆞ오니 실로 밀망 답답ᄒᆞ오리다 바되외 압그던되 비자 매월로 잠간 방수를 정ᄒᆞ여 정막ᄒᆞᆫ 심화를 더압소셔 삼 연만 고되하라 문덧 간되없그날 씨다르니 남가 일몽이라 선군이 생각호데 낭자에 말씀 그르ᄒᆞ오이 횡여 병세를 떨가ᄒᆞ여 이튼날 부모 양위를 청호여 여자오되 간밤에 꿈을 꾸이 낭자의 이른이 자매월모 그 사이에 방수를 정하여 두그 울직한 심회를 더라하오니 이 사쇠 엇드ᄒᆞ온오가

〈5-앞〉

부왈 몽즁사를 엇지 다 치신ᄒᆞ오리요 만약 그러와 원딕로 ᄒᆞ라 ᄒᆞ고 뫼월을 불어 동침을 삼은 져가 심회 낫드라 그르나 낭자를 싱각ᄒᆞ니 그 꽃다운 틱도와 화연연 소리를 점점 생각ᄒᆞ니 흉적이 암이난지라 이려무로 병석의 누어잇지 안이 하지날 낭자의 화상을 주어 삼 연이 몇 삼 연이면 왈인고닉 닉의 병세 날노 침즁ᄒᆞ니 삼 연 전에 명직직난이라 엇지 생명을 보명ᄒᆞ여 죽은 후의 빅골이난 차자 보쇼 인생일사 치상ᄒᆞ기 어렵도다 오해라 여광양 이십외 할발쌍친과 원근 친척을 다 이별ᄒᆞ고 황천은 도도라 실푸다 어리도다 이내 간장 어리도다 뭇 낭자를 볼이 하고 낭자야 가련ᄒᆞ다 상시불전이 닉 수심으로 병이 되야 이날이나 나흘가 제날이나 나흘 이려그려 누운 병이

〈5-뒤〉

수월 신음홀가 수절업이 죽을지라 이내 몸 죽은 후에 가련하다 혹왈 쌍친 압하글 인도호고 제울 밧둘 자식이 업난지라 더옥 가련ᄒᆞ고 불쌍ᄒᆞ다 이내 망음 이르할제 부모 심사 오죽ᄒᆞ리요 진선감이로 영봉의 들어가자 원으로 발연하여 여 오십 후에 나은 자식 주옥갓치 사랑타가 후사는 고사ᄒᆞ고 목전에 차목 츙의 사를 볼가혀 ᄇᆡᆨ약으로 구ᄒᆞᄒᆞ다가 말경의 내 병ᄉᆡ 죽제 □이 엇지 한심고 가치 안이ᄒᆞ리요 회구라 옥낭자야 가련ᄒᆞ 사정을 구ᄒᆞ압소서 하고 눈물이 비오듯 흘너 비게할 젹시와 각설 엿적외 낭자 옥연동연의셔 션군의 병던 정치를 생각하이 가련ᄒᆞ고 차목한지리 낭군이 날을 생각ᄒᆞ여 속절업이 죽의면 ᄇᆡᆨ연언약이 허사되리라 ᄒᆞ고 ᄯᅩ 꿈에 이로되 삼 연

〈6-앞〉

만 차무시면 우리 연분이 금쇠에 ᄇᆡᆨ연되올 것을 방금 낭군 병쇠가 져다지 워중ᄒᆞ신이 막아어회로소이다 쳡을 보시려 옵거든 옥연동 감홍젼으로 츄차차자 오옵소셔 하고 가그날 선군이 그 말을 듯고 반겨하여 의달은이 남가일몽이라 마음이 황홀하여 죽고 이지 못ᄒᆞ던이 완이 이려안지면 부모를 청ᄒᆞ려 하다가 부모임 방의 들어온이 상공 붐처 선군을 보고 손을 잡아 안왈 ᄂᆡ가리 잊지 못ᄒᆞ든이 오늘을 얻지 하여 횡복을 이무로 ᄒᆞ느야 선군이 엿자오되 간밤의 보랴하압그든 옥연동 감홍전으로 차자오 하압기예 그 말씀을 반겨 듯고 ᄒᆞ여 아무지 안이하압도다 부모

〈6-뒤〉

임 전에 이를 말삼 이나다 하고 그리절 차자 가려ᄒᆞ나이다 ᄒᆞ고 인하여 ᄒᆞ직ᄒᆞ이 부모 말여 왈 ᄂᆡ 몸은 지중한 몸이라 음식도 먹지 못ᄒᆞ엿시되 기운이 붓쳐 실셩하여도다 시ᄒᆞ고 붓들러 안친되 군이 민망답답ᄒᆞ여 왈

소자 병세 이같이삼기로 부모임 명을 지살여 부부효을 지치온이 죄사무셕 이로소이다 소자 병쇠 이ᄒᆞ옵기로 부모임 목젼의 영낙ᄒᆞ옵을 못보시면 오회려 만집하온지선 후회되지 부모임 명령을 거살어 낭자 말삼을 쫓아 옹영동으로 차아가압난이다 ᄒᆞ고 문박에 ᄂᆡ르니 부아지 못ᄒᆞ여 허락하신이 선군이 그제야 심사 허락하고 환정신이 황홀하여 빅마옥편으로 차자가난지라 종일토록 가되 옥연동을 보지 못ᄒᆞ여 울울한 마음

〈7-앞〉

울 진정치 못하여 하날을 우루려 탄식 왈 소소ᄒᆞᆫ 신명을 천음한감ᄒᆞ압소셔 옹연동 가난 질을 발네 인도ᄒᆞ와 그리 일케 ᄒᆞ옵소서 복망하압난이다 ᄒᆞ고 □은편으로 협노로 들어가면 좌우를 살펴본이 청산은 쳡쳡 놉아 잇고 산곡과 광활ᄒᆞ여 그 가온되로 드려간이 천봉만학은 기림으로 기려있고 울우ᄋᆡ 연이은 연당의 병ᄂᆞ하고 양무천만사은 광풍의 현날이면 황금 같은 괴꼴이는 삼호시거의 왕ᄂᆡ하고 탐ᄒᆞ감첩은 츈풍외 을키의 츈혼을 자랑하면 화양은 서ᄒᆞ고 잉무공작은 산곡으로 날아든이 이 아이 경치 좋으면 석반상외 빅화는 나를 보고 반하여 손을 치난듯 기ᄒᆞ오초는 만발하되 다홍식

〈7-뒤〉

두견세 말 잘하는 잉무새면 원낭 비최 쌍쌍이 나려와셔 날을 보고 반겨하며 길을 인도ᄒᆞ니 안이 별유천지비인간인가 려호 풍경을 다 구경ᄒᆞ고 말을 잇글고 고곳을 들어간이 쥬락하각이 반공의 소산난되 현관의 삭엿시되 옹연동 감옹정이라 ᄒᆞ엿도라 선군 마음외 황홀ᄒᆞ야 몸을 치염ᄒᆞ고 당상오 올아가이 낭자 션군을 보고 아을 수겨 되괴한 ᄐᆡ도를 보고 이기지 못ᄒᆞ여 괴젹든 왈 그되 엇더한 소격이관되 션절을 범ᄒᆞ여 오신이니가 선군이 되왈 나난 유잔하여 단이난 사람이압든이 이려한 줄 모르압고 성경을 볍ᄒᆞ엿

사오니 되사 무석이로소이다 ᄒᆞ되 낭자 답왈 그대는 목슘을 ᄋᆡ기거든 사속히 돌아가라 ᄒᆞ 션군 심사낙망하여 반가운 마음이

〈8-앞〉

도로 혈쓰난지라 빅이사직ᄒᆞ여도 잇때를 일으면 다시 어렵도다 ᄒᆞ고 사생을 생각지 안이하고 점점 나안지면 왈 낭자는 나를 모르나잇가 ᄒᆞ되 낭자 종시 쳐이분문하고 모르난 체한이 선군이 홀길업시 하날을 오루려 탄식하고 무릅지 온젼ᄒᆞ오릿가 바라난이 낭자는 삼 연든 언약을 잠간 굽이 몸을 허ᄒᆞ외 불외나뷔와 낙누에 유낙간 고기 구ᄒᆞ압소서 왈 사생을 하니 불불태상지상이라 박이 시지ᄒᆞ여 도흘 길이 업난지라 잇월ᄉᆡᆨ근 만정ᄒᆞ고 야석삼경이라 낭자 그제야 참아 당치모하여 왈 나의 나의 공부 허사ᄒᆞ고 천금을 나아들며 삼연지졍을 굽혀 몸을 ᄒᆞ여이 션군이 그져야 일기든 정화을 만단으로 셜ᄒᆞᄒᆞ면 밤을 지낼 세 워낭침 도도 비고 쳐금을 나소와 은으지낙을

〈8-뒤〉

이루이 비록 무산자고와 낙표지우라도 여키셔 비치 못흘너라 낭자 침상에서 선군다려 일너 왈 남자에 욕심이 아모리 되단ᄒᆞ든들 이려히 무려막심ᄒᆞ오릿가 이져난셰 무가뇌히라 ᄂᆡ 몸이 이 임미 정ᄒᆞ엿신이 공부ᄒᆞ기 부지렵다 ᄒᆞ고 신힝길을 차려 낭군과 한가지로소이다 ᄒᆞ면 청사자 모라ᄌᆡ여 옹연기를 넌집실고 선군이 힝ᄒᆞ여 집으로 도라든이라 잇되 낭자 시부모 양외분계 볘은이 상공 부친 ᄒᆞ 절ᄉᆡᆨ이용 양반홍안은 홍도화 츈풍의 무루노은 듯ᄒᆞ고 절벽상 모란ᄒᆞ가 봉첩을 히롱하듯ᄒᆞ드라 상공 부쳐 사랑 이여져 낭자를 별당외 쳐소를 정ᄒᆞ고 원앙지낙을 이류키한이 사랑이 젹이 비할되 업드라 선군이 일로 잇지 못ᄒᆞ여

〈9-앞〉

셥지 안이ᄒᆞ고 ᄯᅩᄒᆞ 학업을 젼픠ᄒᆞ면 참주호석한이 상공 부처 민망히 여기나 다만 상공 뿐이라 꾸짓지 못ᄒᆞ드라 이려그려 새월귀여루ᄒᆞ여 이과팔연이라 자식 남을 나오시니 여석외 이룜은 춘양이요 아들의 일흠은 동츈이라 ᄒᆞ 가시 부요하뫼 동산의 ᄯᅳ 감홍졍이란 집을 짓고 ᄆᆡ일 오현금과 낙춘방이라 가사를 지어 탄금하며 옹낭자화 사담한이 노소리 청아ᄒᆞ면 션학을 지치난듯ᄒᆞ이 가사외 하엿시되 양입뫼 작산ᄒᆞ뫼 한이 일뵈라 일뵈라 최옥면ᄒᆞ차지한이 명종유의 표장되ᄒᆞ 낭자 할길을 □□다ᄒᆞ며 마음이 여광여치ᄒᆞ여 월ᄒᆞ의 뵈회ᄒᆞ든이 션군이 낭자의 아름다운 되훌 보고 마음을 진정치

〈9-뒤〉

못할너라 이러무로 부모 뫼일 사랑ᄒᆞ여 선군과 낭자를 다리고 회롱하여 왈 너외 두 사람은 쳔상 선녀로다 ᄒᆞ고 션군 다려 이로이 내 드른이 금번 과기를 보인다 ᄒᆞ이 너로 경셩의 올아가 입신양명ᄒᆞ여 부모 전의 영화를 목전외 뵛내미 어ᄯᅳᄒᆞ오 션군외 되왈 우리 가세가 일업일부요 노비 쳔여뫼라 궁심지소락과 이목지소욕을 임외로 호올 것이니날 무엇이 부족ᄒᆞ와 급제를 바래리요 ᄒᆞ니 이 말은 낭자를 바러고 잠시라도 잠시라도 으니지 안이ᄒᆞ고 션군의 낭자 방외 들이가 부모임 말ᄒᆞ시든 말삼과 지안 가기를 말ᄒᆞ그날 낭자 치왈 장부 세상의 쳐ᄒᆞ야 꼿자운 일흘을 용망 안의을 영화를 조션의 빗내기 ᄒᆞ난 것이 장부에 썻썻ᄒᆞᆫ 일리그날 이제 낭군이 쳡

〈10-앞〉

을 잇지 못하와 과거에 안이 가오면 공명도 일삼고 ᄯᅩ한 부모 양위와 일간 친척이면 친구 사람이라도 쳡오계 혹ᄒᆞ야 안이 가온지선이 낭군은 마음을 널이 생각ᄒᆞ압소셔 금번 과거 장원급제ᄒᆞ야 돌아온이 모모임게 영화되압

고 이내 몸이 내몽연괴ᄒᆞ삼고 엇지 질겁지 안이ᄒᆞ릿가 ᄒᆞ고 언판의 과거 힝장을 차려 주면 왈 낭군이 만일 과거에 안이 가오면 첩이 결단코 세상얼 바리고다 ᄒᆞ고 은금 수천 양과 노자 오륙 혼을 획경ᄒᆞ여 주며 또 낭자와 화상을 주면 왈 낭군이 첩을 잇지 못ᄒᆞ그날 일로셔 져기 심회를 더압소세 ᄒᆞ고 길을 제촉ᄒᆞ그날 선군이 마지 못ᄒᆞ여 이날 발힝 시부모 양외와 어린 자식을 다리고 평안이 게시압소셔 ᄒᆞ면 눈물로 ᄒᆞ며 길을 쏘날ᄉᆡ 한 거럼의 도아서고 두 거름 돌아보면

〈10-뒤〉

서 서잇지 못ᄒᆞ면 심사 간절ᄒᆞ며 종일토록 가되 삼십 리를 가 숙소을 정ᄒᆞ고 셕반을 받드니 낭자의 외ᄒᆞᆫ 져회를 잇지 못ᄒᆞ여 식미가 전혀 업어 상을 물이고 낭자만 사랑ᄒᆞ이 ᄒᆞ인등 밀망이 여겨 엿자오되 서반임 신음 젼픽ᄒᆞ 시고 쳘이 원정긔 엇지 가라하시난잇가 선군이 왈 자연 심사 불편ᄒᆞ야 음식 음식을 먹지 못ᄒᆞ노라 ᄒᆞ고 공방독침에 홀오 누어 생각ᄒᆞ이 낭자의 고운 얼골은 눈에 삼삼ᄒᆞ야 참다운 음생은 귀에 쟁쟁ᄒᆞ이 울울한 정회을 이기지 못ᄒᆞ여 이르그르 밤이 삼경이라 ᄒᆞ인들이 잠이 들엇그날 선군이 이려나 ᄒᆞ인 모르난 체 집으로 돌아와 단장을 넘어간이 낭자 놀아 가로되 엇지 이 깊은 밤에 회정화난이가 선군이 되왈 횡차ᄒᆞ

〈11-앞〉

박 게무 삼십 리을 가 숙소를 정화고 공방독침에 낭자을 생각ᄒᆞ온이 울울ᄒᆞ 정회를 어기지 못ᄒᆞᄆᆡ 음식을 먹지 못ᄒᆞ고 잠을 이루지 못ᄒᆞ여 왓난이다 ᄒᆞ면 낭자로 더불어 말삼을 자약회 ᄒᆞ드라 상공 선군을 과거어 보내고 집안 이 젹오ᄒᆞ기로 도젹을 살피를 ᄒᆞ고 후원의로 두루 다라 동편 별땅의 간이 낭자외 방에 남자 소리 들이그날 고혀여겨 가 들으니 과연 남자 소리 분면한

지라 상공이 생각ᄒᆞ니 낭자 뵈옥 같은 정절리 엇지 외인을 되ᄒᆞ리요마은 그 일이 갓짠고 이상ᄒᆞᄒᆞ다 ᄒᆞ시고 창박에 가 들은 적 낭자 발서 시부임 박에 온줄 알고 낭군 몸 금침 속의 숨기고 아기 달내난 소리로 동츈의 등월 뚜다리면 잠□ ᄒᆞ면 말ᄒᆞ되

〈11-뒤〉

너의 아부지 금번 과거ᄒᆞ여 장원급제 ᄒᆞ고 영화로 오시리라 ᄒᆞ그날 상공이 이 말을 듯고 일변은 고이ᄒᆞ여 기시 나의 후의 다시 보리라 ᄒᆞ고 침소의 돌아간이 낭자 선군의 잠을 씨와 이로되 시부인이 자체를 엿보고 가시난 듯ᄒᆞ오니 낭군은 급히 힝차ᄒᆞ옵소셔 ᄒᆞ면 낭군이 첩 잇지 못ᄒᆞ여 다시 오시다가 시부임 연탐지ᄒᆞ와 종젹이 탐노ᄒᆞ면 늬게도 ᄉᆞ종이 돌아올 분더라 낭군이 ᄯᅩᄒᆞᄒᆞᆫ 부모 섬기난 도리 안이오니 부되 조심ᄒᆞ면 수의 경셩의 둑ᄒᆞ여 영화로 나려오시압소서 학발 쌍친을 보존ᄒᆞ이 쳔만 악축ᄒᆞ나이다 하면 권권한 마음을 잇지 못ᄒᆞ며 사쳐로 도라오니 아작 한한인

〈12-앞〉

등이 잠을 씨지 안이한제라 잇튼날 오십 리를 가 숙소를 정ᄒᆞ고 셕반을 지낸 후의 심사를 진정치 못ᄒᆞ에 낭자와 당부는 천수와 잇고 ᄒᆞ인 잠든 후의 집을 돌아와 낭자 방에 들어간이 낭자 되경질식ᄒᆞ여 왈 전일외도 말삼 ᄒᆞ오나 장부 세상의 쳐ᄒᆞ야 이갓이 추비ᄒᆞ온 힝신은 힝화온이 엇이 사부의 휴에라 ᄒᆞ오릿가 이내몸 죽음이 마땅ᄒᆞ다 ᄒᆞ고 변ᄉᆡᆨᄃᆡ로 ᄒᆞ이 그제야 마음을 씻치고 무류이 여기드라 잇되와 상공이 또한 게와 자최를 엽보든이 또한 남자 소리 자약키 들이그날 상공이 혼자말로 가로되 고이ᄒᆞ고 고이타 낭자 갓한 결횡으로 엇지 외인을 되ᄒᆞ리요 ᄯᅩ한

〈12-뒤〉

집이 단장이 놉고 노비 만한 가운데 엇지 위인이 츌입ᄒᆞ리요 하면 분함을 이기지 못ᄒᆞ여 치소로 돌아온이라 이제 낭자 시부임박의 오심을 알고 낭군의 잣을 감초고 동춘을 달니면 왈 잠을 자자 ᄒᆞ면 죵도 낭군의 자최를 운적할 세 잇되의 상공이 부인다려 왈 말삼을 설ᄒᆞ고 이튼날 낭자을 불어 왈 선군이 과제 간 후로 집안 적적ᄒᆞ 도적을 살피든이 이후 후원으로 도아 낭자의 소이난 뉠로 더 말하야난야 낭자외 왈 서방 써나신 휴로 밤이면 심심ᄒᆞ와 동츈 츈양과 ᄆᆡ월올 다리고 말ᄒᆞ보난이다 엇지 외인을 되할릿가 한이 상공이 이 말을 듯고 져기 심희를 노호신나 낭자 소리 들어난지라 일횡 엇지 못ᄒᆞ여 시비 뫼월을 불언 문왈

〈13-앞〉

네 오시이 낭자 방외 혹 갓드냐 ᄒᆞ시니 뫼월이 되왈 소비는 요사이 상공이 더옥 슈상이 여겨 뫼월을 꾸지제 왈 내 요사이외 집안이 젹젹ᄒᆞ기로 쥬야로 도적지키려 ᄒᆞ고 두로 도라 낭자외 침소의 관족 방안외 남자 소리 나그날 고이ᄒᆞ여 낭자를 불어 무른적 심야외 젹젹ᄒᆞ기로 널로 더불려 말ᄒᆞ엿다 ᄒᆞ던이 필경 고이한 말이로다 분명 어떠ᄒᆞᆫ놈이 단이면 간통한지라 너난 밤으로 단이면 착실이 살피여 그놈을 이게 고ᄒᆞ라 ᄒᆞ신이 뫼월이 쳥명ᄒᆞ고 그날부틈 주야 상주하즉 종젹을 아지못ᄒᆞ난지라 뫼월이 생각ᄒᆞ되 서방님이 낭자와 작ᄇᆡᄒᆞ신 후로 우금을 팔연을

〈13-뒤〉

전수이 도아보지 안이ᄒᆞ오니 ᄂᆡ 간장 성난줄 글내라서 아라줄고 잇때를 당ᄒᆞ여 낭자를 ᄒᆡᄒᆞ면 그 안이 상쾨ᄒᆞ리오 ᄒᆞ고 그 은금 수첸 양을 도적 도적ᄒᆞ면 가지고 제외 동욱 즁외 가 이는 왈 이 금은 수천 양을 줄 거신이

내라서 ᄂᆡ열올 드로랴 ᄒᆞᆫ되서 그 중외 돌쇠라 한 놈이 픔신이 거장ᄒᆞ고 마음이 오할ᄒᆞᆫ지라 답ᄒᆞ그날 뫼월이 굴어ᄒᆞ여 금은 수천 양을 주며 왈 니내 말데로 지횡ᄒᆞ라 ᄂᆡ 사정이 다름안이라 너도 아난 뵌이 우리 서방임이 아무 연분외 날로 ᄒᆞ에금 방수를 들이든이 낭자와 작뵈ᄒᆞ신 후로 우금 팔연외 종시 돌아보지 안이ᄒᆞ오면 철전지원이 삼중

〈14-앞〉

기득ᄒᆞ여 낭자를 으히코져 ᄒᆞ뒤 틈을 엇지 못ᄒᆞ던이 맛침 셋방임이 경션외 올아가옵신이 뉘에 소원을 마칠지라 그ᄃᆡ는 난뉘말을 지과 듯고 그되로 시힝ᄒᆞ라 금야외 낭ᄌᆞ 문박에 안작다가 뉘 상공키 엿자오면 분명 상공이 나올 거신이 그되난 상공 안목외 수상한 그동을 보이고 장자으로 나오난 체ᄒᆞ고 도망ᄒᆞ면 상공키압서 실상을 아라 낭자게 쾨치 못할 곤욕이 잇실 거신이 알아 슈선ᄒᆞ소셔 ᄒᆞ고 그날밤 삼경외 뫼월이 상공 침소외 들어가 엿자오되 소인이 상공긔 염명을 무류와 쥬야 낭자 밤외 단이되 상공이 죵적을 아지 못ᄒᆞ든이 금야외 어여한 놈이 낭자 방으로 들어가그날 소인이 죵적을

〈14-뒤〉

감츄와 고져 귀를 기울려 듯사오니 낭자 그놈다려 말삼ᄒᆞ기를 일젼의 시부임게오셔 수상한 죵적을 보고 나를 불어서 엿차엿차ᄒᆞ오되 이리이리 되답ᄒᆞ엿시이 부되 조심ᄒᆞ여 단이면 셔방임이 경션의 가서다가 나려오시거던 쥭이고 도망을 ᄒᆞ자 하던이다 지금 급히 가옵소셔 혀치ᄒᆞ기 ᄒᆞ옵소셔 한되 상공이 듯고 되로ᄒᆞ여 칼을 쐬여 들고 낭자 방외 횡ᄒᆞ여 가든이 잇되에 돌쇠라 ᄒᆞ는 놈이 낭자외 방외 안다가 상공이 오심을 보고 낭자 방문을 열어 다치고 도망ᄒᆞ여 단장을 쒸여 다라나거날 상공 분함을 이기지 못ᄒᆞ여

침소외 돌아와 날쇠기를 기달이든이 신문의 지가 직고 원촌외 계명셩이 들이거날 이윽고 노복 등을 불어 호령이 좌우외 낙역ᄒᆞ고 차

〈15-앞〉

래로 엄치 군왈 ᄂᆡ 집 단장이 노포 시비가 철석 갓그날 엇지 외인이 야생심연을 출입할제 잇시리요 너 이놈을 웅단 알거신이 조금도 은젹지 말고 죵실직고ᄒᆞ랴 ᄒᆞ면 엄치국문 하다가 또 호령ᄒᆞ여 낭자를 잡아오라는 소리외 천지가 진동ᄒᆞ난지라 있되 뫼월이 청영ᄒᆞ고 낭낭 다시 낭자 방에 가 발을 동동 굴이면 땅을 땅땅 두다리면 표악ᄒᆞ며 왈 낭자난 무삼 잠이 깊피 들었시면 낭군임이 별화심지 불과 일삭 지내의 잇여ᄒᆞ 놈으로 드불어 간통ᄒᆞ압다가 죵젹을 상공 안목외 들키삽관되 무지ᄒᆞ고 외뫼한 소인 등이 엄청 즁사한제 ᄒᆞ난잇가 상공게압셔 낭자를 급히 잡아오라 ᄒᆞ신이 밥이 이

〈15-뒤〉

려나 쌀이 가사이다 ᄒᆞ데 일이 낭자 공빵독침 원앙침 도도미나 자식을 엽엽이 우여 놋고 솜경외 잇든 잠을 계명외 기우 무렷든이 천만외예 이 뫼월이 들려와 호령 츄산 갓고 ᄌᆡ촉이 셩하갓거날 낭자 놀뇌여 씨다르니 가중시요란ᄒᆞ고 ᄆᆡ월이 제촉이 심ᄒᆞ그날 낭자 일려나 정신을 진졍ᄒᆞ여 의복을 계우 입고 머리의 옥잠을 꼿고 은은ᄒᆞ 해도을 품외 품고 나온이 상화 노복이 복이 오다 이로되 낭자이난 무엇이 부족ᄒᆞ엿건되 그 사외를 참지 못ᄒᆞ여 엇한 놈으로 더불여 간통ᄒᆞ시 이 갓한 익힝을 당키ᄒᆞ시난이가 ᄒᆞ고 원망흔이다 낭자 이 말을 들으뫼 정신이 업고 흉젹이 막혀 분함을 엇자 다 형온ᄒᆞ리요 그러나 이 일이 엇지 ᄒᆞ온지 모르고

〈16-앞〉

자세여 시부임 방문 밧계 쑬이그날 낭자 졍신이 방황ᄒᆞ여 엿자오되 소부부 무삼 졔즁을 ᄒᆞ압건되 노복 등외로 불어오아ᄒᆞ신이가 상공이 실노ᄒᆞ여 왈 뇌 일젼외 낭자 침소외 간즉 졍영 외인을 다리 말ᄒᆞ그날 죵젹을 아지 못ᄒᆞ여 분함을 참고 도하다 낭자를 불어 물은젹 낭자 소답이 낭군의 졍젼외 간 후로 밤이면 심심하여 츈양 동츈 뫼월을 다리고 말ᄒᆞ엿다 ᄒᆞ기로 짐작ᄒᆞ고 뫼월 불어 무른젹 뫼월이 소답이 요사의 낭자 방외 간 뵈 업다 하기로 필경 고이한 일이 잇다 ᄒᆞ고 그 자치를 탐지ᄒᆞ연 간봄외 쏘 낭자외 침소외 간젹 엇드ᄒᆞ 놈이 팔 젹 장신외 낭자 방문을

〈16-뒤〉

닷치고 도망ᄒᆞ그날 무삼 발명ᄒᆞ리요 ᄒᆞ고 고성되질 ᄒᆞ신이 낭자 이 말을 듯고 눈물을 흘이면 왈 쳔만 의뫼지사라 발명무각지로소이다 한이 상공이 더욱 분함을 이기지 못ᄒᆞ여 뇌 못젼의 완완이 본 이리로뫼 지다지 발면ᄒᆞ긔 던 보지 못ᄒᆞ일이야 일어 무엇ᄒᆞ리요 ᄒᆞ면 호령이 츄상 갓고 낭자 되왈 아무리 시부임 명령이 엄ᄒᆞ온들 죄업낭 일외 발명좃차 못ᄒᆞ리가 뇌 죵시 통감ᄒᆞ난 놈을 못 알아낼소냐 ᄒᆞ면 분기 동동ᄒᆞ여 창두로 명ᄒᆞ여 결박나임 ᄒᆞ신이 창두 영을 듯고 일시이 달려들어 졀박 엄치한이 낭자외 신세 가련가 긍한지라 낭자여 낭자의 머리를 들여 언치고 낫칠 한되 치고 방성통곡ᄒᆞ고 이로되 낭자야 낭자야 부모 망연히도 너 갓은 졍절 모르고 이 이 지경을 하압신이 그 원통ᄒᆞ 마음을

〈17-앞〉

어되다 말한리요 네 졍졀은 다만 내가 아난지라 네 어무 시려 말고 별당외 들어가 아모려나 안심ᄒᆞ여라 ᄒᆞ면 통곡ᄒᆞ면 낭자 시모에 ᄒᆞ얏시되 도젹의

쏘난 벼서도 창유 씌난 벗지 못ᄒᆞ다사라서 어되ᄋᆡ 오릿가 차라이 이 자리ᄋᆡ 서 죽기만 못ᄒᆞ다 ᄒᆞ고 방셩통곡ᄒᆞ이 옥빈홍안외 두 쥴 눈물 비오듯 흐르난 지라 이 거둥을 뉘 안이 슬어하 리 없드라 경씨 낭자의 거둥을 보고 눈물을 훌이면 만단키움ᄒᆞ되 죵시 듯지 안이ᄒᆞ고 눈물만 흘이면 머리를 어로만져 옥잠을 ᄲᅵ여 들고 ᄒᆞ날을 우르려 슬피 통곡ᄒᆞ고 근뵈왈 소소ᄒᆞ신 명쳔은 소부외 소소ᄒᆞ온 경지를 한감하압소셔 명ᄇᆡᆨ키 분간ᄒᆞ소셔 쳡이 외인을 간통ᄒᆞ여삽거더 져 셥돌에 박키여 쳡의 혼ᄇᆡᆨ을 발키 분간하여 쥬심을 천봉

〈17-뒤〉

망ᄒᆞ압나이다 옥잠을 션진이 옥잠이 공즁에 솟이다가 졈돌의 박이그날 상공이 이려함을 보고 그제야 되경졀식ᄒᆞ그날 노복을 다 울이집고 왈 이 일이 갓짠코 하ᄒᆞ 신기한 일이로다 ᄒᆞ고 되단ᄒᆞᆫ 낭자외 손을 잡고 누누이 키음하여 왈 니외 망영되기 ᄒᆞ얼 조옥도 망영되기 셔려 말마 홍안옥빈외 두 쥴 눈물이 비 오듯 흘어 왈 아모리 육예를 갓초지 안ᄒᆞᆫ들 이려타시 음힝으로 자아 노사로 치며 이다지 박되ᄒᆞ신나이가 셜사 음횡을 ᄒᆞ올지라도 혹 외인이 알가ᄒᆞ다 소부를 은근이 불어 왈 웅문ᄒᆞ온 일리 사부가 도리에 떠떠ᄒᆞ압거날 어렷타시 ᄒᆞ인지ᄒᆞ외 엄영분부ᄒᆞ압시고 노복 등의계 밀치 못ᄒᆞᆯ 곤욕을 이다지 보이온이 못슯이 이제 죽엇다 당ᄒᆞ오나 어죄 과바 영

〈18-앞〉

부지로 소부외 경셰를 세세이 통촉ᄒᆞ와 보압소셔 소부외 몸이 진세외 쳬ᄒᆞ엿사오나 병셜 갓탄 몸외 이런 ᄋᆡᆨ형이 잇실 쥴 아랏사오면 엇지 잇갓한 진경을 끈치 안여이ᄒᆞ엿사오릿가 일젼외 시부임 부르실 ᄲᅢ에 온젹ᄒᆞ압고 뇌월로 다리고 말ᄒᆞ노라 ᄒᆞ기도 시부임을 두려워 ᄒᆞ온뵈라 엇지 외인을 통간ᄒᆞ리가 진작 엿참지 못ᄒᆞ압고 이리타시 우사ᄒᆞ기는 조물이 시기ᄒᆞ고

귀신 작키ᄒᆞ야난지 이릇타시 누명을 앙고 쏘한 악형이 놉외 밋쳐사오니 ᄒᆞ면목으로 잇을 여려 바영된 말삼을 이리오면 일 후 ᄂᆞ들 무삼 형옥으로 낭군을 상되ᄒᆞ고 쏘ᄒᆞᆫ 노복 등의계 곤욕된 말을 듯고 세상외 사라 무엇ᄒᆞ릿가 내 원통ᄒᆞᆫ 사정은 하날과 땅이나 알으실지라 ᄒᆞ면 자결코

〈18-뒤〉

저 ᄒᆞ다가 낭군과 동을 생각ᄒᆞ고 땅외 업더져 기절ᄒᆞ이 시모 정씨 겻퇴 잇다가 낭자외 참옥ᄒᆞᆫ 정셩을 보고 쳬옵ᄒᆞ여 상공 젼외 고왈 욋 말쌈외 ᄒᆞ엿시되 그력쇠 물을 압외 쏙고 다시 담기 어렵다 ᄒᆞ던이다 상공 악혼ᄒᆞ면 자쇠이 보지 못한 일을 송뵉 갓탄 낭자의 절횡으로 져롯타시 악형이 잠신ᄒᆞ온 엇지 후한이 업사오릿가 ᄒᆞ면 정씨 뇌다라 창두를 물이치고 졀박ᄒᆞᆫ 거셜 글노흠을 안심ᄒᆞ라 하면 무수이 외로 왈 낭자의 빙셜 갓타 마음이 원통ᄒᆞᆫ 심회은 쥭거도 셜지 안ᄒᆞ거니와 첩이 사라셔난 이 갓탄 뉴병을 시원치 못ᄒᆞ리라 쥭기만 정ᄒᆞ거날 상공이 낭자의 거동을 보고 다시 위로 왈 ᄂᆡ 잠관 정소리 ᄒᆞ 일이오 또ᄒᆞᆫ 남녀간 누병을 병과상사라 다지

〈19-앞〉

서려 말고 쳐소로 돌아가 안심ᄒᆞ여라 ᄒᆞ신이 낭자 이 말을 듯고 시모를 붓들면 되셩통곡 왈 남녀 간의 한 변 뉴병을 병가외상자라 ᄒᆞ압신이 사부간외 이로한 누명을 어되 있사오면 이루ᄒᆞ 악형이 어되 잇사오리가 두 번 보지 못ᄒᆞ난 일이면 이 말이 쳔츄외외 유젼ᄒᆞᆯ 거신이 사후 혼뵉인들 □분치 안이ᄒᆞ리요 ᄒᆞ고 되셩통곡ᄒᆞ이 이외 갓탄 두 귀밋한ᄃᆡ 눈물을 흘어 옥안을 젹신이 뉘 안이 서어워ᄒᆞ리요 이젹외 츈양이 는혼 칠세요 동츈이 는혼 사쇠요 츈양외 낭자외 그동을 보고 손을 불들고 낫을 ᄒᆞ틔 다이고 울며 왈 어마님 어마님 이거시 어인일고 구곳츄석죄인인가 즁제ᄒᆞ기 무삼일고 살인도

무효엿던가 졀박ᄒᆞ기 무삼이고 방셩통곡ᄒᆞ다가 어마임 죽단

〈19-뒤〉

말이 어인 말이면 어마임 죽사오면 닉들 안이 불쌍ᄒᆞ오면 동생 동츈인들 안이 불쌀ᄒᆞ오릿가 아바임 도라오시거던 이른 원통ᄒᆞ온 사졍이나 ᄒᆞ압고 죽사오면 죽은 혼빅이라도 원통치 안이 ᄒᆞ오면 분ᄒᆞ고 원통ᄒᆞ지라도 안심ᄒᆞ압소셔 만일 어마임 죽사오면 우리 남뫼는 뉘게 으지ᄒᆞ여 사라난이가 ᄒᆞ면 낭자의 손을 붙들고 방으로 들려간이 낭자 방으로 방으로 들어가 츈양을 겻되 안치고 동츈을 안고 젹을 먹이면 회를 금취 못ᄒᆞ여 왈 답답ᄒᆞ고 갸련ᄒᆞ다 나외 팔자야 이려한 누병으로 몹실 악형을 이갓치 당ᄒᆞ고 시원ᄒᆞ고지 전혀 업어 어린 자식을 엽피 안쳐 두고 속졀업이 죽기 된이 어린 자식 남뫼를 어이ᄒᆞ고 죽자말고 ᄒᆞ면 옷갓

〈20-앞〉

장신을 보내 뫼를 뇌여 녹코 츈양외 머리를 어류만지면 왈 실푸다 동츈아 오늘날 죽기는 할이 미워ᄒᆞ리라 너난 나의 팔자외 힘씨난지 어륜갓 갓튼이 닉 마음의 어든 ᄒᆞ나 경셩외 가신 너외 아부임은 오날날 나 죽난 쥴 모르리라 실다 츈양아 어이 빅혹션은 쳔ᄒᆞ외 귀ᄒᆞᆫ 보매라 츄우면 더운 바람이 나고 더우면 더우면 츄운 바람이 나는이 집이 간수ᄒᆞ다가 동츈이 장셩ᄒᆞ거던 져 칠보단장은 너기 소장지물이라 너난 이거살 간수ᄒᆞ엿다가 이본단시 이부라 실푸다 츈양아 내 죽은 후면 어린 동생을 엇할고 만일 동츈이 목마른다 ᄒᆞ거던 물을 먹이고 빅곱푸다 ᄒᆞ그던 밥을 먹이고 울거

〈20-뒤〉

던 달내여 어부면 안이 울고 부되 눈물을 흘이지 말고 잘 잇어라 실푸다

춘양아 어린 동생을 엇지 ᄒᆞ면 뉘를 이지ᄒᆞ여 살고 ᄒᆞ면 눈물을 비오다시 흘어 옷갓을 적시그날 춘양이 붙들고 울며 왈 어마님 어마님 이다 엇지 한탄ᄒᆞ다가 죽으시면 우리 듈이 뉘를 이탁ᄒᆞ오릿가 ᄒᆞ여은들 셔로 붙들고 우다가 츈양 동츈이 기진ᄒᆞ여 잠이 들엇거날 아무리 생각ᄒᆞ여도 셰상의 이셔난 뉴병을 씔치지 못홀지라 뇌 엇지 낫을 들고 뉘를 되면 ᄒᆞ리요 차아리 내 몸 죽으셔 구천의 돌아가야 누명을 씔칠이라 ᄒᆞ고 츈양 동츈을 어로만지면 눈물을 흘이면 왈 너의 남의를 잠생ᄒᆞ난 양을 보지 못ᄒᆞ고 뇌 졀이 원통ᄒᆞ고 분ᄒᆞᆫ 마음을 이기지 못ᄒᆞ여 속졀업이 죽으려 ᄒᆞ고 손

〈21-앞〉

가락을 까물려 벽상의 혈셔를 씨고 다시 잠든 작으로 어류만져며 가련타 츈양아 불쌍ᄒᆞ고 실푸다 츈양아 내 몸 ᄒᆞ나 죽어지면 뉘를 이지ᄒᆞ여 살아ᄒᆞ나오 ᄒᆞ고 금외를 ᄆᆡ여이고 흐르난 눈물 금치 못ᄒᆞ미 자난 츈양을 몸을 어로만지거날 불상타 시 보기 어렵도다 ᄂᆡ 죽은 후의라도 동츈을 불상이 생각ᄒᆞ되 울이지 말고 조이 잇그라 ᄒᆞ고 원앙침 도도 비고 자난 동츈을 머리를 들며 져졀 입의 다이면 왈 동츈아 동츈아 잠을 씨여셔 젓이나 막 죽 한 번 먹고 춘양을 의지ᄒᆞ여 울지 말고 목말아 견되지 못ᄒᆞ거던 물 달아 먹고 배곱푸거던 밥을 달아 먹고 조이 잇그라 너 얼골 다시 뵈 어렵도다 너 ᄉᆡᆼ전 다시 불고 답답하고 가련ᄒᆞ다 춘양 동

〈21-뒤〉

츈 잠든 후의 참아 자결ᄒᆞ기 실푸다 팔을 드려 춘양을 벼어이 또 한 팔을 들어 동츈을 어로만지면 왈 가련ᄒᆞ고 졀통하다 ᄒᆞ면 실품을 이기지 못ᄒᆞ여 손을 들메 머리 우의 노인 옥함을 나소와 요룡철명 드난 칼을 옥수조무 후려잡고 죽을가 살가 자제ᄒᆞ여 자난 동츈과 춘양을 또 보고 다시 보면

한숨 짓고 여려분 자죄ᄒᆞ다가 또한 생각ᄒᆞ이 뫼월이 곤욕ᄒᆞ던 말이면 노복 등의 욕설과 상공이 몹이 박뫼ᄒᆞ여 박형할 듯 말을 졈졈 뫼생각사록 원통코 분함을 이기지 못ᄒᆞ여 츈양 동츈을 어로만지면 왈 가련ᄒᆞ다 ᄂᆡ 팔자야 강ᄒᆞ에 싸인 자식을 두고 낭군도 보지 못ᄒᆞ고 이리 쳘쳘지원을 셜화할 곳 젼혀 업어 쥭기된이 후 혼ᄇᆡᆨ

〈22-앞〉

이라도 조혼 귀신이 되지 못ᄒᆞ리라 ᄒᆞ고 칼을 들고 츈양 동츈을 어로만지면 조ᄒᆞ 잇그라 동츈의 손을 잡고 보고 보고 다시 보면 여러번 ᄒᆞ직ᄒᆞ고 눈물을 금치 못ᄒᆞ여 칼을 들어 가슴외 찌른이 쳥쳔이 히뫼ᄒᆞ여 뇌셩벽역이 진동한지라 이젹외 츈양이 잠을 깁이 들었다가 쳥동 소리외 놀외 일어나 모친외 가삼외 칼을 썌(꼽)고 자난 다시 쥭엇난지라 동츈이 어미 그동을 보고 뫼경실ᄉᆡᆨᄒᆞ여 어름 거튼 손을 잡고 궁글면 뫼셩통곡 왈 어마님아 ᄒᆞᆫ 칼의 쥭도다 그 칼 잡고 헌든이 원ᄒᆞᆫ되었난지라 엇지 싸지리요 츈양이 할길업어 동츈을 안고 어무 신체의 업더져 낫을 ᄒᆞᆫ터 다이고 뫼셩통곡 왈 이 알이 어인 일고 우리 남뫼를 뉘기 막기고 이려타시 못ᄒᆞ실 일을 ᄒᆞ시난이가

〈22-뒤〉

우리 남뫼 다려다가 슬ᄒᆞ외 두압쇼셔 ᄒᆞ면 통곡ᄒᆞ니 가련다 곡셩이 원근의 들이그날 상공 부쳐와 노복 등이 놀래의 급히 별땅의 들여가보니 낭자 몸의 칼을 쇱고 자난다시 쥭어거날 사하 노복이 그동을 보고 뫼경실ᄉᆡᆨᄒᆞ여 칼을 쌔려 ᄒᆞᆫ즉 쐬이지 아니ᄒᆞ난지라 이려함으로 아모리 할 줄 몰아 상ᄒᆞ 노복 경동ᄒᆞ노라 이때의 동츈은 어미 쥭은 쥴 모르로 어무게 달여들어 졀을 싸다가 젓이 안이 난다고 우그날 동츈을 안고 달래면 왈 동츈아 어마님이 잠이 깁이 들려신이 잠을 깨시그날 졋을 먹어라 ᄒᆞ고 어마님이 쥭어신이 뉠다려

어만할고 가련ᄒᆞ다 우리 신세 짝업시 되엿시나 너외 신세 더욱 보기 실다 목마르고 배급과 ᄒᆞ면 아모리 어마

<23-앞>

하여 살리운들 뉘라서 불상이 생각ᄒᆞᆯ고 소실 ᄒᆞᆫ풍 차 바람외 뉘라서 춥다 덥다 ᄒᆞ면 풍외 품고 에한인들 ᄒᆞ여쥴고 이지동 져지동 생각ᄒᆞ이 너의 거동 더욱 보기 실타 생각사록 ᄂᆡ가 쥭어 너 거동 안이 보면 조흘듯ᄒᆞ다만은 만일 ᄂᆡ가 쥭어서난 너 거동 더옥 보기 실다 가련하면 왈 어마님아 어마님아 동츈을 어이하라 ᄒᆞ시난이가 잠이 들었거던 그만 자고 일어나소 쥭어서도 일어나소 동츈의 정성 보압소셔 젓 먹자고 우난이다 안이 듯고 어마도 안이 듯고 밥을 죠도 안이 듯고서 엇지 사오릿가 동츈을 업고 발을 동동 굴이며 가삼을 땅땅 치면 어려 잡아 쓰드며 되셩통곡 실피 운이 가련ᄒᆞ고 차목한 정생을 참아 보지 못할너라 이려므로 초목금수 다 우난 듯ᄒᆞ고 일월

<23-뒤>

이 무광ᄒᆞ고 전후 산쳔이 다 실피ᄒᆞ듯 ᄒᆞ너라 아모리 쳘셕 관장이라드 뉘 안이 우리요 그리 실피 우다가 날이 임이 발거날 벽상을 살펴보니 ᄒᆞ엿시되 혈셔가 씨이그날 놀래 살피본이 ᄒᆞ엿시되 실푸다 이내 몸이 쳔상의 등졔ᄒᆞ고 인간의 나려와셔 쳔상연분으로 낭군과 인연을 뫼자 뵈연기약 중이 ᄒᆞ고 일시도 잇지 못ᄒᆞ여던이 공명외 쯧이여셔 낭군을 과거의 보낸 후의 조물리 시기ᄒᆞ고 귀신이 져히ᄒᆞ여 뵈옥 갓탄 이내 몸이 음횡으로 돌아가서 속졀업이 쥭기된이 이갓이 셔려운 말 어디 가 셜ᄒᆞ할 고돌이 젼혀 업어 염영리 잠든 자식을 손발을 죄고 죄삼 탄식쇠 한숨의 눈물로 ᄒᆞᆫ즉 ᄒᆞ니 가련ᄒᆞ고 만국

〈24-앞〉

ᄒᆞ다 ᄂᆡ 몸 신세를 생각ᄒᆞ니 천지가 망망ᄒᆞ고 일월이 무광토다 원통코 분한 마음 죽기만 생각ᄒᆞ니 내 몸 죽기는 셜지 안이ᄒᆞᆫ데 망봉의 싸인 자식 ᄂᆡ 죽은 후면 뉘를 외ᄒᆞ여 사리요 너외 신세를 조이 생각ᄒᆞᆫ이 내 마음 둘 되 업다 이려타시 ᄒᆞ온 즁의 낭군 이별 수월외 소식이 젼죠ᄒᆞ도다 오날이나 소식 올가 내일이나 몸소 올가 고되ᄒᆞ압다가 이러ᄒᆞ온 악형을 속졀업시 당ᄒᆞ와 쥭난이 내 마음도 셜건이와 사라잇난 낭군의 마음인들 엇지 온젼ᄒᆞ리요 오회라 ᄇᆡᆨ연기약이 속졀업이 허사로다 낭군임아 낭군임아 내 서방이 돌아와셔 이내 몸 죽은 신체 몸소 거두

〈24-뒤〉

주압소셔 원통ᄒᆞ 이 혼ᄇᆡᆨ을 명ᄇᆡᆨ히 시원ᄒᆞ여 주압소셔 할 말삼 첩첩 무중화오되 손가락을 까무려서 벽상을 되ᄒᆞ여 글씨를 씨려ᄒᆞᆫ이 아득ᄒᆞ고 원통코 분ᄒᆞᆫ 마음이 죽기를 제촉ᄒᆞ기로 그만 그치노라 ᄒᆞ엿더라 이러그리 사오너울 지되믜 나외 시체를 낭침소외 변소ᄒᆞ고 두양 셔려ᄒᆞ더라 외젹외 션군이 과거외 올아갈 제 이틀 밤외 회정ᄒᆞ여 낭자 방외 단이다가 낭외 어리 당연ᄒᆞᆫ 말삼을 듯고 무루이 여겨 마음을 다시 먹고 경셩외 올아가셔 연연한 마음을 잇지 못ᄒᆞ던이 여날밤외 사관을 졍ᄒᆞ고 과기를 기달이더라 그려이려 지일 지내믜 과이리 다다르믜 지리를 가초와 션군 제를 보고 붓졀 잡이 일필회지

〈25-앞〉

한이 옹시비등호지라 일져긔 션장ᄒᆞ고 쉬던이 니젹의 쳔화 침ᄒᆞ 사만여장 글올 고르시다가 션군의 글을 보시고 되찬 왈 여려장 글올 보앗시되 이만한 글이 업도다 ᄒᆞ시고 옹리 진시ᄒᆞ시고 비졉이요 귀귀 관주라 장원을 틱츌ᄒᆞ시고 실래를 진퇴ᄒᆞ시니 월래 셩군이 사관외 나 잠관 셰던이 호방

소릐 진동ᄒᆞ난지라 셩군이 급이 나와 어젼복지한되 상이 반기사 인졍ᄒᆞ시고 갈라사되 경이 어이 리 살면 누집 자손인과 션군이 되왈 소신이 살난 경상도 안동땅외 사옵고 졈임 병병창단 빅경쥬의 자식으로소이다 상이 왈 빅경쥬가 갈즁보국ᄒᆞ던이 이제는 본인 과

〈25-뒤〉

이 아름다운지 ᄒᆞ시고 할림학사를 제수하시고 풍안을 각쵸와 자안되도상외 진퇴하시니 휘의 비할 되 업드라 션군이 사관외 나와 본딕의 편지 할식 부모으졔 문안ᄒᆞ고 낭자 오기 만당 사졍으로 셜ᄒᆞᄒᆞ고 나려오기를 날로 제촉ᄒᆞ드라 이젹외 경반이 쥬야로 나려와 상공께 주달ᄒᆞ면 편지를 드련이 상공이 일변 반기면 일변 실혀 ᄒᆞ드라 낭자게 가난 편지를 부인 정씨를 준되 부인이 바다들면 오작 변지ᄒᆞ랴 실푸고 가련ᄒᆞ다 츈양을 불어 왈 이 편지가 너 어무게 온 편지라 손그룻세 잘 간수ᄒᆞ여라 ᄒᆞ이 츈양아 츈양아 편지를 받아가지고 울면 동츈을 안고 어무 빈소외 들여가 어무 신체를 헌들면 덥은 금의를 빗기고 편지를 펴여 들고

〈26-앞〉

낫을 한태 되고 실피 통곡 왈 어마님와 일어나오 아부임 편지 완난이다 어서 밧비 일어나서 편지를 보게 ᄒᆞ옵소셔 아바님은 할임외 장원급제ᄒᆞ여 할리막사로 나려왔난이다 하면 편지로 낫을 덥고 왈 어마님 동생 동츈을 어이ᄒᆞ여 ᄒᆞ시난잇가 졋만 먹자고 쥬야로 어마야 ᄒᆞ고 우난이다 업고 안고 달래도 안이 듯고 졋만 먹자고 우나이다 어마임 평시외 일상 글을 좋아ᄒᆞ시던이 오늘은 아부임 편지 와도 다시 불젼ᄒᆞ고 쳥이부답ᄒᆞ고 엇지 반기지 안이하나요 ᄒᆞ면 츈양은 글을 못ᄒᆞ압기로 어마님 영혼 젼외 고치 못ᄒᆞ온이 답답ᄒᆞ고 외달하온 마음을 어이 다 선언ᄒᆞ오릿가 ᄒᆞ면 동츈을 안고 조모님

젼의 들어가 비여 왈 죠모님

〈26-뒤〉

은 어무 영실의 잠관 가옵서 아부임 편지 사연을 일어주옵시면 어무 영혼이 감동ᄒᆞ실 듯ᄒᆞ옵니다 ᄒᆞ면 울거날 부인이 부인이 츈양의 졈생을 보고 낭자 빈소의 들어가 편지를 피여 들고 눈물을 흘이면 편지 사연을 보니 그 글에 ᄒᆞ엿시되 할람학사 ᄇᆡᆨ션군은 근든 수일 장미찰로 낭자 좌화의 부치노라 우리 양인의 정은 태산 가옵고 구쳔이 높지 안이하고 연연한 회표는 일필난 기초라 그ᄃᆡ 화상이 빛이 달아 날로 변ᄒᆞ니 아지 모게라 무삼 병이 들엇난지 라 아지 못ᄒᆞ면 겻ᄒᆞ고 등에 잠을 일루 못 밀망답답하도다 금번 과거난 권권ᄒᆞ신 덕틱으로 급제ᄒᆞ와 할임학시로 모이 연기하며 나려가온이 엇지 낭자의 뜻을 엇지

〈27-앞〉

맛츄지 안이ᄒᆞ리요 ᄯᅩ문 일자는 금을 모일이 낭자는 쳔금 갓튼 몸을 안부하압소셔 어셔 서경은 나려와오면 상되 셜하ᄒᆞ오리다 ᄒᆞ엿드라 부인이 보기을 다한 후의 편지를 던지면 슬픈 마음을 잇지 못ᄒᆞ며 통곡 왈 불상고 가련다 동츈아 너난 어미 일고 엇지 살고 ᄒᆞ면 쇠로이 실피 통곡ᄒᆞ여 츈양이 동츈이 그 편지 사연과 죠모의 거동을 보고 어미 신체를 븟들고 궁굴 방셩통곡ᄒᆞ이 그 차목한 거동을 못 볼너라 부인이 상공 젼의 나아간 이로되 션군의 편지 엿차엿차ᄒᆞ고 또한 낭자를 잇지 못ᄒᆞ여 병이 더렷다 한이 만일 션군이 나려와 낭자 죽음

〈27-뒤〉

을 보오면 결단코 죽을 듯ᄒᆞ니 이 일을 엇지 ᄒᆞ시난잇가 상공 왈 나도 글오

염녀하나이다 오려하오나 조혼 모쳑올 생각ᄒᆞ엿사오니 부인은 지렴치 마옵소셔 ᄒᆞ고 즉시 노복 등을 불어 이로되 할림 나려와 낭자 죽음을 보면 결단코 죽을 뜻ᄒᆞ오니 너이들은 아모쪼록 할림이 나려와 안심할 도리를 생각하다 한이 그 즁의 늘근 즁이 엿자온대 소인 인명전의 할림을 뫼시고 아모되 임진시ᄃᆡᆨ의 가오니 여려 사람이 못엇난되 쳥쟝 사이로 반월 같은 소낭자 나와 은은이 구경ᄒᆞ옵다가 몸을 은신ᄒᆞ오니 할림이 낭자를 보시고 층찬 왈 쳔하졀색이라 ᄒᆞ시고 못되되 하시던이 뭇자오니 임진사ᄃᆡᆨ 낭자로다 ᄒᆞ되 할림이 되찬하시고

〈28-앞〉

그대 낭자와 구혼하여 인연을 세로이 밋사오면 후 안심지도가 될 듯ᄒᆞ나이다 또한 임진사ᄃᆡᆨ은 할림이 나려오시난 노변이온이 할림이 나려오시난 길외 셩예하오니 더욱 조울 뜻ᄒᆞ압고 소년 츄심을 진정외 쳐ᄒᆞ와 구졍을 이슬 듯ᄒᆞ오니 아모쪼록 진심ᄒᆞ여 수이 결혼ᄒᆞ게 ᄒᆞ옵소셔 ᄒᆞ이 상공이 되히ᄒᆞ여 왈 네 말이 갓장 올도다 ᄒᆞ고 쏘한 임진사는 내 말을 들을 듯고 또한 셩군이 몸이 연기하엿신이 졍혼ᄒᆞ면 들을 거신이 그 일이 가장 올타 ᄒᆞ시고 직시 발힝ᄒᆞ여 임진사ᄃᆡᆨ외 간이 임진사 변기면 혼연이 영졉 왈 다름이 아니오 자식 션군이 면젼외 수경낭자로 더불어 인연 뫼자 졍외기 심즁ᄒᆞ와 일시도 떠나지 안이 하뫼 민망ᄒᆞ

〈28-뒤〉

던 차외 금번 과거외 보내든이 쳔횡으로 장원급제하여 할림학사로 나려오는 편지가 왓사오되 마침 가운이 불행ᄒᆞ와 금월 모일리 낭자가 죽음을 면치 못ᄒᆞ오듯ᄒᆞ오뫼 광문ᄒᆞ온 듯사오니 진시ᄃᆡᆨ외 아름다운 규즁이 잇다 ᄒᆞ압기 염치을 불고ᄒᆞ고 왓사온이 진사난 너우신 마음으로 허락ᄒᆞ십을 쳔만

바라소면 빌지든 자식 션군은 연소ᄒᆞ고 마음을 진경외 잠심되고 구경을 이질듯ᄒᆞ오니 게면이 ᄒᆞ압소셔 죄생지은올 업어 우리 두 집외 영ᄒᆞ 젼ᄒᆞ오면 어더ᄒᆞ오릿가 ᄒᆞ이 진시되 왈 거 칠월망일외 감홍졍외셔 할림과 낭자와 서로 탄금ᄒᆞ면 노난 양을 잠관 보오니

〈29-앞〉

니 월공황아가 옥황젼의 반도를 드리난 듯ᄒᆞ압고 그 얼골과 퇴안 세상외 쌍 업고 당상외 봉황이 노난 거동이요 곡른녹수 상외 원낭이 노난 거동 갓사오니 이제 나외 여식과 낭자와 비켠퇴 낭자난 청천반월이요 나외 여식은 혹은반월이오니 그만일 죽엇사오멘 할림은 결단코 셰상외 보지 보지 못할 터이 만일 결혼ᄒᆞ엿다가 상공 말삼 갓지 못ᄒᆞ면 여식은 바리그이라 그 안이 안심ᄒᆞ오릿가 상공 더욱 내 사정을 ᄒᆞ오니 진사 쇠무셔회라 아지 못하여 허락하거날 상공이 되히 대찬 ᄒᆞ시고 왈 초일은 션군이 금월 망일로 진사되 문젼으로 지낼 거신이 그날로 틱젼하여 쳔래ᄒᆞ사이다 ᄒᆞ고 집으로 돌아와 졀단과 낭패

〈29-뒤〉

를 보내고 선군 오기를 기다이도다 이젼외 션군이 쳥산관 되에 뵈옥호를 직고 백호편으로 쳥기를 반공에 바치면 호통 창부를 창창이 압서우고 쥬야로 나려온데 그외 그동은 비할 되 업고 뉘 안이 칭찬하리요 각도각업 사람들이 다투어 구경ᄒᆞ이 이젹외 션군이 경기도 영월되를 득달ᄒᆞᆫ이 경기 감사 션군을 보고 실내를 청하그날 할님이 머리외 어사화를 곱고 단완이 들여간이 실회를 두세 번 진퇴한 후 되찬왈 그되는 진실로 션층도공월이요 진세 사람 안이로다 ᄒᆞ고 극찬을 극진이 되정ᄒᆞ여 보내라 이젼외 할임이 노복으로 쥬졈외 수소ᄒᆞ고 침석외 지히여 잠간 조우든이 비록 사모간의 낭자 완연

이 어문을 열고

<30-앞>

들어오난되 몸에 류혈이 낭자ᄒᆞ면 소복 단장 슬피ᄒᆞ고 눈물을 흘이면서 겻태 안지며 낭군임 그 사이외 귀즁 안녕ᄒᆞ옵신이가 첩은 시운이 불행ᄒᆞ와 새상히 부지치 못ᄒᆞ압고 옥천에 돌아가오니 엇지 가삼외 사무차온 말삼이야 일구는 셜어오나 일전의 낭군 편지ᄒᆞᆫ 사연을 듯사오니 금방 과거에 장원급제 할림학사로 나려오신다 ᄒᆞ매 아무리 유명이라 이라되와 죽은 혼뵉오나 답답고 슬푸다 낭군님이 영횡으로 나려오시나마 남과 같이 보지 못ᄒᆞ오니 이른 답답하고 가련한 일도 어되 있사오릿가 어ᄒᆞ 낭군님아 어린 동츈과 츈양을 엇지 할고 어서 밥이 나려가서 춘양과 동츈을 달래압소셔 어미 일코 슬피 울면

<30-뒤>

아비 길어 주야로 우난이다 이른 불상코 답답한 일 어되 잇사오릿가 이 수쳑한 몸이오나 낭군님 보려 이곳까지 ᄎᆞᆫ촌이 젼진왓사오니 쳡외 가삼이나 만져 보압소셔 하면 한숨 작고 실피 우거날 션군이 낭자란 말을 듯고 울면서 반가와 낭자를 안고 수업이 반기고 그간 기리던 정회를 만부지일이라도 초도므하고 몸을 두루 만져 가삼을 더듬온이 칼이 박켜거날 울고 놀래 씨다로니 무정ᄒᆞᆫ 되몸이라 잠을 일류지 못ᄒᆞ고 일려 안진이 잇때외 오경북소래 나고 두견쇠 실피 우니 등방이 들이거날 ᄒᆞ인을 불어 길을 제촉하여 쥬야로 나려온이 이젹외 상공 주찬을 장만ᄒᆞ여 가지고 노복을 거날이고 임진사뎍 문젼으로 나아가 션군 오기를 기다리던 할림이 모뫼

〈31-앞〉

천사관되 옥되을 띠고 뵈옥호를 쥐고 급안뵉마외 두려시 안자 집으로 쌜이 돌아오난지라 이적외 상공이 실래를 두세 번 진퇴후 선군을 잡고 질겁게 왈 쳔은이 만극ᄒ사 너 금번 과거로 용문의 올나가 할림학사로 나려와 ᄂᆡ 목젼의 연하 보인이 그 길거움을 엇지 다 층양ᄒ리요 ᄒ시니 할림이 다시 일려나 졀하고 되왈 부모님 덕택으로 쳔은을 입사와 영귀하여 도라오압도다 또한 부모님의 알녕하시니 더옥 기뿌기 층양업난이다 한이 상공 흔연 왈 일젼외 생각ᄒ이 내 벼살이 옥당으 게ᄒ여 조히 두 부이를 어들 듯하기로 요죠숙여를 확문한쪽 임진사듹외 귀수가 잇스외 쳔ᄒ셔 일쇡이라 ᄒ기로 신신이 말삼ᄒ고 너 뵈필을 졍하려 하엿든이 어졔

〈31-뒤〉

왓슨이 뜻지 어더ᄒ고 한이 션군이 왈 간밤외 쑴을 꾸이 낭자 몸외 유혈이 낭자하면 소자외 겻틔 안자 눈물을 흘이면 엿차엿차ᄒ던이 그르나 낭자와 온약이 지즁ᄒ오니 나려가 낭자의 말을 츠난ᄒᆫ 후의 셔외ᄒ기 ᄒ사이다 하고 길을 제촉ᄒ여 떠나그날 상공이 할임 붓들고 만단으로 키유 왈 사부간외 영횡을 성젼외이 작식외 도리가 올키날 고쥽ᄒ이 안이로다 ᄒ고 뵉 번 키유ᄒ되 할림이 묵묵부답ᄒ고 말을 제촉한이 할림이 엿자오되 되감임 분부 엿차ᄒ압고도 할림 진사듹 ᄃᆡ사가 낭패자실ᄒ온이 할림은 깊이 생각ᄒ옵소셔 할림이 한인을 꾸짓고 급히 질을 제촉ᄒ거날 상공이 할일엽어 오다가 집압뒤 다아나 상공이 션군을 붓들고

〈32-앞〉

낭누하며 왈 너난 과거외 가 영화로 나려오거니와 경션외 떠난 후로 수일 낭자 방의셔 외위인 소리 나기로 고히 여겨 낭자다려 무른즉 외인 왓드란

말은 안이ᄒᆞ고 뫼월노 더부려 말ᄒᆞ엿노라 ᄒᆞ뫼 뫼월을 불어 무른적 뫼월이 는 요사이 낭자 방외 요사이는 간 븨 업노라 ᄒᆞ기로 부모 되고 일히 속타시 로 낭자를 쳥하여 경게ᄒᆞ엿든이 엿차엿차 쥭엇신이 이련 답답ᄒᆞ고 만극한 일이 어듸 잇시리오 ᄒᆞ신이 션군이 말을 듯고 되경졀쇡 히옵고 왈 붓친이 나를 임진사됙외 장게드릴나ᄒᆞ시고 쏙이난 말삼이온잇가 진실로 낭자가 쥭엇난잇가 하면 션군이 영광영쵀ᄒᆞ여 젼시 듯 즁문외 다른이 별당외서 외연한 곡셩이 진동ᄒᆞ거날 할임이 비히를 금치 못ᄒᆞ여 급히 들려간이 섭돌 키 낭자 옥

〈32-뒤〉

잠이 박켜그날 할림이 옥잠을 쎅여들고 눈물을 흘이면 왈 무졍ᄒᆞᆫ 옥잠은 마져나와 나를 보고 반기근만 유졍ᄒᆞᆫ 낭자는 엇지 나와 반기지 안이ᄒᆞ나요 하고 실품을 이기지 못ᄒᆞ며 낭자 침소외 급히 들려가 본이 츈양이 동춘을 업고 져 어미 신체을 붓들고 안자 우다가 어미 신체를 헌들며 어마야 어마야 이려나오 이려나오 아반님 완난이다 어서 밥이 일려나요 제발 적선 일어나 요 ᄒᆞ면 눈물을 금치 못ᄒᆞ고 할림외를 붓들고 업더지면 왈 아바님 아바님 어미 그리더되 오시고 어마임 쥭엇난이다 ᄒᆞ며 슬피 울면 왈 동츈이는 날로 졋먹자고 어마님 신쵀을 붓들고 우난이다 한이 할림이 츈양 동츈을 잔인한 거동을 보고 답답한 즁 낭자 신채를 보고 쳔지 망망화와

〈33-앞〉

시상의 덥은 금외를 벗이고 본이 옷 갓탄 얼굴은 여상ᄒᆞ고 가삼외 칼을 꼽고 자난다시 누엇그날 할임이 그 거동을 보고 부모을 왈 아모리 무상ᄒᆞᆫ들 여젹지 칼도 안이 쌔엿난가 ᄒᆞ면 칼을 잡고 낫을 한태 다이고 낭자야 낭자야 션군이 돌왓난이다 ᄒᆞ면 칼을 쌔이 그제야 칼일 쌔지면 칼 과진 군구로서

청죠새 새 마리가 나와 한 마리는 할림의귀 안자 우되 목목기 울고 또 한 마리는 츈양외 머리외 안자 우되 소리자자이 울고 나라가그날 또 한 마리은 동츈의 팔애 안자 유관심 유관심 ᄒᆞ고 나라가그날 그 ᄉᆡ ᄒᆞ난 목젹을 보이ᄒᆞ면 묵묵하는 것은 음행을 입고 무슨 낫츠로 낭군을 보여오 하는 것이 쏘한 소래자자 하는 것은 츈양이 동춘이 어린 동생을 다리고 부되

〈33-뒤〉

울이지 말며 눈도 흘키지 말고 조히 잇그라 하는 것이요 쏘한 유관신 유관신 하난 것은 어린 너를 듀고 눈을 깜지 못ᄒᆞ난 것이라 그 처량한 청조새는 낭자의 삼혼이라 낭자 낭군을 만나 이별하고 가는 뜻이라 그날부터 낭자외 신체 점점 상ᄒᆞ는지라 션군이 낭자 몸의 낫츨 되고 되셩통곡하여 왈 슬푸다 낭자야 츈양을 엇지 ᄒᆞ면 가련타 옥낭자야 동츈외 정지를 생각ᄒᆞ고 자식의 처량한 경상을 차마 죽지 못하고 근근 연만하고 가련ᄒᆞ다 옥냥자야 꿈이그든 잠을 깨고 생시그든 일어나소 동츈 젓이나 먹여쥬고 장장하든 옥냥자야 나를 두고 어되 가오 졀통하다 옥냥쟈야 달려가오 달려가오 어린 삼 부자를 어서 바쎄

〈34-앞〉

다려가오 원수로다 원수로다 과거과 원수로다 금외 옥식 내사 실코 할림학사 내사 시러 어여뿌다 우리 낭자 잠간 한 번 만뇌보세 일시만 못보아도 삼추만여 겻들고 그 사이외 몃날이나 못보아서 상사로 나려온이 셜상외 가상오로 연결종처 되단말과 어느 때 다시 볼고 외로운 나외 경이 죽어볼가 살아볼가 낭자외 신채를 안고 궁글면 왈 내 일시라도 살아 쓸대업다 함께 죽어서 황천 가 상봉ᄒᆞ리라 하고 죽기를 단정하고 왈 쳐량한 츈양아 너는 엇지 살면 가련타 동츈아 너는 엇지 하면 가슴을 뚜다면 기졀 통곡하이

츈양이 울면 비여 왈 ᄋᆡ고 답답하다 아바님 후외를 한탄ᄒᆞ시난잇가 아바님 ᄃᆡ다 신명을 바여시면 우리 남뫼는 어되에 ᄒᆞ여 사라시닛가

〈34-뒤〉

천금 감탄 신명을 보젼하압소셔 ᄒᆞ면 츈양이 동춘을 밥을 주어 달래 왈 동츈 동츈 우지 마라 우지 마라 아마님이 죽오시면 낸들 어이살고 뉜들 엇이 살고 우리도 함께 죽어 부모님을 ᄯᅡ라가셔 혼빅이나 외지ᄒᆞ자 동츈아 우지마라 ᄒᆞ면 손으로 아바를 붙들고 ᄯᅩ 한 손으로 동츈을 안고 술피 우니 초목금수 다 슬하난 듯하드라 할임이 춘양과 동춘외 경사을 보고 차마 죽지 못할느라 앙천통곡ᄒᆞ며 동츈을 등외 업고 춘양에 손을 잡고 방으로 들어가 들아 동츈을 어려 만지면 왈 뉘 우는 소리외 내 마음 둘 때 업다 ᄒᆞ면 눈물이 비오듯 ᄒᆞ이 춘양이 외걸하여 왈 아부임 이갓치 변통ᄒᆞ시니 뷘들 안이 고푸시면 목인들 안이 깔깔ᄒᆞ리 어마님 생시외

〈35-앞〉

아바님 돌아오시그든 들이라고 ᄇᆡ화쥬을 목병외 가득 여어 두엇사오니 술이나 한 잔 잡수시면 어마님 종시외 말ᄒᆞ든 유원을 낫낫치 사ᄒᆞ실 뜻 너무 설어 마시고 가련한 츈양 동츈을 생각ᄒᆞ압소셔 옥잔외 술을 가득 부어 들고 지셩으로 권화그날 할림의 말지 못ᄒᆞ여 슬잔을 받아 들고 비회를 금치 못하면 왈 너의 술을 먹고 사라 무엇하리오만난 뇌 정상이 가련ᄒᆞ고 ᄯᅩ한 너어이 유원이 한이 먹노라 하고 잔을 잡아 마시려 한이 눈물리 흘너 술잔을 보톄들어 츈양이 이 거동을 보고 울며 엿자오되 어마님 성시외 날다려 하신 말삼을 슬푸다 내 죽기는 셜지 안이ᄒᆞ되 천만외한 은횡을 입고 구젼외

〈35-뒤〉

돌아간들 엇지 눈을 깜으리요 쳘이 원정외 가신 낭군 얼골도 다시 보지 못 ᄒᆞ고 ᄯᅩ한 너외를 두고 황천으로 돌아가는 내 마음 엇드리하리오 너 부친 오시그던 이른 사정을 셔화하여라 ᄒᆞ면 ᄯᅩ 너 부친이 금번 과거과외 장원급제를 당하여 가지고 나려올 거신이 아려니와 이음직한 관되와 도포가 업기로 포지여 옥함외 엿고 관되는 짓다가 뒷자락외 왼편으로 만치지 못ᄒᆞ고 이른 일을 당ᄒᆞ여 속절업시 황천으로 도라가나 너의 부친 오시그던 날 본다시 드리라 ᄒᆞ시고 눈물을 흘이시면 인하여 동츈을 젓먹어 죄여 노코 ᄯᅩ한 나도 잠든 후의 죽엇난이다 하고 츈양이 옥함을 여려 과노디을 폐여 보이오제 영농하여 왈 자는 금표외 칠자

〈36-앞〉

단으로 안을 되어시면 뒷자락에 한 짝 나되를 못 만치엿그날 한 번 본이 흉즁이 막키고 정신이 업어 기절할 쇠 츈양이 션군을 붙들고 울며 왈 아바임아 정신을 진정하압소셔 하면 동츈을 다리고 실피 우니 할림이 정신을 진정하여 왈 이른 참목한 일을 보고 살기를 바래리요 ᄒᆞ고 통곡한이 뉘 안이 우리요 이려무려 상공과 뫼월이며 노복 등이 경황하여 아무리 할 줄 모르던 이 일일은 생각ᄒᆞ되 당초의 뫼월을 다리고 방수로 두엇다가 낭자와 작뫼한 후로 졀을 돌아보지 안ᄒᆞ면 분명 이 년의 모회도다 ᄒᆞ고 즉시 노복을 호령하여 뫼월을 졀박한이 게여 ᄁᆞ리고 엄치궁문 왈 뇌 젼후 소횡을 쌀이 아뢰라 ᄒᆞ신이 뫼월

〈36-뒤〉

이 할길업어 엿자오되 소여난 아모 제 업난이다 ᄒᆞ고 더옥 분노하여 큰 뫼로 치라 한이 뫼월이 업영지화외 엇지할 길이 업어 젼후 실사를 키키

죽고 ᄒᆞ결 할림이 크게 호령ᄒᆞ여 왈 낭자의 침소로 오든 놈은 어떠한 놈이냐 ᄒᆞ시니 뫼월이 아뢰뫼 창두 들쇠로소이다 되 창두 나을 한즁의 써난지라 할림이 고셩되졍 왈 돌세를 잡아 내여 졀박하라 ᄒᆞᆫ이 창두 명을 듯고 일시의 달여들여 둘려 절박ᄒᆞ여 ᄉᆞᆯ인이 한님이 호령하여 왈 종실지기 고하라 한되 돌시을 엿ᄌᆞ오뫼 소인이 금은을 탐용하와 쥭을 죄을 당ᄒᆞ왓ᄉᆞ온이 ᄋᆡ거쥭이 장후인 하압소서 한이 할님이 분을 이기지 못하여 창두를 물이치고 손수로

〈37-앞〉

달여들어 돌쇠를 사못 박살ᄒᆞ고 할임이 차두갈을 쐬여 들고 이다려 되졀 왈 세상의 너 갓은 연은 잠신돌 엇지 살여두리요 ᄒᆞ고 뫼월퇴 뵈를 갈아 허치면 상공을 들어 왈 이련 요망한 연의 말을 듯고 뵈젹 무죄한 낭자를 쥭엿사오니 이른 외달코 불상한 일이 어되 잇사오릿가 한이 상공이 참키 무안하드라 이젹의 할림이 낭자를 낭자를 안졍하려 하고 체물은 차렷든이 그날 밤의 일몽을 엇오니 낭자 호튼 머리 산발하고 몸의 옥혈이 낭자ᄒᆞ면 할임 겻의 안이면 왈 반갑도다 낭군임아

〈37-뒤〉

옥셩을 분간하오면 첩의 외뫼한 것을 발켜주압신이 그모 감격하압건이와 쏘한 뫼월을 쥭엿사오니 이제난 쥭은 혼빅이라도 여한이 업그니와 다만 낭군님을 다 보지 못하압고 츈양 동츈 두고 황쳔으로 돌아간들 눈올 깜오리요 이 셜청지원이 가삼의 못차하니 슬푸다 낭군님이 첩의 신쵀를 신산의도 뭇지 말고 구산의도 뭇지 말고 옥연동겨 못 가운되 여어 쥬압시면 구월달이 되 낭군임과 츈양 동츈을 다시 보올 듯하오니 부되 부되 쳡의 말을 허수의 생각지 마르소셔 만일 그릇치 안이하면 첩

〈38-앞〉

의 원 이류지 못할 것인이 낭군임 신세와 어린 그 남뫼 인생이 가련하올 것이니 부되 부되 쳡외 원되로 하여 쥬압소셔 하고 문듯 간되업그날 준외 키다르니 무정한 일몽이라 급이 일려나 부임게 몽사를 셜화ᄒᆞ고 인일때 장사기게를 갓초와 운구하려한즉 관곽이 방외 붓고 요동치 안이ᄒᆞ고 상항 가인 망국ᄒᆞ여 아모리 할 쥴 모르드라 할임이 생각ᄒᆞ되 낭자가 에뫼한 일로 쥭엇고 일상 사랑하든 동츈을 두고 황천외 고혼 된이 엇지 혼뵉인인들 이룹지 안이하이요 하면 뵉가지로 키유한되 소불동염이라 할림이 생각하데 심회를 참지 못하여 츈양 남뫼를 상복 입혀 행상 압외 서운이 그제야 관각이 요동하며

〈38-뒤〉

여긍 가난지라 속하여 옥연동 못가의 다다르이 되틱이 창일하면 그날 못가의 횡상을 노코 참아 수즁외 장사를 못하여 슬피 우든이 이육하여 쳔지 아득하여 일월이 무광하든이 못의 물이 마르면 육지 갓그날 고이하여 살펴 본이 못 가운되 셕함이 노엿그날 이상의 여계 그 셕함을 열고 낭자 신체를 안아 엿고 함을 다드며 앙쳥 통곡 왈 낭자야 낭자야 언어날 다시 보리요 하면 못뇌 아통한이 뉘 안이 울 이 울 이 업드라 이옥고 옥안이 자옥하면 시각의 든 물이 창일하엿그날 션군이 되경ᄒᆞ여 방성통곡한이 물을 할하며 무수이 탄식ᄒᆞ고 제문지여 그제할 ᄉᆡ 그 젯문외 하엿시되 유세차 모월 모일 취

〈39-앞〉

할림 션군은 감소고우 낭자 실명지하나이다 슬푸다 삼생연분으로 그되를 만내 위낭비체지낙으로 뵉연그할가 바릿든이 죠물이 시기ᄒᆞ고 귀신이 미

워ᄒᆞ사 수월을 남북의 천만 의뫼지사로 의뫼지변을 당하엿신이 어지 한심치 안이하리오 의달을사 상낭은 세상만사를 발이고 구천의 돌아갓그니와 션군은 어린 자식 츈양 동츈 다리고 뉘를 믿을고 슬푸고 가련하다 낭자의 신체를 압동산의 뒤동산의 무더으면 무듬이나 상봉하올 것을 낭자의 소원이 있기로 옥체를 수중의 엿코 돌아서니 황천 타일화 무산 면목으로 낭자를 되면하리요 비록 유명은 다르오나 인정은 여정하오니 낭자 여신지화의 한번 다시

〈39-뒤〉

되면 하기를 천만 바래압나이다 ᄒᆞ고 일뵈 청작으로 낭자전 드리오니 흠양하압소셔 업디져 무수이 통곡한이 초목금수가 다 슬펴하드라 이려할 차의 뉘셩녁이 진동하여 무삼 변괴 잇난 ᄒᆞ든이 못물이 갈아지면 인ᄒᆞ여 낭자 칠본단장의 녹의홍상을 갓초오고 청사을 이끄고 완완이 나오그날 션군 긔의 그동을 보고 길의 급이 달여들어 낭자의 옥수를 잡고 되경질쉭하여 왈 이것이 꿈이냐 생시냐 죽어 혼뵉이 완난가 사아 육신이 완난가 하면 일뵈일비을 마지안안이하들아 낭자 단순호치을 반키하여 가로되 낭군님은 너무 실허 마압소셔 첩이 낭군과 연분이 지중

〈40-앞〉

하기로 옥상제 하압소셔 하고 하시기를 도로 나로가 랑군과 자여 등을 다리고 올라오기를 하압시기로 왓사오니 낭군님 마음을 진정화압소셔 그 사의 시부임 양위분 괴체 안녕하압신잇가 할님이 낭자의 손을 잡고 왈 노부의 망원된 일을 생각지 마압고 안심하소셔 낭자의 말을 듯고 참소하돌아 이젼의 춘양 동춘을 안고 낫을 한퇴 되고 날 기려워 엇지 살앗나냐 하면 옥빈혼안의 눈물이 비오듯 한이 츈양 동춘 울며 왈 어마님아 어마님아 엇지 그리

더되 오시오 동츈 젓달아 하고 어마를 불어도 한 말삼 안이하든이 어이 그리 답답하시면 호상제인이 이상이 여기면 선군은 꿈

〈40-뒤〉

을 꿀과 염여하들아 잇대의 션군과 낭자와 어린 그 남뫼를 다리고 청사잔 한 필식 타고 천상으로 오른 발을 모를너라 끝

기묘년 니월 □□일

옥낭자젼이라

[illegible]

옥낭자전이라(박순호 32장본)

〈옥낭자전이라〉는 32장(63면)으로 이루어진 이본으로, 글씨가 촘촘하고 정갈하다. 작품 서두에 제시된 이 이본의 시대적 배경은 고려이며, 상공 이름은 충열 후예인 '빅셕취'이다. 필사본 계열의 공통 화소를 포함하고 있고, 재생한 수경낭자가 귀가하여 시부모를 극진히 섬기고, 후에 임소저와 형제같이 지내다가 대연 배설 후 옥황상제의 명에 따라 선군, 자녀들을 데리고 승천하는 결말을 취하고 있다. 이 이본에는 꿈에서 낭자를 보고 상사병이 든 선군이 자신이 죽으면 낭자는 어찌하며, 독자만 낳은 부모님은 어떻게 하는지 등을 토로하는 부분이 길게 나타나 있으며, 간계를 꾸미는 매월의 계획이 상세하다. 또한 시부에게 모진 고문을 당한 낭자가 "정영한 음힝을 이졔 보왓다 하와도 혹 외인이 알 엄예ᄒᆞ시고 소 불너 은근니 문난거신 ᄉᆞ부의 도리가 반반ᄒᆞ옵거날" 이라며 시부의 잘못에 대해 정확히 질타하고 있다는 점이 특징적이다.

출처: 월촌문헌연구소편, 『한글필사본고소설자료총서』75, 오성사, 1986, 732~793쪽.

〈1-앞〉

각셜리라 옛 골여시절의 경상상도 안동□의 흔 사람리 잇씨되 셩은 빅이□ 일홈은 셕취라 충열후예로 소연등과 □□ 볘살리 병조참편외 거흐야 일홈리 일국외 빈나던이 소닌의 참소을 만나 삭탈관족흐고 고힝외 도라와 농업을 심시니 안동셰 졔일 부귀옹이라 셰월을 보닉던니 연광이 반 넘어시되 실흐의 일졈혈륙니 업셔 부인 졍씨로 더부려 셰월을 보닉던니 일일은 졍씨 말솜흐되 불효 삼천의 무자식흔 죄 즁타흐온니 죽어 지흐의 가온덜 엇지 눈을 감으리요 닐즉 쳡을 닉쳠즉 흐되 군즈의 덕으로 엿틔가지 이탁흐온니 안축무지나 그려나 듯사오니 소빅산 축연동의 가 모욕즤계흐고 졍셩으로 발원흐오면 혹 남녀간 자식을 본다 흐온니 우도 졍셩으로 비려 보사이다 흔니 상공이 이 말을 듯고 추연탄왈 비려 자식을 나을□□ 셰상의 웃치 무즈식흔 사람이 릿실니요 그려흐오나 부인의 소원니 그려흐온니 비려 보사니다 흐고 그날부텸 모욕즤계흐고 젼조단발흐여 소빅산 축연봉의 가 졍셩으로 발원

〈1-뒤〉

흐고 집의 도라와 부쳐 셔로 질기던니 과연 그날텸 틔기 잇셔 십삭만의 일일은 집안의 오운니 즈옥흐고 향닉 진동흐더니 일등 기남즈을 탄싱흐여 난지라 릿씩 비몽간의 흐날노셔 션예 나려와 옥병의 향수을 부어 닉 익기을 씨기여 뉘니고 부린다려 알로되 니 익기난 천상션관을로셔 요지연의 가 수경낭즈로 더부려 희롱흔 죄로 상졔계옵셔 인간의 졈지흐야 천상연분으로 금셰의 믹지려 흐옵고 이 틱의 졈지흐여신니 장셩한 후 부듸 천졍을 어기지 마옵소셔 즤삼 당부흐고 가거날 부닌이 이윽계 졍신을 자졍흐여 살피보니 비몽亽몽니 과연 흐야 상공을 급피 청하여 들려오시거날 션여 흐던 말삼을 셜화흔니 상공니 일변 반긔며 익기을 자셔니 보니 얼골니 관옥

갓고 셩음니 쇄락ᄒᆞ여 ᄇᆡᆨ옥을 ᄊᆡ치난 덧ᄒᆞ고 픈치 늠늠ᄒᆞ여 쳔상션관 갓더라 상공니 사랑ᄒᆞ야 일□□ 션군니라 ᄒᆞ고 졈졈 자아난니 시셔ᄇᆡᆨ가편을 무불통지ᄒᆞᆫ니라 골□□□□□ᄒᆞ여 □□ □□□□□□ 니려무려 션군□ 나니 십오 셰의 당한직 셰상 □□□□□□□□□□□□□□□□□□□□

〈2-앏〉

ᄒᆞ더□라 닐려구려 부모 극히 ᄋᆡ즁하여 □□□□□□□을 졍ᄒᆞ여라 ᄒᆞ고 날노 과문ᄒᆞ던니 이젹의 낭자은 쳔상의 득죄ᄒᆞ야 옥연□ □의 젹거ᄒᆞ야 공부을 심셔 셰월을 보ᄂᆡ던니 션군과 젼의 연분니 자즁ᄒᆞ기로 □□ 기다리던니 션군은 닌간예 □상ᄒᆞ여시ᄆᆡ 쳔상 일을 아지 못ᄒᆞ야 타문의 구혼ᄒᆞᆫ니 사셰 극난니로다 만일 타문의 혼취ᄒᆞ면 우리 양닌의 ᄇᆡᆨ연기양니 소졀업시 혀사되단말가 아모으커나 면져 알긔ᄒᆞ난 거시 올타 ᄒᆞ고 그날 밤의 션군의 숨의 가리로다 ᄒᆞ고 그 밤 삼경의 가셔 왈 낭군은 쳡을 모로난잇가 쳡은 쳔상 수경낭ᄌᆞ로셔 요지연의 가와 낭군으로 더부려 히롱한 죄로 상졔계옵셔 ᄂᆡ치시ᄆᆡ 인연을 금셰예 ᄆᆡ지던니 다른 가문의 구혼하야 하시난잇기 낭군은 삼 연을 위로ᄒᆞ옵고 쳡을 기다니옵소셔 ᄌᆡ삼 당부ᄒᆞ고 간ᄃᆡ업거날 ᄊᆡ다른니 남가일몽니라 즉시 니려나 낭ᄌᆞ의 형용을 ᄉᆡᆼ각한니 ᄉᆞᆺ싸온 얼골은 수중 연화지상니요 반ᄀᆡ 아미은 쳔상 명월니 구름 속의 소삿난 듯 단순호치 반ᄀᆡᄒᆞ야 말ᄒᆞ난 소ᄅᆡ 귀예 □□ᄒᆞ고 눈의 은은ᄒᆞᆫ ᄐᆡ도난 삼암ᄒᆞ야 잠을 니우지 못ᄒᆞ야 주야로 ᄉᆡᆼ각ᄒᆞᆫ니 힝ᄉᆡᆨ니

〈2-뒤〉

불안ᄒᆞ야 장찻 병니 되야난지라 부모계옵셔 민망ᄒᆞ야 왈 너의 병셰을 본니 가장 고히하니 진졍을 발로 니로라 ᄒᆞ신니 션군니 마지 못ᄒᆞ야 ᄃᆡ왈 모월 모야의 ᄒᆞᆫ 숨을 엇사온리 곳 갓덧 낭ᄌᆡ 와 리로ᄃᆡ 월궁션여라 ᄒᆞ옵고 엿ᄎᆞᄒᆞ

은 후의 인ᄒᆞ야 간 고지 업던니 그날부텀 병니 되어사온니 일각니여삼취라 엇지 삼여을 지달리인잇가 이엄으로 병니되여사온니다 부인 경씨 왈 너 나흘 ᄊᆡ의 ᄒᆞ날소셔 ᄒᆞᆫ 션관리 나려와 이르기을 엿ᄎᆞ엿ᄎᆞᄒᆞ던니 과연 수경 낭ᄌᆞ가 시푸다마난 쑴으로셔 엇지 다 취신ᄒᆞ리오 리어흠을 ᄉᆡᆼ각지 말고 부모을 위하야 음식을 먹으라 ᄒᆞ신니 션군니 ᄃᆡ왈 아무리 쑴이 흐ᄉᆡ라 하온 들 엇지 그ᄃᆡ지 경영ᄒᆞ오며 쏘ᄒᆞᆫ 기약니 지중ᄒᆞ□거날 엇지 일시얼 잇사오 릿가 □□□□ᄒᆞ여 □□□□□□□□□□□□□□□□□□

〈3-앞〉

와도 ᄌᆞ연 먹지 못하난니다 ᄒᆞ고 기리눕고 이지 못ᄒᆞ거날 부인니 민망 답답 ᄒᆞ여 ᄇᆡᆨ야으로 구ᄒᆞ되 일분 호혐이 어고 병셰 날노 지중ᄒᆞᆫ지라 니적의 낭자 비로 옥연동 적소의 잇시나 션군의 병셰 중ᄒᆞᆫ 쥴 알고 밤마도 몽즁의 다니며 니로ᄃᆡ 낭군은 엇지 요망ᄒᆞᆫ 여ᄌᆞ을 잇지 못ᄒᆞ야 져ᄃᆡ지 병니 지중ᄒᆞ신닛가 ᄒᆞ며 유리병을 ᄂᆡ여 노흐며 왈 니 약을 씨옵소셔 약 니흠은 ᄒᆞ난튼 불사약니 요 쏘 ᄒᆞ난 불사초요 쏘 ᄒᆞ나흔 명경주라 부ᄃᆡ 니 셰 가지 약을 씨옵고 마음니 간졀ᄒᆞ신ᄃᆡ도 장부의 활달ᄒᆞ음 일니 ᄉᆡᆼ각ᄒᆞ야 삼연만 기다리옵소 셔 ᄒᆞ걸날 반겨 ᄭᆡ다르이 간ᄃᆡ업난지라 션군니 더옥 마음을 진정치 못ᄒᆞ야 병셰난 졈졈 지중ᄒᆞᆫ지라 난ᄌᆞ 쏘ᄒᆞᆫ ᄉᆡᆼ각ᄒᆞ되 션군의 병이 졈졈 날로 중ᄒᆞ고 가셰 졈졈 패낙ᄒᆞ이 엇지 가세을 구ᄒᆞ며 넉넉ᄒᆞ계 ᄒᆞ리요 쏘 쑴의 가 일로ᄃᆡ 낭군의 병셰 졈졈

〈3-뒤〉

지중ᄒᆞ옵 가셰 졈졈 쇠진ᄒᆞᆫ니 금동 ᄒᆞᆫ 쌍을 가져왓신니 낭군 계신 방의 간쳐 두시며 ᄌᆞ연 부귀ᄒᆞ실리다 쏘 화상을 주며 왈 니 화상은 쳡의 용모온니 밤이면 업고 나지면 형풍의 거러두고 쳡을 생각 말고 마음을 노으시사 삼연

만 기다리옵소셔 ᄒᆞ고 니러ᄂᆞ 가거날 션군니 손을 들러 낭자을 ᄌᆞ부려 ᄒᆞ다가 몸을 소쳐 ᄭᆡ다른니 ᄯᅩ 간ᄃᆡ업난지라 인ᄒᆞ야 방안을 살펴보니 예 업던 금동ᄌᆞ와 화상리 결여거날 직시 금동을 안치고 낭ᄌᆞ의 화상을 형풍의 거러두고 시시로 낭ᄌᆞ갓치 보되 병세난 일졈 호혐이 업난지라 이젹의 각도각읍의셔 다 서로 이로ᄃᆡ 안동 ᄯᆞᆼ의 ᄇᆡᆨ션군 집의 기이ᄒᆞᆫ ᄌᆡ물이 가중 기모ᄒᆞ다 ᄒᆞᆫ이 귀겡가ᄌᆞ ᄒᆞ며 ᄉᆞ람마다 금은을 만이 가지고 ᄎᆡ단을 갓초와 드리며 닷토와 날노 구경ᄒᆞ난지라 그려ᄒᆞ머르 가세ᄂᆞᆫ 졈졈 요부ᄒᆞ나 션군의 병세ᄂᆞᆫ 조검도 호혐이 읍고 □□의 ᄒᆞ여난지라 □□□□□

〈4-앞〉

부모 날노 눈물노 셰월을 보ᄂᆡ며 구혼을 ᄒᆞ되 무가ᄂᆡᄒᆞ라 하날임게 으든 병을 뉘라셔 끈치리요 ᄒᆞ며 상ᄒᆞ 노복 등가 일가친젹더리 주야로 경황분주ᄒᆞ더라 이젹의 낭ᄌᆞ ᄭᅮᆷ의 일로ᄃᆡ 낭군은 그ᄃᆡ지 누누이 진정ᄒᆞ와도 종시 쳡의 말솜을 듯지 아니ᄒᆞ고 쳡을 닛지 못ᄒᆞ야 져ᄃᆡ지 울젹ᄒᆞᆫ 심ᄉᆞ을 금치 못ᄒᆞ야 병세 막심ᄒᆞ온니 실노 민망 답답ᄒᆞ와이다 아득 ᄃᆡᆨ집 월ᄆᆡ을잠간 방수을 졍ᄒᆞ야 두옵고 울젹ᄒᆞᆫ 심회을 더옵고 삼연만 기다리읍소서 ᄒᆞ고 문듯 간ᄃᆡ업거날 ᄭᆡ달른니 ᄒᆞᆫ ᄭᅮᆷ의라 션군이 ᄉᆡᆼ각ᄒᆞ되 낭ᄌᆞ의 말삼 저려ᄒᆞᆫ니 힝여 병셰 엇덜가 ᄒᆞ야 잇튼날 부모 양위을 쳥ᄒᆞ야 왈 간밤의 일몽을 어던니 낭ᄌᆞ ᄯᅩ 와서 이로ᄃᆡ 비ᄌᆞ 월로 그 사이의 방수을 졍ᄒᆞ여 두고 울울ᄒᆞᆫ 심ᄉᆞ 더라 ᄒᆞ온니 사세 엇드ᄒᆞ온잇가 부모 왈 몽중ᄉᆞ을 엇지 다 치신호이오마ᄂᆞᆫ ᄭᅮᆷ도 누차 □□ᄒᆞᆫ니 그리ᄒᆞ라 ᄒᆞ고 즉시 ᄆᆡ월을 불너 종첩을 ᄉᆞ□□ 심호난이 낭ᄌᆞ

〈4-뒤〉

의 ᄭᅩᆺᄡᅡ온 ᄐᆡ도와 연연ᄒᆞᆫ 소ᄅᆡ을 ᄉᆡᆼ각ᄒᆞᆫ니 정신이 아득ᄒᆞ고 흥종이 막막ᄒᆞᆫ

지라 이려으로 병셰 눕고 이지 못ᄒᆞ야 병셰 졈졈 중ᄒᆞᆫ지라 션군이 혼ᄌᆞ말노 일르ᄃᆡ 낭ᄌᆞ야 낭ᄌᆞ야 수경낭ᄌᆞ야 삼연니 몃ᄒᆡ며 삼연니 몃달인고 병셰 날노 더ᄒᆞᆫ니 삼연 져의 명ᄌᆡ 경각이라 엇지 삼연을 기다리리요 ᄂᆡ 몸숙 주은 후의 ᄇᆡᆨ골니나 보소셔 인ᄉᆡᆼ니 ᄒᆞᆫ 변 죽으면 다시 살기 어렵도다 ᄂᆞ리 리십의 학발 쌍쳔과 부모 친쳑을 니별ᄒᆞ고 황쳔으로 도라가리 슬푸다 어렵도다 어렵도다 니ᄂᆡ ᄉᆡᆼᄉᆞ 어렵도다 몽중의 수경경낭ᄌᆞ 보려더니 낭ᄌᆞ ᄉᆡᆼᄉᆞ 가련ᄒᆞ다 ᄉᆡᆼᄉᆞ불견니 ᄂᆡ 수심□□ 병니 도여 니날리나 호음 볼가 져날니라 호음 볼가 니러구려 ᄒᆞ난 병리 누월을 신음타가 속졀업시 죽른지라 목숨 죽근 후의 가련ᄒᆞᆫ 소 학발 쌍친 압푸로 인도ᄒᆞ고 뒤을 일 ᄌᆞ식이 업사니 더

〈5-앞〉

옥 가련ᄒᆞ고 불상토다 이ᄂᆡ 마음 니러ᄒᆞᆯ 졔 부모 마음 옥즉ᄒᆞᆯ가 진심갈력으로 충연봉의 드려가셔 지셩으로 발원하야 오십 후의 단만 독ᄌᆞ을 주옥 갓치 ᄉᆞ랑타가 후ᄉᆞ난 고ᄉᆞ하고 목졔의 ᄎᆞ목ᄒᆞᆫ 악ᄉᆡᆨ을 볼가ᄒᆞ여 ᄇᆡᆨ으로 구ᄒᆞᆫᄒᆞ시다가 필경 ᄂᆡ 병셰 죽계된니 어지 가련하지 아니ᄒᆞ리 ᄒᆞᆫ심치 안니ᄒᆞᆫ니요 미ᄌᆡ라 옥낭ᄌᆞ여 야ᄂᆡ의 ᄒᆞᆫ 변 ᄉᆡᆼ각ᄒᆞ옵소셔 죽계된 목숨을 살니소셔 하며 눈물을 흘여 비ᄀᆡ을 젹시난지라 니젹의 낭ᄌᆞ 옥연동의 잇시되 션군의 정지과 병셰을 ᄉᆡᆼ각ᄒᆞᆫ되 가련ᄒᆞᆫ고 ᄎᆞ목ᄒᆞᆫ지라 만일 션군니 니을 죵시 잇지 못하야 병셕의 눕고 이지 못ᄒᆞ여 ᄇᆡᆨ연약을 소졀업시 허ᄉᆞ되올니라 ᄯᅩ ᄉᆡᆼ의 와 이로ᄃᆡ 낭군의 병셰 니어타시 위중ᄒᆞ옵신니 무가ᄂᆡ하라 ᄂᆡ의 공부 가련할 ᄉᆞ 되어도 □ 삼연만 차마더면 우리 연분리 금세의 ᄇᆡᆨ연동낙 될결 방금 낭군의 병셰 져ᄃᆡ지 중ᄒᆞ싯되 쳡을 불러 ᄒᆞ시거던 옥연동 가음정으로 차ᄌᆞ 오소셔 ᄒᆞ고

〈5-뒤〉

가거날 션군니 그 말을 듯고 놀릭여 씨다르니 ᄒᆞᆫ 쑴이라 마음니 황홀ᄒᆞ여 눕고 니지ᄒᆞ던니 이려 안지며 부모을 청ᄒᆞᆫ려 ᄒᆞᄃᆞ가 니러나 부모님 방으로 드러간니 상공 부쳐 젼군을 보고 ᄃᆡ경ᄒᆞ야 손을 ᄌᆸ고 안치며 문왈 네 ᄌᆞ니예 눕고 닐지 못ᄒᆞᆫ지 러어날니어날 오날 ᄒᆡᆼ보을 능히 ᄒᆞ야 ᄂᆡ 방의 오난다 ᄒᆞ신니 젼군리 엿ᄌᆞ오ᄃᆡ 간밤의 ᄒᆞᆫ 쑴을 엇ᄉᆞ오니 수경낭ᄌᆞ 쏘 와 니로ᄃᆡ 낭군의 병셰 졀어타시 위중ᄒᆞ신니 쳡을 차ᄌᆞ 옥연동 가음졍음로 오라ᄒᆞ옵거날 그 말을 듯고 반거 씨다르니 몸니 가부압고 졍신니 활홀ᄒᆞ옵기로 부모님 져의 일러ᄒᆞᆫ 말슴을 ᄒᆞ고 그 싀졀 차ᄌᆞ가러ᄒᆞᆫ나니다 인ᄒᆞ여 ᄒᆞ직ᄒᆞᆫ니 부모 울며 왈 네 병던지 누월리라 음식을 쏘 먹지 못ᄒᆞ여 기운리 히미ᄒᆞ여 실졍ᄒᆞ도다 ᄒᆞ시고 붓들여 안치되 젼군리 미망ᄒᆞ러 왈 소져의 병셰 니 갓ᄉᆞ옵기로 부모님 젼의 영을 거ᄉᆞ려ᄉᆞ온니 불호막심리라 죄ᄉᆞ무석

〈6-앒〉

리로소이다 소져 병리 더ᄒᆞ옵다가 목젼의 역낙ᄒᆞᆷ을 보시먼 도로여 후회되거시리ᄂᆡ 부모님은 넘무 근사치 마려소셔 ᄒᆞ고 문박겨 ᄂᆡ다른니 부모 마치 못ᄒᆞ아 혀락ᄒᆞ시니 션군니 그졔 심사 히락ᄒᆞ야 빅마금편으로 옥연동을 ᄎᆞ자가난지라 종일토록 가되 옥연동얼 보지 못ᄒᆞᄆᆡ 울울ᄒᆞᆫ 마음을 진졍치 못ᄒᆞ야 ᄒᆞ날을 울르러 왈 소소ᄒᆞᆫ 명쳔은 ᄒᆞ감ᄒᆞ옵소셔 옥연동 가난 길을 발켜 인도ᄒᆞ옵소셔 기약을 일치 말계 ᄒᆞ옵 주마급편으로 심산궁곡을 들려 간리 셕양은 ᄌᆡ을 넘고 옥연동은 막막ᄒᆞᆫ데 수보을 둘려가며 좌우을 살피본리 산용은 반공의 소사ᄒᆞᆫ데 산곡리 광활ᄒᆞ고 ᄃᆡ틱이 차닐ᄒᆞ고 쳔봉만학은 기름으로 그려잇고 수양쳔만산은 광무의 훗날이고 황금 갓틋 씻고릭난 상ᄒᆞ지예 왕ᄂᆡᄒᆞ고 탐화봉접 춘풍의 흥을 계워 춘식을 ᄌᆞ랑ᄒᆞ며 화영은 심익ᄒᆞ고 잉무공작은 산곡으로 날라든니 쏘ᄒᆞᆫ 별루쳔지비인간

〈6-뒤〉

일니라 리허 풍경을 귀경ᄒᆞ며 말을 잇글고 들허간니 주루화각니 반공의 소산난되 현판의 셔겨시되 옥연동 가음정이라 ᄒᆞ여더라 션군니 마음의 황홀ᄒᆞ야 몸을 수기고 당상의 올나가리 낭ᄌᆞ 션군을 보고 ᄋᆡ미을 수기고 수괴ᄒᆞᆫ ᄐᆡ도을 니기지 못ᄒᆞ야 피셕문왈 그ᄃᆡ난 엇더ᄒᆞᆫ 속ᄀᆡ니관ᄃᆡ 임으로 션당의 올르난다 ᄒᆞ니 션군니 ᄃᆡ왈 난은 유산ᄀᆡᆨ은로니 귀경ᄒᆞ옵다가 공의 션경예 임ᄒᆞ여사온니 죄ᄉᆞ무셕이로소니다 ᄒᆞᆫ니 낭ᄌᆞ ᄃᆡ왈 그ᄃᆡ 목숨을 ᄋᆡᆨ기거던 밧비 도라가라 ᄒᆞᆫ니 션군 심사낙막ᄒᆞ야 반가온 마음 넌지 아니ᄒᆞ고 니도로여 무류ᄒᆞᆫ지라 ᄉᆞᄉᆡᆼ을 ᄉᆡᆼ각지 안니ᄒᆞ고 졈졈 나아지여 왈 낭ᄌᆞ난 나을 모로난잇가 낭ᄌᆞ 종시 혀락지 안리ᄒᆞᆫ되 션군니 ᄒᆞᆯ릴업셔 앙천 탄식 왈 ᄒᆞ고 문을 닷고 셤 아니타려 션리 그졔야 녹이홍상의 월ᄑᆡ을 ᄎᆞ고 손의난 ᄇᆡᆨ학션을 쥐고 평풍의 빗겨셔셔 문을 열고 션군을 불너 왈 난군은 가지 마옵고 ᄂᆡ 말숨

〈7-앞〉

을 드려 보소셔 ᄒᆞ니 션군리 그졔야 심사 히히낙낙ᄒᆞ야 도라션니 낭자 왈 그ᄃᆡᄃᆡ난 인간 젹겨ᄒᆞ야 환ᄉᆡᆼᄒᆞ기로 쳔상살을 막막히 묘로건니와 ᄃᆡ장부 셰상의 쳐ᄒᆞ야 그ᄃᆡ지 지ᄀᆡᆨ 업난닛가 암으리 쳔은니 중ᄒᆞ여 인간의 연분을 ᄆᆡᄌᆞ신들 엇지 일언의 허락ᄒᆞ리오 ᄒᆞ고 인ᄒᆞ야 드려옵소셔 청ᄒᆞᆫᄃᆡ 션군니 그졔야 완완 들려가 렴실단좌ᄒᆞᆫ리 낭자 ᄉᆞᆺ다온 얼골의 수괴ᄒᆞᆫ ᄐᆡ도을 반만 은은리 품어 잇고 단정리 안지며 단순호취 반ᄀᆡᄒᆞ야 말삼을 난젹리ᄒᆞ야 ᄃᆡ왈 난군은 엇지 지식이 업난잇가 ᄒᆞᆫ니 션군니 그 말을 듯고 눈을 들어 낭자을 본이 얼골과 ᄐᆡ도난 천상명월리 구름 밧계 소사난듯ᄒᆞᆫ지라 마음니 여광여취ᄒᆞ야 진정치 못ᄒᆞ다가 우젼안심ᄒᆞ야 낭자의 손을 잡고 왈 오널날 낭자을 ᄃᆡ면ᄒᆞᆫ니 금방 죽어도 ᄒᆞᆫ리 업실가 ᄒᆞ로니다 져가ᄂᆡ의 근고ᄒᆞ던

말이야 엇지 다 층양ᄒᆞᆫ니온릿가 그리던 정회을 ᄃᆡ강셜화ᄒᆞ니 낭자 왈 낭군은 요망ᄒᆞᆫ 여ᄌᆞ을 ᄉᆡᆼ각ᄒᆞ야 병리 낫신릿가 엇지 ᄃᆡ장부라 ᄒᆞ오며 ᄌᆞᆼ부의 졀힝리라 ᄒᆞ릿가

〈7-뒤〉

우리 양인 천상의 득죄ᄒᆞ고 인간의 나려와 니연을 ᄆᆡᄌᆞ신리 지금 삼연 후의 청조로 ᄆᆡᄌᆞ 솜고 상봉으로 륙예 솜아 인연을 ᄆᆡᄌᆞ와 ᄇᆡᆨ연동낙 ᄒᆞᆫ련리와 만일 지금 몸을 허ᄒᆞ온 즉 쳔의을 거사리림오 ᄯᅩᄒᆞᆫ 앙화 도라올거신리 부ᄃᆡ 마음을 안심ᄒᆞ여 도라가 솜연을 지다리라 ᄒᆞᆫ리 션군리 ᄃᆡ왈 일각리 여솜취라 삼연리 몃 솜연리라 ᄒᆞ난잇가 만일 션군을 그져 도라 ᄒᆞ오면 ᄂᆡ의 목숨리 비조죽셕리라 ᄂᆡ 목숨 죽근 후의 ᄇᆡᆨ연동낙리 어ᄃᆡ 잇실리요 황천의 외로온 혼ᄇᆡᆨ 되오면 낭ᄌᆞ의 신명인들 엇지 온젼ᄒᆞᆫ리갓 비나리다 낭ᄌᆞ난 삼연 경졀을 잠간 굽펴 낙수의 물인 교기을 구ᄒᆞ옵소셔 낭자 ᄃᆡ왈 낭군의 셩셰을 당치 못할지라 ᄂᆡ의 ᄂᆡ의 공부 혀ᄉᆞ로다 ᄒᆞ고 침금을 나소와 삼연기야ᄒᆞ던 졀기을 굽피 몸을 허ᄒᆞ야난지라 션군니 그졔야 젼일 그련 정회을 만달셜화ᄒᆞ야 밤을 지ᄂᆡᆫ이 두 사름의 거동니 원낭리 녹술을 만남 갓고 금실지락은 비할 데 업더라 낭ᄌᆞ ᄒᆞ난 말

〈8-앞〉

니 낭군의 욕심니 아모리 ᄃᆡ단ᄒᆞᆯ지라도 그ᄃᆡ지 무예막심하시리릿갓 니졔난 무가ᄂᆡᄒᆞ라 ᄂᆡ 몸니 부졍ᄒᆞᆫ리 공부가 혀ᄉᆞ로다 ᄒᆞ고 신힝질로 차려 낭군과 한계 가ᄉᆞ리다 ᄒᆞ고 청ᄉᆞ마을 모아ᄂᆡ혀 옥연괴의 나안진리 션군리 깃겨ᄒᆞ여 힝긱 ᄡᅥ고 집으로 도라온니라 잇ᄯᆡ 부모 야위의 말ᄒᆞᆫ리 상공 부쳐 공경 졉ᄃᆡᄒᆞ고 낭ᄌᆞ을 자셰리 본리 쳔하졔일 일ᄉᆡᆨ리라 양비은 홍도화가 츈풍의 무르녹난 듯ᄒᆞᆫ리 상공 부쳐 극히 ᄉᆞ랑ᄒᆞ야 별당의 처소을 정ᄒᆞ고

원낭지낙을 일우게 ᄒᆞ니 두 ᄉᆞ름의 졍리 비할 ᄃᆡ 업듯라 션군리 일시도 ᄯᅥ나지 못ᄒᆞ고 ᄯᅩᄒᆞᆫ 학업을 젼폐ᄒᆞ리 상공 부쳐 극히 만망ᄒᆞ나 ᄒᆞ난만 밋고 ᄭᅮ지도 못ᄒᆞ더라 니러구려 세월리 여류ᄒᆞ야 ᄌᆞ식 남ᄆᆡ을 주시되 ᄯᆞᆯ의 일홈은 춘야리요 아덜의 일홈은 동춘리라 가세 요부ᄒᆞ기로 동산의 가음졍을 짓고 소현금과 낙춘방리라 ᄒᆞ난 곡죠을 지

〈8-뒤〉

여 탄금ᄒᆞ야 옥낭ᄌᆞ와 화답ᄒᆞ니 그 소ᄅᆡ가 ᄌᆞᆼ청망ᄒᆞ야 산악을 씻치난 듯ᄒᆞ더라 그 곡 중의 ᄒᆞ여시되 양인리 ᄃᆡ작 산화긔한리 닐ᄇᆡ닐벌부닐ᄇᆡ라 아취욕면 군ᄎᆞ거ᄒᆞᆫ리 명죠의 유회포 금ᄂᆡ라 낭자 ᄐᆡ기을 다ᄒᆞᄆᆡ 션군니 여광여취ᄒᆞ야 마음을 진경치 못ᄒᆞ여 부모 ᄆᆡ일 사랑ᄒᆞ여 션군과 낭자을 다리고 히롱ᄒᆞ여 왈 ᄂᆡ 두 자식은 쳔상션관리다 ᄒᆞ시고 션군을 불어 왈 들은리 과겨울 보인다 ᄒᆞ리 너도 경성의 가 닙신양명ᄒᆞ야 부모 젼의 영화을 보리고 조션을 빗ᄂᆡᄆᆡ 엇더ᄒᆞ요 ᄒᆞ신되 션군니 ᄃᆡ왈 우리 가세 일업의 졔일부자요 소비 쳔여구라 머을 근심ᄒᆞ리마는 잠시ᄅᆡ도 낭자을 ᄯᅥ나거 할려ᄒᆞ난지라 ᄒᆞ고 니젹의 부친 ᄒᆞ시던 말삼을 젼ᄒᆞ고 가기을 실려ᄒᆞᆫ되 낭ᄌᆞ 엄용ᄃᆡ왈 장부 세상의 쳐ᄒᆞ야 ᄉᆞᆺ싸온 이홈을 용문의 올리고 부모님 젼의 영화을 보니고 조션을 빗나미 장부의 썻썻한 일니어날 니졔 쳡을 잇지 못ᄒᆞ야 과

〈9-앞〉

거의 안리 가면 공명도 일삽고 ᄯᅩᄒᆞᆫ 부모 양위와 일가친쳑리며 친군나도 다 닐으되 쳡의겨 호탁ᄒᆞ야 과겨 안니 간다 ᄒᆞᆫ거시리 낭군은 마음을 두류 ᄉᆡᆼ각하야 ᄇᆡᆨ연동낙홀 닌졍을 구려 과겨장중원ᄒᆞ계 ᄒᆞ야 부묘님게 영화을 보니시고 ᄂᆡ 몸리 영귀ᄒᆞ면 엇지 길겁지 안ᄒᆞ리요 ᄒᆞ고 언필의 과겨 ᄒᆡᆼ장을 차여 주며 왈 낭군리 만닐 과겨의 안리 가시면 쳡은 세상을 바리나니다

ᄒᆞ고 황금 오쳔 양과 노비 여셧 명을 퇴츌하야 주며 과거을 직촉ᄒᆞ니 션군니 마지 못ᄒᆞ야 니날 발힝홀ᄉᆡ 부모 야위 젼의 ᄒᆞ직ᄒᆞ고 낭ᄌᆞ을 되라보며 왈 낭자난 부모 야위을 모시고 어닌 자식을 다리고 가ᄂᆡ 무고니 지ᄂᆡ시면 수니 도라와 졍회을 셜회ᄒᆞ니이다 ᄒᆞ고 니별ᄒᆞ고 써날 ᄉᆡ 낭ᄌᆞ 중문의 비겨 셔셔 과겨 가ᄂᆞᆫ 겨동을 보되 션군니 낭자을 ᄂᆡᄂᆡ 니지 못ᄒᆞ 심ᄉᆞ 간졀ᄒᆞ야 조일토록 가되 졔우 삼심이을 가 숙소 졍ᄒᆞ고 셕

〈9-뒤〉

반을 먹은 후의 낭ᄌᆞ 연연ᄒᆞᆫ 졍회 가삼의 가득ᄒᆞ기로 셕반 젼의 업셔 상을 물니치고 낭자만 ᄉᆡᆼ각하더리 하닌 등리 민망하야 여ᄌᆞ오ᄃᆡ 셔방님리 식음 젼폐ᄒᆞ고 원힝을 엇지할야 ᄒᆞ시난릿가 션군 ᄃᆡ왈 져연 심ᄉᆞ 락막ᄒᆞ야 음식을 먹지 못ᄒᆞ고 공방독숙 홀로 누어 ᄉᆡᆼ각ᄒᆞ되 낭ᄌᆞ의 ᄭᅩᆺ싸온 어골 눈의 어리고 ᄭᅩᆺ싸은 셩음 귀의 들리난 듯ᄒᆞ야 온젼ᄒᆞᆫ 심회을 이기치 못ᄒᆞ야ᄂᆞᆫ지라 닐러구려 밤은 삼경리라 ᄒᆞ닌리 잠을 치피 들어거날 션군니 일려난 ᄒᆞ닌 모로계 집으로 도라와 단장을 ᄯᅱ여넘어 낭ᄌᆞ 방의 듯어가리 낭ᄌᆞ ᄃᆡ노 왈 엇지 심야의 홀노 회졍ᄒᆞ시난닌가 션군 ᄃᆡ왈 힝ᄒᆞᆫ ᄇᆡ 삼심리르을 가 숙소을 졍ᄒᆞ고 공방독숙 홀노 안자 ᄉᆡᆼ각ᄒᆞ리 울젹ᄒᆞᆫ 졍화을 이기지 못ᄒᆞ야 식음을 젼펴ᄒᆞ고 잠을 리우지 못하야 와ᄂᆞᆫ니다 ᄒᆞ고 강ᄌᆞ로 더부려 말슴을 잔약계 ᄒᆞ더니 상공리 션군을 과ᄀᆡ의 보ᄂᆡ고 집안니 젹조ᄒᆞ기

〈10-뒤〉

로 도젹을 살피려 ᄒᆞ 후원의 도라가 동편별당의 가니 낭ᄌᆞ의 방으로셔 남졍의 소ᄅᆡ 들이거날 고이ᄒᆞ야 이윽히 드으리 관연 남졍의 소ᄅᆡ거날 상공니 고히ᄒᆞ여 ᄉᆡᆼ각ᄒᆞ되 낭ᄌᆞ은 ᄇᆡᆨ옥 갓탓 졍절리어날 엇지 외닌을 ᄃᆡ할리요 그려ᄂᆞ 가장 고희ᄒᆞ다 ᄒᆞ고 귀을 귀우려 드른즉 잔약히 말ᄒᆞ니가 낭ᄌᆞ 왈

밧겨 시분임 오신 덧ᄒᆞᆫ리 낭군 ᄌᆡ최을 감초소셔 ᄒᆞ며 ᄋᆡ기 달ᄂᆡᄂᆞᆫ 소ᄅᆡ을 동춘을 달ᄂᆡ며 왈 ᄌᆞ장ᄌᆞ장 ᄒᆞ며 너의 아반임은 금변 과겨 가 장원급제ᄒᆞ와 영화로 도라오리라 ᄒᆞ거날 상공이 니 말을 들고 일변 고히 여계나 후일을 다시 보이라 ᄒᆞ고 침소로 도라 가신니라 이젹의 낭자 션군다려 가로ᄃᆡ 시부모임 문밧계 ᄌᆞ최을 엿보고 가신 듯ᄒᆞ오리 낭군은 어셔 급피 발힝ᄒᆞ옵소셔 만일 쳡을 닛지 못ᄒᆞ고 다신 와다가은 시부모임 염탐지ᄒᆞ의 종젹니 혈논ᄒᆞᆫ면 ᄂᆡ겨도 ᄶᅮ중리 도라올거신리 낭군도 ᄯᅩᄒᆞᆫ 부모임 셤기난 도도리 아니온니 부ᄃᆡ 마음을 조심ᄒᆞ 경셩의 수니 득달ᄒᆞ야 영화로 나려와 학발

〈11-앞〉

쌍친의 깃거흠ᄅᆡ라 하다 ᄒᆞ며 권권ᄒᆞ여 보ᄂᆡ리라 션군이 도라오되 낭ᄌᆞ의 연연ᄒᆞᆫ 말을 닛지 못ᄒᆞ야 ᄉᆞ쳐로 도라온즉 하인 등리 좀을 ᄊᆡ지 안이ᄒᆞ엿난지라 ᄯᅩ 잇든날 방힝ᄒᆞ여 졔오 오십이을 가 숙소을 정ᄒᆞ고 셕반을 지ᄂᆡᆫ 후의 ᄯᅩᄒᆞᆫ 심ᄉᆞ 온젼치 모ᄒᆞ야 낭ᄌᆞ의 당부ᄒᆞ던 말을 져리 닛고 하닌 모로게 집으노 도라와 낭ᄌᆞ 방의 드려가니 낭ᄌᆞ ᄃᆡ경질ᄉᆡᆨᄒᆞ여 왈 장부의 세상의 쳐하야 공명의 ᄯᅳᆺ지 읍고 요망ᄒᆞᆫ 여ᄌᆞ의 정회을 참지 못ᄒᆞ야 이 갓치 부정ᄒᆞᆫ 힝실을 ᄒᆞ온리 엇지 장부의 도리라 올릿가 차라리 ᄂᆡ 몸니 죽어 모로미 올타 ᄒᆞ고 변ᄉᆡᆨᄃᆡ로 ᄒᆞᆫ니 션군이 마음을 ᄊᆡ치고 무류□ □라간니 낭ᄌᆞ의 연연ᄒᆞᆫ 경회난 션군과 다음 업시되 션군 공명을 일우게 □리라 니러구려 경담을로 화답ᄒᆞ던니 잇ᄯᅡ의 ᄉᆞᆼ공이 ᄯᅩᄒᆞᆫ 문박계 와 ᄌᆞ최을 보던리 ᄯᅩ 남ᄌᆞ의 소ᄅᆡ ᄌᆞ약 왁자ᄒᆞ거날 ᄉᆞᆼ공 혼ᄌᆞ말노 니로ᄃᆡ 고니ᄒᆞ고 고리ᄒᆞ도다 낭자 갓틋 절힝으로 엇지 외인을 ᄃᆡ하며 ᄯᅩ ᄂᆡ 집 단

〈11-뒤〉

장니 놉고 ᄯᅩ 노비 만ᄒᆞᆫ듸 엇지 외인니 임으로 츨립ᄒᆞ리요만만난 니 일니

가중 고히ᄒᆞ다 ᄒᆞ고 분한 마음을 니기지 못ᄒᆞ야 쳐소로 도라온니라 이젹의 낭ᄌᆞ 시분임 오신 줄 알고 낭군의 ᄌᆞ최을 감초고져 ᄒᆞ여 도춘을 달ᄂᆡ여 왈 ᄌᆞ장ᄌᆞ장 ᄒᆞ고 낭군의 종젹을 기이ᄂᆞᆫ지라 션군 졔야 마음을 씨쳐 쳐소중 도라간니라 이젹의 ᄉᆞᆼ공이 부인다려 말삼을 셜화ᄒᆞ시며 잇튼날 낭자다려 문왈 션군니 과거의 ᄶᅥ난 후로 집안이 젹요ᄒᆞ기로 도젹을 살피려 ᄒᆞ고 후원 의으로셔 너의 침소의 간즉 네 방의셔 남정의 소ᄅᆡ 나거날 고니 여기 도라왓다가 ᄯᅩ 잇튼날 밤의 간즉 자약키 남ᄌᆞ의 소ᄅᆡ 인니 피려 고니ᄒᆞᆫ지라 부ᄃᆡ 실상을 기이지 말고 아로라 ᄒᆞᆫ신ᄃᆡ 낭ᄌᆞ ᄃᆡ왈 셔방님니 ᄶᅥ나신 후로 밤니면 심심ᄒᆞ옵기로 동춘과 춘양 ᄆᆡ월을 다리고 ᄒᆞ여삽나니다 엇지 외인을 ᄃᆡᄒᆞ 여시온리가 ᄒᆞᆫᄃᆡ 상공이 이 말을 듯고 마음을 노으시나 졍영이 남ᄌᆞ의 소ᄅᆡ 들닌ᄂᆞᆫ지라 일졍 미지 못ᄒᆞ여 그 후예

〈12-앞〉

ᄆᆡ월을 불너 문왈 요ᄉᆡ예 낭ᄌᆞ의 방의 간던야 ᄒᆞᆫ신ᄃᆡ ᄆᆡ월니 엿ᄌᆞ오되 소인은 요사이예 몸니 곤ᄒᆞ기로 낭ᄌᆞ 방의 간 ᄇᆡ 업난니다 ᄒᆞᆫ리 ᄉᆞᆼ공니 수상니 예기여 ᄆᆡ월을 ᄭᅮ지져 왈 ᄂᆡ 요사이예 집안 고요ᄒᆞ기로 주야 도젹을 직커던니 두로 도라 낭ᄌᆞ의 침소의 간즉 방안의셔 남ᄌᆞ의 소ᄅᆡ 나거날 고니ᄒᆞ야 낭ᄌᆞ다려 물론즉 심야의 젹젹ᄒᆞ기로 ᄋᆡ기로 더부려 말엿다 ᄒᆞ던니 너난 지 안니ᄒᆞ엿다 ᄒᆞ니 필려고 고니ᄒᆞᆫ 일리라 분명 엇더ᄒᆞ 놈을 다니고 간통ᄒᆞᆫ 일니나 네외 방으로 단니며 작실니 살피혀라 그놈을 알아 ᄂᆡ계 고ᄒᆞ라 ᄒᆞ시니 ᄆᆡ월리 쳥영ᄒᆞ고 니날부틈 주야로 상즉ᄒᆞ되 종젹을 아지 못ᄒᆞ난지라 ᄆᆡ월리 ᄉᆡᆼ각ᄒᆞ되 셔방님니 옥낭ᄌᆞ와 즉ᄇᆡᄒᆞ신 후로 지금가지 날을 난은 도라보지 안ᄒᆞᆫ리 ᄂᆡ 유문간장 쎡난 줄을 뉘가 알리요 잇ᄯᅢ을 당ᄒᆞ야 낭ᄌᆞ 음히ᄒᆞᆫ면 그 안니 상쾌ᄒᆞᆯ가 ᄒᆞ고 금은 순야을 도젹ᄒᆞ야 가지고 동무 중의 가 의논 왈 금은 수ᄇᆡᆨ 양을 줄거시니 뉘라

〈12-뒤〉

셔 닉 말을 들르니요 흔니 그 중의 돌쇠라 ᄒᆞ란 놈미 풍신 견장ᄒᆞ고 마음니 위활ᄒᆞ 놈리라 ᄃᆡ답ᄒᆞ거날 ᄆᆡ월니가 거금을 주며 닉 말ᄃᆡ로 시힝ᄒᆞ라 닉 사졍이 달름안이라 너도 아난 ᄇᆡ라 우리 셔방님니 아무 연부의 날노 ᄒᆞ여금 방수을 들니던니 그 후예 옥낭ᄌᆞ와 작ᄇᆡ 후로 지금 팔연이로ᄃᆡ 종시 도라보지 안니흔니 철쳥지원니 가슴의 가득ᄒᆞ여시되 뉘달려 일언 말을 할손가 닉 일은 고로 낭ᄌᆞ을 쇠긔여 인졍을 ᄒᆡ코 ᄒᆞ되 못칙니 업셔던이 만참닉 셔방님니 경셩의 갓신이 소원을 망치난지라 그ᄃᆡ은 닉 말을 듯고 그ᄃᆡ로 시힝ᄒᆞ라 낭ᄌᆞ 방문의 안ᄌᆞ다가 승공게 엿ᄌᆞ오면 승공 압히 수상니이흔 거동을 보니고 낭ᄌᆞ 방의셔 나오난다시 도망ᄒᆞ면 승공계옵 실상을 낭ᄌᆞ계 무지 안니ᄒᆞ고 니심 닌실거시리 니 모칙을 하라 ᄒᆞ고 그날 밤 삼경의 ᄆᆡ월니 상공 침소의 가 지침ᄒᆞ고 엿ᄌᆞ오ᄃᆡ 소인니 일젼 상공님 영을 듯고 주야로 낭ᄌᆞ 방의 가 상즉ᄒᆞ던니 금야의 엇던흔 놈니 낭ᄌᆞ 방의 드러가

〈13-앞〉

거날 소인니 종젹을 감초고 귀을 귀우여 듯사온니 낭ᄌᆞ 금놈던려 ᄒᆞ난 말리 일젼의 시분님니 수상흔 종젹을 알고 날을 불너 엿ᄎᆞ엿ᄎᆞ ᄒᆞ옵긔로 닉 일리 일리 ᄒᆞ엿신니 부ᄃᆡ 조심ᄒᆞ야 단니련이와 셔방님 과거 단니여오시거던 쥭이고 ᄌᆡ물을 만이 도젹ᄒᆞ야 가지고 함게 도망ᄒᆞ자 ᄒᆞ거날 지금 그놈을 자바 쳐치ᄒᆞ옵소셔 상공이 니 말을 듯고 크기 놀닉여 칼을 들고 낭ᄌᆞ 방으로 힝ᄒᆞ여 간니 잇ᄯᆡ예 돌쇠라 ᄒᆞ난 놈이 낭ᄌᆞ 방문 밧게 안ᄌᆞ다가 상공 오심을 보고 낭ᄌᆞ의 방문을 밀여 닷치고 도망ᄒᆞ야 단장을 쒸여넘어 달아난니 상공이 분함을 이기지 못ᄒᆞ야 쳐소로 도라와 날식기을 기달니덧니 잇ᄯᆡ예 시문예 ᄀᆡ가 짓고 원촌의 게명셩이 들이거날 이윽ᄒᆞ야 동방이 긔명ᄒᆞ난지라 노복 등을 불너 좌우의 셰우고 차려로 엄치 궁문 왈 ᄃᆡ집의 단장이 놉고

시위가 철셕 갓거날 엇지 외인이 싱심인들 츌림ᄒᆞ리요 너의 놈덜은 응당 알거신니 중실직고ᄒᆞ라 ᄒᆞ면 낭ᄌᆞ을 ᄌᆞ바ᄂᆡ라 ᄒᆞ난 소ᄅᆡ 천지 진동ᄒᆞ난지 라 ᄆᆡ월이 니 영

〈13-뒤〉

을 듯고 급피 낭ᄌᆞ의 침소의 가 발을 구루며 포악ᄒᆞ되 낭ᄌᆞ난 춘야의 ᄡᅮ삼 일을 ᄒᆞ다가 다실져야 잠을 집피 들어시며 낭군임 발힝ᄒᆞ신지 불과 일삭이 못ᄒᆞᆫ야 엇더ᄒᆞᆫ 놈을 간통ᄒᆞ다가 종젹이 헐노ᄒᆞ야 무죄ᄒᆞᆫ 우리을 젼ᄃᆡ지 못ᄒᆞ게 ᄒᆞᆫ니 우리난 비록 쳔인이라도 졀련 힝실은 안하엿다 ᄒᆞ고 무수이 포악ᄒᆞ며 왈 승공 분부 ᄂᆡ의 급피 자바들리라 ᄒᆞ신이다 ᄒᆞᆫ니 이젹의 낭ᄌᆞ 공방독침의 어린 ᄌᆞ식을 다리고 잠을 일우지 못ᄒᆞ여다가 졔우 늣씨야 잠을 덜어덧니 가중이 요란ᄒᆞ며 ᄆᆡ월이 ᄯᅩ한 ᄌᆡ촉이 심ᄒᆞᆫ지라 낭ᄌᆞ 경신을 진경 ᄒᆞ야 의복을 입고 머리의 옥즘을 ᄭᅩᆺ고 나온이 노복 등이 일로ᄃᆡ 낭ᄌᆞ씨난 무어시 부족ᄒᆞ여 그ᄉᆡ이을 참지 못ᄒᆞ야 엇덧 놈을 간통ᄒᆞ다가 무죄한 소인 등의게 이갓치 악형이 도라오게 ᄒᆞ난니갓 오날로 보건ᄃᆡ 정졀리 간ᄃᆡ업다 하고 무수 비방한니 낭ᄌᆞ 이말을 듯고 이마가 셔늘ᄒᆞ고 억답이 문어지고 분ᄒᆞᆫ 말을 엇지 다 셩언ᄒᆞ리요 그러나 이 럴이 무삼일린 줄 모려고 잡피여 시부님 문 밧게 ᄭᅮᆯ이거날 낭ᄌᆞ 경신이 당황ᄒᆞ야 엿ᄌᆞ오ᄃᆡ 무삼 죄가 즁ᄒᆞ 기예

〈14-앞〉

노복 등의 곤욕지셜니 인간사오머 ᄯᅩᄒᆞᆫ 쳥두로 하여금 자바오라 하시잇 승공니 ᄃᆡ왈 ᄂᆡ 일젼의 너의 침실의 가이 경영니 외닌을 다니고 말ᄒᆞ거날 진경 몰나 분을 참고 도라와 너을 불은즉 네 ᄃᆡ답니 낭군니 경셩의 가신 후로 밤니면 심심하야 춘항 동춘 ᄆᆡ월 다니고 말하여엿다 ᄒᆞ기로 짐작ᄒᆞ고

도라와 ᄆᆡ월을 불너 무은즉 ᄆᆡ월니 ᄃᆡ답니 요사니의난 낭ᄌᆞ 방의 간 ᄇᆡ 업다 ᄒᆞ기로 필연 고니ᄒᆞ기 그 ᄌᆞ최을 살피여 ᄒᆞ고 ᄯᅩ 침소로 간즉 엇덧ᄒᆞᆫ 놈니 팔척 장신니 너의 방문을 닷고 도망ᄒᆞ거날 무신 발명ᄒᆞᆫ니요 ᄒᆞ시고 고셩ᄃᆡ질ᄒᆞ신니 낭ᄌᆞ 니 말을 듯고 눈물을 혈니며 왈 쳔만 ᄋᆡᄆᆡ지셜은 발명 무지로소니다 ᄉᆞᆼ공 ᄃᆡ노ᄒᆞ야 더옥 분함을 니기지 못하야 왈 ᄂᆡ 목젼의 졍영니 본 일을 져ᄃᆡ 발명ᄒᆞ니 못보 일니야 엇지 다 셩언ᄒᆞ니요 ᄒᆞ며 효영니 추상갓거날 낭ᄌᆞ 왈 아몰니 시부님 영니 엄숙ᄒᆞᆫ덜 일졍 죄 엄난 일을 발명조차 못ᄒᆞ오니릿가 ᄒᆞ니 상공니 졈졈 분기 등등

〈14-뒤〉

하야 종시 간통ᄒᆞᆫ 놈을 모 알월손야 하시며 창두로 ᄒᆞ여금 졍박ᄒᆞ야 엄치여 궁문ᄒᆞ라 ᄒᆞ신니 창두 영을 듯고 일시예 달여들어 절박엄치하니 낭자의 ᄇᆡᆨ옥 갓틋 졍졀 가련 차목ᄒᆞ지라 옥빈홍안의 준주 갓튼 눈물리 비오덧 흘여 왈 아모리 유예을 갓초지 안이한 며날리덜 입의 담지 못할 말을 ᄂᆡ게 ᄒᆞ고 노복을 싯거 이ᄃᆡ지 악형을 ᄒᆞ난잇가 정영한 음힝을 이졔 보왓다 하와도 혹 외인이 알 엄예ᄒᆞ시고 소 불너 은근니 문난거신 ᄌᆞ부의 도리가 반반ᄒᆞ옵거날 이졔 하인 쳡 시의 이려탓시 엄형 분부ᄒᆞ시난잇가 ᄯᅩ 노복 등의게도 파치 못할 곤욕을 들이온니 소부의 목슘이 직금 죽어 만당하와이다 이게 다 발명무지오나 소부의 사정을 다 절통절통ᄒᆞ온니 통촉ᄒᆞ옵소셔 소부의 몸니 비록 진셰의 쳐ᄒᆞ여시나 빙셜 갓튼 졍졀과 불경이부지졀을 아옵고 명쳔니 와연켜날 엇지 외인 ᄃᆡ하야 잠시ᄅᆡ도 눈을 들려보릿가 ᄒᆞ면 방셩통곡ᄒᆞᆫ니 그 가련한 졍ᄉᆡᆼ은 차마 못볼너라 ᄉᆞᆼ공이 이 말을 듯고 더옥 분ᄒᆞ여 왈 일국ᄃᆡ가의 외

〈15-앞〉

인니 규중의 출립ᄒᆞ난거시 죄ᄉᆞ무셕니여던 ᄒᆞ물며 눈의 분ᄒᆞᆫ 일을 보와시되 일정 악담을 하야 도리여 날을 칙ᄒᆞ리 ᄂᆡ 볌연니 ᄒᆞ다가난 도로여 ᄂᆡ 무안을 당니로다 ᄒᆞ고 창두로 ᄒᆞ여금 각별엄치ᄒᆞ신니 창두 영을 듯고 엄치ᄒᆞᆫ니 낭ᄌᆞ 옥 갓탄 양빈홍안의 준주 갓튼 눈물리 비오덧 ᄒᆞ며 빅옥 갓튼 살니 소사 유혈리 낭ᄌᆞᄒᆞᆫ지라 낭자 혼미 중의 졔우 진정ᄒᆞ여 목을 열어 엿자오ᄃᆡ 낭군이 쳡을 잇지 못하여 과겨 발힝ᄒᆞ던 날 졔우 삼심이을 가다가 도로여 회경ᄒᆞ여 소부의 방의 들려와삽기로 마지못ᄒᆞ야 보ᄂᆡ삽던니 또 니튼날 승야ᄒᆞ야 왈삽기예 죽기로셔 강권ᄒᆞ야 보ᄂᆡ옵고 종적을 숨기난 거션 소부의 소견의 힝예 부모님계셔 ᄉᆞ중이 잇술가 두려워 진작 엿즙 못ᄒᆞ야나니다 이런 수추ᄒᆞᆫ 현물과 몹신 삭형니 도라올 줄 알아시면 엇지 진작 알오지 안니할릿가 일젼의 시부님 모로실 졔은 종적을 감초와 ᄆᆡ월노 더부려 말숨ᄒᆞ려노라 ᄒᆞ기도 부모님

〈15-뒤〉

을 두려워ᄒᆞᆫ ᄇᆡ 엇지 외닌을 간통ᄒᆞ엿사오릿가 진작 엿즙지 못ᄒᆞ고 이련 악형을 당하온니 죠물니 시기ᄒᆞ고 귀신이 작희ᄒᆞ야 이렷타시 누명을 입고 또ᄒᆞᆫ 악형을 몸의 밋쳐사온리 무삼 먼목은로 낫철 들혀어 발명ᄒᆞ리잇가마난 낭군을 상ᄃᆡᄒᆞ오며 또ᄒᆞᆫ 노복 등의계 곤욕된 말 듯고 셰상의 사라 무엇ᄒᆞ릿가 ᄂᆡ의 유죄무죄난 ᄒᆞ날니 알으신다 ᄒᆞ고 자결코져 ᄒᆞ다가 낭군과 어린 자식을 ᄉᆡᆼ각ᄒᆞ야 ᄯᅡᆼ의 업더져 기졀ᄒᆞ니 시모 졍씨 졋ᄐᆡ 셧다가 낭ᄌᆞ의 참목ᄒᆞᆫ 경ᄉᆡᆼ을 보고 쳬업ᄒᆞ고 ᄉᆞᆼ공 져의 고왈 ᄉᆞᆼ공은 살피옵소셔 송빅 갓튼 낭ᄌᆞ의 절힝을 졀렷시 박ᄃᆡᄒᆞ신니 엇지 후황니 업사올잇가 ᄒᆞ며 낭ᄌᆞ의 소을 잡고 머니을 둘혀 안치며 낫철 한ᄐᆡ ᄃᆡ니고 방셩통곡ᄒᆞ여 왈 낭ᄌᆞ야 낭ᄌᆞ야 부모 망영ᄒᆞ영 기옥 갓틋 정졀을 모로고 이 지경의 의당ᄒᆞ여신니

원통흔 마음을 엇지 다 칭양흐니요 네 정절을 닉가 안난 빅라 너무 셜워말고 별쌍으로 드려가ᄌ 마음을 진정흐라 흐시면 딕

〈16-앞〉

셩통곡흐신니 낭ᄌ 시모의 목얼 안고 졔우 몸을 열어 눈물을 흘이며 엿ᄌ오딕 옛 말숨의 흐여시되 젹의 ᄯᅴ난 버셔도 창여의 ᄶᅡ난 볏지 못흔다 흐온니 닉 누명을 듯고 엇지 살기을 바릭리요 살아셔난 ᄶᅡ을 볏지 못흔거신니 ᄎ라니 죽읍만 가지 못흐다 흐고 방셩통곡흐니 옥비홍안의 두 줄 눈물리 비오덧 흐더라 잇ᄯᅴ 경씨 낭ᄌ의 거동을 보고 ᄯᅩ흔 눈물을 흘니며 만단기유흐되 종시 듯지 안니흐고 눈물만 흘이며 머리을 어우만지며 옥잠을 ᄲᅵ여들고 흐날을 우루러 동곡 지빅 왈 소소흐고 명명흔 창천은 소부의 흑빅을 흐감흐옵소셔 닉의 힝실리 익마흐고 안니 익마흠을 명박키 분간흐여주옵소셔 쳡이 외인을 보와삽거던 니 옥잠니 닉 가숨의 빅키옵고 무죄흐옵거던 져 셤돌의 빅키옵소셔 쳡의 흑빅을 명빅키 갈려주옵심을 쳔만 발릭압나니다 흐고 옥잠을 공중의 던지며 방셩딕곡흐니 그 옥잠니 공중의 ᄯᅥ 나려왈 셤돌의 빅키난지라 상공이 니려흠

〈16-뒤〉

을 보시고 노복을 다 물리치고 왈 리 일 가ᄌᆼ 고니흐고 긔니흔 일리로다 흐시고 낭ᄌ의 손을 잡고 긔유흐여 왈 닉의 망영되 일을 조금도 험물치 말고 마음을 안심흐라 만단위로하나 낭ᄌ 방셜 갓틋 마음의 죽기을 판단흐거날 상공이 낭ᄌ 빙셜 갓튼 마음의 원통흔 심회로 죽기난 압갑지 안니흐되 사라셔난 뉘명을 면치 못흐리라 흐고 죽기을 판단흐거날 상공이 낭ᄌ의 거동을 보고 다시 위로 왈 닉 잠심의 잇고 경솔리 흔 릴이요 ᄯᅩ흔 남녀 간의 흔 번 누명은 인간상ᄉ라 너무 셜원 말고 쳐소로 도라가 조금도 셜어

말고 안심ᄒᆞ라 ᄒᆞ시이 낭ᄌᆞ 이 말을 듯고 시모을 붓들고 ᄃᆡ셩통곡 왈 남녀 간 ᄒᆞᆫ 변 뉘명은 잇간상ᄉᆞ라 ᄒᆞ옵신니 우니 집의도 예젼의 일언 일리 잇던잇가 ᄉᆞ부가 일언 악형으로 남의 우슘니 될거시니 ᄉᆡᆼ각건ᄃᆡ 유젼ᄒᆞ야 ᄉᆞ후 ᄇᆡᆨ골린들 북그럽지 안니ᄒᆞᆯ잇가 ᄒᆞ며 ᄃᆡ셩통곡ᄒᆞᆫ니 옥 갓튼 귀밋ᄐᆡ 누물리 ᄒᆞᆯ너 옥안을 젹신니 본난 ᄉᆞ람이 뉘 안 울리요 이젹의 춘향의 나니 칠세요 동춘의 나니 삼셰 춘향니 낭ᄌᆞ 거동을 보고 손을 잡

〈17-앞〉

고 낫쳘 ᄒᆞᆫᄐᆡ ᄃᆡ이고 울며 왈 어마님아 어마님아 이거시 어닌 릴고 국국투식 ᄒᆞ엿던가 악형은 무삼일고 사람을 죽거던가 졀박은 무삼닐고 ᄒᆞ며 방셩통곡ᄒᆞ다가0 왈 어만님 죽단 말니 원말닌고 만일 어만님 죽ᄉᆞ오면 닌덜 불상치 아니ᄒᆞ며 동춘닌덜 가련치 아니ᄒᆞ니요 아반님 도라오시거던 어만님 원통ᄒᆞᆫ 사졍이나 다 알오옵고 삼 모ᄌᆞ 함계 죽ᄉᆞ오면 죽근 혼ᄇᆡᆨ니라도 올은 귀시니 될거신니 이졔 급피 죽ᄉᆞ오면 아반님도 ᄯᅩᄒᆞᆫ 의심을 두덧ᄒᆞ온니 어만님 원혼을 두 ᄃᆡ업실거신 아무 분하와도 안심ᄒᆞ옵소셔 이졔 죽거바니 시면 ᄯᅩᄒᆞᆫ 속담의 일언 말니 죽언 니 ᄒᆞᆫ편니요 산 니 ᄒᆞᆫ편니라 ᄒᆞᆫ니 우리 집 권속은 다 ᄒᆞᆫ편니라 엄만님 누명이 졈졈 더ᄒᆞᆯ겨신니 부ᄃᆡ 죽지 말옵소셔 동춘니 발셔붓텀 젼 먹ᄌᆞ고 우나니다 만일 어만님 죽ᄉᆞ오면 우니 남ᄆᆡ 뉘을 의지ᄒᆞ야 사올릿가 ᄒᆞ며 손을 잇글고 들려간니 낭ᄌᆞ 마지못하야 방의 들려가 춘향을 졋ᄐᆡ 아지고 동춘을 안고 져졀 며기며 눈물을 비오덧 ᄒᆞᆯ이며 왈 답답ᄒᆞ고 가련ᄒᆞ다 ᄂᆡ의 팔ᄌᆞ야 니련 누명을

〈17-뒤〉

싯지 못ᄒᆞ고 어린 ᄌᆞ식을 언지ᄒᆞᆯ고 ᄒᆞ며 의농을 나소와 왼갓 ᄎᆡ복을 ᄂᆡ여녹고 춘향의 머리을 어류만지며 슬푸다 춘향아 올날 죽기난 ᄒᆞ날님니 알른신

비라 너의 부친 도라오시거던 이려흔 사정을 다 셜화ᄒ라 ᄒ고 불상흔 혼빅을 위로ᄒ겨ᄒ라 ᄒ며 디술통곡 왈 춘향아 니 빅학션은 천ᄒ제일 보비라 치우면 듭고 더우면 찬바람이 난니 집피 간수ᄒ엿다가 동춘니 장셩ᄒ거던 주고 니 비단치복은 너의 소장지물리라 간수ᄒ엿다가 날 본다시 입어라 ᄒ며 두 줄 눈물을 금치 못ᄒ여 왈 춘향아 춘향아 나 죽근 후의 언린 동춘을 부디 다리고 목말르다 ᄒ거던 물을 며기고 비곱푸다 ᄒ거던 밥을 며기고 어미을 찻거던 달닉여라 부디부디 눈을 흘기지 말고 무낭니 릿거라 가련ᄒ다 춘향아 불상ᄒ다 동춘아 어치흘가 답답ᄒ고 가련ᄒ다 춘향아 뉘을 의지하야 살리요 너의 신세 싱각흔니 천지가 망망ᄒ고 일월니 무광ᄒ도다 옥빈 홍안의 준주 갓튼 눈물리 비오던ᄒ며 운니 춘향이 어미 거동을 보고 디셩통곡 왈 어만님

〈18-앞〉

어지 이렷타시 ᄒ난릿가 만일 어만님 죽ᄉ오면 우리 남미 뉘을 의지ᄒ야 사올리가 어만님 흔가지 죽ᄉ니다 ᄒ며 가련타 동싱 동춘아 셰상의 낫다가 장셩ᄒ기 얼렵도다 원통코 가련ᄒ다 우리 남미 십셰 젼의 어미을 기리고 엇지 보명ᄒ기을 바리리요 모여 셔로 붓들고 밤리 집도록 통곡ᄒ다가 춘향니 ᄌ신ᄒ야 즘을 집피 들어난지라 이젹의 시모 졍씨 낭ᄌ의 거동을 보고 디셩통곡ᄒ며 왈 낭ᄌ의 빙셜 갓틋 졍절리 일조의 져려타시 되니 분ᄒ고 가련ᄒ다 ᄒ고 상공을 ᄉ지여 왈 만일 낭ᄌ 죽으만치면 션군니 도라와 낭ᄌ의 죽금을 보고 졀단고 갓치 죽글거신니 아무리커나 닉닉 안심ᄒ야 후환이나 업게 ᄒ옵소셔 ᄒ더라 이젹의 낭ᄌ 춘향과 동춘을 다리고 왼갓 상졍을 다 셜화ᄒ고 방셩통곡ᄒ고 ᄒ심치고 눈물을 흘여 ᄒ직ᄒ고 ᄋ고ᄋ고 동춘아 답답ᄒ고 가련ᄒ다 춘향아 나 죽은 후의 뉘을 의지ᄒ야 살난요 부다부다 조히 잇거라 이젹의 낭ᄌ 춘향 동춘을 붓들고 우다가 춘향이 잠든 후의

아무리 ᄒᆞ야도 살아셔난 누명을 씻지 못하고 ᄂᆡ 엇지 낫셜 들어 뉘을 ᄃᆡ면ᄒᆞ리요 하고

<18-뒤>

춘향 동춘을 어우만지며 눈물을 흘여 왈 너의 장셩ᄒᆞ난 양을 보지 못ᄒᆞ고 철천지원통한 마음을 니기지 못하야 속졀업시 죽으리라 ᄒᆞ고 손가락을 ᄭᅵ무라 영변시을 씨고 다시 잠든 자식을 어류만지며 왈 간련하다 춘향아 불상ᄒᆞ다 동춘아 ᄂᆡ 죽근 후의 뉘을 의지ᄒᆞ야 살니요 ᄒᆞ며 금의 ᄂᆡ여입고 옥면의 흐르난니 눈물을 금치 못하며 자난 춘향의 머리을 어류만지며 왈 불상한 춘향아 다시 보기 어렵도다 부ᄃᆡ 업살지아도 동춘을 불상니 ᄉᆡᆼ각하며 울이지 말고 조니 닛시라 ᄒᆞ고 원앙잠을 나소와 비고 자난 동춘을 져졀 입의 ᄃᆡ리고 왈 동춘아 잠을 ᄭᅵ 졋을 찻지 말고 춘향을 의지ᄒᆞ여 우지 말고 목니 마르거던 물을 달ᄂᆡ 먹고 ᄇᆡ가 곱푸거던 밥을 달ᄂᆡ여 먹어라 너의 얼골 다시 보기 얼렵도다 답답하고 가련ᄒᆞ다 동춘아 네의 잠든 후의 자결ᄒᆞ기 어렵도다 ᄒᆞᆫ 팔은 동춘을 비이고 ᄒᆞᆫ 팔은 춘향을 어류만지며 통곡ᄒᆞ고 그 분홈을 이기지 못하야 머리맛틔 노흔 옥함을 열어 은장도 드난 칼노 섬섬옥수로 덥벅 ᄌᆞ바 죽글가 마가 ᄒᆞ며 자난 춘향과 동춘을 보고 다시 보고 눈물을 흘여 노복 등의 곤욕지셜과

<19-앞>

시부님 몹시 ᄒᆞ던 말삼을 ᄉᆡᆼ각ᄒᆞ고 원통ᄒᆞᆫ 마음을 이기지 못하여 실피 울며 어린 ᄌᆞ식 등을 어류만지며 왈 가련ᄒᆞ다 ᄂᆡ 팔ᄌᆞ야 강보의 ᄊᆡ인 ᄌᆞ식을 두고 천이원졍의 가신 낭군도 보지 못ᄒᆞ고 철천지원을 셜화할 곳지 업셔 죽글지라도 사후 ᄇᆡᆨ골리라도 올은 귀신이 되지 못ᄒᆞ리로다 ᄒᆞ고 칼을 들려 춘향과 동춘을 어류만지며 부ᄃᆡ 죠희 릿거라 ᄒᆞ고 눈물을 흘이며 칼을 드려

가슴을 질르이 경신 아득ᄒᆞ고 뇌셩병역이 천지진동거날 춘향이 잠을 집피 드어다가 천동 소ᄅᆡ예 ᄭᅵ다르니 친모님니 가슴의 칼을 ᄭᅩᆺ고 자난 다시 죽어 난지라 춘향이 이 그동을 보고 ᄃᆡ경질ᄉᆡᆨᄒᆞ여 방셩통곡ᄒᆞ여 어만임과 ᄒᆞᆷᄶᅧ 죽글라 ᄒᆞ고 엄이 가삼의 칼을 ᄲᅦ려 ᄒᆞᆫ이 카리 ᄲᅦ지지 안니ᄒᆞ이 춘향이 ᄒᆞᆯ길읍셔 동춘 ᄶᅡ와 다리고 시체을 안고 낫철 ᄒᆞᆫᄐᆡ ᄃᆡ이고 ᄃᆡ셩통곡 왈 어만임아 이 일이 어잇 닐고 춘향을 엇지ᄒᆞ고 일으탓시 악ᄒᆞᆫ 이럴 ᄒᆞ시난니 ᄶᅡ 우리 남을 다려가소셔 ᄒᆞ며 ᄒᆞ 실픠 운이 ᄋᆡ원ᄒᆞᆫ 우름 소ᄅᆡ 원근의 들니 난지라 상공 부쳐와 노복 등이 놀ᄂᆡ여 드르간이 옥 갓튼 낭자의 가삼의 카를 곱고

〈19-뒤〉

자난 다시 주어거을 상공과 노복 등니 니 거동을 보고 크기 질ᄉᆡᆨᄒᆞ야 카을 ᄲᅦ라 ᄒᆞᆫ이 원혼이 되야 아무리 ᄒᆞ여도 ᄲᅦ지지 안이ᄒᆞ난지라 이려ᄒᆞᆷ으로 아무리 할 쥬을 몰나 상공과 노복 등이 경황분쥬ᄒᆞ드라 잇ᄯᆡ의 동춘 어미 죽은 쥴 모르고 어미겨 달여드러 젓을 ᄲᆞᆯ다가 져지 안니 난다 ᄒᆞ고 울거날 춘향이 동춘을 달ᄂᆡ여 왈 동춘아 동춘아 어만임 잠들어신이 잠ᄭᅵ거든 져을 먹을라 ᄒᆞ며 달ᄂᆡ며 ᄒᆞ난 마리 실푸도다 실푸도다 우리 신세 실푸도다 동츈아 너의 졍지 보기 실타 ᄇᆡ곱푸고 목말나서 어마어마 실픠 우난 거설 뉘라서 불상니 ᄉᆡᆼ각ᄒᆞ여 졋 머겨 줄고 소슬ᄒᆞᆫ 풍찬의 뉘라서 챱다ᄒᆞ여 어한니나 ᄒᆞ여쥴고 이런 거동 져런 거동 냇라 말고 하라 ᄂᆡ가 죽어 안이 죠혈 덧ᄒᆞ다 만안 ᄂᆡ가 쥭으면 너의 졍ᄉᆡᆼ이 도욱 가련ᄒᆞᆯ리라 ᄒᆞ며 어미 신쳬을 안고 흔들며 왈 어만임 잠드려 그만 나옵소서 나리 ᄉᆡ 희가 도라온이 그만 이어나 옵소셔 동춘니 젓을 ᄉᆡᆼ각ᄒᆞ여 안아도 안니 듯고 업도 안

〈20-앞〉

이 밥을 주어도 먹지 안이ᄒᆞ고 다만 젓만 달나 □□ᄒᆞ고 ᄃᆡ셩통곡ᄒᆞᆫ이 그 ᄋᆡ원ᄒᆞᆫ 우름 소ᄅᆡ 쵸목금수가 다 창동ᄒᆞ난지라 물며 사람이야 엇지 실푸지 안이ᄒᆞ리요 춘향이 실피 우다가 밤을 지ᄂᆡ 후의 병상의 보니 여 업던 혈셔가 결니거날 본이 그 글의 하엿시되 슬푸도다 이ᄂᆡ 몸이 천상의 득죄ᄒᆞ고 인간의 나려와 천상연분으로 낭군을 만나 ᄇᆡᆨ연을 기약ᄒᆞ고 일시도 잇지 못ᄒᆞ야 더이 공명의 뜨지 잇셔 낭군을 권권ᄒᆞ야 과거의 보ᄂᆡᆫ 후의 조물리 시기ᄒᆞ고 귀신이 작히하야 ᄇᆡᆨ옥 갓탄 이ᄂᆡ 몸이 음힝으로 도라가 속졀업시 죽게 되이 니가튼 셜운 원정 뉠다려 셜화하고 다시 잠든 자식 손발 쥐고 탄식ᄒᆞ고 눈물노 ᄒᆞ직ᄒᆞ니 가련ᄒᆞ고 망극ᄒᆞ다 이ᄂᆡ 신셰 ᄉᆡᆼ각ᄒᆞᆫ니 천지가 막막ᄒᆞ다 ᄂᆡ 몸 죽긔난 셜지 안이ᄒᆞ되 강보의 싸인 자식을 두고 ᄂᆡ 몬져 죽그면 뉘을 어지ᄒᆞ리요 너 신셰을 솜솜 ᄉᆡᆼ각한니 이ᄂᆡ 마음 풀 ᄃᆡ 업다 낭군을 이별한졔 수월리라 오날 소식 올가 ᄂᆡ일이나 몸소 올가 □□ᄒᆞ옵다가 이련한 악형을 면치 못하고 속졀업시 죽기 되이 이ᄂᆡ 몸도 셜건이와

〈20-뒤〉

사라서 보지 못ᄒᆞᆫ 낭군인덜 마음이 엇지 온젼ᄒᆞ리요 낭군임아 어셔 밧비 나려와 ᄂᆡ의 신쳬을 몸소 거두옵고 원통함을 명박키 신원ᄒᆞ옵소셔 말삼 무구 쳡쳡ᄒᆞ오되 손까락을 ᄭᆡ물고 벽삭을 울류여 씨지 못ᄒᆞ오나 졍신니 아득ᄒᆞ고 원통코 분ᄒᆞᆫ 마음 죽음을 ᄌᆡ촉ᄒᆞ기로 그만 그치나이다 ᄒᆞ엿드라 그려구려 ᄉᆞ오일 지ᄂᆡᆫ 휴의 상공 부쳐 ᄉᆡᆼ각ᄒᆞ되 낭ᄌᆞ 이졔 죽어씬이 만일 선군이 도라와 낭ᄌᆞ 가삼의 칼 ᄭᅩ친 거설 보고 붓명 우리 모함하야 죽긴 줄 알그신니 션군니 오지 안니ᄒᆞ여셔 낭ᄌᆞ의 신쳬을 읍씨ᄒᆞ난 거시 올타 ᄒᆞ고 상공이 방의 들어가 염십ᄒᆞ랴ᄒᆞᆫ이 신쳬가 방의 븟고 요동치 안니ᄒᆞ난지라 상공 부쳐와 노복 등이 이 거동을 보고 ᄃᆡ경ᄒᆞ여 앙무리 ᄒᆞᆯ 줄을 모로

더라 철천지원니 되여신이 어지 그르치 안니ᄒᆞ리요 각셜 이적의 션군이 경셩의 올나가 과거 날을 지다리든니 천ᄒᆞ 션ᄇᆡ 구룸 못ᄯᅵᆺ ᄒᆞ난지라 션군이 경셩 슈일을 유ᄒᆞ야 몽사가 흉창ᄒᆞ건을 마음을 진졍치 못ᄒᆞ든니 그러구러 과거날을 당ᄒᆞ야 장즁의 들려가 현판을 살폐본이 그졔을 가러씨되 도강이 셔라

〈21-앞〉

둘려시 그러ᄉᆞᆫ날 선군이 글졔을 본니 마음이 황홀ᄒᆞ야 일필휘지ᄒᆞ야 션장의 밧치니 문불가졈니리 ᄉᆞ관의 나와 방목을 기다리든니 이죽의 황졔 션군의 글을 보시고 ᄃᆡ찬왈 이 글은 분명 어사자 글이로다 ᄒᆞ시고 귀귀이 쥬옥이요 글씨난 요사비등ᄒᆞ야씬니 니 션비난 신통ᄒᆞᆫ 사람이라 ᄒᆞ시고 즉씨 봉ᄂᆡ을 여러본니 경상도 안동ᄯᅡᆼ의 거ᄒᆞ난 ᄇᆡᆨ선군니라 ᄒᆞ엿써날 황졔 실ᄂᆡ을 두셰 번 진퇴ᄒᆞᆫ 휴의 할임학사을 졔슈ᄒᆞ신니 천은을 축슈ᄒᆞ고 ᄒᆞᆫ원의 입시 휴의 죽시 노자로 ᄒᆞ여금 부모 양위와 낭ᄌᆞ으겨 편지ᄒᆞ여 보ᄂᆡᆫ이 노ᄌᆞ 쥬야로 나러와 상공 젼의 편지을 올니니 상공이 바다본니 그 글의 ᄒᆞ엿씨 문안 아로오며 실ᄒᆞ의 쓰난 후의 수월 기쳬후 일향만안ᄒᆞ압신지 알고져 ᄒᆞ로니다 원문 구구ᄒᆞ며 자식 션군은 ᄒᆞᆯ임학사로 금변 과거의 장원급졔ᄒᆞ와 할임학사의 임ᄒᆞ옵고 나려오건이와 도문일자난 금월 망일이오니 도문거쥬ᄒᆞ옵기을 천만바ᄅᆡ나다 상공니 보기을 다ᄒᆞᄆᆡ 일히일비ᄒᆞ여 낭ᄌᆞ으계 가난 편지을 부인 졍씨을 쥰니 바다들고 눈무얼 흘여 왈 낭ᄌᆞ 곳 안니 죽

〈21-뒤〉

거던면 오작 반거할가 술푸고 술푸고 가려ᄒᆞ다 반가온 편지가 도로혀 술푸고 가련ᄒᆞ다 ᄒᆞ시며 춘향을 불너 주며 왈 이 편지난 너의 엄무계 온난 편지라 가져다가 내 손그르셰 간수ᄒᆞ라 ᄒᆞ시니 춘향이 그 편지을 가지고 울며

동춘을 안고 어무 빈소의 들려가 신체을 붇들고 더픈 금의을 벽기고 편지을 들고 낫철 흔틱 다니고 슬피 통곡 왈 어마님아 일려나옵소셔 아반님 금변 과겨의 장원급졔ᄒᆞ야 할님학ᄉᆞ로 나려온다 ᄒᆞ온니 어셔 일려나옵소셔 어만임아 동춘을 엇지ᄒᆞ려 ᄒᆞ시난니ᄭᅡ 즛 먹ᄌᆞ고 어마어마 우나니다 그 거동 차마 보지 못할 샌더러 어마어마 ᄒᆞ난 소ᄅᆡ 니ᄅᆡ 마음을 충양하리이가 업고 안고 ᄒᆞ여도 안이 듯고 어만님 편지 글을 조와 하시던이 오날날은 반가온 반가온 아반임 편지가 와씨되 엇지 반기도 안니ᄒᆞ시난니ᄭᅡ 춘향은 글을 모로고 어만임 영위 젼의 고치모치 못ᄒᆞ온니 답답ᄒᆞ와이다 눈무럴 흘니며 동춘을 안고 조모임 젼의 나가 비러 왈 죠몬은 어만임 영실의 가셔 아반임 편 ᄉᆞ연을 일너 주옵소셔 일너주옵시면 어무 영혼이 감흠할 듯흔이다 흔이 경씨 춘향의 그동을 보고 마지못ᄒᆞ야 낭ᄌᆞ 빈소의 가셔 편지을 들고 눈

〈22-앞〉

물을 이날지라 그 글의 하엿시되 여ᄌᆞ오며 일봉셔찰을 옥낭자 좌ᄒᆞ의 올리나니다 우리 양인 정은 틱산리 가부압고 하히가 트얏도다 철니고등의 연연흔 정회을 릴필노난기ᄒᆞ오 그ᄃᆡ 화상니 젼과 빗치 변ᄒᆞ오니 아지 못 겨라 무삼 병리 들어난지 아지 못하나 긱창고등의 잠을 일우지 못ᄒᆞ야 실노 민망 답답ᄒᆞ도다 금변 과겨는 낭ᄌᆞ의 권권함으로 몸니 영귀ᄒᆞ여 가온니 엇지 낭자의 쓰절 마초지 안리ᄒᆞ여시리요 도문일자난 금월 망일리라 낭ᄌᆞ난 천금 갓틋 몸을 가부야니ᄒᆞ야다가 반겨니 보올가 ᄒᆞ는 거간 젹조지회넌 일후 상ᄃᆡ하여 다 셜화ᄒᆞ올리다 ᄒᆞ연난지라 경씨 보기을 다ᄒᆞᄆᆡ 편지을 던지고 신픈 마음을 이기지 못하더라 춘향이 그 편지을 쥐고 조모님 거동을 보고 어미 신체을 붓들고 방셩통곡흔니 그 차목흔 거동은 츰마 보지 못할나라 부인이 상공 젼의 나가 가로ᄃᆡ 션군의 편지 ᄉᆞ연니 여ᄎᆞ여ᄎᆞ ᄒᆞ온니 쏘흔 낭ᄌᆞ을 잇지 못하야 병이 되엿다 ᄒᆞ온니 낭ᄌᆞ 죽그 줄도 모로고 병니 되엿다

ᄒᆞ니 만일 낭ᄌᆞ 죽금을 보면 결단코 한가지로 □글거시니 그려ᄒᆞ요나 조흔 묘칙을 ᄉᆡᆼ각ᄒᆞ얏시니

〈22-뒤〉

분인은 너무 과렴치 마옵소셔 하고 즉시 노복 등을 불너 의논 왈 할님이 나려와 안심할 도려을 하라 ᄒᆞ신니 그 즁의 ᄒᆞᆫ 늘근 종니 엿ᄌᆞ오ᄃᆡ 소닌이 젼의 할님을 못시고 아무 ᄃᆡ 님진사 ᄯᆡᆨ의 가온니 여려 ᄉᆞᆷ사삭 유할 졔 그ᄃᆡ의 소낭ᄌᆞ을 보고 층찬ᄒᆞ여 왈 천하졔일 일ᄉᆡᆨ니라 ᄒᆞ고 잇지 못ᄒᆞ야 근쳐 ᄉᆞ람으계 무르ᄃᆡ 님진ᄉᆞ ᄃᆡ 낭ᄌᆞ라 ᄒᆞ온니 할님이 ᄃᆡ찬ᄒᆞ서 잇지 못ᄒᆞ온니 그 ᄃᆡᆨ 낭ᄌᆞ와 인연 ᄆᆡ지면 혹 안심할 던ᄒᆞ이다 상공니 들으시고 ᄃᆡ희ᄒᆞ야 왈 네 말니 가ᄌᆢᆼ 조흘리라 ᄒᆞ시고 ᄯᅩᄒᆞᆫ 님진ᄉᆞ난 ᄂᆡ의 중마고우라 ᄂᆡ 말을 엇지 안니 들으리요 ᄒᆞ시고 ᄯᅩᄒᆞᆫ 할님이 몸 현달ᄒᆞ여시니 쳥혼ᄒᆞ면 낙종ᄒᆞ리라 ᄒᆞ시고 즉시 발힝ᄒᆞ여 님진사 ᄯᆡᆨ의 닐시로 간니 님진ᄉᆞ 반겨ᄒᆞ야 ᄃᆡᄀᆡᆨ지예 극진ᄒᆞ더라 상공니 왈 다름안리라 ᄌᆞ식 션군이 이젼의 수경낭ᄌᆞ와 인연을 ᄆᆡᄌᆞ 졍니 심중의 갓득ᄒᆞ여 일시도 ᄯᅥ나지 안니ᄒᆞᄆᆡ 민망ᄒᆞ던 ᄎᆞ의 과겨의 보ᄂᆡ고 기다리던 ᄎᆞ의 쳔힝으로 장원급졔ᄒᆞ와 할님학ᄉᆞ로 나려오난 편지가 왓시되 가우 불길ᄒᆞ여 금월 모닐의 낭ᄌᆞ 죽거신니 호ᄉᆡᆨ탐ᄌᆡ 나려오면 졀단코 죽글거신니 ᄒᆞᆫ

〈23-앞〉

예을 광문ᄒᆞ야 듯시온니 진ᄉᆞ ᄯᆡᆨ의 아름다온 규슈 잇다 ᄒᆞ옵기로 염치을 불고ᄒᆞ고 왓ᄉᆞ온니 진ᄉᆞ 너부신 덕틱으로 혀락ᄒᆞ심을 바ᄅᆡ요며 미겨ᄒᆞ온 자식 션군언 연소ᄒᆞᆫ 마음의 신경을 잇시면 구경을 이질 덧ᄒᆞ온니 발ᄅᆡ거ᄃᆡᆨ 과니 혈락ᄒᆞ옵소셔 션군니 니 ᄃᆡᆨ 덕을 닙ᄉᆞ와 우리 두 집의 영화 구진ᄒᆞ온면 엇쎨릿가 진사 ᄃᆡ왈 거연 칠월 망일의 가음경의 가셔 할님과 그 낭ᄌᆞ로

탐금ᄒᆞ며 노은 양을 잠간 본니 그 거동은 월궁항아가 옥황상졔 젼의 반돌을 들려올란 듯ᄒᆞ더니다 이졔 ᄂᆡ의 여식과 그 낭ᄌᆞ로 더부려 비ᄒᆞ건ᄃᆡ 옥낭ᄌᆞ난 츄천명월리요 ᄂᆡ의 여식은 흑운 즁의 반월리라 그 낭ᄌᆞ 만일 ᄌᆞ거시면 할임은 셰ᄉᆞᆼ의 부지 못할거신이 만일 허혼ᄒᆞ여삽다가 말ᄉᆞᆷ과 갓지 모ᄒᆞ먼 ᄂᆡ의 여식은 바리ᄂᆞᆫ거신이 그 안이 ᄂᆞᆫ처ᄒᆞ오릿가 ᄒᆞ머 ᄌᆡ삼 당부ᄒᆞ고 가셩인 지즁ᄒᆞ기로 마지못ᄒᆞ야 가로ᄃᆡ 할임 갓튼 ᄉᆞ회을 정하오면 엇지 즐겹지 안이할이요 실노 감걱하와니라 ᄌᆡ삼 당부하고 과이 허락한이 상공이 ᄃᆡ희하야 왈 션군이 금월 망일의 진사 셕문 젼의

〈23-뒤〉

지ᄂᆞᆯ거신니 그날노 ᄐᆡᆨ일ᄒᆞ야 힝예ᄒᆞ기을 경ᄒᆞ라 ᄒᆞ시고 상공이 즉시 집으로 도라와 납폐을 보ᄂᆡ고 션군 오기을 기다리더라 어즉의 션군이 쳥사관ᄃᆡ의 ᄇᆡᆨ옥호을 지고 ᄇᆡᆨ로ᄆᆡ의 굴안장을 지으 타고 쳥홍기을 ᄇᆡ지고 하동창부을 쌍쌍니 왑셰우고 쥬야로 나려온니 거우 니 그동을 누 완니 칭찬ᄒᆞ리요 각도각읍의 셩문 놋고 겡기영을 덕달ᄒᆞᆫ이 겡기 감사 할임을 보고 실ᄂᆡ을 쳥ᄒᆞᆫ이 활임 머리의 으ᄉᆞ하을 ᄭᅩᆺ고 옥교을 셔우고 완완이 더러간이 실ᄂᆡ을 두세 번 진테ᄒᆞ고 ᄃᆡ찬왈 긔ᄃᆡ난 진실노 선풍도골리로다 ᄒᆞ고 즉시 ᄃᆡ졉ᄒᆞ야 보ᄂᆡ이라 이젹의 션군의 여려 날 노독으로 침셕의 의지하여 잠간 조으던니 비몽간의 낭ᄌᆞ 완연이 문을 열고 더러와 만신의 피을 혈이머 써티 안지며 눈무을 혈여 왈 낭군은 거ᄉᆞ이에 ᄌᆡᆨ중 기쳬후 일힝만간 ᄒᆞ신잇가 쳡은 시운 불길ᄒᆞ야 셰ᄉᆞᆼ의 부지 못

〈24-앞〉

ᄒᆞ옵고 구천의 도라가사오니 일젼의 시모님 젼의 낭군 편지 사연을 듯사온니 금변 과거의 장원급제ᄒᆞ야 할님학ᄉᆞ로 라려오신ᄃᆡ ᄒᆞ오ᄆᆡ 아무리 쥬근

혼빅리라도 반가와 이곳가지 차자왓ᄉᆞ오나 슬푸다 낭군님니 아무리 영화로 도라옵셔도 남과 갓치 보지 못하기로 답답ᄒᆞ고 가련ᄒᆞᆫ 닐니 어다 잇시올닛니가 어와 낭군님아 어닌 동춘과 춘향을 어지할고 어셔 밥비 나려와 동춘과 춘향을 다니고 어이 일고 슬피 울고 아부 기려 우던니다 쳡 니모 수쳑ᄒᆞ기로 초초젼지ᄒᆞ야 와사온리 ᄂᆡ 가삼이 만져보소셔 ᄒᆞ며 슬푸 한심 집고 통곡ᄒᆞ겨날 놀ᄂᆡ여 ᄀᆡ다은리 남가일몽리라 션군니 반기 소을 더어 낭ᄌᆞ의 가슴을 만져보니 가슴의 칼니 빅커겨날 놀ᄂᆡ ᄀᆡ다으리 남가일몽니라 쑴니 하도 흉참ᄒᆞ기로 잠을 이루지 몸ᄒᆞ야 니어나 안지니 닛ᄯᅢ의 오경 북소릐 나며 계명셩니 들니거날 하인을 부너 질을 ᄌᆡ촉하야 주야 나려오난지라 잇ᄯᅢ의 상공니 주육을 장만ᄒᆞ야 노복 거날니고 님진셔 누하의 할님 오기을 지다리더니 할님니 박마금편으로 드어오거날 상공 두셰 변 진퇴ᄒᆞᆫ 후의 소을

〈24-뒤〉

붓들고 왈 천은이 망극ᄒᆞ야 네 금변 과겨의 장원급졔하야 할님학ᄉᆞ로 나려와 부모게 영화을 뵈닌이 엇지 길붐을 엇지 다 층양ᄒᆞ리요 하시니 할임니 다시 일려나 졀ᄒᆞ고 ᄭᅮ려안ᄌᆞ 여ᄌᆞ오ᄃᆡ 부모의 덕틱으로 호ᄉᆞ와 모니 영귀ᄒᆞ야 도라온니 부모 양위 ᄂᆡᄂᆡ 무양ᄒᆞ신릿가 깃부미 층양업ᄉᆞ니다 ᄒᆞᆫ니 상공이 흔연니 ᄃᆡ왈 사셰극회라 ᄂᆡ 일젼의 싱각ᄒᆞᆫ니 임진사 ᄯᅥᆨ 여ᄌᆞ가 잇씨되 쳔하 일ᄉᆡᆨ이리 네 벼살니 옥당의 거ᄒᆞ여신이 족키 두 인을 거날일 덧ᄒᆞ기로 주수을 광문ᄒᆞᆫ직 이곳 임진사 ᄯᅥᆨ의 여ᄌᆞ가 이씨되 쳔하일ᄉᆡᆨ이라 ᄒᆞ기로 일젼의 진ᄉᆞ와 말슴ᄒᆞ고 네 빅필을 졍ᄒᆞ야 오날날 힝예을 ᄒᆞ고 ᄂᆡ 일니 왓신니 쓰지 엇더ᄒᆞᆫ요 하신니 션군니 ᄃᆡ왈 간밤의 ᄭᅮᆷ을 ᄭᅮ오니 낭ᄌᆞ 몸의 피을 흘니며 소자 젼의 안지며 눈물을 흘여 왈 엿ᄎᆞ엿ᄎᆞ ᄒᆞ온니 안지 못거라 무슴 병니 들어난지 아지 몸하나 낭ᄌᆞ와 언약니 지즁ᄒᆞ온니 들려가와 낭ᄌᆞ

의 말삼을 들은 후 셩예 ᄒᆞᄉᆞ니다 ᄒᆞ고 길을 ᄌᆡ촉ᄒᆞ야 진사 ᄯᅢᆨ 문젼의을 지ᄂᆡ가거날 상공니 할님을 뷰들고 만단으로 ᄀᆡ유ᄒᆞ되 ᄉᆞ부의 힝ᄉᆞ 안이로ᄃᆡ 혼인언 인간ᄃᆡ사라 부모 구혼ᄒᆞ여 육예을 마초와 영황 ᄉᆡᆼ젼의 보님니

〈25-앞〉

자식의 도리 올커날 네 집ᄒᆞ니 임진ᄉᆞ ᄯᅢᆨ 소제언 조신ᄃᆡ사을 글읏되기 ᄒᆞ니 사부의 도려 안니로다 하신되 ᄇᆡᆨ 변 ᄀᆡ유ᄒᆞ되 할님니 묵묵부답ᄒᆞ고 말을 ᄌᆡ촉ᄒᆞ니 ᄒᆞᆫ니 ᄒᆞ닌 등니 엿자오ᄃᆡ ᄃᆡ감 분부 엿ᄌᆞ엿ᄌᆞ ᄒᆞ옵고 임진ᄉᆞ ᄯᅢᆨ ᄃᆡᄉᆞ가 낭ᄌᆡ ᄌᆞ심ᄒᆞ온니 할임은 집피 ᄉᆡᆼ각ᄒᆞ옵쇼셔 ᄒᆞ니 할임니 ᄒᆞ인을 ᄭᅮ지져 물니치고 급피 질을 ᄌᆡ촉ᄒᆞᆫ니 상공이 할길업셔 뒤을 조차 오다가 집 압폐 다다르니 상공니 션군을 붓들고 낙누ᄒᆞ여 왈 네 과거ᄒᆞ야 영화로 도라오건이와 네 나간 후 수일 후의 낭ᄌᆞ 방의셔 외닌 소ᄅᆡ 나거날 낭ᄌᆞ을 부너 물은즉 너 왓단 말은 안니ᄒᆞ고 ᄆᆡ월노 더부려 말ᄒᆞ엿다 ᄒᆞ기로 즉시 ᄆᆡ월을 불너 물른즉 ᄆᆡ월의 소답이 요사니의 낭ᄌᆞ 방의 간 일리 업노라 ᄒᆞ기로 부모 마음의 그 일리 수상ᄒᆞ기로 낭ᄌᆞ을 약간 경거ᄒᆞ엿던니 낭자 쥭거신니 일은 망극 답답ᄒᆞᆫ 일니 어ᄃᆡ 잇시니요 ᄒᆞ신니 할님니 ᄃᆡ경지ᄉᆡᆨᄒᆞ여 체읍ᄒᆞ고 왈 부친은 날을 임진사 ᄯᅢᆨ의 장ᄀᆡ덜나 ᄒᆞ시고 소기난 말숨니오 은닛가 참 말삼으로 쥭거삼난닛가 ᄒᆞ며 여광여취ᄒᆞ며 천진도지ᄒᆞ여 중문 더려간니 별당의 ᄋᆡ련ᄒᆞᆫ 우음소ᄅᆡ 덜니거날 할님니 발셔 눈물

〈25-뒤〉

니 비오 던 흘니난지라 단장의 더려션니 섬돌의 옥잠니 곳피거날 할님니 옥잠을 ᄲᅢ려 들고 눈물을 흘니며 왈 무정ᄒᆞᆫ 옥잠은 날을 보고 반기지 아니한 난닛가 유정ᄒᆞᆫ 난ᄌᆞ난 날을 엇지 반기지 아니ᄒᆞ날잇가 ᄒᆞ고 방셩통곡으로 압을 분별치 못ᄒᆞ며 벌당으로 더려간니 쳐양ᄒᆞ다 춘향의 거동니 아현턴

머니 산발ᄒᆞ고 동춘을 등의 업고 비쇼의 더려가머 어무 신체을 흔들며 우음을 치쳐 우지 못ᄒᆞ며 구실 갓튼 눈물니 비온던 흘니며 ᄋᆡ고 답답 어만님 이어나소 과겨 갓터 아반님 와나니다 ᄒᆞ며 ᄃᆡ셩통곡ᄒᆞᆫ니 가려ᄒᆞ고 청양ᄒᆞᆫ 우음소ᄅᆡ 뉘 아니 우리요 동춘을 등의 어고 와셔 할님의 겨동 보고 어마 어마 ᄒᆞ며 춘향은 날을 보고 붓들고 업어져 왈 엇지 글리 더듸신난ᄅᆡᆺ가 어만님 쥭어삽난이다 ᄒᆞ며 슬피 울고 동춘은 어무 신체을 붓들고 졋 먹자 ᄒᆞ난 소ᄅᆡ예 천지가 막막ᄒᆞ야 기졀ᄒᆞᆫ니 춘향이 울며 낫철 ᄒᆞᆫᄐᆡ ᄃᆡ리고 운니 할임이 춘향의 거동을 보고 게우 진정ᄒᆞ야 시상의 덥편 금의을 것고 본니 옥 갓튼 낭ᄌᆞ 얼골리 여상ᄒᆞ고 가슴의 칼을 솟고 자난 다시 쥭거그날 할님니 그 거동을 보고 부모을 도라보며 왈 아모리 무정ᄒᆞᆫ덜 니젹지 칼도 ᄲᆡ지 안니ᄒᆞ여

〈26-앞〉

신ᄅᆡᆺ가 ᄒᆞ며 할님이 칼을 잡고 낫철 ᄒᆞᆫᄐᆡ ᄃᆡ이고 왈 션군니 도라왓신니 어션 일여나소 ᄒᆞ며 칼을 ᄲᆡ니 그졔야 ᄲᆡ난지라 그 궁그로셔 청조ᄉᆡ 셰 말니 나가며 ᄒᆞ나난 할님의 억ᄀᆡ의 안자 우되 ᄒᆞ면목 ᄒᆞ면목 ᄒᆞ며 울고 ᄯᅩ ᄒᆞ난은 춘향의 억ᄀᆡ의 안자 우되 소ᄋᆡ자 소ᄋᆡ자 ᄒᆞ며 울고 ᄯᅩ ᄒᆞᆫ난은 동춘의 억ᄀᆡ의 안ᄌᆞ 우되 유감심 유감심 ᄒᆞ며 울고 간이 할님니 그 소ᄅᆡ 들은니 ᄒᆞ면목 ᄒᆞ난 소ᄅᆡ난 무삼 면목으로 다시 낭군을 뵈올리요 ᄒᆞ난 소ᄅᆡ요 소ᄋᆡ자 ᄒᆞ난 소ᄅᆡ난 춘향니 동춘 잇지 말고 부ᄃᆡ 눈을 흘기지 말나 ᄒᆞ난 소ᄅᆡ요 유감심 ᄒᆞ난 소ᄅᆡ난 동춘을 두고 황천으로 도라가 외로온 혼ᄇᆡᆨ니 죽거도 너얼 ᄉᆡᆼ각ᄒᆞ야 울고 단니노라 ᄒᆞ난 소ᄅᆡ라 청죠 셰 말리난 낭자의 삼혼칠ᄇᆡᆨ이어날 낭군을 막죡 니별ᄒᆞ고 가난 사연니라 그날부텀 낭ᄌᆞ의 신체 졈졈 상ᄒᆞ난지라 할임니 낭ᄌᆞ의 신체을 안고 슬피 통곡ᄒᆞ며 왈 셰상만ᄉᆞ을 젼혜 발니고 도라가건니와 나난 어린 ᄌᆞ식의 거동을 보고 사나고 쉽이거

던 어셔 이려나 동춘을 젓 먹기소셔 상ᄉᆞᄒᆞ던 옥낭자난 날을 잇고 어ᄃᆡ 간고 원수로다 원수로다 과거가 원수로다 급제ᄒᆞᆫ나 못ᄒᆞᆫ나 음식니야 먹으나 못 먹어나 낭ᄌᆞ 얼골 보고지고 보고지고 일 못보와도 삼추갓치 여기던니 그싀 몃달이며 몃날린가 ᄒᆞ며 죽기을 절단ᄒᆞᆫ니 춘향니 울며 비려 왈 어미 일코 ᄯᅩ 원통ᄒᆞᆫ데

〈26-뒤〉

아반님조차 죽은라 ᄒᆞ신릿가 쳠금 갓튼 몸을 보존ᄒᆞ옵소셔 어만임 ᄉᆡᆼ졔의 아반님 오시거던 들니라 ᄒᆞ시고 ᄇᆡᆨ화주을 옥병의 ᄎᆡ와 두고 죽거사온니 슐니나 ᄒᆞᆫ 잔 자부시면 어만님 임종시 유원을 져발리지 안니할가 ᄒᆞ난니다 첫ᄌᆡ 잔은 어만임 어만임 동시 유원을 져발리지 안니할가 ᄒᆞ난니다 ᄒᆞ고 천치 젼의 가득 부어 들고 왈 니 잔은 어마님을 ᄉᆡᆼ각ᄒᆞ고 두ᄉᆡ 잔을 가득 부어 들고 ᄉᆞ려안자 빌거날 할님니 마지못ᄒᆞ야 슐잔을 들고 눈물을 흘여 왈 ᄂᆡ 니 슐을 먹고 사라 무엇ᄒᆞ랴마은 너의 정ᄉᆡᆼ니 가련ᄒᆞ고 너의 어무 유원니라 ᄒᆞᆫ니 먹노라 ᄒᆞ고 슐잔을 잡아 마시랴 ᄒᆞᆫ니 눈물리 흘너 슐잔의 가득ᄒᆞᆫ지라 춘향니 울며 왈 어만님 총시 ᄒᆞ시던 말삼 슬푸다 ᄂᆡ 죽기난 어렵지 안니ᄒᆞ되 천만 ᄋᆡ마지셜을 음힝 닙고 황천으로 도나가니 엇지 눈을 감우리요 철리원정의 가신 낭군의 얼골도 보지 못ᄒᆞ고 ᄯᅩ 너의 남ᄆᆡ을 두고 가니 마음니 엇더할리요 너의 부친 오시거던 일련 ᄉᆞ정니나 고ᄒᆞ라 ᄒᆞ시고 왈 너의 아반님은 급졔과거난 단단니 ᄒᆞ고 오거실니라마난 입직 관ᄃᆡ 도포 업기로 도포난 예상의 넉코 관ᄃᆡ난 짓다가 뒤짝 라의 ᄇᆡᆨ학슈을 놋타가 학 왼편 날ᄀᆡ ᄒᆞᆫ 쪽을 놋치 못ᄒᆞ고 일언 변을 당ᄒᆞ야 속절업시 황천의 도라가니 너의 아

〈27-앞〉

반님 오시거던 날 본다시 들려라 ᄒᆞ시고 눈물을 흘리며 인ᄒᆞ야 동춘을 젓먹니여 녹코 ᄯᅩ 난도 잠튼 후의 죽삽나니다 ᄒᆞ고 의상을 열고 도포을 닋여놋코 ᄯᅩ 옥잠을 열 관ᄃᆡ을 닋여 놋코 ᄃᆡ셩통곡ᄒᆞ며 관ᄃᆡ을 펴혀 본니 오ᄉᆡᆨ니영농ᄒᆞ고 팔ᄌᆞ단존니며 칠사단젼 줄노 안을 너혀시며 뒤 자락의 과연 학의왼편 날ᄀᆡ 업거날 할님니 보ᄆᆡ 흉중니 막막ᄒᆞ여 정신니 낙낙ᄒᆞ야 압을 분별치 못ᄒᆞ니 춘향니 븟들고 울며 왈 아반님은 정신을 ᄎᆞ리옵소셔 ᄒᆞ며 ᄃᆡ셩통곡 ᄒᆞᆫ니 할님니 졔우 진경ᄒᆞ야 ᄂᆡ 일언 ᄎᆞ목ᄒᆞᆫ 닐을 보고 엇지 살니요 ᄒᆞ고통곡ᄒᆞ니 보난 사람니 뉘 안니 울니요 일려함을 보고 상공과 ᄆᆡ월니며 노복등니 경황 분주ᄒᆞ여 아무리 할줄을 모로더라 일려구려 수삼 닐을 지ᄂᆡᄆᆡ일일은 할님 ᄉᆡᆼ각ᄒᆞ되 당초의 ᄆᆡ월노 더부려 쳡을 삼아던니 낭ᄌᆞ와 작ᄇᆡᆨᄒᆞᆫ후로 졀을 도라보지 아니ᄒᆞ여던니 분명 니연 시기ᄒᆞ야 모흠ᄒᆞᆫ 일리라 ᄒᆞ고직시 노복을 호영ᄒᆞ야 ᄆᆡ월을 자바ᄂᆡ여 엄치궁문 왈 네 젼후 죄상을 ᄂᆡ님니 알라시니 일호도 기니지 말고 종실짓곡ᄒᆞ라 ᄒᆞ시니 ᄆᆡ월니 울며

〈27-뒤〉

엿ᄌᆞ오되 소여난 닐경 소로 업난니다 ᄒᆞᆫ니 할님니 ᄃᆡ로ᄒᆞ야 더옥 창두을크거 호령ᄒᆞ야 ᄆᆡ월을 자바ᄂᆡ라 ᄒᆞ시니 ᄆᆡ월니 염염지ᄒᆞ의 어더할 거리업셔 젼후 죄힝을 리리죽복ᄒᆞ니 할님니 크거 호영 왈 낭자의 방셔 나오던놈은 엇더ᄒᆞᆫ 놈니야 ᄒᆞ신니 ᄆᆡ월니 울며 엿ᄌᆞ오ᄃᆡ 창두 돌쇠로소니다 잇ᄯᆡ돌쇠 닛난지라 할님니 ᄃᆡ분 왈 돌쇠을 자바ᄂᆡ여 졀박ᄒᆞ라 ᄒᆞ신니 창두 영을듯고 일시의 달려드려 졀박ᄒᆞᆫ니 할님니 ᄃᆡ즐 왈 삼묘장으로 각별 궁문ᄒᆞ라종실즉고ᄒᆞ라 ᄒᆞ신니 돌쇠 울며 왈 소인은 ᄋᆡ마ᄒᆞ옵고 천지을 모로옵고ᄆᆡ월의 말을 듯고 엿ᄎᆞ엿ᄎᆞ ᄒᆞ엿신니 죽글 죄 범ᄒᆞ야신니 다른 사람을 총건ᄒᆞ옵소셔 ᄒᆞ니 할님니 찻던 칼을 ᄲᆡ여 들고 고셩ᄃᆡ질 왈 셰상의 너 갓튼

연을 엇지 일실둘 살여두리요 ᄒᆞ고 ᄆᆡ월의 ᄇᆡ을 질너 혀쳐고 상공을 도라보며 왈 일언 요망ᄒᆞᆫ 연의 말을 듯고 ᄇᆡ옥 갓튼 낭자을 죽여시요니 ᄋᆡ달고 불상ᄒᆞᆫ 일리 어ᄃᆡ 잇사올릿가 상공니 참괴ᄒᆞ야 눈물을 흘니더라 이젹의 할임니 낭ᄌᆞ을 안장ᄒᆞ라 ᄒᆞ고 졔물을 차려던니 쉆의 낭ᄌᆞ 혓튼 머니 삼발ᄒᆞ고 만신의 피을

〈28-앞〉

흘니며 방의 들려와 졋ᄐᆡ 안지며 왈 슬푸다 낭군님아 옥셕을 가려 분별ᄒᆞ야 주옵신니 니것도 감격ᄒᆞ거니와 ᄯᅩᄒᆞᆫ ᄆᆡ월을 죽여ᄉᆞ온니 니졔난 혼ᄇᆡᆨ리라도 여ᄒᆞᆫ니 업사온나 ᄯᅩ 다만 낭군임을 다시 보옵지 못ᄒᆞ고 춘향과 동춘을 두고 황천의 외로온 혼ᄇᆡᆨ이 되야 쳘쳔지원니 가삼의 막커난지라 슬푸다 낭군임아 쳡의 신쳔을 신산의도 무지 말고 구산의도 무지 말고 옥연동 못 가온ᄐᆡ 너어쥬옵시면 구쳔 타닐의 낭군과 춘향 동춘을 다시 볼 덧ᄒᆞ온니 부ᄃᆡ부ᄃᆡ 혀슈니 마옵소셔 만닐 글릿치 아니ᄒᆞ요면 ᄂᆡ의 원을 닐로지 못할 샌덜려 낭군의 신셰와 춘향 동춘의도 장네 가련할거신니 부ᄃᆡ부ᄃᆡ ᄂᆡ 원을 일로소셔 ᄒᆞ고 문을 열고 간ᄃᆡ업거날 놀ᄂᆡ여 ᄭᆡ달른니 남가일몽니라 급피 일려나 부모님 젼의 몽즁사을 고ᄒᆞ고 길릴 가려 장ᄉᆞ거계을 갓초와 운구ᄒᆞ야 ᄒᆞ니 신체가 방의 붓고 요동치 아니ᄒᆞ거날 상가 소복 등니 아모니 할 쥴을 모로던니 할님니 ᄉᆡᆼ각ᄒᆞ되 낭ᄌᆞ ᄋᆡ마ᄒᆞᆫ 닐노 죽고 닐상 ᄉᆞ랑ᄒᆞ던 춘향과 동춘을 호ᄇᆡᆨ인들 엇지 심사 온젼ᄒᆞ리요 ᄒᆞ고 ᄇᆡᆨ 가지로 ᄀᆡ유ᄒᆞ되 소불동염니라 할님니

〈28-뒤〉

슬푸믈 참지 못ᄒᆞ여 춘향 동춘을 상복을 지혀 입피고 힝상 뒤의 셰우고 간니 그졔야 과연 운동ᄒᆞ난지라 이윽ᄒᆞ야 옥연동 못가의 다다른니 ᄃᆡ틱니

창닐ᄒᆞ여거날 할님니 참아 슈즁의 넛치 못ᄒᆞ고 물가의 안ᄌᆞ 한탄ᄒᆞ더니 니윽ᄒᆞ야 못물리 자자지고 육지가 되거날 고히ᄒᆞ야 ᄌᆞ시 살히본니 그 못 가온ᄃᆡ 셕함니 비상니 열여거날 신체을 셕함의 넛코 안장ᄒᆞᆫ 후에 ᄯᅩᄒᆞᆫ ᄉᆞ면 으로셔 뇌셩벽역니 천지지동ᄒᆞ며 오운니 못셜 두너거날 시각의 못물니 창 닐ᄒᆞ난지라 할님니 질ᄉᆡᆨᄒᆞ야 수즁을 힝ᄒᆞ어 탄식ᄒᆞ고 졔물을 지여 놋고 축문 축독 할ᄉᆡ 그 축문 ᄒᆞ여시되 유셰ᄎᆞ 감소고우 모연 모월 모일의 할님 ᄇᆡᆨ션군은 망실 옥낭자 실영지ᄒᆞ의 건니 일ᄇᆡ주을 올니나니다 슬푸다 쳔상 연분으로 그ᄃᆡ을 마ᄂᆡ 원낭비취지낙을 일우고 ᄇᆡᆨ연히로을 ᄆᆡᄌᆞ던니 조물 니 시기ᄒᆞ고 귀신니 작히ᄒᆞ야 낭ᄌᆞ로 더부려 수월얼 상니ᄒᆞ야 남북의 글이 삽던니 쳔만 ᄋᆡ마지셜노 외로온 혼ᄇᆡᆨ니 되엿신니 엇지 슬푸지 안니할니요 낭자 셰상을 바니고 구쳔의 도라가건니와 션군은 두 얼린 자식을

<29-앞>

다니고 뉘을 밋고 살니요 불상코 가련ᄒᆞᆫ 신체을 압남산의 뒤동상의 무더 두고 무듬니나 보랴던니 낭자의 소원니 글혀ᄒᆞ기로 니곳의 와 낭자의 신체 을 슈즁의 넉코 도라간니 황쳔 탄일의 무삼 면목으로 낭ᄌᆞ을 다시 ᄃᆡ면 할니요 비록 유명길니 달른나 인경은 여젼ᄒᆞ온니 복원 낭ᄌᆞ난 다시 한변만 보기을 천만 바ᄅᆡ압나니다 일ᄇᆡ 청작으로 들니온니 ᄒᆞ감ᄒᆞ옵소셔 ᄒᆞ고 무 수히 통곡ᄒᆞᆫ니 초목금수가 다 우난 듯ᄒᆞ더라 니윽ᄒᆞ야 뇌셩벽역니 나며 연당수가 ᄭᅳᆯ난 듯ᄒᆞ던니 물결리 갈나지며 낭ᄌᆞ 칠보단장으로 녹의홍상을 입고 청ᄉᆞ자을 잇ᄭᅳᆯ고 완완니 나오거날 션군니며 호상 졔닌니 보고 다 ᄃᆡ결 질ᄉᆡᆨᄒᆞ며 왈 낭ᄌᆞ 죽근 후의 날니오ᄂᆡ옵고 ᄯᅩᄒᆞᆫ 슈중 혼ᄇᆡᆨ리라 엇지 살라날 니오 ᄒᆞ고 신ᄉᆡᆨᄒᆞ고 기니ᄒᆞᆫ 닐리로다 ᄒᆞ더라 션군니 낭ᄌᆞ을 붓들고 통곡ᄒᆞ 니 낭자 단순호치 반기ᄒᆞ여 왈 낭군님은 너무 셜어 마옵소셔 쳡은 낭군과 연분니 지중ᄒᆞ기로 옥황상제게옵셔 ᄒᆞ시기을 낭군과 어린 자식을 다리고

ᄒᆞᆷ겨 올나오나 ᄒᆞ시기로 왓사온니 낭군님은 마음을 진졍ᄒᆞ옵소셔 ᄒᆞ며 왈 시모 양위계옵셔 기체 알영 ᄒᆞ

〈29-뒤〉

신니릿가 ᄒᆞ니 할님니 낭ᄌᆞ의 손을 잡고 왈 늘거니 망영돈 닐을 ᄉᆡᆼ각지 말고 글읏되 닐을 ᄉᆡᆼ각지 말고 안심ᄒᆞ라 ᄒᆞ니 낭ᄌᆞ 이 말을 듯고 울며 왈 그련 닐은 다 쳡의 ᄋᆡᆨ운니 미진ᄒᆞ야 그리되엿신니 시부님 당신 마음니들 그려사올릿가 ᄒᆞ고 츈향을 안고 울며 왈 너의 등은 날을 그려 엇지 사라난야 ᄒᆞ며 옥빈홍안의 눈물니 비오덧 ᄒᆞ거날 츈향니 어무을 안고 왈 어만님아 어만님아 그ᄉᆡ니에 어ᄃᆡ가이던가 황쳔의 가신던가 어ᄃᆡ 갓다 일리오시난 릿가 어린 동츈은 졋 달나 ᄒᆞ고 우더니다 동츈아 동츈아 그ᄉᆡ니에 졋 굴여 엄아 엄아 ᄒᆞ고 우던니 글니던 졋절 만니 멱어라 ᄒᆞ며 슬푸계 운니 낭ᄌᆞ 니 말을 듯고 방셩통곡ᄒᆞᆫ니 할님니 그 거동을 보고 일희일비 통곡ᄒᆞᆫ니 젼혜 우음소ᄅᆡ쌘니로다 낭ᄌᆞ 할님을 위로ᄒᆞ며 왈 집으로 가ᄉᆞ니다 ᄒᆞᆫ니 할님니 가로ᄃᆡ 니닐니 숢닌가 십푸다만난 숢니면 ᄉᆡᆯ가 염여로다 ᄒᆞᆫ니 낭ᄌᆞ 울며 왈 낭군은 ᄉᆡᆨ양치 마옵소셔 부모 양위 젼의 반갑기 보사니다 ᄒᆞ고 청ᄉᆞᄌᆞ을 타고 집으로 도라온 상공니 ᄂᆡ달라 낭ᄌᆞ 손을 붓들고 통곡ᄒᆞ여 왈 낭ᄌᆞ난 어ᄃᆡ 갓던야 ᄒᆞ며 일변 반갑고 닐변 참괴ᄒᆞᆫ 양을 니기

〈30-앞〉

지 못ᄒᆞ더라 낭ᄌᆞ 상공과 졍부닌 젼의 극진니 절ᄒᆞ고 종요니 엿ᄌᆞ오ᄃᆡ 소부의 ᄋᆡᆨ니 미진ᄒᆞ기로 쳔상 죄로 닐어ᄒᆞ온니 시부님 양위난 너무 수괴치 마옵소셔 ᄒᆞ고 노복을 부너 언졍니 슌ᄒᆞᆫ니 뉘 아니 칭찬ᄒᆞ리요 니후로난 시부모 셤기기을 더옥 극진니 ᄒᆞᆫ니 그 후로난 예날 징자의계 비하더라 니젹의 임진ᄉᆞ 일려ᄒᆞᆷ을 보고 할님의 집의 와 상공을 보고 예필 좌졍 후의 여식의 종신

되ᄉᆞ을 완졍ᄒᆞᆫ 말삼을 셜화ᄒᆞᆫ니 상공니 답왈 그난 염예치 말나 ᄒᆞ시고 ᄌᆞ식 션군을 불너 님진ᄉᆞ와 상되 ᄒᆞ고 상공니 젼후지ᄉᆞ을 셜화ᄒᆞ시고 님소졔 종신되ᄉᆞ을 너와 낭ᄌᆞ와 졀단ᄒᆞ면 늘근니 망영된 닐을 원치 말고 ᄒᆞᆫ면 ᄂᆡ게도 욕니 업게 ᄒᆞ라 ᄒᆞ신니 션군니 ᄉᆡᆼ각ᄒᆞ되 부형ᄒᆞ신 일니나 할길업셔 낭ᄌᆞ 방의 들려가 님진ᄉᆞ ᄯᅢᆨ 졍혼ᄒᆞᆫ 말삼을 셜화ᄒᆞᆫ니 낭ᄌᆞ 되왈 부모임니 졍ᄒᆞ신 일니요 ᄯᅩᄒᆞᆫ 님소져난 납폐을 바든 고지 니신니 엇지 다른 가무의 가올리가 밧비 나가 혀락ᄒᆞ옵소셔 ᄒᆞᆫ니 션군니 즉시 나와 되강 셜화ᄒᆞ고 혀락ᄒᆞᆫ니 님진ᄉᆞ 되희ᄒᆞ야 도라와 ᄐᆡᆨ닐ᄒᆞ야

〈30-뒤〉

보ᄂᆡᆫ리라 니려구려 혼사날니 당ᄒᆞ엿난지라 예단을 가초와 셩예ᄒᆞᆫ 후의 동방화촉의 은은ᄒᆞᆫ 졍니 층양업더라 삼닐 후의 집으로 도라온니 낭ᄌᆞ 더옥 흐연낙낙ᄒᆞ며 질기미 층향업더라 즉시 임소졔을 신힝ᄒᆞ여 낭ᄌᆞ와 ᄒᆞᆷ게 별당으셔 쳐ᄒᆞᆫ니 형졔 갓치 화목ᄒᆞ더라 니려ᄒᆞᆷ으로 부모 날노 잇지 못ᄒᆞ야 닐시을 못 보와도 삼춘갓치 여기니라 일려기을 사오 연을 지ᄂᆡᄆᆡ 닐닐은 옥낭ᄌᆞ 쥬호을 졍니 차려 부모 양위와 원근 친쳑니며 상ᄒᆞ 노보을로 더부려 되연을 ᄇᆡ셜ᄒᆞ고 옥낭ᄌᆞ 잔을 잡고 부모 양위 젼의 들리고 만셰을 불은 후의 잔치을 파ᄒᆞᆫ 후 낭ᄌᆞ ᄉᆞ려 안자 엿ᄌᆞ오되 소부 연젼의 환ᄉᆡᆼ할 ᄯᅢ예 옥황상졔게옵셔 ᄒᆞ시기을 너 날려가 션군을 다니고 모연 모월 모닐의 천궁의 올나오라 ᄒᆞ기로 천명을 어기치 못ᄒᆞ야 올나가온니 ᄂᆡᄂᆡ 무양ᄒᆞ옵소셔 ᄒᆞ니 상공 니 말을 듯고 더옥 쳐양ᄒᆞᆫ 심ᄉᆞ을 졍치 못ᄒᆞ더라 낭ᄌᆞ ᄇᆡᆨ학션과 도포와 양쥬 ᄒᆞᆫ 병을 들니며 왈 니 ᄇᆡᆨ학션은 못미 치우며 더운 발람니 나고 더운면 찬발람니 나온니 천ᄒᆞ 졔닐 보ᄇᆡ라 ᄯᅩ 니 약주난 속니 불평ᄒᆞ옵거던 니 약쥬을 부어 잡수

〈31-앞〉

시면 ᄇᆡᆨ세 알영ᄒᆞ올니다 그려ᄒᆞ나 세상 사람니 명지장단니라 지부왕의 ᄆᆡ 엿신니 그ᄯᆡ을 당ᄒᆞ오면 죽금을 면치 못ᄒᆞ나니다 시부모님 ᄇᆡᆨ 셰 무양ᄒᆞ옵소셔 님종시예 연화산으로 묘셔가올니다 천궁 션관니 극낙으로 사화이 단니온니 극낙으로 오시면 션군얼 만나보리다 ᄒᆞ며 션군다려 왈 울리 올나갈 날니 급ᄒᆞ신니 밧비 부모 양위 젼의 ᄒᆞ직ᄒᆞ옵소셔 ᄒᆞᆫ니 션군니 졍의 써날 말음니 업셔 ᄉᆡ로인 실여ᄒᆞ야 낭ᄌᆞ와 부모 양위을 외로ᄒᆞ고 복지고왈 소ᄌᆞ 소부 등니 세상ᄉᆞ 연분을 진ᄒᆞ야삽기로 오날날 실하예 ᄒᆞ직ᄒᆞ온니 우리 등니 쳔궁의 잇사온니 비록 쳔궁의 닛사오나 부모님 호양 극진니 ᄒᆞ올니다 ᄒᆞ고 인ᄒᆞ야 ᄒᆞ직ᄒᆞ며 왈 부모님은 ᄂᆡᄂᆡ 일향ᄒᆞ옵소셔 ᄒᆞ고 나온니 션군니 낭ᄌᆞ다려 왈 님부닌은 엇지 ᄒᆞ올릿가 낭ᄌᆞ ᄃᆡ왈 함긔 달려가옴직ᄒᆞ되 부모 양위을 뫼시지 못할 덧ᄒᆞ온니 엇지 급피 임부인을 향ᄒᆞ올릿가 닐후의 달혀 갈 날리 잇사온니 부ᄃᆡ 염예 말고 급피 올나가사니다 ᄒᆞ고 님부닌을 불너 왈 그ᄃᆡ난 셔어 ᄉᆡᆼ각지 말고 부모 양위을 묘시고 ᄂᆡᄂᆡ 무양니 지ᄂᆡ소셔 닐후 부모 양위와 다시 상봉할

〈31-뒤〉

날니 인살지라 부ᄃᆡ 셜워니 ᄉᆡᆼ각지 말나 ᄒᆞ고 손을 잡고 도물노 ᄒᆞ직ᄒᆞᆫ니 그 졍ᄉᆡᆼ은 참마 보지 못할너나 인ᄒᆞ야 쳥ᄉᆞᄌᆞ을 모아ᄂᆡ여 션군은 동춘을 안고 낭ᄌᆞ은 춘향을 안고 무지ᄀᆡ을 자바 타고 ᄇᆡᆨ운을 헛치고 오운의 싸이여 천상으로 올나간니라 니후로난 상공 부쳐 날노 션군과 낭ᄌᆞ을 ᄉᆡᆼ각ᄒᆞ야 ᄒᆞᆫ슘으로 셰월을 보ᄂᆡ던니 일일은 상공니 노부 등을 불너 예일을 말슴ᄒᆞ고 가중지물을 분ᄌᆡᆨᄒᆞ야 쥬시고 ᄇᆡᆨ셰을 무야니 계시던니 일일은 집안의 오운니 영농ᄒᆞ얏던니 잇튼날 상공 부쳐 구몰ᄒᆞ신니 소ᄇᆡᆨ산 츙연봉의셔 곡셩 소ᄅᆡ 나던니 집안의 오운니 홋터지더라 그 노복 등니 발상ᄒᆞ고 관곽을 갓초

와 신산의 안장ᄒᆞ더라 임부인과 상공 부쳐 다 승천ᄒᆞ기난 션군과 낭ᄌᆞ 천상 의셔 인도함니라

축워리라 복망 ᄃᆡ한쳠군자난 니 낭ᄌᆞ젼 글씨 보시고 오자 낙셔 마으오나 다 졔혐ᄒᆞ여 보압

〈32-앞〉

경훈셔리 물언 반상ᄒᆞ고 상니봉 션조 항화ᄒᆞ고 즁니봉 부모 ᄒᆞ고ᄒᆞ니 계쳐 자중인ᄒᆞ야 니셔가도 족닐 닐신우닐신하야 니셩가도 연후의 아득니 보쳐 자요 족니 보사히ᄒᆞ난니라

ᄃᆡ한 쳠 군자난 니 말을 볌상니 듯지 마압 심사궁니면자유

특별숙영낭ᄌᆞ젼

화셜 셰종조 시에 경상도 안동 ᄯᅡ희 ᄒᆞᆫ 션비 잇스되 셩은 ᄇᆡᆨ이오 명은 상군이라 부인 졍씨로 더부러 동쥬 이십여 연에 일ᄌᆞ 소속이 업셔 쥬야 셜워ᄒᆞ더니 명산 찰에 기도ᄒᆞ며 쳔지 일월 셩신ᄭᅴ 암축ᄒᆞ여 더니 ᄒᆞᆫ 몽을 엇고 일ᄌᆞ을 싱ᄒᆞ사 졈졈 ᄌᆞ라며 ᄋᆡ모 쥰수ᄒᆞ고 셩도 온유ᄒᆞ며 문셰 ᄯᅢ이 유여ᄒᆞᆫ지라 그 부뷔 쳔금갓치 ᄉᆞ랑ᄒᆞ야 일홈을 션군이라 ᄒᆞ고 ᄌᆞ을 현즁이라 ᄒᆞ다 졈졈 ᄌᆞ라 나이 약관에 이르며 부모 쳐갓튼 비필을 어더 슝혼ᄒᆞᆫ에 ᄌᆞ미을 보고ᄌᆞ ᄒᆞ야 별이 구혼ᄒᆞ되 ᄒᆞᆫ 곳도 합당ᄒᆞᆫ 곳지 업셔 미양 근심ᄒᆞ더니 ᄎᆞ시 [illegible] 션군이 셔당에셔 글을 일더니 홀연 몽이 곤ᄒᆞ야 졔

[illegible]

특별 숙영낭ᄌᆞ젼(충남대 16장본)

〈특별숙영낭ᄌᆞ젼〉은 16장(32면)의 필사본이다. 〈숙영낭ᄌᆞ젼 감응편〉이 표제로 되어 있고, 내지에는 〈특별숙영낭ᄌᆞ젼〉이라는 제목으로 시작한다. 정갈한 글씨로 촘촘히 써 있고, 일회부터 육회까지 분회되어 기록되었다. 제목과 회의 분할 등을 보아 구활자본의 영향을 받은 것으로 보인다. 처음에는 읽기 편하도록 쉼표가 찍혀 있으나, 뒤로 가면 없어진다. 내용은 구활자본과 대동소이하다. 이 이본은 청조가 나오지 않지만, 백선군이 매월의 머리를 베고 배를 갈라 간을 꺼내 낭자의 시신 앞에 놓으며 설원하는 화소가 있다. 임소저와 함께 삼인이 함께 승천하는 것으로 결말을 맺고 있다. 뒤이어 〈감응편〉이 이어지고 마지막장에 '병진 칠월 니십팔일 졀필'이라 되어 있다.

출처: 충남대학교 학산문고 (고서학산 集 小說類 1988)

〈1-앞〉

특별 숙영낭ᄌᆞ전

졔일회

화셜 셰종조 ᄯᅵ에 경상도 안동 ᄯᅡ이, ᄒᆞᆫ 션ᄇᆡ 잇스되 셩은 ᄇᆡᆨ이요 명은 상군이라, 부인 경씨로, 더부러 동쥬 이십여 연에, 일기 ᄌᆞ쇽이 업셔 쥬야 일허ᄒᆞ더니, 명산ᄃᆡ찰에 기도ᄒᆞ며 천지 일월셩신게 암축ᄒᆞ여더니, 긔몽을 엇고, 일ᄌᆞ을 ᄉᆡᆼᄒᆞ야 점점 ᄌᆞ라ᄆᆡ, 용모 쥰슈ᄒᆞ고 셩도 온유ᄒᆞ며, 몬여필이, 유여ᄒᆞᆫ지라 그 부부 쳔금갓치 ᄋᆡ즁ᄒᆞ야, 일홈을, 션군이라 ᄒᆞ고, ᄌᆞ을 현즁이라 ᄒᆞ다 졈졈 ᄌᆞ라, 나이 약관에, 이르ᄆᆡ, 부모 져갓튼, ᄇᆡ필을 어더 슬ᄒᆞ에 ᄌᆞ미을 보고ᄌᆞ ᄒᆞ야 널이 구혼ᄒᆞ되 ᄒᆞᆫ 곳도, 흡당ᄒᆞᆫ 고지, 업셔, ᄆᆡ양 근심ᄒᆞ더니 ᄎᆞ시난 츈풍가졀이라 션군이 셔당에셔, 글을 일더니 ᄌᆞ연 몸이, 곤ᄒᆞ야 <이하 낙장>

〈1-뒤〉

<낙장>

〈2-앞〉

군이, 듯기을, 다 못ᄒᆞ야 ᄭᆡ다른니, 침상일몽이라, 마지못ᄒᆞ야 ᄆᆡ월노, 잉첩을, 슴아 자긔 울회을, 쇼창ᄒᆞ나 일편단심이, 낭ᄌᆞ의게만 잇더라, 일월노 상ᄉᆞ지심이, ᄒᆞᆫ ᄯᅵ도 잇지 못ᄒᆞ야, 월명 공산에, 잔나븨, 쉬파람 ᄒᆞ고, 두견은 불여귀라, 슬피 울 졔, 장부의 상사ᄒᆞᆫ난 간장이, 구비구비 다 녹난다, 이러틋 달이 가고, 날이 오ᄆᆡ 쥬야 ᄉᆞ모ᄒᆞ난 병이, 고항에 드난지라, 그 부모, 션군의, 병이 졈졈 위즁ᄒᆞ믈 보고, 우황초포ᄒᆞ야, ᄇᆡᆨ 가지로, 문복과, 천 가지의 약에, 아니, 미친 곳이, 업시나 맛참ᄂᆡ 득효 업스니 눈물로 셰월을 보ᄂᆡ더라,

ᄎᆞ시 낭ᄌᆞ ᄉᆡᆼ각ᄒᆞᄆᆡ 낭군의 병이 ᄇᆡᆨ약이, 무효ᄒᆞ니, 젼ᄉᆡᆼ연분은, 즁ᄒᆞ나, 속졀업시, 되리로다 ᄒᆞ고, 이에 션군의게, 현몽ᄒᆞ야 왈, 우리 아즉, ᄀᆡ약이 머럿기로, 각리ᄒᆞ얏더니, 낭군이, 져럿츳, 노심초사ᄒᆞᄆᆡ 쳡은 심이, 불평ᄒᆞ온지라, 낭군이, 날을 보랴ᄒᆞ시거든, 옥연동으로, ᄎᆞᄌᆞ오쇼셔 ᄒᆞ고, 간ᄃᆡ업거날, 션군이, ᄭᆡ여, ᄉᆡᆼ각ᄒᆞ되, 경신이, 황홀ᄒᆞ야, 향할 바를, 아지 못할리라, 이에 부모게, 엿ᄌᆞ오ᄃᆡ, 근일에 ᄒᆡ아 심ᄀᆡ, 울젹ᄒᆞ와 침식이, 불안ᄒᆞᄆᆡ 명산ᄃᆡ천에, 유람ᄒᆞ와, 슈회을, 소창코ᄌᆞ ᄒᆞ옵난지라, 옥연동은 산쳔경ᄀᆡ, 졀승타ᄒᆞ오니, 슈삼일 유람ᄒᆞ고 즉시 도라오고ᄌᆞ 하노이다, 부모ᄃᆡ경왈 네 실셩ᄒᆞ야도다, 져럿틋 셩치 못ᄒᆞᆫ ᄋᆞᄒᆡ 엇지 문밧게 나리오 ᄒᆞ고 붓들고 놓치 아니ᄒᆞ난지라, 션군이 듯지 아니코 부ᄃᆡ, 가고ᄌᆞ ᄒᆞ니 부모□□□□□□□□□□션군이, 일□

〈2-뒤〉

<낙장>

〈3-앞〉

나아가 안지며 왈, ᄌᆞ난, ᄉᆞ름을 이ᄃᆡ지 괄시ᄒᆞ나요, 낭ᄌᆞ 쳥이 불문ᄒᆞ고, 방즁으로, 드러가고, ᄂᆡ미러 보도, 아니ᄒᆞ나이라, ᄉᆡᆼ이 묵연 쥬져ᄒᆞ다가 할길 업셔, 칭계에 나려셔니, 낭ᄌᆞ 그졔야, 옥면화안을 화히 ᄒᆞ고 화란에, 빗겨셔셔, 단슌호치를, 반ᄀᆡᄒᆞ고, 종용이, 불너왈, 낭군은 가지 말고, ᄂᆡ 말슴을, 드르쇼셔, 낭군은, 죵시 시직 업도다, ᄋᆞ모리, 천졍연분이, 잇슨들, 엇지, 일언에, 허락ᄒᆞ리요 ᄒᆞ고, 모로이 더ᄃᆡ, 마지믈, 혐의치 마르시고, 오로쇼셔, 션군이 그 말을 드르ᄆᆡ, 회불ᄌᆞ승ᄒᆞ야, 이에 승당 좌졍ᄒᆞᄆᆡ, 문득 바라보건ᄃᆡ 낭ᄌᆞ의 화용은 운간명월이, 벽공에, 걸엿ᄂᆞᆫ 듯 ᄐᆡ도난 근본 모란이, 흡연이, 죠로를 ᄯᅴ엿난 듯ᄒᆞ고, 일ᄉᆡᆼ 츄파ᄂᆞᆫ, 경슈갓고, 셤셤셰요ᄂᆞᆫ, 츈풍에, 양유

휘 드르ᄂᆞ 쳡쳡 쥬순은, ᄋᆡᆼ무단사을, 먹으믄 듯ᄒᆞ니, 쳔고무쌍이요, ᄎᆞ세에, 독보할, 졀ᄃᆡ가인이라, 마음에 황홀난측ᄒᆞ야, 헤오ᄃᆡ, 오날날에, 이갓튼 션녀을, ᄃᆡᄒᆞᄆᆡ, 금셕슈오나, 무흔이라 ᄒᆞ고, 그리든 경회을 베풀ᄆᆡ, 낭ᄌᆞ 갈오ᄃᆡ, 날갓튼 아여ᄌᆞ을 ᄉᆞ모ᄒᆞᄉᆞ, 이러듯ᄒᆞ야, 병을 일우니, 엇지 장부라, 칭ᄒᆞ리요, 그러나 우리 만날 긔약이, 삼연이, 격ᄒᆞ야스니, 그 ᄯᅵ 쳥조로, ᄆᆡ파ᄉᆞᆷ고, 상봉으로, 륙례을 ᄆᆡ져 ᄇᆡᆨ년동락 ᄒᆞ련니와, 만일 오날, 몸을 허흔즉, 쳔긔을, 누셜을 ᄒᆞ미 되여, 쳥앙이, 잇스리니 낭군은 아즉 안ᄉᆡᆼᄒᆞ아, ᄯᅵ을 긔다리소셔, 션군은 일각이 여삼츄라, 일시인들 엇지 견ᄃᆞ리요,

〈3-뒤〉

ᄂᆡ 이졔, 그져 도라가면, 잔명이 죠셕에, 잇스리니, 이ᄂᆡ 몸이, 죽어, 황쳔ᄀᆡᆨ이 될지라, 낭ᄌᆞ의, 일신인들, 엇지 온젼ᄒᆞ리요, 낭ᄌᆞ난 ᄂᆡ의 졍셰을, ᄉᆡᆼ각ᄒᆞ야, 그물에, 걸인 고기을, 구ᄒᆞ라, 만단ᄋᆡ걸ᄒᆞ니, 낭ᄌᆞ 그 형상을, 보ᄆᆡ, 오직, 가긍할지라, 하릴업이, ᄆᆞ암을, 도로히ᄆᆡ, 옥안에, 화ᄉᆡᆨ이 무르녹난지라, ᄉᆡᆼ이 그 옥슈를, 잡고, 침셕의, 나아가니, 운우지락을, 닐운지라, 그 졀졀흔 경을, 일오 칙량치, 못할너라. 낭자 갈오ᄃᆡ 임의 쳡의 몸이, 부졍ᄒᆞ얏스니, 이에 머믈지 못할지라, 낭군과 흔가지로, 가리라 ᄒᆞ고, 쳥노ᄉᆡ을 닛그러ᄂᆡ여 ᄐᆞ고, ᄉᆡᆼ도 ᄯᅩ흔, 쳥러을 타고, 병힝ᄒᆞ야, 집으로 도라오니, ᄌᆞ연 츄죵이, 만터라, 이젹의 ᄇᆡᆨ공부부 쳔군을 ᄂᆡ여보ᄂᆡ고 념여를, 노치 못ᄒᆞ야, 노복을 ᄉᆞ쳐로 노와 ᄎᆞ지되 맛참ᄂᆡ, 종젹을, ᄎᆞᆺ지 못ᄒᆞ야, 졍히 울민ᄒᆞ니, 하회를 셕람ᄒᆞ라

졔이회

ᄌᆡ셜 ᄇᆡᆨ공부부 션군의 죵젹을 몰나, 졍히 울민ᄒᆞ더니, 일일은, 문젼이 들네며, 션군이, 홀연 어ᄃᆡ로 조ᄎᆞ, 오난 쥴을 모로게, 이르러, 부모젼에, 현알ᄒᆞ

거날, ᄇᆡᆨ공부부 □□□□ᄒᆞ야, 밧비 그 숀을 잡고, 그ᄉᆞ이, 어ᄂᆡ 싸히 유락ᄒᆞ야, 늘근 부모를, 문에 의지ᄒᆞ야, 바라ᄂᆞᆫ, 눈이 ᄯᅮ러지게, ᄒᆞ얏난요 ᄒᆞ며, 일변 남ᄌᆞ을, 인도ᄒᆞ야, 부모게, ᄇᆡ알ᄒᆞ게 ᄒᆞ니, 낭ᄌᆞ 연보을, 움직여, 부모게, ᄇᆡ알ᄒᆞ니, 공의 부부 쳔만몽외에, 이런 긔이ᄒᆞᆫ, 일을 당ᄒᆞ야, 낭ᄌᆞ을, 살펴보니, 화려ᄒᆞᆫ 쳬모와, 아릿다온 화용이 다시 인간에난, 업난지라,

〈4-앞〉

불승즁ᄋᆡ ᄒᆞ야, 침소을, 동별당에, 졍ᄒᆞ니라, ᄉᆡᆼ이 낭ᄌᆞ로 더부러, 금실지락을, 닐우ᄆᆡ 슈유불리ᄒᆞ고, 학업을 젼폐ᄒᆞ니, ᄇᆡᆨ공이 민망이, 너겨ᄒᆞ나, 션군을 극히 의즁ᄒᆞᄂᆞᆫ고로, 바려두이라 니러구러 셰월이, 물 흐르ᄂᆞᆫ 것 갓ᄒᆞ야, 님이 팔년이 된지라, 낭ᄌᆞ 일ᄌᆞ을 ᄉᆡᆼᄒᆞ니 ᄌᆞ의 일홈은 츈ᄋᆡᆼ이니 방년니 칠셰라 위인이, 영혜총명ᄒᆞ고, 아들의, 일홈은, 동츈이니, 나히 삼셰라, 다부풍모습ᄒᆞ야, 가ᄂᆡ에, 회긔 ᄀᆞ득ᄒᆞ야, 다시 그릴거시, 업ᄂᆞᆫ지라, 이의 동편에, 졍ᄉᆞ을, 짓고, 화죠월셕의, 량인이, 산졍에, 올나, 칠현금을, 희롱ᄒᆞ고, 노ᄅᆡ을 화답ᄒᆞ야, 셔로 지긔며, 풍유ᄒᆞ야, 쳥흥이, 도도할ᄉᆡ, ᄇᆡᆨ공부부, 이 거동을 보고, 뉘웟치믈 마지 안야 오라, 너의 량인이, 쳔상연분이, 비경토다 ᄒᆞ고, ᄉᆡᆼ을 불너왈, 금번에, 알셩과를 뵌다ᄒᆞ니, 너ᄂᆞᆫ 모로미, 응과ᄒᆞ미, 맛당ᄒᆞ도다, 요ᄒᆡᆼ 츰방홀진ᄃᆡ, 네 부모 영화롭고 ᄯᅩᄒᆞᆫ 됴션을 빗내미, 아니되랴 ᄒᆞ며, 길을 ᄌᆡ쵹ᄒᆞ니, 션군왈, 우리 젼답이, 슈쳔 셕직이요, 노비 쳔여 인니라, 심지지쇼락과, 이목지쇼호를, 님의ᄃᆡ로 할 거시어날, 무삼 부죡ᄒᆞ미 잇셔 급제을, 바라리잇고, 만일 집울, ᄯᅥ나오면, 낭ᄌᆞ로 더부러, 슈삭 리별이 되깃ᄉᆞ오니, ᄉᆞ졍이, 졀박ᄒᆞ여이다 ᄒᆞ고, 동별당에 이르러, 부친과 문답ᄉᆞ을 이르니, 낭ᄌᆞ 염용ᄃᆡ왈, 낭군의 말이, 그르도다, 남아 츌셰ᄒᆞ미, 닙신양명ᄒᆞ야 이현부모ᄒᆞ미 썻썻ᄒᆞᆫ ᄇᆡ어날, 이졔 낭군이, 규즁쳐ᄌᆞ을, 권연

〈4-뒤〉

ᄒᆞ야, 남아의, 당당ᄒᆞᆫ 일을 □□□□□□□□□□□□□□□□□□□ 맛츰ᄂᆡ 쳡의게 도라오리니, 바라건ᄃᆡ 낭군 □□□□□□□□□□□을, 취치 말의쇼셔 ᄒᆞ고, 반젼을, 쥰비ᄒᆞ여 쥬며 왈, 낭군이 □□□□□□□□□□ 쳡이 ᄉᆞ지 못ᄒᆞ리니, 낭군은 죠금도, 다른 일을, 과렴치 □□□□□□□□□□ ᄉᆡᆼ이 그 말을 드르ᄆᆡ, 언언이 졀졀ᄒᆞᆫ지라, 마지못ᄒᆞ야, 부모게 ᄒᆞ직ᄒᆞ고, 낭ᄌᆞ을 도라보와 왈, 그ᄃᆡ난 부모를 극진히, 봉양ᄒᆞ야 나의 도라오기를, 기다리라 ᄒᆞ고 써날ᄉᆡ, 한 거름에, 셔고, 두 거름에, 도라보니, 낭ᄌᆞ 즁문에, 나와, 원로에 보즁홈를 당부ᄒᆞ며 비회를, 금치 못ᄒᆞ거날 션군이 ᄯᅩᄒᆞᆫ 슈ᄉᆡᆨ이 만안ᄒᆞ야 울기를, 마지 아니코, 죵일토론 힝ᄒᆞ며, 겨오 삼십 리를 갓난지라, 슉쇼를, 졍ᄒᆞ고, 셕반를 올이ᄆᆡ, 오직 낭ᄌᆞ을, ᄉᆡᆼ각ᄒᆞ니, 음식이 달지 안니ᄒᆞᆫ지라, 부득이, 두어 술를, ᄒᆞ져ᄒᆞ고, 즉시 믈이거날, ᄒᆞ인이 민망이 여겨, 닐오ᄃᆡ, ᄃᆡ식를 져렷타시 간략히 ᄒᆞ시고, 엇지, 쳔리원졍을, 득달ᄒᆞ려, ᄒᆞ시ᄂᆞ니잇가 ᄉᆡᆼ이, 일오ᄃᆡ, 아모리, 진식코자ᄒᆞ나, ᄌᆞ연 그러ᄒᆞ도다 ᄒᆞ니, ᄒᆞ인이, 불승민망ᄒᆞ야 ᄒᆞ더라, ᄉᆡᆼ이 ᄎᆞ시 젹막ᄒᆞᆫ ᄀᆡ관에 잇셔 심신이 슈란ᄒᆞ야, 낭ᄌᆞ의 일신이, 겻ᄒᆡ 안진 듯ᄒᆞ이 견이불견이오, 소ᄅᆡ 들니ᄂᆞᆫ 듯, ᄉᆞ청불청이라, 여좌침셕ᄒᆞ야, 마음을 진경치 못ᄒᆞ난지라, ᄎᆞ야 이경에, 신발을, 들메고 집으로 도라가의, 가만이 장원을, 넘어, 낭ᄌᆞ의

〈5-앞〉

방에 드르가니 낭ᄌᆞ ᄃᆡ경왈 이 일이 엇던 일이니잇고 ᄒᆞ로길을 힝치 안니ᄒᆞ니잇가 ᄉᆡᆼ왈 종일 힝ᄒᆞ야 게오 삼십리을 가셔 슉쇼을 졍ᄒᆞ고 다만 ᄉᆡᆼ각ᄂᆞᆫ니 그ᄃᆡ ᄲᅮᆫ니라 쳡쳡ᄒᆞᆫ 비회을 바야흐로 금치 못ᄒᆞ야 음식이 달지 안니ᄒᆞ니 힝혀 로즁에셔 병이 날가 져허하야 그ᄃᆡ로 더부러 심회을 풀고ᄌᆞ ᄒᆞ야 왓노라 ᄒᆞ고 낭ᄌᆞ의 옥슈를 닛그러 와상의 나아가 금리에 몸을 더져 낭ᄌᆞ로

더부러 죵야토록 즐겨 정회를 푸는디라 이젹에 빅공이 아즈을 경셩에 보닉고 집안에 도젹을 살피려 ᄒᆞ야 쳥여장을 집고 장원 안으로 도라단이며 동졍을 살피려ᄒᆞ다가 동별당의 다다르니 믄듯 낭즈의 방에 남즈의 소릭 은은히 들이거날 빅공이 이윽히 듯다가 가만이 혜오딕 낭즈는 빙옥지심과 송빅지졀이 잇거늘 엇지 외간남즈를 ᄉᆞ통ᄒᆞ야 음힝지ᄉᆞ을 감심ᄒᆞ리요 그러나 셰상ᄉᆞ을 측양치 못ᄒᆞ리라 ᄒᆞ고 가만이 소창 압헤 ᄂᆞ아가 귀를 기우리고 들은즉 낭즈 니윽히 말ᄒᆞ다가 닐오딕 싀부게셔 밧게 와 게신가 시보니 낭군은 몸을 금침에 감초쇼셔 ᄒᆞ여 다시 아히를 달닉여 왈 너의 아바니는 장원급졔ᄒᆞ야 영화로니 도라오는이라 ᄒᆞ고 ᄋᆞ히를 얼르만지거날 빅공이 크게 의심ᄒᆞ야 금픠 침쇼로 도라오니라 ᄎᆞ시 낭즈 빅공에 녓듯는 양을 발셰 아랏는지라 싱다려 일오딕 존구 창박게셔 엿듯고 가셔시니 낭군이 도라온쥴 아라 게신지라 낭군은 쳡을 유념치 마르시고 경셩을 올나가 셩불셩

〈5-뒤〉

을 불기ᄒᆞ고 과거를 보와 부모의 바라시난 마음을 져바리지 마르시고 쳡으로 ᄒᆞ야곰 불민ᄒᆞᆫ 시비를 면케 ᄒᆞ쇼셔 싱각건딕 낭군이 쳡을 소렴ᄒᆞ야 여러번 출닙할 마음을 두려 ᄒᆞ미라 만일 니러할진딕 이는 군즈의 도리 아이오 또 부모 아르시면 결단코 쳡의게 죄칙이 ᄂᆞ릴듯 ᄒᆞ오니 낭군은 빅번 싱각ᄒᆞᄉᆞ 급픠 상경ᄒᆞ쇼셔 ᄒᆞ며 길을 직쵹ᄒᆞ니 션군이 죽기를 다ᄒᆞ믹 언즉시야러라 이의 결연ᄒᆞ믈 억졔ᄒᆞ야 낭즈을 이별ᄒᆞ고 그 슉쇼로 도라오니 ᄒᆞ인이 아즉 즘을 씌지 안니ᄒᆞ여더라 평명에결에 올나 게우 오십리을 가 슉쇼을 경ᄒᆞ고 월명긱창에 젹막히 안져스니 낭즈의 형용이 안젼에 숨숨ᄒᆞ야 잠을 일지 못ᄒᆞ고 천만가지로 싱각ᄒᆞ믹 또 울결ᄒᆞ믈 것잡지 못ᄒᆞ이 이에 표연이 집에 도라와 장즈의 방에 드러가니 낭즈 놀닉 가로딕 낭군이 쳡의 간ᄒᆞ는 말을 듯지 안니시고 니렷틋 왕닉 ᄒᆞ시는니잇가 천금귀체 긱즁에셔 병을

엇드시면 엇지 ᄒᆞ려 ᄒᆞ시ᄂᆞ니잇가 낭군이 만일 첩을 닛지 못ᄒᆞ시거든 후일 첩이 낭군 숙소로 ᄎᆞ져 가리니다 ᄉᆡᆼ왈 낭ᄌᆞ은 규즁여ᄌᆞ라 엇지 도로 왕ᄂᆡ을 님의로 ᄒᆞ리오□□ ᄒᆞ릴업셔 강잉ᄃᆡ왈 회포ᄂᆞᆫ 푸쇼셔 ᄒᆞ고 화상을 주며 왈 이 화상은 첩의 용모오니 ᄒᆡᆼ즁에 가졋다가 만일 빗치 변ᄒᆞ거든 첩이 편치 못ᄒᆞᆷ믈 아르쇼셔 ᄒᆞ고 ᄉᆡ로이 리별할ᄉᆡ ᄎᆞ시 ᄇᆡᆨ공이 마암에 고이히 녀겨 다시 동별당에 가 귀을

〈6-앞〉

기우려 드르즉 ᄯᅩ 남ᄌᆞ으 소ᄅᆡ 분명ᄒᆞᆫ지라 ᄇᆡᆨ공이 ᄂᆡ심에 혜오ᄃᆡ 고이코 고이ᄒᆞ다 ᄂᆡ집이 장원이 놉고 상ᄒᆞ이목이 번다ᄒᆞᄆᆡ 외인이 간ᄃᆡ로 츌입지 못할거시어날 엇지 슈일을 두고 낭ᄌᆞ의 방즁에셔 남ᄌᆞ 말소ᄅᆡ 나ᄂᆞᆫ고 이난 반다시 흉악ᄒᆞᆫ 놈이 잇셔 낭ᄌᆞ로 통간ᄒᆞ미로다 ᄒᆞ고 쳐소로 도라와 ᄎᆞ탄왈 낭ᄌᆞ의 경졀노 니런 ᄒᆡᆼ실을 ᄒᆞ니 일노 볼진ᄃᆡ 옥셕을 분간키 어렵도다 ᄒᆞ고 의혹이 만단ᄒᆞ야 유예미결이라 이에 부인을 불너 이 ᄉᆞ연을 일너 왈 그 진가을 아지 못ᄒᆞ고 의외의 만일 불미지ᄉᆞ가 잇스면 장ᄎᆞ 엇지 ᄒᆞ리요 부인 왈 상공이 잘못 드러 계시도다 현부의 ᄒᆡᆼ실은 ᄇᆡᆨ옥 갓트여 그러할 일이 업스리니다 니런 말을 다시 마르쇼셔 공 왈 나도 져 일을 심히 의아ᄒᆞ난 빈니 ᄃᆡ져 져를 불너 힐문할 것이로ᄃᆡ ᄂᆡ 져을 정졀ᄒᆞᆫ 녀ᄌᆞ로 알기로 지금 젹실치 못ᄒᆞ미 잇슬가 ᄒᆞ야 쥬져ᄒᆞ얏더니 금일은 단정코 져를 불너 힐문ᄒᆞ야 보ᄉᆞ이다 ᄒᆞ고 이에 낭ᄌᆞ을 불너 문왈 이 ᄉᆞ에 집안니 젹젹ᄒᆞᄆᆡ ᄂᆡ 후정을 두루 도라 네 방 근쳐에 니른즉 방즁에셔 남ᄌᆞ의 음셩이 은은이 들이니 ᄂᆡ 고이히 넉여 도라와 ᄉᆡᆼ각ᄒᆞ니 그러할리 만무ᄒᆞᆫ고로 그 이튼날 ᄯᅩ 가셔 들르즉 젼과 갓치 남ᄌᆞ의 말쇼ᄅᆡ 랑ᄌᆞᄒᆞ니 이 아니 고이ᄒᆞ냐 ᄉᆞᄉᆡᆼ간 즉고ᄒᆞ라 낭ᄌᆞ 변ᄉᆡᆨ ᄃᆡ왈 밤이 오면 츈ᄋᆡᆼ 동츈 등을 다리고 ᄆᆡ월노 더부러 말슴 ᄒᆞ얏습거이와 엇지 외간남ᄌᆞ 잇셔 말슴ᄒᆞ야

〈6-뒤〉

ᄉᆞ오리잇가 이ᄂᆞᆫ 천만의외지ᄉᆞ이이다 공이 드르ᄆᆡ ᄆᆞ암을 잠간 미드나 일이 고이ᄒᆞ야 ᄆᆡ월을 즉시 불너 문왈 네 이ᄉᆞ니 낭ᄌᆞ 방에 가 ᄉᆞ환ᄒᆞ얏나야 ᄆᆡ월이 엿ᄌᆞ오ᄃᆡ 소녀의 몸이 곤ᄒᆞ기로 낭ᄌᆞ 방에 가지 못ᄒᆞ야나니 다 ᄇᆡᆨ공이 청파에 더옥 슈상이 너겨 ᄆᆡ월 불너 ᄉᆞ지져 왈 이 ᄉᆞ이 고이ᄒᆞᆫ 일이 잇기로 놀ᄂᆡ고 의심되여 낭ᄌᆞ다려 무른즉 널노 더부러 ᄒᆞᆫ가지로 ᄌᆞ며 슈작ᄒᆞ여다 ᄒᆞ고 너다려 무르니 가지 안니ᄒᆞ얏다 ᄒᆞ야 두 말이 갓지 안니ᄒᆞ니 이난 의외인 상통ᄒᆞ미 젹실ᄒᆞᆫ지라 너ᄂᆞᆫ 모로미 착실이 살펴 왕ᄂᆡᄒᆞᆫ난 놈을 잡아 고ᄒᆞ라 ᄆᆡ월이 슈명ᄒᆞ고 아모리 쥬야로 상직한덜 그림ᄌᆞ도 업ᄂᆞᆫ 도젹을 엇지 잡으리오 이ᄂᆞᆫ 부졀업시 ᄆᆡ월노 ᄒᆞ여곰 간계를 발씨흠이라 ᄆᆡ월이 이에 ᄉᆡᆼ각ᄒᆞ되 쇼상공이 낭ᄌᆞ로 더부러 작ᄇᆡᄒᆞᆫ 후로 나를 도라보지 아니ᄒᆞ니 엇지 ᄋᆡ달지 아니ᄒᆞ리요 ᄂᆡ 맛당히 이ᄯᅢ을 타셔 낭ᄌᆞ을 쇼제ᄒᆞ리라 ᄒᆞ니 필경 엇지된고 ᄒᆞ회를 분셕ᄒᆞ라

제삼회

ᄌᆡ셜 ᄆᆡ월이 본ᄃᆡ 이 ᄯᅢ을 타 낭ᄌᆞ를 쇼졔ᄒᆞ야 결단코 나의 젹연단장ᄒᆞ던 원을 풀니라 ᄒᆞ고 금은슈쳔 양을 도젹ᄒᆞ야 가지고 물뢰악 쇼연을 모와 외로왈 뉘가히 날을 위ᄒᆞ야 묘계를 ᄒᆡᆼᄒᆞ면 이 은ᄌᆞ 슈쳔 양을 쥽거시니 렬위 즁에 뉘가 히힝할고 그 즁에 ᄒᆞᆫ 놈이 팔를 ᄲᅡᆸᄂᆡ며 ᄂᆡ 당흘이라 ᄒᆞ니 셩명은 돌이라 본ᄃᆡ 셩졍이

〈7-앞〉

흉완ᄒᆞ고 가장 호방ᄒᆞᆫ 놈이러니 ᄎᆞ언을 듯고 ᄌᆡ물를 탐ᄒᆞ야 쾌히 응낙ᄒᆞ고 ᄂᆡ다르미라 ᄆᆡ월이 감안니 도리를 닛글고 조용ᄒᆞᆫ 곳으로 가 닐오ᄃᆡ ᄂᆡ 다르ᄉᆞ졍이 안니라 우리 쇼상공이 날를 소실로 두워 졍을 두터니 ᄒᆞ더니 낭ᄌᆞ로

더부러 작ᄇᆡᄒᆞᆫ 후로 이졔 팔연이 되도록 ᄒᆞᆫ번도 도라보지 안니ᄒᆞ니 나의 ᄆᆞ암이 엇지 분연치 안니ᄒᆞ리오 실로 낭ᄌᆞ을 음히ᄒᆞ야 셜치고ᄌᆞ ᄒᆞᄂᆞ니 그ᄃᆡᄂᆞᆫ ᄂᆡ의 말을 명심ᄒᆞ야 나의 지휘ᄃᆡ로 ᄒᆞ라 ᄒᆞ니 도리 언언 응낙ᄒᆞ거날 ᄆᆡ월이 ᄎᆞ야에 도리를 다리고 동별당에 드러가 후문를 열고 밧계 셔우며 왈 그ᄃᆡᄂᆞᆫ 여긔잇스라 ᄂᆡ 상공 쳐소에 드러가 여ᄎᆞ여ᄎᆞ ᄒᆞ면 상공이 필연 분로ᄒᆞ야 그ᄃᆡ을 잡으라 ᄒᆞᆯ 거시니 그ᄃᆡᄂᆞᆫ 낭ᄌᆞ의 방즁으로셔 나오ᄂᆞᆫ 쳬ᄒᆞ고 문를 열고 나가되 부ᄃᆡ 쇼홀이 말나 ᄒᆞ고 급피 ᄇᆡᆨ공게 나아가 고ᄒᆞ되 상공이 소쳡으로 ᄒᆞ여곰 동별당을 슈직ᄒᆞ라 ᄒᆞ시ᄆᆡ 밤마다 살피옵더니 금야에 과연 엇던 놈이 드러가 낭ᄌᆞ와 더부러 희락이 낭ᄌᆞᄒᆞ옵기로 감히 안니고치 못ᄒᆞ오ᄆᆡ ᄃᆡ강 들은ᄃᆡ로 고ᄒᆞ오리니다 쇼쳡이 고이ᄒᆞᆫ 긔ᄉᆡᆨ을 보고 진가를 알여ᄒᆞ야 낙함 뒤에 가 여어듯ᄉᆞ온즉 낭ᄌᆞ 그놈다려 이르기를 쇼상공이 오시거든 직시 죽인 후 ᄌᆡ물을 도젹ᄒᆞ야 가지고 다라나 ᄒᆞᆷ게 살ᄌᆞᄒᆞ온즉 듯기에 하 ᄊᆞᆷ직ᄒᆞ온지라 이런 말슴을 듯고 엇지 안저셔 참혹ᄒᆞ온 광경을 보리잇고 이런 바 ᄃᆡ강을 고ᄒᆞ

〈7-뒤〉

노니 다 ᄇᆡᆨ공이 듯기을 다 못ᄒᆞ야 분긔ᄃᆡ발ᄒᆞ야 칼을 가지고 문을 열며 ᄂᆡ다르니 과연 엇던 놈이 믄득 낭ᄌᆞ의 방으로셔 문을 열고 쒸여 ᄂᆡ다라 장원을 넘어 도망ᄒᆞ거날 공이 불승ᄃᆡ로ᄒᆞ야 도적을 실포ᄒᆞ고 ᄒᆞ릴업셔 쳐쇼로 도라와 밤을 ᄉᆡ올ᄉᆡ 미명에 비복 등을 불너 좌우에 셰우고 ᄎᆞ례로 엄문ᄒᆞ야 왈 ᄂᆡ 집이 장원이 놉고 외인이 임의로 츌입지 못ᄒᆞ거날 네히 놈 즁에 엇든 놈이 감히 낭ᄌᆞ와 ᄉᆞ통ᄒᆞ고 종실직쵸ᄒᆞ라 ᄒᆞ며 낭ᄌᆞ을 ᄌᆞ바오라 ᄒᆞ니 ᄆᆡ월이 몬져 ᄂᆞ다라 동별당에 가 문를 열고 쇼ᄅᆡ를 크게 질너 왈 낭ᄌᆞ난 무삼 잠을 집피 드럿ᄂᆞ뇨 지금 상공게셔 낭ᄌᆞ를 잡아오라 ᄒᆞ시니 밧비 가보쇼셔 낭ᄌᆞ 놀나 문왈 이 심야에 엇지 이리 요란이 구ᄂᆞ뇨 ᄒᆞ고 문을 열고 보니 비복 등이 문박게 가득ᄒᆞ야거날 낭ᄌᆞ왈 무삼 일이 잇난야 노복이 ᄃᆡ왈 낭ᄌᆞ난 엇던 놈과 통간ᄒᆞ난가 ᄋᆡᄆᆡᄒᆞᆫ 우리 등으로 즁장을 밧게 ᄒᆞᄂᆞᆫ뇨 아등을 ᄭᅮ지람을 들이지 말고 어셔 밧비 가ᄉᆞ니다 ᄒᆞ며 구박이 ᄐᆡ심ᄒᆞ거날 장ᄌᆞ 천만몽ᄆᆡ 밧 이 말을 드르니 혼ᄇᆡᆨ이 비월ᄒᆞ고 간담이 셔늘ᄒᆞ야 엇지 할 쥴 모르난 ᄌᆡ촉이 셩화갓튼지라 급피 상공 압히 나아가 복지쥬왈 쳡이 무삼 죄잇삽건ᄃᆡ 이 지경에 이르ᄂᆞ니잇고 공이 ᄃᆡ로왈 슈일젼에 여ᄎᆞ 여ᄎᆞ 슈상ᄒᆞᆫ 일이 잇기로 너다려 무르즉 네 말이 낭군이 ᄯᅥᄂᆞᆫ 후 젹막ᄒᆞ기로

<8-앞>

ᄆᆡ월로 더부러 담화ᄒᆞ얏다 ᄒᆞᄆᆡ ᄂᆡ 반신반의 ᄒᆞ야 ᄆᆡ월을 불너 ᄎᆡ문ᄒᆞᆫ즉 졔 ᄃᆡ답이 일졀 네 방에 가지 안니ᄒᆞ얏다 ᄒᆞ니 필연 곡졀이 잇ᄂᆞᆫ 일이기로 ᄌᆞ셰히 긔찰ᄒᆞᆫ즉 어덤 놈이 여ᄎᆞ여ᄎᆞ할 시 분명ᄒᆞ거날 네 무삼 낫츨 들고 감히 발명코ᄌᆞ ᄒᆞᄂᆞᆫ뇨 낭ᄌᆞ 울며 발명ᄒᆞ되 공이 엇지 무언룰 고지 들르시ᄂᆞᆫ뇨 ᄒᆞᆫᄃᆡ 공이 ᄃᆡ질 왈 ᄂᆡ 귀로 치히 듯고 눈의로 본 일이라 네 종시 긔망ᄒᆞ니 엇지 통히치 안니ᄒᆞ리요 양반의 집의 이런 일이 잇기ᄂᆞᆫ 큰 변이라 상통ᄒᆞ든 놈의 셩명를 ᄲᅡᆯ리 고ᄒᆞ라 ᄒᆞ며 호령이 셔리 갓튼지라 낭ᄌᆞ 안ᄉᆡᆨ이 씩씩ᄒᆞ야 왈 아모리 륙례 ᄇᆡᆨ양으로 맛지 못ᄒᆞᆫ 며나리라 ᄒᆞᄉᆞ 이런 말슴을 ᄒᆞ시나니잇가 발명 무로오나 셰셰히 통촉ᄒᆞ야 보옵쇼셔 이 몸이 비록 인간에 잇ᄉᆞ온들 쳡의 빙옥갓튼 졍졀노 더러온 말슴을 듯ᄉᆞ오리잇가 영쳔슈가 머러 귀를 싯지 못ᄒᆞ오미 한니 되압난니 다만 죽어 모르고ᄌᆞ ᄒᆞ옵나니다 공이 익익ᄃᆡ로 ᄒᆞ야 노ᄌᆞ를 호령ᄒᆞ야 낭ᄌᆞ을 결박ᄒᆞ라 ᄒᆞ니 노ᄌᆞ 일시에 다라드려 낭ᄌᆞ의 머리를 산발ᄒᆞ야 계ᄒᆞ에 안치니 그 경상이 참불인견이더라 공이 ᄃᆡ셩질 왈 네 죄상은 만ᄉᆞ무셕이니 ᄉᆞ통ᄒᆞ던 놈를 밧비 이르라 ᄒᆞ고 ᄆᆡ를 드러치니 ᄇᆡᆨ옥갓튼 귀밋ᄐᆡ 흐르난니 눈물이오 옥갓튼 일신에 소삿ᄂᆞ니 류혈이라 낭ᄌᆞ ᄌᆞ시을 당ᄒᆞ야 ᄒᆞ릴업셔 졍신를 ᄎᆞ려왈 향ᄌᆞ 낭군이 쳡을 잇지 못ᄒᆞ야

발힝ᄒᆞ던 날 겨오 삼십리를 가 슉쇼ᄒᆞ고 밤에 도

〈8-뒤〉

라와 단여간 후 ᄯᅩ 이튼날 밤에 왓습기로 쳡이 한ᄉᆞᄒᆞ고 간ᄒᆞ야 보닐시 어린 소견에ᄂᆞᆫ 혹 구고게 견칙이 잇실가 져허ᄒᆞ야 낭군 거취를 은휘ᄒᆞ야 보닛습더니 조물이 무여녁이고 귀신니 싀긔ᄒᆞ야 가히 씻지 못ᄒᆞ올 루명을 닙ᄉᆞ오니 발명 무로오나 구말리 명천은 찰시ᄒᆞ옵나니 통촉ᄒᆞ옵쇼셔 빅공이 졈졈 ᄃᆡ로ᄒᆞ야 집장노복을 호령ᄒᆞ야 ᄆᆡᄆᆡ 고찰ᄒᆞ야 칠 ᄉᆡ 낭ᄌᆞ ᄒᆞ릴업셔 ᄒᆞ날을 우러러 통곡 왈 유유창쳔은 무죄ᄒᆞᆫ 이ᄂᆡ ᄆᆞ암을 구버 살피쇼셔 오월비상지원과 삼년불우지원을 뉘라셔 푸러ᄂᆡ리요 ᄒᆞ고 이의 업더져 긔쉭ᄒᆞ거날 존고 경씨 그 형상을 보고 울며 빅공다려 왈 녯말에 닐너스되 그릇셰 물를 업치고 다시 담지 못ᄒᆞ온다 ᄒᆞ오니 상공은 ᄌᆞ셰히 보지 못ᄒᆞ고 빅옥무ᄒᆞᄒᆞᆫ 졀부를 무단니 음힝ᄒᆞᆫ다 ᄒᆞ고 포박ᄒᆞ미 여ᄎᆞᄒᆞ시니 엇지 가히 후회지탄이 업ᄉᆞ오리잇고 ᄒᆞ고 나리다라 낭ᄌᆞ를 낭ᄌᆞ를 안고 ᄃᆡ셩통곡왈 너의 숑빅지졀은 ᄂᆡ 아난 ᄇᆡ라 오날날 이 경상은 몽ᄆᆡ에도 ᄉᆡᆼ각지 못ᄒᆞᆫ 일이니 엇지 지원극통치 안니 ᄒᆞ리요 낭ᄌᆞ 울며 ᄃᆡ왈 녯말에 음힝지셜은 신셜키 어렵다 ᄒᆞ오니 동힉슈를 기우려 씻지 못할 루명을 엇고 엇지 구구히 살기를 도모ᄒᆞ리잇고 ᄒᆞ고 통곡ᄒᆞ기를 마지 아니ᄒᆞ니 경씨 만단ᄀᆡ유ᄒᆞ되 낭ᄌᆞ 죵시 듯지 아니ᄒᆞ고 문득 옥잠을 ᄲᅢ여들고 ᄒᆞ날게 졀ᄒᆞ고 축왈 지공무ᄉᆞᄒᆞ신 황쳔은 구버 살피쇼셔 쳡이 만일 외인으로 통간ᄒᆞᆫ 일이 잇거든

〈9-앞〉

이 옥잠이 쳡의 가삼에 박히고 만일 ᄋᆡᄆᆡᄒᆞ옵거든 옥잠이 셤돌에 박히쇼셔 ᄒᆞ며 옥잠를 공즁에 더지고 업디엿더니 옥잠이 ᄂᆞ러오며 셤돌에 셤돌에 박히ᄂᆞᆫ지라 그졔야 상ᄒᆞ 다 ᄃᆡ경실ᄉᆡᆨᄒᆞ야 크게 신긔히 녁이며 낭ᄌᆞ의 원억

ᄒᆞ믈 알더라 ᄇᆡᆨ공이 ᄎᆞ경을 보고 부지불각에 나리다라 낭ᄌᆞ의 숀를 잡고 비러왈 늙으니 지식이 업셔 착ᄒᆞᆫ 며나리를 모로고 망영되 거죠를 ᄒᆞ얏스니 그 명졀를 모로고 이러틋 ᄒᆞ미라 ᄂᆡ 허물은 만번 쥭어도 속지 못할 ᄇᆡ라 바라건ᄃᆡ 현부ᄂᆞᆫ ᄂᆡ의 허물를 용셔ᄒᆞ고 안심ᄒᆞ라 낭ᄌᆞ 이연통공왈 쳡이 가업ᄂᆞᆫ 루명을 싯고 셰상에 머므러 씰ᄃᆡ업ᄂᆞᆫ지라 이졔 죽어 아황 녀영의 혼령을 죠치려 ᄒᆞ나니다 ᄒᆞ고 죵시 살 ᄯᅳᆺ시 업셔 ᄒᆞ거날 ᄇᆡᆨ공이 위로왈 ᄌᆞ고로 현인군ᄌᆞ도 혹 참쇼를 만나며 슉녀현부도 혹 루명을 엇나니 현부ᄂᆞᆫ ᄯᅩᄒᆞᆫ 일시 운익이라 너무 고집지 말고 로부의 무류흠을 ᄉᆡᆼ각ᄒᆞ라 ᄒᆞ니 졍씨 낭ᄌᆞ을 붓드려 동별당으로 가 위로할ᄉᆡ 낭ᄌᆞ 흐르나니 눈물이오 짓ᄂᆞ니 한숨이라 이의 부인게 고왈 쳡갓튼 게집이라도 악명이 셰상에 낫타나고 엇지 붓그렵지 아니ᄒᆞ리오 낭군이 도라오면 상ᄃᆡ할 낫치 업ᄉᆞ오리니 다만 죽어 셰상을 모르고ᄌᆞ ᄒᆞ나니다 ᄒᆞ며 진쥬갓튼 눈물이 옷깃을 젹시거날 부인이 그 참혹ᄒᆞᆫ 거동을 보고 왈 낭ᄌᆞ 죽다ᄒᆞ면 아ᄌᆞ 결단코 ᄯᅩᄒᆞᆫ ᄯᆞ라 죽을 거시니 이런 답답ᄒᆞᆫ 일이 어ᄃᆡ 잇스리오 ᄒᆞ며 침쇼로 도라간니라 이ᄯᆡ에 츈

〈9-뒤〉

잉이 그 모친 형상을 보고 울며 왈 모친은 죽지 말고 부친이 도라오시거든 원총ᄒᆞᆫ ᄉᆞ졍니나 ᄒᆞ고 죽으나 사나 ᄒᆞ옵쇼셔 모친이 불힝ᄒᆞ면 동츈를 엇지 ᄒᆞ며 나난 뉘를 밋고 살나ᄒᆞ오 모친의 숀을 잡고 방으로 드려가기을 권ᄒᆞ니 낭ᄌᆞ 마지 못ᄒᆞ야 방으로 드려가 츈잉를 겻히 안치고 동츈을 졋에 기며 ᄎᆡ복 ᄂᆡ여 입고 슬허 왈 츈잉아 나난 죽으리라 ᄒᆞ니 낭ᄌᆞ의 ᄉᆞ졍이 ᄒᆞ여오문 셕ᄒᆞ라

졔ᄉ회

ᄎ셜 낭ᄌ 슬허 왈 츈잉아 나는 죽으리로다 네의 부친이 쳔리 밧게 잇셔나 죽는 일을 모르니 숙졀업시 ᄂ의 ᄆ암 둘ᄃ 업다 츈잉아 이 ᄇ학션은 진짓 쳔ᄒ긔보라 치우면 더운 긔운이 나고 더우면 셔늘ᄒᆞᆫ 긔운이 나는니 잘 간슈ᄒ야다가 동츈이 ᄌ라거든 젼ᄒ여라 슬푸다 홍진비ᄅ와 고진감ᄂ는 셰간상ᄉ라 ᄒ나 ᄂ의 팔ᄌ 긔험ᄒ야 쳔만몽ᄆ 밧 루명을 실고 네의 부친를 다시 보지 못ᄒ며 황천ᄀ이 되니 엇지 눈를 감으리오 가련타 츈잉아 나 죽근 후 과도히 슬어말고 동츈를 보호ᄒ야 잘 잇시라 ᄒ며 누슈여우ᄒ며 긔졀ᄒ난지라 츈잉이 모친를 붓들고 낫츨 ᄃ고 늣기며 ᄒ는 말이 어마니이 말솜이 웬말이오 어마니 우지마오 어마니 우는 쇼ᄅ의 ᄂ 간장이 ᄆ여지오 어마니 우지마오 ᄒ며 방셩ᄃ곡ᄒ다가 긔진ᄒ야 잠를 들거날 낭ᄌ 지원극통ᄒ믈 이긔지 못ᄒ야 분긔 흉즁에 가득ᄒᄆ 아모리 ᄉ각ᄒ야되 죽어 구쳔지ᄒ에 도라가 루명를 씻는거시 올타ᄒ고

〈10-앞〉

ᄯ 아히들이 이러나면 분명 죽지 못ᄒ거ᄒ리라 ᄒ고 가만이 츈잉의 등을 어르만져 왈 불상ᄒ다 츈잉아 날을 그리여 어이 살니 가련ᄒ다 동츈아 내 너의 양아를 두고 엇지 가리 ᄋ달다 나 가는 십왕이나 가르쳐 주려모나 슬프믈 니긔지 못ᄒ야 금침을 도도고 셤셤옥슈로 드는 칼을 질너 죽으니 문득 ᄐ양이 무광ᄒ고 쳔지 혼흑ᄒ며 쳔동쇼ᄅ 진동ᄒ거날 츈잉이 놀ᄂ ᄭ여보니 모친의 가삼에 칼을 솟고 누워거날 급히 쇼쇼로쳐 보고 ᄃ경실ᄉ ᄒ야 칼를 ᄲ히려 ᄒ니 ᄲ지지 아니커날 츈잉이 모친의 낫츨 ᄃ히고 방셩ᄃ 곡 왈 어만이 이러나오 이런 일도 잇난가 ᄒᄂ님도 무심ᄒ다 가련ᄒ다 어마니여 우리 남ᄆ를 두고 여ᄃ로 가시며 우리 남ᄆ 뉘를 의지ᄒ야 살나 ᄒ오 동츈이가 어마이를 ᄎ지면 무숨 말노 달ᄂ리오 어마니는 츰아 못할 노릇도

ᄒᆞ오 ᄒᆞ며 호천고지ᄒᆞ며 망극이통ᄒᆞ니 그 잔잉참절ᄒᆞᆫ 정상을 볼진ᄃᆡ 철셕 간장이라도 눈물을 흘일 거시오 토목심장이라도 가히 슬허할 ᄇᆡ라 ᄇᆡᆨ공부쳐와 노복 등이 드러와 살펴본 즉 낭ᄌᆞ 가슴에 칼를 ᄭᅩᆺ고 누워거날 창황망조ᄒᆞ야 칼을 ᄲᅢ히려 ᄒᆞ나 종시 ᄲᅢ지지 아니ᄒᆞ난지라 아모리 할 쥴를 모로고 다만 곡셩이 진동ᄒᆞ니 잇ᄃᆡ 동츈이 어미 죽으믈 모르고 졋만 먹으려 ᄒᆞ고 몸를 흔들며 우니 츈잉이 달ᄂᆡ여 밥을 쥬어도 먹지 아니ᄒᆞ고 졋만 먹으려 ᄒᆞ거날 츈잉니 동츈를 안고 울며 일르ᄃᆡ 우리 남ᄆᆡ도 어만니

〈10-뒤〉

와 갓치 죽어 지ᄒᆞ의 도라가ᄌᆞ ᄒᆞ고 ᄋᆡ호통곡ᄒᆞ니 그 형상을 ᄎᆞᆷ아 보지 못할네라 슴ᄉᆞ일 후에 공의 부쳐 의논ᄒᆞ되 낭ᄌᆞ 이럿틋 ᄎᆞᆷ혹히 죽어스니 아ᄌᆞ 도라와 낭ᄌᆞ 가슴을 보면 필경 우리 모ᄒᆡᄒᆞ야 죽인 쥴노 알고 졔 ᄯᅩᄒᆞᆫ 죽으려 할거시니 안ᄌᆞ 오기 젼에 낭ᄌᆞ의 신쳬나 밧비 영장ᄒᆞ야 엄젹ᄒᆞ미 올타ᄒᆞ고 공의 부쳐가 낭ᄌᆞ 방에 드러가 쇼렴ᄒᆞ려 ᄒᆞᆫ즉 ᄯᅩᄒᆞᆫ 이상ᄒᆞ야 신쳬가 죠금도 움작이지 아니ᄒᆞ니 즁인이 다 다라드러 아모리 운동ᄒᆞ려 ᄒᆞ여도 신쳬 ᄶᅡ에 붓고 움작이니 아니ᄒᆞ니 무가ᄂᆡᄒᆞ라 ᄇᆡᆨ공이 도로혀 우민ᄒᆞ야 쵸죠ᄒᆞ더라 ᄎᆞ셜 션군이 낭ᄌᆞ의 간언으로 좃ᄎᆞ 마음를 구지 자바 경ᄉᆞ로 올나가 쥬인를 졍ᄒᆞ고 과일를 기달여 당ᄒᆞ니 팔도 션ᄇᆡ 운집ᄒᆞ난지라 ᄉᆡᆼ이 ᄯᅩᄒᆞᆫ ᄉᆡ지를 엽혜 ᄭᅵ고 츈당ᄃᆡ에 드러가 현졔판을 바라본즉 글졔를 걸어ᄂᆞᆫ지라 일필휘지ᄒᆞ야 션장ᄒᆞ니 ᄎᆞ시 상이 수만장 시젼원 드러보시다가 ᄉᆡᆼ의 글에 다다라는 칭찬ᄒᆞᄉᆞ 왈 ᄎᆞ인의 글을 보니 문쳬ᄂᆞᆫ 리ᄇᆡᆨ이요 필법은 죠ᄆᆡᆼ보라 ᄒᆞ시고 ᄌᆞᄌᆞ비졈에 귀귀관주를 쥬시며 장원를 시기시고 비봉을 ᄯᅥ니시니 경상도 안동 거ᄒᆞ난 ᄇᆡᆨ션군이라 ᄒᆞ야거날 상이 실ᄂᆡ를 ᄌᆡ촉ᄒᆞᄉᆞ 슈삼ᄎᆞ 진퇴ᄒᆞ시고 승졍원 쥬셔을 ᄒᆞ이시니 션군이 ᄉᆞ은슉ᄇᆡᄒᆞ고 졍원에 닙직ᄒᆞ얏더니 과거ᄒᆞᆫ 긔별을 집에 젼할 ᄉᆡᆼ더려 낭ᄌᆞ를 리별ᄒᆞᆫ 지 오ᄅᆡ라 회포

간졀ᄒᆞᆫ지라 밧비 노ᄌᆞ로 ᄒᆞ여곰 부모게 상셔ᄒᆞ고 낭ᄌᆞ의게 평셔

〈11-앞〉

를 붓치니 노ᄌᆞ 여려 날만에 본집에 이르려 글월을 올이니 ᄇᆡᆨ공이 급피 ᄶᅥ히 ᄆᆡᄒᆞ얏스되 소ᄌᆞ 쳔은을 닙ᄉᆞ와 장원급졔ᄒᆞ야 승졍원 쥬셔를 ᄒᆞ와 방금 닙직ᄒᆞ얏ᄉᆞ오니 감축무지ᄒᆞ온지라 도문일ᄌᆞ은 금월 망간이 되올덧 ᄒᆞ오니 그리 아압쇼셔 ᄒᆞ얏고 낭ᄌᆞ의게 온 편지를 졍부인이 가지고 울며 왈 츈잉 동츈아 이 편지ᄂᆞᆫ 네 아비가 네 어미에게 ᄒᆞᆫ 편지니 갓다가 잘 간슈ᄒᆞ라 ᄒᆞ고 방셩ᄃᆡ곡ᄒᆞ니 츈잉이 편지를 가지고 빙소에 드러가 신쳬를 흔들며 편지를 펴들고 낫출 ᄃᆡ히고 울며 오라 어만니 이러나오 아바지게셔 편지 왓쇼 아바지가 장원ᄒᆞ야 승졍원 쥬셔를 ᄒᆞ얏다 ᄒᆞ니 엇지 이러나 즐기시지 아니ᄒᆞ고 어마니가 아바지 소식을 몰나 쥬야근심ᄒᆞ시더니 금일 편지 왓거마난 엇지 반기지 아니ᄒᆞ시ᄂᆞᆫ니잇가 ᄂᆞᄂᆞᆫ 글을 못보기로 어마니 혼령 압헤셔 닑어외지 못ᄒᆞ오니 답답ᄒᆞ야이다 ᄒᆞ고 죠모를 닛그러 왈 이 편지를 가지고 어먼니 신령 압희셔 닑어 들니면 어만니 혼령이라도 감동할 듯 ᄒᆞ외다 ᄒᆞ거날 졍부인이 마지 못ᄒᆞ야 낭ᄌᆞ 빈쇼에 가셔 편지를 닑은니 기셔에 왈

쥬ᄇᆡᆨ셔 션군은 ᄒᆞᆫ장 글월을 낭ᄌᆞ 좌ᄒᆞ에 붓치ᄂᆞᆫ니 그ᄉᆞ이 량위 조당 뫼시고 평안ᄒᆞ시며 춘잉 동츈도 무양ᄒᆞ니잇가 복은 다ᄒᆡᆼ이 용문에 올나 일홈이 환조에 현달ᄒᆞ오니 쳔은이 망극ᄒᆞ오나 다만 그ᄃᆡ를 리별ᄒᆞ고 쳐리 밧게 잇셔 ᄉᆞ모ᄒᆞᆫ 마암 간졀ᄒᆞ도다 욕망이 난망ᄒᆞ니 그ᄃᆡ의 용모 눈에 알알ᄒᆞ고 불ᄉᆞ이조ᄉᆞᄒᆞ니 그ᄃᆡ의 셩음이 귀에 징징

〈11-뒤〉

ᄒᆞ도다 월ᄉᆡᆨ이 만쳔ᄒᆞ고 두견이 슬피 울제 츌문ᄒᆞ야 고향을 바라보니 운산

은 만중이오 록슈난 쳔리로다 식벽달 찬바람에 외기러기 울고갈 제 반가온 낭즈의 쇼식을 기다르더니 창망훈 구름 밧게 쇼슬훈 풍경 섇이로다 긱창에 실솔이 살난후니 운우양디에 쵸곡도 쇼쇼후다 슬푸다 홍진비릭는 고금상 수라 낭즈의 화상이 이수이 날노 변식한니 무삼 연고 잇스미라 좌불안셕이 요 침식이 불편후니 이안니 가련훈가 일각이 여숨츄후나 환죠의 미인 몸이 쯧과 갓지 못후도다 비장 방의 션죽장을 엇더스면 죠셕왕릭 후련만은 할일 업고 할일업다 바라누니 낭즈로다 공방독숙 셜워말고 안심후야 지닉면 몃 날이 다 못되여셔 반가온 정회를 그아니 위로후랴 록양 츈풍에 히난 어이 더딕가누 이닉 몸의 날기업셔 훈이로다 언무진셜 무궁후나 일필난긔후야 숩치로다 후얏더라

추시 경부인니 부기를 다훈 후에 츈잉를 어로만져 딕셩통곡 왈 술푸다 너의 어미를 일코 어이 살고 네 어미 죽은 혼이라도 응당 슬워후리로다 츈잉 울며 왈 어마니 아바니 편지 수연 드르시고 엇지 아모 말숨을 아니후시누니 잇가 우리 남미 살기 실수오니 밧비 다려가 가쇼셔 후며 슬워후믈 마지 아니후더라 이쒸 빅공 부쳐 상의후야 왈 션군이 누려 오면 결단코 죽으려 후리니 엇지 후여야 장찻 됴흐리오 후며 탄식후믈 마지 아니후더니 노즈 복니

〈12-앞〉

이 긔식을 알고 엿즈오딕 져 즈음에 쇼상공이 용궁으로 가실 쒸에 풍산 외촉에 다다라는 슈란화각에 취옥이 영농후고 지당에 연화만발후며 동산 에 모란니 셩기후야 츈식을 즈랑후는 곳의 훈 미인이 빅학으로 츔츄미 그 동리 수름다려 무런즉 림진수틱 규슈로다 후오니 쇼상공이 훈번 바라보시 고 흠모후믈 마지 아니수 비회쥬져후시다가 도라오신 일이 잇수오니 쇼인 의 천견에는 그틱과 셩혼후시면 쇼상공의 쇼원이우믈 깃거후수 반다시 숙

영낭주를 이즈실가 ᄒᆞ나니다 ᄇᆡᆨ공이 ᄃᆡ희왈 너 말이 가장 올토다 림진ᄉᆞᄂᆞᆫ 날과 친ᄒᆞᆫ지라 ᄂᆡ 말를 괄시치 안일듯 ᄒᆞ고 션군이 닙신양명ᄒᆞᄆᆡ 경혼ᄒᆞ기 쉬오리라 ᄒᆞ고 즉시 발힝ᄒᆞ야 림진ᄉᆞ를 ᄎᆞ져가니 ᄒᆞ회를 분셕ᄒᆞ라

졔오회

ᄎᆞ셜 ᄇᆡᆨ공이 발힝ᄒᆞ야 림진ᄉᆞ를 ᄎᆞ져 간지 림진ᄉᆞ 마져 영졉ᄒᆞ야 ᄒᆞᆫ헌를 필ᄒᆞᄆᆡ 션군의 득의ᄒᆞ믈 ᄒᆞ례ᄒᆞ고 쥬과를 ᄂᆡ여 ᄃᆡ졉ᄒᆞ며 왈 형이 루지에 왕림ᄒᆞ시니 감ᄉᆞᄒᆞ여이다 ᄇᆡᆨ공 오라 형의 말이 그르도다 친우 심방이 의례할 일이어날 루지라 닐커르시니 도로여 불감ᄒᆞ도다 ᄒᆞ고 셔로 우스며 담쇼ᄒᆞ더니 문득 ᄇᆡᆨ공이 갈ᄋᆞᄃᆡ 쇼졔 감히 의논할 말슴이 잇스니 능히 응낙할소냐 림진ᄉᆞ 왈 드를만ᄒᆞ면 드를 거시니 밧비 닐르라 ᄇᆡᆨ공왈 다름이 아니니라 ᄌᆞ식이 슉영낭ᄌᆞ로 연분을 ᄆᆡᄌᆞ 금실지낙이 비할ᄃᆡ 업셔 ᄌᆞ식 남ᄆᆡ를 두고 션이 과거를 보라갓더니 그 ᄉᆞ니 낭ᄌᆞ 홀연 득병ᄒᆞ야 모월모일에 불ᄒᆡᆼ이 ᄉᆞᄒᆞ니 져 마음

〈12-뒤〉

됴 불상ᄒᆞ기 측양 업거이와 션군이 ᄂᆞ려와 죽은 쥴 알면 반다시 병이 날듯ᄒᆞ기로 규슈를 광구ᄒᆞ던니 듯ᄌᆞ온즉 귀ᄐᆡᆨ에 어진 규슈 잇다 ᄒᆞ오ᄆᆡ 쇼졔의 몸이 비루함물 ᄉᆡᆼ각지 못ᄒᆞ고 감히 귀ᄐᆡᆨ으로쎠 구혼ᄒᆞ난니 형이 물니치지 안일가 바라ᄂᆞᆫ니다 림진ᄉᆞ 듯기를 다ᄒᆞᄆᆡ 침음량구에 갈오ᄃᆡ 쳔ᄒᆞᆫ 녀식이 잇스나 족히 영낭의 건질를 밧드럼즉지 아니ᄒᆞ고 ᄯᅩ 거년 칠월 망일에 우연이 영낭을 보ᄆᆡ 낭ᄌᆞ와 월궁션녀 반도진상ᄒᆞᆫ듯 ᄒᆞ던 ᄇᆡ라 만일 쇼졔 허혼ᄒᆞ야다가 영낭 마음에 불합ᄒᆞ면 녀식의 신셰 그아니 가련ᄒᆞ리오 ᄇᆡᆨ공왈 그럴리 업ᄂᆞ니다 ᄒᆞ고 ᄌᆡ삼 쳥ᄒᆞ거날 림진ᄉᆞ 마지 못ᄒᆞ야 허락ᄒᆞᄂᆞᆫ지라 ᄇᆡᆨ공이 불승ᄃᆡ히ᄒᆞ야 오라 거월 망일에 션군이 귀ᄐᆡᆨ 문젼으로 지닐거시니 그날

셩례ᄒᆞ미 무방ᄒᆞ니 형의 여ᄒᆞ오 림진ᄉᆞ 쏘ᄒᆞᆫ 무방타 ᄒᆞ거날 ᄇᆡᆨ공이 ᄉᆞᄉᆞ에 심합ᄒᆞ믈 ᄃᆡ희ᄒᆞ야 즉시 ᄒᆞ직ᄒᆞ고 본부로 도라와 부인다려 이 ᄉᆞ연을 젼ᄒᆞ고 즉시 례물을 갓초와 납치ᄒᆞ고 ᄇᆡᆨ공부쳐 의논왈 낭ᄌᆞ 죽으믈 션군이 모로고 나려올 거시오 드러와 낭ᄌᆞ의 형상을 보면 그 곡졀를 무를 거시니 무어시라 ᄒᆞ리오 ᄇᆡᆨ공왈 그 일를 바로 일을 거시 업ᄉᆞ오니 여ᄎᆞ여ᄎᆞ ᄒᆞ오미 조토다 ᄒᆞ고 셔로 약속을 졍ᄒᆞᆫ 후에 션군이 ᄂᆞ려올 날을 기ᄃᆞ려 풍산촌으로 가려ᄒᆞ더라

각셜 잇ᄯᅢ 션군이 근친 슈류를 어더 옥폐에 ᄒᆞ직ᄒᆞ고 나려올 ᄉᆡ 어ᄉᆞ복두의 청ᄉᆞ관ᄃᆡ

〈13-앞〉

를 입고 우슈에 옥홀 잡고 어ᄉᆞ화 빗겨 ᄭᅩᆺ고 진인 장부와 리원풍악을 버려 세우고 청홍기를 압셰우며 금안쥰마에 젼후츄종이 옹위ᄒᆞ야 ᄃᆡ로상으로 헌거롭게 나려오니 도로 관광자 모다 칙칙 칭션ᄒᆞ더라 이러틋 ᄒᆡᆼᄒᆞ야 ᄉᆞᆷᄉᆞ일이 되ᄆᆡ 장원이 ᄌᆞ연 마음이 비창ᄒᆞ야 즘간 쥬졈에셔 조으더니 문득 낭ᄌᆞ 몸에 피를 흘이고 완연이 문를 열고 드러와 ᄌᆞ긔 겻ᄒᆡ 안ᄌᆞ ᄋᆡ연이 울며 왈 낭군이 납신양명ᄒᆞ야 영화로니 ᄂᆞ려 오시니 시하에 질겁기 측량 업거이와 쳡은 신운이 불ᄒᆡᆼᄒᆞ야 세상을 바리고 황쳔ᄀᆡᆨ이 되엿ᄂᆞᆫ지라 일젼에 낭군의 편지 ᄉᆞ연을 듯ᄌᆞ온즉 낭군이 쳡의게 향ᄒᆞᆫ 마음이 지극ᄒᆞ오나 ᄎᆞᄉᆡᆼ연분이 쳔박ᄒᆞ와 발셔 유명이 현슈ᄒᆞ얏스니 구쳔의 혼ᄇᆡᆨ이라도 유한이 되올지라 그러나 쳡의 원혼되온 ᄉᆞ연을 아못조록 신셜ᄒᆞ오믈 낭군에게 부탁ᄒᆞ옵ᄂᆞ니 바ᄅᆡ건ᄃᆡ 낭군은 소홀이 아지 마르시고 이런 ᄒᆞᆫ을 프러쥬시면 죽은 혼ᄇᆡᆨ이 도졍ᄒᆞᆫ 귀신이 되오리다 ᄒᆞ고 간ᄃᆡ업거날 션군이 놀ᄂᆡ ᄭᆡ니 일신에 한한이 가득ᄒᆞ고 심신이 셔늘ᄒᆞ야 진졍치 못할지라 아모리 ᄉᆡᆼ각ᄒᆞ야도 그 곡졀를 예탁치 못할지라 명효에 인마를 ᄌᆡ촉ᄒᆞ야 쥬야ᄇᆡ도ᄒᆞ야 녀러날 만

에 풍산촌에 이르러 숙쇼를 정ᄒᆞ고 식음을 젼편ᄒᆞ야 밤을 안져 기다르더니 믄득 ᄒᆞᆫ 인이 고ᄒᆞ되 ᄃᆡ상공이 오신다 ᄒᆞ거날 쥬셔 즉시 문전에 나와 마ᄌᆞ 문후ᄒᆞ고 뫼셔 방으로 드러가 가ᄂᆡ 안부를 뭇ᄌᆞ온니 공이 쥬져ᄒᆞ며 혼실니 무량ᄒᆞ물 이르고 션군에 과거ᄒᆞ야 벼살ᄒᆞᆫ ᄉᆞ연을 무러 깃거ᄒᆞ며 이윽고 말슴ᄒᆞ

〈13-뒤〉

다가 션군다려 왈 남아헌달ᄒᆞ면 량쳐를 ᄒᆞ미 고금상ᄉᆞ라 ᄂᆡ 들르니 이곳 림진ᄉᆞ의 ᄯᆞᆯ이 뇨죠현슉다 ᄒᆞ며 ᄂᆡ 림진ᄉᆞ에게 허락을 바닷기로 납치ᄒᆞ얏스니 이왕 □번 울고 나라가□즉 명일에 아죠 성례ᄒᆞ고 집으로 도라가미 합당치 아니랴 □거날 그졔야 션군이 ᄆᆡ월에 쇼윈쥴 알고 불승분로ᄒᆞ야 급히 외당에 나와 형구를 버리고 모든 노복을 ᄎᆞ례로 장문ᄒᆞ니 쇼범업ᄂᆞᆫ 비복이야 무삼 말노 승복ᄒᆞ리오 이에 ᄆᆡ월를 자바 문쵸할 ᄉᆡ 간악ᄒᆞᆫ 연니 즉쵸를 아니ᄒᆞ다가 일ᄇᆡᆨ장에 이르니 비록 쳘셕갓튼 혈륙인들 졔 엇지 능히 견ᄃᆡ리오 피육이 후란ᄒᆞ고 유혈이 낭ᄌᆞᄒᆞ난지라 져도 하릴 업셔 ᄀᆡᄀᆡ승복ᄒᆞ며 울며 일으ᄃᆡ 상공이 여ᄎᆞ여ᄎᆞ 하시기로 쇼비 마츰 원통ᄒᆞᆫ 마암이 잇든 ᄎᆞ에 ᄶᅢ를 타셔 감히 간게를 ᄒᆡᆼᄒᆞ미니 동모ᄒᆞ던 놈은 도리로소이다 션군이 노긔츙천ᄒᆞ야 도리를 ᄯᅩ 장문ᄒᆞ니 도리 ᄆᆡ월의 금을 밧고 그 지휘ᄃᆡ로 ᄒᆡᆼ게ᄒᆞᆫ 밧게ᄂᆞᆫ 다르 죄ᄂᆞᆫ 업노라 ᄒᆞ며 ᄀᆡᄀᆡ복쵸 ᄒᆞ거날 션군이 이의 칼을 들고 나려와 ᄆᆡ월을 ᄒᆞᆫ 칼에 머리를 버히고 ᄇᆡ를 갈나 간을 ᄂᆡ여 낭ᄌᆞ 신체 압희 노코 두어번 졔문을 닑으니 갈왓시ᄃᆡ

슬프다 셩인도 견욕ᄒᆞ고 숙녀도 봉참ᄒᆞ믄 고왕금ᄂᆡ에 비비유지라 ᄒᆞ나 낭ᄌᆞ갓흔 지원극통ᄒᆞᆫ 일이 셰상에 ᄯᅩ 잇스리오 오호라 이 도시 션군에 불찰이니 슈원슈규리오 오날날 ᄆᆡ월에 원슈ᄂᆞᆫ 갑ᄒᆞ건니와 낭ᄌᆞ에 화용월ᄐᆡ를 어ᄃᆡ가 다시 보리오 다만 션군이 죽

〈14-앞〉

어 지ᄒᆞ에 도라가 낭ᄌᆞ를 좃찰거시니 부모에게 불효되니 니에 천지를 불고ᄒᆞ노라 ᄒᆞ여더라

션군이 낡기을 맛치미 신쳬를 어로만져 일장을 통곡ᄒᆞᆫ 후 도리ᄂᆞᆫ 본읍에 보ᄂᆡ여 졀도에 졍빅ᄒᆞ니라 차간ᄒᆞ회ᄒᆞ라

제륙회

지셜 이ᄯᅥᆨ에 ᄇᆡᆨ공부쳐 션군다려 실ᄉᆞ을 이르지 아엿다가 일이 이갓치 탈노ᄒᆞ믈 보고 도로혀 무시ᄒᆞ야 마모 말도 못ᄒᆞ거날 션군이 화안이셩으로 ᄌᆡ삼위로ᄒᆞ고 염십졔구를 쥰비ᄒᆞ야 빈소로 드러가 빈념ᄒᆞ려 할 ᄉᆡ 신쳬 요지부동이라 ᄒᆞ릴업셔 가인를 다 물니치고 션군이 홀노 빈쇼에셔 촉을 밝히고 누어 장우단탄ᄒᆞ다가 어언간 ᄌᆞᆷ을 드러 혼몽ᄒᆞ엿더니 문득 낭ᄌᆞ 화복셩식으로 완연이 드러와 션군게 ᄉᆞ례왈 낭군에 도량으로 쳡의 원슈를 갑ᄒᆞ주시니 그 은혜 결쵸보은 ᄒᆞ야도다 갑지 못ᄒᆞ리로쇼니다 작일 옥졔죠회 바드실 ᄉᆡ 쳡을 명쵸ᄒᆞᄉᆞ ᄊᆞ지져 가라ᄉᆞᄃᆡ 네 션군과 ᄌᆞ연 만날 긔ᄒᆞᆫ이 잇거날 능히 ᄎᆞᆷ지 못ᄒᆞ고 ᄉᆞᆷ연을 젼긔ᄒᆞ야 인연를 ᄆᆡ잣는고로 인간에 ᄂᆡ려가 ᄋᆡᄆᆡᄒᆞᆫ 일노 비명횡ᄉᆞ ᄒᆞ게 함이니 장ᄎᆞ 누를 ᄒᆞᆫᄒᆞ리오 ᄒᆞ시ᄆᆡ 쳡이 ᄉᆞ죄ᄒᆞ얏고 옥졔게 역명ᄒᆞ온 죄ᄂᆞᆫ 만소무셕이오나 그런 ᄋᆡᆨ을 당ᄒᆞ오미 쥬증이 되옵고 ᄯᅩ 션군이 쳡을 위ᄒᆞ야 죽고ᄌᆞ ᄒᆞ오니 바리건ᄃᆡ 다시 쳡을 셰상에 ᄂᆡ여 보ᄂᆡᄉᆞ 션군과 미진ᄒᆞᆫ 인연를 ᄆᆡᆺ게 ᄒᆞ야 쥬옵쇼셔 쳔만ᄋᆡ걸 ᄒᆞ온

〈14-뒤〉

즉 옥졔 긍측히 녀긔ᄉᆞ 지신다려 ᄒᆞ교ᄒᆞᄉᆞ 왈 슉영의 죄ᄂᆞᆫ 그러ᄒᆞ여도 족히 증게될 거시니 다시 인간에 ᄂᆡ여 보ᄂᆡ여 미진ᄒᆞᆫ 연분을 잇게 ᄒᆞ라 ᄒᆞ시고 염나왕에게 ᄒᆞ교ᄒᆞᄉᆞ 왈 슉영을 밧비 노와 환토인싱ᄒᆞ라 ᄒᆞ시니 염왕이

쥬왈 ᄒᆞ교지ᄎᆞ ᄒᆞ시니 근슈교명ᄒᆞ려이와 슉영이 죽어 죄를 속할 긔흔니 못되엿ᄉᆞ오니 이 일만 지ᄂᆡ오면 ᄂᆡ여본ᄂᆡ오리다 ᄒᆞ니 옥제게옵셔 그리ᄒᆞ라 ᄒᆞ시고 ᄯᅩ 남극셩을 명쵸ᄒᆞᄉᆞ 슈흔을 정ᄒᆞ라 ᄒᆞ실ᄉᆡ 남극셩이 팔십을 정ᄒᆞ여 ᄉᆞᆷ인이 동일승천ᄒᆞ게 ᄒᆞ시니 쳡이 옥제게 엿ᄌᆞ오ᄃᆡ 션군과 쳔쳡 ᄲᅮᆫ이어날 엇지 ᄉᆞᆷ인이라 ᄒᆞ시ᄂᆞᆫ이잇고 옥졔 갈ᄋᆞᄉᆞᄃᆡ 네 히 ᄌᆞ연 삼인이 될거시니 쳔긔를 누셜치 못ᄒᆞ리라 ᄒᆞ시고 셔가여ᄅᆡ를 명ᄒᆞᄉᆞ ᄌᆞ식을 졈져ᄒᆞ라 ᄒᆞ신즉 여ᄅᆡ게셔 ᄉᆞᆷ남을 정ᄒᆞ여ᄉᆞ오니 낭군은 아즉 과상치 말고 아즉 슈일만 기다리쇼셔 ᄒᆞ고 문득 간ᄃᆡ업거날 션군이 ᄭᆡ여 마음의 가장 창연ᄒᆞ나 그 몽ᄉᆞ을 ᄉᆡᆼ각ᄒᆞ고 심ᄂᆡ에 옹망ᄒᆞ야 슈일을 기다리더니 ᄂᆡ일을 당ᄒᆞ야 션군이 맛츰 밧게 나갓다가 드러와본즉 낭ᄌᆞ 도라누워거날 션군이 놀ᄂᆡ 신쳬를 만져본즉 온긔 완연ᄒᆞ야 ᄉᆡᆼ기 잇ᄂᆞᆫ지라 심즁에 ᄃᆡ희ᄒᆞ야 일변 부모를 청ᄒᆞ야 ᄉᆞᆷᄎᆞ를 다려 닙에 흘니며 수족을 주무르니 이윽고 낭ᄌᆞ 눈을 ᄯᅥ 좌우를 도라보거날 구고와 션군이 즐거오믈 엇지 다 측양ᄒᆞ리오 ᄎᆞ시 츈잉이 동츈를 안고 낭ᄌᆞ의 겻히 잇다가 그 회ᄉᆡᆼᄒᆞ믈 보고 환쳔희지ᄒᆞ야 모친을 붓들고 반가오미 넘쳐 늣기며 왈 어먼이 날을 보시고 그ᄉᆞ의 엇지ᄒᆞ야 그

〈15-앞〉

리 오ᄅᆡ 혼몽ᄒᆞ엿쇼 낭ᄌᆞ 츈잉의 손을 잡고 어린다시 뭇ᄂᆞᆫ 말이 너의 부친이 어ᄃᆡ 가며 너의 남ᄆᆡ도 잘 잇더냐 ᄒᆞ며 몸을 움작여 일어 안지니 상ᄒᆞ 보난 지 뉘안니 즐거ᄒᆞ리오 외론 ᄉᆞ름이 이 말을 듯고 모다 으르러 치ᄒᆞ 분분ᄒᆞ며 이로 슈응키 어렵더라 니러구러 수일이 지ᄂᆡᄆᆡ 잔치을 ᄇᆡ셜ᄒᆞ고 친척을 □□ᄒᆞ야 크게 즐길 ᄉᆡ ᄌᆡ인을 불너 ᄌᆡ죠을 보며 창부로 쇼ᄅᆡ을 식이ᄆᆡ 풍악쇼ᄅᆡ 운쇼에 ᄉᆞ못더라

각셜 ᄎᆞ시에 림진ᄉᆞ 집에셔 숙영낭ᄌᆞ의 부ᄉᆡᆼᄒᆞ믈 듯고 납폐을 환퇴ᄒᆞ고

달니 구혼ᄒᆞ려 ᄒᆞ던니 림쇼졔 이 ᄉᆞ연을 듯고 부모게 고왈 녀ᄌᆞ 되여 의혼 납빙ᄒᆞ야 례물을 바덧스면 그 집 ᄉᆞᄅᆞᆷ이 분명ᄒᆞᆫ지라 ᄇᆡᆨ싱이 상쳐한 쥴 알고 부뫼 허락ᄒᆞ여더니 낭ᄌᆞ 긩싱ᄒᆞ엿슨즉 국법에 양쳐를 두지 못ᄒᆞ면 결혼할 의ᄉᆞ을 두지 못ᄒᆞ런이와 쇼녀의 졍ᄉᆞ은 ᄆᆡᆼ세코 다르 가문으로ᄂᆞᆫ 가지 못ᄒᆞ올 거시니 그런 말슴은 다시 마르쇼셔 ᄒᆞ거날 림진ᄉᆞ 부쳐 이 말을 듯고 어히 업셔 불통ᄒᆞᆷ을 이르고 타쳐에 셔랑을 광구ᄒᆞ더니 림쇼졔 듯고 부모게 고왈 이왕 도고ᄒᆞ여거니와 혼ᄉᆞ 니러틋 산란ᄒᆞ오니 도시 소녀의 팔ᄌᆞ 긔박ᄒᆞᆫ 연괴라 비록 너ᄌᆞ라도 일언이 즁천금이라 집심이 금셕갓ᄉᆞ오니 죵신토록 부모실하에 잇셔 일싱을 안락ᄒᆞ오면 쇼원일가 ᄒᆞᄂᆞ니다 ᄒᆞ고 ᄉᆞ긔엄졀ᄒᆞᆫ지라 진ᄉᆞ부쳐 이 말을 드르ᄆᆡ 쥬의를 앗지 못할 쥴 알고 타쳐의 의혼을 긋치다 일일은 림진ᄉᆞ ᄇᆡᆨ공

〈15-뒤〉

을 ᄎᆞᄌᆞ 보고 낭ᄌᆞ에 긩싱을 치ᄒᆞᄒᆞ고 인ᄒᆞ야 녀ᄋᆞ의 졍ᄉᆞ을 닐으고 낟식ᄒᆞᆷ을 마지 아니ᄒᆞ니 ᄇᆡᆨ공이 칭ᄉᆞᄒᆞ고 왈 아름답도다 규슈의 열졀이여 우리로 ᄒᆞ여금 져의 일싱이 폐인이 될진ᄃᆡ 우리 음덕에 휴손ᄒᆞ미 쏘ᄒᆞᆫ 업지 아니ᄒᆞ리니 장ᄎᆞᆺ 엇지 ᄒᆞ리오 ᄎᆞ시 션군이 시립ᄒᆞ야 슈작ᄒᆞᆷ을 다 듯고 이의 림진ᄉᆞ을 ᄒᆞ야 왈 귀소졔의 금옥갓튼 말을 틋ᄉᆞ온즉 고인에 족히 붓그럽지 아니ᄒᆞ나 기셰양난이라 국법에 유쳐취쳐ᄂᆞᆫ 잇ᄉᆞ오나 귀쇼졔 엇지 질겨 남의 부실이 되고ᄌᆞ ᄒᆞ오리잇가 림진ᄉᆞ 탄왈 부실을 엇지 ᄉᆞ양ᄒᆞ리오 ᄒᆞ고 이윽히 한담ᄒᆞ다가 도라가니라

ᄎᆞ셜 션군이 낭ᄌᆞ 침쇼에 드러가 린여의 셜화로 젼ᄒᆞ고 닐커으니 낭ᄌᆞ 아름다이 녀겨 왈 져 규슈 집심이 여ᄎᆞᄒᆞ니 우리 남의게 젹악이 될지라 옥졔게셔 우리 삼인니 동일승쳔ᄒᆞ리라 ᄒᆞ엿시니 이 필연 림녀를 일ᄋᆞ미라 아마 쳔졍을 응ᄒᆞ미니 낭군은 우리 집 젼후 ᄉᆞ연과 림녀의 젼후 ᄉᆞ연을 셩상게 상소ᄒᆞ

오면 상이 반드시 ᄉᆞ혼ᄒᆞ시듯 ᄒᆞ오니 엇지 아롬답지 안니ᄒᆞ리오 ᄒᆞᄃᆡ 션군이 즉시 응낙ᄒᆞ고 치힝 상경ᄒᆞ야 옥궐에 숙ᄉᆞ하고 슈릴이 지난 후에 림녀의 셜화를 버플고 ᄯᅩᄒᆞᆫ 낭ᄌᆞ의 젼후ᄉᆞ를 세세히 베프러 일봉쇼를 지여 올닌ᄃᆡ 상이 어람ᄒᆞ시고 칭찬ᄒᆞᄉᆞ 왈 낭ᄌᆞ의 일은 쳔고에 히한ᄒᆞᆫ ᄇᆡ니 졍졀부인 직쳡을 주노라 ᄒᆞ시고 림녀의 졀ᄀᆡ ᄯᅩᄒᆞᆫ 아롬다온니 특별히 ᄇᆡᆨ

〈16-앞〉

션군과 결혼ᄒᆞ게 ᄒᆞ시고 숙렬부인 직쳡을 ᄂᆞ리오시니 션군이 쳔은을 숙소ᄒᆞ고 슈유를 어더 밧비 집으로 ᄂᆞ려와 부모를 뵈온 후에 이 ᄉᆞ연를 갓초 고ᄒᆞ고 낭ᄌᆞ을 보아 쳔은이 여ᄎᆞᄒᆞ믈 젼ᄒᆞ니 일가상ᄒᆞ ᄯᅩᄒᆞᆫ 희열ᄒᆞ더라 이의 림진ᄉᆞ 집에 ᄎᆞᄉᆞ을 통긔ᄒᆞ니 진ᄉᆞ 희츌망외ᄒᆞ야 ᄐᆡᆨ일셩례 할ᄉᆡ 림씨의 위의 ᄇᆡᆨ부의 니르니 그 화용월ᄐᆡ 진짓 뇨죠숙여라 구고 환열무ᄋᆡᄒᆞ고 션군의 금실지졍이 비경ᄒᆞ더라 신부 구가에 머무러 효봉구고 ᄒᆞ고 승순군ᄌᆞ ᄒᆞ야 낭ᄌᆞ로 드부러 지긔상합ᄒᆞ야 일시라도 ᄯᅥ나기를 앗기더라 ᄇᆡᆨ부의 셔 ᄎᆞ후로 일가화락ᄒᆞ야 그릴 거시 업시 셰월을 보ᄂᆡ더니 공의 부부 팔십 상슈ᄒᆞ야 긔후 강건ᄒᆞ더니 홀연 득병ᄒᆞ야 일죠에 셰상을 바리니 ᄉᆡᆼ의 부쳐 솜인이 ᄋᆡ훼파도ᄒᆞ야 례로셔 션산에 안장ᄒᆞ고 ᄉᆡᆼ이 삼연시묘ᄒᆞ니라 니러구러 광음이 훌훌ᄒᆞ야 셩열은 ᄉᆞ남 일여를 ᄉᆡᆼᄒᆞ고 슉열은 솜남일여을 ᄉᆡᆼᄒᆞ니 ᄀᆡᄀᆡ히 부풍모습ᄒᆞ야 옥인군ᄌᆞ오 현녀 숙낭이라 남혼녀가 ᄒᆞ야 ᄌᆞ숀이 션션ᄒᆞ고 가셰요부ᄒᆞ야 반셕군 일홈을 엇고 복녹이 무흠ᄒᆞ더라 일일은 ᄃᆡ연을 ᄇᆡ셜ᄒᆞ고 ᄌᆞ여부숀을 다리고 솜일을 질기더니 홀연 상운이 ᄉᆞ면을 둘너 도러오며 용의 쇼ᄅᆡ 진동ᄒᆞ난 ᄉᆞᄃᆡ 일위션관이 ᄂᆞ려와 불너왈 션군은 인간ᄌᆞ미 엇더ᄒᆞ뇨 그ᄃᆡ 삼인니 상쳔할 긔약이 오날이니 밧비 가ᄌᆞ ᄒᆞ거날 션군 부부 삼인니 ᄌᆞ여숀을 잡고 니별ᄒᆞ고 일시에 상쳔ᄒᆞ니 향연이 팔십이러라 ᄌᆞ여숀 드

〈16-뒤〉

어 공즁을 상하야 망극익통ᄒᆞ고 의리로써 션산에 안장ᄒᆞ니라 일이 하 긔이키로 ᄃᆡ강 기록ᄒᆞ여 후셰에 전ᄒᆞ노라 이 아리ᄂᆞᆫ 감응편이니 착실이 보시옵

저자 소개

김선현

숙명여자대학교 대학원 국어국문학과 박사과정 수료

논저 : 「〈화충선싱전〉의 인물 형상과 그 의미」, 2012

「〈숙영낭자전〉에 나타난 여성 해방 공간, 옥연동」, 2011외 다수

최혜진

현 목원대학교 교양교육원 조교수

숙명여자대학교 국어국문학과 및 동대학원 졸업. 문학박사

논저 : 『판소리 유파의 전승 연구』, 민속원, 2012

『고전서사문학의 문화론적 인식』, 박이정, 2009 외 다수

이문성

현 고려대학교 인문대학 교양교직 초빙교수

고려대학교 국어국문학과 및 동대학원 졸업. 문학박사

논저 : 『조선후기 막장 드라마 강릉매화타령』, 지성인, 2012

「판소리계 소설의 해외 영문번역 현황과 전망」, 2011 외 다수

이유경

현 숙명여대, 경희대, 목원대 강사

숙명여자대학교 국어국문학과 및 동대학원 졸업. 문학박사

논저 : 『고전문학 속의 여성영웅 형상 연구』, 보고사, 2012

「〈숙향전〉의 여성성장담적 성격과 그 과정에서 나타나는 환상의 기능과 의미」, 2011 외 다수

서유석

현 한라대학교 교직과정부 조교수

경희대학교 국어국문학과 및 동대학원 졸업. 문학박사

논저 : 『일상속의 몸』, 쿠북, 2009

「실전 판소리의 그로테스크Grotesque적 성향과 그 미학」, 2011 외 다수

숙영낭자전의 작품세계 2

2014년 1월 31일 초판 1쇄 펴냄

엮은이 김선현 · 최혜진 · 이문성 · 이유경 · 서유석
펴낸이 김흥국
펴낸곳 도서출판 보고사

책임편집 권송이
표지디자인 황효은

등록 1990년 12월 13일 제6-0429호
주소 서울특별시 성북구 보문동7가 11번지 2층
전화 922-5120~1(편집), 922-2246(영업)
팩스 922-6990
메일 kanapub3@naver.com
http://www.bogosabooks.co.kr

ISBN 979-11-5516-210-1 94810
979-11-5516-208-8 94810(세트)

정가 24,000원